DUMONT

Im Sommer 1914 besucht der Medizinstudent Hugh seine geliebte Tante Agatha, deren Ehemann ein hoher Beamter in der Regierung ist. Er wird begleitet von seinem Cousin Daniel, der von einem Leben als Poet und englischer Gentleman träumt. Agatha besteht darauf, dass das Säbelrasseln auf dem Balkan unbeachtet verklingen wird und dass König, Kaiser und Zar wie immer in ihren Sommerurlaub gehen werden. Zudem ist sie mit weitaus Wichtigerem beschäftigt: Seit kurzem ist sie Mitglied des örtlichen Schulrates und befürwortet die Einstellung einer weiblichen Lehrkraft.

Als Beatrice Nash mit einem Schrankkoffer und riesigen Bücherkisten in der Kleinstadt ankommt, ist schnell klar, dass sie deutlich freidenkender – und attraktiver – ist, als eine Lateinlehrerin es sein sollte. Beatrice, die kürzlich ihren Vater verloren hat, will vor allem in Ruhe gelassen werden. Ihre ganze Energie fließt in ihre Schriftstellerei und in das Entmutigen möglicher Heiratskandidaten. Nichts ist Beatrice wichtiger als ihre Unabhängigkeit. Doch Daniels Charme und Hughs scharfer Verstand und nobler Charakter lassen sie in ihrer Haltung schwanken.

Mit Ausbruch des Krieges findet der idyllische Sommer ein jähes Ende. Als die Bewohner von den ersten Soldaten Abschied nehmen müssen, ahnen alle, dass sich ihr Leben grundlegend ändern wird.

Helen Simonson ist in East Sussex/England geboren und aufgewachsen. Nach dem Abschluss an der London School of Economics hat sie lange in der Werbung gearbeitet. Ihr erster Roman ›Mrs Alis unpassende Leidenschaft‹ stand auf der Longlist für den IMPAC Dublin Award, war New York Times-Bestseller und stand auf der Bestsellerliste der unabhängigen Buchhandlungen mehrere Wochen auf Platz 1. Der Roman wurde in über 20 Sprachen übersetzt. Die Autorin lebt mit ihrem Mann und ihren beiden Kindern in New York.

Helen Simonson

DER LETZTE SOMMER

Roman

Aus dem Englischen
von Michaela Grabinger

DUMONT

FSC
www.fsc.org
MIX
Papier aus verantwortungsvollen Quellen
FSC® C083411

Juli 2017
DuMont Buchverlag, Köln

Die amerikanische Originalausgabe erschien 2016 unter dem Titel
›The Summer Before the War‹ bei Dial Press, New York

Umschlaggestaltung: Lübbeke Naumann Thoben, Köln
Satz: Fagott, Ffm
Gesetzt aus der Garamond
Druck und Verarbeitung: CPI books GmbH, Leck
Gedruckt auf säurefreiem und chlorfrei gebleichtem Papier
Printed in Germany
ISBN 978-3-8321-6436-2

www.dumont-buchverlag.de

Für meine Eltern
Alan und Margaret Phillips

TEIL I

Vorherrschend und höchst sonderbar war der Eindruck, in welch außergewöhnlicher Weise sich die unerhörte Milde von Licht und Luft, Himmel und Meer, jener erdenklich schönste englische Sommer, mit der ganzen Wucht von Tat und Leidenschaft, all den anderen so grässlichen und anrührenden, heroischen und tragischen Dingen, vermischte und ihrer wie etwas weit Überlegenes spottete. Nie waren verzweifelte Handlungen sanfter beschienen als von den beiden unvergesslichen Monaten, in denen ich oft vom alten Festungwall eines erhöht gelegenen Städtchens in Sussex aus auf den glänzenden blauen Streifen des Ärmelkanals hinausblickte.

Henry James, *Within the Rim*

1

Wie eine Insel ragte das Städtchen Rye aus dem flachen Marschland. Die Pyramide verschachtelter roter Dächer glühte im schräg einfallenden Licht der Abendsonne. Die Kreidehügel von Sussex zogen sich als breite, nahtlose Schattenlinie von Ost nach West, aus den Wiesen dampfte die Hitze des Tages, und das Meer lag da wie gewalztes Zinn. Hugh Grange stand vor dem Terrassenfenster und hielt in dem vergeblichen Versuch, die Zeit zum Stehen zu bringen, die Luft an. Als kleiner Junge hatte er das oft gemacht, wenn seine Tante das Anzünden der Lampen in diesem etwas abgenutzten Wohnzimmer zum Anlass genommen hatte, ihn zu Bett zu schicken. Lächelnd dachte er daran, wie sich jene Sommerabende hingezogen hatten, an denen man ihm erst nach bitterlichem Klagen erlaubt hatte, viel länger als sonst aufzubleiben. Kleine Jungen, das wusste er mittlerweile, waren unverbesserliche Spitzbuben, die sich mit dunklem Herzen und unschuldig blickenden Augen bettelnd, flehend und schmeichelnd immer neue Rechte und Leckerbissen zu verschaffen suchten.

Die drei Jungen, denen er in diesem Sommer auf Bitten seiner Tante Privatunterricht erteilte, hatten ihn um einen halben Sovereign und den Großteil seiner Bücher erleichtert, ehe ihm klar geworden war, dass sie weder so großen Hunger hatten, wie ihr Gejammer glauben machen wollte, noch irgendein Interesse für *Ivanhoe*, das über die Frage hinausging, was der Mann mit dem Gebrauchtbücherstand am Marktplatz dafür zahlen würde. Doch er nahm es ihnen nicht übel. Vielmehr bewunderte er ihre Pfiffigkeit und hegte den kleinen Traum, dass die wenigen Unterrichtsstunden und sein Vorbild ihre Bauernschläue bis zum Beginn des neuen Oberschuljahrs in geistige Neugier verwandeln könnten.

Die Tür zum Wohnzimmer wurde schwungvoll geöffnet, und Hughs Cousin Daniel trat mit einer gespielten Verbeugung zur Seite, um Tante Agatha den Vortritt zu lassen. »Tante Agatha glaubt nicht, dass es Krieg geben wird«, bemerkte er lachend und folgte ihr ins Zimmer. »Und wenn sie es sagt, ist es natürlich auch so. Die maßgeblichen Herren werden den Teufel tun, sich ihr zu widersetzen.« Tante Agatha versuchte streng zu schauen, verdrehte aber nur die Augen und stieß fast gegen einen Beistelltisch, weil sie plötzlich alles verschwommen sah.

»Nichts dergleichen habe ich gesagt«, entgegnete sie und versuchte ihr langes, besticktes Tuch auf der Schulter zu behalten. Ebenso gut könnte man einen flachen Drachen auf einem kugelrunden Stein ablegen, dachte Hugh, während das Tuch bereits wieder herabzurutschen begann. Tante Agatha war auch mit fünfundvierzig noch eine gut aussehende Frau, aber sie neigte zur Korpulenz, und ihr Körper wies wenig Kantiges, zum Drapieren Geeignetes auf. Das Kleid aus fließendem Chiffon, das sie zum Abendessen angelegt hatte, besaß einen tiefen, weich fallenden Halsausschnitt und lange Ärmel im orientalischen Stil. Hugh hoffte, es möge im Verlauf des Essens die Fasson behalten, denn Tante Agatha pflegte ihre Gesprächsbeiträge mit ausladenden Gesten zu garnieren.

»Und was sagt Onkel John?«, fragte Hugh, trat vor das Tablett mit den Karaffen und schenkte seiner Tante das übliche Glas Madeira ein. »Kann er morgen wirklich nicht kommen?« Er hatte gehofft, die Meinung seines Onkels zu einem weniger weltbewegenden, aber nicht minder wichtigen Thema einholen zu können. Nach jahrelangem Medizinstudium stand er nicht nur kurz davor, Erster Assistenzarzt von Sir Alex Ramsey zu werden, einem der führenden Allgemeinchirurgen Englands, sondern war vermutlich auch in dessen sehr hübsche Tochter Lucy verliebt. Im vergangenen Jahr hatte er sich Lucy gegenüber eher reserviert gegeben, vielleicht um sich und anderen zu beweisen, dass seine Zuneigung mit keinerlei Hoffnung auf Aufstieg verknüpft war. Genau dieses Verhalten hatte ihn zu einem ihrer Favoriten unter den Studenten und jungen Ärzten, die Sir Alex Ramsey umschwärmten, werden lassen; doch erst seit diesem Sommer, seit sie mit ihrem Vater zu einer langen Vortragsreise nach Norditalien aufgebrochen war, empfand er in ihrer Abwesenheit eine wohlige Wehmut. Ihm fehlten die lebhaften Augen, ihr helles Haar, wie sie es nach einer trockenen Bemerkung von ihm lachend zurückwarf. Selbst die kleine Brille vermisste er, die sie trug, wenn sie für ihren Vater die Patientenakten abschrieb oder dessen umfangreiche Korrespondenz besorgte. Sie kam frisch von der Schule und ließ sich hin und wieder von den Vergnügungen ablenken, die London für fröhliche junge Leute bereithielt, war aber ihrem Vater sehr ergeben und würde, davon war Hugh überzeugt, einem aufstrebenden jungen Chirurgen eine hervorragende Ehefrau sein. Er hatte den großen, dringenden Wunsch, darüber zu reden, ob eine Heirat für ihn schon in Frage kam.

Onkel John war ein kluger Mann. Er hatte noch jedes Problem, das ihm Hugh über die Jahre stammelnd vorgetragen hatte, schnell begriffen und die Dinge stets so lange mit ihm besprochen, bis Hugh überzeugt gewesen war, eine fast unlösbare Schwierigkeit ganz allein bewältigt zu haben. Jetzt war Hugh kein kleiner Junge mehr. Er wusste, dass die Weisheit des Onkels nicht zuletzt auf diplomatischer Schulung beruhte, aber auch, dass sein Onkel eine ehrliche Zuneigung zu ihm hegte. Bevor seine Eltern zu ihrer lang ersehnten einjährigen Reise aufgebrochen waren, hatten sie ihm nahegelegt, sich im Notfall an Onkel John zu wenden.

»Deinem Onkel zufolge versuchen alle fieberhaft die Wogen noch vor Beginn der Sommersaison zu glätten«, antwortete seine Tante. »Er erzählt mir zwar nichts, aber der Premierminister und der Außenminister beraten sich täglich stundenlang in geheimer Sitzung mit dem König.« Onkel John bekleidete ein hohes Amt im Außenministerium, und Whitehall, wo es im Sommer sonst eher verschlafen zuging, war seit der Ermordung des Erzherzogs in Sarajevo voll von geschäftigen Staatsdienern, Politikern und Generälen. »Jedenfalls hat er mich angerufen und gesagt, dass er die Lehrerin abgeholt und nach Charing Cross zum letzten Zug gebracht habe. Sie wird erst nach dem Abendessen eintreffen und bekommt ein kleines Nachtmahl.«

»Wäre es angesichts der späten Stunde nicht rücksichtsvoller, sie in ihrer Unterkunft abzusetzen und ihr von der Köchin etwas Kaltes bringen zu lassen?«, sagte Daniel, ignorierte den trockenen Sherry, den Hugh ihm anbot, und schenkte sich ein Glas von Onkel Johns bestem Whisky ein. »Sie ist bestimmt sehr erschöpft und wahrscheinlich kaum auf ein Zimmer voller Leute in Abendgarderobe eingestellt.« Er bemühte sich um eine sachliche Miene, doch Hugh entdeckte einen leicht angewiderten Zug um seinen Mund, der wohl von der Aussicht herrührte, die neue, von der Tante engagierte Lehrerin unterhalten zu müssen. Nach seinem Abschluss am Balliol College hatte Daniel die ersten Sommerwochen als Gast eines adeligen Studienfreunds in Italien verbracht und sich eine dünkelhafte Attitüde zugelegt, die ihm Tanta Agatha – wie Hugh voller Vorfreude angenommen hatte – sehr schnell wieder austreiben würde. Doch Agatha hatte sich langmütig gezeigt und gesagt: »Soll er ruhig hineinschnuppern in das Leben der höheren Kreise, die Dämpfer kommen schnell genug. Wenn Daniel im Herbst die Stelle im Außenministerium antritt, die er den Bemühungen eures Onkels zu verdanken hat, lässt ihn sein Freund bestimmt sofort fallen. Gönnen wir ihm die kurze glanzvolle Zeit.«

Hughs Ansicht nach musste Daniel lernen, wo sein Platz im Leben war, doch er liebte seine Tante Agatha und befürchtete, jede weitere Diskussion könnte sie auf den Gedanken bringen, er verübelte es ihr, dass Daniel ihr Liebling war. Beim Tod von Daniels Mutter, Agathas Schwester, war Daniel erst fünf Jahre alt gewesen. Sein Vater war ein sonderbarer, kühl wirkender Mensch. Einen Monat nach dem Tod der Mutter hatte er Daniel ins Internat gegeben, und Agatha hatte Daniel über Weihnachten und in den Sommerferien bei sich aufgenommen. Hugh hatte damals zwiespältige Gefühle in Bezug auf Weihnachten gehabt. Die Feiertage verbrachte er immer in London bei seinen Eltern, die ihn vergötterten und verwöhnten, aber viel lieber wäre er mit ihnen nach Sussex gefahren, zu Tante Agatha. Doch seine Mutter, Onkel Johns Schwester, wollte bei ihren Freundinnen in der Stadt sein und sein Vater der Bank in der Weihnachtszeit nicht allzu lang fernbleiben. Hugh war glücklich gewesen inmitten der Berge von gestreiftem Geschenkpapier, der riesigen geheimnisvollen Schachteln und der überall in der Villa in Kensington herumstehenden Schalen mit Obst und Süßigkeiten. Doch wenn er abends im Bett gelegen hatte und die Musik der elterlichen Einladung zu ihm heraufgedrungen war, hatte er den Blick auf die dunklen Dächer hinter dem Fenster gerichtet und versucht, bis nach Sussex zu sehen, wo Tante Agatha Daniel bestimmt genau in diesem Augenblick eine ihrer wilden Gutenachtgeschichten erzählte, Geschichten von Riesen und Elfen, die in den Höhlen der Hügel von Sussex lebten und Feste feierten, die manchmal wie Donner klangen.

»Sei nicht albern, Daniel. Miss Nash kommt heute Abend hierher«, sagte Tante Agatha. Sie bückte sich, knipste die elektrische Lampe neben dem geblümten Sofa an, nahm Platz und streckte die Füße von sich, die merkwürdigerweise in mit Hummern bestickten orientalischen Pantoffeln steckten. »Es war ein harter Kampf, bis ich die Schulbeiräte dazu gebracht habe, eine Frau einzustellen. Ich werde sie mir gründlich ansehen und ihr verdeutlichen, was zu tun ist.«

Die Oberschule des Städtchens gehörte zu den zahlreichen sozialen Anliegen seiner Tante. Sie glaubte an Bildung für alle und schien zuversichtlich, dass zumindest aus einigen der Bauernjungen und Händlersöhne, die sich mit schmutzigen Knien im neuen, aus Backstein errichteten Schulhaus hinter dem Bahngleis drängten, führende Persönlichkeiten werden würden.

»Sie soll sich *dich* gründlich ansehen, willst du wohl sagen«, erwiderte Hugh. »Und dann entsprechend eingeschüchtert sein.«

»Ich halte es mit den Beiräten«, erklärte Daniel. »Eine Horde Jungen zu zähmen, das schafft nur ein Mann.«

»Unsinn«, entgegnete Tante Agatha. »Außerdem sind Lehrer heutzutage nicht mehr so leicht aufzutreiben. Mr Puddlecombe, unser letzter Lateinlehrer, hatte die Stirn, uns nach nur einem Jahr zu sagen, dass er nach Kanada auswandert, um dort mit einem Cousin sein Glück zu versuchen.«

»Es war unmittelbar vor den Sommerferien, Tante«, sagte Hugh.

»Umso schlimmer. Reines Glück, dass dein Onkel John damals mit Lord Marbely sprach und Lady Marbely gerade nach einer Stelle für die junge Frau Ausschau hielt. Sie ist eine Nichte der Marbelys und wurde von ihnen wärmstens empfohlen, trotz der leisen Andeutung eines weiteren Grundes, weshalb ihnen daran lag, dass Miss Nash aus Gloucestershire verschwand.«

»Haben die Marbelys einen Sohn?«, fragte Daniel. »Darauf läuft es ja meistens hinaus.«

»Nein, nein, Lady Marbely hat mir mehrmals versichert, dass sie ganz unscheinbar ist«, antwortete Tante Agatha. »Ich mag fortschrittlich sein, aber eine hübsche Lehrerin würde ich niemals einstellen.«

»Wir sollten mit dem Essen beginnen«, mahnte Hugh nach einem Blick auf die verbeulte Taschenuhr, ein Erbstück seines Großvaters. Seine Eltern baten ihn ständig, sich etwas Moderneres anzuschaffen. Noch während er sprach, ertönte der Gong.

»Ja, ich möchte mein Essen ordentlich verdaut haben, wenn uns dieser Ausbund an Tugend heimsucht«, erklärte Daniel und trank sein Glas auf einen Zug aus. »Ich soll ihr wohl vorgestellt werden und darf mich nicht einfach in meinem Zimmer verstecken?«

»Würdest du mitfahren, wenn Smith sie abholt, Hugh?«, fragte Agatha. »Zwei von eurer Sorte würden sie wahrscheinlich überfordern, und bei Daniel weiß man nie, ob er sie nicht spöttisch angrinst.«

»Und wenn Hugh sich in sie verliebt?«, warf Daniel ein. Hugh hätte ihm am liebsten mitgeteilt, dass seine Zuneigung bereits einer anderen galt, begnügte sich jedoch mit einem verächtlichen Blick, weil seine Heiratsabsichten zu bedeutsam waren, um sie Daniels despektierlichen Frotzeleien auszusetzen. »Immerhin ist er ja auch völlig unscheinbar«, fügte Daniel hinzu.

Beatrice Nash war sich so gut wie sicher, einen großen Rußfleck auf der Nase zu haben, wollte den Taschenspiegel aber nicht erneut hervorholen und den alkoholisierten jungen Mann auf dem Sitz ihr gegenüber damit zu einem weiteren Schwall Komplimente ermuntern. Kurz nach der Abfahrt in Charing Cross hatte sie einen Blick auf ihr Gesicht geworfen, und der Bursche hatte in dem kleinen goldenen Spiegel eine Aufforderung zu neckischen Bemerkungen gesehen. Weiteren Gesprächsstoff hatte ihr Buch geliefert, obwohl dem Mann der Name Trollope nichts zu sagen schien und er zugab, mit Literatur nichts anfangen zu können. Schließlich hatte er ihr sogar seine kleine Reisetasche als Fußstütze angeboten, woraufhin sie die Füße sofort wieder unter dem Sitz verstaut hatte, aus Angst, er würde ihr die Schuhe ausziehen.

Als er ihr beim Umsteigen in Kent in das von ihr gewählte Abteil gefolgt war, hatte sie ihn scharf zurechtgewiesen. Er war lachend zurückgewichen, doch der Zug war bereits angefahren. Nun steckten sie gemeinsam in einem Abteil ohne Zutritt zu einem Gang. Er fläzte sich auf seinem Sitz und gab sich missmutig den Anschein zu dösen, während sie steif dasaß, den Rücken kerzengerade an den kratzigen Bezugsstoff der Sitzbank presste und sich bemühte, weder den Gestank seiner Fahne einzuatmen noch die unverschämte Nähe seiner ausgestreckten Beine in der gebügelten weißen Flanellhose und den glänzenden braunen Schnallenschuhen wahrzunehmen.

Sie hielt den Kopf zum Fenster gewandt und ließ die feuchten grünen Wiesen an sich vorbeiziehen, bis Schafe, Gras und Himmel zu farbigen Streifen verschwammen. Jetzt bereute sie, dass sie das Angebot der Marbelys abgelehnt hatte, ihr eine Dienerin als Begleitung mitzugeben. Ada Marbelys langwierige Erörterung der Frage, mit welchem Fahrzeug sie zum Bahnhof gebracht werden könnte und welcher Dienstbote entbehrlich wäre, hatte ihr Qualen bereitet. Man hatte ihr zu verstehen gegeben, dass diese Fahrt eine sehr, sehr große Unannehmlichkeit darstellte und man sie keinesfalls in einem Automobil hinbringen und selbstverständlich auch niemanden aus der angestammten Dienerschaft damit beauftragen konnte. Sie hatte auf ihrer Selbstständigkeit beharrt und die Kränkung dahinter versteckt, hatte die Marbelys an die weiten Reisen mit ihrem Vater vom Westen Amerikas über Marokkos Kasbahs bis zu den weniger bekannten klassischen Stätten Süditaliens erinnert und erklärt, dass sie durchaus in der Lage sei, sich selbst und eine Reisetruhe notfalls auf einem Bauernkarren nach Sussex zu befördern. Sie war hartnäckig geblieben und sah jetzt ein, dass nur sie selbst schuld war, wenn sie die Widrigkeiten des Alleinreisens erdulden musste. Immerhin gelang es ihr, die eigene Dickköpfigkeit ein wenig zu belächeln.

»Jede Frau wird schön, wenn sie lächelt«, sagte der Mann. Sie drehte abrupt das Gesicht, um ihm einen bösen Blick zuzuwerfen, doch seine Augen schienen geschlossen zu sein, und das runde, verschwitzte Gesicht verharrte weiter auf dem breiten, von einem speckigen gelben Tuch umschlungenen Hals. Er kratzte sich an der Brust und gähnte, ohne die Hand vorzuhalten, als würde Beatrice nicht existieren.

Eine Frau als hässlich zu bezeichnen war die billigste Retourkutsche überhaupt, was jedoch weder kleine Jungen noch erwachsene Männer davon abhalten konnte, sich ihrer zu bedienen, sobald sie sich angegriffen fühlten. Obwohl sie es stets leichthin abgetan hatte, wenn ihr Vater sie »meine Schönheit« genannte hatte, fand sie, dass sie ein angenehmes Gesicht mit gleichmäßigen Zügen hatte, und war sogar ein bisschen stolz auf ihr markantes Kinn und ihre gute Haltung. Dass eine solche Beleidigung reine Lüge war, minderte jedoch nicht ihre Wirkung, und Beatrice musste sich auf die Lippe beißen, um dem Kerl keine Genugtuung in Form einer Erwiderung zu verschaffen.

Der Zug bremste in einer riesigen zischenden Dampfwolke. Erleichtert hörte Beatrice den Ruf des Bahnhofsvorstehers: »Rye. Bahnhof Rye.« Sie sprang auf, nahm ihre Tasche von der Gepäckablage, schob das Fenster herunter, ohne auf die gefährlich durch die Luft fliegenden glühenden Kohlestückchen zu achten, und umklammerte den Knauf an der Außenseite, um die Tür möglichst schnell zu öffnen.

»Welch glückliche Fügung«, sagte der junge Mann und trat hinter sie. Seine Tasche berührte ihr Bein, und sie drückte sich fester an die Tür. Als sie seinen Atem im Nacken spürte, begann sie fast zu weinen. »Falls Sie hier in der Gegend bleiben, müssen Sie mir erlauben, Sie zu besuchen.«

Sie öffnete die Tür. Während sie ausstieg, machte der Zug einen letzten Ruck, und sie fiel um ein Haar auf den Bahnsteig. Ihre Tasche schlug gegen den linken Fußknöchel, und seitlich am Kopf löste sich mindestens eine Haarnadel. Ohne auf ihr Aussehen oder den Schmerz zu achten, eilte sie zum Gepäckwagen, um ihre Truhe zu holen, und stieß mit einem vom Dampf umhüllten Mann zusammen. Als er sie am Ellbogen packte, damit sie nicht beide zu Boden stürzten, entfuhr ihr ein Angstschrei.

»Ist Ihnen etwas geschehen?«, fragte der Mann. »Es tut mir aufrichtig leid.«

»Lassen Sie mich los!« Die unterdrückte Wut verlieh ihrer Stimme einen bösen Klang.

Der Mann – ein junger Mann – trat einen Schritt zurück und hob abwehrend die Hände. »Ich wollte Sie nicht verärgern, Miss. Es tut mir wirklich sehr leid.«

»Ich hab sie zuerst gesehen, Grange«, sagte der Bursche aus dem Zug.

»Bitte lassen Sie mich in Ruhe.« Beatrice schlug die Hand vors Gesicht. Plötzlich war sie zu erschöpft, um sich noch länger zu wehren. Ihr Zorn verebbte, und sie begann zu zittern, als wäre der leichte Wind ein Wintersturm.

»Du bist ein widerlicher Säufer, Wheaton«, sagte der junge Mann so ruhig, als spräche er über das Wetter. »Kannst du eine achtbare junge Frau nicht von deinen Flittchen unterscheiden? Benimm dich!«

»Dachte immer, du hättest es nicht so mit den Damen, Grange«, sagte Wheaton hämisch kichernd. »Oder verwechsle ich dich da mit deinem hübschen Cousin Daniel?«

»Hör auf zu pöbeln, Wheaton«, gab der junge Mann zurück. »Geh nach Hause, bevor ich dich dazu zwingen muss. Du würdest mich zwar mühelos zu Boden schlagen, dir dabei aber deine ach so schönen Kleider ruinieren.«

»Ich gehe schon. Meine schluchzende Mutter wartet mit einem Festmahl auf mich«, sagte Wheaton völlig unbeeindruckt von der versteckten Androhung körperlicher Gewalt. »Kannst die Lehrerin haben.« Er wankte davon. Beatrice spürte, dass sie rot anlief.

»Sind Sie Miss Nash?« Beatrice blickte ihn an, traute sich jedoch nicht zu, auch nur ein Wort hervorzubringen. »Ich bin Hugh Grange. Meine Tante, Agatha Kent, schickt mich, Sie abzuholen.«

»Ich glaube, ich muss mich setzen.« Der junge Mann hatte freundliche graue Augen – mehr sah sie nicht, denn der ganze Bahnhof begann sich langsam zu drehen. »Ich falle gleich in Ohnmacht.«

»Da ist eine Bank.« Er zerrte an ihrem Ellbogen. Sie sank auf die Sitzfläche. »Gut. Beugen Sie sich nach vorn und atmen Sie.« Er drückte ihren Kopf zu den schmutzigen Bodenziegeln des Bahnsteigs hinunter. Sie atmete in tiefen, langen Zügen und spürte, dass leichter, lindernder Schweiß auf ihre Stirn trat.

»Entschuldigung. Wie albern von mir.«

»Aber nein.« Sie sah nur die beiden derben Stiefel, gut eingefettet, aber abgewetzt und voller Kerben. »Es tut mir leid, dass Wheaton Sie so aufgebracht hat.«

»Hat er nicht. Ich – ich hätte mehr zu Mittag essen sollen. Normalerweise esse ich sehr gut, wenn ich verreise.«

»Ja, man muss bei Kräften bleiben, das ist wichtig«, erwiderte er, und obwohl kein sarkastischer Unterton herauszuhören war, kehrte die Wut zurück, die sie den ganzen Tag in sich zurückgehalten hatte. Sie begann wieder zu zittern. Der junge Mann legte die Finger an ihren Puls und fragte: »Soll ich den Bahnhofsvorsteher um ein Glas Wasser bitten oder glauben Sie, Sie schaffen es zum Wagen? Ich soll Sie so schnell wie möglich zu Tante Agatha bringen.«

»Es ist alles in bester Ordnung.« Sie erhob sich langsam. »Ich muss nach meiner Truhe und dem Fahrrad sehen.«

»Die holt Smith später beim Bahnhofsvorsteher ab. Lassen Sie mich Ihre Tasche tragen.«

Beatrice zögerte, aber der Tonfall des jungen Mannes hatte nichts Herablassendes, und die Besorgnis stand ihm in Form einer einzelnen senkrechten Falte zwischen den Augen ins offene Gesicht geschrieben. Ihm lag daran, sie gut zu behandeln. Ihr wurde klar, dass sie schon seit Monaten kein rechtes Vertrauen mehr darin hatte, von anderen Menschen gut behandelt zu werden. Blinzelnd gab sie ihm die Tasche, ohne ein Wort zu sagen. Er nahm sie und wog sie in der Hand, weil sie unerwartet schwer war.

»Entschuldigung. Ich habe wie immer viel zu viele Bücher mitgenommen«, sagte Beatrice.

»Das macht nichts.« Er ergriff ihren Arm und bugsierte sie durch einen Seitenausgang. »Aber wie schwer ist dann erst die Truhe? Ich werde den Stationsvorsteher bitten, telefonisch einen Pferdekarren zu bestellen, damit das Auto keinen Achsenbruch erleidet.«

Auf der Fahrt, die hügelan aus der Stadt hinausführte, hielt die junge Frau das Gesicht von ihm abgewandt und den Blick auf die vorbeiziehenden Hecken und Cottages gerichtet. Hugh betrachtete den langen Hals und das dicke braune Haar, das sie locker im Nacken geknotet trug. Obwohl sie sicherlich müde war, erinnerte nichts in ihrer Haltung an den von fortwährender Resignation gerundeten Rücken und an die hängenden Schultern der Schullehrer, denen er bisher begegnet war. Selbst seine Professoren in Oxford, fast alle mit Familie und finanziell abgesichert, waren im Lauf der Jahre unter dem ständigen Ansturm der Unwissenheit ihrer Studenten krumm geworden. Der sommerlich leichte Reisemantel der Frau bestand aus festem, weichem Leinen von guter Qualität; Rock und Jacke, beides eng anliegend, waren modisch schmal geschnitten, aber schlicht. Seiner Schätzung nach war sie ein, zwei Jahre jünger als er, demnach zweiundzwanzig oder dreiundzwanzig. Nicht mehr das furchtsame Mädchen frisch von der Schule, aber bei Weitem nicht die langweilige alte Jungfer, die er erwartet hatte. Er verspürte einen Funken Interesse, der sich am besten im Gespräch näher erforschen und zum Zünden bringen ließ.

»Ich entschuldige mich noch einmal für den unseligen Wheaton«, sagte er. »In nüchternem Zustand benimmt er sich Frauen gegenüber wie ein vollkommener Gentleman, aber wenn er getrunken hat, stürzt er sich auf jedes weibliche Wesen in seiner Nähe.«

»Sie müssen sich nicht entschuldigen. Es war ja wohl meine eigene Schuld. Warum okkupiere ich auch genau das Abteil, in dem er sitzen wollte!«

Hugh fühlte, dass er unter ihrem Blick errötete. »So habe ich das ganz und gar nicht gemeint. Aber Männer wie Wheaton …«

»Gibt es denn andere?«

»Andere?«

»Andere Männer. Unter dem Einfluss von Alkohol haben doch die meisten den Hang, ihre Manieren zu vergessen.« Sie presste die Lippen zusammen, und Hugh überlegte, wie er sich aus dem Gespräch stehlen könnte.

»Soll ich mich für uns alle entschuldigen?«, fragte er leise.

»Es wäre mir lieber, Sie würden sich für gar niemand anderen entschuldigen. Mein Vater sagt, wenn wir unsere eigenen Fehler so schnell einräumen würden wie die der anderen, wäre die Welt um einiges besser.«

»Da hat er recht, ist aber leider viel zu optimistisch. Ein sehr religiöser Mann?« Er sah einen schmallippigen Abstinenzler vor sich, der mit dünnen Fingern auf den Einband einer Bibel klopfte.

Die junge Frau lachte prustend auf, schlug aber sofort die Hand vor den Mund und rang um Fassung.

»Entschuldigung.« Wieder war ihm das Wort herausgerutscht.

»Danke«, sagte sie nach einer kurzen Pause. Ein Lächeln verwandelte ihr Gesicht und brachte die braunen Augen zum Leuchten. »Er ist vor einem Jahr gestorben, und ich hätte nicht gedacht, dass ich je wieder über ihn lachen könnte.«

»Also nicht religiös.«

»Nein, nicht unbedingt. Das erzählen Sie aber bitte nicht Ihrer Tante. Von einer Lehrerin erwartet man bestimmt untadelige Eltern.«

»Ja, das ist wahr. Und wie steht es mit den anderen typischen Attributen?«

Sie warf ihm einen fragenden Blick zu. »Ich kann Ihnen versichern, dass ich durchaus qualifiziert bin. Nur an meiner Bereitschaft zur dankbaren Unterordnung solle ich noch arbeiten, hat man mir gesagt.«

»Gut, dass meine Tante sich im Schulbeirat so sehr für Sie eingesetzt hat, dass es ihr äußerst peinlich wäre, ihre Kandidatin jetzt als ungeeignet zu bezeichnen«, sagte er, während sie auf dem breiten, kiesbestreuten Vorplatz von Tante Agathas Haus hielten. Es sollte ein Scherz sein, aber die junge Frau wirkte beunruhigt, als Smith ihr den Schlag öffnete. Während sie vor ihm ins Haus trat, fragte sich Hugh, ob es nicht besser gewesen wäre, ihr außerdem mitzuteilen, dass sie nicht annähernd so unscheinbar war, wie seine Tante es gern gesehen hätte.

2

Das Haus gefiel Beatrice auf Anhieb. Von außen wirkte es wie eine Mischung aus einem mittelalterlichen Hallenhaus und mehreren strohgedeckten Cottages, doch die großen, komfortablen Innenräume, die elektrischen Lampen und glänzenden Böden kündeten von Tatkraft und Weltoffenheit, es wirkte nicht wie ein unter dem Druck des eigenen Stammbaums versteinerter Haushalt. Lady Marbely hatte sich langsam und schleppend bewegt wie eine Frau, die nur auf ihre Beisetzung in der Familiengruft wartet; ihr Leben wie ihr Anwesen waren vom Staub der Etikette überzogen und von den Mauern der Erhabenheit umschlossen. Die Weltsicht von Agatha Kent und ihrem Ehemann kannte Beatrice nicht, aber sie hielt es für sehr unwahrscheinlich, dass die beiden sich auf alle Makel ihrer Abstammung stürzen würden, noch ehe die Suppe serviert war.

»Sie sind also Beatrice, und Sie haben bestimmt Hunger«, sagte eine füllige Frau in einem wallenden orientalischen Gewand und trat durch die offene Glastür, die in ein mit vielen Lampen bestücktes Wohnzimmer führte. Sie befand sich in dem gewissen Alter, in dem die Jugendblüte der Charakterstärke weichen muss, aber ihr Gesicht mit den intelligenten Augen und dem souveränen Lächeln war schön, und ihr Haar besaß noch seine jugendliche Spannkraft und drohte aus den sorgsam hochgesteckten Rollen zu entwischen. »Ich bin Agatha Kent, und das hier ist mein Neffe Daniel Bookham.«

»Guten Abend«, sagte Daniel, ohne auch nur höfliches Interesse vorzuspielen.

Dass Beatrice allen romantischen Jungmädchenträumen abgeschworen hatte, hieß nicht, dass ein hübsches Gesicht keinen Eindruck mehr auf sie machte, und Daniel Bookham war mit seinem sorgfältig zerzausten, über die blauen Augen fallenden braunen Haar, mit der prägnanten Kinnpartie und dem noch fast flaumigen Schnurrbart ein ungemein gut aussehender junger Mann. Obwohl ihr das nachlässig geschlungene Halstuch und das ganze bohemienhafte Gehabe lächerlich erschienen, verspürte sie eine leichte Enttäuschung, weil er jünger war als sie, schob das Gefühl aber rasch beiseite.

»Meinen anderen Neffen, Hugh Grange, kennen Sie ja bereits«, fügte Agatha hinzu. Beatrice drehte sich um und betrachtete ihn noch einmal im hellen Licht der Diele. Er war einen Kopf größer als Daniel und hatte etwas Schlichtes an sich, das ohne den direkten Vergleich mit dem fast klassischen Erscheinungsbild des jüngeren Cousins durchaus attraktiv gewesen wäre. Während seine Tante ihm auftrug, sich um das Gepäck zu kümmern, und das Dienstmädchen anwies, sie in ihr Zimmer zu bringen, gelangte Beatrice zu der Überzeugung, dass es klug wäre, Hugh Grange fest im Blick zu behalten.

Es war vermutlich das drittbeste Gästezimmer, dachte Beatrice, klein und mit einem schmalen Bett aus Eichenholz und einem schmucklosen Schreibpult möbliert, hatte jedoch eine hübsche blau gestreifte Tapete und geblümte Chintz-Vorhänge. In einer Ecke befand sich ein mit Spitzenstoff umhängtes Waschbecken mit fließendem Wasser, und ein großes Fenster ließ die Nacht und den Duft aus dem Garten herein. In der Ferne deutete ein silbriger Schimmer das mondbeschienene Meer an. Das Dienstmädchen hatte Beatrice stolz das Bad gleich gegenüber gezeigt, in dem eine riesige Wanne mit einer furchterregenden Anordnung von Armaturen und ein verschnörkeltes Mahagoni-Klosett standen, dessen erhöhter Sitz es als Wassertoilette auswies. Der mit Schnitzereien versehene Mahagonibehälter oben an der Wand und die lange Messingkette verliehen der Apparatur etwas beinahe Sakrales.

»Ich weiß, wie es funktioniert, danke«, sagte Beatrice, bevor das Dienstmädchen ihr die Benutzung erklären konnte.

»In diesem Flügel sind zurzeit nur Sie untergebracht. Sie haben ihn ganz für sich«, sagte das Mädchen.

»Wohnen die Herren nicht im Haus?«

»Sie sind lieber ganz oben in ihren alten Zimmern. Ich weiß zwar nicht, wie Master Hugh in dem kleinen Bett schlafen kann – wahrscheinlich nur, wenn er sich wie ein Igel einrollt –, aber er will in kein anderes Zimmer, und Master Daniel hat es eine Zeit lang mit dem grünen Zimmer vorn im Haus versucht, aber dann hat Master Hugh ihn ganz schrecklich mit irgendwas aufgezogen, und Mrs Kent hat gesagt, er darf wegen der neuen Vorhänge keine Zigarren rauchen, und da war er bald wieder oben.« Die Stimme des Dienstmädchens hatte im Verlauf des Redeschwalls einen immer weicheren Klang angenommen, und weil die beiden jungen Männer solche Zuneigung zu wecken vermochten, dachte Beatrice nun besser von ihnen.

Ihre Gedanken wanderten zu ihrem Vater. Die vielen Dienstboten, die sich im Lauf der Zeit um ihn und sie gekümmert hatten, waren ihm alle treu ergeben gewesen. So viele Abschiede, schön und zugleich bitter. Wie oft hatte sie sich an den Busen einer schluchzenden Haushälterin geschmiegt, die ihr übers Haar strich und sie anflehte, nur ja zu schreiben? Einmal hatten sie ein Dienstmädchen nach Italien mitgenommen, und die junge Frau war vor Gram fast umgekommen, weil sie sich nicht an die Fremde hatte gewöhnen können und den Vater und sie im Stich lassen musste. Sofort sah sie wieder den kalten Bahnsteig vor sich, das tränennasse Gesicht des Mädchens hinter dem Zugfenster und sich selbst, ein dünnes Kind, das versuchte, nicht allzu sehr zu schlottern, und sich schwor, das nächste Dienstmädchen mehr auf Abstand zu halten. Jeder freundlichen Hausangestellten – und ihr Vater hatte sie allesamt eher wegen ihrer Freundlichkeit als wegen ihrer großen Putz- oder Kochkünste eingestellt – war sie ein Stück distanzierter als der Vorgängerin begegnet. Dem Mädchen von Agatha Kent konnte sie vollkommen ungerührt gegenüberstehen.

Die atemlose junge Frau bemühte sich, hochnäsig zu bleiben. Dass Beatrice Lehrerin war, wusste bestimmt das gesamte Personal, und Dienstboten hatten nun einmal die seltsame Angewohnheit, jeden, der in der Hierarchie direkt über ihnen stand, mit der Ruppigkeit von Revolutionären zu behandeln, während sie sich ihrer Herrschaft gegenüber bedingungslos ergeben zeigten. Im Grunde war das Mädchen wohl ein herzensguter Mensch. Kräftig, fleißig und geschlagen mit dem Dialekt der Gegend, was so mancher sie wohl spüren ließ. Beatrice schenkte ihr ein fröhliches Lächeln.

»Danke, Jenny, Sie sind sehr freundlich«, sagte sie.

»Ich bringe Ihnen gleich etwas zu essen«, verkündete das Mädchen, erwiderte Beatrices Lächeln, und alles Hochnäsige war verflogen.

Als sie in frischer Bluse und mit einem Schultertuch die Treppe hinunterging, durchquerte Daniel gerade die Diele.

»Warten Sie, ich frage Tante Agatha, wo sie Sie haben will«, sagte er und verschwand durch die Wohnzimmertür.

Beatrice blieb auf der untersten Stufe stehen und umklammerte das Geländer, bis ihr Handgelenk schmerzte. Hastig murmelte sie: »Demütigung ist der Zeitvertreib der Kleingeister«, eine Lebensweisheit ihres Vaters, die ihr im zurückliegenden Jahr nur allzu oft geholfen hatte.

»Soll ich die Lehrerin ins kleine Studierzimmer schicken?«, hörte sie Daniel fragen.

»Nein, um Gottes willen – es ist kein Feuer im Kamin, und abends wird es sehr kühl. Bitte sie hier herein.«

Daniel erschien an der Tür und winkte sie herbei. Die gerunzelte Stirn verzerrte seine klassischen Züge. »Hierher, Miss. Nur nicht schüchtern, bei uns geht es ganz zwanglos zu.«

»Man hat mich ganz bestimmt nicht zum Schüchternsein erzogen«, erwiderte sie scharf. »Ein Wohnzimmer auf dem Land jagt mir keinen Schreck ein!«

»Hörst du das, Tante?«, fragte Daniel. »Nicht jeder hat Angst vor dir.«

»Das will ich hoffen.« Agatha lehnte sich in die Ecke eines dick gepolsterten Sofas zurück. »Schließlich bin ich die freundlichste Frau der Welt und komme mit jedem gut aus.«

Hugh konnte sich kaum halten vor Lachen und trank rasch einen Schluck aus seinem Glas, bevor er sich aus dem Ohrensessel neben dem Kamin erhob.

»Wie Sie sehen, hält selbst Hugh meine Tante für eine schreckliche Frau.« Daniel lächelte Beatrice an, doch seine beiläufige Arroganz hatte dafür gesorgt, dass sein Charme bei ihr nicht mehr verfing.

»Ihr seid sehr ungezogen«, sagte Agatha. »Würdest du Miss Nash etwas zu trinken anbieten, Daniel? Kommen Sie, Miss Nash, setzen Sie sich neben mich.«

»Danke, ich möchte nichts.« Beatrice hätte gern ein kleines Glas Portwein getrunken, hütete sich aber, darum zu bitten. Wochen waren vergangen, bis Lady Marbely ihre Bemerkungen unterlassen hatte, wie ungewöhnlich Beatrices Wissen über Portwein sei und wie traurig sie es finde, dass die Mutter fehle und den doch recht ungewöhnlichen Ansichten des Vaters in Bezug auf angemessenes Verhalten nicht entgegenwirken könne.

»Sind Sie satt geworden?«, fragte Agatha. »Ich kann noch etwas Obst kommen lassen.«

»Danke. Das Abendessen war köstlich, und mein Zimmer ist sehr komfortabel. Wie freundlich von Ihnen, mich hier übernachten zu lassen!«

»Ich halte es für wichtig, dass wir uns kennenlernen, bevor Sie dem Rest der Stadt begegnen. Wir haben eine große Aufgabe vor uns und müssen uns vollkommen einig sein, Miss Nash.«

»Ich glaube, das war unser Stichwort«, sagte Daniel. »Hugh und ich ziehen uns hiermit zu einer Runde Billard zurück.«

»Hugh muss mit Ihnen über den Privatunterricht reden«, sagte Agatha, während die jungen Männer den Raum verließen.

»Privatunterricht?«

»Ein paar Burschen aus der Gegend, Schützlinge von mir. Ich habe ihm erzählt, dass Sie den Sommer über Privatunterricht erteilen möchten, und er tritt sie Ihnen gern ab. Es ist nicht sonderlich schwierig – nur ein bisschen Unterstützung für fortgeschrittene Lateinschüler.«

»Es wäre mir eine Ehre. Ich habe den drei Töchtern eines Professors an unserer Universität in Kalifornien Privatunterricht gegeben und fand es faszinierend, wie das Lateinische in dieser kleinen, ehrgeizigen Gruppe geradezu erblüht ist.«

»Ich weiß nicht, ob man bei den Knaben von Erblühen sprechen kann«, erwiderte Agatha mit skeptischem Blick. »Hugh findet sie zwar auch sehr aufgeweckt, und bei einem von ihnen könnten unsere Bemühungen möglicherweise anschlagen, aber sie sind doch recht aufsässig und ungehobelt.«

»Manchmal verdienen gerade die größten Herausforderungen unsere Mühe am allermeisten. Ich bin Ihnen und der Schule sehr dankbar für diese Chance.«

»Wir müssen sicherstellen, dass die Schulbeiräte keine Gründe finden, Ihnen Unannehmlichkeiten zu bereiten.« Agatha zögerte, und Beatrice sah, dass sie um Worte rang.

»Die Beiräte wollten mich nicht einstellen«, sagte sie. Es war nicht als Frage formuliert.

»Nein, nicht unbedingt«, sagte Agatha. »Aber wenn Sie erfolgreich arbeiten, werden sie ihre Meinung ändern.« Wieder stockte sie. »Ich bin eine der beiden einzigen Frauen im Schulbeirat und damit in einer durchaus heiklen Position. Ich muss meinen Reformeifer zügeln und mir sehr genau überlegen, wofür ich kämpfen will. Wir haben selbstverständlich weibliche Lehrkräfte – in den entsprechenden Fächern –, aber in diesem Fall war es schwierig, einen geeigneten Ersatz für den Lateinlehrer zu finden, der uns völlig überraschend verlassen hat, und Ihre Qualifikationen haben die der üblichen Bewerber so weit übertroffen, dass ich … Nun ja, ich habe eben alles mir Mögliche getan, um zu erreichen, dass Sie die Stelle bekommen.«

»Danke.«

»Sie sind allerdings nicht ganz das, was ich erwartet habe«, fügte sie hinzu, ohne die Bemerkung weiter auszuführen, und Beatrice, auf der Agathas Schweigen schwer zu lasten begann, bemühte sich langsam zu atmen, um ein mögliches Erröten ihrer Wangen zu verhindern.

»Meine Universitätszeugnisse und mein Lehrerdiplom sind völlig in Ordnung«, sagte sie schließlich.

»Ihre Befähigungsnachweise und Lady Marbelys Darstellung Ihrer Lebenserfahrung und der weiten Reisen, die Sie unternommen haben, legten die Vorstellung nahe, dass es sich um eine ältere Person handelt«, erklärte Agatha.

»Die Flausen der Mädchenzeit habe ich schon vor Jahren hinter mir gelassen. Ich war lange Zeit die Sekretärin und ständige Begleiterin meines Vaters. Um es deutlicher zu sagen: Den Luxus, herumzusitzen und darauf zu warten, dass ich reife wie ein Käse, kann ich mir nicht leisten.« Sie lächelte, um den harschen Ton abzuschwächen. »Ich habe nicht die Absicht zu heiraten, Mrs Kent, und muss meinen Lebensunterhalt seit dem Tod meines Vaters selbst verdienen. Sie werden mir doch nicht die Arbeit verweigern, für die ich studiert habe und ausgebildet wurde?«

»Nein. Aber diese missliche Notwendigkeit wollen wir gar nicht erst erwähnen. Wenn wir uns durchsetzen wollen, sollten wir uns auf Ihre Verbindung zu den Marbelys stützen und die Lehrtätigkeit eher als Dienst denn als Beruf hinstellen.«

»Wie Sie wünschen.« Beatrice versuchte, keinen allzu trockenen Ton anzuschlagen, überlegte jedoch, wie sie nach Gehalt und Unterbringung fragen sollte, wenn sie nicht den Eindruck erwecken durfte, beides zu brauchen.

»Ich war bei meiner Heirat natürlich älter als Sie«, sagte Agatha. Da es keine Frage war, biss sich Beatrice auf die Lippe und schwieg. Die ungenierten Erkundigungen über ihren Entschluss, ohne Ehemann zu leben, hatte sie gründlich satt. Agatha seufzte. »Die Welt verändert sich, Miss Nash – allerdings nur sehr langsam. Ich hoffe, dass wir durch unsere gemeinsame Arbeit Verstand und Leistung fördern und unser Land voranbringen werden.«

»Gehe ich recht in der Annahme, dass Sie die Sache der Frauen unterstützen, Mrs Kent?«.

»Nein, um Gottes willen! Diese Hysterie auf den Straßen schadet immens. Unser Wert vor Gott und den Menschen lässt sich nur durch sachliche Mitarbeit, etwa in Schulbeiräten, oder durch gute Werke unter Anleitung unserer angesehensten und gebildetsten Gentlemen beweisen. Oder sehen Sie das anders?«

Beatrice sah es durchaus ein wenig anders. Sie hätte gern gewählt und einen Universitätsabschluss in Oxford, der Alma Mater ihres Vaters, gemacht. Selbst die gebildetsten Männer zeigten sich wenig geneigt, solche Ungerechtigkeiten gegenüber Frauen zu beseitigen, ohne dass man es ihnen abverlangte. Aber vielleicht hatte Agatha Kent es gar nicht ernst gemeint. Das Gesicht unter den hochgezogenen Brauen blieb undurchschaubar.

»Ich weiß nur, dass ich nicht bloß Grundschullehrerin sein will«, sagte Beatrice. »Ich möchte unterrichten und studieren und schreiben wie mein Vater, und meine Leistungen sollen nicht weniger ernst genommen werden, nur weil ich eine Frau bin.«

Agatha seufzte noch einmal. »Sie sind ein gebildeter Mensch und können dem Land nützen, aber Frauen wie uns steht es besser an, unseren Wert zu demonstrieren, als auf der Straße zu demonstrieren. Und was wäre los, wenn sich alle Dienstmädchen plötzlich für unabhängig erklären und im Tingeltangel anheuern würden!«

»Ja, wer würde dann den Tee kochen!«, brach es aus Beatrice heraus, bevor sie sich beherrschen konnte.

»Sie müssen wissen, dass wir beide in den nächsten Monaten

unter schärfster Beobachtung stehen, Miss Nash. Ich muss es in aller Offenheit sagen: Ich erwarte nicht nur, dass Sie Ihre eigenen großen Vorzüge und Ihre unangreifbare Integrität unter Beweis stellen, sondern auch meinen Ruf schützen. Ich habe mir im Laufe vieler Jahre in aller Stille eine Position geschaffen, die es mir ermöglicht, wichtige Dinge in dieser Stadt zu bewegen, was aber nicht heißt, dass ich keine Feinde hätte.«

»Ich verstehe.«

»Das bezweifle ich. Ein so unerhörtes Unterfangen wie die Anstellung einer Frau als Lateinlehrerin habe ich bisher noch nie forciert, und ich trage die persönliche Verantwortung für Sie. Sollten wir beide in dieser Sache versagen, könnten auch zahlreiche andere Projekte scheitern.« Einen Augenblick lang wirkte das freundliche Gesicht sehr müde. »Ich habe alles auf Sie gesetzt, Miss Nash. Habe ich mich klar ausgedrückt?«

Mit Erstaunen verspürte Beatrice einen Hauch von Entschlossenheit in sich keimen. Es war eine andere Entschlossenheit als die trotzige Wut, mit der sie die Flucht vor den Marbelys betrieben hatte. Seit vielen Monaten war sie von niemandem gebraucht worden. Jetzt sah es ganz danach aus, als würde Agatha Kent sie brauchen. Die Zielstrebigkeit, die früher ihr Vater mit seinen Plänen in ihr geweckt hatte, kehrte zurück.

»Ich werde Sie nicht enttäuschen, Mrs Kent«, sagte sie.

»Strengen Sie sich an«, erwiderte Agatha mit einem warmen Lächeln, stand auf und streckte beide Hände aus. Es war eine elegante Geste, die aber nichtsdestoweniger besagte, dass Beatrice nun gehen solle.

»Gute Nacht, Mrs Kent.«

»Noch etwas, Miss Nash«, sagte Agatha, während Beatrice auf die die Tür zur Diele zuschritt. »Den Wunsch zu schreiben würde ich an Ihrer Stelle für mich behalten. Für eine Dame in Ihrer Position wäre es absolut katastrophal, in den Ruf einer Bohemienne zu geraten.«

Im Billardzimmer beschäftigte sich Daniel so ausgiebig mit der Wahl eines Queues, als wäre er mit Onkel Johns vier alten Stöcken nicht seit Kindertagen bestens vertraut.

»Ich wünschte mir sehr, Tante Aggie würde keine Projekte mehr in Angriff nehmen«, sagte er, während er das Queue aus Ebenholz und Palisander in Augenschein nahm, das Onkel John in Marokko gekauft hatte. Er begann die Gummispitze mit Kreide einzureiben, und wie immer blieb es Hugh überlassen, die Lampe anzuknipsen und die Kugeln für den Anstoß zusammenzulegen.

»Ihr Interesse an Bildungsfragen halte ich für berechtigt«, erwiderte Hugh, während er die Kugeln zu einem Dreieck anordnete und sich an dem glatten, dumpfen Geräusch erfreute, das beim Aufeinanderprallen der roten und der gelben entstand.

»Ja, ja, der Schulbeirat«, sagte Daniel. »Aber dann hat sie die Bengel auf dich abgewälzt.«

»Hast du Angst vor dem Aufstieg der arbeitenden Klasse?«

»Überhaupt nicht. Von denen bringt es keiner auch nur zum Fabrikangestellten. Aber sie riskiert, sich lächerlich zu machen.«

»Sich und die Leute in ihrer Umgebung …«

»Ich denke nur an Onkel John«, entgegnete Daniel. »Und sich jetzt auch noch für eine Frau als Lateinlehrer in der Oberschule einzusetzen – einfach haarsträubend!«

»Die anderen Kandidaten waren angeblich nicht gut genug.«

»Mehr als Grundkenntnisse sind dafür meiner Meinung nach nicht nötig. In diesem Beruf braucht man vor allem einen starken Arm, um den Rohrstock zu schwingen.«

»Ich habe den Eindruck, dass sich Miss Nash darauf freut, den jungen Leuten Cäsar und Vergil nahezubringen.«

Daniel schnaubte verächtlich, und der unwirsche Zug um seinen Mund wich einem breiten Grinsen. Hugh seufzte erleichtert auf. Normalerweise dauerte es eine Weile, bis sich Daniel in Rye wieder eingelebt hatte. Als kleiner Junge war er immer mit finsterer Miene angekommen, die Schultern unter einer unsichtbaren Last gebeugt, argwöhnisch blickend wie ein geschlagener Hund. Der zwei Jahre ältere Hugh hatte getan, als bemerkte er nichts, hatte sich mit einem Buch zurückgezogen oder dem Gärtner geholfen, Salat für die Küche zu pflücken, und ungeduldig darauf gewartet, dass der jüngere Cousin sein Schneckenhaus verließ, um wieder Anführer bei den Streichen und Abenteuern in der Stadt und in den Wäldern zu sein.

Denn die mitternächtlichen Streifzüge durch die Obstgärten, die Angelausflüge und Wanderungen zur Küste wurden immer von Daniel geplant. Daniel konnte die Köchin dazu bringen, seinen Rucksack mit Schweinefleischpasteten und harten Eiern zu füllen, oder den Milchmann überreden, Hugh und ihn auf dem Karren in die Stadt mitzunehmen. Hugh wäre gern so furchtlos wie Daniel gewesen, so einfallsreich und voller Pläne, wusste aber, dass er ein Verantwortungsgefühl und ein Gewissen besaß, die ihn die Fallstricke in Daniels oft skrupellosen Plänen erkennen ließen. Zumindest hatte Tante Agatha das behauptet, als die beiden Jungen Daniels wegen eine Nacht lang in Higgins Wood umhergeirrt waren, als sich Daniel den Arm gebrochen hatte beim Sturz von dem Seil, auf dem sie für den Zirkus trainiert hatten, als sie ein krankes, dreibeiniges Ferkel nach Hause mitgenommen und in einer Orangenkiste im Kinderzimmer beherbergt hatten, bis es seinen Kot auf dem ganzen Teppich verteilt und die Köchin auf seiner quiekenden, purzelnden Flucht über die Hintertreppe zu Tode erschreckt hatte.

»Du bist der Vernünftige.«

»Du bist der Ältere.«

»Daniel hat keine Mutter, die ihm so etwas sagt.« Diese Belehrung fand Hugh etwas unfair. Schließlich konnte er nichts dafür, dass seine Mutter noch lebte. Und einen Vater hatten sie beide, auch wenn der von Hugh zugegebenermaßen viel lustiger war. Außerdem gab es doch eine Menge Leute, die seinem Cousin moralische Grundsätze beibringen konnten – von Tante Agatha bis hin zum Lehrer in der Sonntagsschule, dessen Keramikzähne klapperten, wenn er ungezogene Burschen anschrie.

Obwohl Hugh es ungerecht fand, dass man immer mit ihm sprach, als wäre es seine Idee gewesen, die Zigeuner unten auf dem Marschland heimlich zu beobachten oder sich den Esel des Nachbarn auszuleihen, um die Reise nach Bethlehem nachzuspielen, hielt er den Mund. Schon in jungen Jahren war ihm klar, dass man Daniel aus Gründen, die man ihm nicht erklärte, die Wildheit ebenso nachsah wie die mürrischen Ankünfte.

Mehrmals hatte er gehört, wie sich Tante und Onkel leise über Daniels strenges Internat unterhielten. Tante Agatha hatte gesagt, sie wolle mit Daniels Vater sprechen, und Onkel John hatte sie angefleht, sich nicht einzumischen.

Hugh aber hielt nie das Internat für das Problem, denn auch von den Besuchen bei seinem Vater in London kam Daniel missmutig nach Rye. Im Lauf der Jahre verwandelte sich seine grüblerische Art in eine Haltung zynischer Distanz. Im Internat gewann er an Beliebtheit, und in Hugh entstand der starke Eindruck, dass sein Cousin die Kunst des gesellschaftlichen Lebens wesentlich fleißiger studierte als Mathematik oder Griechisch. In Oxford schien er in diversen Kreisen sehr begehrt zu sein, und Hugh sah ihn in London wie in Sussex nur noch selten. Daniel wurde oft aufs Land eingeladen, begleitete adelige Familien in europäische Großstädte oder unternahm Wanderungen in den Dolomiten und ähnlichen rustikalen Gegenden.

»Apropos Vergil – wie war es in Florenz?«, fragte Hugh.

»Vor allem voll mit englischen und amerikanischen Matronen, die krampfhaft versuchen, ganze Jahrhunderte Kunst und Geschichte in den üblichen Ablauf eines Aufenthalts in einem provinziellen Seebad zu stopfen. Eineinhalb Stunden und keine Minute länger für die Uffizien, weil um zwölf selbstverständlich ein Lunch ansteht, und frühnachmittags ist es zu heiß, um Kirchen zu besichtigen, und um vier geht es zum Tee. Und alle ziehen durch die Straßen und zeigen ihre Töchterhorden vor, und jeden Abend Dinner und Gesellschaften.« Er visierte die Phalanx aus Kugeln an und verteilte sie blitzschnell auf dem grünen Filz. »Die tun wirklich alles, damit es in Italien nicht exotischer zugeht als mitten in Surrey.«

»Wie hast du das nur ertragen?«

»Ich habe mir eine immer wieder ausbrechende Sommererkältung zugelegt und lag angeblich tagelang in meinem Zimmer. Sobald die Luft rein war, haben wir, mein Freund Craigmore und ich, uns hinausgeschlichen und zu zweit in der Stadt herumgetrieben.«

»Interessiert sich Craigmore auch für Lyrik?«

»Überhaupt nicht. Er ist ein ziemlich wilder Maler und für seine Unfairness berüchtigter Sportler. Aber er geht sehr gern spazieren. Wir sind durch die ganze Stadt und die Hügel hinauf gewandert. Ich war für Schönheit und Kunst zuständig und musste ihm sagen, was er in sein Reisetagebuch eintragen sollte, und er hat mir beigebracht, wie man den Tennisgegner in Grund und Boden spielt.«

»Normalerweise bringst du für Kulturbanausen nicht so viel Geduld auf.« Hugh verspürte einen Anflug von Eifersucht, weil sein Cousin die Sommerkameradschaft mit ihm so umstandslos gegen eine andere ausgetauscht hatte, und fügte hinzu: »Aber er hat ja einen Adelstitel ...«

»Autsch! Sarkastische Ausbrüche sind doch sonst nicht deine Art.«

»Tut mir leid.«

»Jedenfalls kann man sich immer darauf verlassen, dass du dich entschuldigst.« Daniel stieß zu und versenkte eine rote Kugel sicher in einer Ecktasche. Die Andeutung, seine guten Manieren seien ein Zeichen von Schwäche, trieb Hugh das Blut ins Gesicht. Seine Entschuldigungen waren wenigstens ehrlich, während er von Daniel schon viele charmante zu hören bekommen hatte, hinter denen nichts steckte.

»Es tut mir leid, Hugh. Das war eine unverzeihliche Gehässigkeit.« Hugh suchte im Gesicht seines Cousins nach einem Anzeichen von Ironie, fand diesmal aber keines. »Er ist Viscount Craigmore, Sohn von Lord North«, fuhr Daniel fort. »Seine Mutter gab ihm in einer romantischen Anwandlung den Namen Lancelot, weshalb ihn selbst enge Freunde Craigmore nennen.«

»Kann ich verstehen.«

»Im Herbst fahren wir nach Paris, wir wollen dort schreiben und malen. Wir planen die Gründung einer Zeitschrift mit illustrierten Gedichten.«

»Und wie, um Himmels willen, willst du deinen Vater dazu bringen, dass er diesen Aufenthalt unterstützt? Ich dachte, du hättest deine Dichterei vor ihm verborgen.«

»Ich verberge ziemlich viel vor ihm. In diesem Fall werde ich sagen, dass mich Craigmores Vater eingeladen hat, mit ihm und seinem Sohn nach Paris zu reisen. Vater wird nichts dagegen haben, dass ich den Gentleman spiele – vor allem wenn ich erwähne, dass Craigmore eine jüngere Schwester hat, die eine hervorragende Partie wäre.«

»Sag bloß, du bist verliebt!« In Hugh glomm Hoffnung auf, denn wenn Daniel verliebt war, konnte er vielleicht seine eigenen amourösen Hoffnungen ansprechen, ohne gnadenlos geneckt zu werden.

»Ach was«, sagte Daniel. »Sie ist ein armes, blasses Ding und noch ganz grün hinter den Ohren, aber Craigmore meint, er könne seinen Vater davon überzeugen, dass ein paar Monate in Paris mit einem zusätzlichen Budget für den Unterhalt einer entsprechenden Geliebten einem britischen Gentleman den nötigen letzten Schliff verleihen, bevor er Verantwortung im Leben übernimmt.«

»Dann ist also die Lyrik die Geliebte?«, fragte Hugh. Sein Versuch, die Kugel in die Ecktasche zu befördern, misslang. Die Queuespitze stieß ins Billardtuch. »Wäre ihr nicht besser gedient, wenn du die Wahrheit sagen würdest?«

»Nein, um Gottes willen! Lord North kann mich nicht besonders gut leiden. Ich glaube, er misstraut Leuten, die schreiben.«

»Craigmores Vater mag es verdient haben, getäuscht zu werden, aber wenn du es bei Tante Agatha versuchst, wünsche ich dir viel Glück«, sagte Hugh. »Sie erwartet, dass du Onkel John dieses Jahr in den Staatsdienst folgst.«

»Ich muss sie nur davon überzeugen, dass ich es mein Leben lang bereuen würde, wenn ich mir diese Gelegenheit entgehen ließe.«

»Man kann doch Gedichte schreiben und gleichzeitig einen verantwortungsvollen Beruf ausüben.«

»Mag sein, dass man die Chirurgie als Steckenpferd betreiben kann, aber glaub mir, die Lyrik ist für mich eine Sache auf Leben und Tod. Mein Bedürfnis zu schreiben ist genauso groß wie deines, in die blutigen Menschenleiber auf dem Operationstisch zu starren und in Tante Agathas größten Marmeladengläsern Hühnerköpfe einzulegen.«

»Die Sache mit den Marmeladengläsern brauchst du nicht hinauszuposaunen. Ich stelle sie in die Speisekammer zurück, bevor die Köchin etwas bemerkt.«

»Die Sache mit Paris muss auch nicht unbedingt erwähnt werden«, sagte Daniel. »Die neue Lehrerin wird Tante Agatha ablenken. Wir sollten uns um die arme junge Frau kümmern und dafür sorgen, dass Tante Agatha sie unter ihren ehrwürdigen Fittichen behält.«

»Das dürfte keine gute Idee sein. Miss Nash ist nämlich nicht mehr ganz grün hinter den Ohren.«

»Dafür strahlt sie etwas unselig Blaustrumpfhaftes aus«, entgegnete Daniel. »Du musst dich mit ihr über wissenschaftliche Themen unterhalten, Hugh. Wenn alle Stricke reißen, kann ich immer noch ein Sonett für sie schreiben.«

»Ein Sonett?«

»Keine Frau kann widerstehen, wenn sich ihr Name im fünfhebigen Jambus mit einer Blume reimt.«

3

Die Sonne hatte den Tau auf dem Rasen noch nicht aufgesogen, und der Duft von Geißblatt und Goldlack durchdrang die salzige Luft. Der frühe Morgen war Agathas liebste Tageszeit. Er rief die einfachen Freuden der Kindheit in Erinnerung und verlockte dazu, barfuß durchs nasse Gras zu gehen. Um genau das zu tun, band sie die Schleifen an Ausschnitt und Taille ihres schlichten Baumwollmorgenmantels, schob die Füße in abgetragene Pantoffeln mit flachen Absätzen und machte sich auf den Weg zur Hintertreppe

Diese Treppe benutzte sie nur frühmorgens, und nie fühlte sie sich im eigenen Haus mehr daheim, als wenn sie den Kopf in die Küche steckte und die Köchin um eine Tasse Tee aus der großen braunen Kanne bat, in der er für das Personal den ganzen Tag hindurch frisch gehalten wurde. In der schwarz-weiß gefliesten Küche mit den hohen, sonnenhellen Fenstern und dem glänzenden neuen Gasherd mussten sie ein paar Minuten lang nicht Herrschaft und Köchin sein, die jeweils in ihrem eigenen Reich diesseits und jenseits der mit grünem Filz bespannten Tür zum Dienstbotentrakt regierten, sondern konnten sich als zwei Frauen unterhalten, die vor allen anderen aus den Federn gekommen waren und nun die erste Tasse Tee des Tages brauchten.

Heute standen zwei Schüsseln mit Himbeeren auf dem Küchentisch. Die Köchin schöpfte gerade den Rahm aus dem Milchkrug.

»Es war doch recht, dass ich sie gekauft habe? Der Milchmann hatte sie auf seinem Karren. Master Daniel isst sie so gern, und unsere sind noch ganz grün.«

»Sie werden die beiden wohl ewig verwöhnen«, sagte Agatha. »Und wie geht es Ihrer Enkeltochter?«

»Die Sonne und die frische Luft tun ihr gut. Sie läuft jetzt schon ganz hurtig.« Das kleine Mädchen musste Schienen tragen, weil seine Beine von der Rachitis, Geißel der armen Leute, verformt und geschwächt waren. Agatha gab der Köchin oft einen Korb mit Fleischbrühe und Butter mit nach Hause; dennoch blieb das mittlerweile fünf Jahre alte Kind beharrlich zart und kränkelnd und bereitete solchen Kummer, dass Agatha sorgfältig abwägen musste, an welchen Tagen sie nach der Kleinen fragte.

»Das freut mich«, sagte sie und dankte Gott im Stillen für die Gesundheit ihrer groß gewachsenen, kräftigen Neffen.

Mit der Tasse in der Hand durchschritt sie einen Holzbogen in der dichten Taxushecke, schloss das hohe Lattentor hinter sich und klapperte für den Fall, dass der Gärtner zeitig zugange war, laut mit dem Riegel. Man hatte allen Dienstboten diskret zu verstehen gegeben, dass der Zutritt zu diesem stillen Winkel des Gartens bei geschlossenem Tor verboten war. Trotzdem kündigte Agatha ihre Anwesenheit lieber an, als sie schüchtern zu verbergen.

Einen Moment lang genoss sie den Stolz auf die Geschicklichkeit, mit der sie das kleine grüne Freiluftzimmer geschaffen hatte, das aus einer dem Meer zugewandten kinnhohen Taxushecke und an den landwärts gelegenen Seiten aus drei hohen Taxusmauern bestand. Der schlichte, sehr gepflegte Rasen war so eben, dass man darauf hätte Krocket spielen können, und die schwere Eichenbank in der Mitte erfreute sie besonders wegen ihrer azurblauen Farbe. Sie stellte die Tasse ab, zog den Morgenmantel aus, schleuderte die Pantoffeln von den Füßen und präsentierte sich dem sonnigen Morgen in einer Kombination aus Chemise, kurzer, weiter Unterhose und Wollstrümpfen, deren Fußteile sie abgeschnitten hatte. Sie fuhr mit den Zehen durchs feuchte Gras, holte zweimal tief und lange Luft, streckte die Arme in die Höhe und begann energisch mit dem Oberkörper zu kreisen.

Immer wenn sie hier im Garten ihre gymnastischen Übungen absolvierte, wurde sie in die nach Kamelien duftende Luft Baden-Badens zurückversetzt, wo sich John und sie während eines Kurzurlaubs einen Vortrag über den Nutzen täglicher Leibesertüchtigung angehört hatten. Sie waren hingefahren, um sich das prächtige grünweiße Kurhaus aus Kupfer und Glas in der Nähe des Sees und die eleganten Sommergäste in ihrer steifen weißen Garderobe anzusehen. Da die Deutschen offenbar viel für farbige, mit Orden oder ordenähnlichen Broschen geschmückte Schärpen übrig hatten, glaubte man an einem solchen Sommerabend weniger, durch eine Provinzstadt am See zu spazieren, als vielmehr, einer Militärparade beizuwohnen. Dem Vortragsredner, einem schmächtigen, drahtigen Skandinavier, war es zunächst nicht gelungen, die große, leere Bühne zu beherrschen, und während er von der Wichtigkeit des Muskelaufbaus und der gesundheitsfördernden Wirkung kalter Bäder sprach, war es im Publikum unruhig geworden. Dann hatte er plötzlich die Hose ausgezogen, und sofort waren alle wie elektrisiert gewesen. Nur mit einem Lendentuch bekleidet hatte er einen Kopfstand gemacht, sich über einen fast zwei Meter hohen Balken geschwungen, einen Mann aus dem Publikum auf seinem Bauch herumspringen lassen und einen Spagat vorgeführt. John hatte sofort die Ansicht geäußert, nichts davon gereiche einem Gentleman zur Ehre, das Ganze würde nur den Verkauf der Bücher des armen Burschen gefährden, doch obwohl das aufgewühlte Publikum schockiert zu kichern begonnen hatte und sich die Lokalblätter entrüstet gezeigt hatten, war der Skandinavier mit seinem Programm zur körperlichen Ertüchtigung in jenem Sommer sehr in Mode gekommen. Das schmale Bändchen hatten sie beide gelesen, um bei Dinnerpartys mitreden zu können, doch nur John hatte sich von den vernünftigen Ideen – Schlafen bei offenem Fenster, tägliches Abreiben mit einem Schwamm – überzeugen lassen und war im Verlauf von sechs Jahren bewundernswert erschlankt. Er machte kein großes Aufheben davon, brachte aber seinen Schneider zur Verzweiflung, weil er darauf bestand, seine Kleidung weiterhin in der alten Größe zu tragen.

Agatha hatte sich zu ihrem eigenen Bedauern damit abgefunden, dass ihr diese Willenskraft fehlte. Die Unregelmäßigkeit, mit der sie die Übungen absolvierte, und ihre Vorliebe für Kuchen, Sahne und schöne, dicke Soßen hatten ihr einen Schmerbauch beschert, dem weder mit Gymnastik noch mit dem Korsett beizukommen war. Als sie jetzt im Gras lag und, die Füße hinter die Latten der Bank geklemmt, zwölfmal den Oberkörper aufzurichten versuchte, kam ihr ständig ein Speckröllchen in die Quere. Trotzdem war es schön, an einem trockenen, sonnigen Tag im eigenen Garten Gymnastik zu treiben; außerdem freute sie sich auf die verordnete Dosis gesunder Sonnenstrahlen nach dem Ende der Übungen.

Beatrice wurde vom Sonnenlicht geweckt, das auf der blauen Tapete zu tanzen schien, und von den Vögeln, die sich in Bäumen außerhalb ihres Blickfelds um das Frühstück zankten. Das Fenster stand offen, und die leichte Brise trug den Geruch eines heißen Morgens in den kühleren Raum. Im ersten Moment wusste sie nicht, wo sie war, und dachte einen heftigen Herzschlag lang, sie sei vielleicht noch in Italien, in dem Dorf oberhalb von Florenz, und ihr Vater sitze schon, in die Lektüre zwei Tage alter Zeitungen versunken, auf der Terrasse am Frühstückstisch der *pensione* und rufe nach ein wenig mehr heißer Milch. Sie drückte sich tief ins Kissen hinein und versuchte den glücklichen halbwachen Zustand zu wahren.

Als sie die Augen schließlich öffnete, nahm das fremde Zimmer nach und nach Konturen an, und langsam formte sich die Erinnerung, dass ihr die Flucht aus der Familie ihrer Tante gelungen war. Sie war in Sussex, das Zimmer duftete nach dem Garten und entfernt nach dem Meer. Heute zumindest konnte der Kummer, der sie morgens oft ans Bett gefesselt hatte, nichts gegen die Freude auf den Neuanfang ausrichten. Zum ersten Mal seit Monaten sprang sie fast auf die Beine, um den Sommertag zu begrüßen.

Sauber, adrett, in einem grauen Baumwollkleid mit biesenbesetztem Oberteil und einem breiten, von Knöpfen aus Bein geschlossenen Gürtel, ließ sie ihre Reisetasche griffbereit an der Zimmertür stehen und begab sich hinunter zum Frühstück. Die Diele mit dem auf Hochglanz gebohnerten Boden war ebenso still und leer wie das Wohn- und das gegenüberliegende Speisezimmer. Hinter der Treppe waren leise Geräusche zu hören, doch sie wollte nicht ungebeten weiter in das Haus hineingehen. Die großen Wohnzimmerfenster standen offen, ein leichter Wind wehte herein. Um nicht länger herumzustehen und dabei vielleicht gesehen zu werden, trat sie auf die Terrasse hinaus.

Die mit Stein gepflasterte Terrasse sah bereits älter aus als das Haus selbst. Der unerbittlich tröpfelnde englische Regen hatte sie wunderschön moosgrau verfärbt, und an die von Geißblatt, Glyzinien und den tellergroßen blassgrünen Blüten einer Clematis umrankten Geländersäulen drängten sich üppige Stauden. Aus Beeten mit strahlend blauen Schmucklilien wuchsen weiße Rosen am Haus empor. Beatrice bückte sich, umfing mit beiden Händen einen Blütenkopf von der Größe eines Huts und fragte sich, ob Pflanzen spüren konnten, wie fern der Heimat sie waren – die afrikanische Schmucklilie, zu Zeiten Heinrichs VIII. auf Schiffen nach England gebracht, Rhododendren, ausgegraben an den faltigen Flanken chinesischer Berge, Passionsblumen, die sich in einer Luft um sich selbst wanden, die so viel trockener war als der Regenwald Südamerikas. Hinter der Balustrade fiel ein Krocketrasen zu einer tiefer liegenden, leicht gewellten Grasterrasse hin ab, die gegen den steilen Hang mit einer Hecke umfriedet war. Darunter spitzten die roten Dächer von Rye wie aufgehäufelt aus dem flachen Marschsaum, und dahinter lag das breite, glitzernde Meeresband unter dem weiten blauen Himmelsgewölbe. Links endete die Terrasse an einer Reihe dicht gewachsener Kiefern, die das Anwesen vom Nachbargrundstück trennten; rechter Hand aber erstreckte sie sich weiter und lockte Beatrice am Blumen- und Gemüsegarten vorbei zu einer Tür in einer Hecke und in das dahinterliegende alte Waldland.

Agatha Kent lag dösend auf den Falten eines weißen Baumwollmorgenmantels auf einer leuchtend blauen Bank auf einem ebenen grünen Rasenstück, und sie war splitternackt. Hätte Beatrice das Rosige eine Sekunde früher als Haut erkannt und statt der blauen Farbe der Bank die kurvige Körpermasse wahrgenommen, hätte sie sich vielleicht zurückziehen können, bevor Mrs Kent die Lider aufschlug, doch sie erstarrte. Sah zu, wie die üppige Mrs Kent zappelnd wie ein gestrandeter Fisch erst sich, dann die Zipfel des Morgenmantels zusammenzuraffen und ihre drallen Formen unbeholfen zu bedecken versuchte. Siedend heiß schoss Beatrice das Blut ins Gesicht, während sie den Blick schweifen ließ, um ihn auf etwas anderem ruhen zu lassen, und schließlich zu Boden starrte, bis der Rasen vor ihr verschwamm.

»Es tut mir so leid«, stieß sie hervor. »Es tut mir unendlich leid.« Der riesige rosige Fleck flimmerte ihr noch immer vor den Augen.

»Sie konnten ja nicht wissen …«, sagte Agatha und versuchte mit geblähten Backen gleichzeitig zu atmen und Schleifen zu binden. »Alle wissen, dass sie mich hier nicht stören dürfen.«

»Es tut mir so leid«, wiederholte Beatrice und überlegte, ob sie vielleicht auf der Stelle ihre Tasche holen und zum Bahnhof gehen sollte. »Ich wollte nicht spionieren.«

»Ich habe mir immer vorgenommen, ein Schloss an der Tür anzubringen. Aber ein Schloss in einem Garten sieht so merkwürdig aus, und –«

»Ich stehe immer zu früh auf. Ich habe keinen festen Schlaf.«

»Ich habe ein Sonnenbad genommen«, sagte Agatha. Ihr Atem ging jetzt weniger hektisch. Ihr Ton wurde entschiedener. »Das ist ein wichtiger Teil des Übungsprogramms, das man mir verordnet hat.«

»Ja, natürlich.«

»Sie sollten es auch probieren. Ein so junges Mädchen, und so ein verhärmtes Gesicht!«

»Ich bin kein Mädchen«, wandte Beatrice ein. »Und ich wäre auch nicht so blass, wenn es hier nicht ständig regnen würde.«

»Umso wichtiger, Sonne in sich aufzusaugen, wann immer es geht. Sie können gleich damit anfangen.«

»Ich will Sie nicht belästigen.«

»Keine Sorge, wir werden nicht herumhüpfen wie die Waldnymphen. Kommen Sie, setzen Sie sich neben mich! Ich drehe mich so herum, dann bekommen wir beide ein bisschen Sonne, wenn schon kein richtiges Bad.« Sie rutschte ans weiter entfernte Ende der Bank, streifte den Morgenmantel von den Schultern und hielt ihn mit einer Hand über dem großen Busen zusammen. Beatrice eilte zum anderen Ende, setzte sich, knöpfte den Kleiderkragen auf und klappte die steifen Kanten hinunter. Dann krempelte sie die Ärmel bis zum Ellbogen hoch.

»Sie müssen das Kleid schon weiter hinunterziehen, wenn es etwas nützen soll«, sagte Agatha, reckte das Kinn in die Sonne und schloss die Augen. Beatrice öffnete noch ein paar Knöpfe und schob das Kleid von den Schultern. Der Wind strich über ihr Dekolleté und kräuselte den Saum des leichten Hemds. Wie eine warme Hand legte sich die Sonne auf ihre Schulter, erhitzte die sanft gewölbte Brust und die zarte Haut in der Ellenbeuge. Die raschen Atemzüge wurden langsamer, entspannter. Sie wandte das Gesicht zur Sonne, und plötzlich überkam sie der merkwürdige Wunsch, die Schuhe auszuziehen und barfuß durchs Gras zu gehen.

Hugh tat, als würde er in aller Ruhe frühstücken und dabei eine der Londoner Zeitungen der vergangenen Woche lesen, die er achtlos vor sich ausgebreitet hatte. In Wahrheit lauschte er auf Geräusche in der Diele, die erkennen ließen, dass die Damen zum Frühstück kamen. Er verspürte eine angenehme Vorfreude auf das Wiedersehen mit der jungen Lehrerin und hatte bereits mehrere Gesprächseröffnungen durchgespielt. Die Sehnsucht nach frischer Unterhaltung und gleichaltriger Gesellschaft befeuerten seine Ungeduld.

Als er etwas rascheln hörte und gleich darauf gedämpfte Stimmen erklangen, wischte er die Hände an der Serviette ab und richtete seinen Kragen. Die Zeitung konnte er nicht mehr falten, bevor das Dienstmädchen die Tür öffnete.

»Danke, Jenny«, sagte Beatrice, während sie eintrat.

»Ich fülle noch schnell frischen Tee nach und hole heißen Toast.« Schon schnappte sich Jenny die große Silberkanne von der Anrichte. Hugh erinnerte sich nicht, jemals frischen Tee von ihr bekommen zu haben.

»Guten Morgen«, sagte er. »Sie haben hoffentlich nichts gegen ein zwangloses Frühstück. Sie können Jenny auch gern um etwas anderes bitten.« Er freute sich über seine eigene Fröhlichkeit und überlegte, ob ihm die neu entdeckte Zuneigung zu Lucy Ramsey vielleicht einen lässigeren Umgang mit allen Frauen ermöglichte.

»Ich bin vollauf zufrieden«, erklärte Beatrice, während sie den Obstteller betrachtete und die Deckel von den mit Rührei, Würstchen, gebratenem Speck, warmem Rosinenkuchen und Kedgeree gefüllten Schüsseln auf den Wärmeplatten hob. Das Kedgeree war vom Vortag. Hugh spielte mit dem Gedanken, ihr mitzuteilen, dass es seitdem schärfer geworden war, was sich trotz der Zugabe großzügiger Mengen gehackter Petersilie durch die Köchin nicht kaschieren ließ, fand dann aber, dass es ihm nicht zustand.

»Wir haben hier im Sommer alle unseren eigenen Zeitplan«, fügte er hinzu, obwohl ihm klar war, dass die häuslichen Gepflogenheiten kein allzu spritziges Thema darstellten. »Meine Tante habe ich heute Morgen leider noch gar nicht gesehen.«

Beatrice löffelte einige Himbeeren auf einen Teller und gab einen großen Schlag frischer Sahne aus dem Krug dazu. Dann legte sie auf einen zweiten kleinen Teller ein Würstchen und kam mit beiden an den Tisch.

»Ihre Tante hat mir heute schon den Garten gezeigt. Nach dem Frühstück gehen wir ein bisschen durch die Stadt, und dann stellt sie mich freundlicherweise meiner neuen Zimmerwirtin vor.«

»Ich muss Sie warnen. Meine Tante kennt jeden, und es macht ihr überhaupt nichts aus, mitten auf der Straße stehen zu bleiben und sich mit den Leuten zu unterhalten. Ein Spaziergang mit meiner Tante ist gewissermaßen eine Abfolge immer neuer Aufbrüche. Dazwischen muss man viel herumstehen und versuchen, nicht zu sehr mit den Füßen zu scharren.«

»Oje, dann muss ich wohl geduldig sein.«

»Und da sie auf die Nachricht wartet, ob mein Onkel aus London kommt, wird sie das Haus wohl erst spät verlassen«, fügte Hugh hinzu.

»Was soll ich machen?« Es war in heiterem Ton gesprochen, doch sie stach ihre Gabel dabei ziemlich energisch in das Würstchen. »Es war zwar die Idee Ihrer Tante, aber nun führt meine gern gegebene Zustimmung zu großen Unannehmlichkeiten.«

»Nein, ganz und gar nicht. Ich dachte nur, Sie möchten sich die Stadt so bald wie möglich ansehen, und …« Er stockte, denn sein vager Plan nahm plötzlich Gestalt an, und die Ungeheuerlichkeit des Vorschlags ließ die eben noch empfundene Leichtigkeit verfliegen.

»Vielleicht kann sie ein Dienstmädchen oder sonst jemanden entbehren, der mich herumführt«, sagte Beatrice. »Andererseits ist die Stadt wohl klein genug, um sich allein zurechtzufinden.«

»Das würde meiner Tante nicht gefallen«, entgegnete Hugh. Er holte tief Luft und stürzte sich in den nächsten Satz. »Ich habe heute Vormittag nichts Bestimmtes vor, und wenn doch, könnte ich es verschieben.«

»Nichts Bestimmtes ist immer am schwierigsten zu verschieben«, erwiderte Beatrice und lächelte ihm über die erhobene Teetasse hinweg zu.

»Ich meinte, dass Sie mir eventuell gestatten, Sie auf einem kleinen Rundgang durch die Stadt zu begleiten und danach zu Ihrer Unterkunft zu bringen, wo Sie sich dann zu gegebener Zeit mit meiner Tante treffen könnten.« Da er das Angebot stammelnd vorgebracht hatte, blieb ihm nur, abzuwarten und möglichst nicht zu erröten.

»Sehr gern. Es ist ein wunderschöner Tag – ich hätte nichts gegen einen strammen Spaziergang. Sind Sie schnell zu Fuß, Mr Grange?«

»Sagen Sie doch bitte Hugh zu mir.« Die Leichtigkeit kehrte zurück. »Sie wandern demnach gern, Miss Nash?«

»Für meinen Vater und mich gab es nichts Schöneres, als im Urlaub zu wandern«, sagte sie, forderte ihn aber nicht auf, sie beim Vornamen zu nennen. »Sind Sie schon einmal durch die Alpen gestreift, Mr Grange?«

»Ja, dieses Vergnügen war mir bereits vergönnt. Nichts ist so wunderbar wie schneebedeckte Gipfel und ein Abendessen in einem urigen Schweizer Bauernhaus.«

»Im Westen Amerikas ist die Landschaft vielleicht sogar noch ein bisschen gewaltiger. Aber es stimmt – wenn man den ganzen Tag über die Pässe gewandert ist, gibt es abends nichts Besseres als einen Humpen hausgebrautes dunkles Bier.«

»Ganz zweifellos«, erwiderte Hugh und hoffte, dass sie nicht vorhatte, mit Rucksack und Nagelschuhen in die Stadt zu wandern. »Dann macht Ihnen also ein bisschen Dornengestrüpp nichts aus und wir können über die Felder statt auf der Straße gehen?«

»Wunderbar. Ein bisschen frische Luft und bitte kein Pardon beim Tempo, Mr Grange!«

Nach dem Frühstück ging es auf einem matschigen Feldweg recht flott zur Stadt hinunter und dann die kopfsteingepflasterten Straßen hinauf, die sich, steil, wie sie waren, mit jeder Schweizer Dorfgasse messen konnten. In der Hauptstraße blieb Beatrice stehen, lehnte sich an einen Pfosten, um ein wenig auszuruhen, und versuchte nicht allzu schwer zu atmen. Sie hatte zwar immer Schritt gehalten, trug aber, weil sie sich bei der neuen Zimmerwirtin mit Agatha Kent treffen wollte, ihre Ausgehschuhe mit den Absätzen und hatte das Korsett enger geschnürt, als für eine solche Anstrengung gut war. Ihr Gesicht glühte, und trotz des leichten Baumwollkleids rann ihr der Schweiß über den Rücken.

»Ist alles in Ordnung?«, fragte Hugh. »Sie wirken etwas erschöpft.«

»Es ist alles in bester Ordnung, danke.«

»Es war vielleicht nicht sehr gentlemanlike von mir, Sie hinsichtlich des Tempos beim Wort zu nehmen.«

»Nur meine Kleidung kann nicht ganz mit Ihnen mithalten.« Sie zog eines von den großen, schlichten Taschentüchern ihres Vaters hervor, fächelte sich Luft zu und ließ den Blick wandern. »Ich würde mir gern einen ersten Eindruck verschaffen, wenn es Ihnen recht ist.«

Die Hauptstraße säumten anheimelnd schiefe, mit hellen Markisen versehene Läden sowohl aus der Zeit der Tudors als auch im georgianischen Stil. Die zahlreichen Kunden, viele sicherheitshalber übertrieben herausgeputzt wie die Landbevölkerung überall auf der Welt, wenn ein Stadtbesuch ansteht, eilten schnaufend und sich Luft zufächelnd von einem Geschäft zum nächsten. Ein Wagen fuhr vorbei und besprengte die heiße Pflasterstraße mit kühlem Wasser. Dicht dahinter folgte ungeduldig ein großes Automobil. Der stechende Gestank der Abgase, die es stotternd ausstieß, vermischte sich mit dem feuchten Geruch von Pferden, Blumenkörben und Fleischpasteten, die zum Auskühlen in einem offenen Ladenfenster lagen.

Als Beatrice sich erholt hatte, stiegen sie weiter hinauf in die schmaleren Gassen rings um den Kirchhof, vorbei an alten elisabethanischen Häusern mit schwarzem Fachwerk, winzigen Bleiglasfenstern, schiefen Dächern und über die Jahrhunderte im sanften englischen Regen verwitterten Ziegeln, bis sie schließlich auf ein breites grünes Rasenstück traten, auf dem sich ein alter Steinturm hoch über die darunterliegende flache Landschaft erhob.

»Wie auf einem Gemälde«, sagte Beatrice, während sie das Gewimmel der Dächer auf dem steilen Hang und die weite Marsch betrachtete, die bis zum fern schimmernden Ärmelkanal reichte. »Man könnte glauben, das Meer läge direkt unter uns.« Ein Lüftchen trocknete ihnen die feuchte Stirn. Beatrice nahm den Strohhut ab und strich sich das Haar glatt.

»So war es auch vor Hunderten von Jahren«, sagte Hugh. »Jetzt sitzen wir im Marschland fest, und die Schiffe haben Mühe, nicht im Schlamm stecken zu bleiben.« Links von ihnen schien ein einzelnes riesiges Segel durch eine Schafweide zu gleiten, während das Schiff selbst hinter dem grasbewachsenen Damm unsichtbar blieb. »Das ist der Royal Military Canal. Er wurde zur Verteidigung gegen Napoleon gebaut.«

»Schwer vorstellbar, dass ein so schmaler Wasserweg eine Invasion verhindern sollte. Wohin führt er?«

»Er verläuft auf einer Länge von fünfundvierzig Kilometern zwischen Hastings und Folkestone.« Es freute Hugh, dass sein männliches Bedürfnis, jeden schönen Anblick mit öden Fakten zu befrachten – so hatte Lucy Ramsey es einmal spöttisch beschrieben –, Beatrice nicht zu stören schien. »Die Franzosen von hier fernzuhalten war jahrhundertelang ein nationaler Zeitvertreib. Mit der Festung dort drüben hat Heinrich VIII. seinen Beitrag dazu geleistet.«

»Womit sollen wir uns bloß beschäftigen, wenn wir jetzt mit Paris so ›Entente Cordiale‹ sind?«

»Wir benutzen sie einfach als riesigen Puffer gegen jedes Ungemach aus dem restlichen Europa und stellen französische Köche für unsere Dinnerpartys ein.«

»Das klingt gut. Allerdings glaube ich nicht, dass es für mich in nächster Zeit einen französischen Koch geben wird.«

»Nein, Zimmerwirtinnen essen üblicherweise lieber Hammelkoteletts und Stachelbeerkuchen.«

»Haben Sie eine?«

»Ja, eine gewisse Mrs Rogers. Eine liebe, gute Frau, die ständig dafür sorgt, dass ich und die drei anderen Medizinstudenten nie Hunger leiden, indem sie so viel wie möglich in Nierenfett- oder Mürbeteig verpackt. Ich muss regelmäßig meine Übungen machen, um schlank zu bleiben.«

»Sie wollen Arzt werden?«

»Chirurg – zum Leidwesen meiner Eltern. Ich habe gerade mein erstes Ausbildungsjahr bei Sir Alex Ramsey beendet. Meine Forschungsarbeit hat ihm offenbar gefallen, er hat mich gebeten zu bleiben.« Ein stolzer Unterton schlich sich in seine Stimme. Die Aufmerksamkeit des angesehensten Chirurgen Londons auf sich zu ziehen war keine geringe Leistung.

»Und Ihre Familie ist dagegen?«, fragte Beatrice und warf ihm einen ironischen Blick zu, als hätte auch sie das bereits erlebt.

»Mein Vater war lange und sehr erfolgreich im Bankwesen tätig«, antwortete Hugh. »Meine Eltern meinten wohl, ich sollte der Familie mit einem edleren und weniger blutigen Beruf als mit der Medizin Ehre machen.«

»Was hat ihnen denn vorgeschwebt? Dass Sie eine reiche Witwe heiraten?«

»Reiche Witwen sind rar gesät, selbst hässliche«, erwiderte Hugh.

»Und was machen Sie nun?«

»Sir Alex Ramsey besitzt sowohl die Ritterwürde als auch eine Praxis am vornehmeren Ende der Harley Street, deshalb zeigen sich meine Eltern meinem Berufswunsch gegenüber in den letzten Monaten offener. Aber als Privatier sähen sie mich lieber.«

»Sie sind ein Mann der Tat?«

»Wir bauen Flugapparate und telefonieren miteinander über Kupferdrähte, und die Medizin macht so große Fortschritte, dass die Lehrbücher alle paar Jahre überarbeitet werden müssen.« Er hielt inne und grinste, als hätte er schon wieder mehr gesagt, als er sollte. »Ich kann mir nicht vorstellen, nur herumzusitzen, Golf zu spielen, in den Club zu gehen und mich dem gesellschaftlichen Leben zu widmen.«

»Das ist beachtlich«, sagte Beatrice. »Woran forschen Sie gerade?«

»Ich untersuche die Wirkung des Schocks auf Patienten nach einem chirurgischen Eingriff. Es ist ziemlich interessant, dass viele eine Hirnoperation problemlos überstehen, dann aber auf Station sterben.« Weil er befürchtete, der Gegenstand könnte zu schaurig sein, wechselte er das Thema mit dem Zusatz: »Aber den Sommer über habe ich natürlich frei. Sir Alex ist mit seiner Tochter an die oberitalienischen Seen gereist.«

»Die Fortschritte des neuen Jahrhunderts müssen eben warten, während wir Kuren machen und im Meer baden«, sagte Beatrice. »Und ist die Tochter des berühmten Chirurgen beeindruckt von Ihrem Fleiß?«

»Lucy?« Er wünschte sofort, er hätte »Miss Ramsey« gesagt. Während er stotternd weitersprach, fürchtete er rot zu werden. »Sie ist noch sehr jung und zu empfindsam, um die Einzelheiten unserer Arbeit zu ertragen. Ihr Vater und ich versuchen sie damit so gut es geht zu verschonen.«

»Für mich war Empfindlichkeit noch nie erstrebenswert. Ich wollte lieber an der Seite meines Vaters sein.«

»Lucy hilft ihrem Vater sehr mit der Korrespondenz, und sie ist eine wundervolle Gastgeberin. Ich bin mehrmals pro Woche zum Tee bei ihnen.«

»Dann sind Sie sicherlich einsam, während sie fort ist.« Sie lächelte, und er spürte, dass sie ihn neckte.

»Ich habe viel zu tun in diesem Sommer.« Ihre freundlichen Provokationen verwirrten ihn. Auch Lucy zog ihn oft auf, blieb dabei aber immer auf charmante Art respektvoll, während er sie mit den Vorzügen seines höheren Alters und überlegenen Wissens verwöhnte. »Manchmal begleite ich den alten Dr. Lawton nachmittags auf seinen Hausbesuchen. Unter den ärmeren Leuten trifft man auf viele interessante Fälle.«

»Ich schätze, der Landarzt ist entsprechend beeindruckt, nicht wahr?«

»Überhaupt nicht. Er kennt mich seit meiner Kindheit und hält mich noch immer für den Dummkopf von damals, als ich mit meinem Cousin durch die Obstgärten zog und mir die Knie aufschürfte. Aber er hat mehr medizinisches Wissen vergessen, als ich mir wohl jemals aneignen kann, und ihm zu helfen lehrt mich Bescheidenheit.«

»Wenn man sein Alter schon nicht ändern kann, reicht es vielleicht, einfach nützlich zu sein«, sagte Beatrice. Sie seufzte und schlug plötzlich einen ernsthafteren Ton an. »Hoffentlich bin auch ich irgendwann nützlich.«

»Aber hoffentlich nicht nur nützlich, sondern auch glücklich. Diese Stadt war für mich immer ein friedlicher Zufluchtsort, aber Sie werden es hier nach Ihren vielen Reisen womöglich etwas zu ruhig finden.«

»Es würde mir nichts ausmachen, ein Einsiedlerleben zu führen.« Hugh sah, dass ihre Augen etwas von ihrem Glanz verloren. »Nach dem vergangenen Jahr habe ich keinen anderen Wunsch mehr, als weitab vom geistlosen Gesellschaftsleben arbeiten zu dürfen und meine Ruhe zu haben. Ich werde mich wie Charlotte Brontës Romanfigur Lucy Snowe damit begnügen, eine kleine Schule für die Kinder der Kaufleute zu leiten.«

»Leider gibt es hier in der Stadt eine ganze Reihe von wohltätigen Vereinigungen und Damenkränzchen, die Sie nicht lange in Ruhe lassen werden, Miss Nash. Meine Tante hat schon damit gedroht, einen Kricketschläger in der Diele zu deponieren, um sie zu vertreiben.«

»Danke für die Warnung«, sagte Beatrice lächelnd. »Ich werde meine Zimmerwirtin anweisen, einfach immer zu behaupten, ich sei nicht zu Hause.«

Sie bereute es, sich an der Hauptstraße von Hugh Grant verabschiedet zu haben, und ebenso sehr bereute sie es, dass sie nach ihrem Eintreffen vor Mrs Turbers Doppelcottage leichtsinnig darauf verzichtet hatte, Agatha Kents Kommen abzuwarten, bevor sie durch die größere der beiden Haustüren eintrat. Beatrice hatte schon viele Unterkünfte besichtigt und beurteilt und für ihren Vater oft auch in einer fremden Sprache hart über Bedingungen und Regelungen verhandelt. Doch während die Vermieter in den diversen Ländern den durchaus eigenwilligen Wünschen eines angesehenen Gelehrten stets mit Respekt, wenn nicht gar sofortiger Zustimmung begegnet waren, stießen die bescheidenen Bitten eines adretten unverheirateten Fräuleins auf weit weniger Verständnis und Zuvorkommenheit. Erstaunen, nicht geringes Misstrauen und zuletzt ein Anflug von Zorn standen Mrs Turber ins fleischige, gut genährte Gesicht geschrieben, als sich Beatrice nach den Putzgewohnheiten und Essenszeiten, nach dem Speiseplan, der Versorgung mit Kohle und heißem Wasser und dem gründlichen Auslüften der Bettwäsche erkundigte. Das Eingeständnis, ihre Bemerkung über die schmutzigen Fensterscheiben besser unterlassen zu haben, trug zur Ernüchterung bei. Mrs Turbers Gesicht war so rot angelaufen, dass Beatrice fragte, ob es ihr gut gehe, und sich erbötig machte, das Zimmer im oberen Stock allein in Augenschein zu nehmen, während Mrs Turber in ihrem Teil des Hauses blieb und sich erst einmal setzte.

In dem winzigen Zimmer legte sie den Kopf an den kalten, rauen Wandputz und überließ sich mit halb geöffnetem Mund ihrem stillen, müden Kummer. Sie verspürte den Wunsch, ihren Vater anzuschreien, weil er sie so ganz und gar verlassen hatte. Er hätte es lustig gefunden, hätte sich mit hochgezogenen Brauen in dem ärmlichen Haus umgesehen und behutsam darauf hingewiesen, dass er sich nicht nur den Tod nicht ausgesucht habe, sondern obendrein vor der Fertigstellung mehrerer wichtiger Arbeiten gestorben sei. Er hätte wohl einiges zu sagen gehabt zu ihrer unüberlegten Flucht nach Sussex und zu der vollkommen unnötigen Entscheidung, sich in die Niederungen der harten Angestelltenwelt zu begeben. Sie hielt die Augen geschlossen und spürte einen Mundwinkel zucken. Wie albern sie war! Die Tochter von Joseph Nash zergeht nicht in Selbstmitleid!, sagte sie sich. Die Müdigkeit verflog. Beatrice öffnete ein Auge zur Hälfte und warf zwischen den Wimpern hindurch einen Blick auf das Zimmer.

Es wirkte schief wie eine Hütte oder eine alte Galeone. Die Wände über dem durchhängenden Boden schienen sich einander zuzuneigen, und die Decke ähnelte mit ihrer leichten Ausstülpung der Unterseite eines großen weißen Tellers. Das Fenster war zwar schmutzig, aber die alte Scheibe hatte hübsche Lufteinschlüsse und Bleisprossen, und es gab einen breiten Sims. Die Möbel waren grauenhaft. Die Bettpfosten, von Wurmlöchern durchsetzt, ragten spindeldürr in die Höhe. Auf der Kommode war das halbe Furnier abgeplatzt, und zwei der schwarz angelaufenen Messinggriffe fehlten. Das Sitzgeflecht des einzigen Stuhls spiegelte den durchhängenden Boden wider. Beatrice richtete sich auf und hob den Teppich an einem Eck mit der Schuhspitze an. Er war speckig vom Staub, roch nach Haarwasser für Männer oder etwas Ähnlichem und erinnerte sie daran, dass sich in diesem Raum bereits andere Menschen ausgezogen, ihren Schweiß in die harte Matratze vergossen und den Porzellannachttopf benutzt hatten, der in einer Holzkiste unter dem Bett stand. Sie begann der weiß gefliesten Pracht des Wasserklosetts im Haus von Agatha Kent nachzutrauern.

Als sie versuchsweise etwas fester auf den Boden trat, federte er leicht, gab aber wenigstens nicht nach. Sie ging zum Fenster und betrachtete den breiten Außensims, auf den sich vielleicht ein, zwei Töpfe mit duftender Reseda stellen ließen. Der Blick ging auf die Kopfsteinpflasterstraße und auf die Eingangstüren der Häuser gegenüber. Eine schöne georgianische mit weißen Pilastern, daneben, mitten in der frisch getünchten Flechtwerkwand, eine niedrige aus der Tudorzeit, Eichenholz mit Beschlägen, von den Jahrhunderten geschwärzt. Ein Blumenkasten mit weißen Lilien und ein eingetopftes Lorbeerbäumchen am georgianischen und ein Bleitrog mit scharlachroten Geranien am Tudor-Haus verliehen der Straße ein heiteres, an Urlaub erinnerndes Flair. Die von den roten Backsteinwänden und Dachziegeln reflektierten Sonnenstrahlen heizten die schattige Straße auf und brachten den Raum zum Leuchten. Im Treppenflur vor dem Zimmer befand sich in einem kleinen Alkoven ein Fenster zum Hinterhof. Das, dachte sie, wäre der perfekte Platz für ihr Schreibpult. Nur am Blick musste etwas verändert werden, denn er ging auf die Außentoilette – ein Wasserklosett für die Bewohner beider Teile des Doppelhauses – sowie auf Mrs Turbers schäbige, an einer Leine flatternde Leintücher.

Unten ertönten Stimmen, und während Beatrice die knarzende Treppe mit dem klebrigen Handlauf hinunterging, hörte sie Agatha leise und nachdrücklich auf Mrs Turber einreden, die ihrerseits nur knarzende Laute erstickter Wut hervorbrachte. Durch eine Verbindungstür nach nebenan zur größeren Wohnung von Mrs Turber drang das Gespräch in die kleine Stube.

»Ich sage nur, dass es bei mir ordentlich zugeht. Mr Puddlecombe hat sich nie wegen dem Warmwasser beschwert, und wenn sie alle Fenster aufmachen und den Dreck reinlassen will, also …«

»Miss Nash ist so ordentlich wie ich selbst, Mrs Turber, und über die einzelnen Versorgungsleistungen lässt sie bestimmt mit sich reden.«

»Ein bisschen ordentlicher, als ihr guttut«, entgegnete Mrs Turber. »Die Leute werden wissen wollen, warum so ein junges Mädchen ganz allein lebt!«

»Da Miss Nash in Zukunft unter Ihrer persönlichen Aufsicht steht, wird erst gar kein Gerede aufkommen, Mrs Turber. Sie waren noch nie Gegenstand von Tratschereien.«

»Nun, sei es, wie es will …«, sagte Mrs Turber mit zufriedenem Unterton.

»Wer würde einer jungen Frau, die durch den Tod ihres angesehenen Vaters in die Welt hinausgestoßen wurde, das Recht verweigern, ihr eigenes Geld zu verdienen?«, fügte Agatha leicht stockend hinzu. »Lady Emily und ich sind so dankbar für die Zuflucht, die Sie Miss Nash gewähren.« Das, fand Beatrice, ging etwas zu weit. Aber als sich Mrs Turber laut zu schnäuzen begann, wurde ersichtlich, dass man ihr zumindest einen Anflug von Mitgefühl entlockt hatte. Agatha Kent war eine ausgezeichnete Diplomatin.

»Öfter als einmal pro Woche kann sie kein Warmwasser erwarten«, sagte Mrs Turber. »Vaterlos hin oder her, ich habe viel zu tun, und meine Beine machen das nicht mit, dass ich den ganzen Tag die schweren Krüge schleppe. Mr Puddlecombe hat immer nur alle vierzehn Tage gebadet.«

»Wir werden eine Lösung finden. Sie, Mrs Turber, und Lady Emily und ich werden gemeinsam eine Lösung finden.«

Beatrice stand grinsend in der Stube. Plötzlich zeichnete sich im hellen Sonnenlicht der offen stehenden Hintertür eine Gestalt ab, und Agatha trat ein. Beatrice ging in die kleine Küche, um sie zu begrüßen.

»Ah, da sind Sie ja«, sagte Agatha. »Wenn Sie hierbleiben wollen, sollten Sie Mrs Turber nicht allzu sehr gegen sich aufbringen.« Und mit gedämpfter Stimme fügte sie hinzu: »Sie ist zwar nicht das allergrößte Klatschweib der Stadt, aber an zweiter oder dritter Stelle dürfte sie stehen. Ich rate Ihnen, sich gut mit ihr zu stellen.«

»Ich kann mir mein Badewasser auch selbst heiß machen. Es war mir nicht bewusst, dass ich zu viel verlange.«

»Ich habe veranlasst, dass Mrs Smith herkommt, die Frau unseres Fahrers, und einmal ordentlich durchputzt«, sagte Agatha, ohne auf Beatrices Bemerkung einzugehen. »Sie liebt solche Herausforderungen. Haben Sie eigene Möbel? Ich befürchte nämlich, dass Mr Puddlecombe, unser unvergesslicher ehemaliger Lateinlehrer, nicht allzu großen Wert auf Behaglichkeit gelegt hat.«

»Ein kleines Schreibpult von meiner Mutter und der Stuhl, den wir auf Wunsch meines Vaters auf allen unseren Reisen durch die Welt mitgeschleppt haben. Die Sachen muss ich mir schicken lassen.«

»Ist das alles?«

»Wir haben fast immer möbliert gemietet«, erklärte Beatrice. »Mein Vater wurde oft von Universitäten eingeladen, um Vorträge zu halten oder an einer neuen Zeitschrift mitzuarbeiten.« Sie spürte, dass sie rot wurde. Früher hatte es sich nie armselig angefühlt, in gemieteten Zimmern zu wohnen. Sie hatte immer nur die Bücher ihres Vaters ausgepackt und ins Regal gestellt und den überflüssigen Nippes und die Zierdeckchen von den Kaminsimsen und Beistelltischen entfernt. Sie hatten in Paris gelebt, in immer wieder anderen

Zimmern nahe der Sorbonne, später auch in Heidelberg, hatten zwei Jahre in einem romantisch verfallenen hohen Kaufmannshaus in Venedig verbracht und zuletzt das weitläufige Holzhaus eines abwesenden Professors auf dem Gelände einer kalifornischen Universität bewohnt. Obwohl sie wusste, dass dieses Wanderleben nicht zuletzt dem geringen Privatvermögen ihres Vaters geschuldet gewesen war und hin und wieder die innere Rastlosigkeit eines Exils angenommen hatte, hatten ihr die Kameradschaft mit dem Vater und das rege geistige Leben stets das Gefühl gegeben, reich zu sein. Seit er nicht mehr da war, erschien ihr alles nur mehr dürftig.

»In unserem Stall stehen noch ein paar alte Sachen«, sagte Agatha. »Ich habe Mrs Turber mitgeteilt, dass ich das ein oder andere Stück herbringen lasse. Sie müssen sich aussuchen, was Sie wollen, und wenn dann noch etwas fehlt, wird Lady Emily gern auf ihrem Dachboden nachsehen.«

»Ich möchte Lady Emily auf keinen Fall belästigen«, erklärte Beatrice. Der ängstliche Unterton, den sie nicht hatte verbergen können, ließ Agatha zusammenzucken. Beatrice überlegte blitzschnell und entschied sich, Agatha die Wahrheit zu sagen. »Ich bin im Zug auf ihren Sohn getroffen.«

»Ein widerwärtiger Kerl. Nicht halb so viel wert wie mein Daniel oder mein Hugh, aber doppelt so hohe Einkünfte und doppelt so gute Zukunftsaussichten. Seine Mutter ist schwer geprüft mit ihm.«

»Dann verstehen Sie, dass ich nur ungern in ihrer Schuld sein würde.«

Agatha seufzte und nahm ihren Hut ab. »Mein liebes Kind, ich fürchte, wir sind alle Schuldknechte der Gesellschaft. Es gibt da kein Entrinnen. In Ihrem Fall hat Lady Emilys Befürwortung Ihrer Anstellung den Schulbeirat überzeugt, in dem ich mich als Mitglied dieses Gremiums nicht hatte durchsetzen können. Sowohl Ihre Unabhängigkeit als auch meine Bemühungen innerhalb des mir verliehenen Amtes hängen also von unserer adeligen Freundin und ihren kleinen, stets mit Monogramm versehenen Einladungen ab.«

»Ich bin Ihnen beiden sehr dankbar.«

»Und wir Ihnen ebenso, meine Liebe. Sie werden dafür sorgen, dass sich unsere Entscheidung als richtig erweist, die Anstrengungen, die Rye auf dem Gebiet der Bildung unternimmt, mit Hilfe Ihres überragenden Wissens zu intensivieren. Wir werden uns im Glanz Ihrer Gelehrsamkeit sonnen, und Ihre Anwesenheit wird unsere Gesellschaft zumindest ein bisschen tüchtiger und ehrenhafter machen.«

»Meine Güte, das ist viel verlangt für dreißig Schilling pro Woche«, erwiderte Beatrice.

»Sie müssen sich eben anstrengen. Zeigen wir ihnen, wie viel mehr eine Frau zu leisten imstande ist – obendrein bei geringerer Belastung des Jahresbudgets! Ich höre den Karren kommen. Das müssen Ihre Sachen sein.« Agatha eilte hinaus, und Beatrice blieb kurz allein. Ihr Vater und sie hatten sich ausschließlich über die theoretischen Aspekte der Arbeitsentlohnung ausgetauscht; nun zu erfahren, dass sie, nur weil sie eine Frau war, weniger bekam als Mr Puddlecombe mit dem klebrigen Boden und dem billigen Haarwasser, war nicht erfreulich.

Unter Agathas Regie wurde Beatrices Truhe durch die schmale Haustür geschoben und gehievt und nach eingehender Erörterung in der Mitte der Wohnstube auf dem speckigen Flickenteppich abgestellt, da sie für die enge Treppe in den ersten Stock zu groß war. Die Schachteln und Holzkisten mit den Büchern stapelten sie daneben, und Beatrice versuchte die aufkommende Sorge zu unterdrücken, dass sie zum ersten Mal ohne ein einziges Bücherregal leben sollte. Zuletzt kam ihr Fahrrad. Während sie dem Mann, der es in den Garten schieben sollte, die Tür aufhielt, drang aus der Wohnung nebenan ein gedämpftes Schnauben, das allen klarmachte, wie wenig Mrs Turber vom Fahrradsport hielt. Agatha ging mit den Männern zur Tür, blieb dann aber stehen, als würde sie Beatrice nur ungern in dem Cottage zurücklassen.

»Danke«, sagte Beatrice. »Es war sehr freundlich von Ihnen, mich zu begleiten, aber jetzt komme ich auch allein zurecht.«

»Heute Nachmittag schicke ich Mrs Smith – keine Widerrede! Und am Abend essen Sie bei uns. Im Kreis der Familie, ganz zwanglos.«

»Das ist wirklich nicht …«

»Wenn Sie erst einmal Mrs Turbers eher schlichte Kost probiert haben, sagen Sie das nicht mehr so unbedacht«, flüsterte Agatha. »Kommen Sie ein bisschen früher, dann können Sie sich die Jungen ansehen, die Hugh unterrichtet. Ich glaube, die Stunde beginnt um vier.«

»Ich freue mich darauf, sie kennenzulernen.«

Mit skeptischem Blick sah sich Agatha ein letztes Mal in der schäbigen Stube um. »Mir ist nicht wohl dabei, Sie hier zurückzulassen. Wenn Sie heute Abend zum Essen kommen, sagen Sie mir bitte, ob Sie es sich nicht doch überlegt haben und wir nicht lieber ein Zimmer bei einer netten Familie suchen sollen.«

»Danke.« Beatrice betrachtete die beiden Ohrensessel mit der klumpigen Füllung, den Kiefernholztisch und den Kaminschirm aus fleckigem Messing, die nur wenig dazu beitrugen, den leeren Raum wohnlicher zu machen. »Es wird schon gehen. Ich muss allerdings sagen, dass mich dieses Cottage in seinem momentanen Zustand fast doch zum Heiraten verleiten könnte.«

4

Die Hitze des Tages begann zu schwinden, als Beatrice Agatha Kent inmitten der dicht bepflanzten Blumenrabatten des Vorgartens entdeckte. Agatha schnitt die Hortensien und warf die Abfälle achtlos in einen Korb. Sie trug ein locker fallendes Nachmittagskleid und einen Strohhut.

»Du lieber Himmel, ist es schon so spät?«, sagte sie und winkte, als Beatrice durch das Tor schritt. »Ich muss die Ankleideglocke überhört haben.«

»Ich bin früher gekommen, damit ich die Schüler kennenlernen kann, die ich unterrichten soll«, erwiderte Beatrice. Nach dem strammen Marsch die Anhöhe hinauf war es in Agathas Garten angenehm kühl.

»Ach ja, das hatte ich ganz vergessen.« Als Agatha den Gartenkorb ergriff, fielen mehrere Hortensien auf den Kies. Beatrice bückte sich und sammelte sie ein. »Der Nachmittag war etwas chaotisch. Erst rief Lady Emily an und brachte sehr deutlich zum Ausdruck, dass sie eingeladen werden wollte, um Sie sofort kennenzulernen, und dann hat sich auch noch Mr Tillingham angemeldet, unser Homme de Lettres – ich weiß gar nicht, wie er überhaupt davon erfahren hat –, und weil ich einfach niemanden abweisen kann, haben wir jetzt zusätzliche Dinnergäste, und die Köchin nimmt es zwar wunderbar gelassen, aber ich habe noch ein paar Blüten und ein Blatt für den Tisch gebraucht, und Smith war unauffindbar, und …«

»Sie meinen doch nicht etwa Mr Tillingham, den großen Schriftsteller?«, rief Beatrice. Der amerikanische Autor, der allgemein als einer der führenden Literaten der Zeit galt, konnte unmöglich bei Agatha Kent zum Dinner erscheinen!

»Nun, er selbst hält sich bestimmt dafür. Ich kann nur hoffen, dass Sie ihn nicht so beschwatzen und hofieren wie viele unserer Damen hier! Wir versuchen ihn nämlich als einen ganz normalen Nachbarn zu behandeln.«

»Nein, natürlich nicht.« Beatrice bemühte sich vergeblich, ihre Begeisterung zu zügeln. Sie würde den Meister kennenlernen, dessen Werk sie nicht nur eingehend studiert, sondern bei ihren ersten, unbeholfenen Romanversuchen sogar imitiert hatte. Selbst ihr Vater, der die literarische Form des Romans so verachtet hatte, dass sie davon abgerückt war, ihm das Selbstverfasste vorzulegen, hatte Tillingham zu dessen besten Zeiten widerwillig bewundert. Die plötzliche Aussicht, ihm zu begegnen, machte sie schwindlig. »Darf ich Ihnen helfen?«, fragte sie. »Ich weiß, wie man Blumen schneidet.«

»Wenn es nicht unhöflich ist, würde ich Sie bitten, allein zum Stall hinüberzugehen. Hugh müsste da sein – er hat dort oben sein Studierzimmer.«

»Das werde ich wohl schaffen«, sagte Beatrice, als sie das Stallgebäude hinter einer hohen Hecke am Rand des Vorgartens sah.

»Wenn Sie sich die Jungen angesehen haben, durchstöbern Sie den Abstellraum gründlich nach Möbeln. Er ist hinter dem Stellplatz für das Automobil. Der Schlüssel müsste unter der Treppe hängen. Hugh weiß, wo er ist. Und wenn Sie ihn bitte diskret darauf hinweisen würden, dass wir heute Abend Gäste haben und uns entsprechend kleiden.«

Zwei Pferde ließen ihre Köpfe über die wackligen Boxentüren hängen und beäugten Beatrice ohne großes Interesse. Sie ging tiefer in das kühle, dunkle Stallgebäude hinein. Rechts führte eine Treppe ins obere Stockwerk. Obwohl sie es albern fand, sich von einer Maschine einschüchtern zu lassen, zögerte sie, um das riesige Automobil herumzugehen. Oben schien es heller zu sein, aber sie wollte nicht unaufgefordert hinaufsteigen.

»Hallo? Ist da jemand?«, rief sie, den Fuß auf der untersten Stufe.

»Wer ist da?«, rief ein Mann zurück, und oben an der Treppe erschien Hugh. Er hielt ein quadratisches Glasplättchen in der erhobenen Hand.

»Ihre Tante hat mich geschickt. Sie möchte, dass ich Ihre Schüler kennenlerne.«

»Wir stellen gerade Präparate her.« Formaldehydgeruch drang zu ihr hinunter. »Sie haben doch gesagt, dass Sie nicht zimperlich sind.«

»Ich würde es mir sehr gern ansehen«, versicherte Beatrice, deren Begeisterung über die Absicht siegte, sich höflich und zurückhaltend zu geben. »Mein Vater und ich, wir haben auch manchmal Präparate hergestellt. Ich habe eine ziemlich große Sammlung von Insektenflügeln.«

»Beim Sezieren von Hühnerköpfen geht es ein bisschen anders zu.«

»Ich bin wirklich nicht empfindlich«, beteuerte sie, verspürte aber ein flaues Gefühl im Magen.

»Kommen Sie – aber bitte auf eigenes Risiko! Und wenn Sie ohnmächtig werden und wir Sie auffangen, ist Ihr Kleid hinterher mit Hühnerhirn verschmiert.«

Über dem Raum am oberen Ende der Treppe spannten sich schwere Dachsparren. Ein Erkerfenster bot einen Blick auf den Gemüsegarten. Die Möblierung bestand aus einem großen Arbeitstisch und mehreren schlecht gepolsterten Sesseln mit abgewetzten, nicht zusammenpassenden Bezügen. Durch das Fenster strömte die späte Nachmittagssonne herein. Zwei von Hughs drei Schülern saßen mit scharfen Messern am Tisch und beugten sich über blutige Gewebeklumpen, der dritte hockte, auf ein großes Buch gestützt, in einem Sessel, kaute an einem Bleistift und warf immer wieder verstohlene Blicke aus dem geöffneten Fenster. Als Beatrice erschien, standen sie auf und musterten sie mit unverhohlener Neugier. Sie lächelte, um sich den Schreck nicht anmerken zu lassen. In ihrer schlaksigen Grobknochigkeit waren die Jungen unansehnlicher, als sie erwartet hatte – keine Kinder mehr, aber noch nicht zu Männern gereift. Obwohl sie unterschiedlich groß waren und sich nicht ähnelten, sahen sie mit ihren abstehenden Ohren, dem schlecht geschnittenen Haar und den heruntergerutschten Socken auf gleichförmige Art hässlich aus. Und obwohl sie sich vor dem Unterricht offensichtlich gekämmt und gewaschen hatten, verströmten sie den unverwechselbaren Geruch junger Burschen, gegen den das wöchentliche Sitzbad kaum etwas ausrichten konnte. Einen Moment lang verzagte Beatrice bei der Vorstellung, bald in einem ganzen Raum voll solcher ungezogen aufgerissener Münder zu stehen, und fragte sich, warum Agatha Kent in diese drei schmuddeligen Exemplare auch nur die kleinste Hoffnung gesetzt hatte.

»Ein großartiger Raum«, sagte sie leise.

»Ich wurde als kleiner Junge hierher verbannt, nachdem sich meine chemischen Experimente als äußerst übelriechend erwiesen hatten«, sagte Hugh. »Ich mache das rasch noch zu Ende und stelle Sie dann den Jungen vor.«

Um vor ihren neuen Schülern Haltung zu bewahren, sah sie sich die Glasvitrinen an der Wand und die zusätzlichen, auf Ziegelsteine gestellten Regale an, in denen Bücher, Schachteln und eine in Jahrzehnten geschaffene Sammlung naturgeschichtlicher Gegenstände aufbewahrt wurden. Schädel, Steine, Fossilien, Federn, eine halbe getrocknete Fledermaus, ein mottenzerfressener ausgestopfter Fasan – das alles wirkte wie ein verlorener Schatz. Plötzlich packte sie der Neid. Da hatte man hier, im Haus seiner Tante, einem nur besuchsweise anwesenden Jungen zum Zeitvertreib einen Raum zur Verfügung gestellt, der größer war als ihre ganze neue Unterkunft. Sie strich mit den Fingerspitzen über die kühle, leicht genarbte Schale eines Straußeneis und bückte sich zu zwei Fröschen hinunter, die in einem Aquarium schwammen. Der eine stieß immer wieder heftig an die Scheibe. Beatrice blieb gebannt stehen und sah zu, wie er sich mit aller Kraft durch das Glas in die Freiheit zu scharren versuchte.

»Sie heißen Samuel und Samuel, Miss«, sagte der Junge mit dem Buch. Er war der größte und trug riesige Stiefel.

»Wir wollten sie Johnson und Pepys nennen, aber für Daniel klang das zu sehr nach Krämerladen«, erklärte Hugh, der gerade eine dünne Scheibe von etwas Undefinierbarem behutsam aus einer mit Formaldehyd gefüllten Schale nahm und mit einer Pinzette auf einen dicht vor sein Gesicht gehaltenen Objektträger beförderte. »Der vorlaute Kerl, der da gerade ungefragt eine Dame angesprochen hat, ist Jack Heathly.«

»Entschuldigung, Sir«, sagte Jack und bekam knallrote Ohren. »Entschuldigung, Miss.«

»Jacks Vater ist einer unserer angesehensten Schäfer«, fuhr Hugh fort. »Und Jacks älterer Bruder ist ein Meister der Schafschur.«

»Jetzt ist er drüben in Australien«, verkündete Jack stolz und wehmütig zugleich. »Ich sammle alle Marken auf seinen Briefen.«

»Ich glaube, Samuel regt das Herumschneiden an den Gehirnen ziemlich auf«, sagte Beatrice lächelnd zu Jack. »Hat Mr Grange dic Köpfe von allen seinen Froschgeschwistern seziert?«

»Nur wenn sie eines natürlichen Todes gestorben waren«, antwortete Hugh. »Ich tue mich schwer damit, Tiere aus der Nähe zu töten. Die Hühner schlachtet unsere Köchin.«

»Ich könnte welche für Sie töten, Mr Hugh«, sagte der kleinste Junge vom Tisch her.

»Danke, Snout«, erwiderte Hugh. »Dieser brave, wenn auch etwas klein geratene Bursche heißt Snout. Seinem Vater gehört die Schmiede.«

»Guten Tag, Miss«, sagte Snout und fuhr, ohne den Blick zu heben, fort, langsam und gewissenhaft den vor ihm liegenden Hühnerkopf durchzuschneiden. Sein schmales Gesicht war vor Anspannung verzerrt, und zwischen den Zähnen spitzte die Zunge hervor.

»Und der Dritte hier, das ist Arty Pike. Den Laden in der Hauptstraße haben Sie bestimmt schon gesehen. Pike Brothers, Eisenwaren.«

Der Junge mit den abstehenden Ohren horchte auf und rief: »Eisen- und Kurzwaren! ›Alles, was man braucht – zu günstigen Preisen‹, das ist unsere Devise, Miss.«

»Ich werde bestimmt ein Kundenkonto eröffnen, Master Pike«, versprach Beatrice. Das breite Grinsen, mit dem Arty auf ihre Großmut reagierte, ließ erkennen, dass ihm bereits klar war, wie wenig sie ausgeben konnte.

»Kommt jetzt zum Ende, Jungs, damit ich euch Miss Nash, die den Sommerunterricht übernehmen wird, richtig vorstellen kann.« Man hatte sie offenbar vorgewarnt, denn sie stöhnten nur kaum hörbar. Die Ungeduld, mit der sie den künftigen Stunden entgegensahen, war sichtlich kleiner als Beatrices Vorfreude auf das Unterrichten.

»Kann ich auch aufhören?«, fragte der Junge mit dem Buch.

»Erst wenn du alles übersetzt hast, Jack«, antwortete Hugh und bemerkte mit einem Blick zu Beatrice: »Wir haben vereinbart, dass vor dem Experimentieren die Latein-Hausaufgaben erledigt sein müssen.« Sein Lächeln ließ ahnen, dass es einiges mehr über die Jungen zu sagen gegeben hätte, wären sie nicht im Raum gewesen. Beatrice erwiderte sein Lächeln. Sie bewunderte die Fähigkeit, den Schülern naturwissenschaftliche Erkundungen als Belohnung zu verkaufen.

»Warum müssn wir überhaup Latei lernen?«, fragte Jack an seinem Bleistift kauend, betrachtete mit trostloser Miene den dreizeiligen lateinischen Text, den Hugh auf ein großes Stück braunes Metzgerpapier geschrieben hatte, und zog erneut das Wörterbuch zu Rate.

»Jack lernt Latein und sich verbeugen und Kratzfuß machen, damit er später mal ein Gentleman wird«, sagte Arty. »Dann kann er beim Schafescheren einen Zylinder tragen.«

»Besser ein Arbeiter als ein Säufer, sagt mein Dad.« Jack stellte das Buch ins Regal zurück, als stünde fest, dass seine Lateinaufgaben erledigt waren. Arty lief angesichts der Beleidigung rot an, und Hugh ging dazwischen.

»Aber, aber – wir wollen uns doch vor Miss Nash wie Gentlemen benehmen!«

»Ich will gar kein Gentleman sein, und wegen dem bisschen Latein lassen die uns doch auch nich bei sich mitmachen«, rief Jack.

»Ich schon!«, erklärte Snout, während er mit routinierter Messerführung den letzten Hühnerkopf in papierdünne Scheiben schnitt. »Dann lacht einen keiner aus, weil man Bücher liest, und man muss keinen auf sein Land lassen und kann so viele Kaninchen schießen, wie man will, und keiner holt die Polizei.«

»Er wildert nämlich, Miss«, bemerkte Jack.

»Wenn du das noch mal sagst, kriegst du's mit mir zu tun!« Snout ballte die Fäuste und verzog sein Gesicht so sehr, dass Beatrice zu ahnen begann, warum er den Spitznamen »Schnauze« trug.

»Warum tappst du in seine Falle, Snout?«, sagte Hugh. »Und du, Jack, solltest etwas weniger Zeit damit verschwenden, Snout zu beleidigen, und dir dafür lieber mehr von seinen Lateinkenntnissen abschauen.« Keiner der beiden Jungen hörte es gern. Sie sahen sich böse an, und Beatrice war froh, privat unterrichtet worden zu sein statt in einem solchen Klassenzimmer, wo man als talentierter Schüler, wie ihr langsam dämmerte, nicht nur Respekt, sondern auch Häme ernten konnte.

»Latein ist nicht nur die Sprache der Cäsaren, sondern auch der Naturwissenschaften, die ihr hier lernt«, sagte sie. »Außerdem Grundlage für Medizin, Recht und Religion und damit ein Schlüssel zu vielen Bereichen.« Die Jungen sahen sie argwöhnisch an, und sie stockte. Ihr Wunsch, Lehrerin zu werden, ging auch auf die Ansicht ihres Vaters zurück, dass Bildung im Allgemeinen und Latein im Besonderen nicht nur einigen wenigen vorbehalten sein sollte, dass es falsch sei, die Welt aufzuteilen und Erfolg und Ehre in den Händen einer kleinen Elite zu belassen. Aber unter den Bewohnern eines Provinzstädtchens wie Rye fanden derlei neue Ideen und die

Sehnsucht ihres Vaters, klassische Bildung im Volk zu verbreiten, wahrscheinlich nicht allzu großen Anklang.

»Da hört ihr es!«, sagte Hugh. »Miss Nash möchte, dass ihr so gebildet und reich wie die Menschen der Antike werdet.«

»Darf ich sehen, was unter dem Mikroskop liegt?«, fragte Beatrice, um mit dem Themenwechsel von ihrem Erröten abzulenken. »Ist das Hirnsubstanz?«

»Seht ihr, Miss Nash ist tatsächlich nicht zimperlich«, sagte Hugh, und Beatrice empfand einen Anflug von Stolz auf ihren Stoizismus. »Kommen Sie. Es ist ein Schnitt durch die Medulla.«

»*Medulla*. Das ist Lateinisch für ›Mark‹, Miss«, sagte Snout. »Die schwarze Färbung zeigt die Wege, wie das Gehirn die Botschaft sendet, dass man atmen soll und so weiter.« Er hatte offenbar vergessen, sich schüchtern zu geben, und aus seinem zu ihr erhobenen Blick sprach große Intelligenz. »Das ist Silberchromat. Sehr giftig. Aber das Huhn war ja schon vorher tot, Miss.«

»Vielen Dank, das hast du sehr gut erklärt«, sagte Beatrice, und ihre Zuversicht, dass sich zumindest einer der Jungen wirklich begeistern ließ, wuchs ein wenig. Sie beugte sich über das Okular des großen schwarzen Mikroskops und betrachtete mit zusammengekniffenem Auge die gelbliche, in ihrer Durchsichtigkeit an Zwiebelschalen erinnernde Masse, die mit einem schwarzen Netz von fast kalligrafischer Feinheit durchsetzt war. »Das sieht sehr schön aus.«

»Woher kommt Ihre Unerschrockenheit?«, fragte Hugh, nachdem er alle drei Jungen beauftragt hatte, den Tisch mit gelber Seife zu desinfizieren.

»Es ist zwar unmodern, über einen starken Magen zu verfügen, aber mein Vater hat sich während unseres Amerika-Aufenthalts sehr für die Pioniergeschichte erwärmt. Er gelangte damals zu der Ansicht, dass man Bildung nicht von den Grundkompetenzen trennen sollte und dass es eine Schwäche der gebildeten Schichten sei, sich empfindlich zu geben.«

»Ich möchte gar nicht daran denken, wie man so etwas unter Beweis stellt«, erwiderte Hugh.

»Es kam zu einer grauenhaften Szene vor dem Küchengebäude der Universität. Ich blamierte mich unsäglich, als ich mit dem Huhn, dem ich den Hals umdrehen sollte, davonlief.« Sie richtete sich auf und fügte hinzu: »Dieses Steckenpferd hier ist wohl etwas makabrer als Insektenflügel.«

»Es ist kein Steckenpferd, es gehört zu meiner Forschungsarbeit. Anhand von Hühnerhirnen lässt sich viel lernen.«

»Allerdings nur, wenn man sich auf die Hirne von Geistlichen und Politikern spezialisieren will!«, sagte jemand, und Hughs Cousin Daniel betrat den Raum. »Stinkst du beim Essen wieder nach Apotheke?«

»Ich habe noch viel Zeit«, entgegnete Hugh.

»In Anbetracht der Nachlässigkeit, mit der du dich kleidest, stimmt das sogar. Aber solange hier noch der ungewaschene Pöbel sein Unwesen treibt, schaffst du es nie.« Die drei Jungen, die sich in einem Zinkbecken in der Ecke die Hände einseiften, blickten grimmig zu ihm hinüber. Man sah ihnen an, dass sie sich nur aus Respekt vor den Ranghöheren einige unverblümte Erwiderungen verkniffen.

»Wenn du grob werden willst, dann bitte in deinem eigenen Studierzimmer, Daniel«, sagte Hugh. »Ihr könnt gehen, Jungs. Und das nächste Mal habt ihr die Texte ins Lateinische zurückübersetzt!«

Alle drei begannen zu stöhnen, jeder in seinem eigenen Tonfall, aber nicht lange, denn der Wunsch, einem Raum zu entfliehen, in dem sich eine merkwürdige Frau und der unfreundliche Dichter mit der hochtrabenden Wortwahl aufhielten, war stärker.

»Die nächste Unterrichtsstunde findet bei mir statt. Ich freue mich darauf«, sagte Beatrice und hoffte, mit ihrer Stimme mehr Autorität zu vermitteln, als sie in sich verspürte. »Es gibt dann zwar leider keine toten Hühner, dafür aber spannende Geschichten und Gespräche.«

»Ja, Miss. Danke, Miss.« Mit kaum hörbarem Genuschel und kaum sichtbarem Nicken in Beatrices Richtung verschwanden sie polternd die Treppe und die sonnige Auffahrt hinunter.

»Es tut mir leid – ich habe Mr Grange aufgehalten«, erklärte Beatrice. »Die Jungs und die Hirne haben mich sehr interessiert. Ich werde kaum etwas finden, was sie auch nur halb so sehr fesselt.« Trotz ihrer Bedenken konnte sie den Unterricht kaum erwarten. Mit dem Versuch, solchen Jungen die lateinische Sprache nahezubringen, würde sie ihren Vater ehren. Und sie war bereit, ihre Fähigkeiten an den Schmutzigsten und Bockigsten zu erproben, denn wenn es ihr gelang, diese drei zu disziplinieren, brauchte sie vor dem Unterricht in der Oberschule keine Angst mehr zu haben.

»Hören Sie nicht auf Daniel«, sagte Hugh. »Er kommt nie pünktlich zu einem Dinner, und wenn er endlich da ist, darf man kein höfliches Benehmen von ihm erwarten. Man ignoriert ihn am besten – meistens zumindest.«

»Oh, wie mich das schmerzt!« Daniel griff sich an die Brust. »Aber dein Ärger soll ja nur davon ablenken, dass du endlich ein Mägdelein in deine Schlafkammer gelockt hast.«

»Red keinen Unsinn. Miss Nash ist ein Schützling von Tante Agatha, also hör auf, sie in Verlegenheit zu bringen. Führ sie noch ein bisschen durch den Garten, während ich hier aufräume.«

»Ihre Tante hat mich hergeschickt, damit ich im Abstellraum nach Möbeln suche, die nicht gebraucht werden«, sagte Beatrice. »Wenn Sie mir zeigen, wo der Schlüssel hängt, kann ich mich bis zum Essen allein beschäftigen.«

»Die schaurigen Relikte im Abstellraum erfordern einen kundigen Führer«, entgegnete Daniel. »Sonst fällt einem nämlich der große Turm der Kent'schen Familienhistorie auf den Schädel.« Er fläzte sich in einen Lehnstuhl und zog eine Zigarre und ein dünnes Heft aus der Tasche, das wie eine Lyrikzeitschrift aussah. »Ich würde ja gern den Vergil geben, wenn Sie den Dante machen, Miss Nash, aber ich fürchte, meine Fähigkeiten reichen nicht aus, um Sie von allen Möbeln wegzuführen, auf denen Hugh im Lauf der Jahre seine Tierteile seziert oder aufbewahrt hat.«

»Also bitte! Es war nur der eine Sekretär, und nur ein einziges Gefäß war undicht!«, sagte Hugh. »Ich wasche mir schnell die Hände, Miss Nash, dann bringe ich Sie hin. Es stehen dort noch ein paar schöne georgianische Bücherschränke, die mir Tante Agatha damals in weiser Voraussicht nicht als Kaninchenställe überlassen hat.«

»Ich bleibe hier und lese und rauche ein wenig in Ruhe«, erklärte Daniel. »Sogar von der Terrasse hat mich Tante Agatha vertrieben.« Er zog Streichhölzer hervor. Beatrice wartete gespannt, ob er sich wirklich vor ihr eine Zigarre anzünden würde, doch er drehte die Schachtel nur zwischen den Fingern, und Hugh, der sich in der Zwischenzeit am Becken die Hände gewaschen und mit einem rauen, an einem Nagel hängenden Handtuch abgetrocknet hatte, stand schon bereit, sie hinunterzuführen. Als sie gingen, sagte Daniel, ohne von seinem Heft aufzublicken: »Falls ich die Gäste nicht kommen höre, holst du mich, Hugh – aber erst, wenn die Suppe wirklich auf dem Tisch steht!«

Beatrice hatte befürchtet, schmutzig und voller Spinnweben aus dem Abstellraum herauszukommen, doch die Putzkünste von Smiths Frau waren nicht übertrieben worden. In der makellos sauberen Rumpelkammer hatte sie sich ein schlichtes grünes Bett und einen Schreibtisch, einen kleinen Teetisch, Stühle und die Bücherschränke ausgesucht, die sie zwar für viel zu wertvoll hielt, Hugh aber als genau das Richtige bezeichnete.

»Ich bin durchaus ein anhänglicher Mensch«, erklärte er, »aber sobald etwas im Abstellraum gelandet ist, hat es nur noch mit Schuld, nichts mehr mit Liebe zu tun.«

Während sie hinaufging, um sich die Hände zu waschen und ihren Hut im drittbesten Gästezimmer abzulegen – Jenny führte sie dorthin, als würde es von nun an immer Beatrice gehören –, lächelte sie über die Feststellung, dass sich hinter Hugh Granges Gebaren eines nüchternen Naturwissenschaftlers ein wunderbar trockener Humor verbarg. Hugh war zwar ruhiger als sein fulminanter Cousin, keinesfalls aber, so schien ihr, weniger scharfsinnig.

Aus dem Wohnzimmer drangen Stimmengewirr und Gläserklirren. Beatrice blieb an der Tür stehen. Anstatt sofort auf ihre Förderin Lady Emily zuzugehen, suchte sie den Raum nervös nach Mr Tillingham ab. Während Hugh und sie im Abstellraum über die Jungen gesprochen und über die dick gepolsterten Ottomanen und die Pflanzenständer gelacht hatten, von denen er sie zu überzeugen versuchte, war ihre Anspannung gewachsen. Es war wunderbar, den Mann kennenzulernen, dessen Bücher sie über alles bewunderte, doch sie hatte Angst, allzu eifrig zu wirken. Sie war beinahe froh über Agathas Verbot, ihre schriftstellerischen Ambitionen zu erwähnen, verhinderte es doch, dass sie sich womöglich zu einer tölpelhaften Mitteilung hinreißen ließ.

Daniel hatte offenbar beschlossen höflich zu sein, denn er war bereits da. Als sie eintrat, erhob er sich kurz. Agatha, in einem blassgrünen Kleid mit einer Brosche aus Silber und Pfauenfedern, an den Füßen arabische Pantoffeln mit nach oben gebogenen Spitzen, kam ihr mit einem Glas Madeira entgegen.

»Miss Nash, ich würde Sie gern der wichtigsten Gönnerin unserer kleinen Schule vorstellen. Lady Emily, darf ich Sie mit Miss Beatrice Nash bekannt machen?« Lady Emily trug trotz des warmen Abends ein streng geschnittenes, hochgeschlossenes Kleid aus schwarzer Seide. Die hagere, kantig wirkende Frau hatte ihre Glieder wie abgezirkelt auf der unbequemsten Chaiselongue im ganzen Raum untergebracht und reckte das Kinn, als säße sie einem Maler für ein Porträt. Als Zugeständnis an das zwanglose Dinner, zu dem sie sich in letzter Minute praktisch selbst eingeladen hatte, trug sie nur ein Halsband aus dicken Perlen.

»Willkommen in unserer kleinen Stadt«, sagte sie. »Agatha zufolge dürfen wir uns glücklich schätzen, eine Dame mit Ihren Referenzen als Lehrerin gewonnen zu haben. Lady Marbely hat sich selbstverständlich für Ihren Charakter verbürgt.«

»Ich bin Ihnen und Mrs Kent sehr dankbar, Lady Emily«, sagte Beatrice. Sie wusste, was es ihre Tante gekostet haben musste, ein paar lobende Zeilen zu schreiben, um sie loszuwerden, und zog eine tiefe Befriedigung aus dem Umstand, dass sie deren Namen nicht wiederholt hatte, obwohl Lady Emily erwartungsvoll die Lippen spitzte. Beatrice schenkte ihr nur ihr höflichstes, sittsamstes Lächeln.

»Und nun möchte ich Sie mit Mr Tillingham bekannt machen«, fuhr Agatha fort. Ihr pummeliger Arm schwenkte in Richtung eines älteren Mannes mit schweren Hängebacken, der sich nur mühsam aus dem tiefen Sessel emporstemmte. »Obwohl unser bedeutendster literarischer Nachbar eigentlich keiner Vorstellung bedarf.«

Endlich hatte sie den großen Mann vor sich. Er schwankte noch ein wenig, nachdem er wuchtig zum Stehen gekommen war, denn sein massiger Oberkörper musste auf den zwei kurzen Beinchen und den beiden zarten Füßchen erst ins Gleichgewicht finden. Er betrachtete Beatrice unter seinen Schlupflidern hervor, über denen sich eine breite Stirn wölbte und in einen völlig kahlen Schädel überging. Beatrice hatte sofort das Bild einer großen Eule vor Augen.

»Ja, sehr richtig«, stammelte sie. In der persönlichen Begegnung war er weniger eindrucksvoll als auf den Zeitungsfotografien. Trotzdem errötete sie wie ein Kind, als er ihre Hand ergriff.

»Ich grüße Sie«, sagte er.

Sie rang um eine Erwiderung, die nicht darin bestand, in schwärmerischem Ton läppische Komplimente über seine schöne Sprache oder die elliptische Konstruktion seiner Sätze hervorzusprudeln. »Mein Vater, Joseph Nash, war ein großer Bewunderer Ihres Werks.« Zumindest würde ihm der Name ihres Vaters zu verstehen geben, dass sie mehr darstellte als nur das jüngste Bildungsexperiment der Damen, das sich beim Dinner begaffen ließ.

»Joseph Nash? Joseph Nash?«, sagte Mr Tillingham mit höflich ausdrucksloser Miene, während er den Namen einzuordnen versuchte.

»*Eine kurze Geschichte des Euripides*. Sie waren so freundlich, ihm Ihre Ansichten darüber schriftlich mitzuteilen.« Es handelte sich um das erfolgreichste Buch der nur zu einem geringen Teil veröffentlichten Arbeiten ihres Vaters, um das Buch, das er nicht zuletzt deshalb als sein bestes betrachtet hatte, weil es zu der Korrespondenz mit Mr Tillingham geführt hatte. Tillingham hatte lobende Worte geschickt und ihr Vater seinerseits freundliche zurückgesandt, woraufhin ihm Tillingham einerseits riet, sich ganz auf die historische Biografie zu verlegen, andererseits klagte, so viele würden ihr Talent mit billigem Journalismus und schlechter Kritik vergeuden. Ihr Vater hatte gelacht und Tillingham in einem weiteren Brief für den Ratschlag gedankt. Die Zeitschrift, für die ihr Vater geschrieben und in der er ein frühes Stück von Tillingham in der Luft zerrissen hatte, hatte keiner von beiden erwähnt. Beatrice hatte sowohl Tillinghams Briefe als auch die Antwortschreiben ihres Vaters aufbewahrt. Sie lagen in Wachstuch gewickelt und mit einer dünnen Lederschnur zusammengebunden bei den Dokumenten ihres Vaters in einer Blechbüchse, die sie nur mit größter Mühe aus dem Haus der Marbelys geschmuggelt hatte. Als alle die Stirn runzelten, als suchten sie nach einer gemeinsamen Erinnerung, wurde Beatrice bang zumute.

»Mr Tillingham korrespondiert sicherlich mit Dutzenden Menschen«, sagte Agatha.

»Welche Farbe hat der Einband?«, fragte Tillingham. »Ich habe ein gutes Farbengedächtnis.«

»Grün«, antwortete Beatrice. »Ziemlich schmal, und der Titel ist cremefarben.«

»Ah, jetzt erinnere ich mich. Ein ungewöhnliches historisches Werk, das dem eigenen Anspruch der Kürze vollauf gerecht wurde und ein, zwei erstaunlich klare Passagen enthielt. Ich glaube, ich war damals nicht unbeeindruckt.«

»Danke«, sagte Beatrice.

»Ich werde in meiner Bibliothek noch einmal einen Blick hineinwerfen. Vielleicht hilft es meiner Erinnerung bezüglich der Korrespondenz mit Ihrem Vater auf die Sprünge.« Als wäre Mr Tillinghams Erinnerung an das Buch von Beatrices Vater eine Art Zauberwort, ließ die Anspannung im Raum etwas nach.

»Setzen Sie sich doch, Miss Nash«, sagte Agatha und deutete auf den freien Platz neben sich auf dem bequemen Sofa. »Sie sind bestimmt noch müde nach der gestrigen Reise.«

»Ein bisschen. In den Londoner Bahnhöfen war es sehr heiß und voll.«

Hugh schlich sich herein. Die schief sitzende Fliege und sein feuchtes Haar verrieten, dass er erst in letzter Minute fertig geworden war. Niemand schien ihn zu bemerken. Beatrice spürte deutlich, dass die Gäste vollauf damit beschäftigt waren, sie zu begutachten, obwohl sie so taten, als blickten sie anderswohin.

»Ich reise nie mit dem Zug«, erklärte Lady Emily, nachdem alle eine Zeit lang verlegen geschwiegen hatten. »Dieser Ruß und die vielen vulgären Menschen!«

»Ja, hin und wieder trifft man dabei auf einen vulgären Menschen«, sagte Beatrice mit versteinerter Miene. Sie sah nicht zu Hugh hinüber, freute sich aber, als er eine Karaffe lautstark zum Klirren brachte.

»Noch jemand Sherry?«, rief er. Jenny, das Dienstmädchen, stand mit einem kleinen Silbertablett neben den Karaffen, um die Gläser herumzutragen.

»Warum so schroff, mein Lieber?«, sagte seine Tante. »Schenk Miss Nash ein Gläschen Sherry ein!«

»Aber wenn Sie nie mit dem Zug fahren, Lady Emily, wie kommen Sie dann nach Schottland?«, fragte Daniel, der unbekümmert wie ein Kind auf seinem Stuhl lümmelte.

»Nach Schottland fahre ich selbstverständlich im privaten Schlafwagen. Trotzdem muss ich jedes Mal zwei von meinen Dienstmädchen hinschicken, damit sie vor der Abreise gründlich durchputzen.«

»Am besten brächte man wohl die eigenen Laken mit«, sagte Mr Tillingham, neigte den Kopf zur Seite und schürzte die Lippen. Beatrice überlegte, ob er möglicherweise Notizen für seinen nächsten Roman machte. »Und vielleicht auch einen Esskorb oder zwei.«

»Gewiss«, sagte Lady Emily. »Und natürlich eigene Kissen für die Kleinen. Früher sind sie immer auf dem Boden herumgerollt und hatten es schrecklich unbequem.« Beatrice versuchte sich die Szene auszumalen und war verwirrt. Unwillkürlich zog sie eine Braue hoch.

»Lady Emily züchtet die entzückendsten Dackel, die man sich vorstellen kann«, erklärte Agatha.

»Ich nehme sie überall mit. Außer wenn Ihre grässlichen Neffen zu Hause sind.« Sie erhob ihren Fächer bedrohlich erst zu Daniel hin, der zu lachen begann, dann zu Hugh, der sie entsetzt ansah.

»Das ist aber schon sehr lang her, Lady Emily«, sagte Hugh. »Ihre Hündchen wären hier vollkommen sicher.«

Mr Tillingham beugte sich verschwörerisch zu Daniel hinüber und fragte: »Was habt ihr Schlingel denn mit Lady Emilys Dackeln gemacht?«

»Wir haben Zirkus gespielt und sie als Clowns eingesetzt«, antwortete Daniel laut flüsternd. »Und einmal kam Hugh auf die Idee, im Wald mit ihnen Ratten zu jagen, und einer erwischte eine ziemlich große Wühlmaus.«

»Es ist nicht nötig, unsere Jugendsünden hier auszubreiten, Daniel«, warf Hugh ein. An seinem Erröten erkannte Beatrice zu ihrer Freude, dass Hugh Grange nicht immer schon durch und durch verantwortungsbewusst gewesen war. Es machte ihn sympathischer.

»Das ist natürlich längst vergessen«, sagte Lady Emily. »Obwohl es mir leidtat, den Kleinen weggeben zu müssen.«

»Sie haben den König der Rattenfänger weggegeben?«, fragte Daniel.

»Es hat mir das Herz zerrissen, aber ich konnte nicht mehr unbefangen zusehen, wenn er beim Frühstück mit seinen Zähnchen den Speck von meinem Teller schnabuliert hat. Man muss ja so aufpassen mit den Krankheiten!«

»Durchaus nachvollziehbar«, sagte Daniel, der sein Amusement nur mit Mühe verbarg, während Hugh gequält das Gesicht verzog.

»Colonel Wheaton klagt immer, bei uns sei ein halber Diener nur damit beschäftigt, die Haare wegzubürsten«, erzählte Lady Emily. »Und dann finde ich ihn in seinem Studierzimmer beim Zeitunglesen mit einem Hund unter jedem Arm. Es dauert Tage, bis das Fell nicht mehr nach den Zigarren riecht.«

»Ich denke mir oft, ich sollte mir einen kleinen Hund zulegen«, sagte Mr Tillingham. »Einen angriffslustigen Terrier vielleicht, der mir die ungebetenen Besucher vom Leib hält, die mich bei der Arbeit stören.«

»Menschen, die keine Hunde mögen, ertrage ich nicht«, verkündete Lady Emily. »Und besonders verdächtig sind mir die, denen mehr an Katzen liegt.« Sie warf einen prüfenden Blick auf Beatrice, als käme sie dafür in Frage. »Katzen haben so etwas unschön Biegsames an sich, finden Sie nicht?«

»Mrs Fothergill, unsere Bürgermeisterin, hat zwei sehr elegante Langhaar-Siamesen«, erwiderte Daniel.

»Eine penetrante Person«, entgegnete Lady Emily. »Aber morgen halte ich den Mund, damit ich die Anstellung von Miss Nash nicht gefährde.«

»Was nicht heißen soll, dass Ihre Anstellung nicht sicher wäre«, fügte Agatha hinzu. »Aber Lady Emily richtet jedes Jahr einen Tee für die Mitglieder des Schulbeirats, den Direktor, den Lehrkörper und einige andere Honoratioren aus, und wir fanden, dass sich der Sonntagnachmittag wunderbar dafür eignen würde, Sie in der Gemeinde willkommen zu heißen.«

»Wir hatten Sie uns allerdings nicht so jung vorgestellt«, sagte Lady Emily. Die Frage nach ihrem Alter hing in der Luft, auch wenn sie selbstverständlich niemand stellte. Beatrice spürte, dass sich eine heiße Röte über ihren Hals und ihre Wangen breitete.

»Ich bin dreiundzwanzig«, sagte sie, den Blick auf Lady Emily gerichtet, »und damit wohl weit genug fortgeschritten auf dem Weg zum älteren Fräulein.«

»Zweifellos«, bestätigte Agatha.

»Uralt, findest du nicht, Hugh?«, rief Daniel.

»So habe ich das nun wirklich nicht gemeint!«, wandte seine Tante ein.

»Man hat zwar etwas mehr Falten und graues Haar erwartet, aber ein paar Wochen mit unseren Oberschülern werden die erwünschte Erscheinung garantiert herbeiführen«, witzelte Hugh.

»Angesichts des jugendlichen Flairs von Lady Emily und Mrs Kent nimmt sich eben jede Frau Ihres Alters wie ein kleines Mädchen aus«, sagte Mr Tillingham.

»Das ist albern«, erwiderte Lady Emily, wirkte aber bereits etwas rosiger im Gesicht.

»Er ist Schriftsteller«, bemerkte Daniel. »Schriftsteller müssen der Schönheit die Wahrheit entgegenhalten.«

»Dichter müssen hemmungslos überspitzen, während Schriftsteller einfach nur übertreiben, ja?«, sagte Hugh.

Daniel lachte.

Mr Tillingham verzog verärgert das Gesicht. Doch gleich darauf begann auch er zu kichern und rief: »Mit stumpfer Säge seziert uns der Mediziner aufs Gröbste, aufs Grausamste.«

»Miss Nash ist ganz unabhängig von ihrem Alter eine bescheidene, ehrbare Frau, die beweisen wird, dass wir uns zu recht für sie entschieden haben«, sagte Agatha.

»Ich werde auf jeden Fall mein hässlichstes Kleid anziehen«, versicherte Beatrice.

»Ein schlichtes genügt«, erwiderte Lady Emily streng. »Bloß nicht wieder so ein Spektakel wie unsere französische Lehrerin mit ihren lächerlichen Seidenkleidern.«

»Miss Clauvert ist zwar keine Engländerin«, sagte Agatha, »aber wir können uns glücklich schätzen, eine echte Französin zu haben.«

»Stimmt. Trotzdem bin ich froh, dass Miss Nash aus einer tadellosen englischen Familie stammt.«

»Meine Mutter war allerdings Amerikanerin«, entfuhr es Beatrice. Sie presste die Lippen fest zusammen, um nicht noch hinzuzufügen, dass die Marbelys mit ihrem Vater nichts zu tun haben wollten und er sich im Gegenzug so lange wie möglich von ihnen ferngehalten hatte.

»Amerikanerin?«, fragte Lady Emily im Tonfall ungläubigen Entsetzens.

»Ausgezeichnet!«, rief Daniel. »Lady Emily ist eine große Bewunderin alles Amerikanischen – nicht wahr, Mr Tillingham?«

»Selbstverständlich.« Tillingham schien nur ungern an seine Staatsbürgerschaft erinnert zu werden. Erst jetzt fiel Beatrice auf, dass aus seiner deutlichen Aussprache bewusst kaum ein Akzent herauszuhören war.

»Mein Vater war zwar Engländer, aber nach dem Tod meiner Mutter wurde er hier nie mehr glücklich«, erklärte sie.

»Ah, die Rätsel des menschlichen Herzens.« Mr Tillingham hob die Hand, als wollte er ein unsichtbares Orchester dirigieren, und alles verstummte in Erwartung eines Aperçus aus dem Mund des genialen Mannes – was er wohl genau so beabsichtigt hatte, dachte Beatrice. »Denn Heimat fand ich einst in diesem Winkel Englands und Zuflucht und kann an einem andern Ort nicht glücklich sein.«

»Und wir betrachten Sie ganz als einen der unseren, Mr Tillingham«, versicherte Lady Emily. »Für mich sind Sie schon lange kein Amerikaner mehr.«

»Mr Tillingham ist ein sehr begehrter Gast bei unseren Damen«, sagte Agatha zu Beatrice. »Er kann sich kaum retten vor Einladungen.«

»Wenn ich nicht die eine oder andere erbarmungslos ausschlüge, könnte ich niemals im eignen behaglichen Heim speisen. Die öffentliche Anerkennung meines Beitrags zur Literatur ist selbstredend höchst erfreulich, aber die Bürde eines solchen Ansehens wiegt mitunter schwer.«

»Gut, dass du mit deiner Lyrik nicht unter dieser Bürde ächzen musst, Daniel«, warf Hugh ein. »Ich werde dafür beten, dass du unveröffentlicht bleibst.«

»Ich habe breite Schultern«, entgegnete Daniel. »Nur her mit dem Ruhm und den Lorbeeren!«

»Ja, macht nur eure Witze«, sagte Mr Tillingham. »Aber erlebt es einmal, dass sich der hundertste Gutsherr zu euch über den Tisch beugt und laut fragt, ob es sein könne, dass er schon einmal etwas von euch gelesen habe!«

»Ich weiß, was Sie meinen«, sagte Beatrice. »Mein Vater wurde oft gebeten zu erklären, wer er sei und was er schreibe, und ist dabei immer geduldig geblieben.« Alle schwiegen höflich, und Beatrice erstarrte, als ihr mit jähem Schreck bewusst wurde, dass man es für eine Anspielung auf Mr Tillinghams Versagen hielt, sich an den Namen ihres Vaters zu erinnern.

»Ich bin leider nicht so geduldig wie Ihr Vater«, sagte Mr Tillingham mit einem Lächeln, das alle Anspannung verfliegen ließ. »Ich pflege immer zu antworten, dass ich nicht für den *Bauernkalender* schreibe und daher nicht hoffen dürfe, dass der jeweilige Gentleman etwas aus meinem spärlichen Œuvre kenne.«

»Es ist viel höflicher, gleich zuzugeben, dass man nicht liest«, meinte Lady Emily. »Wer hat schon so viel Zeit? Aber natürlich stehen alle Bücher von Mr Tillingham bei uns in der Bibliothek. Ihr jeweils jüngstes Werk bekommt immer den Ehrenplatz neben meinem Wohnzimmersessel, Mr Tillingham, und ein eigenes goldenes Lesezeichen mit einer Seidenquaste von Fortuny!«

»Ich bin gerührt«, gestand der Schriftsteller.

»Wenn Mr Tillingham lieber zu Hause diniert, sollten wir ihn nicht so oft einladen, Tante«, sagte Hugh. »Wie schrecklich, wenn er durch uns abgelenkt würde.« Er lächelte, aber Beatrice sah, dass er es nicht scherzhaft meinte, und fragte sich, warum er den berühmten Mann nicht mochte.

»Mr Tillingham weiß, dass er jederzeit zum Essen kommen, aber auch jede Einladung ablehnen kann, ganz wie er will«, erklärte Agatha. »Bei Menschen, die für uns zur Familie gehören, bedarf es keiner Förmlichkeiten.« An Beatrice gewandt fügte sie hinzu: »Mr Tillingham schreibt mir immer, um sich nach meinen Neffen zu erkundigen, und interessiert sich sehr für Daniels Gedichte.«

»Der nächsten Generation junger Dichter und Schriftsteller zu helfen ist mir eine heilige und zugleich lohnende Pflicht«, bestätigte Mr Tillingham. »Daniel, du kommst doch hoffentlich bald zum Essen und zeigst mir einige neue Gedichte?« Er zog eine seiner buschigen Brauen hoch und grinste Daniel verschwörerisch an.

»Die sind leider noch nicht präsentabel«, erwiderte Daniel, ohne seine lässige, Gleichgültigkeit signalisierende Haltung aufzugeben. »Aber ich bin dabei, dem einen oder anderen ein bisschen Leben einzuhauchen.«

»Miss Nash schreibt auch, soviel ich weiß«, sagte Hugh.

»Oh nein.« Beatrice fühlte sich hin- und hergerissen zwischen dem starken Verlangen, der große Schriftsteller möge ihr ein interessiertes Lächeln schenken, und dem dazu in Widerspruch stehenden Wunsch, Agatha Kents Befehl zu befolgen. »Ich habe lediglich im vergangenen Jahr die Privatbriefe meines Vaters bearbeitet, um sie vielleicht einmal in einem kleinen Bändchen zu veröffentlichen«, erklärte sie Mr Tillingham, aus dessen Miene eine gewisse Erleichterung sprach.

»So etwas zu sammeln und zu ordnen ist eine fabelhafte Aufgabe für eine Tochter und wird bei den Freunden und Angehörigen Ihres Vaters bestimmt auf großes Interesse stoßen. Zumindest ist es etwas Vernünftiges und nicht irgendein dümmlicher Frauenroman.«

»Vielleicht möchte Miss Nash ja auch einen Roman schreiben«, gab Hugh zu bedenken.

»Miss Nash wird mit ihrem Beruf als Lehrerin vollauf ausgelastet sein und sich nicht mit derlei Nichtigkeiten befassen«, wandte Lady Emily ein. Agatha Kent warf Beatrice in stiller Hoffnung einen fragenden Blick zu.

»Ich werde mich ausschließlich um meine Lehrtätigkeit kümmern«, sagte Beatrice tief enttäuscht, aber sich ins Unvermeidliche fügend.

»Dank sei dem Herrn!«, rief Mr Tillingham. »Es ist derzeit sehr in Mode, jungen Frauen, insbesondere jungen Amerikanerinnen, das Schreiben einzureden. Ich bin schon mehrmals leicht hysterisch darum gebeten worden, solche bezaubernden Manuskripte zu lesen.«

»Und? Haben Sie es getan?«, wollte Daniel wissen.

»Um Himmels willen – lieber würde ich mir die rechte Hand abhacken. Ich habe meine Sekretärin bevollmächtigt, diplomatische Antworten darauf zu formulieren und das Geschreibsel dem Küchenherd zu übergeben.«

»Ich dachte, Sie wären eng mit dieser Amerikanerin befreundet, die glaubt, unbedingt schreiben zu müssen, obwohl es in Anbetracht ihrer gesellschaftlichen Stellung und ihres Vermögens völlig unnötig ist«, warf Lady Emily ein.

»Die von Ihnen erwähnte Dame ist eine Sache für sich. Sie besitzt einen äußerst scharfen Blick für das kleinbürgerliche Milieu, über das sie schreibt, und ich habe weder an ihren Fähigkeiten noch an ihrem beträchtlichen Erfolg auch nur das Geringste zu bemängeln.«

»Außerdem soll sie sehr großzügig sein«, sagte Daniel. »Sie kommt doch hin und wieder und unternimmt in ihrem riesigen Automobil eine Spritztour mit Ihnen.«

»Daniel!«, ermahnte ihn seine Tante.

Mr Tillingham brachte mit einer wegwerfenden Handbewegung zum Ausdruck, dass er sich nicht im Mindesten angegriffen fühlte. »Mein lieber Junge, ich kann dir versichern, dass ich sehr wohl in der Lage bin, großzügige Gesten meiner Freunde anzunehmen und ihnen dennoch genau das zu sagen, was ich von ihrer Kunst halte. Es wäre mir sogar lieber, wenn es sich anders verhielte, denn wegen meiner von manchen als grob bezeichneten Aufrichtigkeit habe ich bereits Freunde verloren und die eine oder andere große Liebe verscheucht.« Zu Beatrices Erstaunen zog er sein seidenes Einstecktuch heraus und betupfte seine Augen, die sich mit Tränen füllten.

»Ich würde Sie niemals als grob bezeichnen«, erklärte Daniel und fügte an alle Anwesenden gewandt hinzu: »Aber die letzten Gedichte, die ich Mr Tillingham zu lesen gab, wurden so gründlich und präzise auseinandergenommen, dass nur ein einziges Verspaar übrig blieb.«

»Es ist ein Fluch, aber in Bezug auf das geschriebene Wort habe ich noch nie etwas anderes als die Wahrheit über die Lippen gebracht«, sagte Mr Tillingham. »Ihrem Vater erging es doch genauso, nicht wahr, meine Liebe?«

»Sie können sich also doch an ihn erinnern?«

»Nach und nach dämmert es mir. Kann es sein, dass er mein allererstes Stück vernichtend besprochen hat?«

Beatrice errötete. »Ja, ich glaube, er hat es besprochen.«

»Nun, da war er weiß Gott nicht der Einzige. Aber seine Analyse war so scharfsinnig, dass ich mich ausnahmsweise nicht in der Lage sah, die Argumente umfassend und in allen Einzelheiten zu widerlegen.«

»Danke«, sagte Beatrice.

»Ich werde sein Buch sofort heraussuchen, sobald ich zu Hause bin. Und Sie müssen zum Tee kommen und mir ein, zwei besonders interessante Briefe Ihres Herrn Vaters zeigen.«

Beatrice stiegen die Tränen in die Augen, und sie bohrte ihre Fingernägel in die Handflächen, um nicht preiszugeben, wie dankbar sie war. Mr Tillingham tätschelte ihr die Hand. Lady Emily schien das zu erstaunen.

»Wundervoll!«, rief Agatha. »Erinnern Sie mich daran, dass ich auch den Direktor und den Pfarrer bitte, Sie einzuladen.«

»Es gehört sich einfach, die Einsamkeit der unverheirateten Damen unserer Gemeinde abwechselnd ein wenig zu lindern«, sagte Lady Emily. »Wenn ich zu Hause bin, lade ich dienstags immer zwei ältere Schwestern zum Bridge ein. Spielen Sie auch, Miss Nash?«

Beatrice suchte verzweifelt nach einer Möglichkeit, der Sache zu entgehen, denn sie hielt sich für eine ziemlich gute Bridgespielerin.

»Dienstags unterrichtet Miss Nash einige Jungen aus der Oberschule«, warf Agatha geschickt ein. »Ich will mich nicht aufdrängen, liebe Lady Emily, aber eine Einladung zum Tee, öffentlich während der Gartenparty ausgesprochen, würde unser kleines Projekt unangreifbar machen und Mrs Fothergills Intrigen ein Ende bereiten.«

»Nun, wenn Sie es für hilfreich erachten, nehme ich gern jedes Ungemach auf mich, um Mrs Fothergill in ihre Schranken zu weisen«, erwiderte Lady Emily ein wenig besänftigt.

Der Gong rief zum Essen. Beatrice bemerkte, dass Hugh und Daniel sich verstohlen angrinsten, und verkniff es sich ihrerseits, sichtbar zu schmunzeln. Solange sie sich nicht in Lady Emilys Parade der alten Jungfern einreihen musste, ließ sie sich gern als »Ungemach« bezeichnen.

5

Das Mädchen, das am nächsten Morgen an Beatrices Schlafzimmertür klopfte, konnte das Tablett mit der geblümten Porzellantasse und dem schweren Warmwasserkrug für den Waschtisch kaum tragen. Es hatte eingefallene Wangen und schmale Schultern und trug das Haar, schmerzhaft straff zurückgekämmt, zu einem Zopf geflochten. Kleid und Schürze hingen viel zu weit an ihm herab, und die Schnürstiefel wirkten an den dünnen Knöcheln fast lächerlich groß.

»Ihr Tee, Miss«, sagte es. »Und ich soll ausrichten, dass das Frühstück abgedeckt unten steht, weil Mrs Turber um acht in die Kirche gegangen ist und Sie hoffentlich nicht erwarten, dass sie Gott hintanstellt wegen Leuten, die am Sabbat lang schlafen.«

»Warum hast du mich nicht geweckt?«, fragte Beatrice.

»Ich hab's versucht, Miss, aber Sie sind einfach nicht aufgestanden, und da habe ich den kalten Tee wieder mitgenommen.« Es stellte das Tablett auf den Boden, trug den Krug zum Waschtisch und brachte den Tee. Mit zusammengekniffenem Mund konzentrierte es sich darauf, die Tasse auf dem vergoldeten Unterteller ruhig zu halten. Nicht einmal als Beatrice sie ihm abnahm, hob es den Blick, sondern wandte ihn gleich wieder zum Tablett.

»Ich wache sonst immer von selbst auf.« Beatrice trank einen großen Schluck heißen Tee. »Wahrscheinlich war ich müde von der Reise.« Sie kannte sie gut, die bleichen Morgenstunden und den dünnen Vogelchor, der beim Erwachen die Gedanken an ihren Vater begleitete. Merkwürdigerweise machte es ihr kein schlechtes Gewissen, so lange in den heißen Vormittag hinein geschlafen zu haben. Und auch wenn sie mitgenommen war von der Reise und den vielen neuen Eindrücken, so war es doch eine andere Erschöpfung als die der Monate zuvor – eher eine wohlige körperliche Müdigkeit statt der kräftezehrenden Ermattung, die die Hoffnungslosigkeit mit sich bringt.

»Mr Puddlecombe ist am Sonntag immer erst nachmittags aufgestanden.« Das Mädchen scharrte mit seinen kuriosen Stiefeln, und ein wenig schmeichelhaftes Rot überzog blitzschnell die Wangen.

»Wie heißt du?«, fragte Beatrice. Das Mädchen warf ihr einen Blick aus den Augenwinkeln zu und nahm offenbar allen Mut zusammen.

»Es tut mir leid, Miss. Das nächste Mal rufe ich lauter, wenn Sie wollen. Aber wenn Sie früh aufstehen, muss ich mit Mrs Turber in die Kirche gehen, und dann bleibt vor dem Mittagessen kaum noch Zeit fürs Silberputzen, und ich habe doch Sonntagnachmittag frei, aber nur, wenn ich mit allem fertig bin, und meine Mum ist krank und braucht mich … Abigail heiße ich.«

»Und wie alt bist du, Abigail?«

»Dreizehn, Miss. Fast. Aber ich bin stark für mein Alter.«

»Also, Abigail, ich besuche sowieso lieber einen späteren Gottesdienst, und heute gehe ich gar nicht in die Kirche. Ich soll nämlich am Nachmittag bei einer Gartenparty vorgestellt werden und bis dahin möglichst nicht in Erscheinung treten.«

»Ich bringe Ihnen das Frühstück rauf, wenn Sie wollen«, sagte Abigail. »Ein hart gekochtes Ei und Toast und kalter Speck und Tomaten.«

»Pack alles in eine Serviette ein. Ich mache eine kleine Tour mit dem Fahrrad und esse mein Frühstück am Strand.« Abigail war offenbar zu verdutzt, um etwas zu erwidern, und Beatrices Lächeln schien sie noch mehr zu verstören. »Lauf und pack alles zusammen.

Dann bist du mich los und kannst den ganzen Vormittag Silber putzen.«

»Ein Fahrrad, Miss«, sagte Abigail. »Das ist etwas Großartiges.«

Das sonntägliche Mittagessen wurde unmittelbar nach dem Zwölf-Uhr-Gottesdienst und als einzige Mahlzeit der Woche in Mrs Turbers Speisezimmer eingenommen.

»Zum Tee bin ich nicht hier, Mrs Turber«, sagte Beatrice, schob den Knorpel, den sie vom zähen Rindfleisch abgeschnitten hatte, unter ein Stück Kohl und legte Messer und Gabel ordentlich auf den Teller. Sie saß eingezwängt zwischen dem schweren Eichenholztisch und einer großen dunklen Anrichte. Auf der Anrichte lag ein Häkeldeckchen; aber nicht nur dort, sondern auch über den Rückenlehnen der Essstühle, auf der kleinen Vitrine und auf den diversen Pflanzsäulen mit üppigem Farn und knolligen, wulstigen Pflanzen, deren Namen sie nicht kannte. Der Tisch war mit einem gehäkelten weißen Tuch bedeckt, das man über einen quadratisch zugeschnittenen grünen Wollstoff gebreitet hatte, der wiederum das niemals ausgewechselte schwere rote Damasttuch schonte. Weiteren Schutz für die Möbel bot der geraffte Vorhang aus Chintz und plissiertem Musselin vor dem einzigen kleinen Fenster. In dem Zimmer war nicht mehr Luft als in einem Vakuum. Beatrice nippte an ihrem Wasser und betete um Geduld, während die vergoldete Uhr auf dem Kaminsims in quälend langen Abständen tickte.

»Nur gut, dass ich heute Morgen doch keinen Victoriakuchen gebacken habe. Es wäre ja völlig umsonst gewesen«, sagte Mrs Turber.

»Ich dachte, Mrs Kent hätte Ihnen mitgeteilt, dass ich am Nachmittag zu Lady Emily kommen soll.«

»Ich bin meinem lieben Herrgott so dankbar, dass ich mich nie im Leben aufgespielt habe. Manche Leute hier in der Stadt … Aber ich mache Lady Emily keinen Vorwurf, dass sie darauf hereinfällt.« Ihre Miene verdüsterte sich, und in Gedanken an viele stumm erlittene Kränkungen presste sie die Lippen zusammen. Dann klingelte sie mit dem Kristallglöckchen, damit Abigail das benutzte Geschirr abtrug. Das Mädchen brachte den Nachtisch, einen noch dampfenden, im Wasserbad gebackenen Kuchen.

»Ist das Haus von Colonel Wheaton sehr stattlich?«, fragte Beatrice und wurde beinahe ohnmächtig in dem Dampf, der den fast völlig sauerstofflosen Raum füllte. Mrs Turber erhob sich mühsam und ging zur Anrichte, um zwei Scheiben von dem Kuchen abzuschneiden.

»Ich war nur ein Mal dort, da hat der arme Captain noch gelebt«, sagte sie. »Die Stadträte haben sich dort getroffen. Es war sehr schön, und Lady Emily hat meinen Hut bewundert.« Sie seufzte. »Aber eine arme Witwe lädt natürlich keiner ein.«

»Es kommen eigentlich nur die Mitglieder des Schulbeirats«, sagte Beatrice.

»Ja, ja, nur die Beiräte oder nur die Stadträte oder nur die Männer vom Hetzjagdverein mit ihren Frauen. Ich habe einmal zu Mr Puddlecombe gesagt, man sollte glatt heiraten, damit sie sich endlich bessere Ausreden einfallen lassen müssen.«

Beatrice senkte den Blick auf das Tischtuch und schloss die Augen, um sich nicht vorstellen zu müssen, wie Mrs Turber dem jüngst abgereisten früheren Lateinlehrer diesen Vorschlag unterbreitete.

»Ich freue mich überhaupt nicht darauf«, sagte sie. »Es ist schlimm, so angestarrt zu werden.«

»Der Dankbare muss demütig sein«, erwiderte Mrs Turber. »Hoffentlich brauchen Sie jetzt nichts mehr, sonst verderben Sie dem armen Mädchen den freien Nachmittag.«

In der warmen Nachmittagsluft ging Beatrice wieder aus der Stadt hinaus und die Straße zu Agatha Kents Haus hinauf. Der Weg war ihr schnell vertraut geworden, und das Städtchen hatte bereits etwas Anheimelndes. Das lag sicherlich auch an der Sonne und am leichten Wind, der den schwachen Salzgeruch des Marschgrases mit sich trug. Sie hatte zwar zu Mrs Turber gesagt, dass sie an der Aufmerksamkeit, die ihr gleich zuteil werden würde, keinerlei Gefallen finde, doch während sie munter dahinschritt, spürte sie die ganze Kraft, mit der sie ihr neues Leben, ihren neuen Beruf beginnen würde, und konnte Lady Emilys Gartenparty plötzlich kaum erwarten. Agatha Kent und ihre beiden Neffen standen bereits in der kühlen Diele.

»Wir lassen erst ein, zwei Kutschen vorbeifahren und gehen dann gemächlich hinüber«, sagte Agatha, während sie ihren Hut vor dem Garderobenspiegel zurechtrückte. Er war nicht sonderlich ausladend und auf sehr dezente Weise neu und bestand aus teurem, glänzendem dunklem Stroh und einem breiten, dunkelblau und weiß gestreiften Tarlatan-Band mit einer eleganten, seitlich angebrachten Rosette als Abschluss. »Lady Emily möchte zwar, dass wir früh kommen, aber das ist kein Grund, überpünktlich zu sein.« Sie strich noch einmal über ihr Kostüm, das Beatrice nicht ganz so neu erschien, aber aus festem Leinen, gut gebügelt und an den Ärmelaufschlägen mit frischen, zum neuen Hut passenden Bändern gesäumt war. Solche Kostüme waren eine Anschaffung für viele Jahre – ganz nach der jeweiligen Mode ließ sich der Rock kürzen oder länger machen, konnte man Verzierungen aufnähen oder abtrennen – und wurden jeden Herbst mit einem Säckchen getrockneter Orangenschale, Lavendel und Gewürznelken als Schutz vor Motten in einer Truhe verstaut. Ihr eigenes Baumwollkleid erschien Beatrice vergleichsweise dürftig und mädchenhaft.

»Einen so strahlenden Tag sollte man nicht mit klebrig süßer Limonade in einem stickigen Zelt verbringen«, sagte Daniel. »Hoffentlich können wir uns bald wegschleichen.«

»Solltest du einen Fluchtversuch wagen, sehe ich mich gezwungen, deinem Onkel John zu erzählen, dass du in seiner Abwesenheit mittels eines Münzwurfs bestimmen wolltest, wer uns begleiten soll«, erwiderte Agatha, während sie sich weiße Spitzenhandschuhe überstreifte.

»Aber genau deshalb hast du Hugh doch so gern bei dir, Tante

Agatha«, entgegnete Daniel. »Einfach weil er die besseren Manieren hat.«

»Du bist wie ein kleines Kind«, sagte Hugh. »Jedes Mal beschwerst du dich, dass du hingehen musst, und dann seid ihr, Harry Wheaton und du, immer die Letzten, die man aus dem Champagnerzelt zerrt.«

»Miss Nash, ich versichere Ihnen, dass Lady Emilys Gartenparty immer großartig ist und zu den Höhepunkten des Sommers zählt«, erklärte Agatha. »Und der Garten bietet einen wunderbaren Blick auf die Küste, auch wenn er grauenhafterweise im französischen Stil gehalten ist.«

»Ich kann nur hoffen, Miss Nash, dass meine Tante überhaupt ein bisschen Zeit für Limonade und Gartenbesichtigung eingeplant hat, befürchte allerdings eher, dass Sie von Lady Emily und ihr mit einer wahren Vorstellungsflut auf Trab gehalten werden«, sagte Hugh.

»Ihr müsst uns immer im Auge behalten«, befahl Agatha, »und wenn ich eine Braue hochziehe, kommt ihr sofort und befreit die arme Miss Nash!«

»Ich liebe Gartenpartys«, gestand Beatrice. »Unter freiem Himmel sind die Menschen meist ausgesprochen angenehm.« Die Behauptung schien die beiden jungen Männer zu amüsieren, und auch Agatha Kent lächelte Beatrice an.

»Die Standespersonen von Rye sind im Freien schon deshalb sehr viel angenehmer, weil man dort mehr Platz hat und ihnen leichter aus dem Weg gehen kann«, sagte Daniel. »Ich an Ihrer Stelle würde jedenfalls immer das Tor im Auge behalten und jederzeit zur Flucht bereit sein.«

»Nachdem du Miss Nash nun jede etwaige Hoffnung auf einen schönen Nachmittag zerstört hast, könnten wir uns vielleicht allmählich auf den Weg machen«, sagte Hugh. »Darf ich?« Er bot Beatrice den Arm, und gemeinsam folgten sie Daniel und Agatha aus der kühlen Diele hinaus in den mit Sonnenlicht gesprenkelten Nachmittag.

Das Haus von Colonel Wheaton und Lady Emily war entgegen Beatrices Erwartungen kein verwitterter Landsitz. Nachdem sie das verschnörkelte Eisentor durchschritten hatte, sah sie sich einem jäh aufragenden roten Backsteingebäude gegenüber, einem hohen Bau, dessen Kanten und wichtigste Bestandteile zuckergussartig mit kunstvollem weißem Mauerwerk eingefasst waren. Zwei Diener in geknöpften Jacken und zwei Hausmädchen mit frisch gestärkten Häubchen und Schürzen empfingen die Gäste auf dem glatt gerechten Kies des Vorplatzes. Diesen Vorplatz wiederum säumten symmetrische, zu geometrischer Perfektion gestutzte und mit einem farbenprächtigen Muster aus Beetpflanzen unterlegte Buchsbäumchen. Massiv zurückgeschnittene Linden grenzten das Anwesen ein.

»Und – wie gefällt Ihnen das Landhäuschen von Colonel Wheaton?«, fragte Hugh.

»Es ist sehr eindrucksvoll«, antwortete Beatrice zurückhaltend.

»Der Colonel besitzt große Anteile an Cognac-Brennereien«, erklärte Agatha. »Das ganze Haus ist im französischen Stil gehalten.«

»Und diese Abgezirkeltheit darf um Himmels willen niemals vom englischen Regen aufgeweicht oder durch sprießendes Unkraut verunziert werden«, murmelte Daniel.

»Was soll die Witzelei, Daniel! Lady Emily hat ein Recht auf ihren eigenen Geschmack«, tadelte ihn seine Tante.

An ihrem Lächeln glaubte Beatrice jedoch zu erkennen, dass Agatha Kent sich in diesem Moment ganz unter ihrer Würde daran ergötzte, dass Lady Emilys Geld und gesellschaftliche Stellung nicht notwendigerweise mit einer Überlegenheit in Geschmacksfragen einhergingen.

Der smaragdgrüne Rasen, das straff gespannte, mit hellblauen Wimpeln festlich geschmückte weiße Zelt und die Damenhüte, die sich wie Sommerblumen über den Leinen- und Baumwollkleidern wiegten, machten den Wheaton'schen Garten zu einem beglückenden Anblick. Gleich einer kleinen Marine trugen livrierte Diener Tabletts mit Sandwiches und Eiskühler über das grüne Meer. Die

Nachmittagssonne verlieh der Szenerie scharfe Konturen, während der leichte Wind sie neckisch zauste. Beatrice fasste frischen Mut, senkte das entschlossen gereckte Kinn und lächelte.

Einige Paare schlenderten an der Steinmauer rings um den Rasen entlang, doch die meisten Gäste hatten sich in dem leicht stickigen Zelt versammelt. Beatrice hatte es schon oft erlebt, dass Menschen selbst bei bestem Wetter und völliger Gefahrlosigkeit das Bedürfnis verspürten, unter ein Dach oder in die Nähe einer schützenden Mauer zu eilen.

»Da sind Sie ja! Wir wollten schon einen Suchtrupp entsenden«, rief Lady Emily und fuchtelte mit ihrem Sonnenschirm vom Rand des Festzelts her zu Beatrice hinüber. »Wir wollen doch alle Miss Nash kennenlernen.« Sofort sah sich Beatrice der unverhohlenen Überprüfung durch ein Dutzend auf sie gerichtete Augenpaare unterzogen. Das Gemurmel ebbte ab, schwoll aber Sekunden später wieder an. Beatrice versuchte das weichende Gefühl innerer Leichtigkeit festzuhalten und atmete langsamer, um den Anflug von Panik zu überwinden, der sie beinahe zum Schwanken brachte. Plötzlich stützte eine Hand ihren Ellbogen, und Hugh Grange führte sie mit besorgtem Blick diskret hinter Agatha und Daniel, damit sie die Rasenfläche zwischen Terrasse und Zelt im Schutz von Agathas breitem Rücken und großem, schlichtem Sonnenschirm überqueren konnten.

»Sie sind gar nicht so schlimm«, sagte Hugh. »Der Schuldirektor dürfte Ihnen gefallen. Er hat mir früher bei meinen Sommeraufenthalten immer Bücher aus seiner Bibliothek geliehen. Er kommt gut mit Jungs zurecht und sammelt Falter.«

»Danke«, sagte Beatrice. Ihre Kehle war trocken.

»Es sind die üblichen bedeutenden Familien«, fuhr er fort. »Wenn Sie denen auch nur die kleinste Chance geben, bekommen Sie die Familienhistorien in epischer Breite zu hören.«

»Hugh, wir sollten eine Wette darüber abschließen, wer die wirrsten historischen Verbindungen zu Miss Nash herstellt«, sagte Daniel über die Schulter hinweg.

»Benimm dich, Daniel!«, ermahnte ihn seine Tante, trat vor und versuchte Lady Emily zu umarmen, ohne deren Hut oder den eigenen zu verrücken. »Wie lieb von Ihnen, dass Sie uns eingeladen haben, Emily.«

»Bettina Fothergill hat irgendetwas vor«, behauptete Lady Emily in ihrer unvermittelten Art. »Ich weiß zwar noch nicht, was, aber sie gurrt wie ein Täubchen.« Sie starrte zum anderen Ende des Zelts hinüber, und Beatrice versuchte ihrem Blick so unauffällig wie möglich zu folgen.

Es war nicht schwer, die beleibte Gestalt des Bürgermeisters auszumachen, der zwar eine für die Gartenparty geeignete Flanellhose trug, dazu aber seine Amtskette angelegt hatte. Bei der dünnen Frau an seinem Arm handelte es sich offenbar um die viel diskutierte Mrs Fothergill. Sie trug ein schmal geschnittenes Leinenkostüm in Senfgelb und hielt mit der freien Hand einen riesigen grünen, mit roten Kirschen aus Samt bedeckten Strohhut fest. Als sie die Blicke von Lady Emily und Agatha Kent bemerkte, ließ sie den Hut einen Moment lang los, lächelte und winkte den beiden Damen zu, indem sie ein wenig mit den Fingern wackelte.

»Mein Gott, sie hat sich als Baum kostümiert«, sagte Agatha, während sie zurückwinkte.

»Eher als ganzer Obstgarten«, warf Daniel ein.

»Sie hat irgendeinen Neffen oder den Neffen einer Cousine mitgebracht«, sagte Lady Emily, und alle betrachteten den jungen Mann im engen Streifenblazer, der dem Bürgermeister weit vorgebeugt lauschte, was in Anbetracht der markanten Größe seiner Ohren völlig unnötig erschien. »Rechtsreferendar oder etwas Ähnliches. Ich habe gar nicht richtig hingehört.«

»Das Beste, was man machen kann«, erwiderte Agatha. »Ignorieren wir sie, solange es geht. Aber jetzt möchte ich Miss Nash einigen Leuten vorstellen.«

»Da kommt unser lieber Herr Direktor«, sagte Lady Emily. »Er möchte möglichst schnell überprüfen, ob Sie dem entsprechen, was er bestellt hat.« Ein freundlich dreinblickender Mann in einem zerknitterten beigen Leinenanzug bahnte sich entschlossen einen Weg durch die Gästemenge.

»Vielleicht ist er nur hinter dem Buch mit den farbigen Tafeln her, das du ihm letztes Jahr nicht zurückgegeben hast«, scherzte Daniel und stieß Hugh in die Rippen.

»Du lieber Himmel – das stimmt. Das hatte ich ganz vergessen.«

»Wenn die Damen uns jetzt entschuldigen würden«, sagte Daniel. »Ich bringe meinen Cousin besser außer Gefahr, damit Miss Nash vorgestellt werden kann.«

»Wie schön, Sie in Freizeitkleidung zu sehen, Herr Direktor«, sagte Agatha. Der Mann trug einen leicht verbeulten Fedora aus Stroh und hatte sich ein Halstuch ins Hemd gesteckt. Beatrice fand, dass er genauso aussah wie ein Schuldirektor, der im Sommer die antiken Stätten Europas bereist. Ständig zog er die Schultern hoch, als spürte er das imaginäre Gewicht des fehlenden Talars. »Darf ich Ihnen Miss Nash vorstellen?«

»Ist es nicht wundervoll, dass Lady Emily es ermöglicht, sich in so entspannter Atmosphäre kennenzulernen, Miss Nash?« Er schüttelte Beatrice die Hand. »Man ist doch außerhalb der gewohnten Umgebung immer viel ungezwungener.«

»Ich bin sehr dankbar für die Chance, die Sie mir geben, und hoffe, das in mich gesetzte Vertrauen zu rechtfertigen«, sagte Beatrice.

»Haben Sie schon unseren Lehrkörper kennengelernt?«, fragte der Direktor und winkte einer kleinen Gruppe, die etwas abseits der Gästeschar stand. Eine junge Frau mit einem Sonnenschirm aus Spitze und einem Rüschenkleid aus Seide mit Einsätzen in Grün und Rosa unterhielt sich gerade mit einer Frau weniger bestimmbaren Alters, auf deren Kopf ein dunkler, schmaler Hut saß. Ihre dunkle Bluse hatte sie mit einem steifen weißen Kragen und Manschetten aufgebessert. Ein älterer Herr in einem angestaubten schwarzen Jackett redete auf einen jovial wirkenden Mann mit großem Schnurrbart ein. Der gestreifte Flanellanzug des Schnurrbärtigen spannte wegen dessen muskulösen Körperbaus an den Schultern. Der Direktor deutete nacheinander auf die einzelnen Personen. »Mr Dobbins, unser ältester Lehrer, unterrichtet Mathematik, Mr Dimbly Leibeserziehung und Naturwissenschaften, Miss Clauvert Französisch und Miss Devon Englisch, Geschichte und Handarbeiten.«

»Ich freue mich sehr darauf, sie alle kennenzulernen und mir die Schule anzusehen«, sagte Beatrice.

»Nun, da müssen wir etwas arrangieren«, erwiderte der Direktor. Er machte jedoch keine Anstalten, sie zu den Lehrern zu führen und vorzustellen, und Beatrice merkte, dass sie es nicht eilig hatte, sich zu ihren verlegen wirkenden Kollegen zu gesellen. »Wir führen nämlich derzeit unsere jährliche Schulhausräucherung durch.«

»Welch wunderbare, immer passende Ausrede!«, sagte Agatha. »Sie sind ja heute richtig schlagfertig, Herr Direktor.«

Nach einer Weile im Zelt schmerzte Beatrices Kopf, als würde sich ein eisernes Band um ihre Stirn zusammenziehen. Sie war mit so vielen Leuten bekannt gemacht worden, dass sie alle ineinander verschwammen. In der Hoffnung auf einen kurzen Moment ohne weitere penetrante Fragen nach ihrer Familie oder ihren Qualifikationen erkundigte sie sich bei einem Diener, ob der Fruchtpunsch der Limonade vorzuziehen sei.

»Ich empfehle die Limonade«, sagte jemand, und als sie sich umdrehte, stand Hugh Grange neben ihr. »Sie haben genug von der Vorstellerei, nicht wahr?«

»Alle sind sehr nett zu mir, aber ich muss mir so viele einprägen.«

»Wie fanden Sie den Direktor?«

»Wir haben uns über Ungeziefervernichtung unterhalten. Er hat mir versichert, dass die Schule nach jedem Trimester ausgeräuchert wird, damit der Befall auf ein zumutbares Maß beschränkt bleibt.«

»Da waren Sie bestimmt sehr erleichtert«, sagte Hugh.

»So sehr auch wieder nicht. Miss Devon und er wollen mir zeigen, wie man kleine Säckchen mit Schwefel in die Kleidersäume näht, um die Läuse abzuhalten.«

»Tja, mit solchen Dingen muss sich die moderne Bildung herumschlagen.«

»Ihr Cousin hatte recht – die Familiengeschichten besitzen hier wirklich einen hohen Stellenwert. Einige Ihrer Nachbarn haben es während des Gesprächs tatsächlich geschafft, jahrhundertealte Familienurkunden zu erwähnen.«

»Und haben Sie Mrs Fothergill kennengelernt?«

»Mrs Fothergill werde ich nicht so schnell vergessen«, sagte Beatrice. »Sie kam mir mit lateinischen Zitaten und wirkte sehr überrascht, als ich ebenfalls welche anführte. Sie glaubt offenbar, man hätte mich für den Unterricht in einer mir unbekannten Sprache eingestellt.«

»Nach dem plötzlichen Verschwinden von Mr Puddlecombe, dem Lateinlehrer für die höheren Klassen, musste meines Wissens Mr Dimbly, der Turnlehrer, einspringen. Der ist zwar ein hervorragender Lehrer in Sachen Fußball und Seilklettern, kann aber mutmaßlich kein Wort schreiben und wird bestimmt erleichtert sein, wenn man ihm die alten Sprachen wieder abnimmt.«

»Der Neffe von Mrs Fothergill, ein gewisser Mr Poot, spricht ebenfalls Latein, hatte aber wenigstens den Anstand, es nicht zu tun. Mrs Fothergill wollte Lady Emily unbedingt klarmachen, wie glücklich sich ihr Neffe und Harry Wheaton schätzen können, einen jeweils so passenden Umgang ganz in der Nähe zu haben.«

»Das muss ich Daniel erzählen«, sagte Hugh. »Es wird ihn sehr freuen, wenn er hört, dass uns Bettina Fothergill für schlechten Umgang hält.«

»Sie ist die mit Abstand unangenehmste Frau, die ich heute kennengelernt habe«, erklärte Beatrice. »Und das, obwohl sie gar nicht mehr aufhören konnte zu lächeln.«

»Hat man Sie schon mit Lady Emilys Tochter Eleanor bekannt

gemacht?« Hugh deutete auf eine junge Frau mit blassem, ovalem Gesicht und glänzenden blonden Korkenzieherlocken, die sich auf eine Chaiselongue aus Korbgeflecht unter einem großen Baum zurückgezogen hatte. Sie war überaus elegant in ein strahlend weißes Ensemble aus Baumwollbatist und einen mit Tüll umschlungenen, wagenradgroßen Hut gekleidet. Im tiefen, kühlen Schatten hinter ihr schaukelte ein Kindermädchen in strenger Uniform einen Kinderwagen von solchen Ausmaßen, dass Beatrice nicht überrascht gewesen wäre, hätte man ihr gesagt, dass ihn nur ein kleines Pferd vom Fleck bewegen könne. »Sie ist mit einem deutschen Baron verheiratet«, fügte Hugh hinzu.

»Würden Sie uns miteinander bekannt machen?«, fragte Beatrice. »Sie wirkt so vornehm, dass ich mich ein bisschen unsicher fühle. Ist sie so blasiert, wie man es bei ihrer Schönheit erwarten kann?«

»Sollte sie sich blasiert geben, fragen Sie einfach, wie das damals war, als Daniel und ich die kleine Eleanor aus dem Kanal fischen mussten«, antwortete Hugh. »Sie war immer ein richtiger Frechdachs – wir sorgen schon dafür, dass sie uns gegenüber nicht die Freifrau spielt.«

Der Nachmittag verlief wie geplant. Dann aber gelüstete es Agatha Kent nach einem der großen Eclairs, die auf einer verschnörkelten Etagere in der Mitte des mit Silbertabletts voller Leckereien überladenen schneeweißen Tisches wunderschön angeordnet waren. Die glänzende, leicht beschlagene dunkle Glasur ließ die kühle Sahnefüllung erahnen, und die saftigen Teigstreifen, nur kurz gebacken, waren nicht mehr als goldbraun verfärbt. Agatha überlegte, ob sie sich nicht eines gönnen könnte, um Miss Nashs problemlose Einführung zu feiern. Gerade für sie als Frau eines wichtigen Staatsbeamten war es doch sehr befriedigend, ihre Fähigkeit zur subtilen Einflussnahme unter Beweis zu stellen. Durch ihren Sieg milde gestimmt sah sie sich nach einem freien Stuhl an einem der vielen schmiedeeisernen Tische um. Da nur ein einziger zu entdecken war, raffte sie mit einer Hand den Rock und schritt zu dem Tisch, an dem Bettina Fothergill mit ihrem Neffen saß.

»Darf ich mich dazusetzen, liebe Bettina?«, fragte sie. »Ich brauche nämlich unbedingt eine Tasse Tee.«

Mrs Fothergill, die drei Sandwiches, zwei Scheiben Hähnchensülze und auf einem eigenen Teller ein großes Stück Englischen Kuchen vor sich hatte, blickte Agatha lächelnd an und betupfte den Mund mit einer Serviette. Ihr Neffe stand behäbig auf und zog einen Stuhl unter dem Tisch hervor.

»Aber natürlich, du siehst sehr erschöpft aus«, sagte Bettina. »Das ist Charles Poot, der Sohn meiner Schwester. Charles, sei so gut und verzieh dich, damit Mrs Kent und ich unter vier Augen miteinander sprechen können.«

»Sofort.« Er nahm seinen Teller und drückte beim Verbeugen fast die Weste in das Eiersandwich. Agatha fand ihn auf Anhieb unsympathisch, nicht etwa wegen seiner Ohren, sondern wegen seiner schmierigen Beflissenheit. Daniel oder Hugh hätten einen so herrisch vorgebrachten Befehl von ihr niemals ohne eine entsprechend aufsässige Bemerkung entgegengenommen.

»Eine Tasse Tee und ein einfaches Butterbrot«, sagte Agatha zu dem Diener. Dem Eclair, entschied sie seufzend, musste sie entsagen. Ein solches Gebäckstück vor Bettina Fothergill zu essen hätte Schwäche bedeutet, und Bettina pflegte sich auf jede Schwäche zu stürzen wie das Wiesel auf den Frosch.

»Deine Miss Nash ist ein sehr sympathisches Mädchen«, sagte die Bürgermeisterin. »Wenn auch vielleicht nicht mit dem Alter und der Erfahrung ausgestattet, die manche Beiräte erwartet hatten, und womöglich etwas überqualifiziert für unsere bescheidenen Bemühungen in Sachen Bildung.« Agatha fand ihre herablassende Art fast ebenso widerlich wie den grünen Strohhut.

»Sie ist sehr gut ausgebildet, und wir können uns glücklich schätzen, sie gefunden zu haben«, erklärte sie mit Nachdruck. »Der Herr Direktor ist sehr zufrieden mit dieser Neueinstellung.«

»Das bezweifle ich nicht.« Bettina seufzte. »Und sollten Gerüchte über ein etwaiges Unbehagen aufkommen, so sind es eben nur Gerüchte.«

»Meiner Ansicht nach hat der Herr Direktor eine hervorragende Wahl getroffen.«

»Selbstverständlich möchte man immer voll und ganz hinter dem Herrn Direktor stehen«, sagte Bettina, den Blick zärtlich auf ein Gurkensandwich gerichtet. »Aber du weißt ja, dass die Beiräte rein theoretisch ein Zustimmungsrecht haben.«

»Daran hat man mich heute Nachmittag mehrmals erinnert.« Agatha bemühte sich, geräuschlos einzuatmen, soweit ihr Korsett dies zuließ. Der Diener brachte den Tee. Als er die elegante Porzellantasse vor ihr abstellte und das Tellerchen mit dem Butterbrot sorgfältig ausrichtete, war sie ausnahmsweise einmal froh über das Getue, das dabei gemacht wurde. »Gibt es etwas, was ich wissen sollte, Bettina?«

»Ich würde mir niemals die Freiheit erlauben, etwas zu sagen«, antwortete die Bürgermeisterin. »Mich hat man ja im Gegensatz zu dir und der lieben Lady Emily nicht in den Beirat berufen.« Dem Schulbeirat mussten laut Gesetz zwei weibliche Mitglieder angehören. Colonel Wheaton hatte als Vorsitzender einen genialen Winkelzug angewendet, indem er vorschlug, keine Eheleute in den Beirat aufzunehmen. Nachdem Agatha als Mitglied bestätigt worden war, hatte er sich geschickt zugunsten seiner Frau zurückgezogen und Bürgermeister Fothergill mit dem Zorn von dessen Gattin alleingelassen. »Vielleicht solltest du Miss Nash bitten, zur Beiratssitzung zu erscheinen, falls die Mitglieder eure Entscheidung noch ein wenig unter die Lupe nehmen wollen.« Bettina Fothergill raffte ihren Rock, opferte ihrem Triumphgefühl den Teller voller Köstlichkeiten, sagte Agatha Lebewohl und trippelte über das niedergetretene Gras davon.

Eleanor Wheatons Haut war so weiß, als wäre die junge Frau aus einem Sanatorium gekommen, und ihr dezent schimmerndes Kleid erwies sich aus der Nähe betrachtet als von so exquisiter Qualität, dass man seine Kostbarkeit erahnen konnte. Obwohl sich ihr Haar zu einem Berg ineinander verschlungener Löckchen auftürmte, hielt sie den Kopf mit großer Anmut. Selbst bei einer königlichen Gartenparty hätte sie sich sehen lassen können, fand Beatrice. Neben Eleanor Wheatons Kleidung verblasste selbst die Pracht ihres Elternhauses.

»Ich möchte dir Miss Nash vorstellen, Eleanor«, sagte Hugh. »Du hast bestimmt schon von ihr gehört.«

»Guten Tag«, sagte Eleanor und neigte den Kopf, ehe sie, ihn zu Hugh wendend, hinzufügte: »Dein Cousin hat mich noch nicht begrüßt. Harry und er trinken den ganzen Champagner, und wie du siehst, hat es noch niemand für nötig befunden, mir ein Glas zu bringen. Wir sind völlig ausgetrocknet, das Fräulein und ich, nicht wahr, Fräulein?« Sie drehte sich zum Kindermädchen um und wiederholte in dem lauten Ton, den die Engländer überall auf der Welt im Gespräch mit Ausländern anschlugen: »*Wir sind getrocknet, nicht wahr?*«

»Dein Deutsch ist grauenhaft. Was hast du eigentlich das ganze Jahr über gemacht?«, fragte Hugh.

»Wenn ich nicht kurz vor einer Ohnmacht wäre, würde ich es dir sagen. Nun bring dem Fräulein und mir endlich eine Erfrischung, ich flehe dich an!«

»Bin gleich wieder da«, sagte Hugh und trottete zum Zelt. Beatrice ärgerte sich, weil sie nicht um ein zweites Glas Limonade gebeten hatte, wollte ihm aber nicht hinterherrufen.

»Miss Nash, das ist Fräulein Gerta – Gerta, *das ist Miss Nash*«, sagte Eleanor mit der gelangweilten Miene derer, die den Umgang mit formelhaften, banalen Höflichkeitsfloskeln gewohnt sind.

»*Freut mich, Sie kennenzulernen*«, erwiderte Beatrice. Das Kindermädchen nickte, und sein Lächeln verwandelte die steinerne Miene in ein junges Gesicht mit Apfelbäckchen.

»*Ganz meinerseits.*«

»Sie sprechen Deutsch?«, fragte Eleanor. In ihren blauen Augen blitzte schlagartig Interesse auf. Die gelangweilte Art wich einem breiten Lächeln. »Meine Güte, vielleicht sind Sie meine Rettung! Ich gebe mir solche Mühe, die Sprache zu lernen, aber das Fräulein kann kein Wort Englisch, und es ist so anstrengend, immer wieder den Versuch zu unternehmen, etwas zu verstehen.«

»Ihr Gatte spricht doch bestimmt beide Sprachen fließend«, sagte Beatrice.

»Dummerweise ja. Und deshalb glaubt er, dass es mir genauso leichtfallen müsste. Aber jetzt setzen Sie sich neben mich und sagen mir, ob Sie es für zumutbar halten, dass er sich nach Hause beordern lässt, während ich hier von Personal umgeben bin, das kein Englisch spricht!«

»Meiner Erfahrung nach lernt man Fremdsprachen schneller, wenn man dazu gezwungen wird«, sagte Beatrice und setzte sich vorsichtig in einen Liegestuhl. »Ich musste einmal in Kairo eine Wohnung anmieten ...«

»Ja, ja.« Eleanor warf den bildhübschen Kopf so heftig zurück, dass der Hut herabzufallen drohte. »Aber hätte er nicht wenigstens ein Kindermädchen oder eine Zofe einstellen können, die beide Sprachen sprechen? Natürlich nicht, denn Gerta und Liesl, die Zofe, kommen aus Familien, die seiner Familie schon jahrhundertelang gedient haben, und in der Familie des Barons wird alles so gemacht wie immer.« Die letzten Wörter hatte sie mit etwas tieferer Stimme gesprochen, dabei mahnend den Zeigefinger gegen sich selbst erhoben und die Augen verdreht. Beatrice musste lachen.

»Ich habe gehört, dass Ihr Mann jung ist und gut aussieht und Sie beide sehr verliebt sind«, sagte sie, denn genau das hatte sie den Nachmittag über die eine oder andere Matrone voller Bewunderung flüstern hören.

»Ja, er ist ganz vernarrt in mich – ich habe ihn um den Finger gewickelt. Aber in diesem einen Punkt ist er stur, weil ich seiner Mutter zufolge erst dann bei Hofe eingeführt werden kann, wenn es mir mein Deutsch erlaubt, den Kaiserlichen Majestäten zu antworten, sollten sie sich dazu herablassen, mit mir zu sprechen.« Seufzend schleuderte sie ihre weißen, mit Absätzen versehenen Schuhe von den Füßen. »Wenn zweitausend Menschen in einer komplizierten Defiliercour am Kaiser vorbeiziehen, kann ich von Glück sprechen, wenn mich ein Diener um meinen Umhang bittet.«

»Oje.« Beatrice verkniff sich ein Grinsen.

»Und ich muss mich damit begnügen, kleine Zeichen zu geben und hierhin und dorthin zu deuten wie eine Blinde«, klagte Eleanor, beugte sich hinunter und begann ihre Zehen in den weißen Seidenstrümpfen zu massieren.

Beatrice war sich nicht sicher, ob der Vergleich stimmte, wurde aber aus ihren Gedanken gerissen, als sie Hugh erblickte, der nicht nur mit Daniel, sondern auch mit Harry Wheaton über den Rasen auf sie zukam. Der Diener, der ihnen folgte, trug ein Tablett mit Beinen, auf dem zahlreiche Gläser standen.

»Wir wussten nicht genau, was gewünscht ist, und haben einfach alles mitgebracht«, erklärte Harry Wheaton. Seine Miene war so offen und unschuldig wie die eines Hundewelpen.

Während der Diener das Tablett neben Eleanors Stuhl abstellte, stand Beatrice auf, um sich rasch zurückzuziehen, wurde jedoch von Harry Wheaton daran gehindert. »Eleanor, ich habe Miss Nash neulich beleidigt und mich dabei schrecklich blamiert. Hilfst du mir, sie um Entschuldigung zu bitten?«

»Ach wirklich, Harry?«, sagte seine Schwester. »Tja, dann kannst du vielleicht gleich wieder gehen, denn wenn Miss Nash keine Lust hat, dir zu verzeihen, muss ich leider ihr den Vorzug geben. Sie wird mir nämlich Deutsch beibringen.«

»Es ist wirklich nicht der Rede wert«, sagte Beatrice. »Aber ich muss jetzt zu Mrs Kent. Wenn Sie mich bitte entschuldigen …«

»Ganz bestimmt nicht«, sagte Eleanor. »Wir lassen meinen Bruder, diesen Einfaltspinsel, von ein paar Dienern entfernen. Gib mir Champagner, Daniel!«

»Miss Nash, ich bitte aus tiefstem Herzen um Verzeihung«, sagte Wheaton. »Bleiben Sie und trinken Sie ein Glas Champagner – oder ein Glas Limonade wie ich.« Er griff nach einem Glas Limonade, woraufhin seine Schwester und Daniel in schallendes Gelächter ausbrachen.

»Ich verzeihe Ihnen, Mr Wheaton«, sagte Beatrice. »Aber nur wegen Ihrer Mutter, die sehr freundlich zu mir war, und wegen Ihrer bezaubernden Schwester.«

»Mir wird oft auf diese Art verziehen«, gestand Wheaton. »Ich trinke diese Limonade auf die beiden und verspreche, in Zukunft ein besserer Mensch zu sein.«

»Gut«, sagte Eleanor. »Dann kann sich Beatrice jetzt wieder setzen, und wir hören uns in aller Ruhe einige Gedichte von Daniel an.« Der Diener reichte Limonade und Champagner herum; Beatrice nahm die Limonade, schwor sich aber, dass es das letzte Mal sein würde.

»Ich bin als geladener Gast hier, nicht als Unterhalter«, entgegnete Daniel. »Meine Gedichte lese ich nur bei ernsthaften Veranstaltungen vor.«

»Früher hast du sie mir immer für einen Penny gezeigt«, widersprach Eleanor. »Seit meinem zwölften Geburtstag hat sich eine ganze Schachtel voll angesammelt, alle mit einem karierten Band verschnürt.«

»Damals war ich noch nicht so anspruchsvoll«, erklärte Daniel. »Kleine Jungs ohne Taschengeld können keine hohen Ansprüche stellen.«

So plätscherte das Gespräch dahin. Hugh zog einen Liegestuhl heran, und Daniel legte sich ohne Rücksicht auf seine helle Hose ins Gras. Harry Wheaton hockte am Ende der Chaiselongue seiner Schwester. Man sprach über ein Picknick in den Hopfenfeldern und über die neuen Bademaschinen am Strand von Camber Sands; dann bat Eleanor Beatrice, sie einmal zum Baden zu begleiten, da sowohl das Fräulein als auch die Zofe eher wasserscheu seien und sich beim letzten Mal sehr angestellt hätten. Beatrice freute sich, ruhig dazusitzen und es kühl zu haben inmitten einer Gruppe lachender junger Leute, während die Schatten auf dem Rasen länger wurden. Für kurze Zeit war sie frei von Sorgen, und noch einmal sagte sie sich, dass der Umzug nach Rye eine gute Entscheidung gewesen war.

Beim Aufbruch wirkte Agatha Kent zerstreut und sah sich immer noch suchend um, als sie selbst, ihre Neffen und Beatrice sich bereits von Lady Emily verabschiedet hatten. »Da ist er ja!«, rief sie plötzlich und winkte ziemlich unhöflich mit dem Sonnenschirm in Richtung des Schuldirektors, der sich offenbar gerade auf einem Seitenweg davonschlich.

Er machte kehrt und kam, um sich zu verabschieden. »Ein wundervoller Nachmittag«, sagte er.

»Wir haben Sie überall gesucht, aber Sie sind uns ständig entwischt«, beschwerte sich Agatha.

»Ich habe Sie auch gesucht«, versicherte der Direktor. »Aber in dieser Menschenmenge konnte ich Sie natürlich nicht finden.« Für die kleine Gästegruppe auf dem Rasen schien Beatrice das Wort »Menge« nicht die treffendste Bezeichnung zu sein, und Agathas geschürzte Lippen ließen vermuten, dass auch sie dieser Ansicht war.

»Mrs Fothergill ist erstaunlicherweise der Meinung, dass Miss Nash morgen vor dem Beirat erscheinen soll«, sagte Agatha. »Sie wollte Ihnen bestimmt weder Ihre Unabhängigkeit noch Ihre Urteilsfähigkeit absprechen, Herr Direktor, aber ich habe trotzdem darauf hingewiesen, dass es eine unerhörte Ungezogenheit wäre, die von Ihnen in diesen Dingen getroffenen Entscheidungen in Frage zu stellen.«

»Ich weiß Ihren Beistand zu schätzen, Mrs Kent«, sagte der Direktor. Etwas an seinem Hals schien ihn sehr zu stören; er zerrte an seinem Kragen. »Miss Nash, ich hoffe, meine Briefe an Sie haben deutlich gemacht, dass in solchen Fällen üblicherweise die endgültige Zustimmung durch den Beirat erfolgt.«

»Und zwar üblicherweise automatisch«, fügte Agatha hinzu.

»Ganz recht. Und von in letzter Minute aufgetauchten Kandidaten hat Miss Nash meiner Einschätzung nach kaum etwas zu befürchten.«

»Es gibt also noch einen Kandidaten?«, fragte Agatha.

»Ganz plötzlich und unerwartet. Ich habe den jungen Mann weiß Gott weder vorgeschlagen noch seine Bewerbung unterstützt, aber es kam nun einmal das stichhaltige Argument auf, dass man uns später kritisieren könnte, sollten wir dem Beirat keine Gelegenheit einräumen, allen Parteien Gehör zu schenken.«

»Das ist Bettina Fothergills Werk«, sagte Agatha.

»Handelt es sich um diesen verschlagen wirkenden jungen Neffen von ihr?«, fragte Daniel. »Er hatte die Frechheit, mich zu fragen, wo ich meine Krawatte gekauft habe, und diese Frage war garantiert nicht als Kompliment gemeint.«

»Genau so ist es«, antwortete Agatha. »In diesem Fall beweist du ausnahmsweise einmal Scharfsicht.«

»Soll das heißen, dass ich ansonsten ein Dummkopf bin?«

»Im Falle einer unvorhergesehenen Entscheidung in die ungünstige Richtung«, sagte der Direktor, die Beantwortung der ihm gestellten Frage geschmeidig umgehend, »übernehme ich selbstredend persönlich die Verantwortung dafür, dass Miss Nash gänzlich unbelastet von jeglichen Reisekosten zu ihrer Familie zurückkehren kann. Es gibt also nicht den geringsten Grund zur Sorge, junge Dame.« Er tätschelte Beatrice breit grinsend den Arm. Sie kämpfte gegen den Drang an, ihn umzustoßen.

Agatha ergriff ihren anderen Arm und drückte ihn fest. »Wir sehen uns morgen bei der Versammlung und vertrauen auf Ihre weitere Unterstützung. Ich werde einige Beiräte schriftlich informieren, und Lady Emily, dessen können Sie sicher sein, wird dasselbe tun.«

»Dessen können Sie sicher sein«, bestätigte Lady Emily. »Wir dulden keine heimlichen Machenschaften.«

»Es sei denn, wir zetteln sie an«, flüsterte Daniel seinem Cousin zu. »Wir müssen Tante Agatha helfen, Hugh!« Beatrice hatte es gehört und empfand Bewunderung, aber auch Traurigkeit angesichts des von Daniel so nachdrücklich geforderten Familienzusammenhalts, denn dieser Zusammenhalt machte ihr erneut bewusst, dass sie selbst keine Familie hatte, die zu ihr stand.

»Es ist wirklich nur eine Formalie, die ich nicht ohne Weiteres ablehnen konnte«, beteuerte der Direktor.

»Ich will nach Hause«, sagte Beatrice leise. Alle Fröhlichkeit des Nachmittags und alle künftigen Freuden, die in den letzten Stunden heraufbeschworen worden waren, zerstoben wie aufwirbelnde Asche. »Vielen Dank für die Einladung, Lady Emily.« Während sie sich von Hugh wegführen ließ, sammelte Beatrice in Gedanken ein paar schöne Erinnerungen an den Nachmittag und verstaute sie in ihrem Gedächtnis. Irgendwann würden sie sie vielleicht daran gemahnen, dass wundervolle Nachmittage zu Ende waren, wenn der kühle Abend hereinbrach.

6

Dem Verzweifelten schmeckt der Tee nicht mehr. Beatrice kannte das Gefühl und wusste, dass das Damenzimmer im besten Gasthof an der Hauptstraße in Wirklichkeit wohl nicht ganz so viel Tristesse verströmte, wie es ihr eben erschien. Zwar war die weiße Wandtäfelung schön hell, und auf einem niedrigen Tischchen vor dem Kamin standen frische Blumen, aber die geblümten Polsterbezüge der Stühle machten sie schwindlig, und die Sonne, die in grellen Strahlen durch die hohen Hoffenster hereinschien, tat ihren Augen weh.

Sie fühlte sich schwach nach der schlaflosen Nacht, in der sie ihre kleinen Ersparnisse wieder und wieder durchgerechnet hatte. Keine noch so einfallsreiche Rationierung oder strikte Einschränkung würde es ihr ermöglichen, mit der geringen Summe, die ihr zur Verfügung stand, ein unabhängiges Leben zu führen. Im Ausland wäre es vielleicht denkbar gewesen, in einer kleinen Stadt in Frankreich etwa, aber niemals würde ihr die Familie ihres Vaters das Geld vorstrecken, das sie brauchte, um sich dort niederzulassen, und sie hatte nicht die Absicht, sich durch eine solche Bitte selbst zu erniedrigen. Im Dunkel der Nacht war ihr der Gedanke gekommen, sich noch einmal an die amerikanischen Freunde ihres Vaters zu wenden, denen sie bereits geschrieben hatte, um sich für ihre Beileidsbekundungen zu bedanken. Sie hatten ihre Besorgnis geäußert und Hilfe angeboten, und vielleicht war ihre Antwort zu knapp ausgefallen. Doch in den bleichen Morgenstunden war ihr bewusst geworden, dass sie den Wunsch nach sinnvoller Arbeit und einem nutzbringenden Leben damals sehr deutlich zum Ausdruck gebracht hatte. Um ein Haar hätte sie die Freunde gebeten, ihr eine Stellung zu besorgen. Nur zwei hatten es für nötig befunden, sich noch einmal zu melden, und in beiden dieser sorgfältig formulierten Briefe waren der Wert der Heimat und der letzte Wunsch des Vaters hervorgehoben worden, sie möge im sicheren Schoß der Familie bleiben.

Eine weitere angebotene Stelle als Lehrerin hatte sie ausgeschlagen und sich für Rye entschieden. In einer Industriestadt im Norden hatte man ihr das ersehnte tätige Leben angeboten, all die Aufgaben, die der Dienst an der Allgemeinheit umfasste, doch bei der Vorstellung von rußgeschwärzten Straßen und gleichförmigen Reihenhäusern, die sich bis hoch in die Hügel hinauf erstreckten, war ihr Mut verflogen. Sie musste über ihre eigene Scheinheiligkeit lachen, der Küste von Sussex den Vorzug zu geben, obwohl sie für die Bildung der Fabrikarbeiterkinder mit Sicherheit mehr bewirkt hätte. Jetzt überlegte sie, ob noch Zeit blieb, den Verantwortlichen zu schreiben und sie zu bitten, ihre Anstellung erneut in Betracht zu ziehen. Im Fall einer Absage kam sie vielleicht für ein paar Wochen bei einer Freundin in Brighton unter, aber die Aussichten, rasch eine andere Arbeit zu finden, waren nicht gut. Die romantische Vorstellung, Stubenmädchen oder Schauspielerin zu werden, fehlte ihr völlig, und für die zumeist literarischen Heldinnen, die ihre Probleme mit dem Messer oder dem einfahrenden Zug zu lösen pflegten, ging ihr jedes Verständnis ab. Es würde ihr nichts übrig bleiben, als demnächst einen Brief mit der Bitte um Erlaubnis zur Rückkehr nach Marbely Hall zu schreiben.

»Entschuldigen Sie, Miss.« Ein Serviermädchen streckte den Kopf zur Tür herein. »Sie werden im Grünen Festsaal erwartet.«

»Danke«, sagte Beatrice und erhob sich widerwillig. Sie schüttelte ihre Röcke auf, strich mit der Hand das Haar glatt und betrachtete ihr Gesicht im Spiegel über dem Kaminsims. Sie würde den Schulbeiräten mit ihrem schönsten Lächeln gegenübertreten und ihre Fähigkeiten und Qualifikationen unverblümt präsentieren. Sie würde sich nicht anmerken lassen, dass sie von der bereits getroffenen Entscheidung wusste. Die Beiräte würden dem Mann den Vorzug vor ihr geben, aber sie würde dafür sorgen, dass sie im tiefsten Inneren Beatrice für besser geeignet hielten.

Hugh und Daniel warteten vor dem Gasthof mit der vornehmen georgianischen Straßenfassade, Schauplatz zahlreicher Stadtversammlungen und Festivitäten. Genauer gesagt stand Hugh, wie er selbst zugeben musste, sichtlich nervös herum, während Daniel an der Hauswand lehnte, einen Stumpen rauchte und den Blick so enervierend gen Himmel richtete, wie er es immer tat, wenn ihm eine schöne Wortfolge eingefallen war. Angesichts der knappen Zeit hoffte Hugh, er würde nicht auch noch Stift und Notizbuch hervorziehen.

»Er hat gesagt, dass er kommt«, murmelte Daniel noch immer gedankenverloren. »Hör auf, so herumzuzappeln.«

»Und Harry Wheaton ist immerhin der zuverlässigste Mensch, den wir kennen«, erwiderte Hugh.

»Wenn es um einen Streich oder ein Mädchen geht, ist er äußerst zuverlässig. Und die Beseitigung von Mr Poot ist offenbar ein Riesenspaß für ihn.«

»Poot sitzt im Gang, und Miss Nash steht bereits vor den Beiräten. Wir sollten ohne Harry hineingehen und mit ihm reden.«

»Mit Poot? Und was sollen wir ihm sagen? ›Würden Sie bitte einen Rückzieher machen, damit unsere Tante über Ihre Tante siegt.‹?«

»Wir müssen etwas unternehmen.« Während Daniel und Harry der Ansicht waren, dass sich Bettina Fothergill mit ihren Intrigen nicht über Tante Agatha beziehungsweise Lady Emily zu erheben habe, empörte sich Hugh ungewöhnlich heftig über die Ungerechtigkeit, dass Mr Poot einer jungen Frau die ihr so eindeutig gebührende Arbeitsstelle wegschnappte. Wieder spähte er durch die offene Tür zu Mr Poot hinein, der kerzengerade auf einer Holzbank saß, und wieder sagte er sich, dass es ein schlichtes Gebot der Ritterlichkeit sei, hier zur Tat zu schreiten, und seine Entrüstung mehr damit zu tun habe, dass Miss Nash ganz allein in der Welt stand, als mit einem hübschen Gesicht oder mit der Intelligenz, die aus ihren Augen sprach.

»Nun hör schon auf, sonst sieht er dich noch!«, sagte Daniel. »Wir wollten doch möglichst unauffällig bleiben.« In diesem Augenblick ertönte lautes Hupen. Ein großes schwarzes Automobil fuhr im Bogen vor die beiden Männer und hielt an. Am Steuer saß Wheaton in einem weiten Staubmantel und mit Fahrerbrille. Der Chauffeur neben ihm presste die Lippen aufeinander und hielt sich an der Wagentür fest.

»Bin ich pünktlich?«, rief Wheaton, zog die Brille vom Kopf, wischte sich mit einem Fahrerschal übers Gesicht und sprang aus dem Auto. Der Chauffeur rutschte auf den freigewordenen Sitz hinüber. »Wir haben vorhin meine Mutter hier abgesetzt, und ich wollte noch eine Spritztour unternehmen. Ich muss das alte Ding erst in den Griff bekommen. In den Kurven könnte man meinen, man steuert eine Kuh.«

»Schon auf vielen Kühen geritten?«, fragte Daniel.

»Zwei oder drei werden es wohl gewesen sein. Zumindest hat man mir das erzählt. Ich kann mich kaum daran erinnern.«

»Wir sind spät dran«, sagte Hugh. »Das Vorstellungsgespräch von Miss Nash ist bereits im Gange. Poot kann jeden Moment hineingerufen werden.«

»Dann fangen wir am besten gleich an«, sagte Wheaton. »Daniel und ich locken ihn in die Schankstube. Du lässt in der Zwischenzeit deiner Tante heimlich einen Zettel zukommen, auf dem steht, dass sie die Sache so lang wie möglich hinauszögern soll.«

Hugh blieb im Vorraum des Gasthofs zurück und bat den Portier um Stift und Papier. Er setzte sich an einen kleinen weißen Tisch vor einem Erkerfenster und tat so, als würde er in einer alten Ausgabe der Zeitschrift *Racing Times* blättern. Scheinbar vertieft in die Ergebnisse von Rennen des zurückliegenden Frühjahrs und in Annoncen für Zuchthengste und Wurmbehandlungen, lauschte er aufmerksam dem Gespräch zwischen Daniel, Wheaton und Poot.

»Gerade habe ich zu meinem Freund Daniel gesagt, dass es in dieser Stadt traurigerweise kaum Burschen wie uns gibt, mit denen man sich hin und wieder nett unterhalten kann.«

»Und ich sage ihm immer, dass er viel zu pingelig ist, wenn es um Treffpunkte geht«, warf Daniel ein und schüttelte Poots Hand.

»Ich mische mich nun mal nicht gern unters Volk«, erklärte Wheaton. »Ein ruhiges Zimmer und ein Wirt, der seine Stammgäste kennt, sind mir wesentlich lieber. Finden Sie nicht auch, Pooty, alter Junge?«

»Ich heiße Poot«, sagte Poot.

»Haben Sie schon Old Jones kennengelernt, den Wirt hier?«, fragte Wheaton, während er seine Autohandschuhe in die Manteltasche stopfte und das voluminöse Kleidungsstück über die Schultern gleiten ließ. Sofort erschien lautlos ein Bediensteter und nahm es ihm ab. Wheaton war in jedem zweiten Wirtshaus von Rye ein häufig gesehener Gast, und obwohl die meisten Wirte ihn bereits wegen irgendwelcher im Rausch begangener Missetaten des Lokals verwiesen hatten, wurde ihm immer wieder mit hoffnungsfroher Beflissenheit Einlass gewährt.

»Nein, ich hatte bisher nicht das –«, sagte Poot mit einer Miene, die erwarten ließ, dass er noch im selben Atemzug jedes Interesse am Besuch von Wirtshäusern abstreiten würde, doch Wheaton unterbrach ihn.

»So ein Glück! Daniel und ich sind nämlich hier, um mit Jones über ein Abendessen zu sprechen, das wir demnächst mit ein paar Jungs veranstalten wollen. Kommen Sie mit, ich mache Sie mit ihm bekannt!«

»Nein, das geht nicht. Ich muss gleich vor den Schulbeirat«, erwiderte Poot, doch Hugh sah, dass sein Blick zum Schankraum schoss.

»Wie ich meine Mutter kenne, dauert das noch Stunden.« Wheaton schlug Poot kräftig auf den Rücken. »Sie kommen jetzt mit, und wenn man Sie oben braucht, lässt Old Jones es uns wissen.«

»Wenn Harry Wheaton Sie hier vorstellt, sind Sie für diese Stadt gerüstet.« Daniel zog ihn am Arm. »Gut, dass wir zufällig vorbeigekommen sind.«

Sie verschwanden in der Schankstube. Hugh sah sich nach jemandem um, der den Zettel überbringen konnte. Erst nach einer kleinen Weile fand er einen Mann, gab ihm die entsprechenden Anweisungen und fingerte einen Sixpence als Lohn aus der Tasche. Als die Botschaft sicher auf dem Weg ins obere Stockwerk war, ging er gemächlich an der Tür zum Schankraum vorbei und sah mit einem kurzen Blick Mr Jones, den Wirt, einen Trinkspruch auf den König ausbringen und Mr Poot mit hochroten Ohrläppchen sein Glas auf einen Zug leeren. Mr Poot schloss dabei zwar die Augen wie im Gebet, verzog jedoch, anders als ein Mensch, für den harte Getränke ungewohnt waren, nicht im Mindesten das Gesicht. Von den vier Männern im Raum musste allein Daniel beim Trinken leicht hüsteln. Auf Wheatons Zeichen hin schenkte der Wirt nach – Mr Poots Glas füllte er bis zum Rand – und hieß Master Wheatons jungen Freund lauthals willkommen. Zufrieden verließ Hugh den Gasthof. Seine einzige Sorge galt der Frage, wie er Tante Agatha erklären sollte, dass Daniel nicht zum Mittagessen erscheinen und den ganzen Nachmittag im Bett verbringen würde.

Im Grünen Festsaal sah Agatha Kent resigniert zu, wie Beatrice Nash vor einem Tisch voller Männer, die es im Grunde nicht interessierte, sehr gewandt über ihre Ausbildung, ihre weiten Reisen und ihre Erfahrung sprach. Der Schuldirektor hatte immerhin den Anstand, verlegen dreinzuschauen, sich auf einem Blatt Papier umfangreiche Notizen zu machen und an seinem Kragen herumzuzerren. Der Pfarrer vermittelte zwar einen aufrichtig frommen Eindruck, schloss aber immer wieder die Lider und lächelte offensichtlich weniger Miss Nash an als vielmehr das vor seinem geistigen Auge stehende Mittagessen. Emily Wheaton warf gerade dem Reeder Mr Satchell, der dem Farmer Bowen etwas zuflüsterte, einen bösen Blick zu. Der Farmer, Besitzer ausgedehnten Ackerlands, von Schafweiden auf der Marsch bis hin zu Hopfenfeldern in Richtung der Grenze zu Kent, trug seinen besten Wollanzug und glänzende Stiefel und wohnte der Versammlung wie immer in dieser Jahreszeit bei, um sicherzustellen, dass die Schule über die ganze Dauer der Hopfenernte geschlossen blieb, ansonsten aber um genau so zu stimmen, wie es der Bürgermeister wollte. Mr Satchells starkes Interesse an den bildungspolitischen Bemühungen der Schule wiederum basierte auf seinem Bedarf an einem nie versiegenden Quell junger Angestellter für seine Hafenspeicher. Normalerweise ließ er sich durchaus dazu überreden, neue Ideen und Projekte zu unterstützen; da er aber für Emily Wheatons soziale Beweggründe vollkommen unempfänglich war, durfte mit seiner Unterstützung für Beatrice Nash nicht gerechnet werden. Mr Arnold Pike war der Onkel von Arty Pike. Ein knausriger Mensch, der jeder Veränderung so argwöhnisch gegenüberstand, als würde sie ihm alles bisher Erreichte rauben. Agatha hielt seine Einstellung für die Ausgeburt eines schlechten Gewissens. Mr Pike hatte nämlich von der Enterbung seines älteren Bruders Cedric profitiert, weil dem streng religiösen Vater der beiden Brüder Cedrics Schwäche für gelegentliche Besäufnisse zuwider gewesen war. Jetzt arbeitete Cedric für ein Verkäufergehalt in der Eisenwarenhandlung und konnte die Schulgebühren für seinen Sohn nicht regelmäßig zahlen. Agathas und Johns kleine Zuschüsse sollten eigentlich geheim bleiben, doch manchmal fand Agatha, dass Arnold Pike sie noch misstrauischer als früher ansah.

»Miss Nash kann nicht nur alle für das Unterrichten der lateinischen Sprache notwendigen Qualifikationen, sondern auch eigene Übersetzungen aus dem Lateinischen vorweisen«, sagte Agatha in dem Versuch, alle Anwesenden ein wenig anzuspornen. Sie hatte eine Mitteilung von Hugh erhalten, in der er darum bat, das Bewerbungsgespräch möglichst in die Länge zu ziehen. Die finsteren Blicke rings um den Tisch flößten ihr allerdings keine Zuversicht ein.

»Nur zwei kurze Abschnitte aus Herodots *Historien*, die in einer kalifornischen Literaturzeitschrift veröffentlicht wurden«, erklärte

Beatrice. »Außerdem habe ich in Herodots Stil eine Art Kommentar zum originalen Inhalt verfasst, um die Bezüge zu Ereignissen unserer Zeit aufzuzeigen.«

»Zusätzlich zu dem Latein, das es schon gibt, neues erfinden – was soll das?«, rief Mr Satchell mit gespieltem Entsetzen. »Mir hat schon das alte gereicht, das sie mir eingebläut haben, ohne das Zeug auch noch zu erweitern.« Er versetzte dem Farmer Bowen einen Stoß in die Rippen, und beide begannen zu feixen.

»Miss Nash weiß sicherlich genau, wie mühsam es ist, unseren jungen Männern auch nur die grundlegenden Übersetzungsschritte beizubringen«, sagte der Direktor. »Wir haben letztes Jahr in den Stipendienprüfungen grauenhaft abgeschnitten und dürfen diesmal keine Zeit mit irgendwelchen Neuerungen verschwenden.«

»*Repetitio est mater studiorum*«, warf der Pfarrer ein, wobei er es sich nicht verkneifen konnte, das Lateinische in dem tiefen Tonfall zu sprechen, mit dem er seine Predigten in die hintersten Winkel der St. Mary's Church zu tragen pflegte.

»Sehr richtig«, rief Farmer Bowen, um zu verschleiern, dass er von Latein keine Ahnung hatte.

»Auch meiner Ansicht nach ist die Wiederholung die Grundlage allen Lernens«, erklärte Beatrice Nash mit Nachdruck. »Aber ebenso fest ist meine Überzeugung, dass sich mit Hilfe vielfältiger Lehrmethoden nicht nur der reine Text, sondern auch die jeweilige Erzählung und ihre Bedeutung besser einprägen.«

»Wir brauchen einen Lehrer, der nicht mit der Rute spart«, sagte Mr Pike. »Die Jungen müssen alle Geschichten und Spiele vergessen und sich unter das Joch der harten Arbeit begeben, wenn sie einmal einen ehrenwerten Beruf erlangen wollen.«

»Ein wahres Wort, Mr Pike!«, rief der Bürgermeister.

»Miss Nash weiß den Rohrstock bestimmt gut zu führen«, sagte Lady Emily. »Spielen Sie Tennis, Miss Nash?«

»Tennis?« Beatrice blickte erstaunt, und Agatha seufzte. Sie kannte die diversen logischen Gedankengänge ihrer Mitbeiräte. Auf einen Außenstehenden musste der Wortwechsel wie ein Kapitel von *Alice im Wunderland* wirken.

»Es kommt nur aufs Handgelenk an«, sagte Lady Emily.

»Die schweren Züchtigungen übernehme ich selbst«, erklärte der Direktor. »Der lange Weg zu meinem Büro verschärft die Strafe. Wenn sie endlich bei mir ankommen, sind sie schon ordentlich eingeschüchtert.«

»Wie ich gehört habe, wollen Sie auch die Kenntnisse der Schüler in euklidischer Geometrie verbessern«, sagte Beatrice. »Ich habe sowohl Geometrie als auch die neuesten algebraischen Theorien studiert.« Die Beiräte blickten drein, als hätte sie eine Vorführung im Feuerschlucken angekündigt. In diesem Augenblick, so Agathas Eindruck, gab Beatrice den Kampf auf. Sie ließ die Schultern hängen und faltete die Hände im Schoß.

»Wir sind begeistert von Ihren Fähigkeiten«, sagte Agatha. »Ich denke, wir können Miss Nash jetzt entlassen.«

Die anderen stimmten zu. Während Beatrice den Raum verließ, warf Agatha einen Blick auf Emily Wheaton, die, starr vor Zorn, kaum merklich nickte. Agatha glaubte Emily und sich besiegt.

»Bitten Sie jetzt Mr Poot herein«, sagte der Direktor zu dem Mädchen, das Beatrice die Tür aufhielt.

»Wenn meine Frau eine Ahnung von Mathematik hätte, würde sie die Bücher vielleicht besser führen und mich nicht jedes Jahr um Geld für den Schneider bitten«, sagte Mr Pike.

»Gott bewahre!«, rief Mr Satchell. »Ich würde meine Bücher lieber dem Steuereintreiber zeigen!«

Mr Poot saß sehr gerade auf dem Stuhl und richtete den Blick sehr bemüht auf die Lippen des Bürgermeisters.

»Ich sage das selbstverständlich nicht, weil er mein Neffe ist«, erklärte der Bürgermeister nach der langen, enthusiastisch vorgebrachten Aufzählung von Mr Poots beruflichen Errungenschaften. Mr Fothergill zufolge war der Mann geradezu eine Legende, dachte

Agatha. »Aber wir kämen obendrein in den Genuss seiner juristischen Erfahrung, und die Knaben würden bestimmt zu ihm aufblicken.«

»Wir haben auch Mädchen, Mr Fothergill«, warf Agatha ein.

»Ein oder zwei, aber die zählen in diesem Fall nicht. Mädchen können keine juristische Laufbahn einschlagen, während wir unter unseren Jungen bestimmt mehrere künftige Rechtsreferendare haben.«

»Wir wüssten gern, warum Sie die Juristerei für den Lehrerberuf eintauschen wollen, Mr Poot«, sagte Lady Emily. »Was treibt Sie in die Welt der Bildung?«

Der junge Mann schwenkte den Kopf in Richtung ihrer Stimme und öffnete den Mund, um etwas zu erwidern, doch sein Kopf drehte sich immer weiter. Langsam wie im Traum fiel Mr Poot vom Stuhl und blieb reglos auf dem Teppich liegen.

»Nun – das hier dürfte etwas damit zu tun haben«, sagte Agatha.

Beatrice Nash saß da und hielt ein offenes Buch auf dem Schoß. Sie hatte weder die Kraft zur Hoffnung noch die Energie, ihre Habseligkeiten wieder einzupacken. Ihre Lektüre hatte sie vergessen und gab sich nun der wichtigen Aufgabe hin, einer kleinen braunen Spinne zuzusehen, die in der unteren Fensterecke ein schiefes Netz spann. Die Spinne verlor oft den Halt, fiel hinunter und brachte an ihrem Faden hängend das Netz durcheinander wie eine alte Frau, die beim Stricken eine Masche fallen lässt. Beatrice fragte sich, wie groß die Welt für die Spinne sein mochte. Gab es für sie im Garten ein warmes Fleckchen zum Sonnen oder umgrenzten der Fensterrahmen aus rohem Eichenholz und das kleine dunkle Loch im lackierten Sims ihr ganzes Leben? Wenn sie versehentlich in einen Koffer fiele und ein Schiff sie in die Wildnis Südamerikas beförderte, würde sie es überhaupt bemerken oder sich einfach ein anderes Fensterbrett mit einem anderen Loch suchen, und wäre die hervorschnellende Zunge einer jagenden Eidechse für sie auch keine größere Bedrohung als Abigails Besen? Um der Spinne mehr Möglichkeiten zu eröffnen, tauchte sie eine Ecke des Buchs in das Netz, fing die Spinne, zog den schwergängigen Eisenriegel am Fenster zurück und schüttelte das Tier auf die Straße.

Als sie laute Rufe und das Scharren von Pferdehufen auf dem Kopfsteinpflaster hörte, lehnte sie sich hinaus und spähte die steile Anhöhe hinunter. Ein Bauernkarren kam die schmale Straße herauf. Das geplagte Pferd wurde nicht nur vom Kutscher angetrieben, sondern auch von einem Jungen, der auf Höhe des Kopfes neben dem Tier ging, sowie von mehreren Leuten, die den Karren anschoben. Auf dem Gefährt türmten sich verpackte und verschnürte Gegenstände in so schwindelerregende Höhe, dass der Karren einem sonderbaren Zirkuswagen glich. Und ganz oben stand wie ein Wagenlenker Daniel, pfiff einen flotten Marsch und ließ einen großen Strohhut um den Finger kreisen.

»Sehr hilfreich ist das nicht, was du da machst«, rief jemand. Die eng beieinanderstehenden Häuser verstärkten die Stimme und trugen sie in Beatrices Richtung. Es war Hugh, der hinter dem Karren lief und mit anschob.

»Ich führe den Triumphmarsch an«, erklärte Daniel. »Jetzt noch mit Schwung das Stück hier hinauf, Sir!« Der Bauer ließ die Peitsche sausen, und der Karren schnellte nach vorn, wobei die Ladung gefährlich stark nach links hinten taumelte. Daniel jauchzte, griff aber nach einem Seil, um sich festzuhalten, und der Junge neben dem Pferd musste rasch zur Seite treten, als das Tier mitsamt den Scherenstangen ruckartig nach vorn schoss.

»Pass auf!«, rief Hugh. »Ich habe doch gesagt, dass wir es in zwei Fuhren machen sollen.«

»Wo wäre da der Triumph geblieben?«, sagte Daniel. »Wir zelebrieren hier eine Ankunft!«

»Eher ein Spektakel«, entgegnete Hugh und lüftete den Hut vor drei Damen, die sich ängstlich in eine Einfahrt drückten.

Noch spektakulärer wurde das Ganze, als eine Autohupe ertönte und Agatha Kents Wagen am oberen Ende der Straße um die Ecke bog und zum Cottage hinunterfuhr. Das Pferd wieherte laut, machte einen Schritt zurück und wurde zum Stehen gebracht. In dem Auto, das direkt vor Beatrices Fenster hielt, saß Agatha Kent umgeben von Paketen in braunem Papier und einem Strauß Rosen. Auf dem Notsitz hockte ziemlich eingezwängt und mehrere Staubwedel und Besen umklammernd das Dienstmädchen Jenny. Ein Ladenbursche mit Schürze sprang vom Trittbrett und hob einen riesigen Korb vom Vordersitz. Während Smith um den Wagen herumlief, um ihr den Schlag zu öffnen, winkte Agatha Beatrice zu. Als Beatrice klar wurde, dass das Spektakel auf dem Weg zu ihr war, überkam sie der Wunsch, das Fenster zuzuschlagen und sich hinter das Haus zu flüchten.

»Wir kommen mit der gesamten Siegesbeute!«, sagte Agatha durchs offene Fenster und beorderte Jenny und den Ladenjungen mit einer Geste zur Eingangstür. »Sehen wir zu, dass wir hineinkommen, bevor wir die Nachbarn stören.«

»Ich verstehe nicht«, sagte Beatrice.

»Sie haben die Stelle!«

»Aber ich dachte …«

»Eine reine Formalie, genau wie erwartet. Hugh, bitte sorg dafür, dass mit den Bücherschränken vorsichtig umgegangen wird, die sind noch von meiner Mutter.«

Beatrice blieb vor Schreck erstarrt stehen, während die Prozession in ihre winzige Wohnstube einfiel. Als Erste kam Abigail mit dem Korb, ihr folgten Jenny mit den Besen, der Bauer und sein Sohn mit einem Bücherschrank, und schließlich duckte Agatha ihren Hut unter dem Türstock hindurch und füllte den Raum mit dem Duft von rosa Rosen.

»Ist das wirklich wahr?«, fragte Beatrice. »Ich dachte, sie würden sich auf jeden Fall für Mr Poot entscheiden.«

»Mr Poot hat sich als ein – sagen wir: unsicherer Kantonist erwiesen«, antwortete Daniel, der mit einem Holzstuhl in die bereits überfüllte Stube trat.

»Das sagen wir nicht«, widersprach Agatha in tadelndem Ton. »Jenny, Sie gehen in die Küche und verstauen die Sachen. Die Bücherschränke werden rechts und links vom Kamin aufgestellt, oder nicht, Miss Nash? Ach, und die hier sind für Sie, frisch aus dem Garten. Haben Sie eine Vase?«

7.

Sie war in Schwung gekommen, die Räder ihres Fahrrads drehten sich fast mühelos. Die unbefestigte Straße federte unter ihr, und der Fahrtwind erfrischte ihr Gesicht, sodass ihr auch dann nicht heiß wurde, als sie schneller in die harten Gummipedale trat. Hier draußen auf der Marsch war ihr, als gäbe es keine anderen Menschen auf der Welt, nur das Flattern der weißen Schmetterlinge zwischen dem wogenden Mädesüß und den hohen Gräsern am Rand der grünen, von Unkraut überwucherten Gräben. Ihr war, als würde der Tag in ihr tanzen. Beatrice Nash schob den blauen Sergerock höher hinauf und stieß einen Freudenschrei aus. Sie hatte den ganzen Tag für sich.

Dass sie seit einer Woche in einem frisch geputzten Cottage wohnte, bezahlte Arbeit hatte und mit geistesverwandten Menschen bekannt geworden war, ohne unter irgendjemandes Kontrolle zu stehen, erschien ihr als ein reines Glück. Auch nach Schulbeginn würde sie neben dem ehrenwerten, erfüllenden Beruf freie Abende zum Lesen und Schreiben haben. Und seit heute war sie eine echte Schriftstellerin, denn ihr Buch befand sich auf dem Weg zu Mr Caraway, dem Verleger ihres Vaters. Mit dem ganzen Selbstbewusstsein eines Autors, der ein beendetes Werk in mehrere Lagen festes braunes Papier verpackt, mit starker Schnur zusammengebunden, mit rotem Siegelwachs versehen und dem Mann im Postamt übergeben hat, fuhr sie zur Stadt hinaus.

An einem so schönen Tag wie diesem Bank Holiday konnte sie sogar Mrs Turber, ihrem dunklen Schatten, einiges nachsehen. Morgens war es zu einer unterkühlten Diskussion über das nun in Beatrices Korb liegende Rindfleischsandwich gekommen. Mrs Turber pflegte mittags groß zu kochen und abends ein kaltes Essen zu servieren, was der vormalige Zimmerherr offenbar sehr begrüßt hatte. Ein warmes Abendessen, auf dem besten Porzellan angerichtet und begleitet von einem Glas Wein, gab es nur samstags. Man könne wohl kaum von ihr erwarten, einen kalten Lunch zum Mitnehmen bereitzustellen, hatte sie gemeint, und niemals würde man eine Dame von ihrem, Mrs Turbers, Ruf einen solchen Lunch irgendwo an einer öffentlichen Straße ganz allein verspeisen sehen. Beatrice hatte das sommerliche Wetter ins Feld geführt und darum gebeten, abends ein einfaches aufgewärmtes Gericht auf einem Tablett serviert zu bekommen. Daraufhin hatte Mrs Turber widerwillig Abigail beauftragt, das Sandwich zu machen, ihrem Missfallen aber durch lautes Schnauben weiterhin Ausdruck verliehen, und nur der Glanz in ihren Augen hatte verraten, wie sehr es sie befriedigte, durch dieses Arrangement als Witwe ein bisschen Geld zurückzubehalten, was zu verzeihen war. Beatrice atmete die frische Wiesenluft ein, ließ sich von der Sonne bescheinen, lachte laut und schwor sich, der Witwe von nun an mit so unerschütterlichem, freundlichem Respekt zu begegnen, dass die mürrische Leidensmiene ihrer Zimmerwirtin irgendwann einfach verschwand.

Auf Schotterwegen ging es durch riesige Weizen- und Roggenfelder, durch Niederwald und vorbei an Weilern mit strohgedeckten Häusern. Sie verlor das Zeitgefühl. Als ihr der Gedanke kam, nachzusehen, wo sie eigentlich war, stand die Sonne schon hinter ihrem Rücken. An einer Wegkreuzung ließ sie das Rad auslaufen und versuchte festzustellen, in welche Richtung sie gefahren war. Ohne das Klappern der Räder wurde die Welt ganz still – so still, dass Beatrice das leise Rascheln des trockenen Weizens und das träge Summen einer dicken Biene hinter einer Dornenhecke hören konnte. Keine Stimme, kein Arbeitsgeräusch erklang über den schläfrigen Feldern. Sie war weiter gefahren als geplant; doch dann stieg sie auf die unterste der fünf Querlatten eines Gatters, blickte über das Marschland und entdeckte zu ihrer Freude die Kuppel der Anhöhe von Rye. Nur der Kirchturm und einige Dächer lugten aus der Ebene hervor. Von Beatrices Standort aus lag die Küste im Süden, während im Norden die geschwungenen Kreidehügel der Sussex Downs eine durchgehende Wand bildeten. Der wolkenlose Himmel über ihr umschloss das Marschland wie eine schützende blaue Schale. Hier konnte man sich gar nicht verirren, sagte sie sich. Sie würde ihren Proviant essen und, sich immer westlich haltend, auf den gewundenen Pfaden zurückfahren, bis sie auf vertraute Wege stieß.

Während sie aß und aus einer noch immer kühlen Glasflasche Wasser trank, dachte sie darüber nach, dass selbst Mrs Turbers magere Kost – wie jedes Essen – durch den Verzehr im Freien eine unglaubliche Verbesserung erfuhr. Ihr kamen verschwommene Erinnerungen an frühere Picknicks. Sie hielt sie zitternd fest und wartete auf den jähen Stich, der sie, einem Zahnschmerz vergleichbar, oft allein beim Gedanken an ihren Vater durchfuhr. Als er ausblieb, ließ sie zaghaft die Erinnerung an frisch gefangene Fische zu, die an einem kalifornischen Strand auf einem Holzgestell über einem Lagerfeuer brieten, an ihren Vater und zwei andere Professoren, die die Fische mit dem Messer wendeten und dabei Geschichten erzählten, als wären sie derbe Hinterwäldler und keine Wissenschaftler mit zarten Händen, vornehmen Veranden auf einem schönen grünen Universitätsgelände und einer akademischen Festanstellung. Ihre Ehefrauen holten währenddessen die Kuchen aus den mit Tüchern ausgeschlagenen Körben und reichten Krüge mit Birkenbier und Limonade herum, und sie, Beatrice, saß, den Kopf an einen warmen Felsblock gelehnt, neben ihrem Vater, lauschte und wandte das Gesicht einmal dem warmen Feuer, dann dem dunklen, ewigen Tosen der Brandung zu.

Auch ein kleineres Picknick fiel ihr wieder ein – nur ihr Vater und sie auf einem kurzen Spaziergang. Um dem süßlichen Geruch des Krankenzimmers zu entkommen, waren sie durch eine grasbewachsene Allee riesiger Ulmen wie durch eine grüne Kathedrale gegangen und zu einem Zauntritt gelangt, hinter dem sich ein Tal mit schönen, eingehegten Feldern erstreckte. Sie hatte in der Küche um zwei weiche Brötchen gebeten, eine von Lady Marbelys neumodischen Thermosflaschen mit heißer Hühnersuppe befüllen lassen und war noch rasch in das Studierzimmer des Vaters geschlichen, um Brandy in seinen Flachmann zu gießen. Sie erinnerte sich an den kindlichen Drang, den Vater aus dem Haus zu bringen, weg von der mürrischen privaten Krankenschwester. Sie waren nur quälend langsam vorangekommen auf jenem Spaziergang. Ihr Vater hatte schwer geatmet, und ihr Gefühl der Dringlichkeit war in Frustration umgeschlagen. Plötzlich war sie wütend auf ihn geworden, als wäre es seine Schuld gewesen, dass die Sonne und der Wind ihn nicht wieder gesund machten, und mit einem Anflug von Scham dachte sie an ihren damaligen selbstsüchtigen Wunsch, nie den Verfall erleiden zu müssen, dem er sich zu fügen hatte.

Sie hatten sich auf die Bohle des Zauntritts gesetzt, und mit zitternden Händen hatte ihr Vater aus einer Metalltasse schlückchenweise die Suppe mit dem Schuss Brandy getrunken. Als Nektar hatte er sie bezeichnet, aber mehr als eine halbe Tasse nicht heruntergebracht. Beatrice hatte sie ausgetrunken, während er mit den starren Augen einer Statue in das Tal hinuterblickte. Plötzlich hatte sie Angst bekommen und ihre Hand auf seine gelegt, um ihn zurückzuholen.

»Vater?« Er hatte mit einem matten Lächeln reagiert, mühsam den Arm gehoben, ihn zu der weiten Aussicht hin geschwenkt und zu rezitieren begonnen.

»Glücklich der Mann, dessen Wunsch und Sorge
nur einem Stück väterlichen Landes gilt,
dem die Luft der Heimat auf eigenem Boden
zum Atmen genügt.«

Das Ritual stammte aus Beatrices früher Kindheit. Ihr Vater hatte bei gesellschaftlichen Zusammenkünften unangekündigt einige Gedichtzeilen vorgetragen und sie aufgefordert, Autor und Titel zu nennen. An vielen geselligen Abenden hatte er sie völlig unerwartet mit dieser Aufgabe konfrontiert. Die Damen waren von dem klugen Püppchen immer ganz hingerissen gewesen.

»Alexander Pope, ›Ode an die Abgeschiedenheit‹«, hatte sie leise gesagt. Sie wusste, dass sie beide das ganze Gedicht auswendig kannten. Die letzte Strophe zitierte keiner von ihnen – »Drum lasst mich sterben unbeweint …«

»Der Gedanke ist natürlich vom alten Horaz abgekupfert«, hatte ihr Vater gesagt. Da war sie auf die Knie gesunken und hatte ihr tränennasses Gesicht in seinem Schoß vergraben.

Wäre ihr Vater Katholik gewesen, hätte er während der Totenmesse bestimmt einiges am Pfarrer auszusetzen gehabt. Er hatte bei seinen Anwälten eine Liste mit Chorälen und Texten für das Begräbnis hinterlegt. Die Liste enthielt aber jeweils nur einige nicht näher bezeichnete Zeilen, und in einer Anmerkung hieß es, man solle »Beatrice fragen«. Schmunzelnd dachte sie daran zurück, wie Tante Marbely einem Schlaganfall bedrohlich nahe kam, als sich nach und nach herausstellte, dass innerhalb der Auswahl ein Werk unpassender war als das andere. Fest entschlossen, sich den schönen Tag nicht von Zornestränen verderben zu lassen, stand Beatrice auf und schüttelte die Serviette aus. Während sie das Fahrrad aufhob, schoss ihr der Gedanke durch den Kopf, sie könnte die Geschichte von den letzten Anweisungen ihres Vaters Agatha und den Neffen erzählen. Dass Beatrice Nash tatsächlich frisch gewonnene Freunde hatte, mit denen sie amüsante Anekdoten dieser Art teilen konnte, war etwas so Neues, dass sie laut zu lachen begann und damit ein Kaninchen aus der Hecke scheuchte.

Eine gute Stunde später war sie wieder an der Weggabelung. Sie sah das Gatter und die Abdrücke im Gras, wo sie ihr Picknick abgehalten hatte. Jetzt war sie müde und von Mrs Turbers salzigem

Rindfleisch durstig geworden. Die flache, zum Horizont hin offene Marsch hatte sich in ein undurchdringliches Labyrinth aus verschlungenen Wegen und brückenlosen Kanälen verwandelt. Auf den Wiesen rupften die Schafe mit ihren schwarzen Lippen das Gras und beäugten Beatrice dabei heimlich. Jetzt verstand sie, wie es den Schmugglern jahrhundertelang hatte gelingen können, den Steuereintreibern in einer scheinbar so schlichten Landschaft zu entkommen, und ein leichtes Angstgefühl erfasste sie. Sie atmete tief durch, um es zu bezwingen, und beschloss, sich nicht nach Westen hin durchzuschlagen, sondern nach Norden, in Richtung der Kreidehügel, zu fahren, wo der zum Schutz vor Napoleon angelegte Kanal verlief und mit ihm die Straße, die sie nach Rye zurückbringen würde. Hugh hatte ihr von dem Kanal erzählt, und bei dem Gedanken an den vernünftigen Hugh schöpfte sie neuen Mut und trat mit frischem Schwung in die Pedale.

Angst treibt den Menschen an. Als Beatrice ihre Fahrt nach einiger Zeit verlangsamte, hatte sie mehrere Kilometer zurückgelegt. Kanal und Hauptstraße lagen unmittelbar vor ihr, und die dunkle Wand aus Bäumen und Felsen war nach der flimmernden Hitze der Marsch geradezu eine Wohltat. Doch je langsamer sie fuhr, umso stärker zitterten ihre müden Beine. Kurz bevor der Weg hinter einer kleinen Brücke in die Hauptstraße mündete, begann sie stark zu schwanken. Der Vorderreifen verfing sich in einer Furche im ausgetrockneten Boden; Beatrice wurde zur Seite geschleudert, landete in einem Graben voller Dornengestrüpp und erhielt einen heftigen Schlag auf den Fußknöchel, als das Rad auf sie fiel.

Reglos blieb sie liegen. Sie hatte nur den einen Gedanken, dass sich der Graben trocken anfühlte und welch ein Segen das war. Der würzige Geruch von zerquetschtem Unkraut, der holzige Duft warmer Brombeersträucher umgab ihren Kopf, und das Blattwerk eines Baums brach und sprenkelte das Sonnenlicht auf bezaubernde Weise. Sie betastete einen leicht blutenden Kratzer am Hals, suchte nach einem Taschentuch und war froh, statt des bei Damen so beliebten

Batisttüchleins auch diesmal eines der praktischen Schnupftücher ihres Vaters mitgenommen zu haben. Eine Ringeltaube, deren Stimme im Vogelorchester immer den Part des Cellos hatte, ließ aus dem Schatten heraus ihr leises zweifaches Gurren ertönen. Wäre nicht der pulsierende, wie eine große Trommel schlagende Schmerz im Knöchel gewesen, sie hätte es schön gefunden, einfach so dazuliegen.

Hugh war sich darüber im Klaren, dass er den zweirädrigen Einspänner flott voranbringen musste, wenn seine Tante und er nach dem letzten noch zu erledigenden Besuch rechtzeitig zum Tee zurück sein wollten. Da seine Tante jedoch befürchtete, die frischen Eier in dem mit Flanellstoff ausgeschlagenen Korb könnten zerbrechen, die Dickmilch und die gelierte Brühe in den Tontöpfen zu stark geschüttelt werden, bemühte er sich, nur auf den flachsten Stellen der unbefestigten Straße zu fahren und das Pferd durch festen, aber nicht starken Leinenzug ruhig zu halten. Mit dem Automobil wäre die Fahrt schneller und weniger holprig gewesen, doch seine Tante hielt es nun einmal für unangebracht, bei Krankenbesuchen zu protzen, und weigerte sich, die armen, aber stolzen Nachbarn an ihre Bedürftigkeit zu erinnern, indem sie im Auto und prunkvoll gekleidet vorfuhr. Deshalb hatte sie ein sehr schlichtes Kleid und einen beigebraunen Automantel angezogen, und ihr Hut, den sie immer zu diesem Anlass trug, war aus einfachem Stroh und nicht größer als der Sonntagshut der Köchin. Hugh hatte sich für einen eher formellen Anzug entschieden, wie er einem Mediziner anstand. Dr. Lawtons Patienten hatte er an diesem Tag bereits zusammen mit dem Arzt besucht; nun war er eher privat unterwegs und begleitete seine Tante auf ihrer Runde. Als der Wagen ziemlich flott in eine der wenigen leichten Kurven der Military Canal Road einschwenkte, bemerkte er eine Frau, die auf einer Bank am Straßenrand saß und mit einem großen Taschentuch winkte. Er wollte schon im Vorbeifahren den Gruß erwidern, als ihn die Stimme seiner Tante zusammenzucken ließ.

»Anhalten, Hugh, anhalten!«, schrie sie und packte ihn so heftig am Arm, dass er einseitig an der Trense zog und das Tier in gefährliche Nähe des Grabens geriet. Er rückte die Leinen wieder zurecht und brachte den Wagen nur mit Mühe zum Stehen, ohne dass das Pferd scheute.

»Das ist Beatrice Nash!«, rief seine Tante. »Es muss ihr etwas zugestoßen sein.«

Hugh übergab ihr die Zügel und sprang vom Wagen, ohne auf den Staub zu achten. Während er zu der Bank lief, betete er, Beatrice möge nicht auf der Straße überfallen worden sein. Sie war zerzaust und zerkratzt, blutete am Hals und hatte einen großen blauen Fleck am Arm. In ihren Haaren steckten Dornen, und ihr Rock war, wie er beim Näherkommen sah, voller dunkler Flecken und am Saum zerrissen.

»Miss Nash?« Mehr brachte er nicht hervor.

»Ich bin vom Fahrrad gestürzt und ziemlich unsanft in einen Graben gefallen.«

Hugh verbarg seine Erleichterung sehr bewusst. »Sind Sie verletzt?«, fragte er. Knochen und blutende Wunden konnte er schließlich verbinden.

»Ja, am Knöchel. Gebrochen ist er wohl nicht, aber das Fahrrad ist daraufgefallen. Ich hatte Angst, nicht wieder in den Stiefel hineinzukommen, wenn ich ihn ausziehen würde.« Sie lächelte, war aber sehr blass. Hugh hätte sie am liebsten wie ein Vögelchen mit einem gebrochenen Flügel in beide Hände genommen.

»Ich trage Sie zum Wagen«, sagte er. »Und dann muss der Stiefel sofort herunter.«

»Ich glaube, ich kann hinhumpeln.« Sein Vorschlag hatte sie erschreckt.

»Das glaube ich nicht. Noch ist der Knöchel nicht untersucht.« In den Häusern der Landarbeiter fiel es ihm nicht schwer, bestimmt aufzutreten; vor dem skeptischen Blick der jungen Frau war es nicht ganz so leicht. »Seien Sie vernünftig!«

Während er zögerlich nach der besten Möglichkeit suchte, ihr einen Arm unter die Kniebeugen und den anderen um die Taille zu legen, raffte sie den Rock eng um die Beine, damit er schmaler wurde, und räusperte sich. »Ich bin keine kleine Frau, die man mühelos tragen kann.«

»Und ich bin nicht der stärkste Mann der Welt. Aber ein paar Meter werde ich wohl schaffen.« Er ging in die Knie und hob Beatrice hoch. Die Stangen ihres Korsetts pressten sich in seine Haut, und ihr Rücken lag warm an seinem Arm. Solange er sie dicht an sich drückte, war sie nicht schwer. Er spürte ihre Arme um seinen Nacken und roch schwachen Seifenduft, den der stärkere Geruch nach Erde und Wildblumen fast verdrängte. Den seltsamen Wunsch, seinen Kopf auf ihr Haar sinken zu lassen, konnte er gerade noch bezwingen.

»Was ist denn um Himmels willen passiert?«, fragte seine Tante, als sie sich dem Wagen näherten.

»Sie hat sich am Knöchel verletzt«, sagte Hugh. Seine Tante warf ihm einen scharfen Blick zu, der ihn wahrscheinlich zum Erröten gebracht hätte, wäre er nicht vollauf mit der Frage beschäftigt gewesen, wie er Beatrice auf die Rückbank eines Wagens heben sollte, der ihm noch nie so hoch erschienen war wie jetzt. Um dort hinaufzukommen, brauchte man mindestens zwei gesunde Füße. »Bitte halt das Pferd ruhig!«

»Wie soll das gehen?«, fragte Beatrice. »Ich glaube, es ist besser, wenn Sie mich herunterlassen.«

»Nein, nein, Sie müssen nur den linken Fuß bereithalten. Ich steige hinauf und ziehe Sie mit.« Verbissen starrte er auf den kleinen, glatten, hinten aus dem Wagen ragenden Metalltritt, nicht größer als ein Kinderfuß, und versuchte den Gedanken beiseitezuschieben, sie könnten beide schlimm auf die Straße stürzen, sollte sich das Pferd im falschen Moment bewegen.

»Bei solchen Gelegenheiten bedaure ich es immer, keinen Landauer zu besitzen«, sagte Agatha. »Bitte sei vorsichtig, Hugh!«

»Ja, seien Sie vorsichtig, Hugh«, wiederholte Beatrice lachend, und Hugh freute sich so sehr, seinen Vornamen aus ihrem Mund zu hören, dass er fast den Halt verlor, als er auf den Wagen sprang. Mit gebauschten Unterröcken und einem leisen Schmerzensschrei kam Beatrice auf der harten Bank zu sitzen und griff nach der Haltestange, während Hugh hinuntersprang und auf der Straße landete, ohne sich selbst den Knöchel zu verstauchen.

»Wir fahren jetzt möglichst schnell nach Little Hollow und kühlen Ihren Fuß mit kaltem Quellwasser«, sagte Agatha, die sich auf dem Vordersitz umgedreht hatte. »Tut es sehr weh?«

»Ich halte das für keine gute Idee«, erklärte Hugh. Er war dabei, das verbogene Fahrrad mit einem Ersatzseil hinten an den Wagen zu binden. »Fremde sind dort nicht gern gesehen.«

»Aber ganz im Gegenteil, Hugh«, widersprach seine Tante. »Sie würden es bestimmt als ein Zeichen des Vertrauens auffassen, wenn wir sie um Hilfe bäten. Das ist *die* Gelegenheit für uns, Maria Stokes zu zeigen, wie sehr wir ihr Wissen schätzen.«

»Möchtest du Miss Nash eine so schockierende Begegnung wirklich zumuten?«

»Miss Nash ist eine weitgereiste, sehr beherzte Frau, die wegen ein paar Zigeunern nicht gleich in Hysterie verfallen wird«, sagte Agatha. Doch als Hugh sich setzte und die Zügel ergriff, sah er, dass seine Tante Beatrices Miene sehr genau nach Anzeichen des Widerwillens absuchte.

»Ganz bestimmt nicht«, versicherte Beatrice. Sie wirkte zwar leicht beunruhigt, aber längst nicht so sehr, wie er befürchtet hatte. Entweder war sie eine wirklich außergewöhnliche junge Frau oder sie setzte großes Vertrauen in die Menschenkenntnis seiner Tante.

»Ich mache jeden Mittwoch meine Krankenbesuche«, erklärte Agatha, während sie losfuhren. »Dr. Lawton möchte, dass ich bei den etwas empfindlicheren oder schwierigeren Patienten ganz ohne Begleitung vorbeischaue.«

»Er will den Leuten das kirchliche Frauenhilfskomitee ersparen, das hat er mir offen gesagt«, warf Hugh ein.

»Ja, manche Patienten wären überfordert, wenn sie die gesamte Delegation empfangen müssten«, gab Agatha zu. »Aber die Damen leisten gute Arbeit, und du solltest dich nicht über sie lustig machen, Hugh.«

»Letzten Sommer hat Mrs Fothergill einem Ruhrkranken selbst gemachtes Pflaumenmus geschenkt und ihn damit fast umgebracht«, erzählte Hugh lachend.

»Es war wohl eher ihr medizinischer Vortrag als das Pflaumenmus«, erwiderte Agatha gelassen. »Aber ohne diese Besuche bekäme so manches kranke Kind nie Kraftbrühe oder Dickmilch zu essen.«

»Meine Tante ist immer diplomatisch«, erklärte Hugh. »Aber wenn Sie sich ein bisschen besser kennen, wird sie Ihnen geradezu haarsträubende Geschichten erzählen.«

»Dr. Lawton besucht die alte Maria Stokes schon seit mehreren Jahren«, sagte Agatha. »Sie gilt bei den Roma hier in der Gegend als Heilerin, und manchmal bittet mich der Doktor, ihr etwas zu bringen. Sie misstrauen eben den meisten Menschen.«

»Dr. Lawton ist meilenweit der einzige Arzt, der zu ihnen geht«, sagte Hugh. »Und keine der anderen Damen würde sich zu einem solchen Besuch herablassen.« Zuverlässig kam die kleine Roma-Gruppe jeden Sommer wieder, schlug in Little Hollow ihr Lager auf und übernahm Feldarbeiten von der Erdbeer- bis zur Hopfenernte. Dann verschwanden sie so still, wie sie aufgetaucht waren, und Hugh hatte sich oft gefragt, warum niemand wusste, auf welchen Wegen sie kamen und in welche fernen Gegenden es sie zog.

»Die Bauern kämen ohne ihre Hilfe gar nicht aus«, sagte Agatha, »aber die meisten Städter behandeln sie wie Diebe oder Landstreicher.«

»Sie selbst halten sie nicht für Diebe?«, fragte Beatrice.

»Dr. Lawton behauptet immer im Scherz, die alljährliche Ankunft der Stokes sei der Startschuss für das Wildern der Einheimischen. Er meint, wer Zigeuner beschuldige, habe garantiert in jedem Hosenbein ein Kaninchen versteckt.«

»Das ist geschmacklos, Hugh!«, rief Agatha.

»Entschuldigung«, murmelte Hugh.

»Ich muss zugeben, dass ich mein Silber nicht herumliegen lassen würde, wenn mir irgendein Fremder an der Hintertür Heidesträußchen als Glücksbringer verkaufen will«, sagte Agatha. »Aber sie sind genauso Christen wie Bettina Fothergill, und Maria Stokes ist eine ganz besonders eindrucksvolle Frau. Wenn sie keine Romni wäre, hätte sie eine ausgezeichnete Gemeindeschwester abgegeben.«

Little Hollow lag von der Straße aus nicht einsehbar hinter einer Spalte im Fels der Kreidehügel, von denen die Straße wegführte. Beatrice bemerkte, dass Hugh den schmalen Weg nur mit Mühe fand und das nervöse Pferd kaum zwischen den dichten Bäumen und dem Unterholz hindurchlenken konnte. Auf einer kleinen Lichtung stand ein Wohnwagen aus dunklem Holz mit schwarzem Teerdach. Sofort krochen zwei ausgemergelte Hunde unter dem Gefährt hervor und begannen zu kläffen. Ein zottiges, an eine lange Leine gebundenes Pferd warf aus einem großen Auge einen Seitenblick auf die Ankommenden, ohne das Maul aus dem hohen Gras zu heben. Die alte Frau, die auf den Stufen des Wagens saß, war runzelig wie ein vertrockneter Apfel und hatte trotz der Hitze mehrere Schultertücher umgelegt. Mit flinken Händen zupfte sie Lavendelblüten von den Stängeln und ließ sie in ihre Schürze fallen, während sie umwabert vom Rauch einer schwarzen Pfeife Beatrice mit zusammengekniffenen Augen taxierte. Neben dem Wagen stand über einem kleinen, stark qualmenden Feuer ein Eisentopf auf einem Dreifuß, und unter einer Art Behelfszelt, bestehend aus einem Stück Segeltuch, das man über die herabhängenden Äste eines Baums gebreitet hatte, schlief ein kleines Kind auf einem Strohlager. Weiter hinten lugte noch ein Wagendach hervor, und der Rauch eines zweiten Feuers ließ die Anwesenheit weiterer Menschen erkennen.

Die Alte rief die beiden Hunde zu sich, schüttelte den Inhalt ihrer Schürze vorsichtig in einen Korb und kam näher, während Hugh seiner Tante vom Einspänner herunterhalf.

»Guten Tag, Mrs Stokes«, sagte Agatha. »Wie geht es dem armen Kind?«

»Ganz gut«, antwortete Mrs Stokes, den Blick unverwandt auf Beatrice gerichtet.

»Das freut mich. Ich habe Kraftbrühe und die beste Dickmilch meiner Köchin dabei.« Mrs Stokes erwiderte nichts, sondern starrte Beatrice weiterhin schweigend an.

»Wir haben unsere junge Freundin hier, Miss Nash, unterwegs gerettet.« Agathas Stimme klang ein wenig unsicher, so als wüsste sie genau, dass sie eine zerbrechliche Beziehung aufs Spiel setzte, indem sie Beatrice mitgebracht hatte. »Miss Nash ist vom Fahrrad gestürzt und hat sich ernsthaft am Knöchel verletzt.«

»Wir wären sehr dankbar für Ihre Hilfe«, sagte Hugh. »Ich würde die Schwellung gern behandeln, aber wir sind weit weg von zu Hause.«

»Setzen Sie sie hierhin«, erwiderte Mrs Stokes und deutete auf einen neben dem Wagen liegenden Baumstamm, über den ein dünner, vom Waschen und Ausklopfen fast völlig ausgebleichter Flickenteppich gebreitet war. »Ich sag dem Jungen, dass er sich ums Pferd kümmern soll.« Ohne sich noch einmal umzusehen, ging sie zu ihrem Wagen zurück. Agatha musste die Körbe mit dem Essen selbst ausladen, und Beatrice blieb nichts übrig, als noch einmal die nicht sonderlich würdevolle Prozedur zu erdulden, sich von Hugh aus dem Einspänner heben und über die Wiese tragen zu lassen.

Das Pochen im Knöchel war einem anhaltenden Schmerz gewichen, und der Stiefel drückte wie ein Schraubstock. Sie setzte sich und beugte sich hinunter, um den Schnürsenkel aus den zahlreichen Ösen zu ziehen, doch die Fessel war so stark geschwollen, dass Beatrice beim Druck der Finger auf den festen Knoten zusammenzuckte.

»Es tut weh«, flüsterte sie.

»Der Stiefel muss weg«, sagte Hugh. »Tante Agatha, du hältst sie bitte, und ich ziehe ihn vom Fuß.« Agatha setzte sich neben Beatrice auf den Baumstamm und legte die Arme um sie.

»Alles bereit.« Beatrice ließ das Gesicht wie ein Kind auf Agathas üppigen Busen sinken, und plötzlich kamen ihr die Tränen. Sie hoffte, man würde es auf den Schmerz schieben und nicht auf das wundervolle und fast schon vergessene Gefühl, gehalten zu werden. Die letzte Liebkosung ihres Vaters lag schon lange zurück, und er hatte damals nicht viel mehr getan, als ihr mit seinen trockenen, blaugeäderten Händen zaghaft übers Haar zu streichen. Jetzt wurde ihr bewusst, dass sie in den Monaten nach seinem Tod von keinem Menschen mehr berührt worden war; höchstens hatten behandschuhte Hände gelegentlich ihre behandschuhte Hand geschüttelt.

Agatha hielt sie umklammert, während sich Hugh ohne Rücksicht auf seine Kleider in den Schneidersitz niederließ, Beatrices Fuß sanft auf seinen Schoß legte und die Kutscherhandschuhe abstreifte, um die harten Ledersenkel durch die kleinen Messingösen zu führen. Zuerst tat es weh, doch je weiter sich der Stiefel löste, umso größer wurde die Linderung.

»Ich drehe den Fuß jetzt ein bisschen hin und her, um auszuschließen, dass etwas gebrochen ist«, erklärte Hugh mit leiser, sanfter Stimme. Durch den dünnen Baumwollstrumpf hindurch spürte Beatrice seine warmen Finger, die den Fuß mit zartem Druck langsam in verschiedene Richtungen drehten. »Ich glaube nicht, dass ein Bruch vorliegt«, erklärte er schließlich.

»Der Strumpf muss runter«, sagte Maria Stokes. Sie war in diesem Augenblick mit einem Jungen zurückgekehrt, der mittels einer Tragstange scheinbar mühelos zwei große, mit Wasser gefüllte Eimer trug. Die mageren Hunde begrüßten ihn mit heiserem Gebell, und Beatrice erkannte in ihm nicht ohne Schreck Snout wieder, einen der Schüler, die sie unterrichten sollte. Er wirkte alles andere als erfreut über ihren Anblick und stellte die Eimer so heftig ab, dass das Wasser überschwappte.

»Ich möchte mir die Prellung ansehen, bevor wir sie verbinden«, sagte Hugh.

»Kann ich mir denken«, erwiderte Maria Stokes in einem Ton, der den kleinen Snout zum Grinsen und Hugh Grange zum Erröten brachte.

»Wenn Snout sich um das Pferd kümmert, sehe ich nach dem Kind«, sagte Hugh. Er gab dem Jungen eine Münze. Snout pfiff die Hunde zu sich und trottete mit einem der beiden Eimer zum Wagen.

Beatrice badete den Fuß im kalten Quellwasser und trank starken, heißen Tee aus einer Porzellantasse mit Unterteller. Die Tasse hatte zwar ein Blümchenmuster, aber auch einen dicken Goldrand und war offensichtlich kostbar. Maria Stokes trank lieber aus dem großen Blechbecher, der an ihrem Gürtel hing. Nach dem Tee untersuchte sie mit ihren rauen Händen Beatrices Knöchel und erklärte ihn für lediglich stark geprellt.

»Ich hätte eine Salbe, wenn Sie wollen«, sagte sie.

»Ach, das wird bestimmt auch so …«, murmelte Beatrice.

Hugh unterbrach sie. »Sehr gern.« Er drehte sich um und betrachtete den Knöchel aus gebührender Entfernung. »Mrs Stokes ist berühmt für ihre Arzneien.« Die alte Frau verschwand in ihrem Wagen und brachte einen mit Wachs verschlossenen Krug, in dem sich eine dicke, nach Kiefern riechende Salbe befand. Sie verteilte die Paste großzügig auf Beatrices rasch dunkler werdenden Bluterguss und verband den Knöchel säuberlich mit Streifen aus derbem Leinen.

»Riecht sehr scharf«, bemerkte Hugh, während er Marias pflegerisches Tun beobachtete. Die gerunzelte Stirn verriet sein berufsbedingtes Interesse. »Ist das Rosmarin?«

»Schön möglich«, erwiderte Maria. »Immer abends und morgens auftragen!«, befahl sie Beatrice.

»Und wie lange?«

»Wenn der Krug leer ist, muss man aufhören. Und wenn man den Krug mit irgendwas darin zurückgibt, bringt das Glück.«

»Danke«, murmelte Beatrice.

»Was sagen Sie zu dem Kleinen?«, fragte Maria Hugh.

»Es ist schon sehr viel besser. Die Lunge klingt jetzt frei. Wenn er sich noch ein wenig schont und ordentlich isst, läuft er in einer Woche wieder herum.«

»Danke. Wenn die Kinder dieses Lungenfieber haben – das ist das Einzige, was mir Angst macht. Dann sterbe ich fast vor Sorge. Sagen Sie dem Arzt, ich bin froh, dass er hergekommen ist.«

»Ich sage es ihm.«

»Und Ihnen dank ich auch, Ma'am.« Sie drückte Agatha die Hand. »Die wenigsten Damen würden wegen einem von unseren Kleinen herfahren und uns nicht vergessen.«

»Wir danken Ihnen! Sie haben unserer jungen Freundin sehr geholfen«, sagte Agatha.

»Wenn Sie wollen, Miss, kann der Junge mit Ihnen zurückfahren und das Gefährt da zu seinem Vater bringen«, sagte Maria.

»Ach nein, das wäre wirklich zu viel verlangt«, entgegnete Beatrice so hastig, dass sie hoffte, dadurch nicht ihren Widerwillen verraten zu haben.

»Das macht gar keine Mühe, Miss«, erklärte Snout. »Man muss das Fahrrad nur ein bisschen aushämmern und eine neue Kette dranmachen.«

»Dann muss mein Urenkel den langen Weg nicht zu Fuß gehen, wenn Sie nichts dagegen haben, dass er hinten auf dem Wagen mitfährt«, sagte Mrs Stokes.

»Abgemacht«, erklärte Agatha kurz und bündig. »Keiner repariert so etwas besser als Mr Sidley.«

Die Dächer von Rye tauchten vor ihnen auf. Der Stand der Sonne zeigte den späten Nachmittag an, und Beatrices Kopf schlenkerte müde hin und her, als Hugh den Einspänner an einer kleinen Abzweigung vor dem Fluss zum Stehen brachte. Snout sprang von seinem gefährlichen Sitz auf dem hinteren Tritt herunter und band das Fahrrad los.

»Ich bringe es zum Unterricht mit, Miss.« Er machte eine kleine Pause. »Arty und Jack müssen es ja nicht unbedingt wissen, oder?«

»*Silentium est aureum*«, erwiderte Beatrice. An seinem erstaunten Grinsen erkannte sie, dass er ihr Schweigeversprechen verstanden hatte. Er zog kurz die Mütze und verschwand, das Fahrrad neben sich herschiebend.

Hugh trieb das Pferd mit einem Schnalzer weiter. Agatha drehte sich zu Beatrice um und schüttelte ihren Arm. »Sie kommen besser mit zu uns nach Hause. Wir haben heißes Wasser für ein Bad, und Jenny kann Ihnen zur Hand gehen. Außerdem müssen die Kratzer und Schnitte mit Jod behandelt werden.«

»Nicht nötig. Mrs Turber hat bestimmt einen Kessel heißes Wasser für mich.«

»Für den Fall, dass Sie meine Tante noch nicht kennen: Eine Ablehnung ist bei dieser Einladung nicht vorgesehen«, erklärte Hugh lachend.

Beatrice fühlte sich zu weiterem Widerspruch verpflichtet, doch dann erschien ihr der Gedanke an Agathas glänzende weiße Badewanne, an das weiche Bett im blauen Zimmer und an ein frisch zubereitetes warmes Abendessen nach einem so anstrengenden Tag plötzlich unwiderstehlich, und sie nahm die Einladung höflich dankend an.

Lachend bogen sie in die Auffahrt ein. Sie lachten über den durchdringenden Geruch von Mrs Stokes' Salbe und über Hughs Beteuerung, die Frau verkaufe auch Liebestränke und behaupte, Schweine vergiften zu können, ohne dem Fleisch zu schaden, was sie natürlich nie machen würde. Die Haustür war einladend geöffnet. Davor stand ein wenig verloren ein gut aussehender Mann in Hemdsärmeln und mit Krawatte, rauchte eine Zigarette und betrachtete den Vorgarten.

»Was machst du denn hier, John?«, rief Agatha. Als das Pferd stehen blieb, kam er herbei und half ihr vom Wagen. Dann umarmten sie sich wie ein junges Paar. Er hob sie stürmisch hoch, während sie ihren Hut festhielt. »Du solltest dich schämen! Lass mich herunter, bevor du dich wieder verhebst!«, schimpfte Agatha.

»Es wäre die Sache wie immer durchaus wert«, erwiderte ihr Mann. »Aber gut, dann begnüge ich mich eben mit einem Kuss.« Agatha küsste ihn auf die grauen Schläfen, und er erwiderte den Kuss. Dann gab er Hugh die Hand.

»Das ist Beatrice, die du ja schon aus London kennst. Sie ist vom Fahrrad gestürzt«, sagte Agatha, und Beatrices Hand wurde von John Kent kräftig geschüttelt.

»Soll ich mit anpacken, wenn du sie vom Wagen hebst?«, fragte er, doch Hugh versicherte, dass es nicht nötig sei.

»Das beherrschen wir beide inzwischen in Perfektion«, sagte er, und Beatrice ließ sich einmal mehr heraussheben und gleich in die Diele tragen.

»Ein schönes Gefühl, zu Hause zu sein und keine anderen Sorgen zu haben als den verletzten Knöchel einer entzückenden jungen Dame und den Ärger der Köchin, weil sie über das Abendessen nicht Bescheid wusste«, erklärte John Kent, während er den anderen ins Haus folgte. »Das stärkt die Zuversicht, dass England niemals untergehen wird.« Lächelnd rieb er sich die Schläfe und wirkte plötzlich sehr müde.

»Es ist doch sonst nicht deine Art, am helllichten Nachmittag poetisch zu werden, John«, sagte Agatha, nahm den Hut ab und warf ihn an einen Haken. »Was ist der Grund dafür?«

»Ich freue mich, zu Hause zu sein.« John Kent umfing die Taille seiner Frau und drückte ihr noch einmal einen dicken Kuss auf die Wange. »Du ahnst gar nicht, wie sehr!«

Hugh ließ Beatrice langsam auf den Boden gleiten und hielt ihren Arm, während sie versuchte, den verletzten Fuß möglichst wenig zu belasten. Wieder war sie dankbar für seinen festen Griff. John Kent warf seiner Frau einen ernsten Blick zu.

»Onkel John will damit sagen, dass sein Haus und ganz England möglicherweise nicht für immer vor dem Untergang gefeit sind«, sagte Daniel, der mit skandalös lockerer Krawatte und einem großen Glas in der Hand am Türstock des Wohnzimmers lehnte. »Also, trinken wir auf beides!«

»Warum trinkt Daniel schon so früh Whisky?«, wollte Agatha wissen.

»Gibt es schlechte Nachrichten aus London?«, fragte Hugh.

»Ja, leider«, antwortete sein Onkel. Er ergriff Agathas Hände und führte sie an seine Lippen.

»Deutschland ist in Belgien einmarschiert. Ab morgen befinden wir uns im Krieg.«

Agatha Kent schob eine Strähne in die Haarrolle zurück und überlegte, ob sie Jenny rufen und sich die Frisur fester stecken lassen sollte. Aber sie hatte ja verkündet, dass sich niemand zum Essen umziehen müsse. John war erschöpft, und obwohl man Mrs Turber in einer Nachricht gebeten hatte, Beatrice frische Kleidung zu schicken, erschien es Agatha einfacher, keine Abendgarderobe zu verlangen. Sie steckte sich eine Nadel ins Haar, die von einem Smaragd in Form einer Schildkröte geziert wurde, strich die frisch angezogene saubere Bluse glatt und war froh, das locker sitzende Mieder nicht gegen ein Abendkorsett eintauschen zu müssen. Sie liebte die ruhige halbe Stunde vor dem Essensgong. Während sie am Frisiertisch saß und das Abendlicht durchs Fenster schien und John nebenan in seinem Ankleideraum mit den vertrauten Geräuschen sein Hemd wechselte, hätte sie einen Moment lang fast glauben können, es wäre ein Abend wie jeder andere, an dem John nicht für einen so kurzen Besuch nach Hause gekommen war, um ihnen die schreckliche Neuigkeit mitzuteilen.

»Hilfst du mir mit dem verfluchten Manschettenknopf?« John betrat das Zimmer mit heraushängendem Hemd und den geliebten marokkanischen Pantoffeln an den Füßen. Er sank behaglich aufs Bettende und streckte den Arm aus. Agatha drehte sich auf ihrem Hocker um, und während sie sich mit der steifen Manschette abmühte, lehnte John seufzend den Kopf an ihre Schulter und rieb seine Wange an ihrem Hals. Als der Knopf angebracht war, legte Agatha ihrem Mann die Hand auf den Rücken, und einige Sekunden lang blieben sie in stiller, tröstlicher Umarmung sitzen. Das, dachte sie oft, war die Belohnung für eine lange Ehe.

»Wir dachten, der Kaiser würde Österreich zur Zurückhaltung im Osten verpflichten«, sagte John. »Stattdessen gehen sie auf Frankreich los. Sie sind schon in Luxemburg, und morgen setzen sie sich über Belgiens Neutralität hinweg.«

»Ihr habt getan, was ihr konntet, John«, sagte Agatha.

»Berlin hat uns völlig unvorbereitet erwischt.« Er hob den Kopf und strich sich resigniert und müde übers Haar. »Und weil wir keinesfalls als Tölpel dastehen wollen, bleibt uns nur, in den Konflikt einzutreten.«

»Es ist mir völlig unvorstellbar, dass wir Feinde sind. Was soll denn Emily Wheatons Tochter tun? Ihr Gatte ist ein so reizender junger Mann.«

»Wenn sie zu ihm will, muss sie sofort hinfahren.« John stand auf und band sich vor dem Spiegel über Agathas Frisiertisch die blau gepunktete Krawatte. »Reisen außer Landes sind nicht mehr lange möglich. Die Züge werden für den Truppentransport benötigt, und ob man im Ausland noch Bankwechsel annimmt, weiß keiner.«

»Aber wie kann man von ihr als Engländerin verlangen, dass sie in einer solchen Situation nach Deutschland fährt?« Agatha zupfte die Krawatte mit geübter Hand zurecht.

»Sie ist durch die Heirat Deutsche geworden. Im Falle einer Kriegserklärung dürfte sie sich hier nicht mehr allzu wohl fühlen.«

»Woran man sieht, wie absurd das Ganze ist. Obendrein haben sie ein Baby.«

»Ich werde deine Ansicht weiterleiten, wenn ich wieder in London bin. Aber zuvor würde ich gern an meinem eigenen Tisch zu

Abend essen und mit meiner schönen Frau durch den Rosengarten schlendern.« Er beugte sich hinunter und strich ihr eine Strähne aus dem Gesicht.

»Gut. Aber dass wir uns in einer internationalen Krise befinden, heißt noch lange nicht, dass du in deinem grauenhaften gestreiften Blazer zum Essen erscheinst. Wir haben schließlich einen Gast.«

Der alte Blazer, den er während seiner Zeit im College beim Stechkahnfahren zu tragen pflegte, war an den Ellbogen abgewetzt, und die Streifen wirkten verwaschen. Agatha führte einen stillen, aber offenbar nicht zu beendenden Krieg gegen den Drang ihres Mannes, das alte Stück immer dann hervorzuholen, wenn sie die Kleiderordnung auch nur geringfügig lockerte. Normalerweise konnte man ihm den Blazer mit vernünftigen Argumenten ausreden, doch als Agatha den Stein des Anstoßes bei zwei Gelegenheiten in den Lumpensack hatte stecken lassen, war John sehr wütend geworden, hatte sich auf den Weg in die Wäschekammer gemacht und das gute Stück höchstpersönlich zurückgeholt. Seitdem vergriff sich kein Dienstbote mehr daran. Der Blazer hing im Schrank, wo er die Motten anzog und seine fusseligen Ärmel an den neueren Kleidungsstücken rieb.

»Aber er passt so gut mit dieser Krawatte zusammen«, wandte John ein. »Außerdem hast du gesagt, dass wir keine Jacketts anlegen müssen.«

»Ich habe von einem zwanglosen Essen gesprochen, nicht von einem exzentrischen. Ich sehe jetzt nach unserem jungen Gast und bitte dich, nicht wie ein Jahrmarktschreier zum Essen zu erscheinen.«

»Pantoffeln darf ich wohl auch nicht tragen?«

Beim Essen wurde nicht über die Krise gesprochen.

»Wir wollen das Personal nicht verschrecken und auch keine Gerüchte in die Stadt hineintragen«, sagte Agatha leise zu Beatrice, während sie ihr die Treppe hinunterhalf. »Der Posten meines Mannes verlangt höchste Diskretion.«

Stattdessen ging es ums Wetter, um das Gedeihen der Pflanzen im Gemüsegarten und um die Frage, ob es Beatrice in der Stadt gefalle. John Kent erkundigte sich umfassend nach ihrer Ankunft und Eingewöhnung in Rye, und in den Berichten seiner Frau und der beiden Neffen blieben weder die Mitglieder des Schulbeirats noch Mrs Turber ausgespart.

»Und stell dir vor, der Neffe von Mrs Fothergill kam betrunken zu seinem Vorstellungsgespräch!«, rief Agatha.

»Wir waren alle schockiert«, sagte Daniel. »Die Fothergills sind doch eine so untadelige Familie.« Beatrice sah, dass sich die beiden Cousins angrinsten. Als Daniel ihren Blick bemerkte und die Augen in gespielter Unschuld aufriss, wurde ihr klar, dass die beiden ihre Finger im Spiel gehabt hatten.

»Ich weiß jedenfalls, dass der beste Kandidat gewonnen hat«, erklärte John Kent und prostete Beatrice zu. »Sie sind eine sehr willkommene Bereicherung für die Stadt und für unsere Familie, meine Liebe.«

»Danke«, sagte Beatrice. Sie war John Kent sehr verbunden, weil er sich die Zeit genommen hatte, sie persönlich durch halb London zum Zug zu bringen, doch erst jetzt wurde ihr bewusst, dass sie ihn damals vor lauter Nervosität kaum angesehen hatte. Er war schlank, von mittlerer Größe und ruhigem Auftreten, was wahrscheinlich mit dem langen Dienst als Staatsbeamter zusammenhing, hatte aber fast dasselbe verschmitzte Funkeln in den Augen wie seine Frau. Solche Menschen wussten mehr, als sie sagten, und erfassten alles schneller als Leute, die mehr sprachen. Die beiden verständigten sich ohne Worte. Während sie lachten und plauderten, wurde dann und wann wie in einer Geheimsprache eine Braue hochgezogen, der Kopf leicht geneigt oder ein Finger kaum merklich bewegt. Beatrice hatte gelernt, manche Gesten ihres Vaters zu lesen, seine Bedürfnisse zu erahnen, doch Agatha und John Kent schien ein viel tieferes, gegenseitiges Verständnis zu verbinden. Bei dem Gedanken, dass eine solche Verbundenheit mit einem anderen Menschen ihrer Unabhängigkeit wegen nie möglich sein würde, fühlte sie sich einen Moment lang sehr einsam.

»Was macht die Lyrik, Daniel?«, fragte John Kent, um das Thema zu wechseln.

»Man hat mich in mehreren Zeitschriften veröffentlicht. Ich habe Tante Agatha einige Exemplare mitgebracht.«

»Einige dieser Zeitschriften sind sehr unflätig«, warf Agatha ein. »Ich kann mir nicht denken, dass sie deinem Onkel gefallen.«

»Wenn es bei den Durchschnittsmenschen keinen Anstoß erregt, ist es keine Kunst«, erwiderte Daniel.

»Womit er uns klar und deutlich mitgeteilt hätte, was er von uns hält«, sagte John zu seiner Frau.

»Ihr wart damit natürlich nicht gemeint«, beteuerte Daniel. »Mr Tillingham fand meine Gedichte gar nicht übel.«

»Womit er dir klar und deutlich mitgeteilt hätte, was er von dir hält«, sagte Onkel John.

»Stimmt. Er möchte sich unbedingt meine neuesten Verse ansehen, um mich vor den – wie er es nennt – jugendlichen Fehlern zu bewahren, mit denen ich die publizierten verdorben habe.«

»Aus dem Mund des großen Mannes ist das wohl ein hohes Lob«, sagte Hugh.

»Miss Nash, sagten Sie nicht, Sie würden auch schreiben?«, fragte sein Onkel freundlich lächelnd.

»Mr Tillingham zufolge ist das völlig unmöglich«, erwiderte Beatrice. »Ich als Frau gelte von vornherein als unfähig.«

»Und ich halte Mr Tillinghams Ansichten oft für unmöglich«, sagte John Kent. »Aber unsere Gesellschaft hält die Äußerungen großer Männer nun einmal für unanfechtbar.«

»Sollten Mr Tillingham meine neuesten Arbeiten zusagen, erklärt er sich hoffentlich dazu bereit, ein kurzes Vorwort für einen Gedichtband zu schreiben«, sagte Daniel. »Ich kenne einen kleinen Verleger in Paris, der sehr interessiert wäre.«

»Die Pariser Verleger dürften in den nächsten Monaten ganz andere Sorgen haben«, entgegnete John. »Ich würde mir da keine Hoffnungen machen.«

»Aber das hat sich doch in ein paar Wochen erledigt«, meinte Daniel. »Bis nach Paris werden die politischen Probleme wohl kaum vordringen.« Jenny brachte eine große Schüssel Sherry Trifle an den Tisch, Smith folgte ihr mit einer Obstplatte. Alle hörten auf zu reden, und während das Dessert serviert wurde, herrschte verlegenes Schweigen. Da die Nachspeise sehr klebrig war, klopfte Jenny mehrmals mit dem großen Silberlöffel an die Kristallschüssel, und Smith bot das Obst mit flüsternder, metallisch kratzender Stimme an.

Nachdem die Dienstboten den Raum verlassen hatten und einige Sekunden verstrichen waren, sagte John Kent sehr leise: »Ihr werdet in den nächsten Wochen viele Verlautbarungen zu hören bekommen, die im Grunde nur die Situation im besten Licht erscheinen lassen und den Patriotismus stärken sollen.« Er schwieg kurz, um seine Worte mit Bedacht zu wählen. »Viel mehr werdet ihr von mir nicht erfahren, aber ich glaube, dass es für uns in absehbarer Zeit keine Reisen auf dem Kontinent mehr geben wird.«

»Aber ich ziehe nächsten Monat nach Paris!«, warf Daniel ein. Er wurde sehr blass. »Craigmore und ich gründen eine Zeitschrift.« An Hughs geröteten Ohren erkannte Beatrice, dass er eingeweiht gewesen war, während die Ankündigung für Agatha und John völlig überraschend kam.

»Aber ich habe dir doch eine Stelle …«, sagte John Kent.

»Oh, das tut mir so leid für dich«, rief Agatha gleichzeitig. Wieder trat Stille ein. In Daniel schien eine Mischung aus Wut und Fassungslosigkeit zu brodeln.

»Das kann nicht sein«, stieß er hervor. »Es ist schon alles arrangiert.«

»Der Krieg pflegt nun einmal selbst die geheimsten Wünsche zu durchkreuzen«, gab sein Onkel leicht ungehalten zurück.

»Ich gehe nach Paris, komme, was da wolle!«, erklärte Daniel. »Wenn ihr mich bitte entschuldigen würdet.« Er stand so abrupt auf, dass die Serviette von ihm unbemerkt zu Boden glitt, und verließ das Zimmer.

»Es tut mir leid, dass wir vor unserem Gast kein besseres Benehmen bewiesen haben«, sagte John zu Beatrice. »Bitte verzeihen Sie meinem Neffen.«

»Daniel kann nichts für sein Ungestüm. Er ist eben ein Künstler«, sagte Agatha.

»Eine Mischung aus Künstler und verwöhntem Kind«, murmelte John. »Das genaue Verhältnis müssen wir noch herausfinden.«

»Hast du von diesem Plan gewusst, Hugh?«, fragte Agatha.

»Ein sehr gutes Beispiel dafür, dass ich üblicherweise mehr dafür getadelt werde, von irgendeiner ruchlosen Tat Kenntnis zu haben, als Daniel, den man dabei erwischt hat«, sagte Hugh zu Beatrice. Er aß den letzten Rest Trifle und fuchtelte mit dem Löffel herum. »Aber damit ist jetzt Schluss, Tante. Daniel ist ein erwachsener Mann. Ich bin für seine aufgeschürften Knie und seinen Eigensinn nicht mehr verantwortlich.«

»Ich kann mir nicht vorstellen, dass sein Vater einverstanden gewesen wäre«, sagte Agatha. »Andererseits ist es bei den jungen Männern wohl gerade in Mode, *la vie boulevardière* kennenzulernen …«

»Jungs mit mehr Geld als Verstand«, entgegnete John. »Aber diese Zeiten erfordern Männer mit stärkerem Charakter.«

»Ich kann nur hoffen, dass du dich irrst.« Jenny kam herein und gab mit einer Handbewegung zu verstehen, dass der Tee im Wohnzimmer bereit stand, doch Agatha sagte: »Bring den Tee hierher. Heute ziehen sich die Damen erst später zurück.«

Die Tassen waren gefüllt, und eben hatte man die Türen vor den Ohren des Hauspersonals geschlossen, als sich Daniel wieder hereinschlich.

»Ich bitte mein plötzliches Verschwinden zu entschuldigen«, sagte er. »Der Gedanke an Paris mit all seinen bedrohten Schätzen hat mich so bestürzt, dass ich meine Fassung wiederfinden musste.«

»Brauchst du einen Brandy?«, fragte sein Onkel.

»Hugh stimmt diesem Vorschlag bestimmt schon allein aus medizinischen Gründen zu – für den Fall, dass du noch weitere düstere Ankündigungen zu machen hast.«

»Viel mehr darf ich nicht sagen«, erklärte John, während er Hugh, Daniel und sich selbst Brandy einschenkte. Er neigte die Flasche zu seiner Frau hin, doch die schüttelte den Kopf. »Man kann Deutschland vielleicht noch ein paar Tage lang auffordern, sich die Sache zu überlegen, aber militärische Vorgänge haben nun einmal ihre eigene Dynamik.« Er seufzte, trat ans offene Terrassenfenster und atmete mit tiefen Zügen die würzige Abendluft ein. »Da auch Russland bereits mobilgemacht hat, ähnelt das Ganze einem führerlosen Zug, den man mit der ausgestreckten Hand anzuhalten versucht.«

»Und uns war es eine Ehrensache, für die Sicherheit der armen Belgier zu garantieren, nicht wahr?«, fragte Beatrice.

»Ehre gibt es in der Diplomatie nicht, Miss Nash«, erwiderte Daniel. »Wer ihre Verletzung lautstark verkündet, möchte im üblichen Fall einen Vorteil herausschlagen.«

»Daniel!«, zischte seine Tante.

»Der Junge hat nicht ganz unrecht«, wandte sein Onkel ein. »Obwohl ich viele Jahre für sie gekämpft habe, glaube ich, dass sich das Zeitalter der Ehre zwischen zivilisierten Nationen möglicherweise seinem Ende zuneigt.«

»Dann werden wir Belgien also nicht verteidigen?« Beatrice war völlig verwirrt, dabei fand sie, dass man gerade in Bezug auf die Notwendigkeit eines Kriegs nicht verwirrt sein sollte. »Aber es gibt doch einen Vertrag!«

»Natürlich verteidigen wir es«, antwortete John. »Sollten die Deutschen Frankreich besiegen und die französischen Häfen im Norden in die Hände bekommen, würde das unsere Schifffahrt auf dem Ärmelkanal und unsere Vorherrschaft über die Seewege bedrohen.«

»Wir bekämpfen sie also um unserer selbst willen, und dem einfachen Volk wird die Geschichte von der Rettung Belgiens vorgesetzt?«

»Genau umgekehrt. Die Rettung des unschuldigen Belgien wird dem Parlament und allen wichtigen Leuten vorgesetzt, damit sie uns die Zustimmung zum Ausheben von Truppen erteilen und Geld für den Krieg genehmigen. Ohne schöne Gutenachtgeschichten für die Politiker erreicht man in der Politik gar nichts.«

»Wird die Wehrpflicht eingeführt?«, fragte Hugh.

»Ob es so weit kommt, weiß ich nicht«, antwortete sein Onkel. »Im Augenblick wird die Expeditionary Force aufgestellt. Das sind bewährte, erfahrene Männer. Wir werden um Freiwillige bitten. Dann erfolgt wahrscheinlich sofort ein Ansturm unerfahrener, aber über gute Beziehungen verfügender Lümmel, die sich schöne Posten sichern wollen, von denen aus sie das Geschehen völlig gefahrlos mitbestimmen können. Mein Amt erhält schon jetzt Unmengen von Empfehlungsschreiben und Anfragen.«

»Da Paris nicht mehr in Frage kommt, siehst du hoffentlich ein, dass es jetzt an der Zeit ist, bei deinem Onkel im Außenministerium anzufangen, Daniel«, sagte Agatha. »Es ist der Wunsch deines Vaters, das weiß ich.«

»Ich habe keine Lust, in Whitehall zu sitzen und zu lernen, wie man zentnerweise Wollsocken ordert. Craigmore und ich gründen die Zeitschrift einfach in London und leisten unseren Beitrag in Form unserer Kunst.«

»Eine Zeitschrift mit bewegenden Gedichten und patriotischen Zeichnungen wäre sicherlich ein sehr begrüßenswertes und erfolgreiches Unterfangen.« Beatrice bemerkte Agathas trockenen Ton und war nicht überrascht, als Daniel heftig protestierte.

»Mein Gott, das ist die schlechteste Idee, von der ich je gehört habe. Wir würden uns gar nicht mehr retten können vor rührseligen Einsendungen – billige Sentimentalität und leeres Gerede. Die Kunst darf nicht auch nur durch einen Anflug von Patriotismus entstellt werden. Wenn überhaupt, muss es ihr immer um den Frieden gehen.«

»In Kriegszeiten werdet ihr wohl kaum viele Abonnenten gewinnen, aber auch Dichter müssen essen und ihre Miete zahlen«, meinte Hugh.

»Wenn es nicht anders geht, betreiben wir die Zeitschrift von hier aus. Wir ziehen einfach in deine Garage, Hugh.«

»Weil hinter jedem Dichter nicht etwa die Muse, sondern eine vermögende Tante mit einem Landhaus steht?«, fragte Hugh mit betont ausdruckslosem Gesicht und nippte an seinem Tee. Beatrice musste sich ein Grinsen verkneifen.

»Ganz genau. Was würde ich ohne dich tun, Tante Agatha!«, rief Daniel.

»Und was können wir tun, Mr Kent?«, fragte Beatrice. »Wir wollen doch alle unsere Pflicht erfüllen.«

»Machen Sie weiter wie bisher und regen Sie sich nicht auf. Die Leute werden von Nachrichten dieser Art immer sehr erschüttert, deshalb müssen wir mit gutem Beispiel vorangehen.«

»Ich lege Vorräte an«, verkündete Agatha. »Ich will gewappnet sein.«

»Von staatlicher Seite wird man das nicht gern sehen«, gab ihr Mann zu bedenken. »Das Horten führt zu Versorgungsengpässen und treibt die Preise in die Höhe.«

»Dann halte ich mich in der Stadt eher etwas zurück. Aber du musst auf dem Weg ins Amt zu Fortnum and Mason gehen und zumindest eine kleine Bestellung zur sofortigen Lieferung aufgeben.«

»Ich sollte mir auch ein paar Dinge für London besorgen«, sagte John. »Das Essen im Club ist schon in Friedenszeiten schlecht genug. Mit ein paar Dosen Anchovispaste und eingelegten Austern überstehe ich mehrere Monate Krieg.«

8

In den folgenden Tagen wurde Hugh nach und nach klar, dass sich das drohende Gewitter über Europa in den Zeitungen bereits deutlich abgezeichnet hatte, er aber, wie so viele andere auch, die Vorgänge auf dem Kontinent nicht hatte wahrhaben wollen.

»Ich lese überhaupt keine Zeitungen«, erklärte Daniel. »Bestimmt wären sämtliche Kriege kürzer, wenn nicht alle so gern darüber lesen würden.«

»Und was sollen wir jetzt tun?«, fragte Hugh. »Es macht mich nervös, hier herumzusitzen.«

Sie waren im Garten. Daniel lag in der Hängematte, Hugh in einem alten Liegestuhl.

»Ruhig herumzusitzen dürfte das Beste sein, lieber Cousin. Onkel John hat doch gesagt, dass wir unser Leben ganz normal weiterführen und keine Besorgnis erkennen lassen sollen.«

»Was findest du normal daran, dass der Bahnhof von Soldaten bewacht wird und man nirgends mehr eine Fünf-Pfund-Note wechseln kann?«

»Ich würde mich glücklich schätzen, wenn ich eine Fünf-Pfund-Note hätte«, erwiderte Daniel seufzend. Er ließ sein Buch zu Boden fallen und verschränkte die Hände hinter dem Kopf. »Der Geruch des Krieges macht alles lebendiger«, fügte er hinzu. »Das Pferd des Milchmanns kam heute Morgen schon viel zielstrebiger daher.«

»Nimm endlich Vernunft an, Daniel! Du spielst den Dandy, und Colonel Wheaton rekrutiert vor dem Rathaus jeden betrunkenen Idioten – ist denn die ganze Welt verrückt geworden?«

Daniel seufzte. »Mrs Finch hat einen hübschen jungen Rekruten, der sich den Union Jack über die Schultern geworfen hatte, mitsamt seiner Mutter und drei kleinen Schwestern fotografiert, während sie alle in ihre Gänseblümchensträuße heulten. Ich bekam gute Lust, selbst einzurücken, nur um auch unter der Fahne dahinzusinken und Craigmore das Bild schicken zu können, damit er um mich weint.«

»Dr. Lawton zufolge sind die Rekruten allesamt schwach und unterernährt und werden sich wahrscheinlich schon beim ersten Geländemarsch erkälten.«

»Und? Hilfst du ihm, die Jugend von Sussex für die Front zu mästen?«

»Ich habe meinem Chirurgen geschrieben und gefragt, was ich tun soll«, sagte Hugh. »Ich halte es nicht aus, untätig herumzusitzen, obwohl ich mich nützlich machen könnte. Hoffentlich ruft man mich bald nach London.«

»Und? Wird dich die Tochter deines Chirurgen freigeben, damit du dem Land im Krieg dienen kannst, oder sich in dieser Stunde der Verzweiflung nicht vielmehr an dich klammern?«, fragte Daniel. Hugh runzelte die Stirn. Er hatte Lucy seinem Cousin gegenüber nie erwähnt. Daniel hatte also wieder in seinem Schreibtisch gekramt, sicherlich die besten Federn mitgehen lassen und sich über die vielen Entwürfe lustig gemacht, die Hugh hatte anfertigen müssen, ehe er einen einigermaßen ungezwungenen Brief an eine Frau zustande gebracht hatte.

»Miss Ramsey hat so viele Verehrer, dass sie mich gar nicht wahrnimmt«, sagte Hugh, und da er nicht die Absicht hatte, seinen Cousin ins Vertrauen zu ziehen und anschließend spöttische Bemerkungen zu kassieren, hoffte er, Daniel werde nicht weiter bohren.

»Du solltest dich der Kavallerie anschließen. Frauen lieben Männer in Uniform.«

»Während du in weißer Hose Kricket spielst, bis die Deutschen auf unseren Stränden stehen?«

»Nur damit du es weißt: Ich habe Craigmore brieflich vorgeschlagen, unsere Zeitschrift sofort in London erscheinen zu lassen. Wir werden unseren besten jungen Dichtern und Illustratoren die Möglichkeit geben, unser Land mit Hilfe der bildenden Kunst und der Sprache an vorderster Stellung zu verteidigen.«

»Sagtest du nicht, Patriotismus sei der Kunst ein Gräuel?«

»Ich bin zu dem Schluss gelangt, dass man den Patriotismus, wie auch das Geld, als notwendiges Mittel zum Zweck betrachten muss. Aber die patriotischen Themen werden natürlich nur im hinteren Teil platziert und mit Zierrändern umfasst, damit sie niemand liest.«

»Klingt geradezu pragmatisch. Offenbar wirkt sich der Krieg sehr ernüchternd auf uns alle aus.«

»Was bereits zu konkreten Ergebnissen führt. Craigmore hat geschrieben, dass er mich mit seinen Eltern besuchen kommt.« Daniel griff nach seinem Notizbuch und zog mehrere Blätter Florpostpapier aus der Mitte heraus. »Es geht um irgendeine Kommission, die die Verteidigungsmöglichkeiten der Stadt überprüft.«

»Ist sein Vater denn mit eurem Vorhaben einverstanden?«

»Er hat sich noch nicht eindeutig geäußert, aber das wird sich finden. Craigmore und ich schaffen es bestimmt, die bildende Kunst und die Dichtung als unangreifbaren Bestandteil der nationalen Verteidigung darzustellen.«

Mit der letzten Abendpost erhielt Hugh einen Brief, der ihn nach London beorderte, wohin er nach einigen Problemen am Bahnhof von Rye – der Fahrkartenschalter hatte kein Wechselgeld, aber immerhin erlaubte ihm der Bahnhofsvorsteher, einen Schuldschein auszustellen – gleich am nächsten Morgen aufbrach.

Das Londoner Haus des Chirurgen Sir Alex Ramsey, ein hoher, dunkelroter Backsteinbau in der Harley Street, besaß schöne Steinornamente und große Fenster mit Bleikästen, in denen spätsommerliche Blumen blühten. Nur ein dezentes Messingschild wies auf die Praxis des Chirurgen hin, die aus mehreren Räumen im vorderen Bereich des Gebäudes bestand. Darüber hinaus verbarg sich hinter der vornehmen Fassade eine Reihe sehr großer, durch breite Gänge miteinander verbundener Zimmer. Hugh kannte die Wohnräume im Erdgeschoss und im ersten Stock, die Bibliothek und das private Studierzimmer des Arztes. Besonders gut gefiel ihm Lucys Reich, der ebenerdige Salon im hinteren Teil des Gebäudes. Von dort führte ein hübsch eingerichteter Wintergarten in einen eleganten Garten mit einem kleinen Karpfenteich und Backsteinmauern, an deren Spalieren Pfirsich- und Apfelbäume wuchsen. Hugh blieb auf der Türstufe stehen und stellte sich einen Moment lang vor, ein solches Haus und womöglich auch eine große, gut geführte Arztpraxis von ähnlichem Ruf zu besitzen. Viele Jahre würde es dauern, mit Talent und harter Arbeit ein entsprechendes Ansehen zu erwerben, aber er scheute die Mühe nicht. Die Hoffnung, Lucy Ramseys Zuneigung würde ihm den Weg ein wenig ebnen, war ihm bewusst, doch böser Beweggründe sah er sich nicht schuldig. Sein berufliches Fortkommen, dachte er, wäre im Falle einer Heirat nur die Vergoldung einer ihn bereits vollends beglückenden Liebe.

»Nur herein, nur herein«, rief der Chirurg und winkte ihn zu sich, als der Butler Hugh in das mit Büchern vollgestopfte Sprechzimmer führte, in dem nur der schlichte Teppich und schwacher Karbolgeruch auf den beruflichen Zweck des Raums hinwiesen. »Lucy hat die üblichen Gäste zum Tee, wollte aber unbedingt, dass ich mich kurz unter vier Augen mit Ihnen unterhalte, Grange.«

»Ich fühle mich geehrt.« Hugh setzte sich auf den bequem gepolsterten Stuhl vor dem glänzenden Mahagonischreibtisch. »Wie war es in Italien, Sir?« Sie plauderten eine Weile über die Mühen der Vortragsreise, über die vielen Besucher von Bellagio und die Schönheit der ruhigen Orte an der Westküste des Comer Sees.

»Ich glaube, Lucy hat diese Ruhe genossen«, sagte der Chirurg. »Jeden Tag fuhr ein Baronet mit einem Phaeton und zwei Schimmeln am Garten vorbei und grüßte sie, aber sie wandte kein einziges Mal das hübsche Köpfchen. Sie ist ein vernünftiges Mädchen, gar keine Frage.«

»Gab es auf der Rückreise Probleme?«, fragte Hugh. »Ich habe gehört, dass die europäischen Banken unsere Wechsel nicht mehr annehmen.«

»Wir sind gerade rechtzeitig abgefahren. Der Hoteldirektor zahlte unseren Scheck in Gold-Sovereigns aus, und dann erreichten wir einen der letzten Züge, die noch vor der endgültigen Schließung der Grenzen nach Paris fuhren. Ein, zwei Leute wurden aus dem Zug geholt, aber Lucy musste zum Glück keine unschönen Szenen mit ansehen.« Er strich sich über den Bart. »Man hatte die Belgier davor gewarnt, zu den Waffen zu greifen, aber einige haben sich offenbar nicht daran gehalten. Ich bin natürlich ebenso empört wie alle anderen auch und werde meinem Land und meinem König mit all meinem Wissen und meiner ganzen Kraft zur Seite stehen.«

»Ich wollte fragen, wie ich mich meinerseits nützlich machen könnte«, sagte Hugh. »Selbstverständlich will ich Ihnen als Assistent voll und ganz zur Verfügung stehen, aber an den freien Tagen könnte ich vielleicht in einem Krankenhaus ein paar Stunden freiwillige Arbeit leisten.«

»Genau darüber wollte ich mit Ihnen sprechen.« Sir Alex suchte in den Unterlagen auf seinem Schreibtisch und reichte Hugh schließlich ein Papier mit einer Auflistung von Geräten und Personal für ein komplettes Krankenhaus mit mehreren Operationssälen. »Dieser Krieg bietet die einmalige Gelegenheit, unser Fachgebiet so schnell voranzubringen, wie es in Friedenszeiten undenkbar wäre.« Er rieb sich die Hände. »Mit einer neuen Fachklinik und einer unbegrenzten Zufuhr von Verwundeten könnten wir ein Verzeichnis von Hirnverletzungen jeder Art und jeden Schweregrads anlegen! Ich sehe schon eine ganze Batterie dieser neuartigen Röntgengeräte vor mir, eine Ausstattung – von Knochensägen bis hin zu Wirkstoffverbindungen –, die dem neuesten Stand entspricht, und natürlich die besten Ärzte, die sich gemeinsam mit mir dieser Herkulesaufgabe stellen.«

»Das wäre ein enormer Fortschritt für unser Fach«, sagte Hugh. »Wo soll das Krankenhaus eingerichtet werden, Sir? Soweit ich weiß, hat das Militär eine Irrenanstalt in Chelsea beschlagnahmt.«

»Nein, nein, mein Junge, wir gehen hinüber! Wir müssen ganz dicht an der Front sein, um möglichst frisch Verwundete zu bekommen. Hirnverletzungen lassen sich schlecht transportieren, das wissen Sie ja. Am liebsten wäre mir ein Ort an der Küste …«

»In Frankreich?« Hugh verspürte ein beklemmendes Gefühl in der Brust. Das ist keine Angst, sagte er sich – nur eine natürliche Reaktion auf die Vorstellung, in den Krieg zu ziehen.

»Das Kriegsministerium betrachtet die Hilfe von Zivilisten mit großer Skepsis. Es gibt einfach zu viele adelige Damen, die am liebsten irgendeinen Lieferwagen entsprechend ausrüsten und das Ganze als ›Ambulanz‹ bezeichnen würden. Und die Finanzierung ist selbstverständlich auch ein Problem.«

»Sehr hohe Hürden«, meinte Hugh.

»Man wäre bereit, mein Krankenhaus als militärische Einrichtung zu begreifen, genauer gesagt als Teil des Royal Army Medical Corps. Ich hatte natürlich Bedenken – die Militärbürokratie und so weiter –, aber man hat mir ein Offizierspatent verliehen.«

»Ich gratuliere, Sir.«

»Fürs Erste stehe ich nur im Rang eines Colonels.« Sir Ramsey, schob eine Hand in die Jacke und straffte den Rücken. Seine zufriedene Miene ließ vermuten, dass er bereits an weitere Ehrungen dachte. »Ich muss Leute rekrutieren. Ich brauche die Besten und Klügsten, und dazu zählen natürlich auch Sie.«

»Danke für das Lob«, erwiderte Hugh, ohne direkt darauf einzugehen.

»Sie und Carruthers und vielleicht auch dieser Michaels – obwohl der meiner Meinung nach Asthmatiker ist und wohl eher nicht in Frage kommt. Der eine oder andere von Ihnen wird in den paar Monaten, bevor es losgeht, an Einsatzorten arbeiten müssen, die das Militär Ihnen zuweist.«

»Das Problem ist, dass ich meine Ausbildung erst in einigen Monaten abschließen kann«, wandte Hugh ein. »Ich dachte, ich könnte hierbleiben.« Er hatte sich darauf gefreut, bei Operationen zu assistieren, mit dem berühmten Chirurgen Visite zu machen, in den sauberen, gefliesten Laboren zu arbeiten und ein, zwei wissenschaftliche Aufsätze zu schreiben. Er hatte sich vorgenommen, weiterhin ein einfaches Leben zu führen, vielleicht aber hin und wieder in die Oper zu gehen und Lucy auf einen Nachmittag im Britischen Museum einzuladen. Und er hatte geplant, abends Freiwilligendienst zu leisten – eine zusätzliche Operation dann und wann, um eine Gliedmaße oder ein Auge zu retten –, ohne dafür etwas bekommen zu wollen außer Lucys Bewunderung für seine unermüdlichen Anstrengungen.

»Ein Monat an der Front ist so viel wert wie zehn Jahre in den Londoner Operationssälen«, sagte der Chirurg. »Denken Sie an die Erfahrungen, an die Aufsätze, die Sie publizieren können, an die Erweiterung unserer wissenschaftlichen Erkenntnisse!« Hugh hätte der Liste gern das Retten von Menschenleben hinzugefügt, aber er verstand, dass ein so berühmter Mann wie Sir Alex Ramsey nur die Wissenschaft im Sinn hatte.

»Wenn Sie erlauben, würde ich mich gern mit meinem Onkel besprechen«, sagte er. »Und ich muss meinem Vater schreiben. Er hält sich derzeit im Ausland auf.«

»Bis zum Herbsttrimester ist noch viel Zeit für eine Entscheidung. Ich hoffe, beide Herren werden ihr Einverständnis erklären. Diese Niederschriften, die Sie da für mich zusammengestellt haben – die Auswirkungen von Wärme auf frisch operierte Patienten –, wurden in diesem Sommer sehr wohlwollend aufgenommen. Ich schlage vor, dass wir einen Aufsatz darüber verfassen.«

»Vielen Dank«, sagte Hugh. Obwohl ihm klar war, dass der Name eines kleinen Assistenten niemals in einem vom berühmten Arzt veröffentlichten Aufsatz erscheinen würde, begeisterte ihn die Vorstellung, einflussreiche europäische Chirurgen könnten über seine Ideen diskutieren.

»Ich fände es bedauerlich, Sie zu verlieren«, fügte Sir Ramsey mit ernstem Blick hinzu. »Und auch Lucy täte es leid, wenn Sie sich von uns trennen würden.« Hughs Hochgefühl verflog. Er wusste nichts zu erwidern. Schlagartig war klar geworden, dass Sir Alex Ramsey nicht die Absicht hatte, seine Studenten weiterhin zu betreuen, wenn sie nicht nach Frankreich gehen wollten. Hugh hatte die Arbeit für Sir Alex als eine der größten Leistungen seines Lebens betrachtet und sich unter den Fittichen des Arztes sicher gefühlt. Jetzt traf es ihn wie ein Hieb gegen die Brust, dass er für ehrliche Zuneigung gehalten hatte, was vielleicht nur Leutseligkeit gewesen war.

»Gehen wir in den Salon und lassen wir uns von Lucy eine Tasse Tee servieren«, sagte der Arzt freundlich. »Sie zählt schon die Minuten, bis Sie endlich kommen.«

Als Hugh, den Arm des großen Chirurgen um die Schulter, in den mit Freunden und Kollegen gefüllten Salon eintrat, schlugen ihm so viel Aufmerksamkeit, Anerkennung und auch nicht wenig Neid entgegen, dass er sofort besänftigt war. Selbst wenn die Fürsorglichkeit des Arztes reinem Eigennutz entspringen sollte, war echte Herzlichkeit dadurch nicht ausgeschlossen, sagte er sich und schwelgte in dem Wissen, dass alle Anwesenden Kenntnis von der gerade erst beendeten vertraulichen Unterredung zwischen dem großen Mann und ihm hatten.

»Unser Vorzeigestudent kann von seinen Erfahrungen als Landarzt erzählen«, sagte Sir Alex. »Hoffentlich haben Sie ein paar Rosinenbrötchen für ihn übrig gelassen, Michaels!« Hugh schüttelte den Kollegen die Hand und wurde mehreren jungen Damen aus Lucys Freundeskreis vorgestellt, denen es offenbar großes Vergnügen bereitete, mit den jungen Ärzten Tee zu trinken und sich anschließend untereinander über ihre männlichen Bekannten aus den höheren Kreisen auszutauschen. Die Gesellschaft wanderte in den Wintergarten, wo inmitten von Topffarn, Schusterpalmen und Gummibäumen in glasierten italienischen Pflanzgefäßen weitere junge Leute saßen. Unter den dünnen Zweigen zweier hoher Topflinden, die das Glasdach verdunkelten, entdeckte er Lucy auf einem Rattansofa, neben dem ein niedriges Tischchen mit der Teemaschine und einer großen Kuchenplatte stand. Zwei Freundinnen saßen bei ihr und erfüllten ihre patriotische Pflicht, indem sie grüne Wollsocken für die Soldaten strickten. Carruthers, Hughs größter Rivale um die Aufmerksamkeit sowohl der Tochter als auch des Vaters, hatte den begehrten Platz auf dem Sofa ergattert und hielt zwischen den Händen einen Strang grüner Wolle, die Lucy soeben aufwickelte. Als Hugh stehen blieb, um Lucys weißes Spitzenkleid mit den mädchenhaften rosa Bändern am engen Mieder und ihre hellblauen französischen Stiefel zu bewundern, die verführerisch auf einer niedrigen Fußbank ruhten, hob sie das herzförmige Gesicht und schenkte ihm ein strahlendes Lächeln.

»Sie müssen Ihren Platz jetzt abtreten, Mr Carruthers«, sagte sie in charmantem, keinen Widerspruch duldendem Ton. »Sie hatten das Monopol jetzt lange genug, und ich habe Ihrem Freund Mr Grange ein ausführliches Gespräch zugesagt.« Während Carruthers aufstand, Hugh die Hand gab und leise murrend davonging, zogen sich auch die beiden Strickerinnen flüsternd zurück. Lucy neigte ihnen ihr Lockenköpfchen zu, während sie sprachen, und senkte die Wimpern über die blauen Augen. Hugh hatte den starken Eindruck, dass sie und ihre Freundinnen in die Pläne des Vaters eingeweiht waren, und fragte sich, wie viele andere Studenten man wohl bereits mit Hilfe von Rosinenbrötchen und einem privaten Gespräch im Wintergarten überredet hatte.

»Sie schauen ja noch strenger drein als sonst, Hugh«, sagte Lucy, während sie Tee in eine Porzellantasse einschenkte. »Sie sind von allen Assistenten meines Vaters der mit dem größten Ernst und dem geringsten Charme – mir aber, ich muss es gestehen, gerade deshalb der liebste.«

»Ich fühle mich geehrt.« Er setzte sich neben sie und nahm die Tasse Tee und ein mit Butter bestrichenes Rosinenbrötchen aus ihrer schlanken, blassen Hand entgegen. Bei der Berührung ihrer eleganten Finger begann sein Herz schneller zu schlagen. Er spürte ihren Atem an der Wange und die Wärme ihres Körpers inmitten der kühlen Pflanzen und schämte sich seiner Schwerfälligkeit.

»Die anderen fangen immer gleich an, mir zu schmeicheln und Unsinn zu reden, und bieten so gar keine Herausforderung«, erklärte sie, während sie ihre Röcke über dem Schoß ordnete.

»Ich möchte nicht kompliziert sein. Finden Sie mich unhöflich?«

»Überhaupt nicht! Es ist nur wie immer ein Rätsel, wie man Ihnen ein Lächeln entlocken soll.«

»Ich bin kein guter Plauderer«, sagte Hugh. »Wie war es in Italien?« Lucy erzählte ausführlich von ihrer Reise, und Hugh erfuhr, dass sie von dem Baronet mit den Schimmeln weitaus mehr Notiz genommen hatte, als ihr Vater ahnte. Doch dann beteuerte sie auf entzückende Weise, wie sehr sie die Gespräche mit Hugh vermisst habe, und als sie ihre weiße Hand auf seinen Arm legte, durchfuhren ihn wieder alle Gefühle, die er während ihrer Abwesenheit in sich entdeckt hatte.

»Genug von meiner albernen kleinen Reise«, sagte sie schließlich. »In diesen Zeiten spricht man nicht gern von oberflächlichen Dingen, und Sie bevorzugen ohnehin die bedeutsameren Themen.«

»Oh ja.« Hugh überlegte, wie er mit der Verkündigung seiner Absichten beginnen sollte.

»Mein Vater möchte unbedingt nach Frankreich«, sagte Lucy ernster, als er sie je erlebt hatte. »Ich weiß, dass er Sie gebeten hat, mitzukommen.«

»Ja.« Das war zwar nicht der Anfang, den er sich erhofft hatte, aber er würde einfach ihrer Gesprächsführung folgen. »Und was werden Sie tun, wenn er in Frankreich ist?«

»Er möchte, dass ich nach Wales zu meiner Tante ziehe. Aber ihr Haus ist nicht schön, und in der Stadt dort ist viel weniger los. Ich habe ihn gebeten, in London bleiben zu dürfen, wo meine Freundinnen und ich unserem Land so viel besser beistehen können.« Sie schwieg und stieß einen zauberhaften Seufzer aus. »Andererseits darf ich meinem armen Papa keinen Kummer bereiten, wenn er schon solche Opfer auf sich nimmt.«

»Es wird ihm bestimmt nichts geschehen. Er ist ja nicht an der Front.«

»Ich hoffe wirklich, dass Sie mit ihm gehen. Ich möchte Ihnen nicht schmeicheln, aber es würde mich sehr beruhigen, wenn ich wüsste, dass Sie bei ihm sind.« Sie sah ihm in die Augen, und Hugh spürte etwas zwischen ihnen, das ihm Mut verlieh.

»Ich habe Sie in diesem Sommer sehr vermisst und finde es nicht verlockend, wegzugehen«, erklärte er.

»Aber ich habe Sie doch auch vermisst, Hugh. In Oberitalien war es so langweilig mit all den dicken alten Leuten, dass ich mit wachsender Zuneigung an Sie dachte.« Hugh glaubte, sie mache sich über ihn lustig, aber in ihrer Miene war keine Ironie zu entdecken. Dass sie oft gar nicht erkannte, welche Dümmlichkeiten sie von sich gab, unterschied sie zwar von scharfsinnigen Frauen wie seiner Tante oder Beatrice Nash, der Lehrerin, doch er hielt es für ein bezauberndes Zeichen ihrer Jugend.

»Ich hatte schon befürchtet, die Aufmerksamkeit, die ich auf meine Arbeit richte, könnte auch mich zum Langweiler machen«, sagte er. »Sie sind ja von Medizinern umringt.«

»Die halten sich für so viel klüger, als sie sind, und wollen mich trotzdem ständig wie ein Kind belehren. An Ihnen gefällt mir, dass Sie so verständlich sprechen.« Sie spähte in den Salon, wo Carruthers, die Teetasse in der Hand, einen finsteren Blick in ihre Richtung warf. Doch er war nicht der Einzige, der Lucy und Hugh beobachtete. Ihm wurde klar, dass man an Lucys Seite stets im Mittelpunkt stand, und seine Zuneigung für sie und ihren Vater wuchs noch mehr. Das hohe Backsteinhaus mit der angesehenen Praxis könnte ihm gehören, dachte er, und Lucy, die seit ihrer Kindheit wusste, was ein Arzt brauchte, böte ihm jetzt ihre ganze hübsche Unverdorbenheit und würde es später kaum erwarten können, unter seiner Führung zur Frau heranzureifen.

Eine Zeit lang herrschte Schweigen. Ein kleiner Brunnen plätscherte in seiner moosigen Schale dahin, und in dem leichten Wind, der über die kühlen Bodenfliesen zog, wiegten sich die Blüten. Schließlich stellte Hugh seine Tasse ab, sehr darum bemüht, das große gebutterte Rosinenbrötchen nicht von der Untertasse heruntergleiten zu lassen, fuhr sich rasch mit der Serviette über die Finger und ergriff Lucys Hand.

»Liebste Lucy«, sagte er, und als er nun in ihre Augen sah, zauderte er keine Sekunde mehr, sich ihr zu offenbaren. »Ich hoffte schon seit einiger Zeit, mit Ihnen sprechen zu dürfen …«

»Verzeihen Sie mir, aber ich muss Sie bitten, es nicht zu tun.« Zwar entzog sie ihm nicht die Hand, wandte aber die hübschen Augen ab. »Sie wissen, dass ich Sie sehr schätze, Hugh.«

»Warum darf ich dann nicht sprechen?«, fragte er und drückte ihre Hand. »Nur ein kurzes Wort, ganz unter uns.«

»Ich habe die Befürchtung, dass es irgendeine Art von Erklärung werden soll.« Ihre langen Wimpern senkten sich auf die Wangen. »Aber Mr Carruthers habe ich bereits letzte Woche mitgeteilt, dass eine Engländerin nun einmal keine solchen Erklärungen von Männern entgegennehmen kann, die keine Uniform tragen.«

»Ich verstehe nicht«, sagte Hugh.

»Meine Freundinnen und ich haben uns geschworen, keine Anträge von Männern anzunehmen, die sich nicht freiwillig zum Militär gemeldet haben – egal, wie gut der jeweilige Gentleman aussieht und wie vorteilhaft die Partie wäre.« Sie entwand ihm ihre Finger, faltete die Hände im Schoß und nickte kaum merklich in Richtung einer großen Schusterpalme. Die beiden Mädchen, mit denen sie gestrickt hatte, nickten zurück.

»Gegen eine so willkürliche Prüfung muss die Liebe doch aufbegehren!«, sagte er, ohne seine Missbilligung seines Vorhabens zu verbergen, das er für töricht hielt. »Wir leben schließlich nicht im Märchen, wo man für die Prinzessin Drachen töten und goldene Äpfel finden muss.«

»Mr Carruthers hat versprochen, auf seinen Urlaub in Brighton zu verzichten und sich unverzüglich zur Rekrutierungsstelle zu begeben.« Sie zog eine Schnute, und ihre Wangen röteten sich.

»Dann wünsche ich Ihnen viel Glück mit Mr Carruthers«, erklärte er in gespielt ernstem Ton.

»In seinem Fall hatte ich gehofft, er würde sich weigern, damit ich ihn ein für alle Mal los bin«, gab sie zu. »Aber in Ihrem Fall, Hugh … Sie melden sich doch und begleiten meinen Vater? Er sagt, dass es für alle, die ihm folgen, die größte Chance ihres Lebens sei.«

»Ich bin mir sicher, dass Ihr Vater die Pflicht über jede große Chance stellt. An Ihrem Patriotismus ist nichts auszusetzen, und das Vorhaben Ihres Vaters ist bestimmt sehr bedeutsam, aber mit den Narren, die Hals über Kopf zur Musterung rennen, laufe ich nicht mit.«

»Nichts anderes habe ich von meinem ernsten Freund erwartet.« Sie lächelte wieder. »Ich darf das eigentlich nicht sagen, aber falls Sie sich uns anschließen wollen, wären Sie gut beraten, meinem Vater noch vor der ersten Septemberwoche Bescheid zu geben.«

»Ich habe um ein wenig Zeit gebeten, damit ich meinem Vater schreiben kann.«

»Mein Vater möchte bei seiner nächsten Vorlesung im Krankenhaus eine große Rekrutierungsveranstaltung abhalten. Man erwartet Ihre Teilnahme, und es macht sicherlich einen guten Eindruck, wenn Sie sich noch vor den anderen melden.«

»Eine allgemeine Rekrutierung von Ärzten?«

»Das Army Medical Corps ist viel kleiner, als es sein sollte.« Sie griff wieder zu ihrem Strickzeug. »Mein Vater hat die Rekrutierung von hundert Männern zugesichert, und ich habe mich dazu verpflichtet, bei diesen Veranstaltungen anwesend zu sein und jedem neuen Rekruten eine Anstecknadel in Form unserer Flagge zu überreichen.«

»Ein charmanter Anreiz«, sagte Hugh, der froh war, wieder an das romantische Geplänkel anknüpfen zu können. »Vielleicht sollte ich meine Entscheidung hinauszögern, damit auch ich die Nadel aus der schönen Hand der Dame erhalte.«

»Ich muss Sie warnen. Wer es wagt, den Hörsaal zu verlassen, ohne sich gemeldet zu haben, bekommt von mir und meinen Freundinnen die weiße Feder«, erwiderte sie. Sie zog dabei zwar den Kopf ein und schenkte ihm das gewohnte Lächeln voller jugendlichem Zauber, aber in ihrem Blick lag eine Härte, die er noch nie darin gesehen hatte. »Einen ganzen Schwanenflügelhut habe ich dafür geopfert, und der war obendrein aus Paris!«

9

Im grellen Licht der Augustsonne, vor der ein Strohhut ihre Augen schützte, stand Beatrice, den Korb am Arm, auf der Hauptstraße und betrachtete die hastig hergestellten Union-Jack-Wimpel an den gestreiften Ladenmarkisen. Im städtischen Blumentrog steckten Stäbe mit steifen Papierfähnchen, und jede leere Wand und jeder Pfosten war mit Anschlägen beklebt, die dazu aufriefen, an diesem Abend zu der öffentlichen Versammlung zu erscheinen, in der die freiwillige Kriegshilfe besprochen werden sollte. Trotzdem ging im Städtchen alles seinen Gang. Vor der Eisenwarenhandlung wurden Kisten von einem Pferdewagen abgeladen, vor einem Hutmachergeschäft fegte eine Frau den Gehsteig, der Junge des Fischhändlers machte sich, einen Packen in Papier eingeschlagenen Fisch unter dem einen, einen großen Eimer voll lebender Krabben am anderen Arm, schwerfällig auf den Weg. Als er über einen hervorstehenden Kopfstein stolperte und ein halbes Dutzend Krabben beinahe aus dem Eimer fiel, wirkte England so friedlich und idyllisch wie eh und je.

In Beatrices Korb lagen eine Papiertüte mit Keksbruch, drei kleine Rosinenbrötchen und eine Flasche Holundersirup, denn für den Nachmittag erwartete sie wieder ihre Schüler zum Unterricht. Sie wollte sie nicht verwöhnen, aber die düsteren, gelangweilten Gesichter an den ersten beiden Tagen hatten sie veranlasst, es mit einem kleinen Anreiz zu versuchen. Sowohl in der Bäckerei als auch beim Krämer waren die Regale so gut wie leer gewesen. Die großen Laibe waren normalerweise nachmittags ausverkauft, aber heute hatte es überhaupt kein Brot mehr gegeben, auch kein süßes Gebäck, nicht einmal mehr den Mandelduft, den sie verströmten, sondern nur noch Rosinenbrötchen, die kleiner wirkten als sonst. Der Krämer hatte die gesamte Frischware bereits verkauft, und in der Theke mit den Pasteten und Milchprodukten hatte sich hinter der Glasscheibe nichts mehr gefunden. Die Kundinnen hatten sich mit Pressfleischkonserven und Trockenfrüchten aus den obersten Regalfächern zufriedengeben müssen und, da Honig und Zucker ausverkauft waren, zu schwarzem Rübensirup und sogar Braumalz gegriffen.

»Ich möchte ein Viertelpfund Zucker und ein Pfund Mehl in Dauerauftrag geben«, hatte die Dame erklärt, die vor Beatrice in der Schlange stand. Sie hatte eine lange Einkaufsliste und war in Begleitung eines kräftigen Jungen, der einen riesigen Weidenkorb schleppte.

»Tut mir leid, Madam, ich nehme keine Daueraufträge mehr an«, sagte der Krämer. Er wirkte abgespannt und nervös, vielleicht weil er unglücklichen Kundinnen den ganzen Tag lang diese Mitteilung zu machen hatte. »Ich muss schon die laufenden Bestellungen einschränken und kann sie wahrscheinlich nicht alle ausführen.«

»Wann bekommen Sie wieder Zucker?«, fragte die Frau und notierte sich den Tag, den er ihr nannte. »Dann bin ich morgens gleich in aller Frühe da und erwarte, dass es welchen gibt.«

»Ich versuche mein Bestes, Ma'am«, sagte der Händler. »Aber Sie müssen bar zahlen und nur in kleinen Scheinen. Angeschrieben wird hier nichts mehr.«

Er wischte sich mit der Hand über die Stirnglatze, während die Frau, den stämmigen, mit dem vollen Korb beladenen Jungen im Schlepptau, aus dem Laden rauschte.

»Eine Flasche Holundersirup und ein Pfund lose Kekse, bitte«, sagte Beatrice.

»Kekse sind aus, Miss«, erwiderte der Krämer und streckte sich nach der letzten, leicht angestaubten Flasche Sirup im Regal, die, wie Beatrice mutmaßte, aus den tiefsten Tiefen des Lagerkellers stammte. »Ich habe nur noch Bruch.«

»Dann nehme ich ein Pfund Bruch«, sagte Beatrice widerwillig. Wer wie sie zur Miete wohnte, musste zwar wohl oder übel mit gekauften Keksen vorliebnehmen, aber zerbrochene hätte sie aus freien Stücken nicht einmal Dienstboten serviert. Andererseits würden hungrige Jungs wohl kaum Anstoß daran nehmen, und auch sie selbst brauchte etwas zum Knabbern, wenn zwischen Mrs Turbers kargen Mahlzeiten der Hunger zuschlug. Der Krämer schaufelte zerbrochene Kekse in eine Tüte und nannte einen Preis, der wenige Tage zuvor bestimmt noch für ganze gegolten hatte.

»Es ist jetzt alles so teuer«, murmelte sie, während sie die Münzen abzählte.

»Und alle beschweren sich und behaupten, ich würde dabei ordentlich profitieren. Aber keiner fragt, was ich dafür bezahlen muss.«

»So habe ich es nicht …«

»Und wie ich Ware vorrätig halten und mein Auskommen haben soll, wenn nichts geliefert wird.« Er schüttelte den Kopf. »Wenn es so weitergeht, kann ich den Laden schließen.«

»Ja, es ist sicherlich sehr schwierig.« Beatrice bemerkte, dass die Frau des Krämers, die in einer Ecke saß und grüne Socken strickte, ausgesprochen gut genährt wirkte und ein großes Stück Englischen Kuchen vor sich stehen hatte. »Es tut mir leid, dass Sie so viel Mühe auf sich nehmen müssen«, sagte sie zu der Dame.

»Versuchen Sie es morgen wieder – es könnte eine Lieferung Ölsardinen und französische Seife kommen«, erwiderte die Krämersfrau gut gelaunt.

»Das stimmt.« Mit einem Finger an den Lippen gab der Krämer Beatrice zu verstehen, dass die Sardinen ein Geheimnis waren. »Aber kommen Sie früh. Nachmittags sind sie schon doppelt so teuer.«

In die Metzgerei ging Beatrice nicht, sah aber von außen, dass die Marmorplatte im Fenster bis auf ein paar Dauerwürste und ein großes, grau angelaufenes Stück Leber völlig leer war. In der Kurzwarenhandlung dagegen lief das Geschäft so gut, als befürchteten die Leute, dass es demnächst keine Zackenlitzen und keinen gepunkteten Musselin mehr gäbe. Beatrice kaufte die letzten beiden Meter taubengraues Ripsband, mit dem sich eines ihrer schwarzen Trauerkleider aufhellen ließ, das noch zu gut war, um es wegzuwerfen. Nur die winzige Buchhandlung schien ausreichend bestückt zu sein; der Händler stand in der Eingangstür seines Ladens und ließ das geschäftige Leben auf der Hauptstraße an sich vorüberziehen. Beatrice hätte liebend gern ein Buch gekauft – und wenn auch nur, um den Mann ein bisschen aufzuheitern –, aber die erhöhten Preise und der Mangel an Bargeld in Banken und Geschäften ließen es klug erscheinen, das dahinschwindende Geld zusammenzuhalten. Deshalb lächelte sie ihm nur im Vorübergehen zu, und er zog grüßend den Hut.

In Mr Samuels' Wein- und Likörhandlung holte ein Gehilfe die letzten beiden Flaschen spanischen Sherry aus dem Schaufenster. Durch die offen stehende Tür sah Beatrice Harry Wheaton in der Uniform der Reserveeinheit seines Vaters. Er lehnte an der Theke, die Dienstmütze schief, der Kragen offen, als trüge er Freizeitkleidung, und als der Verkäufer die Flaschen einwickelte, hörte sie Harry sagen: »Mein Vater hat auch jetzt in der Krise vollen Kredit, oder nicht?«

»Auf alles, was wir dahaben, Sir«, antwortete der Verkäufer. »Aber wenn es Ihnen möglich wäre, mit Gold-Sovereigns im Voraus zu bezahlen, könnte Ihnen Mr Samuels unter Umständen Bordeaux besorgen und vielleicht sogar Cognac.«

»Dann erkundigen Sie sich und geben mir Bescheid«, sagte Wheaton. Beatrice ging weiter, um ihm nicht begegnen zu müssen, doch noch ehe sie die nächste Straßenecke erreicht hatte, rief er ihr laut hinterher. Obwohl ihr die Ohren dröhnten, als ihr Name durch die Straße gellte, blieb sie stehen und drehte sich um.

»Wie eine richtige kleine Hausfrau sehen Sie mit Ihrem Körbchen aus«, sagte er, rückte die Mütze gerade und imitierte eine formelle Verbeugung. »Hoffentlich hatten Sie in unseren jämmerlichen Läden mehr Erfolg als ich.«

»Leute mit Geld nehmen das Ganze offenbar gern zum Anlass, ihre Keller und Vorratskammern aufzufüllen wie kurz vor dem Weltuntergang. Aber die leeren Geschäfte und der hohe Brot- und Fleischpreis werden viele Menschen in Not stürzen.«

»Not – das ist das richtige Wort! Im ganzen Land bekommt man keine anständige Flasche Wein mehr. Ich habe zwei Flaschen Sherry gekauft, ohne eigentlich zu wissen, warum. Völlig überteuert, und ich selbst trinke das Zeug ohnehin nicht.«

»Wenn Sie ihn nicht trinken, haben Sie zu viel dafür bezahlt, Mr Wheaton«, sagte Beatrice hämisch lachend.

»Stimmt.« Harry Wheaton verzog das Gesicht zu einem schiefen Grinsen. »Aber wenn ich ihn verschenken würde, wäre er in diesen kargen Zeiten das Doppelte von dem wert, was er gekostet hat.«

»Sehr richtig.«

»Deshalb gestatten Sie mir, eine dieser beiden Flaschen in Ihren kleinen Korb zu stecken. Einen Schluck Sherry gönnt sich jede Dame hin und wieder gern.« Und schon versuchte er, eine Flasche neben die Tüte mit dem Keksbruch zu schieben.

»Das kann ich nicht annehmen«, entgegnete Beatrice, schuf aber, um zu verhindern, dass die Kekse vollends zerdrückt wurden, genau die Lücke, die er benötigte, um die Flasche in dem Korb zu verstauen. Lachend trat er einen Schritt zurück.

»Ich werde meine Schwester bitten, mich mitzunehmen, wenn sie zu Ihnen zum Tee kommt. Dann können Sie uns Sherry zu den Scones anbieten.«

»Den Sie dann ja wohl ablehnen werden.«

»In diesen Zeiten sollte man überhaupt nur solchen Gästen Essen und Wein anbieten, die mit Sicherheit nichts zu sich nehmen. Meine Mutter offeriert im Augenblick allen Besuchern Stachelbeermarmelade in der Hoffnung, dass sie, wenn sie gehen, immer noch hungrig sind.«

»Da es noch mehr öffentliches Aufsehen gäbe, wenn ich Ihr Geschenk ablehnen würde, nehme ich es an und bedanke mich dafür.«

»Freut mich«, sagte Wheaton. »Ich werde meiner Schwester von diesem weiteren Wiedergutmachungsversuch berichten. Sie redet nur noch von Ihrem kleinen Cottage und ist offenbar ganz versessen darauf, Schäferin zu spielen wie Marie Antoinette.«

»Es ist mir eine Ehre, Ihre Schwester zu empfangen. Sie hat sich überaus großzügig gezeigt.« Eleanor hatte Beatrice nicht nur zum Tennisspielen und mehrmals zum Lunch eingeladen, sondern bei ihren beiden bisherigen Besuchen in Beatrices Cottage Haushaltswaren aus eigenem Besitz mitgebracht – unter anderem ein Tuch aus schwerem Leinen mit Kohl-Rosen in Krewelstickerei, französischen Tüll, der beim Schneidern übrig geblieben war, und eine silberne Kanne für Schikolade.

»Das Tuch hat meine alte Kinderfrau für mich gemacht«, hatte Eleanor gesagt. »Es gab nie einen vernünftigen Grund, sich davon zu trennen, aber für die Familie meines Mannes ist es bestimmt viel zu rustikal.« Beatrice, hin- und hergerissen zwischen ehrlicher Dankbarkeit für Eleanors Zuwendung und leichter Gekränktheit, weil man sie, wenn auch liebevoll, wie eine Bedürftige behandelte, hatte sich lächelnd bedankt.

»Die andere Flasche sollte ich dem deutschen Kindermädchen schenken. Dann verzeiht es mir vielleicht, dass ich das Baby gestern auf den Rasen habe fallen lassen«, sagte Harry Wheaton und strich sich den imaginären Bart. »Andererseits bemühe ich mich gerade um eine sehr attraktive junge Dame, deren verwitwete Mutter es bestimmt gern sähe, wenn ihr ein Gentleman ein solches Geschenk macht.«

»Sie sollten sich schämen, Mr Wheaton«, sagte Beatrice streng.

»Ich bleibe wohl so lange unverbesserlich, bis eine rechtschaffene, vorbildliche Frau die Mühe auf sich nimmt und mich zum Guten bekehrt. Haben Sie keine Lust, mich zu retten, Miss Nash?«

»Ganz bestimmt nicht. Guten Tag, Mr Wheaton.« Er lüpfte die Mütze und ging lachend davon. Als Beatrice sich umdrehte, bemerkte sie zwei alte Frauen, die in einem Torweg standen und mit böser Miene flüsternd über sie sprachen. Sie straffte die Schultern, widerstand dem Drang, schnell zu verschwinden, und schritt würdevoll an ihnen vorbei.

Beatrice verteilte neues Papier und gespitzte Bleistifte auf dem Wohnzimmertisch und überlegte, ob sie aus der abgegriffenen Schulanthologie mit lateinischen Texten besser eine Passage von Vergil oder von Horaz wählen sollte, als lautes Klopfen an der Hintertür das Erscheinen ihrer Schüler ankündigte. Abigail eilte aus Mrs Turbers Haushälfte herbei, um ihnen aufzumachen. In der Spülküche kam es zu einem heftigen Wortwechsel, dann schlurfte Snout, die Mütze in der Hand, allein herein. Wie immer hatte seine Mutter ihn einer genauen Prüfung unterzogen, denn seine Ohren waren vom Schrubben gerötet, und das Haar klebte ihm nass am Kopf. Seine Kleider waren zwar abgenutzt, aber ausgebürstet und gebügelt. Beatrice schätzte solche Zeichen des Respekts und empfand sie als einen stillen Tadel wegen ihres Drangs, Abigail vor dem jungen Zigeuner zu warnen. Seine Stiefel hatte Snout in der Spülküche ausgezogen. Nun humpelte er in die Wohnstube, sichtlich bemüht, die Löcher in seinen Socken zu verbergen. Fast hätte sie ihn angelächelt, doch da die anderen Schüler nicht gekommen waren, verkniff sie sich die fröhliche Miene und setzte ihr strengstes Gesicht auf.

»Arty und Jack sind sehr, sehr krank, Miss«, erklärte Snout. Er sah ihr in die Augen, während er sie anlog, und legte die Stirn in eindrucksvolle Sorgenfalten. »Könnte wieder die Bronchitis sein, Miss. Die haben sie im Winter beide ganz schlimm gehabt.« In den feuchten britischen Wintern grassierte jedes Jahr die Bronchitis; die Familie von Beatrices Vater war darüber so beunruhigt gewesen, als würde er an dieser Krankheit sterben und nicht am Krebs. Dass Snout ein solches Schreckgespenst als Ausrede benutzte, gefiel ihr ebenso wenig wie die Tatsache, dass er sie für naiv genug hielt, um eine Erkrankung an Bronchitis mitten im sonnigsten und trockensten Sommer seit Menschengedenken für glaubwürdig zu halten. Aber Snout war natürlich nur der Sündenbock, der die Botschaft für die anderen Jungen überbringen musste, die in diesem Moment sicherlich in einem ganzen Rudel Kinder auf der Eisenbahnbrücke standen und den Truppenzügen zuwinkten oder Colonel Wheatons Reservisten in deren Lager draußen vor der Stadt beim Exerzieren zusahen.

»Hoffentlich haben sie nicht vor, auch noch zu sterben, nur damit sie nicht zum Unterricht erscheinen müssen«, sagte sie. Es hatte fast etwas Komisches, mit welchem Trübsinn alle drei auf den glücklichen Umstand reagierten, dass ihnen den Sommer über eine Lateinlehrerin zur Verfügung stand. Beatrice war nicht überrascht, dass sie ihr aus dem Weg zu gehen versuchten. »Und du hast diese lebensgefährlichen Symptome nicht, junger Mann?«

»Doch, ich habe so ein Kratzen im Hals, Miss. Vielleicht ist es besser, wenn ich vorsichtshalber heimgehe und mich ins Bett lege.«

»Schade, dass du nicht bleiben kannst. Es gibt Rosinenbrötchen und Kekse«, sagte Beatrice, während Abigail einen Krug Holundersaft und einen Teller mit Rosinenbrötchen und ein wenig Keksbruch hereintrug. »Ich wollte euch etwas Süßes anbieten, aber jetzt wird das alles wohl schlecht werden.«

Snout riss die Augen auf. »Ich kann auch bleiben, wenn Sie nichts dagegen haben, Miss. Meine Hausaufgaben habe ich gemacht, und die Hausaufgaben von den anderen habe ich auch dabei.« Er kramte in einem ramponierten Lederranzen und zog die schmutzigen, mit Tintenflecken übersäten Schreibhefte hervor, in denen die Jungen die von Beatrice aufgegebenen Passagen aus Texten von Cicero oder Cäsar zu übersetzen versuchten.

»Es würde mich freuen, wenn du bleibst. Ich möchte dir nämlich ein Buch zeigen, das mir sehr am Herzen liegt.« Sie trat an einen der beiden Bücherschränke und holte ein schmales, in Leder gebundenes Exemplar von Vergils *Aeneis* heraus. Mit Hilfe dieses Buchs hatte der Vater ihr die lateinische Versdichtung nahegebracht. »Wirf einen Blick hinein, während ich deine Hausaufgabe korrigiere. Du kannst anfangen, wo du möchtest.«

Während sie Snouts Übersetzung durchging, aß der Junge schmatzend seine Kekse und trank schlürfend den Holundersaft. Die Lektüre schien ihn so zu fesseln, dass er nach beidem griff, ohne hinzusehen. Beatrice biss sich auf die Zunge und verscheuchte die Vorstellung von Saftspritzern und Kekskrümeln auf den Seiten des ihr so wertvollen Buchs. Erstaunt stellte sie fest, dass Snouts Übersetzung auch diesmal zwar sehr schlicht, aber immerhin korrekt war und er sich mit seiner miserablen Handschrift doch einige Mühe gegeben hatte. Arty und Jack produzierten weniger Tintenkleckse, dafür aber umso mehr Flüchtigkeitsfehler. Jacks Methode bestand offenbar darin, nie einen Blick zurückzuwerfen, denn seine Absätze wurden jeweils zum Ende hin vollkommen unverständlich. Als sie fertig war, ging sie zu Snout an den Tisch vor dem Erkerfenster. Er hob das vom Rosinenbrötchen verklebte Gesicht und grinste sie ganz unerwartet an.

»Die *Aeneis* ist wirklich eine großartige Geschichte, oder nicht, Miss?«, sagte er, und seine Augen strahlten vor Eifer. »Man riecht das brennende Troja und glaubt, Aeneas muss sterben, aber dann entkommt er den Flammen mit seinem alten Vater auf dem Rücken.«

»Er ist ein guter Sohn«, sagte Beatrice leise. Sie konnte diese Bücher des Epos nicht mehr lesen, ohne um ihren eigenen Vater weinen zu müssen, der am Ende so leicht geworden war, dass sie ihn gern aus den Fängen des Todes getragen hätte.

»Er hat nichts mehr, aber er gibt nie auf«, sagte Snout. »Und seine Männer – zu denen sagt er: ›Eines Tages werdet ihr erkennen, dass die Schwierigkeiten, die ihr jetzt habt, gar nichts waren.‹ *Forsan et haec olim meminisse iuvabit.*«

»Die Erinnerung an die Vergangenheit kann in der Zukunft hilfreich sein«, fügte Beatrice hinzu.

»Außer man stirbt zuvor. Allein auf der Fahrt nach Italien hat er die Hälfte seiner Schiffe verloren.«

»Für mich war die *Aeneis* des Vergil immer der spannendste römische Text«, sagte Beatrice. »Was meinst du – sollen wir das Buch alle gemeinsam lesen?«

»Ich weiß nicht, ob die anderen das möchten.« Snout zog skeptisch die Nase kraus. »Normalerweise lesen wir nur einen Abschnitt oder zwei und übersetzen dann mit dem Wörterbuch.« Er gab sich Mühe, gleichgültig zu erscheinen, doch Beatrice bemerkte, dass er sorgsam einige Krümel aus dem Buch ihres Vaters entfernte, bevor er es unerwartet behutsam zuklappte.

»Schriftliches Übersetzen ist viel zu anstrengend im Sommer, findest du nicht?«, sagte sie und stellte amüsiert fest, wie sich Argwohn und Interesse in seinem Gesicht mischten. »Die ganze Geschichte zu lesen und dann darüber zu reden ist viel unterhaltsamer.«

»Ich weiß nicht, ob Arty und Jack das einfacher finden, Miss. Da muss man gut aufpassen und den Inhalt genau verstehen, damit man weiß, wer lebt und wer mit gespaltenem Schädel auf dem Boden liegt, mit einer Wange und einer Hälfte vom Gehirn auf jeder Schulter.«

»Es geht sehr blutrünstig zu, das stimmt.«

»Die Szene, wo die Königin von Karthago auf den Scheiterhaufen steigt und sich selbst mit dem Schwert ersticht, die ist ziemlich grausam.«

»Wäre das zu viel für euch?«

Lächelnd hörte Beatrice zu, als Snout ihr hastig versicherte, dass er und die anderen sämtlichen Gräueln der antiken Schlachten gewachsen seien, und ließ sich nicht anmerken, wie sehr es sie erstaunte, dass der Junge offenbar bereits das ganze Epos gelesen hatte.

»Vielleicht wäre es leichter, wenn wir es nachspielen würden«, sagte sie. Die zunächst vage Idee, das Interesse der gesamten Lateinklasse durch das spielerische Nachstellen einzelner Szenen zu wecken, nahm in ihrem Kopf Gestalt an. »Wir könnten uns Schwerter und diese runden Schilde beschaffen …«

»Und uns beim Rezitieren die Köpfe einschlagen? Das finde ich gut, Miss.«

»Schön, dann machen wir es so. Den Sommer über genießen wir noch einmal unsere *Aeneis*, und im Herbst helft ihr drei mir, der ganzen Lateinklasse klarzumachen, wie spannend die Geschichte von den Fahrten des Aeneas ist.«

»Ich weiß nicht, ob Arty und Jack das gut finden.« Wieder runzelte Snout die Stirn. »Die geben dann bestimmt mir die Schuld.«

Beatrice seufzte frustriert. »Mr Grange hat mir erzählt, dass du gute Aussichten auf ein Lateinstipendium hast, sofern du dich anstrengst. Wenn du dich weiterhin danach richtest, was die anderen sagen, verwehrst du dir selbst eine sehr gute Zukunft, junger Mann.«

»Ich? Ein Stipendium?« Er schnaubte. »Einem wie mir gibt keiner ein Stipendium.«

»Nur die Leistung zählt, Snout, nicht das eine oder andere Loch in deinen Socken.« Der Junge wurde rot, und Beatrice bereute ihre bissige Bemerkung. Snout hatte bestimmt schon genug unter seinen Mitschülern zu leiden.

»Wenn die Schule beginnt, können wir uns weiter über Stipendien unterhalten«, fuhr sie fort. »In der Zwischenzeit schimpfst du vor Arty und Jack über meine furchtbaren Pläne, erwähnst aber auf jeden Fall den Saft und die Rosinenbrötchen.« Bei den Schülern der Lateinklasse, die sie im Herbsttrimester unterrichten würde, kam Bestechung aus finanziellen wie moralischen Gründen wohl eher nicht infrage, aber der Gedanke, dass es zumindest den Sommer über zwei Jungen gab, die sie bestechen konnte, und einen dritten, der zwar nach außen hin kratzbürstig und unansehnlich war, in Wirklichkeit aber das Zeug zu einem richtigen Gelehrten hatte, brachte sie zum Schmunzeln.

Mrs Turber, deren Hut an einen Kohlkopf erinnerte, hatte sich in die letzte Reihe des Sitzungssaals im Rathaus von Rye zwischen mehrere andere kohlkopfähnliche Hüte gezwängt. Ganz vorn hatte Mr Tillingham in einem braunen Tweedanzug Platz genommen, den er wie eine Generalsuniform trug. Sämtliche kleinen Bleiglasfenster in dem gewölbten Saal standen offen, um etwas Abendluft hereinzulassen; tatsächlich gelangten aber nur der Straßenstaub und das Dröhnen der draußen aufspielenden städtischen Blaskapelle in den Raum.

Beatrice, hin- und hergerissen zwischen ihrer moralischen Pflicht, an der Versammlung teilzunehmen, und der berechtigten Angst, von einigen übereifrig wirkenden Damen bedrängt zu werden, wollte sich schon davonschleichen, als Agatha Kent sie auf den freien Platz neben sich winkte.

»Wenn sich der Krieg mit Hüten voller roter, weißer und blauer Bänder gewinnen ließe«, sagte Beatrice, während sie sich hinter eine Dame mit einem besonders großen und auffällig dekorierten Exemplar setzte, »wäre er vielleicht schon vorbei.« Ihren Vater jedenfalls hätte das Ausmaß an albernem Zierrat, der nur vom wahren Ernst der Lage ablenkte, geradezu entsetzt.

»Wahrscheinlich versammeln sich die ehrbaren Bürger kleiner deutscher Städte genau in diesem Augenblick ebenfalls in stickigen, überfüllten Sälen«, sagte Agatha und fächelte sich mit der gedruckten Tagesordnung heftig Luft zu. »Es geht offenbar nur darum, mehr Komitees zu gründen und mehr offizielle Titel zu kreieren als der Feind.«

»Sind Sie allein?« Beatrice konnte nicht direkt nach Agathas Neffen fragen, aber sie hatte die beiden schon einige Tage nicht mehr gesehen und verspürte all ihrer Unabhängigkeit zum Trotz ein lebhaftes Interesse an den jungen Männern, auch wenn sie das nie offen zugegeben hätte.

»Hugh hilft Dr. Lawson draußen im Reservistenlager, und Daniel wandert mit einigen ziemlich schäbig aussehenden Dichterfreunden über die Kreidehügel«, antwortete Agatha. »Ich bin tatsächlich ziemlich allein.«

»Und wo ist Lady Emily? Ich dachte, Sie wollten heute Abend beide sprechen.«

»Emily Wheaton ist damit beschäftigt, einen Flügel ihres Hauses in ein Offizierslazarett umzubauen.«

»Das zeugt von bewundernswertem Patriotismus.«

»Sie hat anklingen lassen, dass es sich um eine Vorbeugemaßnahme handelt, die verhindern soll, dass die Armee gleich das ganze

Haus requiriert und Soldaten aller Dienstgrade durch ihre Blumenbeete trampeln.«

»Also patriotisch und pragmatisch.«

»So ist es.«

Auf dem Podium ermahnte der Bürgermeister in voller Amtstracht die Versammlung durch mehrere Hammerschläge zur Ruhe. Colonel Wheaton, dessen aus der Gegend stammenden Reservisten man, wie zu hören war, demnächst den Status eines Regiments in Kitcheners neuer Freiwilligenarmee zugestehen würde, saß zu seiner Linken und Mrs Fothergill, in der Schwesterntracht des Voluntary Aid Detachment, die sie mit einer zusätzlichen Schärpe aus blauweißem, mit roten Rosen bestücktem Satin versehen hatte, zu seiner Rechten.

Da der Kriegsbeginn jeden, der über einen offiziellen Status und eine Uniform verfügte, noch bedeutender gemacht hatte, waren die vordersten Reihen mit Leuten besetzt, die sich in den Besitz von Standeszeichen welcher Art auch immer gebracht hatten. Jetzt mussten sie sich der mühsamen Prozedur unterziehen, nacheinander aufzustehen und ihren Beitrag zu der spätnachmittäglichen Versammlung in Form von einzeln aufgesagten Unterstützungsbekundungen zu leisten.

»Der Jagd- und Nutzhundeverein versichert die Regierung Seiner Majestät seines uneingeschränkten Beistands«, erklärte Farmer Bowen, der sich die grüne Schärpe des Grand Marshal seines Vereins umgebunden hatte. Es folgten die Vertreter der Pfadfinder, der Feuerwehr und der Kaufmannsinnung. Beatrice versuchte, den Schweiß zu ignorieren, der ihr den Rücken hinablief, und Agatha fächelte ohne Unterlass energisch vor sich hin. Alles johlte und klatschte, sodass die rotgesichtigen Redner nach ihrer jeweiligen Ansprache sehr zufrieden waren. Als es dem Ende zuging, erhob sich Mrs Fothergill unter lautem Rascheln ihrer gestärkten Schwesterntracht und wartete mit strenger Miene, bis Ruhe eintrat.

»Die Frauen des Voluntary Aid Detachment von East Sussex, Ortsgruppe Rye, präsentieren unserem König ihre Fahnen«, rief sie in dramatischem Singsang. Sofort standen mehrere ähnlich gekleidete Damen auf, die in einer Reihe gesessen hatten, und begannen mit Krücken, Sanitätskästen und Krankentragen, an deren Griffen britische Fahnen und die Flaggen ihrer Einheit befestigt waren, durch den Mittelgang zu paradieren. Farmer Bowen schien sich schwer zu ärgern, weil er nicht daran gedacht hatte, mit Papierrosetten geschmückte Hunde mitzubringen.

»Waren alle an der Reihe?«, fragte der Bürgermeister, während sich die Damen wieder zu ihren Sitzen begaben. Eine große Frau in einem streng geschnittenen schwarzen Leinenkostüm und mit einem kleinen Hut auf dem Kopf erhob sich von ihrem Stuhl. Sie trug nur ein einziges Dienstabzeichen am Jackenaufschlag und hielt ein Bündel Blätter im Arm.

»Wer ist das?«, fragte Beatrice.

»Alice Finch, eine Freundin von Minnie Buttles, der Pfarrerstochter«, flüsterte Agatha. »Die beiden sind erst kürzlich aus London hergezogen und haben in einem umgebauten Stall am unteren Ende der Hauptstraße ein kleines Fotoatelier eröffnet.« Nachdem sie Miss Finch mehrere Sekunden lang eingehend betrachtet hatte, fügte sie hinzu: »Dass eine frisch Zugezogene in einer öffentlichen Versammlung das Wort ergreift, finde ich ein bisschen dreist«, und Beatrice stellte lächelnd fest, dass auch Agatha Kent nicht gänzlich gegen den Argwohn gefeit war, den man jedem Außenstehenden in der Provinz entgegenbrachte. Je kleiner der Ort, umso größer die Zahl der Jahrzehnte, nach deren Verlauf man noch immer als Neuankömmling galt; wobei man als Neuankömmling in einer Stadt wie Rye bereits eine Stufe über dem von der gesamten Einwohnerschaft vollständig ignorierten Sommergast stand.

»Die Nationale Frauenwahlrechtsbewegung, Ortsverband East Sussex, schließt sich der offiziellen Erklärung ihrer nationalen Leitung an, sämtliche Aktionen im Kampf für das Frauenwahlrecht einzustellen, und verkündet ihre heilige Pflicht und Absicht, die nationale Kriegshilfe zu unterstützen«, rief Miss Finch. Sie klang so heiser, als hätte sie eben erst eine schwere Erkältung überstanden. »Ich habe hier unsere nationalen Richtlinien, falls Sie sich weiter informieren wollen.« Die Frau neben ihr, die mit ihren flaumigen Löckchen und der Rüschenbluse an ein zerzaustes Huhn erinnerte, erhob sich zögerlich lächelnd und schwenkte eines der Flugblätter. Beatrice nahm an, dass es sich bei ihr um Minnie Buttles handelte. Der Beifall klang merklich gedämpft, vereinzelt war leises Kichern und Raunen zu hören. Die streng wirkende Frau blickte schmallippig in die Runde, während ihre Gefährtin rot anlief.

»Suffragetten!«, flüsterte Agatha Kent, als berichtete sie von einem unerhörten Skandal. »Jetzt werden bestimmt im ganzen Saal stillschweigend Einladungen zum Tee zurückgenommen.« Beatrice, die durchaus Interesse an der Frage der Frauenemanzipation hatte, war noch nie einer leibhaftigen Suffragette begegnet. Sie versuchte aber, sich ihre aufflammende Neugier nicht anmerken zu lassen, denn solcher Überschwang wäre nicht schicklich gewesen.

Der Bürgermeister klopfte mit seinem Hämmerchen auf den Tisch. »Die Stadt dankt den Damen für ihr umsichtiges Handeln. Meine Frau, Mrs Fothergill, kann die Hilfe Ihrer Mitglieder für ihre Sockenstrick-Aktion sicherlich gut brauchen.« Sowohl Mrs Fothergill als auch die streng dreinblickende Frau schien diese Vorstellung schwer zu verstören. Agatha verbarg ein kleines Lächeln hinter ihrer Tagesordnung.

»Ich wollte der Reservistenarmee unsere Unterstützung in Form eines Kurierdienstes mit Fahr- und Motorrädern anbieten«, erklärte Miss Finch in einem Ton, der nicht weniger streng war als ihr Gebaren.

»Sehr gut«, sagte der Bürgermeister. »Wir werden alle Pläne jetzt gleich beim Tee besprechen. Die Frauenorganisationen bitte zu Mrs Fothergill an den Teetisch, die Herren zu Colonel Wheaton und mir ans Pult dort rechts.«

Colonel Wheaton konnte den Bürgermeister dazu bewegen, sich zum Vorsitzenden des Kriegshilfekomitees ernennen zu lassen, und las dann die Liste der anderen Komiteemitglieder vor. Mr DeVere, der Metzger, sollte sich um die Nahrungsmittelreserven kümmern, Mr Satchell, der Reeder, für Sicherheit auf See sorgen. Der Pfarrer sollte für Seelsorge und Aufrechterhaltung der Moral zuständig sein, und Dr. Lawton wies man die Koordination der medizinischen Dienste und Programme zu.

»Ein regelrechter Putsch«, sagte Beatrice. »Wollen Sie keinen Einspruch erheben? Wollen Sie nicht auch eine Aufgabe zugeteilt bekommen?«

»Ich würde mir niemals die Freiheit erlauben, mich in die Angelegenheiten von Gentlemen einzumischen«, erwiderte Agatha mit ausdrucksloser Miene, die Hände im Schoß gefaltet. »Ich warte mit all meiner weiblichen Geduld, bis ich erfahre, wo man mich braucht.«

»Wirklich?«

»Nein, natürlich nicht! Aber der leichteste Weg führt immer über einen geeigneten Mann. Dr. Lawson habe ich mir bereits gesichert, wodurch Mrs Fothergill und ihre Freiwilligen genau da sind, wo ich sie haben will. Bleiben nur noch die Belgier.«

»Wie Sie alle wissen«, rief der Bürgermeister, »hat die deutsche Armee bei ihrem schändlichen Einmarsch das arme kleine Belgien mit einer in Europa seit vielen Jahrhunderten nicht gekannten Grausamkeit verwüstet.«

»Aber nur, wenn man von den Türken absieht!«, warf Colonel Wheaton ein.

»Genau«, sagte der Bürgermeister. »Diese Brutalität hat weder in den zivilisierten Ländern Europas noch in einem zivilisiert geführten Krieg auch nur den geringsten Platz. Wir sind somit aufgerufen, den Zehntausenden unserer armen, unschuldigen belgischen Brüder, die vor diesen Gräueln fliehen, unsere Hilfe zukommen zu lassen.«

»Wie vielen denn?«, fragte Farmer Bowen entsetzt.

»Fürs Erste dachten wir an zehn, zwölf geeignete Flüchtlinge«, erklärte Mrs Fothergill. »Unsere glorreichen Nachbarn in Bexhill-on-

Sea behaupten, sie hätten schon sechsundzwanzig aufgenommen. Womit ich ihnen nicht etwa den Vorwurf mache, sie würden ihre Großherzigkeit in die Welt hinausposaunen.«

»Wie Sie sehen, hat sich meine Frau bereits gründlich mit der Sache beschäftigt«, sagte der Bürgermeister.

»Nein, nein, natürlich machst du ihnen diesen Vorwurf nicht«, flüsterte Agatha Kent, erhob sich von ihrem Stuhl und meldete sich zu Wort.

»Mrs Kent?«, sagte der Bürgermeister.

»Ich bitte um die geschätzte Aufmerksamkeit der Anwesenden für eine kurze Stellungnahme der besorgten Frauen von Rye und möchte der lieben Mrs Fothergill im Namen von uns allen dafür danken, dass sie in dieser Sache die Initiative ergriffen hat.« Sie schwieg, und augenblicklich brandete Applaus auf.

»Ich danke Ihnen, liebe Mrs Kent«, erwiderte Mrs Fothergill affektiert lächelnd.

»Mrs Fothergill und ich freuen uns sehr auf die gemeinsame Aufgabe«, fuhr Agatha fort. »Nun haben wir Frauen die Möglichkeit, uns dieser Aufgabe unter der Führung eines Gentleman zu widmen, der mit der Sache nicht nur hier am Ort befasst ist, sondern auch gebeten wurde, sich ihrer auf nationaler Ebene anzunehmen.«

»Von wem spricht sie?«, fragte der Bürgermeister seine Gattin laut flüsternd, doch Mrs Fothergills Lippen blieben fest zusammengepresst, und es kam keine Antwort. Die Frau wurde so weiß wie ihre Schwesterntracht.

»Um der Belgier willen und damit die Stadt Gelegenheit erhält, in dieser Sache mit einem landesweit bekannten Wortführer zusammenzuarbeiten, bitten die liebe Mrs Fothergill und ich gemeinsam mit Colonel Wheaton und Dr. Lawton die Versammelten, Mr Tillingham durch Akklamation zu nominieren.«

»Mrs Fothergill ist durchaus in der Lage …« Die Stimme des Bürgermeisters wurde von Jubelrufen und begeistertem Applaus übertönt, der sich noch steigerte, als Mr Tillingham von seinem Platz ganz vorn im Saal aufstand, seinen Hut nach allen Seiten schwenkte und den Beifall mit höflichen Verbeugungen entgegennahm.

»Damit hätten wir alle Komiteeleiter zusammen«, verkündete Colonel Wheaton. Falls seine Frau ihm eingeflüstert hatte, dass er gemeinsame Sache mit Agatha Kent machen solle, so ließ er es sich nicht anmerken. Der Bürgermeister stierte zornig vor sich hin, und seine Frau ließ sich abrupt auf ihren Stuhl fallen, doch der Saal war eindeutig für Mr Tillingham, der sich allerdings ein wenig zierte, ehe er das Podium erklomm, um ein paar Worte zu sagen.

»Dieser kleine Winkel des unvergänglichen England ist diesem armen, unsteten Dichter Zuflucht und Heimat. Deshalb vermag ich nicht zu sagen, wie dankbar ich bin, dass Sie mir das Vertrauen schenken, Sie in dieser so wichtigen Angelegenheit zu vertreten.« Er drückte den Hut ans Herz und blickte nach oben, wie um den Himmel um göttliche Eingebung anzuflehen. »Wer sich in Zeiten großer Gefahr in dieser alten, von Generationen tapferer, großherziger englischer Männer und Frauen bewohnten Stadt umsieht, der weiß, dass unsere belgischen Nachbarn keine liebenswürdigere, gastfreundlichere Zufluchtstätte hätten finden können.«

»In Wahrheit sind die braven Bürger unserer Stadt die sparsamsten und argwöhnischsten Menschen, die ich kenne, und ganz unverhohlen gegen Ausländer eingestellt«, flüsterte Agatha Beatrice zu. »Aber hoffen wir einfach das Beste.«

Während die Versammlung geschlossen wurde, sah sich Beatrice nach einer Möglichkeit um, den Damen – etwa Mrs Fothergill – zu entkommen, die von nun an jede Frau danach abschätzten, ob sie über genug Zeit verfügte, um den ganzen Tag für die Kriegshilfe tätig zu sein. Agatha, die sich schnell zum Gang begeben wollte, hielt inne und tätschelte Beatrices Hand.

»Falls jemand etwas sagt – Sie sind ganztags für die Belgienhilfe eingeteilt. Wer weitere Fragen hat, soll sich an mich wenden.«

»Danke.« Einmal mehr war Beatrice dankbar für Agathas rasche Auffassungsgabe. Während sie sich aus dem Saal schlich, beobachtete sie grinsend, wie Agatha Miss Finch und deren Begleiterin die Hand gab und sie geflissentlich zum Teetisch bugsierte, wo sie Mrs Fothergill mit der Begeisterung der beiden Frauen wohl den Rest geben würde.

Snout jagte Kaninchen. Er hatte jeweils eine dünne Drahtschlinge unter zwei der vielen Löcher in der Böschung ausgelegt und ein paar Zentimeter entfernt Apfelschalen aufgehäuft. Nun strömte der süße, saubere Duft durch den Bau und sammelte sich in den dunklen Tunneln, und die Kaninchen stellten verschlafen ihre Ohren auf und begannen zu schnuppern. Snout kauerte auf der hohen Böschung neben der Schotterstraße, den Rücken so tief wie möglich in die hohen, stark brennenden Nesseln gedrückt, und roch den bitteren, milchigen Saft der zerdrückten Stängel. Über ihm wiegten sich die rosa Blüten einer hohen Malve. Er roch seinen eigenen warmen Schweiß und den stechenden Geruch der Falläpfel im Obstgarten oberhalb der Böschung.

Während er wartete, zog er eine Übersetzung von Vergils *Aeneis* aus der Tasche, ein Buch voller Eselsohren. Er hatte es sich den Sommer über ausgeliehen, hatte sich in die Schulbibliothek geschlichen, als niemand da war, und es aus dem Fenster in einen Eibenbusch geworfen, damit er es nicht mit Miss Devon zu tun bekam, die es offenbar für ihre Aufgabe als Englischlehrerin hielt, die Bücher in der Schule vor schmutzigen Jungen zu schützen. Seine Mitschüler hätten sich über jeden Kameraden lustig gemacht, der auch nur eine Seite mehr als gefordert las, aber er hatte schon viel Nachsitzzeit in der Bibliothek damit herumgebracht, atemlos den Fahrten des Trojaners Aeneas bis zur Gründung des Römischen Reichs zu folgen. Er hatte es einfach nicht ertragen, Aeneas am Ende des Schuljahrs, als er das Buch zum dritten Mal las und bei der Hälfte angekommen war, vor der stinkenden Höhle zur Unterwelt genau in dem Moment alleinzulassen, als die Höllenhunde beim Erscheinen der fürchterlichen Sibylle losbellten. Miss Nash das Buch zu zeigen hatte er sich verkniffen. Die Lehrer mit ihrer gottähnlichen Macht nahmen ihn nie ernst und bestraften ihn nach Belieben, und von seiner Begeisterung für Vergil hatte er ohnehin schon zu viel preisgegeben. Trotzdem wurde er das merkwürdige Gefühl nicht los, dass sie es verstanden hätte.

Er las und wartete. Aus den Augenwinkeln beobachtete er die Schlingen und lauschte mit halbem Ohr auf Geräusche, die das Näherkommen des Farmers ankündigten. Auf Nagelschuhe, Karrenräder oder schnaubende Schafe, die wie ein großes Knäuel aus heißer, fettiger Wolle vorbeigetrieben wurden, während ein Collie hinter ihnen hin und her lief. Um diese Zeit war der Farmer nie auf der Straße, sondern bei der Weizenernte auf den Feldern weiter oben, aber es schadete nicht, wachsam zu sein. Den Farmer scherte es den Teufel, dass die Schotterstraße öffentlich war. Einen Jungen auf Kaninchenjagd würde er ohrfeigen und ihm wegen Wilderei mit dem Wachtmeister drohen. Noch heute spürte Snout den Schlag, den ihm der Farmer einmal verpasst hatte, und nie hatte er den Griff um seinen Kragen vergessen, durch den er beinahe erstickt wäre, bis man endlich den Wachmann gerufen hatte und der Wachmann ihn nach seinen Taufnamen fragte, woraufhin der Farmer schrie, er sei ein dreckiger Zigeuner und habe die Sakramente der Kirche nicht verdient.

»Richard Edmund Sidley«, hatte er geantwortet. Der Name hatte in seinen Ohren fast fremd geklungen. Alle nannten ihn »Snout« – alle außer seiner Mutter, die ihn »Dickie-Liebling« rief (was schlimmer als Snout war, wenn andere Jungs es hören konnten), und seinem Vater, der ihn »Sohn« nannte.

»Welch hochtrabender Name für einen gemeinen Wilddieb«, hatte der Farmer gesagt, und der Wachmann hatte Snout verhaftet und ihn und eines der beiden toten Kaninchen auf seinem Hundekarren mitgenommen. Kurz vor der Stadt hatte er ihn leicht auf die Wange geschlagen – nicht halb so kräftig wie die Ohrfeigen seiner Schwester oder seiner Mutter – und ihm befohlen, nach Hause zu gehen.

»Dein Glück, dass Wilderer nicht mehr aufgeknüpft werden!«, hatte er noch gesagt.

»Darf ich das Kaninchen mitnehmen?«, hatte Snout gefragt.

»Allerdings könnte ich dich in die Besserungsanstalt stecken«, hatte der Wachmann erwidert. Snout war losgerannt, und der Wachmann hatte ihm nachgerufen: »Richte deiner Mutter schöne Grüße von Arnie Sprigs aus!« Snouts Mutter war in jungen Jahren eine Schönheit gewesen, und nicht wenige Männer in Rye hatten ungläubig den Kopf geschüttelt, als sie sich für seinen Vater entschied.

Vor dem nächstgelegenen Loch zuckte ein Blatt. Schnüffelnd tauchte eine weiche graue Schnauze auf. Snout hielt die Luft an und versuchte seinen Herzschlag ruhig zu halten. In einem Wipfel sang ein Vogel einen klaren Ton. Plötzlich erzitterten die Blätter in der Hecke. Ein graubraunes Kaninchen schoss mit dem Kopf voran in die Drahtschlinge und stürzte zappelnd auf die Fahrbahn. Aus seinem Hals spritzte das Blut. Snout wickelte das tote Tier so gut es ging in große Ampferblätter und steckte es in die mitgebrachte Tasche. Den Vergil legte er obenauf und hoffte, das Kaninchen würde ihn nicht mit Blut besudeln.

TEIL II

Krieg brach aus: Welt-Winters Nacht
Senkt sich vernichtend über alles hin.
…
Denn nach des Frühlings früher Blütenherrlichkeit
In Griechenland entflammte Rom in Sommers Feuer;
Mild senkte sich ein Herbst der heimischen Scheuer
Mit Frucht und Fülle bedächtig großer Zeit.
Jetzt kommt für uns nur wilder Winter und das Los,
Statt Samen Blut zu säen in neuen Frühlings Schoß.

Wilfred Owen, *1914*

10

Die Flüchtlinge kamen an einem späten Augustnachmittag. Die Hauptstraße lag im goldgelben Licht der tief stehenden Sonne, die Dächer und Schornsteinköpfe leuchteten noch, aber die Häuser in Mrs Turbers Kopfsteinpflasterstraße waren bereits im eigenen Schatten versunken. Die Zugpfeife hatte Beatrice an die Tür geholt. Wie die Bewohner der anderen Häuser war sie an ihrem Eingang geblieben und wartete ab. Mrs Turber stand zwei Türen weiter bei ihrer Nachbarin und zog ihr Tuch so fest um die Schultern, als hätte die Ankunft der Flüchtlinge den Eishauch des Krieges in den milden Abend gebracht. Mr Tillingham, den ein akuter Gichtanfall davon abgehalten hatte, sich zum Hafen zu begeben, stand über ihnen am offenen Fenster seines Gartenzimmers und rauchte eine Zigarre.

Die kleine, von Dr. Lawton und dem Bürgermeister angeführte Gruppe kam langsam das Kopfsteinpflaster hinauf. Obwohl der Arzt hochbetagt und der Bürgermeister sehr dick war, wirkten beide geradezu hoheitsvoll aufrecht und kräftig verglichen mit den Flüchtlingen, die sich gesenkten Kopfes, die gebeugten Schultern in Tücher oder gespendete graue Decken gehüllt, mühsam dahinschleppten. Statt der apfelbäckigen Kinder, auf die die Damen vor dem Rathaus warteten, waren es vorwiegend Familien. Eltern und Großeltern stützten einander, hielten sich an den Händen, boten die Schulter als Halt. Ganz hinten bildeten drei alte Nonnen eine eigene kleine Familie. Sie alle trugen nur winzige, formlose Bündel, als hätten sie keine Zeit gehabt, ihre Habseligkeiten zusammenzuraffen, oder vieles unterwegs zurücklassen müssen.

Beatrice hatte nicht erwartet, dass es so still zugehen würde. Außer dem Scharren der Holzpantinen, dem keuchenden Atem der Menschen, dem klappernden Gehstock des Arztes und leisem Husten im hinteren Teil der Kolonne war nichts zu hören. Es erinnerte an die bedrückend feierliche Stille eines Trauerzugs, und ihr Herz krampfte sich zusammen. Ein Schluchzer durchbrach das Schweigen, ein leiser, klagender Laut, als eine junge Frau mit einem kleinen Kind auf dem Arm den Blick in die Helle über den Dächern hob. Ihr Tuch glitt vom Kopf; zum Vorschein kamen zerzauste strohblonde Haare und ein totenbleiches Gesicht mit bläulichen Schatten unter den Augen. Am Rocksaum war ihr Kleid verschmutzt und zerrissen, doch man sah noch die schwere Spitze, mit der es vorne durchwirkt war, und ihre Stiefel, vom Schlamm ruiniert, waren aus weichem Leder und hatten elegant gebogene Absätze. Das Kind, das sie trug, steckte in einem derben Bauernkittel und Holzpantinen. Die roten Backen des kleinen Jungen verrieten, dass er nicht dem Mädchen gehörte, sondern der großen Familie direkt davor. Die Mutter hielt einen Säugling fest an sich gedrückt, der Arm des Vaters lag um den Rücken einer alten, unter der Last der Jahre und des Leids tief gebeugten Frau. Hugh Grange, der Letzte im Zug, stützte einen schlurfenden älteren Mann, der sich die Hand vor die Augen hielt, als hätte er zu viel gesehen und ertrüge es nicht mehr, umherzublicken.

Während die Prozession vorbeizog, wurde den Nachbarn ihr Starren bewusst, und sie begannen die Leute in gedämpftem Ton zu begrüßen. Die erschöpft dahinwankenden Flüchtlinge verkrochen sich nur tiefer unter ihre Decken und versuchten die Anhöhe so rasch wie möglich zu überwinden. Hugh warf Beatrice einen Blick zu, als er an ihr vorbeikam, und seine Miene hellte sich auf, als freute er sich, sie zu sehen. Er nickte kaum merklich.

Beatrice hatte beschlossen, nicht zum Rathaus zu gehen. Sie war durchaus bereit, Agatha Kents Komitee ihre ganze Freizeit zu widmen, doch vor dem Rathaus standen weit mehr Damen als für die Begrüßung der Ankömmlinge erforderlich, und sie hatte nicht bei den Neugierigen sein wollen, die den Flüchtlingen mit ihrer Begeisterung zusetzten. Nun aber drängte es sie, der Kolonne zu folgen und beim Einquartieren der Leute zu helfen.

Als sie eintraf, herrschte im Ratssaal Tumult. In den Ecken fanden heftige, an Streit grenzende Diskussionen statt, während zahlreiche Damen, heiße Teekannen gefährlich hin- und herschwenkend, die sitzenden Flüchtlinge von allen Seiten bestürmten und Leuten, die bereits ein Sandwich hatten, riesige Tabletts mit Sandwiches aufdrängten. Die schwungvolle Music-Hall-Melodien vor sich hin hämmernde Dame am Klavier spürte in ihrer Unbeschwertheit nicht, dass sie den allgemeinen Lärm nur vergrößerte. Ein kleines Mädchen in Sonntagskleidung und mit zahlreichen Bändern im Haar bot den Flüchtlingen die Mürbteigkekse aus ihrem Korb mit der zitternden Scheu eines Menschen an, der rohes Fleisch zwischen die Stangen eines Löwenkäfigs stecken soll.

Hugh stand etwas abseits und aß zwei Schinkensandwiches auf einmal.

»Verzeihen Sie die Unhöflichkeit, aber ich sterbe vor Hunger«, sagte er, als Beatrice vor ihm stand. Er klang erschöpft. »Ein sehr, sehr langer Tag, ganz ohne Mittagessen.«

»Was ist los? Worüber wird so heftig diskutiert?«

»Es sind mehrere große Familien da, die verständlicherweise nicht auseinandergerissen werden wollen. Einige Damen hatten sich schon äußerst sorgfältig auf die Aufnahme von ein, zwei Gästen vorbereitet. Fast ein Witz, dass Familien, die das brutale Vorgehen der Deutschen zusammengeschweißt hat, durch englische Nächstenliebe getrennt werden könnten …«

Mr Tillingham näherte sich, die große Stirn vor Konzentration gerunzelt und ins Gespräch mit der aufgebrachten Mrs Fothergill vertieft. »Man muss doch im Angesicht dieser menschlichen Tragödie sein Herz öffnen«, sagte er, ihren Arm tätschelnd. »Ich wünschte, ich hätte mehr zu geben als die kleine Unterkunft eines Junggesellen.«

»Wir hatten vor allem Kinder angefordert, aber wie mein Mann sagt, haben die zuständigen Leute sehr unhöflich reagiert«, berichtete Mrs Fothergill. Ihr Blick fiel auf Hugh. »Mr Grange, Sie waren doch dabei. Waren denn keine Kinder zu bekommen?«

»Ein oder zwei haben wir ja, aber sie sind, wie Sie sehen, mit ihren Eltern und Großeltern geflohen und wollten sich nicht von ihnen trennen.«

»Es hätten auch ruhig etwas feinere Menschen sein können«, sagte Mrs Fothergill und warf einem Mann einen bösen Blick zu, der geräuschvoll aus einer Teetasse trank, die er in beiden Händen hielt. »Wir helfen selbstverständlich allen, die uns brauchen«, fuhr sie in gedämpftem Ton fort, »aber man kann von unseren Damen unmöglich verlangen, dass sie die reinsten Bauern bei sich aufnehmen, und wenn die Holzpantinen noch so charmant rustikal sind!«

»Es war die schiere Verzweiflung am Hafen«, sagte Hugh. »Man hat uns eine Gruppe zugeteilt wie Schafe, die man auf dem Mittwochsmarkt aus der Herde herauszieht, und Ihr Mann wollte nicht widersprechen. Der Bürgermeister von Bexhill war auch da und hat einen zweiten Schwung Flüchtlinge abgeholt.«

Agatha Kent hatte offenbar die meisten Streitereien geschlichtet und näherte sich, einen Stift und mehrere Blätter Papier in der Hand. »Die Farm in New Road nimmt eine Familie in einem leer stehenden Cottage auf, und für eine zweite hat Colonel Wheaton eine Wildhüterhütte zur Verfügung gestellt. Die Nonnen kommen bei den Misses Porter unter, bis ihr Orden sich ihrer annimmt. Einstweilen müssen wir die Schlafsäle im Schülerwohnheim in der Lower Street für die Unterbringung von Familien herrichten.«

»Die Leute werden schrecklich enttäuscht sein«, meinte Mrs Fothergill. »Sie hatten sich so darauf gefreut, ihre Herzen und Häuser zu öffnen!«

»Sie können den Buchhalter und seine Frau vielleicht jemand anderem überlassen«, schlug Agatha vor und deutete auf ein dünnes Flüchtlingspaar, Mann und Frau, die ihren ramponierten Koffer beschützend zwischen sich gestellt hatten. »Sie haben schon so viel Arbeit im Voluntary Aid Detachment, und viele andere Damen würden liebend gern helfen.«

»Und wenn mich die Erschöpfung zu Boden zwingt – ich erfülle meine Pflicht!«, erwiderte Mrs Fothergill. »Ich drücke mich nicht vor meiner Verantwortung.«

»Sind das alle?«, fragte Hugh.

»Ich glaube schon«, antwortete Agatha. »Ein kleines Problem könnte es noch mit dem Professor geben, den Sie aufnehmen wollen, Mr Tillingham.«

»Er ist doch nicht etwa ein Scharlatan? Ich habe ihn wegen seiner großen Geistesgaben ausgewählt!«

»Nein, aber er hat seine Tochter dabei.« Agatha deutete auf die blasse junge Frau, die Beatrice auf der Straße gesehen hatte. Sie saß noch immer bei der Bauernfamilie und hielt den Säugling im Arm, dessen Mutter gerade Tee trank. Während ihre Finger mit der winzigen Hand spielten und das Kind immer wieder nach ihrem hellen Haar griff, lag auf dem weißen Gesicht das matte Lächeln einer Madonna von Bellini. Beatrice hatte bisher geglaubt, der gnadenvolle Ausdruck beruhe auf dem Wissen um künftige Ereignisse; jetzt erkannte sie darin etwas Schlichteres – einen Moment stillen Trostes auf der Flucht.

»Ich weiß nicht, ob sich der Haushalt eines alleinstehenden Mannes für ein solches Mädchen eignet«, sagte Mr Tillingham so aufgeregt, als befürchtete er, eine junge Frau würde unweigerlich ihre nassen Strümpfe in seinem Wohnzimmer aufhängen, im Unterkleid durch die Wohnung gehen und die Teppiche mit herausgefallenen Haarnadeln übersäen.

»Falls Sie Ihr Angebot zurücknehmen wollen – wir haben genug andere, die einspringen würden«, sagte Agatha.

»Nein, nein, ich bin mit dieser Sache auf nationaler Ebene befasst, ich brauche einen eigenen Flüchtling«, entgegnete Mr Tillingham.

»Mit einem Mädchen zusätzlich kommt Ihre Haushälterin sicherlich zurecht, und Miss Nash wohnt nur ein paar Häuser weiter. Sie würde sich bestimmt freuen, wenn sie die junge Frau einmal einladen dürfte.«

Mr Tillinghams Miene hellte sich schlagartig auf. »Es gäbe da möglicherweise noch eine ganz andere Lösung! Vielleicht könnte die junge Dame bei Miss Nash wohnen und der Professor bei mir!«

»Ich muss es wiederholen: Die beiden wollen zusammenbleiben.«

»Aber wir wohnen fast Tür an Tür. Man könnte Miss Nashs Unterkunft geradezu als ein Nebengebäude in meinem Garten betrachten, und die beiden jungen Damen könnten sich selbstverständlich jederzeit ganz nach Belieben über den Rasen vom einen Haus zum anderen begeben«, fuhr er fort und schaffte mit einer Handbewegung die dreieinhalb Meter hohe Ziegelmauer aus der Welt, mit der die Waldesruhe seines Gartens zur Straße hin abgeschottet war.

»Über meine Unterkunft kann ich leider nicht bestimmen«, erklärte Beatrice, hin- und hergerissen zwischen dem Drang, Mr Tillingham wegen seines selbstherrlichen Vorgehens zu tadeln, und der verlockenden Aussicht, endlich Einlass in sein Haus zu finden.

»Sie beide dürften auch jederzeit meine kleine Bibliothek nutzen, falls Sie es wünschen.« Er sagte es leichthin, so als wäre ihm der Gedanke eben erst gekommen, aber Beatrice wusste, dass es ein wohlüberlegter Anreiz war – ein Anreiz, dem sie nicht widerstehen konnte.

»Es wäre mir natürlich eine Ehre, meinen Beitrag leisten zu dürfen«, sagte sie.

»Mrs Turber würde ich, falls nötig, aus meiner eigenen kleinen Tasche entschädigen«, versicherte Mr Tillingham. »Andererseits wird derzeit viel Geld gesammelt, nicht wahr?«, fügte er an Agatha gewandt hinzu, ohne die Gier im Blick zu verhehlen.

»Ihre Großherzigkeit ist vorbildlich, Mr Tillingham«, sagte Agatha. »Kommen Sie, wir besprechen es mit dem Professor.«

»Der gute Mr Tillingham erzählt gern herum, wie arm er ist«, sagte Hugh. »Sein Seufzen und Wehklagen bringt ihm jede Woche bestimmt drei, vier Essenseinladungen ein.«

»Wirklich große Schriftsteller verschreiben sich wohl per definitionem viel zu sehr ihrer Kunst, als dass sie so reich werden könnten wie die Verfasser von Schundromanen«, erwiderte Beatrice. »Andererseits besitzt er eines der schönsten Häuser der ganzen Stadt.«

»Allein bei sich daheim lässt er es an nichts fehlen und trinkt gern einen guten Bordeaux wie alle anderen auch, aber seinen Gästen setzt er nur Hammel und billigen spanischen Wein vor.«

»Darauf freue ich mich schon jetzt. Womöglich wetteifern Mrs Turber und er darum, möglichst schlechtes Essen anzubieten, und ich sollte mir ab heute meine Brotrinden aufsparen.«

»Sobald Sie an Unterernährung leiden, werden Sie und die junge Dame von mir in eine gut beleumundete Teestube ausgeführt und mit Sahnegebäck aufgepäppelt.«

»Wie ritterlich! Die Einladung würde natürlich auch dann erfolgen, wenn die junge Dame nicht ganz so hübsch wäre …«

»Sie müssen zugeben, dass sie aussieht wie eine Prinzessin, die der Rettung bedarf. Wetten, dass sich mein Cousin Daniel mit dem Pergament in der Hand zu ihren Füßen wirft?« Die Vorstellung stimmte ihn offenbar traurig, und Beatrice begann zu lachen. »Was nicht heißen soll, dass Sie kein Gedicht wert wären oder auch zwei. Ich wollte damit nicht unterstellen, dass …«

»Für solche Albernheiten bin ich längst zu alt.«

»Unsinn. Keine Frau ist zu alt für ein Sonett. Daniel schreibt sogar noch welche für Tante Agathas Köchin und bekommt deshalb immer die dickste Scheibe Victoriakuchen.«

»Der Sieg ist unser!«, verkündete Mr Tillingham, als er in Begleitung von Agatha zurückkehrte. »Der Professor hat keinerlei Einwände gegen das Arrangement.«

»Und Mrs Turber ist mehr als einverstanden mit dem Geld für

eine zweite Mieterin«, fügte Agatha hinzu. »Jetzt sind Sie gefordert, Miss Nash. Macht es Ihnen auch wirklich nichts aus?«

»Sie kann im Alkoven schlafen. Den Schreibtisch stopfe ich noch in mein Schlafzimmer hinein.«

»Ich stehe tief in Ihrer Schuld, junge Dame«, sagte Mr Tillingham. »Sie müssen mir Ihren Gast morgen bringen, damit sich Vater und Tochter sehen. Aber bitte nicht allzu früh – vormittags arbeite ich. Sagen wir zum Tee. Und den grünen Salon reserviere ich für beide, damit sie sich dort jederzeit in Ruhe treffen können.« Nach einem Blick auf seine Uhrkette fuhr er fort: »Allerdings natürlich nicht zu jeder Tages- und Nachtzeit – ich muss schon noch arbeiten können.« Mit diesen Worten rauschte er davon, um den Professor zu sich nach Hause zu bringen. Von dem Mädchen verabschiedeten sich die beiden Männer in aller Kürze – Tillingham sehr beflissen, der Professor mittlerweile etwas munterer geworden. Schweigend blickte die junge Frau ihrem Vater nach, den Körper leicht nach vorn geneigt, als würde sie auf unsichtbare Weise mitgezogen, und ihr Gesicht wirkte wie ausgelöscht.

Als die Vögel die Morgendämmerung verkündeten, begann das Mädchen oben im Schlafzimmer nach seinem Papa zu rufen. Beatrice erwachte auf der Seite, eine Wange an eine Bodendiele gepresst, Arme und Beine steif vom Schlaf auf dem Wohnzimmerteppich. Sie hatte dem erschöpften Mädchen ihr Bett überlassen, ihm geholfen, die völlig ruinierten Stiefel auszuziehen, und dann nur noch die Knöpfe geöffnet, das Korsett gelockert, die in ein sauberes Leintuch eingeschlagene Decke über das schmutzige Kleid gebreitet und die junge Frau wie eine Kranke zugedeckt. Danach hatte sie sich mit einer Steppdecke auf dem Boden der Stube schlafen gelegt. Jetzt war es kalt und dunkel im Cottage, unter der Decke aber warm. Es wäre schön gewesen, einfach liegenzubleiben, doch als das Jammern anhielt, kroch sie unter der Decke hervor und kam mühsam auf die Beine. Sie legte sich den Quilt wie ein Tuch um die Schultern und schleppte sich die Treppe hinauf. Das Mädchen schlief tief, aber es lag verrenkt da, zerrte ächzend an der Decke und redete im Schlaf auf Französisch vor sich hin. Abigail, das Dienstmädchen, kauerte neben dem Bett, strich der Belgierin übers Haar und versuchte mit der anderen Hand das Leintuch zu straffen.

»Ganz ruhig, ganz ruhig«, sagte sie immer wieder. »Sie sind jetzt in Sicherheit und Ihr Papa auch.«

»Braucht sie einen Arzt?«, fragte Beatrice, während sie in ihren Strümpfen und auf Zehenspitzen durch den Raum ging.

»Es ist alles in Ordnung, Miss«, sagte Abigail. »Meine Mutter träumt auch manchmal schlecht. Wenn man mit ihnen redet, als wären sie wach, werden sie wieder ganz ruhig.«

»Ich weiß nicht, ob sie Englisch versteht.«

»Das ist egal, Miss.« Abigail beugte sich vor und tätschelte dem Mädchen die Schulter. »Meistens reicht eine freundliche Stimme im Dunkeln.« Das Mädchen seufzte, legte den Kopf behaglicher auf dem Kissen zurecht, und seine Züge entspannten sich. Abigail klopfte ihm leicht auf die Hand, und die fest geballte Faust löste sich.

»Du machst das gut, Abigail«, flüsterte Beatrice. »Kannst du noch ein bisschen bei ihr bleiben?«

»Ja, Miss, aber ich muss bald den Herd anheizen. Soll ich Badewasser heiß machen, obwohl heute kein Badetag ist?«

»Ja, aber bevor Mrs Turber aufwacht. Wir sollten ihr nicht den ganzen Vormittag mit all der zusätzlichen Großzügigkeit verderben.«

»Ich bringe Ihnen eine Tasse Tee, Miss. Wenn die Dame wieder schreit, halten Sie einfach ihre Hand.«

Wie ausgebreitete Vogelflügel lagen die Hände des Mädchens auf der Decke. Beatrice fiel ein, wie die Hände ihres Vaters, ebenso bloß und blau geädert, noch vor dem letzten Atemzug unter ihrer Berührung zu welken schienen und die Wärme aus ihnen gewichen war. In der kühlen Dämmerung des anbrechenden Morgens war ihr, als käme auch das stöhnende Mädchen von jenem Ort des Todes und brächte dessen Geruch und die Angst mit, und sie wagte keine Berührung. Sie ließ sich neben dem Bett auf den Boden fallen, zog die Steppdecke fest um sich und starrte das Fenster an, als könnte sie die Sonne damit schneller herbeiholen.

In aller Frühe ging Beatrice mit einem großen Kamm, einer breiten weißen Ripsbandschärpe und ihrem Nähkästchen in den Hof. Im Garten hinter der Mauer zwitscherten die Vögel. Ein weißer Schmetterling flatterte durch die Luft. Sie hörte das Schnauben und Klirren eines Pferds auf der Straße, das den Kopf hochriss, und roch den durchdringenden Duft von Mrs Turbers an den aufgeheizten Mauerziegeln vor sich hin welkenden Tomatenpflanzen. Umgeben von den Geräuschen und Gerüchen des heißen Sommermorgens saß das Mädchen mit gesenktem Kopf auf einem Holzstuhl im kleinen Hof hinter dem Cottage und ließ sich von Abigail energisch die Haare frottieren.

Nachdem Abigail sie sanft mit Karbolseife gewaschen hatte, war die junge Frau so unbefangen aus der verbeulten kupfernen Sitzwanne in der Küche gestiegen, als wäre sie von ihrem Kindermädchen gebadet worden, und hatte sich von Abigail und Beatrice mit zwei von Mrs Turbers ziemlich rauen Baumwollhandtüchern trocken reiben lassen. Sie hatte zwei große Blutergüsse an den Armen und einen tiefen Schnitt im Schenkel, der zwar verschorft, aber an den Rändern rot und schwarz war. Als sie das von Abigail herbeigeholte Jod auftrugen, schrie das Mädchen nur ein einziges Mal. Nachdem das Jod zu einem violetten Fleck getrocknet war, kleideten sie die Belgierin an. Beatrice hatte Unterwäsche von sich herausgesucht – weder die älteste noch die neueste – sowie ein noch recht gutes Nachmittagskleid aus Baumwolle und ein Paar bestickte Lederpantoffeln, die zum Wegwerfen immer zu schade, für Beatrices Geschmack aber zu auffällig geblümt gewesen waren. Beatrice bedauerte, dass ihr Nachmittagskleid nun im ausreichend, aber nicht übermäßig gefüllten Schrank fehlte, doch sie spürte, dass sie gerade wegen dieses Verlusts die richtige Wahl getroffen und etwas verschenkt hatte, anstatt ein klägliches Almosen in Form eines nur mehr zum Wegwerfen tauglichen Kleids zu geben. Außerdem schmerzte es sie ein wenig, dass das Kleid wie angegossen saß und das Kornblau so harmonisch wie auf einem Ölgemälde zur blassen Haut und dem hellen Haar des Mädchens passte, während es in Verbindung mit ihrem dunklen Haar immer ausgewaschen gewirkt hatte.

Als sie näher kam, stand das Mädchen auf, damit Abigail das Kleid hinten mit wenigen Stichen enger nähen und anschließend die Schärpe umbinden konnte, um die notdürftige Änderung zu kaschieren. Dann setzte es sich wieder hin und stieß nicht den leisesten Laut aus, als Abigail es zu kämmen begann und sich durch einige schlimm verfilzte Knoten kämpfte. Als das Haar glatt und weich war, übernahm es Beatrice, die strohblonden Strähnen einzurollen und zu einem schlichten Nackendutt zu frisieren. Mit dem hochgesteckten Haar ähnelte das Mädchen weniger einem verängstigten Kind und sehr viel mehr einer jungen Frau frisch von der Schule. Beatrice schätzte sie auf siebzehn.

Plötzlich trat Mrs Turber mit finsterer Miene in den Hof. »Was geht hier vor?«, fragte sie. »Der ganze Boden voller Wasser, und das Feuer brennt, als hätten wir November!«

»Abigail hat mir geholfen, unseren Gast zu baden, Mrs Turber«, antwortete Beatrice.

»Dass ich ihr ein Dach über dem Kopf gebe, heißt noch lange nicht …« Das Mädchen drehte sich zu ihr um, und Mrs Turber verstummte so jäh, wie sie losgeschimpft hatte. »Meine Güte, sie sieht ja aus wie ein Engel!« Mehr brachte sie nicht hervor.

Beatrice erklärte dem Mädchen auf Französisch, dass die dicke, rotgesichtige Frau es für einen Engel hielt. Mit schüchternem Lächeln trat die Belgierin einen Schritt vor.

»*Non, non. Vous êtes un ange, madame*. Ein Engel«, sagte sie leise. Dann küsste sie Mrs Turbers raue Hand.

»Ach du lieber Himmel, sie spricht Englisch!« Mrs Turber tätschelte die Hand des Mädchens. »Sie sind *très* willkommen *dans ma maison, mam'selle.*«

»Danke, *chère madame*«, erwiderte das Mädchen auf Englisch mit französischem Akzent. »Ich bin Celeste, ich bin die Tochter von Professor Fontaine.«

»Nun steh nicht so herum mit offenem Mund, Abigail«, sagte Mrs Turber zu ihrer entgeisterten Dienstmagd. »Bring Miss Celeste ins Haus und mach ihr ein Frühstück mit einem Schälchen guter Sahne – und vielleicht möchte sie auch ein Stück Räucherfisch und ein paar verlorene Eier.«

»Ihre Großzügigkeit kennt keine Grenzen, Mrs Turber«, sagte Beatrice, während Abigail Celeste hineinführte, und fragte sich, ob auch sie an diesem Morgen in den Genuss von Räucherfisch und Sahne kommen oder sich mit dem üblichen Frühstück – Porridge, Toast und gelegentlich ein viel zu hart gekochtes Ei – würde begnügen müssen.

»Wir müssen sie aufpäppeln«, erklärte Mrs Turber streng, als hätte Beatrice das nicht längst gesehen. »Und sie braucht etwas Besseres als diesen Fetzen von einem Kleid. Ich habe noch ein paar Sachen von früher, als ich jünger war. Mein Mann hat immer gesagt, ich hätte eine Taille wie ein Kolibri …«

»Das ist mein zweitbestes Nachmittagskleid«, erwiderte Beatrice, während sie sich einen Vogel mit nennenswerter Taille vorzustellen versuchte.

»Normalerweise wäre es völlig ausreichend.« Mrs Turber musterte sie skeptisch. »Aber Miss Celeste ist ein sehr vornehmes Mädchen«, setzte sie viel sagend hinzu, und Beatrice überkam der perfide Wunsch, mit dem Namen ihrer Tante Marbely zu kontern. Sie reagierte schnippisch.

»Ja, sie ist sehr blond und hübsch. Aber wenn sich Rang und Vornehmheit nach der Helligkeit des Haars bemessen würde, müsste die gesamte königliche Familie aus Albinos bestehen.«

»Ich meinte ihre respektvolle Art«, sagte Mrs Turber. »Davon könnte sich so mancher eine Scheibe abschneiden.«

»Touché, Mrs Turber. Sie haben selbstverständlich völlig recht – ich bin eine Kratzbürste!«

»Die königliche Familie – ich bitte Sie! Das ist empörend!«

»Dann tut es mir doppelt leid, denn Sie sind ja oft empört. Und ich bin steif und übernächtigt, weil ich auf dem Boden geschlafen habe und viel zu früh aufgewacht bin.«

»Und jetzt wollen Sie das Bett zurück, ja?«

Beatrice hätte sich nichts Schlimmeres vorstellen können, denn der Aufenthalt in Mrs Turbers Keller und die Zähne der Mäuse hatten das wurmstichige Gestell und die klumpige Matratze sicherlich noch wurmstichiger, klumpiger und feuchter gemacht.

»Mrs Kent hat angekündigt, ein zweites Bett bringen zu lassen«, sagte sie. »Aber wenn Sie noch Kleidung und Bettwäsche haben, wird Ihnen Celeste zu großem Dank verpflichtet sein.«

Der Hinweis brachte Mrs Turbers Gesicht zum Strahlen. »Die Sachen für das Mädchen arbeite ich eigenhändig um. Ich habe ein, zwei Kleider und einen roten Flanellunterrock, die halten noch Jahre! Eine Dame braucht gute, strapazierfähige Unterröcke!«

»Ja, zu jeder Jahreszeit und bei jedem Wetter, Mrs Turber«, sagte Beatrice und sah grinsend zu, wie ihre Zimmerwirtin ins Haus eilte. Erstaunt stellte sie fest, wie sehr es sie befeuerte, ein Teil des großen Unterfangens geworden zu sein. Zuflucht zu gewähren war eine uralte Tradition, und solange sich ihr Stolz nicht in Hybris verwandelte – keinesfalls durfte sie wie Mrs Fothergill von »meinem Flüchtling« sprechen –, bekannte sie sich zu dem befriedigenden Gefühl, eine kleine Verbindung zum Krieg gefunden zu haben.

Mrs Turber war nicht die einzige Bürgerin von Rye, der es Celeste angetan hatte. Mrs Saunders, die das Waschen und Stopfen für Mrs Turber erledigte, wurde nach dem Frühstück einbestellt, um das vor Schmutz starrende Kleid abzuholen. Im Gang erklärte sie Beatrice kopfschüttelnd, so feine Seide bekomme man unmöglich wieder sauber. Doch als Beatrice sie in die Stube führte, um die Sache mit Celeste zu besprechen, weil sie das Kleid, sei es noch so unbrauchbar, nicht stillschweigend wegwerfen wollte, und das Mädchen mit schüchternem Schulterzucken sein Einverständnis gegeben hatte, begann Mrs Saunders zu weinen und versprach unter Tränen, sie werde versuchen, das Kleid zu retten, auch wenn dies eine wahre Herkulesaufgabe sei.

»Bitte sagen Sie ihr, dass es egal ist«, flüsterte Celeste Beatrice zu. »Ich ziehe es nie wieder an.«

»Sie ziehen es wieder an – ich beherrsche mein Handwerk!«, entgegnete Mrs Saunders. »Und die Spitze trenne ich ab, so wahr ich eine gute Engländerin bin, und reinige sie mit dem Sonntagsbrot und esse stattdessen Kartoffeln.«

Mrs Saunders musste in der Kurzwarenabteilung von Pike Brothers über Celeste getratscht haben, denn keine Stunde später klopfte Artys Mutter an die Tür und gab ein kleines Nähetui und mehrere Haarbänder für die »arme junge Dame« ab, und kurz vor dem Mittagessen kamen die Misses Porter mit einer der Nonnen zu Besuch – für den Fall, dass das Mädchen der Seelsorge bedurfte – und brachten ein Glas selbst gemachte Stachelbeermarmelade. Mitten in den Lunch platzte dann der Diener von Agatha Kent, der das Bett auf einem Karren hergefahren hatte, und als Smith und der Bauernjunge es geräuschvoll nach oben trugen, das Schreibpult polternd zur Seite schoben und das Gestell mit Holzhämmern zusammenbauten, während das Pferd vor dem offenen Fenster schnaubte, schließlich den Kopf in den Blumenkasten steckte und an Mrs Turbers Pelargonien knabberte, warf Celeste Beatrice einen Blick zu, als würde sie vor Erschöpfung zusammenbrechen.

Beatrice hatte Celeste zum Ausruhen in ihren eben erst mit einem Vorhang versehenen Alkoven geschickt und überlegte, ob sie sich in ihr Zimmer zurückziehen sollte, wo die schmutzige Bettwäsche mittlerweile abgezogen worden war, als aus dem Erdgeschoss ein schriller Schrei an ihr Ohr drang. Abigail rief sie herunter und präsentierte ein frisch geschlachtetes Kaninchen, das Mrs Turber in Hysterie versetzt hatte. Die drei Schüler von Beatrice waren mit ihrem Geschenk durch die Hintertür ins Haus geschlichen, hatten an der Küchentür geklopft und gefragt, ob die belgische Prinzessin dazu gebracht werden könne, ihnen aus dem Fenster im ersten Stock zuzuwinken. Nur keine Sorge, meinte Abigail – sie habe Snout wegen dieser Unverschämtheit eine Maulschelle verpasst und die ganze Bagage fortgejagt. Beatrice wies darauf hin, dass es für ein Mädchen ihrer Größe nicht ungefährlich sei, einen Jungen zu ohrfeigen.

»Er ist mein älterer Bruder, Miss«, entgegnete Abigail. »Er weiß, dass ich noch ganz anders kann, wenn er sich nicht benimmt.«

Beatrice erschrak. Wie hatte ihr die Familienähnlichkeit, der resolute Zug in beiden schmalen Gesichtern entgehen können? Wie kurz hatte sie schon mehrmals davor gestanden, Abigail gegenüber eine Bemerkung über die Familie des Jungen zu machen oder sie gar vor den Leuten zu warnen?

»Das Kaninchen ist wirklich ein Prachtexemplar«, sagte sie und errötete verlegen. »Bitte richte deinem Bruder meinen Dank aus.«

»Besser nicht. Er hat es ziemlich sicher gewildert. Es nimmt kein gutes Ende mit ihm, wenn er nicht aufpasst.«

»Dein Bruder ist ein hervorragender Schüler«, entgegnete Beatrice, um Wiedergutmachung bemüht – und sei es, um ihr Gewissen zu beruhigen.

»Ja, aber wenn er nur halb so gern in die Schule gehen würde wie in den Wald! Hoffentlich sind Sie streng mit ihm und halten ihn zum Arbeiten an, Miss.«

»Bist du gern zur Schule gegangen?« Falls Abigail die Intelligenz ihres Bruders besaß, war es traurig, dass sie ihr Leben damit vergeudete, Kaminroste zu putzen und Nachttöpfe zu leeren.

»Ja, sehr gern, Miss. Aber bei einem Mädchen wie mir ist Lernen nur Verschwendung. Ich werde ja wohl einmal heiraten, und wenn ich ein paar Jahre in Stellung bin und mir ein bisschen Geld zusammenspare, kann ich ihn mir aussuchen und muss nicht nehmen, was ich kriegen kann. Sie wissen ja, wie das ist.«

»Geistige Nahrung ist nie verschwendet«, wandte Beatrice ein. Abigails praktischer Umgang mit der eigenen Zukunft erschreckte und beeindruckte sie gleichermaßen.

»Nehmen Sie's mir nicht übel, Miss – für eine Dame wie Sie ist das ist alles schön und gut, aber ich bin die Tochter eines Hufschmieds. Der Ehemann, den ich suche, sieht es bestimmt nicht gern, wenn seine Frau eine ist, die Bücher liest und so.«

»Die meisten Frauen auf der Suche nach einem Ehemann wollen weniger gebildet erscheinen, als sie es sind. Deshalb halte ich auch nicht sonderlich viel von ihnen.«

»Von Frauen, Miss?«

»Von Ehemännern.«

»Wenn mein Bruder vom vielen Lernen wirklich einmal einen guten Beruf bekommt, brauche ich vielleicht gar keinen Mann«, sagte Abigail sehnsüchtig. »Aber wenn ich ihm dann den Haushalt führe, steht fest, wer das Sagen hat – er bestimmt nicht!«

11

Mr Tillingham und der Professor saßen an einem weißen Metalltisch auf dem Rasen – zwei dunkle Silhouetten unter den ausladenden, sonnenhellen Ästen eines alten Maulbeerbaums. Die Teemaschine stand noch nicht im Freien, aber eine Etagere mit Kleingebäck und eine Silberplatte mit dünnen Butterbrotscheiben verhießen ihr baldiges Erscheinen. Nur das weiße Tuch auf dem klappbaren Beistelltisch brachte mit seinem Flattern Unruhe in das stille grüne Tableau. Hugh fragte sich, ob die Szenerie vor seinen Augen eine Einbildung sei oder der Vortag, als er im Hafen von Folkestone inmitten der leidgeprüften Flüchtlinge gestanden hatte, nur ein Traum gewesen sei, denn beides gehörte zwei völlig gegensätzlichen Welten an.

Nachdem am Vormittag Mr Tillinghams Einladung eingetroffen war – Tante Agatha und ihre Neffen sollten zum Tee kommen –, hatte Hugh behutsam angemerkt, dass den erschöpften Flüchtlingen vielleicht erst einmal etwas Ruhe zu gönnen sei.

»Eben deshalb müssen wir hingehen«, hatte seine Tante erwidert. »Wenn wir absagen, weiß keiner, wen Mr Tillingham womöglich stattdessen einlädt.«

»Ich grüße Sie, Gentlemen«, sagte Mr Tillingham, den Spazierstock schwingend. »Die Damen sind hoffentlich auf dem Weg hierher?« Er wandte sich an den Professor. »Bei dem schönen Wetter rollen sich die Brotscheiben schnell ein, und gerade in diesen Zeiten wäre es schade um die gute Butter!« Der Professor stand auf, um die Ankömmlinge zu begrüßen, und Hugh, der ihn auf dem langen

Marsch von Folkestone kaum beachtet hatte, sah, dass er nicht so alt war, wie er tags zuvor gewirkt hatte. Rasiert und in frischen Kleidern bot er das Bild eines gedrungenen, sich aber sehr aufrecht haltenden Mannes. Er trug ein dunkles Tweedjackett über einem weißen Hemd mit Stehkragen und einer dunkelroten Krawatte, eine graubraune, weit über die Hüften hochgezogene Flanellhose und Schuhe aus weichem Leder. Dass ihm das Hemd zu weit war, erkannte man an dem großen Abstand zwischen Hals und Kragen. Aus Mr Tillinghams wohlgefälligem Blick schloss Hugh, dass die Sachen von diesem selbst stammten und der Schriftsteller mit deren professoraler Wirkung nicht unzufrieden war.

»Sie sehen heute sehr viel besser aus, Herr Professor«, sagte Hugh. »Haben Sie gut geschlafen?«

»Mr Tillinghams Haus ist eine Zuflucht für den Leib und Balsam für die Seele«, antwortete der Professor. »Gerade eben sagte ich zu ihm, dass ich mich fühle, als wäre ich nach einer langen Expedition auf einem dunklen Kontinent in die Zivilisation zurückgekehrt.«

»Es ist erschütternd, welche Entbehrungen der Professor erleiden musste«, sagte Mr Tillingham. »Ich weiß gar nicht, ob sich die Damen das anhören können.«

»Sie würden von Tante Agatha und Miss Nash einiges zu hören bekommen, sollten Sie auch nur die Andeutung wagen, sie könnten für solche Geschichten zu zart besaitet sein«, entgegnete Daniel, nahm sich im Vorbeigehen eine Scheibe Butterbrot vom Teetisch, ließ sich auf einen Stuhl fallen und kaute geräuschvoll auf dem Brot herum.

»Allerdings möchte die Tochter des Herrn Professor das Ganze vielleicht nicht noch einmal durchleben«, gab Hugh zu bedenken. »Wie geht es ihr, Sir?«

»Ich habe sie noch nicht gesehen. Wir mussten uns erst einmal ausruhen. Ich habe sie zwar so gut beschützt, wie es ein Vater nur tun kann, aber das arme Kind hat dennoch *des horreurs* mit angesehen.«

»Heroisch«, sagte Mr Tillingham und strich sich übers Kinn. »Der gebildete Mensch in Auflehnung gegen die viehischen Horden – ein uraltes Motiv.«

»Ich war heute im Wohnheim«, berichtete Hugh. »Einige Ihrer Landsleute haben große Schlafprobleme. Dr. Lawton und ich mussten ihnen ein Mittel verschreiben.«

»Es überrascht mich nicht, dass sie am Ende ihrer Kräfte sind.« Der Professor seufzte. »Für einen Bauern sind der Verlust einiger weniger Besitztümer und die Vertreibung aus der Heimat bestimmt ebenso schrecklich wie für einen Menschen mit Grundbesitz. Aber selbst meine eigenen nicht unbeträchtlichen Verluste zählen nichts gegen die Zerstörung der Zivilisation, deren Zeuge ich wurde.«

»Die Deutschen haben die ehrwürdige Bibliothek von Professor Fontaines Universität niedergebrannt«, sagte Mr Tillingham. »Wenn es noch eines weiteren Beweises dafür bedurfte, dass die Zivilisation selbst in Gefahr ist …«

»Ich konnte den befehlshabenden Offizier überreden, einige der kostbarsten Bücher zu retten«, erzählte der Professor. »Aber selbst dieser gebildete Mann, an dessen Vernunft ich appellierte, konnte seine Soldaten nicht davon abhalten, das Gebäude in Brand zu setzen.« Er zog ein großes Taschentuch hervor und wandte das Gesicht ab.

Hugh beschlichen Zweifel, ob das Verbrennen von Büchern ein größeres Verbrechen sein konnte, als arme Familien bei vorgehaltenem Bajonett aus ihren Häusern zu vertreiben. Und das Leid der Menschen im Hafen hatte keinen Unterschied zwischen Arm und Reich gemacht. Doch er sagte nichts. Eine solche Diskussion hätte die Teegesellschaft kaum begrüßt – denn dass die lebhafte Debatte das erste Opfer jeden Krieges war, daran gab es keinen Zweifel.

Als sich Mr Tillinghams Tür auftat, war es für Beatrice wie die Öffnung des Tempels. Schon während sie Agatha Kent und Celeste ins Haus folgte, roch sie die Bücher, deren Duft den wächsernen Geruch der Holzpolitur und den Hauch frischen Gebäcks aus der unsichtbaren Küche durchdrang. In Leder gebundene Bücher, alte Bücher mit vergilbten Seiten, neue Bücher mit der stechenden Ausdünstung von Druckerschwärze und der Verheißung unberührter, noch nicht aufgeschnittener Seiten, die des Papiermessers harrten. Druckschriften und Gedichtbändchen in Schachteln, leeres Papier, bereit für Schreibmaschine oder Stift. Sie verspürte Vertrautheit und einen winzigen, zitternden Funken Hoffnung, in diese geflieste Diele, diese hohen Räume zu gehören. Würde Mr Tillingham ihr wirklich die Benutzung seiner Bibliothek anbieten? Könnte Mr Tillinghams Sekretärin nicht vielleicht plötzlich für einige Zeit erkranken und Beatrice einspringen und dem Schriftsteller helfen, wie sie ihrem Vater so oft geholfen hatte? Und würde sich der berühmte Mann dann womöglich aus Dankbarkeit nicht mehr nur für Daniel, sondern wie eine Art Onkel auch für das von ihr Geschriebene interessieren? Einen Moment lang überließ sie sich den schönen Vorstellungen und war von einer Zuversicht erfüllt, die sie seit dem Tod des Vaters nicht mehr empfunden hatte.

Celeste umfing ihren Arm plötzlich fester und riss sie aus den Träumereien. Das Mädchen zitterte stark und war wieder leichenblass. Beatrice wurde jäh bewusst, mit welch großem Schmerz und Verlust ihre Freude bezahlt war, endlich in Mr Tillinghams Allerheiligstem zu sein, und sie begriff, dass man das Mädchen niemals in einen Garten voller fremder Menschen hätte bringen dürfen.

»*Courage, ma petite*«, sagte sie und streichelte Celestes Hand. »Gleich sind wir bei deinem Papa.«

Beim Tee ergingen sich der Professor und Mr Tillingham ausführlich über die Situation in Belgien. Beatrice lehnte eine zweite Tasse höflich ab und war froh, als ihr Agatha zuflüsterte, dass sie gern aufstehen und sich den Garten ansehen dürfe. Sie betrachtete gerade eine große violette Clematisblüte, die ihre samtigen Blätter an den Ziegeln der alten Gartenmauer entfaltet hatte, als sich Daniel – mit einem übel riechenden Zigarillo – und Hugh auf dem schmalen Weg näherten.

»Ein sentimentaleres Motiv für einen Maler lässt sich kaum denken!« Daniel bewegte den Kopf in Richtung des Professors und dessen Tochter am anderen Ende des Rasens. Der Professor ruhte in seinem Sessel wie auf einem Korbthron, und Celeste, auf einem niedrigen Korbhocker neben ihm, glich einer demütigen Prinzessin. Ihre Hand war auf seinen Arm gebettet, ihre Röcke rings um sie auf das Gras gebreitet, ihr Oberkörper leicht dem Vater zugeneigt, das Gesicht zu ihm erhoben. Der Professor, zu dessen heldenhaftem Nimbus die bewundernde Haltung der Tochter beitragen mochte, dozierte noch immer, und Agatha Kent und Mr Tillingham lauschten mit größter Aufmerksamkeit. »›Ruhe nach dem Sturm‹ könnte man es betiteln oder ›Die dankbaren Gäste‹. Auf jeden Fall ist sie ein überzeugendes Argument für den sofortigen Ruf zu den Waffen.«

»Musst du immer alles ins Lächerliche ziehen?«, fragte Hugh und sah ihn böse an. »Sie haben ihr Haus verloren, ihre Heimat – alles. Gestern am Hafen herrschte eine unvorstellbare Verzweiflung.«

»Wenigstens haben sie einander«, warf Beatrice ein. »Der Vater ist ihr ein und alles.« Ihre Stimme hatte unwillkürlich zu zittern begonnen.

»Düstere Gedanken an einem so herrlichen Nachmittag«, sagte Hugh.

»Ich will das Leid dieser Leute nicht verharmlosen«, erklärte Daniel, »aber der Mensch ist nun einmal von Natur aus mehr daran interessiert, für die Rettung eines schönen jungen Mädchens zu kämpfen. Wenn sie ihr Taschentuch fallen ließe, würde ich sofort zur Musterung laufen.«

»Wenn sie ein Taschentuch fallen ließe, wärst du zu faul, um es aufzuheben«, bemerkte Hugh.

»Du hast recht.« Daniel seufzte. »Aber gut möglich, dass mich ein Gedicht überkommt.«

»Es ehrt Sie sehr, die junge Dame aufgenommen zu haben, Miss Nash«, sagte Hugh. »Ich finde es jedoch zu viel verlangt.«

»Tante Agatha könnte sie beherbergen«, rief Daniel. »Dann würden wir sie jeden Tag beim Frühstück sehen, Hugh!«

»Vergeben Sie meinem Cousin. Er albert nur herum.«

»Wirklich?«, fragte Beatrice. »Es klingt sehr überzeugend.«

»So durchbohrt der Stachel Ihres Scharfsinns den Ballon meines Stolzes, Miss Nash. Ich werde auf einem dafür tauglichen Stuhl in mich zusammenfallen«, verkündete Daniel und ging mit raschen Schritten zur zweiten Attacke auf die Gebäck-Etagere über.

»Die wenigsten Damen wären bereit, jemanden bei sich wohnen zu lassen«, sagte Hugh, während sie hinter Daniel zum Teetisch schlenderten. »Ich bewundere Sie.« Beatrice freute sich über das Kompliment des ernsthaften Hugh. Als sie sich ihm lächelnd zuwandte, sah sie jedoch, dass er Celeste betrachtete und seinem Cousin Daniel, der einen Stuhl herangezogen und ein Gespräch mit ihr begonnen hatte, einen finsteren Blick zuwarf. Ihre Freude verflog, und sie wischte ihre verletzten Gefühle mit einer scharfen Bemerkung beiseite.

»Ach, das war der reine Egoismus. Sie wissen doch, dass es zurzeit sehr in Mode ist, einen Flüchtling aufzunehmen.«

»Kein Mensch würde Sie jemals verdächtigen, nach der Mode zu gehen.«

»Genau das, was eine Frau hören will«, sagte Beatrice seufzend.

Hugh blieb abrupt stehen und sah sie verunsichert an. »Ich wollte damit nur sagen, dass niemand … Also, ich wollte damit nicht sagen, dass … Mein Gott, Miss Nash!«

»Ich necke Sie doch nur ein bisschen, Mr Grange.« Es freute sie, dass seine Aufmerksamkeit wieder ganz ihr galt; gleichzeitig tat es ihr leid, der eigenen Eitelkeit nachgegeben zu haben. »Ich danke Ihnen für Ihren Glauben an meine Selbstlosigkeit.« Ihr war schmerzlich bewusst, dass sie Mr Tillinghams Bitte um Hilfe nicht aus völlig selbstlosen Motiven erfüllt hatte. Doch sie stand nun einmal auf unabsehbar lange Zeit in einer großen Verantwortung und galt deshalb, ob es ihr gefiel oder nicht, als eine Art Heilige.

»Bitte nennen Sie mich Hugh.«

»Hugh.«

»Sie wirkt sehr ruhig«, sagte er, den Blick wieder auf Celeste gerichtet. »Hat sie geschlafen?«

»Nicht besonders gut. Aber sie ist jetzt in Sicherheit, und die Albträume werden nachlassen.«

»Diese Leute haben Dinge gesehen, mit denen kein zivilisierter Mensch in der eigenen Stadt rechnet. Ich befürchte, dass einige an Neurasthenie erkranken und selbst die Stärksten weiterhin Albträume haben werden.«

»Wie kann man ihr helfen?«

»Sie müssen sie genau beobachten und sie wie einen frisch Erkrankten behandeln. Viel heißer, süßer Tee oder Rinderbrühe, gute Luft, Ruhe – und falls sie ein Schlafmittel braucht, wenden Sie sich an Dr. Lawton.«

»Danke. Und werden Sie kommen und nach dem Rechten sehen?« Er warf ihr einen Blick zu, doch seine Miene verriet nichts. »War nicht von Sahnegebäck die Rede?«, sagte sie lächelnd.

»Ich habe es meiner Tante und meinem Cousin noch nicht mitgeteilt, aber ich werde nicht mehr lange in Sussex sein.« Er stockte. Dann fügte er mit gedämpfter Stimme hinzu: »Ich fahre morgen nach London und rücke ein.«

»Das ist nicht Ihr Ernst!« Beatrice ließ sich auf eine kleine, schlichte Holzbank an der Gartenmauer fallen. »Ich dachte, das Kriegshandwerk wäre nur etwas für die Harry Wheatons dieser Welt. Es gibt hier so viel Wichtiges für Sie zu tun!«

»Dieser Arbeit werde ich mich weiterhin widmen – nur eben als Angehöriger des Royal Army Medical Corps.«

»Und was ist mit Ihrem Chirurgen? Der Mann zählt auf Sie.«

»Er leitet das Projekt und stellt in Aussicht, dass ich auf dem Gefechtsfeld nicht nur mehr Patienten bekomme und mehr Erfahrungen sammle, sondern auch gleichzeitig meinen Kriegsdienst tun und meine Karriere vorantreiben kann.« Seine Lippe zuckte verächtlich.

»Eine unwiderstehliche Kombination«, murmelte Beatrice.

»Trotzdem hat sich alles in mir dagegen gesträubt.« Er setzte sich neben sie. »Es erschien mir nicht richtig, in den Krieg zu ziehen, um die eigene Karriere zu beschleunigen.«

»Und seine Tochter? Sie findet das Ganze doch bestimmt schrecklich.« Überrascht stellte sie fest, wie sehr es sie bekümmerte, dass er sich in Gefahr begab. Sie schalt sich eine schlechte Patriotin, weil sie ihre eigenen Bekannten lieber nicht im Krieg gewusst hätte.

»Miss Lucy setzt sich so eifrig für die Rekrutierung ein, dass Lord Kitchener sie mit ihrem flehenden Blick auf ein Plakat drucken lassen sollte. Aus Loyalität und aus Zuneigung muss ich es ihr wohl erlauben, mich als ihren Rekruten zu betrachten.« Er richtete den Blick über den Rasen hinweg auf den Professor und Celeste. »Aber in Wahrheit habe ich mich erst gestern im Hafen dazu entschlossen. Die vielen Flüchtlinge, die Verwundeten, das Chaos …« Er verstummte. Beatrice sah in seinen Augen, dass die Bilder vom Vortag an ihm vorbeizogen.

»Das muss sehr schwer gewesen sein«, sagte sie, wusste aber sofort, dass sie es sich niemals vorstellen konnte. Die Erschöpfung, die schmutzigen Kleider und der penetrante Gestank der wenigen im Rathaus zusammengepferchten Flüchtlinge waren bereits genug gewesen.

»Großmütter mit blutenden Füßen nach tagelangem Marsch in Holzpantinen«, erzählte er aufgebracht. »Säuglinge, die man völlig Fremden in die Arme geworfen hatte, um sie in Sicherheit zu bringen, Frauen, die verzweifelt Nachricht von ihren inhaftierten Männern zu bekommen versuchten und ihre Zettel an jeden Zaun hängten.« Er schüttelte den Kopf, als wollte er die Bilder vertreiben. »Da verschwanden alle anderen Überlegungen mit einem Schlag, und ich wusste, dass ich dorthin muss, wo ich immerhin nützlich sein kann.«

»Wer Sie kennt, wird nie bezweifeln, dass die Pflicht für Sie an erster Stelle steht. Alle werden stolz auf Sie sein.«

»Danke, Sie sind sehr freundlich zu mir.« Er hielt ihr die Hand hin, und sie umfing sie. »Sie sagen immer offen, was Sie denken, Miss Nash. Umso mehr weiß ich Ihre lieben Worte zu schätzen. Hoffentlich hat mein Bericht Sie nicht zu sehr angegriffen.«

»Ich bin froh, dass Sie so freimütig waren.« Sie sah zum Teetisch hinüber und dachte, wie schmerzlich Hughs Mitteilung für Agatha sein würde, die gerade über eine Bemerkung von Daniel lachte. »Wann sagen Sie es Ihrer Tante?«

»So spät wie möglich.«

12

Auf Beatrices Frühstückstablett lagen zwei Briefe. Der eine war von Lady Marbelys Anwälten, der andere von Mr Caraway, dem Verleger ihres Vaters. Sie deponierte sie auf dem Tischchen und aß weiter, um ein wenig länger das wunderbare Gefühl auszukosten, vielleicht schon bald alle Sorgen, die finanziellen wie die beruflichen, los zu sein. Ungefähr eine Woche nach Celestes Ankunft hatte sie Tante Marbely einen Brief mit der höflichen Bitte geschrieben, einen etwas höheren monatlichen Betrag aus ihrem Treuhandvermögen erhalten zu dürfen, da sie sich nun, wenn auch in bescheidenem Maße, an der Kriegshilfe beteilige. Lange hatte sie an ihrem Stift gekaut, um Genügsamkeit mit Selbstlosigkeit zu verbinden, die Aufnahme des Flüchtlingsmädchens zu beschreiben und die vielen patriotischen Teegesellschaften, Komitees und anderen Veranstaltungen aufzulisten, an denen sie künftig nicht ohne beträchtliche private Mehrausgaben würde teilnehmen müssen. Ungeniert schilderte sie in aller Ausführlichkeit, wie dankbar Mr Tillingham ihr sei, schmückte die von ihr nach wie vor genossene Gönnerschaft Lady Emilys bewusst aus und erwähnte geflissentlich, dass Agatha Kents Ehemann über engste Verbindungen in höchste politische Kreise verfügte. Am Ende enthielt der Brief die Darstellung eines Lebens von fast missionarischer Schlichtheit, das gleichwohl eine Erhöhung des Kleidergelds zur Aufrechterhaltung des Ansehens unabdingbar machte, und war auf so überzeugende Weise manipulativ, dass sie, um ihr schlechtes Gewissen zu beruhigen, sich selbst versprechen musste, die böse Tat irgendwann wiedergutzumachen.

Während sie ihren Porridge und einen geschnittenen grünen Apfel aß, versuchte sie ihre Vorfreude auf den Brief des Verlegers zu richten, der zu dünn war, um ein zurückgeschicktes Manuskript zu enthalten, und daher die Erfüllung ihrer literarischen Träume verhieß. Doch der dicke Umschlag der Anwälte, in dem sich möglicherweise ein Bankwechsel befand, lenkte sie ab. Sie schob die Literatur beiseite und überlegte genüsslich, ob sie sich lieber einen Strohhut von Agatha-Kent-Qualität oder die dreibändige, in dunkelblaues Saffianleder mit Handvergoldung gebundene Jane-Austen-Ausgabe kaufen würde, die in der Buchhandlung ihre Begehrlichkeit geweckt hatte. Wehmütig schmunzelnd gestand sie sich ein, dass sie den Büchern wohl immer den Vorzug vor äußerer Zier geben würde, und riss das prall gefüllte Kuvert auf.

Der Brief wie der beiliegende Vertrag waren gespickt mit juristischen Begriffen, aber das, was sie verstand, trieb ihr, noch während sie angestrengt las, die Zornesröte ins Gesicht. Offenbar hielten es die Testamentsvollstrecker auf Lady Marbelys Anregung hin für nötig, über die noch so junge Frau väterlich zu wachen. Von der weiblichen Beschränktheit in finanziellen Dingen war ebenso die Rede wie von der Pflicht gegenüber der Familienehre – mit dem Ergebnis, dass man ihr nur dann mehr Geld bewilligen könne, wenn ein ortsansässiger Anwalt ihr finanzielles Gebaren beaufsichtige. Bei ihm müsse sie ihr Gehalt hinterlegen, alle Rechnungen präsentieren und für jede Ausgabe, die die übliche Höhe ihrer Aufwendungen übersteige, im Voraus um Genehmigung ersuchen. Die Forderung, Beatrice selbst habe die Kosten für diese Überwachung zu bezahlen, setzten der Demütigung die Krone auf. Den beigelegten Vertrag – das Einverständnis, ihre eigenen Gefängniswärter zu entlohnen – solle sie unterschreiben; sobald sie ihn gezeichnet und vorgelegt habe, hieß es abschließend, werde der Anwalt vor Ort ihr unverzüglich einen Wechsel in Höhe von zehn Pfund ausstellen.

Der beschämende Gedanke, dass man sie mit zehn Pfund zu kaufen versuchte, trieb ihr die Tränen in die Augen. Die kleine Wohnstube, erst vor kurzem für ihre Unabhängigkeit geputzt und möbliert, verschwamm vor ihren Augen und wurde unwirklich. Sie blinzelte heftig, zerknüllte den Brief, versuchte das Komische in der Ansicht zu sehen, eine Frau, die ihrem Vater auf mehreren Kontinenten das Haushaltsbuch geführt hatte, müsse sämtliche Ausgaben kontrollieren lassen, die über den Kauf von Bändern und Rosinenbrötchen hinausgingen. Schweigend nahm sie Abschied von den neuen Büchern, denn der Umschlag enthielt keinen Wechsel, und der Brief gab zu verstehen, dass sie bis zur kommissarischen Einsetzung eines ortsansässigen Anwalts warten musste.

Sie ergriff den dünnen Umschlag. Jetzt bereute sie es, nicht um einen Vorschuss gebeten zu haben, und fragte sich, ob Mr Caraway vielleicht von selbst auf die Idee gekommen war. Da ihr Vater immer über die Knausrigkeit des Mannes geklagt hatte, gab es jedoch wenig Grund zur Hoffnung. Während sie den Brief öffnete, sagte sie sich, dass es für einen Schriftsteller wichtiger sei, Arbeit als Geld zu haben.

Die Zeilen des Verlegers ihres Vaters waren kaum weniger enttäuschend als der Brief des Anwalts ihrer Tante Marbely. Mr Caraway erinnerte sich ihrer mit Freude und sandte herzliche Grüße sowie eine heitere Anekdote über ihren Vater. Was den Briefband betraf, schrieb er jedoch, das Archiv ihres Vaters sei an die Familie gefallen, die ihn vertraglich verpflichtet habe, einen geeigneten Herausgeber zu finden und eine offizielle Ausgabe zu publizieren.

»... Ich hoffe, Sie freuen sich über die Mitteilung, dass wir uns, wie von der Familie Ihres Vaters vorgeschlagen, mit einem berühmten Autor von bestem Ruf in Verhandlungen bezüglich der Herausgabe und einer Einführung in das Buch befinden. Sicherlich sind auch Sie der Meinung, dass ein gelehrtes Werk dieser Art die Reputation Ihres Vaters aufwerten würde und sein Nachlass einen Herausgeber von internationalem Renommee erfordert. Da Sie offenbar im Besitz von Briefen sind, die sich nicht im Archiv Ihres Vaters befinden, und die von Ihnen verfasste Einführung ein, zwei beeindruckende Erkenntnisse bietet, haben wir uns erlaubt, Ihr Manuskript als einen wertvollen Forschungsbeitrag weiterzuleiten. Lady Marbely hat uns versichert, dass unser Vorhaben Ihre Zustimmung finden werde und Sie gern bereit seien, uns alle im offiziellen Archiv fehlenden Originalbriefe zukommen zu lassen. Hochachtungsvoll …«

In Beatrices Schläfen pochte die Wut. Bis in die Fingerspitzen spürte sie das Blut pulsieren. Im dunklen Trauerjahr war ihre Arbeit die einzige Zuflucht, der einzige Trost gewesen, und jede neue Erkenntnis hatte sie ihrem Vater nähergebracht. Das schmale Bändchen wäre nicht nur ein gediegenes Erstwerk gewesen, ein Ausgangspunkt für die Erarbeitung eines bescheidenen Rufs als Schriftstellerin, sondern auch eine direkte Verbindung zwischen dem Vater und ihrer Zukunft. Sie erkannte durchaus den unleugbaren Vorteil, den das größere Herausgeberprojekt für das öffentliche Andenken ihrs Vaters bot, aber dass der Verleger ihre Arbeit ganz beiläufig als bloßen Forschungsbeitrag abgetan und ihr unterstellt hatte, sie habe Briefe aus dem Archiv ihres Vaters entwendet, brachte sie zur Verzweiflung. Sie vergrub das Gesicht in den Händen und seufzte dumpf auf – des verlorenen Vaters und der Unerfüllbarkeit ihrer Wünsche wegen.

Um die Fassung wiederzugewinnen, schenkte sie sich eine letzte Tasse Tee ein und versuchte ihre Situation ein wenig objektiver zu betrachten. Diesen Trick hatte der Vater ihr stets nahegelegt, wenn sie als Kind traurig oder wütend gewesen war. Den Blick auf ein Problem zu weiten und es von der eigenen Erfahrung her zu analysieren, helle sowohl die Stimmung als auch den Geist auf, hatte er immer gesagt. Obwohl sie mittlerweile fand, dass es kein passender Ratschlag für ein weinendes Kind war, ertappte sie sich oft dabei, ihre Probleme so umzuordnen, als wollte sie eine kleine Abhandlung darüber schreiben.

Sie hatte sich nie mit Geld befasst, weder mit seiner Beschaffung noch mit seinem Vorhandensein im Übermaß, doch jetzt, da sie nur sehr wenig besaß und ihre Träume vom bezahlten Veröffentlichen zerstört waren, begann sie es wertzuschätzen, dass immer genug Geld zur Verfügung gestanden hatte. Ihr Vater war stolz gewesen auf die in seinen Augen bescheidene Haushaltung und ihrer beider Fähigkeit, im Rahmen seiner privaten Jahreseinkünfte zu bleiben. Dabei war es ihnen immerhin so gut gegangen, dass sie, wenn ihr Vater Appetit auf Rebhuhn gehabt hatte oder einen Vorrat von mehreren Kisten dunklem, aber sehr bukettreichem Clairet hatte anlegen wollen, die Sachen besorgt und die Rechnung mit einer rasch hingeworfenen Unterschrift lächelnd beglichen hatte. In ihren Augen war es eine Frage des Anstands gewesen, sich einmal im Monat hinzusetzen und die Rechnungen prompt zu bezahlen; jetzt sah sie ein, dass sie es in Wahrheit aus Stolz getan hatte – und dass es die Sünde des Stolzes war, für die sie nun bestraft wurde.

Zehn Pfund also bot ihr der Anwalt. Sie zog ein kleines schwarzes Haushaltsbuch aus einem von Agatha Kents hübschen georgianischen Bücherschränken und schlug es auf, um ihre Finanzen noch einmal durchzugehen. Schonungslos teilten die Zahlen ihr mit, dass ihre spärlichen Ersparnisse fast vollständig für die Fahrt nach Rye und die ersten beiden Monate Kost und Logis verbraucht worden waren. Das Einkommen, das sie bezog, sobald sie ihre Stelle antrat, deckte die Kosten für Mrs Turber; danach blieb nur ein kleiner Rest für diverse Anschaffungen des täglichen Bedarfs, für eine bescheidene Spende sonntags in der Kirche und für Notfälle. Sie würde keine Bücher mehr subskribieren können, und wie sie neue Kleider bezahlen sollte, sobald sie welche brauchte, war ihr ein Rätsel. Wenn sie schreiben wollte, musste sie zusätzlich Papier und Tinte, neue Federn und Briefmarken für den Versand der Manuskripte kaufen. Solche Dinge waren ihr früher belanglos erschienen; jetzt würde sie beim Schreibwarenhändler und in der Post ihre Münzen zählen müssen wie die alten Witwen mit den nestelnden Fingern und abgewetzten Handschuhen.

Handschuhe waren jetzt das Dringlichste. Sie hatte Celeste zwei

Paar gegeben und besaß nur noch drei Paar sommerliche aus Baumwolle und zwei Paar seidene für den Abend. Dass sich auf der Stulpe eines der verbliebenen Baumwollexemplare ein größerer Tintenfleck befand, hatte sie ganz vergessen. Sie war nicht bereit, mit billigen Handschuhen herumzulaufen, wie sie die Verkäuferinnen sonntags trugen, aber der Kauf eines weiteren Paars von guter Qualität würde das Restgeld einer ganzen Woche verschlingen. Still vor sich hinlächelnd stellte sie das Haushaltsbuch zurück. Jetzt war ihr klar, warum manche Leute – Haushälterinnen, Gouvernanten, Mrs Turber – eine so konservative, beschränkt wirkende Sicht der Dinge hatten. Insgeheim hatte sie das immer für eine verachtenswerte Charakterschwäche gehalten, doch nun erkannte sie reumütig, dass die Notwendigkeit dahintersteckte, jeden Überschwang, der mit beschädigten Handschuhen oder ruinierten Schuhen enden konnte, tunlichst zu vermeiden. Während der Tee in der Tasse kalt und der Porridge in der Schüssel hart wurde, begann sie zu verstehen, was es bedeutete, wenig Geld zu haben. Ein lohnendes Thema für die Sonntagspredigt oder für einen Erziehungsroman; an einem sonnigen Morgen in Sussex wirkte es eher ernüchternd.

Zum Frühstück erschien Celeste in einem grauenhaften, von Mrs Turber gespendeten rosa Seidenkleid, in dem ihr zierlicher Körper geradezu schwamm und das ihre Wangen wie von Schminke gerötet erscheinen ließ. Beatrice konnte ihren leichten Schreck nicht verbergen.

»Isch 'ätte gern eine Nadel und eine Schere«, sagte Celeste, während sie eine große, mit Kohl-Rosen gemusterte Leinenrüsche an der Taille befingerte. »Ist es *d'accord*, zu machen *quelques changements*?«

»Für dieses Kleid braucht man eher eine Garten- als eine Nähschere«, erwiderte Beatrice. »Iss erst einmal dein Frühstück. Danach helfen Abigail und ich dir, das Kleid enger zu machen.« Nachdem Beatrice ein Messingglöckchen geläutet hatte, erschien Abigail und brachte Toast und heißes Wasser. Mit offenem Mund starrte sie das Kleid an und meinte schließlich, man müsse Mrs Saunders holen.

»Nein, ich bin nicht einverstanden«, erklärte Celeste, und eine natürliche Röte gesellte sich zu dem Rosa des Mieders, das ihre Wangen färbte. »Ich muss meine Reparatur selbst machen, und ich bin zufrieden.«

»Mrs Saunders macht das gern«, sagte Beatrice. »Wir freuen uns, wenn wir helfen können.«

»Ich habe schon – wie sagt man? Zu viel Mitleid angenehmt?« Celeste presste die Lippen zusammen und spielte an dem kleinen Goldkreuz, das sie um den Hals trug. »Diese nette Dame hat meine Spitze gewaschen, und ich kann nicht bezahlen. Ich will sie nicht fordern, ein Kleid modisch zu machen.«

Beatrice spürte Celestes verzweifelten Stolz und schämte sich, weil sie keine zehn Minuten zuvor mit dem Stolz eines Geizkragens über ihrem Haushaltsbuch gebrütet und es bedauert hatte, einem Mädchen, dem nichts geblieben war als die zerrissenen Kleider am Leib, ein schlichtes Paar Handschuhe geschenkt zu haben. Der Gedanke, wie es wohl war, keine Bettwäsche, keine Schuhe, nicht einmal ein Stück Seife oder eine Dose Zahnpulver sein eigen zu nennen und Almosen annehmen zu müssen, die ein Mädchen wie Celeste früher selbst verteilt hatte – dieser Gedanke war ihr nicht gekommen.

»Es tut mir leid«, sagte sie. »Du hast recht, die kleinen Änderungen schaffen wir auch allein.«

»Ich möchte es heute Vormittag machen«, erklärte Celeste. »Ich bin am Nachmittag nebenan eingeladen.«

»Ich würde es in zwei Teile schneiden, Miss«, sagte Abigail. »Aus der unteren Hälfte könnte man einen Straßenrock und zwei Vorhänge machen.«

Beatrice verzichtete einmal mehr auf das vormittägliche Schreiben und Abigail auf die Erfüllung ihrer vormittäglichen Pflichten, um das Kleid zu dritt zuzuschneiden und mit Falten zu versehen, damit es besser passte. Beatrice und Abigail hatten ihre Mühe mit den langen Einfachnähten, während Celeste mit flinker Nadel und sehr geschickt ein Stück von Beatrices grauem Ripsband in akkuraten Schlingen der Länge nach am Mieder anbrachte und den Rock damit unten glatt säumte. Um die Mittagszeit war die rosa Seide in ein schmales, schlichtes Nachmittagskleid verwandelt. Mrs Turber kam und begann lautstark zu schimpfen, weil das Essen nicht fertig war; als sie sah, wie gut das Kleid Celeste stand, knurrte sie nur noch, dass es viel zu fein sei für einen ganz normalen, der Hilfe für die Flüchtlinge gewidmeten Nachmittag. Celeste drückte ihr die Hand, sagte im entzückendsten gebrochenen Englisch, wie gütig sie sei, und Mrs Turber sah sich angesichts der Sprachbarriere zum Rückzug gezwungen.

Plötzlich kam Beatrice der Gedanke, dass Celeste Englisch vielleicht besser verstand und fließender sprach, als sie zugab. Falls es so war, machte sie ihr keinen Vorwurf daraus, sich hinter der Maske der unergründlichen Ausländerin zu schützen. Sie, Beatrice, hatte das in heiklen Situationen auf Reisen selbst so gemacht und einmal zu ihrer Schande sogar zu Hause, als sie die Avancen eines unverständlichen, hochbetagten Freundes von Lady Marbely bei einem Jagdball abwehrte, indem sie dem armen Mann in aller Deutlichkeit »Ich spreche leider kein Englisch« ins Gesicht sagte und sich ans andere Ende des Ballsaals begab.

Nach dem aus Käsebroten bestehenden Mittagessen brachte Beatrice Celeste nach nebenan – Mr Tillingham hatte sein Gartenhäuschen als Treffpunkt für die belgischen Flüchtlinge zur Verfügung gestellt – und schlich sich sofort in die Bibliothek, wo sie aber nicht lang blieb, da sie ihre Privilegien zu bewahren hoffte, indem sie sich für den berühmten Mann unsichtbar machte. Mit einem neuen Buch ging sie auf dem Kiesweg über den Friedhof, setzte sich in den geschützten Winkel eines Strebepfeilers, der ihr Lieblingsplatz geworden war, und begann im gesprenkelten Schatten der alten Bäume zu lesen.

Die Grabsteine im kühlen Gras waren so stark verwittert und mit Moos bewachsen, als wäre in Rye seit mindestens hundert Jahren niemand gestorben. Um die kleine Beobachtung des Widersinns niederzuschreiben, dass unveränderliche Grabsteine von der Kürze und Zerbrechlichkeit des Lebens kündeten, kramte sie in ihrer Tasche nach Stift und Notizbuch, zog stattdessen aber den Brief von Mr Caraway heraus. Sie las ihn noch einmal, als könnte sie den Text dadurch ändern, da fiel ein Schatten auf das Papier. Sie hob den Blick und sah einen jungen Offizier in steifer Khaki-Uniform vor sich. Erst nach mehreren Sekunden erkannte sie Hugh Grange, denn er war dünner geworden und durch die Uniform und das gestutzte Haar verändert. Nur das runde Kinn und sein offenes Lächeln waren angenehm vertraut geblieben.

»Guten Tag, Miss Beatrice«, sagte er, die Mütze ziehend. Das Wiedersehen freute sie weit mehr, als sie gedacht hatte. Sie fragte sich, ob vielleicht der Schreck über die Uniform ihr Mitgefühl geweckt hatte.

»Beatrice genügt«, sagte sie sehr bestimmt. »In Zeiten wie diesen sind Formalitäten und anderes mehr nur albern.«

»Ich fühle mich geehrt. Hoffentlich hat meine Uniform Ihnen keine Angst gemacht.«

»Man sieht jetzt so viele Männer in Uniform – ich hätte nicht gedacht, dass mich Ihr Anblick derart befremdet. War Ihre Tante sehr schockiert?«

»Ich habe sie wohl genau in die Aufregung versetzt, die sie bei anderen Frauen verachtet. Meine Ankunft gestern war für uns beide schrecklich, obwohl mein Onkel John sie bereits vorbereitet hatte. Daniel konnte es sich nicht verkneifen, die denkbar geschmacklosesten Witzeleien von sich zu geben, und meine Tante sprach kein Wort. Ich habe mir gewünscht, Sie würden mit uns am Tisch sitzen und die gespannte Atmosphäre ein bisschen auflockern.«

»Ja, man ist gern dort eingeladen, wo man sich nützlich machen kann«, erwiderte sie, lächelte aber, um der Bemerkung die Spitze zu nehmen, denn sie sah, dass er viel zu bekümmert war, um auf seine Worte zu achten, und auch jetzt nicht bemerkte, dass er nicht sie, sondern eine andere junge Frau hätte erwähnen sollen. Sie bat ihn, sich zu setzen.

»Ich habe mich heute fast die ganze Zeit in meinem Studierzimmer versteckt und bin schließlich mit großem Risiko für meine neue Uniform durch eine Hecke entwischt, um ein wenig spazieren zu gehen.« Er suchte die Ärmel nach grünen Flecken ab und fuhr sich mit der Hand durchs Haar. Er sah angestrengt aus, und Beatrice stellte sich Agathas Gesicht vor, blass und von Sorge gezeichnet. »Ich bin erst seit wenigen Wochen in Ausbildung. Hoffentlich kommt man sich immer weniger wie ein Blender vor, je länger man sie trägt.«

Beatrice hätte ihm gern etwas Tröstliches gesagt.

»Ihre Tante ist die vernünftigste Frau, die ich kenne«, erklärte sie schließlich. »Ihr Schmerz beweist ihre tiefe Zuneigung zu Ihnen und verbirgt, wie stolz sie auf Sie ist. Wenn Sie sich nicht mehr verstecken, wird sie schneller einlenken.«

»Sie sind die zweitvernünftigste Frau, die ich kenne. Darf ich fragen, warum Sie sich auf dem Friedhof verstecken?«

»Ich tue so, als würde ich lesen. In Wirklichkeit suhle ich mich in Selbstmitleid, weil mir der Verleger meines Vaters jegliches Talent abspricht. Aber diese unwichtigen Gedanken haben Sie mit Ihrem Erscheinen an den Platz verwiesen, an den sie gehören.« Sie gab ihm den zerknitterten Brief, den sie die ganze Zeit in der Hand gehalten hatte. »Wenigstens werden die Briefe meines Vaters der Welt im großen Stil präsentiert.«

Hugh las mit ernster Miene.

»Das ist erbärmlich«, sagte er. »Ihre Tante hat kein Recht, Ihre Interessen in dieser Angelegenheit zu verraten.«

»Sie hat es sicherlich nicht mit Absicht getan. Und wenn doch, dann hätte sie dem Vermächtnis meines Vaters einen großen Dienst erwiesen, für den ich ihr danken müsste.«

»Sie hat Sie verraten.«

»Vielleicht hätte ich meinen Vater verraten. Ich hätte, nur um meine eigene literarische Karriere beginnen zu können, das ganze Projekt und damit sein Vermächtnis geschmälert.«

»Eine Einführung bringt jeder zustande«, sagte Hugh. »Den tiefen Einblick aber haben nur Sie.«

»Natürlich – Sie wissen ja nicht einmal, ob ich schreiben kann. Ich bin schließlich nur eine Frau.«

»Ich nehme Sie beim Wort und unterstelle beiden Geschlechtern den Besitz grundlegender Fähigkeiten.«

»Ihre gelassen ausgesprochene Unterstellung ist für die meisten Leute reine Ketzerei. In Zeiten wie diesen spielt das aber wie gesagt keine große Rolle mehr. Ich werde selbstverständlich helfen, so weit ich kann, und das Vermächtnis meines Vaters wird durch das Projekt zweifellos gesichert.«

»Wen haben sie wohl beauftragt?«, fragte Hugh, der den Brief immer noch stirnrunzelnd betrachtete.

»Ich weiß es nicht. Meine Tante liest nur Predigten, und der große John Wesley müsste mittlerweile tot sein. Ich habe keine Ahnung, wen sie sonst kennen. In meinem Brief an Tante Marbely musste ich erklären, wer Mr Tillingham ist.« Kaum hatte sie den Namen ausgesprochen, durchfuhr sie ein eiskalter Schreck. Sehr langsam wandte sie den Kopf und sah Hugh an, und ihre Augen weiteten sich unwillkürlich vor Entsetzen.

»Sie glauben doch nicht –?«, sagte er.

»Glauben Sie –?«

»Tillingham hätte Sie bestimmt informiert, wenn er für das Projekt angefragt worden wäre«, sagte Hugh.

»Warum denn?« Beatrice klang verbittert. »Er sieht mich doch gar nicht, und am allerwenigsten im Zusammenhang mit meinem Schreiben.«

»Reine Spekulation. Dass sich Mr Tillingham für das Projekt zur Verfügung gestellt hat, obwohl er sich kaum an Ihren Vater erinnert, ist völlig unvorstellbar.«

»Stimmt. Welche Ironie – die literarische Unsichtbarkeit wird zum Rettungsanker.«

»Mr Tillinghams Stolz steht seinem Ehrgeiz in nichts nach, und Ihr Vater ist kaum der berühmte Literat, mit dem er sich seinen Ruf vergolden möchte. Ihr Vater dürfte weit unter seiner Wahrnehmungsschwelle liegen.«

»Mein Vater wird in den literarischen und historischen Zirkeln sehr wohl geschätzt«, entgegnete Beatrice, blinzelte die hervorschießenden Tränen weg und versuchte zu lachen. Hugh hatte es offenbar bemerkt, denn er fügte hüstelnd hinzu: »Ich bin nicht der größte Bewunderer von Mr Tillingham. Es geht mir hier nur um sein Fehlverhalten, nicht um die Errungenschaften Ihres Vaters.«

»Es stimmt, was Sie sagen. Aber mein Vater war zufrieden mit seinen kleinen Beiträgen und hat sich mit dem ruhigen Gelehrtenleben begnügt.«

»Und diesem Leben, dieser Arbeit wäre mit Ihrem Einsatz gedient gewesen. Es ärgert mich, dass Sie so ausgebootet werden. Wir müssen uns etwas überlegen.«

»Es freut mich sehr, Freunde zu haben, die so denken. Sie wissen nicht, wie viel mir das bedeutet.« Der gutherzige Blick seiner grauen Augen war so tröstlich, als hätte er ihr den Arm um die Schulter gelegt.

»Ich hasse Ungerechtigkeit«, sagte er, ihre Hand tätschelnd. Warm und schwer lagen seine Finger auf ihrer Haut. »Sie dürfen nicht aufgeben.«

»Ich gebe nicht auf.« Eine verwirrende Wärme durchströmte sie, und sie zog ihre Hand zurück. Dann erhob sie sich, nahm ihre Tasche, zwang sich, Hugh noch einmal in die Augen zu blicken, und sagte lächelnd: »Aber erst einmal muss ich mein Glück mit dem Unterrichten gewisser Jungen machen, deren früherer Lehrer offenbar mehr Zeit auf naturwissenschaftliche Experimente als auf Lateinübersetzungen verwendet hat.«

»Hoffentlich drangsalieren die Jungs Sie nicht allzu sehr.«

»Ich hatte nicht erwartet, dass der kleine Snout sich so gut mit Vergil auskennt. Aber weil er natürlich lieber sterben würde, als den anderen sein Interesse zu zeigen, stöhnen sich alle drei durch den Unterricht wie Heilige durch den Märtyrertod.«

»Snout könnte wie gesagt mit einem Stipendium und etwas mehr Motivation durchaus etwas aus sich machen. Ich habe allerdings schon oft erlebt, dass sich Intelligenz nicht gegen die Lebensumstände durchzusetzen vermag, Miss Beatrice. Nur ein außergewöhnlicher Junge ist in der Lage, so früh in ihn gesetzte Hoffnungen zu erfüllen.«

»Eine zielstrebige Lehrerin müsste einiges bewirken. Ich kann nur dem Beispiel meines Vaters folgen und den Schülern das Wissen vermitteln, über das ich verfüge.«

»Ich hätte Sie gern begleitet, aber ich muss nach Hause und meiner Tante Agatha unter die Augen treten. Am Montag melde ich mich zum Dienst zurück. Hoffen wir, dass sie nächste Woche wieder so vernünftig ist, wie wir sie kennen – andernfalls muss ich mich künftig ausschließlich in London aufhalten.«

»Das wäre ein großer Verlust für Ihre Freunde«, sagte Beatrice und hielt seinem Blick stand. Nur ihre plötzlich geröteten Wangen drohten sie zu verraten.

Es war heiß in der Küche. Ein Stuhl hielt die Hintertür offen, und die langen Metallhaken der Fensterflügel steckten in den äußersten Ösen, aber auch die Zugluft konnte den Dampf nicht ganz vertreiben, der aus den großen, mit köchelnden Pfirsichen und Pflaumen gefüllten Kupfertöpfen und den im sprudelnden Wasserbad anheimelnd klirrenden Marmeladengläsern aufstieg. Berge von Stangenbohnen, dick wie junge Aale, lagen auf Sackleinen in der Spülküche, daneben haufenweise Karotten, Blumenkohl und kleine, frühe, noch mit Erde überkrustete Rote Bete. Agatha hatte eine weite weiße Schürze umgebunden und das Haar unter eine alte Morgenhaube gesteckt, die noch aus der Aussteuer ihrer Mutter stammte. Sie half der Köchin, so viel Obst und Gemüse wie nur möglich einzumachen, um gegen weitere Nahrungsmittelknappheit gerüstet zu sein. Man hatte sogar zusätzliche Gläser aus Hughs Studierzimmer und diversen Ecken im Stall geholt – unter einigem Murren, weil die konservierten Laborproben sowie Smiths Nagel- und Schraubensammlung kurzerhand in weniger geeignete Gefäße gekippt werden mussten.

Die Köchin ließ kein Erstaunen darüber erkennen, dass solcher Aufwand getrieben wurde und Agatha den ganzen Tag mit in der Küche stand, und Agatha war froh über den ungewohnten Mangel an Neugier. Schwere körperliche Arbeit schien ihr genau das Richtige zu sein, um nach Hughs Auftritt in Uniform die Gedanken zum Schweigen und das Herz zur Ruhe zu bringen. Obwohl ihr Mann Hughs Entscheidung vorab schriftlich mitgeteilt hatte, war es ein Schock gewesen, als Hugh mit John aus dem Zug gestiegen war – ganz lässig in seiner Khaki-Uniform und pausenlos über Militärchirurgie redend.

»Seit ich diene, haben meine Eltern nichts mehr gegen die Fortsetzung meiner medizinischen Ausbildung einzuwenden«, hatte er beim Abendessen gesagt, während er sich mit John über die Einzelheiten von Sir Alex Ramseys Plan unterhielt, eigene Einrichtungen für Kopfverletzte zu schaffen.

»Hoffentlich habt ihr Jungs vom Medical Corps alle ein unterschriebenes ärztliches Attest in der Tasche, falls ihr schnell in die Heimat zurückmüsst«, hatte Daniel eingeworfen. »Oder wie würdest du es finden, wenn du im Notfall das eigene Bein amputieren müsstest?«

Agatha hatte an ihrem Earl Grey genippt und versucht, die plötzlich auftretende Übelkeit zu überwinden. Sie hatte den Krieg wie eine Bürgerpflicht betrachtet und ihre vielen neuen Aufgaben gern übernommen. Ihrer festen Überzeugung nach mussten jetzt alle ihr Bestes geben, aber Hugh in Uniform zu sehen und sich bewusst zu machen, dass ihn die praktische Ausübung seiner Fähigkeiten aufs Schlachtfeld führte, versetzte ihrem Eifer einen fast körperlichen Schlag.

»Der Keller muss in diesem Jahr gründlich ausgeräumt werden«, sagte sie. »Wir haben uns zu sehr daran gewöhnt, jederzeit in der Hauptstraße zu bestellen.«

»Dann müssen wir aber auch etwas nach London schicken«, erwiderte die Köchin. »Mr Kent soll doch nicht Hunger leiden!« Wie die meisten Frauen vom Land verachtete sie London und glaubte felsenfest, dass es dort Hungersnot, in Sussex dagegen nur kleinere Engpässe geben werde.

»Mr Kent kann in seinem Club essen«, entgegnete Agatha. »Es gibt hier so viel zu tun – ich werde kaum in die Stadt kommen.«

»Wenn wir alle Gläser füllen sollen, haben wir fast gar kein Salz und keinen Zucker mehr.«

»Sobald Smith von der Mühle zurückkommt, schicken wir ihn noch einmal zum Krämer. Er soll fragen, ob neue Ware eingetroffen ist.« Smith war mit dem Auftrag weggeschickt worden, größere Säcke Mehl zu kaufen, als die Läden in der Stadt vorrätig hatten, und den Gerüchten nachzugehen, denen zufolge der Staat noch zu erntendes Getreide für die Armee aufkaufte. Agatha wollte keine Lebensmittel horten. Um darauf verzichten zu können, brauchte sie jedoch glaubwürdige Informationen darüber, ob die Vorräte weiterhin ausreichten, und sie scheute nicht davor zurück, die Beteuerungen ihres Mannes durch eigene Nachforschungen zu ergänzen.

»Wenn wir ein Stück Wiese aufgraben, könnten wir ein oder zwei Schweine halten«, meinte die Köchin. Sie liebte Agathas sehr gepflegten Gemüsegarten und hatte sich schrecklich aufgeregt, als man ihr den Hühnerstall wegnahm, weil es so stank und ein unerträglicher Hahn die Hausgäste weckte. Von großen gemähten Wiesen, die nur dem Krocketspielen oder Spazierengehen dienten, hielt sie gar nichts.

»Auf jeden Fall kaufen wir so lange wie möglich beim Metzger«, sagte Agatha. »Dem armen Mann ist es immer so peinlich, dass er kaum Ware hat.«

»Gestern hatte er nur Zunge. Es waren so viele Rinderzungen, dass ich auf einmal eine ganze Weide mit lauter stummen Kühen vor mir gesehen habe. Richtig erschrocken war ich!«

»Ich wusste gar nicht, dass Sie so viel Fantasie besitzen.« Agatha hob den Blick von der dicken Pfirsichhälfte, die sie in ein Glas zu zwängen versuchte, und sah, dass die sonst so rotgesichtige Köchin blass geworden war. »Ist alles in Ordnung?«

Die Köchin ließ sich, in jeder Hand eine dicke Karotte, auf einen Stuhl fallen. »Entschuldigen Sie, Madam, aber der Mann von meiner Tochter ist Knall auf Fall zur Armee gegangen. Jetzt muss sie sich ganz allein um die Kleine kümmern.«

»Es gibt doch Beihilfen für die Ehefrauen und Kinder«, sagte Agatha sanft.

»Er sagt, es gibt da mehr Geld, und außerdem ist es ein Abenteuer. Aber was, wenn er als Krüppel zurückkommt oder gar fällt? Was, wenn er etwas mit einer Marketenderin anfängt und überhaupt nicht heimkommt?« Sie schüttelte den Kopf und wischte sich eine Träne von der Wange. »Es hat ihn schon immer gestört, dass seine Tochter verkrüppelt ist.« Agatha wusste nichts zu erwidern. Es beschlich sie die schäbige Sorge, die Köchin könnte künftig unangekündigt fortbleiben, vor Müdigkeit die Soße anbrennen lassen oder die Enkelin mitbringen, die dann in der Küche im Weg herumstehen würde. Mit einem Mal sah sie sich zu der Frage gezwungen, ob ihr mitfühlendes Interesse an den Familien der Bediensteten vielleicht mehr auf dem Wunsch beruhte, großherzig wirken zu wollen, als auf der ehrlichen Bereitschaft, mit den Problemen behelligt zu werden.

»Es wird bestimmt alles gut«, sagte sie, zuckte aber angesichts ihrer eigenen Schwäche zusammen.

»Sie sind sehr freundlich, Ma'am. Ich sage immer zu meiner Tochter, dass es in ganz Rye keine gütigere Dame gibt als Mrs Kent.«

Das Telefon unter der Treppe klingelte. Agatha war froh, als Jenny kam und ihr mitteilte, Lady Emily wünsche sie zu sprechen.

»Lady Emily am Telefon?« In Lady Emilys Augen waren Fernsprechapparate etwas entsetzlich Vulgäres. Sie hatte zwar einen anschließen lassen, aber er befand sich in einer Holzkiste in der Bibliothek ihres Mannes. Bei Lady Emily wurde nur selten abgenommen, weil man kaum je das Klingeln hörte.

»Ich glaube, es ist ihre Tochter, Ma'am«, erklärte Jenny. »Aber sie hat gesagt, dass Lady Emily Mrs Kent sprechen möchte.«

»Geben Sie Bescheid, dass ich gleich da bin.« Agatha wusch sich an der großen Metallspüle den Pfirsichsaft von den Händen.

Während sie durch die Diele eilte, nahm sie die Morgenhaube ab – nicht weil man die am Telefon hätte sehen können, sondern um den Stil zu wahren.

»Agatha Kent am Apparat«, sagte sie in das schwere schwarze Telefon hinein, ohne, wie so viele Leute, die Stimme zu erheben, als könnte man sie dadurch in die Kupferleitung pressen.

»Hier spricht Eleanor Wheaton. Meine Mutter steht neben mir«, erwiderte die Anruferin. Im Hintergrund war Gemurmel zu hören. »Meine Mutter entschuldigt sich – sie kommt nicht selbst an den Apparat, weil man mit den Keimen nicht vorsichtig genug sein kann.«

»Ich weiß, dass sie das Telefon hasst. Normalerweise lässt sie einfach einen Brief bringen.«

»Das hat sie auch diesmal getan. Aber noch bevor der Diener das Haus verlassen hatte, konnte sie es nicht mehr erwarten, und ich habe ihr angeboten, mit Ihnen zu telefonieren und Ihnen zu sagen, dass Sie und Mr Kent am Samstag unbedingt zum Abendessen kommen müssen, weil Earl North da sein wird.«

»Earl wer?«

»Aber das ist doch selbstverständlich.«

»Wie bitte?«, sagte Agatha. »Was haben Sie gesagt?«

»Ach, ich habe nur gerade zu meiner Mutter gesagt, dass Sie selbstverständlich gemeinsam kommen.«

»In Anbetracht der Lage kann ich leider nicht garantieren, dass mein Mann mitkommt. Sie wissen ja, dass er wegen des Kriegs und so weiter sehr viel zu tun hat. Aber einer meiner Neffen könnte mich begleiten, falls es recht ist.« Eleanor übermittelte ihrer Mutter die Nachricht, und wieder folgte leises Gemurmel. Als es mehrmals in der Leitung knackte, konnte Agatha sicher sein, dass die Dame von der Telefonvermittlung und der eine oder andere mit einem Telefon ausgestattete Nachbar über den Gemeinschaftsanschluss mithörten. »Ja, ohne ihn können sie den Krieg nun einmal nicht führen«, fügte sie hinzu und freute sich diebisch über die Gelegenheit, mit der Bedeutung ihres Mannes zu protzen, wie sie es von Angesicht zu Angesicht niemals getan hätte. In der Leitung begann es zu hüsteln, und sie verkniff sich ein schuldbewusstes Kichern. Den meisten Leuten war es wichtig, der Öffentlichkeit Belege für ihr Ansehen zu präsentieren; ihr Ehemann dagegen behandelte seine Arbeit lieber als Privatsache und fand es lustig, wenn man ihn für einen kleinen Beamten hielt. Agatha amüsierte das nicht, und manchmal musste sie sich auf die Zunge beißen, um nicht den Premierminister zu erwähnen oder mit einer nationalen Angelegenheit zu prahlen, in der Johns Tätigkeit eine wichtige Rolle gespielt hatte.

»Entschuldigung, was haben Sie gesagt?«, fragte Eleanor.

»Gar nichts«, antwortete Agatha.

»Meine Mutter hat mir versichert, dass Sie es nicht übel nehmen werden, wenn wir Ihnen sagen, dass es hier im Grunde um Ihren Mann geht. Lord North überprüft die Verteidigungsmöglichkeiten in den einzelnen Orten, und wir brauchen Leute, die zum Thema Krieg sprechen können. Ihr Gatte ist für die Pläne meiner Mutter unverzichtbar.«

»Ich verstehe. Ich werde alles versuchen, damit er ebenfalls kommt.«

»Meine Mutter sagt, Sie seien der einzige Mensch in Rye, der so viel Verständnis aufbringe.« Gedämpftes Grummeln deutete darauf hin, dass die Bemerkung bei den Mithörern wenig Zustimmung fand. »Sie und Mr Tillingham sind die Einzigen, von denen man annehmen kann, dass Lord North sie kennenlernen möchte.«

»Es freut mich zu hören, dass ich annehmbar bin«, sagte Agatha.

»Dann wäre alles geklärt. Es gab noch die etwas heikle Frage, ob wir auch Mr Tillinghams Belgier einladen sollen. Aber das Mädchen wohnt bei Miss Nash. Ich bin ja ganz vernarrt in Miss Nash, aber Mutter fand, dass man sie nicht einladen kann. Außerdem ist der Sohn von Lord North ein Freund Ihres Neffen Daniel – es wären einfach zu viele junge Leute.«

»Ja, es ist immer schwierig, eine gute Tischordnung zu erstellen«, sagte Agatha. Eleanor übermittelte ihrer Mutter die Botschaft, und wieder wurde eifrig gewispert.

»Meine Mutter weiß Ihr Verständnis sehr zu schätzen«, fuhr Eleanor fort, »aber wir haben das Problem zum Vorteil aller gelöst. Mein Bruder und ich fahren mit allen jungen Leuten zum Hopfenfest auf der Long Meadow Farm. Wir machen ein Picknick im Hopfenfeld und feiern abends mit.«

»Die jungen Leute werden froh sein, nicht zum Dinner erscheinen zu müssen«, erwiderte Agatha. Ihr wäre der Ausflug zur Hopfenfarm auch lieber gewesen; sie hatte sogar vorgehabt, selbst eine solche Fahrt dorthin zu organisieren. Nun würde sie sich in ihr engstes Korsett zwängen und in einer vom Rang bestimmten Tischordnung im düsteren, mit Stein verkleideten Speisezimmer der Wheatons sitzen müssen, während Daniel und Hugh ganz ohne sie beim Hopfenschneiden halfen, aus warmen Tonflaschen den dort hergestellten Cider tranken und singend die Erntewagen auf einer sternenhellen Landstraße zurückbegleiteten. Ihre liebsten Sommererinnerungen galten nicht bestimmten Erlebnissen – Picknicks, dem Baden im Meer, Tennis- oder Kricketnachmittagen. Viel stärker war ihr im Gedächtnis geblieben, wie sehr Hugh und Daniel das alles genossen hatten, die Freude in ihren Gesichtern, ihr schallendes Lachen. Hugh würde ein letztes Mal vor seiner Abreise nach Frankreich Hopfen schneiden. Bei dem Gedanken umklammerte sie den Telefonhörer fester.

»Sagen Sie Hugh und Daniel, dass ich mich auf ihr Kommen verlasse«, bat Eleanor.

Agatha hörte die Glocke an der Hintertür. »Ich glaube, Ihr Diener ist gerade eingetroffen. Wenn Sie nichts dagegen haben, gebe ich ihm keine Antwort mit.«

»Selbstverständlich. Wir haben gehört, dass Sie heute einkochen und sehr beschäftigt sind. Mutter hat sich eben wieder daran erinnert, wie köstlich Ihre Pfirsichmarmelade schmeckt.«

»Danke«, sagte Agatha trocken. Es überraschte sie immer wieder, wie rasch sich etwas zwischen den Häusern herumsprach. Über kurze Distanzen war eine dem richtigen Dienstmädchen mitgeteilte Information schneller als jedes Telegramm. »Wir haben gestern auch Senfgurken nach dem Rezept unserer Köchin eingelegt. Soll ich Ihnen ein paar Gläser Marmelade und Gurken bringen lassen?«

»Warten Sie – meine Mutter möchte etwas sagen.« Nach weiterem Gemurmel ertönte eine Stimme – so laut, als gälte es, über eine Schlucht hinwegzurufen.

»Sehr freundlich … kann ich unmöglich … nehmen wir aber gern an …«

»Haben Sie es gehört?«, fragte Eleanor. »Sie will nicht näher an den Apparat herangehen.«

»Bitte sagen Sie Ihrer Mutter, dass ich ihr danke.« Agatha fand es zwar vernünftiger, am Telefon leise zu sprechen, als durch den ganzen Raum zu brüllen, aber die Etikette hatte nun einmal sehr oft nicht das Geringste mit rationalem Denken zu tun. »Ich schicke Ihnen etwas von beidem.« Sie legte auf und ging in die Küche, um die Köchin zu bitten, sie solle Lady Emilys Diener zwei Gläser mitgeben, die groß genug waren, um Freigebigkeit erkennen zu lassen, aber nicht so groß, als dass sie eine übervolle Speisekammer vorspiegelten, aus der nach jedem Kompliment Gläser verschenkt werden konnten.

13

Die Anwaltskanzlei Fothergill und Sohn residierte in einem georgianischen Backsteinhaus in der Nähe des Bahnhofs. Eine klobige, mit Rosshaarstoff bezogene Sitzgarnitur nahm fast das ganze Empfangszimmer ein. Beatrice setzte sich auf die Kante eines verschnörkelten Sofas und versuchte nicht herumzurutschen, während sie wartete. Schwere Vorhänge verbargen die eleganten großen Fenster und hielten die Sonne ab, und ein dicker Orientteppich in Lila- und Brauntönen sorgte für eine Atmosphäre selbstzufriedenen Wohlstands. Bei der Vorstellung, in wenigen Momenten ausgerechnet Bürgermeister Fothergill Auge in Auge gegenüberzusitzen und finanzielle Angelegenheiten mit ihm zu besprechen, wurde Beatrice leicht übel. Sie haderte mit sich, weil sie weder die moralische Kraft noch die Mittel besaß, um ihr Treuhandgeld schlicht nicht in Anspruch zu nehmen. Endlich öffnete sich eine Tür in der Täfelung, und der Bürgermeister schritt geräuschlos über den Hochflorteppich auf sie zu.

»Wie schön, dass Sie sich bereitgefunden haben, meine bescheidene Kanzlei aufzusuchen«, sagte er. »Ich hätte Ihnen meine Aufwartung gern bei Ihnen zu Hause gemacht, dachte aber, dass wir es hier vielleicht ein wenig behaglicher und diskreter haben.« Auf diese Vorzüge hatte er bereits in dem Brief hingewiesen, mit dem sie von seiner Ernennung zum Treuhänder unterrichtet worden war, und das Cottage darin als »Ihr möbliertes Zimmer« bezeichnet.

»Danke, Mr Fothergill.« Sie versuchte sich seine subtile Herablassung nicht zu Herzen zu nehmen.

»Möchten Sie eine Tasse Tee?«

»Nein danke.« Persephone fiel ihr ein, die sich geweigert hatte, Speise und Trank von Hades anzunehmen. »Ich möchte Ihre Zeit nicht über Gebühr beanspruchen, sondern nur erfahren, wie der Vorschlag meiner Tante im Einzelnen aussieht, damit ich mich in allen Punkten dazu äußern kann.«

»Wir freuen uns, um Hilfe gebeten worden zu sein. Als eine der ältesten Anwaltskanzleien der Stadt sind wir zwar von dem Ruf, den wir genießen, nicht allzu überrascht, reagieren jedoch stets mit Demut und Dankbarkeit.« Er setzte eine Brille auf und musterte Beatrice über die kleinen runden Gläser hinweg mit einem alles andere als demütigen Blick. »Zu Ihren wirtschaftlichen Mitteln und Ihren Beziehungen kann man nur gratulieren«, fuhr er fort. »Verständlicherweise liegt Ihnen daran, in diesen Dingen Zurückhaltung walten zu lassen. Es gibt viele, die versuchen würden, ihren Vorteil daraus zu ziehen.« Er senkte den Blick auf das Bündel Papier in seiner Hand und strich mit seinem dicken Finger über das zuoberst liegende Blatt.

»Ich werde niemandem erlauben, einen Vorteil daraus zu ziehen«, erwiderte Beatrice und hoffte, Mr Fothergill durch ihren bestimmten Ton verdeutlicht zu haben, dass sie auch ihn damit meinte.

»Eine Frau, deren treuhänderisch verwaltetes Geld erst und ausschließlich im Fall ihrer Verheiratung freigegeben wird, stellt ein attraktives Ziel für Abenteurer aller Art dar«, sagte er leise, in verschwörerischem Ton. »Die Treuhänder haben zwar zu verstehen gegeben, dass Ihre Einkünfte eher den Charakter eines bescheidenen Auskommens als den großer Reichtümer haben, wollen die Zügel aber dennoch fest in der Hand behalten.«

»Ich werde niemals heiraten«, erklärte Beatrice. »Ich möchte mit meinem eigenen Einkommen ein genügsames Leben führen und habe nur um Summen in einer von den Treuhandbestimmungen vorgesehenen Höhe gebeten, um einen angemessenen Lebensstandard beibehalten zu können.«

Mr Fothergill starrte sie so eindringlich an, als suchte er in ihrem Gesicht nach Anzeichen von Wahnsinn.

Genau so hatte ihre Tante sie angesehen, als Beatrice sie bat, ihr einen bestimmten, von Lady Marbely favorisierten Hilfspfarrer nicht länger als Heiratskandidaten zu präsentieren. Dass eine vernunftbegabte Frau es ablehnte, sich einen Ehemann zu sichern und dadurch ein jährliches Einkommen von mehreren Tausend Pfund zu erben, war Tante Marbely völlig unverständlich gewesen. Beatrice hatte sie nicht davon überzeugen können, dass die Bereitschaft des Hilfspfarrers, sie, wie er sagte, trotz ihres Alters und ihrer viel zu umfassenden Bildung zu nehmen, einer Beleidigung gleichkam und Beatrice lieber verhungern als sie sich gefallen lassen wollte. In ihrem Zorn hatte Tante Marbely ihr daraufhin schmerzlich klargemacht, dass sie Beatrices Vater sowohl zu dem Treuhandverhältnis als auch zu dem Hilfspfarrer überredet hatte und es sein letzter Wunsch gewesen war, seine Tochter in den sicheren Armen eines passenden Ehemannes zu wissen. Nachdem sie das vor Wut über die durchkreuzten Pläne kreidebleich gewordene Gesicht und die bitterbösen Schmähungen ihrer Tante überstanden und sich geschworen hatte, niemals nachzugeben, saß sie nun dem stirnrunzelnden Mr Fothergill mit großer Gelassenheit gegenüber und nutzte diesen Vorteil, indem sie hinzufügte: »Derart geringe Summen bedürfen wohl kaum einer Kontrolle oder Genehmigung.«

»Sie können versichert sein, dass ich nur mäßig daran interessiert bin, mich mit jeder einzelnen kleinen Ausgabe im Leben einer gesetzten ledigen Frau zu beschäftigen«, erwiderte Mr Fothergill. Noch immer leicht konsterniert hob er gebieterisch die Hand und schob, während er sich eine neue Taktik zurechtlegte, einige Blätter auf dem Schreibtisch hin und her. »Ich hätte allerdings im Rahmen der angeregten Vereinbarung eine für Sie und mich gleichermaßen bequeme Lösung anzubieten.«

»Nämlich?«

»Mein Vorschlag beinhaltet lediglich, dass Sie jeden Monat eine

Liste Ihrer Ausgaben zusammen mit den Rechnungen der Händler vorlegen und ich Mrs Fothergill, meine Frau, bitte, sie durchzugehen und abzusegnen. Dann könnte sie nicht nur mich beraten, sondern wäre auch Ihnen, die Sie allein und ohne weibliche Unterstützung sind, eine große Hilfe.«

»Ich kann Ihre Frau unmöglich mit einer solchen Aufgabe belasten«, entgegnete Beatrice entsetzt.

»Sie würde sich freuen. Ich habe schon ganz diskret bei ihr vorgefühlt. Sie hat ihr edles Haupt sofort zustimmend gesenkt.«

»Ich möchte nicht, dass meine Angelegenheiten auf diese Weise besprochen werden.«

»Meine Frau ist die Verschwiegenheit in Person, und ich habe weder Ihren Namen noch irgendwelche finanziellen Einzelheiten erwähnt, sondern nur von einer armen unverheirateten jungen Frau ganz ohne weibliche Stütze erzählt. Wir haben keine eigene Tochter, müssen Sie wissen …«

»Mrs Kent und Lady Emily sind sehr freundlich zu mir.«

»Nun, genau darum geht es. Beide auf ihre Art ganz imposante Frauen, keine Frage, aber man sollte Lady Emily nicht ausnutzen.« Er warf Beatrice einen so ernsten Blick zu, als hätte man sie dabei ertappt, dass sie täglich vor Lady Emilys großer Eichentür auftauchte und um finanzielle Unterstützung bat. »Und was Mrs Kent betrifft …« Er beugte sich verschwörerisch vor, so weit es sein dicker Bauch zuließ. »Meine Frau und sie haben als kleine Mädchen zusammen gespielt. Einerseits verbietet es mir diese lange Freundschaft, über Mrs Kent zu sprechen, andererseits gebietet es meine Verantwortung als Treuhänder, Sie vor ihr zu warnen.« Er legte den Zeigefinger an die Nase.

»Worauf wollen Sie hinaus?«, fragte Beatrice. »Immerhin ist Mrs Kents Ehemann ein wichtiger Beamter in Whitehall.«

»Sehr bedauerlich, der eigenen Gattin so viele Jahre im Ausland aufzuerlegen, wo der Mensch in seinen kleineren Charakterfehlern nur bestärkt wird. Meine eigene liebe Frau hat die Grenzen Südenglands nie überschritten und setzt keinen Fuß nach London, es sei denn ich ordne es an. Die Schicklichkeit geht ihr über alles.«

Beatrice stand auf und griff, um Fassung ringend, nach ihrem Sonnenschirm.

»Mit Verlaub, Mr Fothergill, ich halte dieses Gespräch für beendet. Ich bin entsetzt, dass meine Treuhänder einen Anwalt von Ihrer Geltung mit der Überwachung einer so unbedeutenden Sache beauftragt haben, und empfehle Ihnen, unverzüglich einen Brief zu schreiben und ihnen mitzuteilen, dass Sie das Mandat niederlegen.« Die Ruhe, mit der sie sich die Handschuhe überstreifte, verbarg ihre kaum bezähmbare Lust, Mr Fothergill anzuschreien. »Den Treuhändern sage ich selbstverständlich nichts. Es handelt sich um eine überaus seriöse Kanzlei, deren Anwälte Ihren Vorschlag, so gut gemeint und wunderbar er auch sein mag, bestimmt nicht sonderlich zu schätzen wüssten.«

»Ja, diese Burschen in London sind manchmal recht schwierig«, sagte Mr Fothergill stirnrunzelnd, und Beatrice sah, dass sie ihn ordentlich verwirrt hatte. »Andererseits bin ich mir sicher, dass es ihnen sehr wohl um solche Auflagen geht.« Wieder glitt sein Blick über die Papiere; offenbar trauerte er den Gebühren nach, die er hätte erheben können. »Sie bieten Ihnen eine sofortige Zahlung von zehn Pfund an.«

»Über diese zehn Pfund können wir beide doch nur lachen, Mr Fothergill. So billig kauft man uns die Redlichkeit nicht ab!«

»Ja, normalerweise bin ich mit größeren Transaktionen befasst«, sagte er. Doch da hatte sie ihm schon »Guten Tag!« entgegengeschleudert und war, die Arroganz ihrer Tante so gut imitierend, wie unter den Umständen möglich, hinausgerauscht.

Auf der Straße bekam sie Angst, sie könnte vor lauter Elend zu weinen beginnen. Weil sie nicht wusste, ob sie in ihrem Cottage ungestört sein würde, eilte sie die Anhöhe zum alten Turm hinauf, der über dem Marschland thronte. An seiner Brüstung hoffte sie das erhitzte Gesicht im Seewind kühlen zu können und sich zu beruhigen.

Die Schritte hinter ihr nahm sie kaum wahr, hörte jedoch am Eingang zum Turmgarten jemanden »Hallo!« rufen und sah zu ihrem Entsetzen Mr Poot, Fothergills Neffen, schnaufend die Straße heraufkommen. Er fuchtelte mit dem Hut und schien sich in seinem dreiteiligen Wollanzug äußerst unwohl zu fühlen. Einen Moment lang hegte sie die schwache Hoffnung, er würde jemand anderem mit seinem zerknautschten Hut zuwinken, doch als er schließlich, das Gesicht mit einem großen Taschentuch trocknend, den Rasen überquerte, war klar, dass er ihr von Fothergills Kanzlei gefolgt war und mit ihr reden wollte.

»Auf ein Wort, Miss Nash«, sagte er.

»Wir kennen uns so gut wie gar nicht, Mr Poot. Ich möchte nicht unhöflich sein, aber es ist nicht besonders rücksichtsvoll, mich mitten auf der Straße anzusprechen.«

»Ich bitte um Verzeihung, Miss Nash, aber ich glaube, wir könnten einander einen Dienst erweisen. Wenn Sie mir kurz Ihr Ohr leihen würden, dürfte es Ihnen zum Vorteil gereichen.«

»Da irren Sie sich, Mr Poot. Ich wünsche Ihnen einen schönen Tag.« Sie drehte sich um und ging tiefer in den Garten hinein, in dem sich zu ihrem Bedauern kein Mensch aufhielt – nicht einmal eine Malerin vor ihrer Staffelei –, der ein wenig hätte aufpassen können.

»Und wenn ich Ihnen sage, dass Sie mir eine kurze Unterredung schuldig sind?«, fuhr er fort, ohne ein höhnisches Grinsen zu unterdrücken. »Und zwar wegen Ihrer Freunde, die dafür gesorgt haben, dass man mir meine Lehrerstelle vorenthalten hat!«

»Ich weiß beim besten Willen nicht, wovon Sie reden, Mr Poot«, entgegnete sie und umklammerte den Griff ihres Sonnenschirms fester. Während er sein Taschentuch verstaute, blickte sie ihn mit bewusst neutraler Miene an. Ihn zu fragen, was seine beruflichen Schwierigkeiten mit ihr zu tun haben sollten – diese Genugtuung wollte sie ihm nicht geben. »Ich muss Sie bitten, mich in Ruhe zu lassen.«

Poot musterte sie. Schließlich begann er zu lachen. Es war ein abgehacktes Lachen, wie Hundegebell.

»Sie wussten also nicht, dass mich die Neffen der Kents und dieser Wheaton damals betrunken gemacht und mir alles verdorben haben?«

»Wer betrunken ist, trägt die Verantwortung dafür, dass er getrunken hat.«

»Einer schüttet dir von hinten Rum auf die Jacke – schon riechst du nach Spelunke. Finden Sie das fair, Miss Nash?«

»Nein.« Ihr schoss die Frage durch den Kopf, ob er sich beschweren würde und man ihr die Stelle noch nehmen könnte. Vielleicht sah man ihr den Gedanken an, denn Poot begann schon wieder zu lachen.

»Keine Sorge, im Grunde haben mir die drei einen Gefallen getan. Mein Onkel wollte mir die Lehrerstelle verschaffen, um zu verhindern, dass ich in seiner Kanzlei arbeite. Dann ist es anders gekommen, und jetzt bin ich bei ihm angestellt.«

»Ich habe davon nichts gewusst, Mr Poot. Es war mir wichtig, die Stelle ausschließlich meiner Fähigkeiten wegen zu bekommen.«

»Was Sie ja auch erreicht haben«, erwiderte er mit einer angedeuteten Verbeugung. »Und mir wäre es wichtig, dass Sie mich kurz anhören und mich aufgrund meiner Fähigkeiten beurteilen.«

»Ich bin dazu bereit. Falls aber Ihr Onkel Sie geschickt haben sollte, wäre es reine Zeitverschwendung. Lieber verhungere ich, als mich den unverschämten Bedingungen meiner Treuhänder zu unterwerfen.« Sie richtete den Blick zum Meer, um die Schamesröte vor Poot zu verbergen. Ihr graute bei dem Gedanken, dass auch er die Vorschläge der Treuhänder kennen musste.

»Wer wie wir beide durch ungerechte Umstände Schaden erleidet, wird oft mehr gedemütigt, als er es verdient«, sagte Poot. »Wir sollten überlegen, wie wir uns gegenseitig helfen könnten.«

»Wie wollen Sie mir helfen?« Sie ging zu einem kleinen Metalltisch und setzte sich.

»Indem ich Sie um Ihre Hilfe bitte.« Plötzlich sehr zurückhaltend blieb er stehen und nahm erst Platz, nachdem sie ihn mit einer Handbewegung dazu aufgefordert hatte.

»Wir könnten unserem Land und uns gegenseitig einen großen Dienst erweisen«, fuhr er fort. »Hätten Sie Interesse an einer Tätigkeit, die wichtiger und intellektuell herausfordernder sein dürfte als Damenkomitees und Spendensammeln?«

»Ich bin immer gern bereit zu helfen, Mr Poot, muss aber einer bezahlten Beschäftigung nachgehen und kann deshalb gewisse andere, vielleicht wichtigere Aufgaben nicht übernehmen.« Es ärgerte sie, dass in der Stadt nur mehr die etwas galten, die der großen Sache ihre gesamte Zeit widmeten.

»Dasselbe gilt für mich«, erklärte Mr Poot. »Ich verfüge weder über entsprechende Beziehungen noch über ein Vermögen, mit dessen Hilfe ich mir einen bequemen Kommandeursposten beschaffen könnte, und darf nun mit ansehen, wie weniger Fähige in Positionen gelangen, für die ich mein Leben geben würde.«

»Jeder muss im Rahmen seiner Möglichkeiten helfen. Wussten Sie denn, dass Hugh Grange dem Medical Corps beigetreten ist? Ein tüchtiger Offizier und ein lobenswertes Unterfangen, finden Sie nicht?«

»Durchaus. Und endlich darf auch ich Beistand leisten.« Er hielt die Hand ans Herz. »Ich schließe mich einer kleinen Einheit von Juristen an, die dem belgischen Volk und unserem eigenen Land einen großen Dienst erweisen werden, indem sie alle belgischen Flüchtlinge hier in der Gegend zu den Gräueltaten der Deutschen während der Invasion befragen.«

»Das ist ja wundervoll, Mr Poot!«

»Die Aussagen werden gesammelt, zusammengefasst und in einem offiziellen Bericht der britischen Regierung veröffentlicht, damit, so die Hoffnung, die Schale des Kaisers an der Waage der Gerechtigkeit tief hinabsinkt.«

»Und wie sollte ich Ihnen dabei helfen?«

»Um es in aller Kürze zu erklären – wer immer in dieser Sache Zeugnis ablegt, darf keine Gräueltat und keine Grausamkeit verschweigen, seine Gefühle nicht schonen und sich keine Zimperlichkeit erlauben. Ich habe das bei meinem Besuch im Wohnheim allen Belgiern mitgeteilt, konnte sie aber nicht zur Mitarbeit bewegen, und als ich sie drängte, verstand plötzlich keiner mehr ein Wort Englisch.«

»Vielleicht haben Sie die Leute überfordert. Sie sind von den Deutschen so schikaniert und gequält worden, dass Ihr herrisches Vorgehen ihnen womöglich Angst gemacht hat.«

»Ich habe der Kommission gesagt, dass eine Militäruniform die Leute sehr viel mehr einschüchtert als ein Bowlerhut. Aber vielleicht haben Sie recht, Miss Nash – ich bin mir meiner natürlichen Autorität manchmal gar nicht bewusst. Es ist wichtig, auch die sanfte Art zu beherrschen und die Wahrheit mit Andeutungen und ein bisschen verständnisvollem Getue herauszukitzeln.«

»Ich denke, wenn Sie die Menschen freundlich fragen …«

»Sie, Miss Nash, haben ein so gutes Verhältnis zu diesen Leuten – da gäbe es bald keinen Trotz mehr.«

»Ich habe volles Vertrauen in Ihre Fähigkeit, die Menschen behutsam zu überzeugen, Mr Poot.«

»Obendrein sprechen nur die wenigsten gut Englisch – warum sollten sie auch –, und mein Französisch ist zwar recht passabel, aber doch nur wenig – nun ja, wenig differenziert.« Seine plötzlich feuerroten Ohrläppchen verrieten, dass sein Französisch für die anstehende Aufgabe viel zu stark eingerostet war. »Ich danke dem Herrgott, dass sie uns keine Flamen geschickt haben.«

»Es wird wohl erwartet, dass man die Sprache ziemlich gut beherrscht«, sagte Beatrice.

»Wenn Sie mir bei dieser wichtigen Arbeit nur ein paar Stunden helfen würden, wäre das ein großer Dienst an unserem Land«, versicherte Mr Poot. »Ich bitte Sie inständig und wäre Ihnen für immer verpflichtet.«

»Mir soll niemand verpflichtet sein. Ich weiß nur allzu gut, wie sich das anfühlt.«

»Meiner Tante und meinem Onkel ist es sehr wichtig, dass ich mich in dieser Kommission bewähre. Man hat nämlich angedeutet, dass die überzeugendsten Funde mit einer längerfristigen Anstellung beim Staat belohnt werden.« Die Gier nach einer solchen Beförderung stand ihm ins Gesicht geschrieben.

Beatrice sah ihn eindringlich an.

»Der Vorschlag Ihres Onkels, meine Finanzen zu überwachen, ist inakzeptabel«, sagte sie schließlich. Es war ihr herausgerutscht, und sie fragte sich, ob sie sich damit womöglich zu verwundbar gemacht hatte. »Sie werden meine Haltung verstehen.«

»Wenn der Zugriff auf das eigene Geld beschränkt und man wie ein Kind behandelt wird, ist das erniedrigend. Ich an Ihrer Stelle würde meinem Onkel gegenüber darauf beharren, dass eine einfache Auflistung der Rechnungen, einmal im Monat vorgelegt, mehr als ausreicht.«

»Er wollte mich gegenüber Mrs Fothergill rechenschaftspflichtig machen.«

»Nein, nein, das wird von einem Angestellten erledigt. Ich würde das selbst übernehmen und meine Nase natürlich nie in Ihre Ausgaben stecken, sondern sie immer als nachvollziehbar melden.«

»Und warum sollte er sich damit einverstanden erklären?«

»Es schmeichelt meinem Onkel ungemein, dass eine so illustre Londoner Kanzlei auf ihn zugekommen ist. Ihre Weigerung bedrückt ihn, aber gegen Ihre Dickköpfigkeit glaubt er nichts ausrichten zu können. Wenn ich ihm bei meiner Rückkehr mitteilen kann, dass Sie unserem kleinen Arrangement zustimmen, zeigt er sich bestimmt empfänglich dafür.«

»Ich helfe Ihnen, Mr Poot«, sagte sie. »Es ist nur recht und billig, unserem Land beizustehen und dafür zu sorgen, dass unsere belgischen Gäste die Gelegenheit erhalten, von den schlimmen Dingen zu berichten, die sie erdulden mussten.«

»Danke.«

»Und Ihrer Aufsicht über meine Rechnungen stimme ich probeweise für den Zeitraum eines Vierteljahres zu.«

»Stets zu Ihren Diensten, Miss Nash. Sie können sich auf meine absolute Diskretion verlassen.«

»Ich möchte nicht, dass diese Vereinbarung auch nur ansatzweise zu einer gegenseitigen Verpflichtung führt, Mr Poot.«

»Ihre Unverblümtheit ist bewundernswert, Miss Nash. Auch mir liegt nichts an einer gegenseitigen Bindung, sehr wohl aber einiges an einer eventuellen freundschaftlichen Verbundenheit.«

»Freundschaft steht aufgrund unseres gemeinsamen Rechtsgeschäfts nicht zur Debatte. Da wir uns jedoch im Grunde gar nicht kennen, verliert keiner von uns beiden etwas, wenn die Beziehung streng geschäftlich bleibt.«

»Sehr wohl.« Er wirkte zwar nicht glücklich damit, verzichtete aber auf Widerspruch, weil er offensichtlich erleichtert war, dass sie dem Plan zugestimmt hatte.

Beatrice erhob sich. »Könnte mir Ihre Kanzlei den versprochenen Wechsel über zehn Pfund spätestens morgen Abend in meine Unterkunft bringen lassen?«

»Ihre Treuhänder werden unsere Vereinbarung bestimmt bewilligen, aber die Ausarbeitung der Papiere benötigt einige Zeit. Zudem könnte es unter den derzeit herrschenden Umständen länger dauern, bis die Bank hier am Ort einen Wechsel auszahlt. Zwei Pfund könnte ich Ihnen aber beschaffen.«

»Danke. Zwei Pfund sind vorerst genug, und was den Rest betrifft, fasse ich mich in Geduld.« Sie versuchte den Garten mit einer Würde zu verlassen, die sie nicht empfand, und bei dem Gedanken an ihr altes Leben durchfuhr sie ein jäher Schmerz. Niemals hätten ihr Vater und sie die moralischen Ansprüche an sich selbst des Geldes wegen gesenkt. Jetzt wirkte die Welt etwas weniger schwarz und weiß als im Schutz des Vaters. Aber vielleicht war sie ja immer schon grau gewesen und Beatrice selbst nur naiv.

Sie ging durch die Hauptstraße auf das alte steinerne Tor am östlichen Stadtrand zu, wo die Läden einem hübschen Spazierweg wichen, der auf der Anhöhe über dem breiten Flussufer und dem dahinter liegenden Marschland verlief. Dort entdeckte Beatrice zu ihrer Überraschung Mr Tillingham. So reglos stand er am schwarzen Metallgeländer, dass die Passanten ihren Schritt verlangsamten, seiner starren Haltung wegen aber nicht wie üblich den Hut antippten und höflich nickten; nicht einmal den Kopf bewegte er, während die Bürger von Rye seinem massigen Körper auswichen und ihren Weg fortsetzten. Normalerweise hätte sie ihn nicht angesprochen, doch sein stierer Blick und seine Hand, die einen Geländerknauf umklammerte, als suchte sie daran mehr Halt, als der Spazierstock mit dem silbernen Griff zu geben vermochte, erregten ihre Besorgnis. Sie trat zu ihm und berührte seinen Arm.

»Ist alles in Ordnung, Mr Tillingham?« Er zuckte zusammen, wandte sich um, als erwachte er aus dem Schlaf, und blinzelte mit seinen schweren Lidern. »Geht es Ihnen gut?«

»Sie wissen nicht, was auf sie zukommt«, sagte er so gedehnt, als wollte er sich die Worte beim Sprechen einprägen. »Der Zauber dieses befestigten, uralten Landstrichs, dieser Stadt, ist nichts als eine brüchige Kulisse.«

»Wollen Sie sich setzen?« In der Nähe stand unter dem schützenden Dach eines großen eingetopften Baums eine Holzbank, auf die Beatrice nun deutete. »Setzen wir uns einen Moment, Mr Tillingham!«

»Verzeihen Sie mir.« Er schüttelte langsam den Kopf, so wie ein großer Hund beim Erwachen die Ohren aufstellt. Dann bot er ihr den Arm und führte sie zu der Bank. »Ich habe mir gerade einige Zeilen für einen Essay zurechtgelegt und mich vollständig in meinen Gedanken verloren. Ich bin immer sehr unhöflich beim Denken.« Beatrice biss sich auf die Lippe, um nicht grinsen zu müssen. Sie nahm Platz, beschattete die Augen mit der Hand und blickte auf die Marsch hinaus, wie Mr Tillingham es kurz zuvor getan hatte.

»Eine wunderbare Aussicht«, sagte sie. »An den Entwässerungsgräben kann man deutlich ablesen, wie sich das Meer im Lauf der Zeit zurückgezogen hat.«

»Sehr gut beobachtet, Miss Nash.« Mr Tillingham fingerte an seiner Uhrkette, als zählte er Gebete am Rosenkranz. »Dennoch glaube ich, dass die Illusion unseres unaufhörlich wachsenden grünen Puffers die Gefahr der Selbstzufriedenheit in sich birgt. Vielleicht ähneln wir Knut dem Großen. Die Ebbe kommt, und wir glauben über die Natur zu triumphieren.«

»Sie sind heute sehr pessimistisch gestimmt, Mr Tillingham.«

»Ich denke an den großen amerikanischen Konflikt meiner Jugend. Keine hundert Jahre nach der Erringung unserer Unabhängigkeit haben wir uns gegenseitig zerfleischt – Bruder gegen Bruder, Patriot gegen Patriot. Die Weizenfelder waren getränkt vom Blut junger Farmersburschen, ganze Städte von den Nachbarn niedergebrannt.« Er zog ein großes Taschentuch aus Seide hervor und drückte es an die Stirn. »Zu Beginn ist es Trommelwirbel und Pfeifenklang, Fahnenschwung und Wimpelschmuck, aber schon bald erwächst daraus ein langer, grauer Winter der Seele.«

»Man kann sich den Krieg schwer vorstellen an einem so herrlichen Tag.«

»Und doch wütet er gleich dort hinter dem Horizont.« Er gestikulierte mit seinem Stock. »Man hat mich gebeten, einen aufrüttelnden Essay zu verfassen, um Amerika für unsere ruhmreiche Sache zu gewinnen.«

Der seltenen Gelegenheit wegen, dem Schriftsteller beim Verfertigen seiner Gedanken zuhören zu können, wählte Beatrice ihre Worte sehr sorgsam. »Was werden Sie den Amerikanern schreiben?«

»Ich bin noch dabei, meine Gedanken in Worte zu kleiden. Nur aufgrund meiner Ahnung, dass England, unter dem Sommerhimmel träumend und umfangen von seinen Marschen und dem ruhigen Wasser des Kanals, einer langen Dunkelheit der Seele entgegensieht, werde ich die Menschen wohl kaum zum Handeln bewegen.« Er spielte erneut an der Uhrkette, und seine mächtigen Kiefer mahlten, als kaute er an den eigenen Gedanken. »Es gilt die Frage aufzuwerfen, ob Amerika weiterhin hoffen kann, eine eigene strahlende Welt zu errichten, wenn es weiterhin abseits steht und zusieht, wie alles Alte und Schöne der zivilisierten Welt dem Schwert zum Opfer fällt.«

»Vielleicht sollte man einen etwas weniger philosophischen Ansatz wählen«, sagte Beatrice in der Befürchtung, Mr Tillinghams Vorliebe für lange Sätze und mehrfache Ellipsen könnten einem Aufruf zum Krieg kaum zuträglich sein. »Die Zeitungen sind voller Geschichten über bajonettierte kleine Kinder und ermordete Bauern.«

»Wir werden nicht siegen, indem wir dem Blutrausch und der Grausamkeit der Deutschen mit billiger Propaganda begegnen. Wir müssen unseren Überzeugungen treu bleiben und uns mit Vernunft wappnen, sonst verlieren wir unsere Ehre, selbst wenn wir gewinnen. Das unschuldige Belgien und das altehrwürdige England müssen als die Wiege aller bestehenden Zivilisation geschützt werden – darum geht es.«

»Eine noble Sicht der Dinge«, sagte Beatrice. »Ganz ausgezeichnet.«

Mr Tillingham blickte sie an, als hätte sie ihn auf subtile Weise beleidigt. »Lob vonseiten der Damen ist immer heikel. Die Gefahr der Ablehnung durch ernster zu nehmende Köpfe. Der Stempel der romantischen Ritterlichkeit. Man erstrebt doch eher den strengeren Leser.«

»Wir sind nicht alle nur schwärmerische Leserinnen von englischen Romanen!«

»Andererseits vermögen gerade die Damen für Ideen zu begeistern«, sagte Mr Tillingham nachdenklich. »Man sollte den Grundgedanken so schlicht formulieren, dass die Frauen ihn aufgreifen und zum Stadtgespräch machen können.«

»Diese gute Sache begrüßen doch bestimmt alle.«

»Unweigerlich – sobald ich das Ganze etwas ausgestaltet habe.«

Mr Tillingham dachte kurz nach und sagte zu sich selbst: »Ich muss Daniel zum Essen einladen und die Sichtweise der jungen Generation in Erfahrung bringen.«

Beatrice konnte nur den Blick abwenden und auf die Marsch hinaussehen, um ihre Enttäuschung zu verbergen. Ihre anfängliche Besorgnis war durch seine Rücksichtslosigkeit mit einem Mal verflogen. Sie beschloss, ihn auf die Sache mit den Briefen ihres Vaters anzusprechen.

»Eine so bedeutende Aufgabe ist bestimmt sehr zeitraubend. Bedauern Sie es, das eigene Schreiben vernachlässigen zu müssen?«

»Wir alle müssen Opfer bringen. Ich habe ein, zwei kleinere Projekte, gerade genug, um mich über Wasser zu halten – obgleich ich nie der Meinung gewesen bin, dass körperliche Entbehrungen der Seele oder der Muse guttun.«

»Ich hatte gehofft, selbst ein kleines Buch veröffentlichen zu können. Briefe meines Vaters mit einer von mir verfassten Einführung.«

»Ah«, sagte Mr Tillingham und betrachtete sehr konzentriert den Frachtsegler unten auf dem Fluss.

»Der Verleger meines Vaters hat einen anderen Autor gebeten, das Projekt zu übernehmen.«

»Ach wirklich?« Der Segler, wegen seiner schweren Ladung Kohle tief im Wasser liegend, schien Mr Tillinghams ganze Aufmerksamkeit zu benötigen, um unter der Brücke wenden zu können.

»Mein Manuskript hat man einbehalten«, fügte Beatrice hinzu. »Mehr darf ich nicht beitragen.«

»Man kann ein Buch nicht gemeinsam schreiben. Ich habe es ein oder zwei Mal versucht – mit Freunden, selbst ziemlich bekannte Schriftsteller –, aber es war unserer Freundschaft abträglich.«

Eine Weile saßen sie schweigend da. Schließlich seufzte Mr Tillingham tief auf. »Hören Sie – möglicherweise handelt es sich bei besagtem Schriftsteller um mich.«

»Ein merkwürdiger Zufall. Sie hätten es mir sicherlich gesagt, wenn Sie nicht so beschäftigt gewesen wären, nicht wahr?«

»Ich hatte es vergessen. Man ist wegen eines solchen Projekts auf mich zugekommen, aber dass es in Zusammenhang mit Ihrem Vaters steht, ist mir erst jetzt wieder eingefallen. Normalerweise hätte ich es gar nicht in Erwägung gezogen, aber nachdem Sie mich dazu veranlasst hatten, das Büchlein Ihres Vaters hervorzuholen, war ich wohl in geneigter Stimmung, als mir der Verleger schrieb.«

»*Ich* sollte das Buch schreiben, Mr Tillingham. Er hatte kein Recht, einen anderen Schriftsteller zu fragen.«

»›Einen anderen Schriftsteller‹ sagen Sie?« Er zog eine Braue hoch, und Beatrice spürte die ganze Wucht seines Spotts.

»Ich gebe nicht vor, den Gipfel erklimmen zu wollen, auf dem Sie thronen, Mr Tillingham, aber ich glaube sehr wohl, dass ich für die Herausgabe der Briefe meines Vaters einzigartige Voraussetzungen biete.«

»Ich möchte mich nicht wegen eines schmalen Briefbändchens herumstreiten, das die Leserschaft im besten Falle mit Respekt aufnehmen wird, selbst wenn mein Name auf dem Deckel steht. In Anbetracht der internationalen Katastrophe, der wir so große Mengen Blut und Tränen opfern, werden Sie meine Abneigung gegen kleinliches Gezänk sicherlich teilen.« Er sah sie an und senkte die schweren Lider, sodass sein Blick dem eines demütigen Heiligen ähnelte.

»Sie haben recht. In einer so tragischen Zeit sollte ich dankbar sein, dass man dem Namen meines Vaters überhaupt noch Bedeutung beimisst.«

»Diese Angst haben wir alle«, erwiderte Mr Tillingham in einem kurzen Moment unbedachter Ehrlichkeit. »Im Krieg kann es geschehen, dass das Alte von der Tatkraft hinweggefegt und die Kunst von bloßer Effekthascherei zermalmt wird. Indem wir das Werk Ihres Vaters sorgsam verwalten, setzen wir uns für beides ein.«

»Sie bedienen sich des Autorenplurals«, sagte Beatrice. »Die Leute sagen immer ›wir‹, aber ich fühle mich nur sehr selten einbezogen.«

»Denken Sie noch einmal darüber nach, Miss Nash. Wenn Sie Ihre Meinung dann nicht geändert haben, bin ich gern bereit, wegen Befangenheit zurückzutreten und Ihr Manuskript ungelesen zu retournieren. Sollten Sie aber zu dem Schluss gelangen, dass ich der Richtige für die Aufgabe bin, wäre es mir eine Ehre, meine Recherchen mit Ihren Aufzeichnungen anzureichern, und ich fände dann möglicherweise auch die Zeit, mir ein, zwei andere Arbeiten von Ihnen anzusehen.«

Beatrice schwieg und versuchte die kindliche Begeisterung zu unterdrücken, die sie empfand, weil der berühmte Autor bereit war, etwas von ihr Geschriebenes zu lesen.

»Und selbstverständlich würden Sie dann bei mir dinieren und mir Ihre Gedanken zum Thema darlegen«, fügte er hinzu, während er sich mit einiger Mühe von der Holzbank erhob. »Auf Wiedersehen, Miss Nash.« Seine trockenen Lippen küssten ihre Hand. Dann watschelte er mit seinem eigentümlichen Gang die Hauptstraße hinunter. Der Spazierstock mit dem silbernen Griff klopfte rhythmisch auf den Boden.

Beatrice blickte ihm nach. Um ein Haar hatte sie ihre Wut unterdrückt, um am Tisch des großen Mannes sitzen zu dürfen. Sie schmunzelte bei dem Gedanken, dass Mr Tillinghams Bestechungsversuch so viel erfolgversprechender gewesen war als der von Bürgermeister Fothergill mit seinen zehn Pfund. Wie viele andere junge Schriftsteller und Maler mochte Mr Tillingham mit seinem Ruhm und Ansehen wohl schon völlig mühelos auf seine Seite gelockt haben? Während sie aufstand und zur Straße hinunterging, beteuerte sie sich, dass sie Mr Tillingham gegebenenfalls nur dem Vermächtnis ihres Vaters zuliebe gestatten würde, das Buch zu edieren, und nicht wegen der Gelegenheit, in die Reihen der jungen Protegés des berühmten Mannes aufgenommen zu werden. Dennoch war sie auf dem Weg nach Hause von dem Wunsch durchdrungen, in den so glückverheißenden Zirkel aufgenommen zu werden.

Draußen auf der Marsch brannte die Sonne auf Snouts Rücken, während er sich tief zu den brünierten Eisenbahnschienen hinunterbeugte. Die Hitze strahlte von den Holzbalken ab, mit denen das Gleis im Boden verankert war; der Schweiß hatte das Haar des Jungen verfilzt und rann ihm über die Brust. Es gab kaum Schatten. Nur verkümmerte Bäume und dichtes Dornengestrüpp trennten das Gleis von den Feldern. In manchen Sträuchern lebten Saatkrähen. In ihrer zornigen Sprache krächzend umflatterten sie ihn, pickten in den Boden und hielten ihre schwarzen Flügel dabei zur Seite, als wollten sie einen nassen Regenmantel abstreifen. Wenn sein Eimer schwer wurde, trat er unter einen der kümmerlichen Bäume mit dem dünnen, zittrigen Laub – Weißdorne größtenteils – und ruhte sich ein wenig aus inmitten des Geruchs der in Holzkohle verwandelten Äste und von glühenden, aus den Zügen gewehten Kohlestücken ins Gras gebrannten Kreise.

Er war der Einzige, der im Sommer die von den Zügen herabgefallenen Kohle- und Koksstücke sammelte. Er staunte über das kurze Gedächtnis derer, die das Gleis nur dann absuchten, wenn der Frost die Felder überzog und den Kohlepreis in die Höhe trieb. Sein Vater gab ihm einen Penny pro Eimer, um die Vorräte im Kohlenkeller der Schmiede aufzustocken. Aber ein Drittel aus jedem Eimer behielt Snout für sich und lagerte es für den Winter ein, wenn die Frauen in der Stadt ihn vom Fenster aus herbeiwinkten und ihm bereitwillig zwei Pence zusteckten, damit er den Eimer in ihre Keller entleerte. Da der Kohlepreis stieg, hoffte er, in diesem Jahr mehr zu bekommen. Als Lager diente ihm ein alter Dachsbau in einer steilen Böschung an der Stelle, wo das Gleis über einen Bach führte. Der Bau lag hinter dichtem Gestrüpp verborgen und war, weil nur wenige Male am Tag ein Zug kam, vor den Blicken der Vorbeifahrenden geschützt.

Im vergangenen Sommer hatte er zwei jüngere Burschen angeheuert, die ihm für einen halben Penny pro Eimer beim Sammeln helfen sollten. Aber sie waren faul gewesen und hatten ständig gejammert. Einem von ihnen hatte der halbe Penny nicht genügt, den er nach stundenlanger Suche für den nur halb gefüllten Eimer bekommen hatte; er hatte seinen Vater geholt, der Snout ein paar Ohrfeigen angedroht hatte, falls er nicht mehr herausrückte. Snout hatte hastig eine glänzende Zwei-Pence-Münze hervorgeholt, trotzdem wie erwartet einen derben Schlag auf die Schläfe sowie die Drohung erhalten, man werde die Bahnbeamten holebn.

Solche Geschäfte funktionierten eben nicht immer. Snout dachte nie lange an die Misserfolge, sondern konzentrierte sich auf sein wachsendes Vermögen, das er in einem Glasgefäß unter einer losen Bodendiele unter seinem Bett aufbewahrte und von dem nur er selbst und seine Schwester Abigail wussten, die besser schweigen konnte als jeder Erwachsene. Er spielte nicht mit dem Glas, plünderte es nicht, um Süßigkeiten zu kaufen, hatte nicht den Wunsch, die Münzen zu goldenen Westenknöpfen zu machen wie die Leute seiner Urgroßmutter, sondern nahm nur in regelmäßigen Abständen die Diele heraus, schraubte den Metalldeckel auf und warf für den Tag, an dem er Rye verlassen würde, die nächsten Münzen hinein.

Er hatte nicht die Absicht, in der Stadt zu bleiben und in die Fußstapfen des Vaters zu treten, der in die Schmiede eingeheiratet hatte. Sein Vater hatte in der ganzen Grafschaft den besten Blick für Pferde, und in der großen Box hinter der Esse stand oft ein gescheckter Zigeuner-Haflinger mit langer Mähne und Köten und wartete darauf, verkauft zu werden. Sein Vater wusste jedes Pferd gutmütig zu stimmen und die Käufer zu beschwatzen, bis sie sich für beste Kenner hielten, und da er nur gute Pferde verkaufte, lagen sie niemals falsch. Deshalb mochten sie ihn, und sein Ruf wuchs, aber Snout fand auch heraus, dass die Empfehlungen hin und wieder mit dem Finger an der Nase ausgesprochen wurden und man dabei flüsternd die Roma-Herkunft seines Vaters erwähnte.

Und er bekam mit, dass seine Urgroßmutter die Familie nie besuchte. Er sah sie oft mit ihrem Korb voll weißem Heidekraut, dem Glücksbringer, durch die Straßen gehen und an allen Türen klopfen, außer an der des Häuschens neben der Schmiede. Keinen Becher Wasser, keinen Stuhl im Schatten bot ihr die Familie ihres Enkels an. Wenn Snout ihr in der Stadt begegnete, trat er auf die Straße, ehe er vorbeiging, und sie sahen sich niemals an. Sein Drang, die Stadt zu verlassen, hing mehr mit seiner Scham über die stillschweigende Abmachung zusammen als mit dem Spott der anderen.

Er stellte sich ein eigenes Geschäft in einer reichen Stadt vor, wo man ihn respektierte, und hatte Abigail sogar versprochen, sie dürfe mitkommen und ihm den Haushalt führen. Und nachdem ihm Miss Nash von dem Stipendium erzählt hatte, waren seine Pläne noch dringlicher geworden, weil sie plötzlich erreichbar schienen. Eine Zugpfeife ertönte. Ratternd brauste die schwarze Lokomotive vorbei, zog Dampf und glühende Kohle speiend die blau-roten Holzwaggons hinter sich her, und die Räder kreischten und dröhnten auf den Stahlschienen. Als es wieder still geworden war, schlenderte er auf die andere Seite und hob eine Krähe auf, die gegen den Zug geprallt und bewusstlos geworden war. Die Krähen lernten es nie. Manchmal hielten die Lokführer an und holten sie sich, aber heute war der Zug weitergefahren, und gegen eine Krähenfleisch-Pie zum Abendessen hatte sein Vater bestimmt nichts einzuwenden.

14

Agatha Kent riss alle Fenster in Mr Tillinghams Gartenhäuschen auf, um es vor dem wöchentlichen Treffen des Hilfskomitees für Belgien auszulüften. Als Schriftführerin des Komitees war es ihr wichtig, früh zu kommen und für die richtige Anordnung der Sandwichplatten und der Teemaschine zu sorgen. Alle anderen Damen des Komitees behaupteten, für so niedere Tätigkeiten wie Protokollführung oder das Bestellen der Sandwiches keine Geduld aufzubringen. Ihnen war nicht klar, dass dieser Posten seiner Inhaberin vollständige Kontrolle über das Komitee verlieh – ob es sich nun um die Gruppierung der Stühle handelte oder um sämtliche Pläne und Entscheidungen, die Agatha in der kurzen Zeit zwischen dem Mitschreiben und dem Übertragen in das öffentliche Protokoll ganz nach Belieben nuancieren und steuern konnte.

»Den Teakstuhl mit der hohen Lehne und den Schnitzereien bitte gegenüber von Mr Tillinghams Stuhl«, sagte sie und wies Mr Tillinghams Diener an, den knorrigen Thron, Relikt einer Fernostreise, die ein früherer Besitzer des Hauses unternommen haben musste, und Mrs Fothergills bevorzugte Sitzgelegenheit, so weit entfernt wie möglich zu platzieren. »Sehr gut, ich danke Ihnen.« Sie legte ihr Tuch auf einen Stuhl links vom Platz des Vorsitzenden und für Lady Emily ein Paar cremefarbene Handschuhe, die sie extra mitgenommen hatte, auf den Stuhl rechts davon. Dann holte sie einen Zerstäuber aus der Tasche und besprühte die Vorhänge mit Lavendelwasser. Der Raum, in dem sich die belgischen Flüchtlinge jeden Nachmittag trafen, stank immer nach dem beißenden Rauch des starken schwarzen Pfeifentabaks.

Mit einem Blick aus dem Fenster stellte sie fest, dass noch mehrere Flüchtlingsgrüppchen im Garten waren. Celeste, die schon bald die Aufgabe übernommen hatte, für einen ruhigen Ablauf dieser Nachmittage zu sorgen, saß mit einigen kleinen Kindern unter einem Baum und las eine Geschichte vor. Agatha bewunderte die stille Bereitschaft des Mädchens, vorzulesen, Leuten, die einen Schreiber brauchten, die Korrespondenz zu führen, oder herumzugehen und die Karaffen mit Zitronenwasser aufzufüllen oder die Etageren mit dem Kleingebäck zu holen, das die Damen der Stadt gestiftet hatten. Zum Ausruhen zog es sie zu immer demselben niedrigen Hocker neben ihrem redseligen Vater hin. Der Professor ignorierte die Anwesenheit seiner Tochter auf eine in Agathas Augen unverzeihliche Art; das Mädchen aber schien zufrieden zu sein und lauschte schweigend und mit gesenktem Blick, während es aus der aufgeribbelten Wolle aus alten, gespendeten Kleidungsstücken Mützen und Jäckchen für belgische Kinder strickte.

An einem Tisch unter dem Fenster, an dem sie stand, beendeten Mr Poot und Beatrice Nash gerade die Befragung eines älteren Flüchtlings. Mr Poot war fast jeden Nachmittag erschienen und hatte, in seinem schwarzen Anzug und mit dem Bowler auf dem Kopf sehr diensteifrig wirkend, im Kommandoton Geschichten aus den Flüchtlingen herauszuholen versucht, die in der Sensationspresse für Schlagzeilen sorgen würden. Hätte Beatrice sie nicht um Hilfe gebeten, Agatha hätte ihm wohl längst Einhalt geboten. Der ältere Mann schlug mit seinem Spazierstock auf den Tisch und ging einen Schwall Flüche ausstoßend davon.

»Das, was er zuletzt gesagt hat, kann ich nicht übersetzen«, hörte Agatha Beatrice in gespielt züchtigem Ton sagen. »Aber das Wesentliche haben Sie wahrscheinlich ohnehin verstanden.«

»Immer diese Ziegen!«, erwiderte Mr Poot, nahm den Hut ab und wischte sich mit einem Taschentuch über die Stirn. »Ich versuche hier

Gräueltaten zu sammeln, und diese Leute wollen immer nur die Größe ihrer Ziegen für eventuelle Reparationen protokollieren lassen.«

»Bei seinem Tier muss es sich um ein wahres Prachtexemplar mit einem hervorragenden Zuchtbuch gehandelt haben.«

»Das ist nicht witzig«, maulte Mr Poot.

»Nein. Es ist zwar keine Gräueltat im engeren Sinn, aber diese Menschen haben alles verloren. Für uns sind es nur ein paar Ziegen. Für die Flüchtlinge aber ist es ihr ganzes Vermögen, ihr ganzes Einkommen.«

»Zwei Zicken, ein Zuchtbock, vier Holzstühle, drei Kochtöpfe, eine Baumwolldecke und ein Kruzifix aus Holz«, sagte Mr Poot. »Habe ich etwas vergessen?«

»Und leider keine deutschen Horden«, entnahm Beatrice den Notizen, die sie sich gemacht hatte. Sie packten die Papiere zusammen, und Agatha wandte sich vom Fenster ab, um einen letzten Blick auf die Sandwiches zu werfen.

Während die Belgier gingen, trafen die ersten Komiteemitglieder ein. Agatha stellte sich an die geöffnete Tür und begrüßte die Prozession nickender Hüte, die Mr Tillinghams Gartenweg heraufzog. In einem Fenster im Obergeschoss des Haupthauses war ein Schatten zu sehen – offenbar beobachtete Mr Tillingham das Ganze. Er pflegte immer erst in Erscheinung zu treten, wenn alle da waren. Agatha hatte den Eindruck, dass es ihm Freude bereitete, mit den Leuten zu plaudern und sie zu begrüßen, während seine Gesprächspartner kaum sprechen konnten, weil sie den Mund voll Gurkensandwich hatten.

»Hoffentlich hast du dafür gesorgt, dass der Tee heute etwas schwächer ist«, sagte Bettina Fothergill, als sie unter einem ihrer grotesken Hüte die Stufen heraufkam. Sie zog ein so böses Gesicht, als wäre Agatha an dem Tee schuld gewesen. »Letzte Woche war er viel zu stark und zu heiß für das Wetter, und auf dem Heimweg ist mir ganz flau geworden.«

»Schön, dich zu sehen, Bettina«, sagte Agatha.

»Starker Tee durchspült die Gefäße und macht den Geist wach«, sagte Alice Finch, die gleich dahinter kam. Ihre Freundin Minnie umklammerte ihren Arm. »Den Tee stärker und die Korsette lockerer, Mrs Fothergill!«

»So einen Unsinn habe ich im Leben noch nicht gehört«, entgegnete Bettina Fothergill, musterte mit abschätzigem Blick Alices Ensemble – ein eng geschnittenes Flanellkostüm, eine gestreifte Weste und ein steifer, wie für einen Mann bestimmter Strohhut – und rauschte mit den Worten »Als ob wir lockerere Frauen bräuchten!« zum Teetisch.

»Ich freue mich sehr, dass Sie gekommen sind«, sagte Agatha, während sie Miss Finch und Miss Buttles die Hand schüttelte. »Wie ich höre, geht es mit dem Spendensammeln gut voran.« Die beiden Frauen hatten eine wichtige Aufgabe übernommen, vor der sich die anderen Damen des Komitees sofort mit allerlei Ausreden gedrückt hatten. Sie gingen von Tür zu Tür und versuchten die Leute zu einer wöchentlichen Spende für das Belgische Hilfswerk zu bewegen. Agatha hatte die beiden nur deshalb zur Mitarbeit im Komitee eingeladen, um Bettina Fothergill zu ärgern, die sich in deren Anwesenheit immer so sehr ereiferte, als wollte sie Miss Finch und Miss Buttles irgendeiner Sache beschuldigen, die sie selbst nicht kannte. In ihrer Eigenschaft als Spendeneintreiberinnen zählten sie nun allerdings zu Agathas nützlichsten Mitgliedern.

»Am Ende sind die Leute sehr großzügig«, erzählte Alice Finch. »Obwohl es immer wieder welche gibt, die sich noch vor dem heiligen Petrus als arm bezeichnen würden, wenn sie damit ungestraft davonkämen.«

»Und andere sind großzügiger, als sie es sich leisten können«, warf Minnie Buttles ein, während sie nervös ein Band am Oberteil ihres wallenden Nachmittagskleids aus geblümtem Musselin zwirbelte. »Die Misses Porter haben schon den Nonnen Unterschlupf gewährt und sich trotzdem zu einer wöchentlichen Spende von sechs Pence verpflichtet.«

»Ich habe mich lange mit Minnies Vater unterhalten und wusste bereits im Voraus, wer über entsprechende Einkünfte verfügt«, erklärte Alice. Sie zog ein gefaltetes Papier aus einer Ledermappe, ging zu einem in der Nähe stehenden Beistelltisch, breitete es aus und strich es glatt. »Ein guter Pfarrer weiß, wer bei der Kollekte wie viel auf den Teller legt.«

»Sie haben doch nicht etwa eine richtige Karte dafür?«, sagte Agatha.

»Jeder gute General erkundet erst das Schlachtfeld und bläst dann zum Sturm«, erwiderte Alice. Auf dem Stadtplan von Rye führten von den meisten Häusern Pfeile zu den Seitenrändern, wo in winziger Schrift Bemerkungen über die jeweiligen Bewohner und ihre finanziellen Verhältnisse notiert waren. »Heute Nachmittag unternehmen wir einen zweiten Vorstoß auf den Rye Hill. Einige Ihrer Nachbarn haben ein ausgeprägtes Geschick, nicht zu Hause zu sein, Mrs Kent, aber Minnie hat kleine Töpfe mit Zwetschgenmus dabei, das sind unsere Trojanischen Pferde!«

»Möge Gott verhüten, dass der Plan jemals den Deutschen in die Hand fällt«, sagte Agatha. »Am besten zeigen Sie ihn nicht einmal dem ganzen Komitee. Gerade dass er geheim ist, macht ihn so wertvoll.«

»Da haben Sie recht.« Alice legte den Plan wieder zusammen und verstaute ihn. »Wir werden uns über unseren Beitrag zurückhaltend äußern und über unsere Methoden schweigen. Holen wir uns etwas zu essen, Minnie?«

»Ja«, antwortete ihre Freundin. »Ich bitte einfach Mrs Fothergill, aus den vielen Sandwiches auf ihrem Teller eine Auswahl zu empfehlen.«

Lady Emily erschien mit zwei Dackeln, die um ihre Knöchel wuselten. Sie wirkte sehr erhitzt und aufgebracht und trank ein ganzes Glas Wasser im Stehen, ohne die Handschuhe ausgezogen zu haben.

»Ich breche jeden Augenblick vor Erschöpfung zusammen«, sagte sie zu Agatha. »Ich bin hergekommen, um von zu Hause fort zu sein und mich ein wenig auszuruhen.«

»Geht es mit dem Lazarett voran?«

»Wir könnten jetzt Patienten aufnehmen, aber so ein aufgeblasener kleiner Inspektor aus dem Hauptquartier besaß die Frechheit zu beteuern, sie hätten bereits mehr als genug Offizierslazarette. Dann bat er mich, einfache Soldaten und vielleicht sogar verwundete Inder und Männer aus den anderen Kolonien aufzunehmen.«

»Wir sind nun einmal allen, die dem König und dem Empire dienen, gleichermaßen verpflichtet.«

»Ich sehe trotzdem nicht ein, warum man mir so übermäßig viel aufbürdet«, erwiderte Lady Emily. »Major Frank, dem Leiter des Lazaretts, habe ich bereits gesagt, dass auf der Liste mehrere alte, zugige Anwesen stehen, die sich für Menschen, die Entbehrungen gewohnt sind, wesentlich besser eignen, und kann jetzt nur auf einen zustimmenden Bescheid hoffen.« In der Zwischenzeit hatte sie ihre Handschuhe ausgezogen und damit begonnen, den Schinken von mehreren Sandwiches abzulösen und an die Hunde zu verfüttern.

»Wie geht es Eleanor?«, fragte Agatha. »Ich fühle sehr mit ihr.«

»Sie sorgt sich natürlich wegen Otto, aber wir haben ihr versichert, dass niemand eine so alte deutsche Familie wie die seine für diesen Unsinn verantwortlich machen wird.«

»Sehr richtig.« Agatha versuchte nicht zu schmunzeln. »Da kommt Beatrice mit dem Tee. Möchten Sie eine Tasse?«

»Wo ist Mr Tillingham?«, fragte Lady Emily, nahm von Beatrice eine Tasse entgegen und ließ zwei Zuckerwürfel hineinfallen.

»Vielleicht schreibt Mr Tillingham noch«, sagte Beatrice. »Ich weiß von meinem Vater, dass es in einer kreativen Phase oft schwer ist, die Zeit im Blick zu behalten.«

»Wir wollen im Zweifelsfall das Beste für den großen Mann annehmen«, erklärte Lady Emily. »Auf der anderen Seite ist mir unverständlich, warum es nicht möglich sein sollte, Kunst in Einklang mit den guten Manieren auszuüben.«

Unmittelbar nachdem seine Haushälterin eine Platte mit frischen Sandwiches gebracht hatte, erschien auch Mr Tillingham.

»Wie schön, dass Sie alle gekommen sind! Sie sehen – ich bin von der Arbeit direkt zu Ihnen geeilt.« Er trug ein ungebundenes Halstuch in Scharlachrot und Blau, schwenkte ein großes leinenes Taschentuch und zeigt seine Hände vor, als wären sie mit der Tinte seiner Profession befleckt. Da er alles seiner Sekretärin zu diktieren pflegte, war jeder Finger sauber und rosig und das Taschentuch frisch gestärkt, nicht in dichterischer Qual gewrungen. Trotzdem umringten ihn die Damen begierig, während er sie mit einer Zusammenfassung all dessen beehrte, was er in London für die nationale Sache des Belgischen Hilfswerks unternommen hatte – in das ja aus den begrenzten Mitteln der Damen einige große Beträge geflossen seien –, bis Agatha schließlich ein Machtwort sprach und ihnen ihre Pflicht gegenüber den Flüchtlingen vor Ort in Erinnerung brachte. Es gelang ihr nur mit großer Mühe, das Komitee zur Ordnung zu rufen.

Die Spendenbeschaffungspläne des Komitees zur Unterstützung des Belgischen Hilfswerks – ein großes Fest mit Parade – hatten sich zu einem Unterfangen ausgewachsen, das seinerseits einem kleinen Krieg glich. Für die Veranstaltungen dieses Tages hatte man sich den breiten Flussuferstreifen unterhalb der Stadt gesichert, auf dem zusätzlich zu den üblichen Attraktionen – Buden, Spiele, Ponyreiten, Essen – ein komplettes Militärlager aufgeboten werden sollte. Zwei Trupps aus Colonel Wheatons neuester Rekrutenschar wollten ihre Fähigkeiten im Exerzieren und Ausheben von Gräben vorführen, das Royal Medical Corps war mit einem kleinen Feldlazarett unter Hughs Kommando vertreten, und die Pfadfinder der Stadt durften nicht nur das Leben im Zeltlager demonstrieren, sondern auch die Verantwortung für die größte Anzahl von Latrinen übernehmen, die es in Rye jemals an einem Tag gegeben hatte. Agatha war das kalkulierte Risiko eingegangen, Bettina Fothergill mit der Organisation der großen Parade zu betrauen. Als Frau des Bürgermeisters hätte sie ohnehin einen prominenten Platz in der Parade eingefordert, und indem Agatha ihr die Leitung übertrug, sicherte sie sich die Genehmigungen des Stadtrats für alle Aktionen vom Löcherbuddeln bis hin zum Bier- und Champagnerausschank in den Zelten.

»Der Blaskapelle, den Pfadfindern und der von Pferden gezogenen Dampfmaschine folgt ein langer Zug Schulmädchen, barfuß, in weißen Kleidern und mit Kränzen aus weißen Chrysanthemen im offenen Haar«, verkündete Bettina.

»Sollten die Schülerinnen nicht besser vor den Pferden marschieren, wenn sie keine Schuhe tragen?«, fragte Alice Finch grinsend.

»Wenn Sie die Sache partout nicht ernst nehmen wollen …«, erwiderte die Frau des Bürgermeisters.

»Mrs Fothergill kann die Abfolge immer noch ändern«, sagte Agatha. »Oder die Mädchen vielleicht mit Gummistiefeln ausstatten.« Beatrice schien heftig in ihr Taschentuch zu husten. Agatha warf ihr einen strengen Blick zu. »Auf Pferde werden wir nicht ganz verzichten können.«

»Es folgen unsere Honoratioren in Automobilen. Ich weiß nur nicht, ob sie dabei Rollen spielen oder als sie selbst in Erscheinung treten sollen«, sagte Bettina. »Sehen Sie sich als Shakespeare, Mr Tillingham?«

Mr Tillingham, dessen Gedanken abgeschweift waren, geriet durch die Frage völlig aus der Fassung. »Nun, so kann man das nicht sagen … Andere mögen es so sehen, aber ich als bloßer Schriftsteller …«

»In der Parade, Mr Tillingham«, erklärte Agatha und tätschelte ihm die Hand. »Würden Sie gern eine Halskrause und Strumpfhosen tragen?«

»Um Himmels willen, nein!«

»Dann haben wir noch Boudicca, Königin Elisabeth mit Sir Walter Raleigh und Nelson, die in lorbeergeschmückten Ponywagen gefahren werden«, fuhr Bettina fort.

»Vielleicht könnte ich mit Halskrause und Strumpfhosen Sir Walter mimen«, sagte Alice, die gar nicht mehr aufhören konnte, über Bettinas ernsthaften Vortrag zu grinsen. »Und Minnie hat genau das richtige Haar für die Feenkönigin.«

»Sie würden Sir Walter bestimmt so spielen, wie er üblicherweise dargestellt wird, nämlich mit Vollbart«, erwiderte Bettina zuckersüß. »Ich befürchte nur, dass es dem Pfarrer nicht recht wäre, wenn seine Tochter etwas so Skurriles und Ungehöriges täte.«

»Es handelt sich immerhin um einen Umzug in historischen Kostümen, oder nicht?« Alices Augen wurden schmal. Minnie legte ihr besänftigend die Hand auf den Arm.

»Meiner Ansicht nach ist es gerade der Sinn von Kostümen und Theaterspielen, dass die Menschen darin unschicklich aufgemacht herumhüpfen können, ohne geächtet zu werden«, warf Lady Emily ein. »Völlig unnötig, den Vorschlag von Miss Finch als abwegig hinzustellen, liebe Bettina.« Es wurde still im Raum.

»Selbstverständlich, Lady Emily«, erwiderte Bettina. »Dennoch versichere ich Ihnen, dass alle unsere Kostüme geschmackvoll gestaltet und durch und durch seriös sein werden.«

»Gut. Wenn wir jetzt vielleicht zum Ende der Parade kommen könnten …«, sagte Lady Emily.

Bettina Fothergill zog kleinlaut einen großen Zeichenblock hinter ihrem Stuhl hervor und präsentierte den Anwesenden eine sorgfältig ausgeführte Tuschzeichnung.

»Britannia höchstpersönlich auf einem goldenen Thron, umgeben von repräsentativen Gestalten aus England, Irland, Schottland und Wales, bietet der unschuldigen Magd Belgien Zuflucht unter ihren Röcken.«

Alle schwiegen angesichts der Dimension sowohl der Idee als auch der Zeichnung. Bettina wurde rot.

»Und woher bekommen wir einen so großen Wagen?«, fragte Alice bedächtig. »Das soll jetzt absolut keine Kritik sein, wirklich nicht.«

»Die sechs Schimmel gefallen mir«, bemerkte Lady Emily. »Ich wüsste allerdings nicht, von wem man in unserer Grafschaft sechs passende Tiere mieten könnte, nachdem die Armee bereits so viele requiriert hat.«

Bettina wirkte beleidigt. Ihr langes Gesicht wurde noch länger, und ihre Augen verzogen sich zu einem traurigen Hundeblick. Agatha bemerkte, dass Beatrices Lippen zuckten.

»Wer soll denn Britannia und die Mägde darstellen?«, fragte Minnie Buttles und brachte damit zaghaft ein wenig Mitgefühl in die Diskussion ein. »Ich denke, Miss Nash wäre eine wundervolle rote Rose von England neben Miss Celeste als blütenweißem Belgien.«

»Miss Nash wird voll und ganz mit dem Umzug ihrer Lateinschüler beschäftigt sein«, fauchte Bettina. Einmal mehr zerschellte alles Mitgefühl an Mrs Fothergills steinerner Brust. Agatha seufzte. »Und die Mägde werden von mir danach ausgewählt, ob sie höchst anständig sind und sich ihr weißes Seidenkleid selbst kaufen können«, fuhr Bettina fort. »Dieser unvergleichliche Akt des Patriotismus kann nur von den Besten der Besten ausgeführt werden.«

Beatrice nahm die Kränkung hin, ohne mit der Wimper zu zucken. Agatha bewunderte sie. Ihr lag eine ganze Reihe von scharfen Erwiderungen auf der Zunge, aber sie sprach sie nicht aus und hoffte nur, dass Beatrice den strategischen Vorteil erkannte, der sich verschaffen ließ, indem man Bettina in ihrem ganzen Aberwitz noch befeuerte. Mit dem protzigen Ende des Festzugs konnte man sie wunderbar auf Trab halten, und falls es schiefging, fiele ihre Niederlage umso vernichtender aus.

»Das ist wahrhaft triumphal«, sagte Agatha. Ein befriedigtes Schweigen legte sich über die Runde. »Und ich vertraue voll und ganz darauf, dass Mrs Fothergill diese Herkulesarbeit allein meistern wird.«

»Danke«, sagte Bettina.

»Und die Britannia, liebe Bettina, stellst doch hoffentlich du selbst dar?«

Bettina warf ihr einen so absurd dankbaren Blick zu, dass Agatha sich beinahe gemein vorkam.

»Nun, ich wollte eigentlich Ellen Terry vorschlagen«, erwiderte die Bürgermeistersgattin. »Aber wenn du darauf bestehst …«

»Unbedingt!« Agatha begann im Triumphgefühl des Sieges zu klatschen, und alle fielen in den Applaus ein. Bettina Fothergill errötete wie ein junges Mädchen.

Während sich die Komiteemitglieder in den schweren Duft des abendlichen Gartens und die wachsenden Schatten der Schornsteinköpfe hinausbegaben, blieben Beatrice und Agatha an der Tür des Gartenhäuschens stehen und blickten ihnen nach, bis auch der Letzte hinter dem Torbogen verschwunden war.

»Die Sache mit Mrs Fothergill tut mir sehr leid«, sagte Agatha. »Sie ist manchmal unglaublich gedankenlos.« Sie hätte gern mehr gesagt und sich erbötig gemacht, Beatrice beim Kauf eines Seidenkleids zu helfen, falls sie eine Magd sein wollte, spürte jedoch, dass der selbständigen jungen Frau ein solches Angebot nicht weniger demütigend erschienen wäre als Bettinas unverhohlene Beleidigungen.

»Ich versuche ihre Direktheit amüsant zu finden«, erwiderte Beatrice. »Die arme Mrs Fothergill ist gegen Ihre diplomatische Art so chancenlos, dass man sie fast bemitleiden muss.« Nach kurzem Zögern fügte sie hinzu: »Andererseits verhält sie sich gerade Ihnen gegenüber ungemein feindselig.«

»Ich war einmal mit einem Mann verlobt, den sie verehrt hat«, erwiderte Agatha. »Dann starb mein Verlobter, und obwohl ich danach eine ganze Weile weg war, konnten wir unsere alberne Jungmädchenkonkurrenz nie überwinden.«

»Das tut mir leid.« Beatrices Züge wurden weich und signalisierten ihre Bereitschaft, sich weitere vertrauliche Mitteilungen anzuhören. Agatha rügte sich selbst dafür, alte Geschichten aufgebracht zu haben, die sie nie wieder hatte erwähnen wollen.

»Jetzt herrscht Krieg, und wir müssen uns bemühen, sie ein wenig wohlwollender zu behandeln«, sagte sie. »Ich habe zwar wenig Hoffnung, dass Bettina meinem guten Beispiel folgen wird, aber vielleicht verwirrt es sie immerhin lange genug, dass wir einen Vorteil daraus ziehen können.«

15

»Nichts macht so zufrieden, wie bei richtiger Arbeit mitzuhelfen«, sagte Eleanor Wheaton. Eleanor, Celeste und Beatrice saßen auf bequemen Stühlen im kühlen Schatten einer Eiche, vor sich einen Haufen Hopfenreben, von denen sie die Dolden zupften. »Man fühlt sich dabei so mit dem Land verbunden.« Eleanor, die dem Anlass entsprechend ein Kleid aus rosarotem und weißem Baumwollbatist trug, mit dem sie jederzeit eine Schäferin in einer Operette hätte darstellen können, wirkte so kühl und gelassen, als gäbe es keinen Unterschied zwischen dem Hopfenzupfen und dem Sticken mit Seidengarn. Ihre behandschuhten Finger arbeiteten so flink, dass ein steter Strom von Dolden von ihrer Schürze auf das große Stück Sackleinwand zu ihren Füßen fiel. Auch Celeste ging ruhig zu Werke, zupfte die Dolden jedoch so zaghaft ab, als würde sie Schmetterlinge von einer Blüte klauben. Beatrice fand die Arbeit mühsam – die kratzenden holzigen Reben, die bitter riechenden grünen Dolden, die nassen Schlieren, die der Pflanzensaft auf ihren Handschuhen hinterließ. Sie zog und zerrte und beugte sich ständig zu dem Haufen gequetschter Dolden hinunter, um zerrissene Blätter daraus zu entfernen.

»Nichts macht so zufrieden wie Arbeit, die man freiwillig tut und nicht, weil man dazu verpflichtet ist.« Sie spürte ihre eigene Gereiztheit, während sie sich den Schweiß von der Wange zu wischen versuchte, ohne die Haut mit dem juckenden Saft in Berührung zu bringen. »Wer sich als Erntehelfer durchschlagen muss, findet die Landarbeit bestimmt weniger spaßig.«

»Auf die Hopfenernte freuen sich alle«, entgegnete Hugh und warf den nächsten Armvoll Reben hinter Beatrices Stuhl. Sein Hemd, ganz fleckig vom Hopfenschleppen, war am Hals offen, und Beatrice konnte einen kurzen Blick auf die dunkle Vertiefung über den Schlüsselbeinen werfen. Die Hemdärmel schlenkerten lose über den Lederhandschuhen, als er eine Handbewegung über das Feld hinweg machte. »Für die Londoner ist es ein Ferientag, und die Landfrauen erarbeiten sich das Geld für einen warmen Kindermantel.« Tatsächlich lag etwas wie Urlaubsstimmung über dem Feld. In den Hopfengassen plauderten die Frauen, in den Hecken spielten kleine Kinder, und von den Kochfeuern bei den grob gezimmerten Hütten am Flussufer stiegen Rauchschwaden in die Luft. Einzelne Grüppchen aus Männern, Frauen und größeren Kindern folgten den herabfallenden Reben und sangen beim Ernten. Die anderen jungen Männer der Landpartie – Harry Wheaton, Daniel und sein Freund Craigmore – hatten sich zu den Besten gesellt und schnitten mit ihnen die Reben. Hugh ließ den Blick über das Feld wandern, und einen Moment lang verdüsterte sich seine Miene. »Ich frage mich, wie viele von den jungen Männern, die hier bei der Ernte helfen, nächstes Jahr noch da sein werden«, sagte er leise. Beatrice bezweifelte, dass er es überhaupt hatte aussprechen wollen, und plötzlich war ihr, als hätte ein kühler Hauch den goldenen Nachmittag gestreift.

»Es stimmt, dass wir mit unserem Talent bald verhungern würden«, sagte Eleanor. »Trotzdem ist es ein gutes Gefühl, wenn man mitarbeiten kann, anstatt wie eine Königin umherzugehen und den eigenen Bauern zuzusehen.«

»Die Bauern sind sehr beeindruckt, weil du ihnen dieses Jahr den Sohn eines Earls mitgebracht hast«, sagte Hugh. Beatrice fand es schwer, den breitschultrigen jungen Viscount nicht zu bewundern. Craigmore hatte eine ungezwungene, höfliche Art ohne jede Spur von Überheblichkeit, und seine rosigen Wangen verliehen dem Gesicht mit dem kräftigen Kinn und dem dicken blonden Schopf etwas jungenhaft Bescheidenes. Während sie zusahen, wie er einer alten Frau den riesigen Hopfensack auf einen Wagen zu heben half, kam Beatrice unwillkürlich der Gedanke, dass Craigmores strahlende Jugendlichkeit dem englischen Adel womöglich ein Argument für dessen Fortbestand lieferte, nach dem man in den welken Resten der Familie Marbely vergebens gesucht hätte.

»Und im Gegensatz zu Harry wetteifert er nicht mit den einheimischen Jungs und kneift kein einziges Mädchen«, sagte Eleanor, den Blick auf Harry gerichtet, der ungestüm wie ein Pirat auf die langen Hopfenreben eindrosch. »Mein Bruder muss immer gewinnen. Er ist so unvernünftig.«

»Alle jungen Männer wollen gewinnen«, erwiderte Hugh. »Deshalb mache ich erst gar nicht mit.« Fast hätte Beatrice losgegluckst. Hugh runzelte die Stirn und fügte verwirrt hinzu: »Ich will mich nicht mit irgendwelchen Fähigkeiten brüsten, sondern nur sagen, dass ich als Mann der Wissenschaft einsehe, wie wenig ich vor der jugendlichen Lust am Wettkampf gefeit bin.«

Kurz darauf überließen Daniel und Craigmore Harry Wheaton seiner Arbeit und brachten jeweils einen weiteren Haufen Reben zum Baum.

»Ihr braucht sofort etwas Kühles zu trinken«, erklärte Eleanor. »Mach dich auf die Suche nach dem Diener, Daniel. Er hat die Flaschen wahrscheinlich in den Fluss gelegt.«

»Hugh, sei so freundlich und such du ihn«, sagte Daniel, warf seine Handschuhe weg und zog ein kleines Notizbuch aus der Tasche. »Ich muss ein paar Zeilen festhalten, die mir schon die ganze Zeit durch den Kopf gehen.« Er sank zu Boden, rollte sich auf den Bauch und begann mit einem zerkauten Bleistift zu schreiben.

»Daniels Schreiblust ist nie größer, wie wenn man ihn gebeten hat, eine Anstrengung auf sich zu nehmen«, sagte Hugh.

»In Florenz hat er einmal allen Ernstes erwogen, mit einem gemieteten Rollstuhl in die Berge hinaufzufahren, nur um dort eine Villanella fertig zu schreiben«, erzählte Craigmore mit breitem Grinsen. »Ich habe damals angeboten, ihm das Bein zu brechen, damit es nicht gar so lächerlich aussieht.«

»Ich höre nicht zu«, sagte Daniel.

»Die angeborene Faulheit der kreativen Klasse«, sagte Hugh.

»Nein, nur die Schriftsteller sind so«, versicherte Craigmore. »Wir bildenden Künstler sind viel eher bereit, uns ins Zeug zu legen.«

»Du wirkst dich auf meine Konzentration noch verheerender aus als diese grauenhaften Gesänge«, sagte Daniel. »Ich gehe die Getränke holen, damit ich meine Ruhe habe.«

»Ich komme mit – nur für den Fall, dass du dich auf dem Rückweg zum Fluss in einem Sonett verlierst«, rief Craigmore.

Lachend machten sich die beiden jungen Männer auf den Weg zum grünen Fluss hinunter, einander schubsend, während sie über Grasbüschel und hohe Disteln sprangen. Beatrice konnte es nur bewundern, wie zwanglos sie in ihrer Freundschaft waren, wie kleine Jungen, ganz ohne die Zurückhaltung und Befangenheit, die sie als Frau empfand. Selbst wenn es auf einem mangelnden Gefühl für Fragen des gesellschaftlichen Umgangs, auf einer gewissen Wurstigkeit beruhte, weckte es doch ihren Neid, dass sie so ausgelassen dahinliefen, nichts im Kopf als die zu erledigende Aufgabe und die Freude über die Anwesenheit des anderen.

»Craigmore gefällt mir«, sagte Eleanor. »Er ist nicht so verdrießlich wie sein Vater, der alle mit seinem starren Blick einschüchtert.«

»Es muss sehr anstrengend sein, Gäste zu haben und gleichzeitig die Eröffnung eines Lazaretts vorzubereiten«, meinte Beatrice. »Ihre Mutter ist sicherlich sehr erschöpft.«

»Das sagt Major Frank auch – er ist für das Lazarett verantwortlich. Aber Mutter versichert ihm immer wieder, dass sie eisern weitermachen wird.«

»Was ihn sicherlich enorm beruhigt«, sagte Hugh lachend.

»Eigentlich tut er mir leid, aber immer wenn ich hereinkomme, beginnt er zu stottern. Ich bin mir ziemlich sicher, dass er mich wegen meiner Ehe mit Otto für eine Spionin hält.«

»Du und dein deutsches Kindermädchen, ihr seid ein wahrer Hort des Terrorismus«, erwiderte Hugh.

»Harry bittet das Fräulein immer, unsere Briefe zur Post zu bringen, und stachelt ihn damit noch an«, erzählte Eleanor. »Er schickt sie immer vor dem Fenster des Majors los, und es hat tatsächlich etwas Verstohlenes, wenn sie die Post an ihren Busen presst.«

»Ihre Loyalität wird von niemandem ernsthaft in Zweifel gezogen«, sagte Beatrice. »Der Mann muss wirklich ein Schwachkopf sein.«

»Ich bin natürlich nicht so dumm, irgendetwas Wichtiges in das Haus meiner Mutter schicken zu lassen oder von dort zu versenden«, sagte Eleanor ohne jeden Arg. Doch als Beatrice zu Hugh hinüberblickte, sah sie in seinen Augen dieselbe Fassungslosigkeit, die sie selbst darüber empfand, dass Eleanor womöglich töricht genug war zu glauben, die neuen Restriktionen im Briefverkehr würden für sie nicht gelten.

»Madame ist mit einem Deutschen verheiratet?«, fragte Celeste leise. Beatrice war überrascht. Eine so unvermittelt vorgebrachte Bemerkung hatte sie von Celeste noch nie gehört, und ihr wurde bewusst, dass in all den Plaudereien beim Tee und bei diversen anderen Zusammentreffen Eleanors Situation nie erwähnt worden war. Die Wheatons hatten von Eleanor ganz selbstverständlich weiterhin als von Miss Wheaton gesprochen, und das Baby hieß einfach George. Niemand in der Grafschaft wagte es, schlecht über sie zu reden – auch das ein Privileg ihrer Klasse.

»Ja«, sagte Eleanor. »Wenn das für Sie schmerzlich ist, bedaure ich es sehr, aber ich versichere Ihnen, dass er die grässlichen Methoden, mit denen die preußischen Horden Ihr Land überrollt haben, entschieden ablehnt.« Eine peinliche Pause entstand. Celeste zupfte an einer Hopfendolde in ihrem Schoß herum, Eleanor richtete den Blick zum Fluss, Beatrice starrte auf den Boden.

»Es ist schlimm, dass Sie und Ihr Kind nicht bei Ihrem Mann sein können«, sagte Celeste nach einer Weile. »So viele Familien sind getrennt worden. Das ist ein großes Leid.«

»Ja. Wie schön Sie das gesagt haben«, erwiderte Eleanor. Schweigend arbeiteten sie weiter. Nur der leise Aufprall der Dolden auf dem Sackleinen zu ihren Füßen war zu hören.

Daniel und Craigmore kamen vom Fluss zurück. In ihren durchnässten Weidenkörben lagen verschlossene Flaschen mit Zitronensaft und Gerstenwasser, gekühlt an einer seichten Stelle am schattigen Uferrand. Mit ihnen kam ein Paar, das die wallenden Leinenkleider und breitkrempigen Strohhüte der Feldarbeiter eines anderen Landes trug. Italien vielleicht, oder Südspanien, dachte Beatrice, denn das dunkle Mieder über der Musselinbluse der Frau war nur lose geschnürt und der helle Überrock an einer Hüfte aufgeschürzt. Ihren Hut hielt sie in der Hand; ihr dichtes, kastanienbraunes, von den Schildpattkämmen kaum gebändigtes Haar leuchtete in der Sonne. Der Mann, mit einem formlosen Kittel und einer weiten Kniehose bekleidet, die in langen, grob gestrickten Strümpfen steckte, trug in der einen Hand einen Korb, in der anderen mehrere an einer Schnur baumelnde Kuchenschachteln. Die muskulösen Unterarme, die aus den hochgerollten Ärmeln herausragten, hätten die eines Bauern sein können, doch das Gesicht unter dem breitkrempigen, ausgefransten Hut war so blass und glatt, als wäre der Mann nur selten im Freien.

»Wir haben unten am Ufer ganz unverhofft gute Bekannte getroffen«, rief Daniel, stellte seine Körbe in den Schatten von Eleanors Stuhl und öffnete den Bügelverschluss einer Saftflasche. »Eleanor, ich möchte dir Mr und Mrs Frith vorstellen. Sie sind enge Freunde von Mr Tillingham, und Mr Frith ist mit vielen jungen Dichtern befreundet, mich eingeschlossen.«

»Mr Frith?«, sagte Beatrice, während sie ihm die Hand reichte. »Sind Sie Algernon Frith?«

»Gehören Sie zu meinen Gläubigern?«, fragte der drahtige Mann mit dem ernsten Gesicht.

»Nein, nein. Ich …« Beatrice geriet ins Stammeln. »Ich dachte nur, wenn Sie der Schriftsteller Algernon Frith wären, würde das die romantische Aufmachung erklären.«

»Gut beobachtet!« Der Mann schüttelte ihr die Hand. »Ich bin tatsächlich der Schriftsteller Algernon Frith und komme soeben von einer langen Hochzeitsreise durch Andalusien zurück, die möglichst kostengünstig ausfallen musste – daher die Kleidung. Ich hatte keine Zeit, meinen Schneider um ein Gewand eigens für die Hopfenernte zu bitten.«

»Hören Sie gar nicht hin«, sagte die Frau. »Er verkleidet sich für sein Leben gern, und ich mache mit, auch wenn ich dann in Gesellschaft oft lächerlich wirke.«

»Ganz im Gegenteil! Sie sehen bezaubernd und sehr romantisch aus, Mrs Frith!«

»Bitte nennen Sie mich Amberleigh.«

»Man kennt Mrs Frith besser unter ihrem Autorennamen A. A. de Witte«, erklärte Daniel.

»Ich bin eine große Bewunderin Ihrer Bücher«, sagte Beatrice, ohne recht zu wissen, wie sie die Verfasserin mehrerer Mittelalter-Romane nun anreden sollte. Amberleigh de Wittes Bücher waren so freimütig und spektakulär, dass Beatrice sie lange nicht für das Werk einer Frau gehalten hatte – bis eines Tages in den Zeitungen eine Aufnahme von A. A. de Witte als Urheberin von Algernon Friths Eheproblemen abgedruckt worden war. »Ich muss aber gestehen, dass Ihre Bücher die einzigen sind, von deren Lektüre ich meinem Vater nie erzählt habe.«

»Wie freundlich von Ihnen!« Amberleigh lachte. »Aber das würde ich an Ihrer Stelle nicht herumerzählen. Es ist nämlich viel schicker, nie auch nur ein Wort von mir gelesen zu haben.«

»Meine Frau und ich sind zurzeit für jedes freundliche Wort dankbar«, sagte Mr Frith. »Ich habe ihr das Leben in den vergangenen Jahren nicht leicht gemacht.« Die Liebenden waren auf den Kontinent geflohen, wo Mr Frith eigenen Angaben zufolge geschieden worden war, woraufhin sich die beiden vermählt hatten. Vielleicht lag es am Ruf ihrer Bücher, dass über Amberleigh de Wittes Ehe so unflätig getuschelt wurde.

»Mr Frith hat an die zwölf Bücher und drei Lyrikbände veröffentlicht«, sagte Daniel zu Eleanor. »Er ist eine unserer ganz großen Stimmen.«

»Das ist sehr freundlich von dem jungen Mann, aber Miss Nash wird mir beipflichten, wenn ich behaupte, dass meine Frau Amberleigh der eigentliche Literat in der Familie ist. Der gute Tillingham würde mich als einen charmanten Burschen, aber miesen Schreiberling bezeichnen. Es gehört zu Tillinghams besten Eigenschaften, alle seine Freunde miese Schreiberlinge zu heißen und dennoch mit ihnen befreundet zu bleiben.«

»Mich hat er noch nie so genannt«, widersprach Daniel. »Er ist streng, aber er macht mir auch Mut.«

»Er hat eine Schwäche für Schönheit. Vielleicht behandelt er meine Frau deshalb so liebenswürdig«, entgegnete Mr Frith. »Aber am Ende wird sein literarisches Wesen Sie schonungslos verreißen.«

»Gehen Sie heute Abend mit uns zum Fest?«, fragte Eleanor. »An unserem Tisch sind noch viele freie Plätze.«

»Wir haben schon anderswo zugesagt«, warf Amberleigh etwas zu hastig ein. »Wir treffen uns mit Miss Finch, der Fotografin, und Miss Buttles.« Sie wandte sich um, als wollte sie Ausschau nach ihren Freundinnen halten, und ihr Hut, den sie schützend vor die Sonne hielt, beschattete ihr Gesicht.

»Je mehr, desto besser!«, rief Eleanor. »Vielleicht können wir Miss Finch dazu bringen, uns alle zu fotografieren.«

»Meine Frau und ich leben im Prinzip sehr zurückgezogen«, sagte Frith und fügte mit leiserer Stimme hinzu: »Wir sind wegen der Sache mit der Scheidung nicht unbedingt erpicht auf Einladungen.«

»Mir hat man wegen meines deutschen Mannes zu einem Leben in größerer Abgeschiedenheit geraten, aber gegen diesen Unsinn muss man sich wehren«, sagte Eleanor im Tonfall leidenschaftlicher Entschlossenheit. »Außerdem ist es ein Picknick, da essen wir mit allen, ob Farmer oder Zigeuner. Da geht es nicht förmlich zu wie im Salon.«

»Sie müssen mitkommen, Frith«, sagte Daniel. »Amberleigh und Sie werden das Fest beleben.« Frith warf seiner Frau einen Blick zu; sie senkte den Hut und nickte kaum merklich.

»Wenn es Ihnen wirklich recht ist, Baronin, nehmen wir die freundliche Einladung sehr gern an«, sagte Frith.

»Das wird eine ganz und gar unkonventionelle Gesellschaft!« Eleanor wirkte sehr zufrieden. »Und nennen Sie mich Eleanor – ich lege keinen Wert auf Förmlichkeiten.«

Agatha Kent hatte sich geschworen, ihre Ansichten an diesem einen Abend für sich zu behalten. Colonel Wheaton und Lady Emily war es wichtig, einen ungezwungenen Eindruck auf ihren Gast, den Earl, zu machen. Entsprechend angespannt waren sie und hätten wahrscheinlich die ganze Zeit über mit starr nach vorne gerecktem Kinn am Tisch gesessen, hätten sie nicht beide ausgesucht hohe und steife Kragen getragen. Lady Emilys hochgeschlossenes Kleid aus schwerer schwarzer Spitze zierte nur eine schlichte Diamantennadel. Sie hatte die Größe eines Wachteleis, glitzerte aber nicht, was auf alten, dezenten Familienschmuck schließen ließ. Colonel Wheaton trug die Ausgehuniform seiner zurückliegenden Dienstzeit und hatte eine schmale Armbinde mit den Abzeichen der Sussex Reserves, seiner neuen Einheit, angelegt. Das Ganze machte einen sehr angestrengten Eindruck, doch Agathas Überzeugung nach hätte Colonel Wheaton in Anbetracht des bedeutsamen Anlasses wohl selbst in seinem Hausmantel nervös gewirkt.

Lord North, Inhaber mehrerer militärischer Patente und auch für Ministerien tätig, betrat das Wohnzimmer im Smoking und mit Schuhen aus weichem Leder. Seine Frau trug ein schlichtes schwarzes Seidenkleid und eine ungewöhnlich lange, mehrmals um den Hals geschlungene Perlenkette. Beide waren kleiner, als Agatha erwartet hatte, und erinnerten, als sie über den Teppich stapften, ihrer auffallend breiten Schultern wegen an zwei Schulinspektoren oder an einen Bierbrauer und seine Frau.

»Auf Achse, wie Sie sehen«, sagte Lord North als Entschuldigung für seinen Anzug. »Nur das Nötigste, und keinen Koffer mehr, sage ich immer.«

»Auf unseren Inspektionstouren vermeiden wir alles Formelle«, erklärte seine Frau. »Es wäre möglicherweise das falsche Signal für die Menschen, die das Land mit harter Arbeit auf den Krieg vorbereiten.«

»Völlig Ihrer Meinung«, sagte Lady Emily. Agatha sah förmlich, wie sie im Geiste die Speisekarten hinwegfegte und die geräucherten Austern, vielleicht auch den zweiten Pudding strich. »Es wird ein ganz zwangloser Abend. Nur eine kleine Gesellschaft. Darf ich Ihnen Mr Kent vom Außenministerium und seine Gattin vorstellen?«

Die plötzliche Kehrtwende hätte gelingen können, denn Agatha und John waren angemessen dezent gekleidet – John trug einen schwarzen Frack, Agatha ein Kleid in nüchternem Dunkelblau –, hätte der Butler nicht in diesem Moment die Ankunft des Bürgermeisters mit Gattin vermeldet, deren Protzigkeit alles Ungezwungene schlagartig zunichte machte.

Die pelzgesäumte scharlachrote Amtstracht des Bürgermeisters – samt Kette – bildete den glänzenden Hintergrund, vor dem Mrs Fothergills golddurchwirkte Robe und das Überkleid aus durchsichtigem Crêpe de Chine ihre Wirkung herrlich entfalten konnten. An Hals, Taille und Handgelenken funkelten Diamanten, und der aufragende Haarschmuck aus Pfauenfedern und Straußenfransen drohte den Kronleuchter abzustauben, als sie den Raum durchquerte.

»Vielen Dank für die Einladung, liebe Emily«, sagte Bettina und drückte Emily Wheaton einen Kuss auf die Wange, wobei die Hutfedern wie Säbel durch die Luft schwangen. »Wie hübsch Sie aussehen, Agatha, so passend gekleidet!« Während sie Agatha küsste, flüsterte sie: »Wo ist der Earl? Wird es ein feierlicher Einzug?«

»Lord North, Lady North – ich möchte Ihnen unseren Bürgermeister Mr Frederick Fothergill und seine Gattin vorstellen«, sagte

Colonel Wheaton. »Sie hatten ja ausdrücklich darum gebeten, die Amtsträger unserer Stadt kennenzulernen. Hier ist er nun!«

»Gut, dann hätten wir jetzt das Ministerium, die Armee und die lokale Sicht der Dinge beisammen und können offen über die Dringlichkeiten sprechen, die sich ergeben haben, seit der Hunne praktisch vor der Tür steht«, sagte Lord North.

»Lass uns erst essen, bevor du mit den Essig- und Ölkaraffen maritime Verteidigungsmaßnahmen nachstellst«, wandte seine Frau ein. »Wenn du deine Vorträge während des Dinners hältst, bekommst du nur wieder Verdauungsbeschwerden.«

»Kein allzu hoher Preis – es muss schließlich vorangehen.« Lord North wandte sich zu Lady Emily. »Wie viele halten uns jetzt noch vom Dinner ab? Sie wissen ja, ein leerer Magen wartet nun einmal nicht gern.«

»Nur Mr Tillingham und der Professor«, antwortete Lady Emily. »Da sind sie schon!«

»Tillingham? Tillingham?«, murmelte Lord North. »Den Namen kenne ich …«

»Das ist dieser Schriftsteller, dieser Amerikaner. Er agitiert für die belgischen Flüchtlinge«, erklärte ihm seine Frau in gedämpftem Ton. »Der mit dem Artikel in der *Times*, von dem du einen Schluckauf bekommen hast.«

»Schriftsteller!«, sagte Lord North laut. »Immer schreiben sie nur und tun nichts. Und haben obendrein die seltsamsten Ansichten.«

»Einem Mann der Tat sollte stets der Vorzug gelten«, erklärte Mr Tillingham. »Aber jeder dieser Herren braucht einen Schreiber, der seine Heldenstücke aufzeichnet, und so bin ich Ihr ergebener Diener, Lord North.«

Sollte ihn die Bemerkung gekränkt haben, so ließ er es sich nicht anmerken, und seine Erwiderung schien den Earl zu besänftigen, denn er schüttelte Mr Tillinghams Hand nachdrücklich und sagte: »Sind wir uns nicht beim Benefiz-Dinner am Belgrave Square begegnet?«

»Es war grauenhaft überfüllt, aber beim Portwein saßen damals einige der größten Geister des Landes zusammen. Sie standen doch im Mittelpunkt der Diskussion, Lord North.«

»Und Mr Tillingham hat seinen reizenden Flüchtling mitgebracht«, warf Bettina ein. »Der Professor bereichert das kulturelle Leben unserer Stadt enorm, wir haben ihn alle sehr gern!« Sie ergriff die Hand des Professors mit beiden Händen und schwenkte sie zu Lord North hin.

»Guten Abend«, sagte Lord North, gab dem Professor die Hand und fragte mit erhobener Stimme: »Sprechen Sie Englisch?«

»Ich bin sehr erfreut, Sie und Ihre entzückende Gattin kennenlernen zu dürfen«, sagte der Professor. »*Enchanté, madame.*« Er küsste Lady North die Hand.

»Nichts für ungut, aber wenn diese Burschen eine andere Sprache sprechen, wird das Organisieren sehr kompliziert«, sagte Lord North. »Es ist schon schwer genug, auf Englisch Krieg zu führen.«

»Wie haben wir es nur geschafft, die Buren zu besiegen?«, fragte Agatha. Es war ihr herausgerutscht. Sie versuchte sich gelassen zu geben und hoffte, John würde ihr nicht auf den Fuß treten.

»Ja, wie haben wir es geschafft? Die Frage ist durchaus berechtigt, Mrs Kent«, sagte Lord North. »Aber wenn Sie mich fragen, wären wir schon ein halbes Jahr früher in Mafeking gewesen, wenn wir nicht alle Wegweiser hätten übersetzen und mit unterschiedlichen Spurweiten bei der Eisenbahn operieren müssen.«

»Unsere Flüchtlinge sind ganz unkompliziert und schon mit einem guten Essen und einer Pfeife zufrieden«, sagte Bettina. Agatha biss sich auf die Zunge, um nicht von Bettinas eigenen Flüchtlingen anzufangen, dem Buchhalter und seiner Frau, die Mrs Fothergills erdrückende Gastfreundschaft nur eine Woche lang ertragen hatten und dann in ein Hotel in Bexhill gezogen waren. »Sie stricken jetzt sogar, ganz als wären sie einfache englische Bauern«, fügte Bettina hinzu.

Agathas Mund zuckte, und sie senkte den Blick, um ihre Belustigung zu verbergen.

»Mrs Fothergill verfügt über ein bewundernswertes Verständnis für die Eigenart unserer Flüchtlingsgäste«, sagte John. Die hochgezogenen Brauen verliehen seiner Miene den Ausdruck größter Treuherzigkeit. »Wie würden Sie Lord North die Leute mit ein, zwei Worten schildern, Mrs Fothergill?« Noch während seine Worte verklangen, begann Bettina vor Freude zu erröten.

»Nun, ich würde sie als schlicht bezeichnen, Mr Kent«, erwiderte sie, und Agatha musste in ihren Handschuh hüsteln.

»Die Dame möchte uns doch nicht etwa als Einfaltspinsel hinstellen?«, sagte der Professor.

»Aber woher denn, Professor!« Bettinas Federn erzitterten. »Ich meinte nur, dass –« Sie wusste nichts mehr zu sagen und brach den Satz verwirrt ab.

»Mit dem Wunsch nach einem einfachen Leben am heimischen Herd, nach gutem Essen und einer guten Ehefrau lassen sich doch hoffentlich auch wir Engländer zutreffend beschreiben«, meinte Colonel Wheaton.

»Und hoffentlich wären wir auch nur halb so dankbar, wenn man uns aus unserem Land vertreiben würde«, fügte Agatha hinzu.

»Das englische Wesen lässt sich nicht aus seinem Land vertreiben, sondern wird sich bis zum letzten Mann, bis zum letzten Knaben wehrhaft verteidigen«, warf Mr Tillingham in dem schwelgerischen Ton ein, den er für Sätze bereithielt, die der Nachwelt möglicherweise erhalten blieben.

»Dafür müssen aber erst einmal entsprechende Voraussetzungen geschaffen werden«, sagte Lord North. »Bisher habe ich mehr Pfadfinder als Soldaten patrouillieren sehen, und mit dem Herbeischaffen von Sandsäcken und dem Bau von Verteidigungsstellungen liegen wir Wochen im Rückstand.«

»Als Präsidentin des Voluntary Aid Detachment von Rye versichere ich Ihnen, dass meine Damen jederzeit einsatzbereit sind«, erklärte Bettina.

»Schön zu hören«, erwiderte Lady North mit einem skeptischen Blick auf Bettinas Aufmachung.

»Maden, Läuse, schwärende Wunden«, sagte ihr Mann genüsslich. »Das wird eine blutige Angelegenheit und ein ziemlich großer Schock für Ihre freiwilligen Verbandaufrollerinnen.«

Bettina entfuhr ein leises Stöhnen. Sie drehte den Kopf zur Seite.

»Unser Haus wird ein Genesungslazarett«, sagte Lady Emily mit matter Stimme und ließ sich auf eine Chaiselongue fallen. »Wir kochen unsere eigene Kraftbrühe und stellen im Wintergarten eine große Auswahl an Brettspielen zur Verfügung.«

»Lord North will uns mit seiner Schonungslosigkeit sicherlich nur für alles wappnen«, sagte John. »Vor Panikmache sollten wir uns allerdings hüten.«

»Panikmache?«, polterte Lord North. »Ihr Westminster-Leute habt bis Weihnachten Zeit, um eure Propaganda gegen Berlin unters Volk zu bringen. Ich dagegen beabsichtige eine groß angelegte Invasion zurückzuschlagen, in deren Verlauf die Hunnen plündernd die London Road hinaufziehen, unsere Kinder bajonettieren und unsere Frauen schänden werden!« Er schlug mit der Faust auf einen Beistelltisch, und Bettina Fothergill entfuhr ein Schrei.

»Ich falle fast in Ohnmacht, wenn ich nur daran denke«, sagte sie. »Liebe Lady Emily, wie muss es für Sie sein, dass Ihre eigene Tochter mit einem von … von denen verheiratet ist?« Die Mienen der Versammelten erstarrten, und Emily Wheaton presste ihre Lippen so fest zusammen, dass sie weiß wurden.

»Das sind die verfluchten Preußen«, erklärte Colonel Wheaton. »Der Mann meiner Tochter stammt aber aus Sachsen – Landadel mit einer Geschichte bis zurück in die Zeit der Kreuzzüge. Das ist wahrlich nicht dasselbe!«

»Wir wollen dem armen jungen Mann nicht am Zeug flicken, aber meine Frau macht sich die allergrößten Sorgen um Sie und Ihre Tochter, Lady Emily«, erklärte der Bürgermeister.

»Meine Tochter verbringt den Tag ganz vergnüglich mit Mrs Kents

Neffen und mehreren anderen jungen Leuten bei der Hopfenernte«, entgegnete Lady Wheaton eisig. »Ihr Sohn ist doch auch dabei, nicht wahr, Lord North?«

»Ja. Er war froh, nicht schon wieder an einer Abendgesellschaft teilnehmen zu müssen.«

»Am letzten Tag der Hopfenernte geht es immer sehr festlich zu«, sagte Agatha, einen Seufzer unterdrückend. »Kontertanz, Spiele, Darbietungen, Picknick am Fluss – sie haben bestimmt ihren Spaß.«

»Ein großes Fest also?«, fragte Lord North.

»Ganz schrecklich«, sagte Bettina. »So viele derbe Menschen. Ich gehe nie dorthin.«

»Wir haben die Farm verpachtet, und am letzten Tag der Hopfenernte machen meine beiden Kinder dem Farmer immer ihre Aufwartung«, erklärte Lady Emily. »Wir halten unsere Teilnahme für eine Pflicht, und mein Sohn und meine Tochter scheuen sich hoffentlich nicht, Menschen, die unter ihnen stehen, Dank zu bekunden.«

»Wie ließe sich die Nation, für die wir kämpfen, besser verkörpern als durch Stadt und Land, Arm und Reich, Jung und Alt, gemeinsam versammelt bei der ewig gleichen Ernte der Feldfrüchte!«, sagte Lord North. »Ich denke, Lady North und ich würden uns diese Festivität gern einmal ansehen.«

»Sind Sie sicher?«, fragte Colonel Wheaton. »Unsere Frau Bürgermeister hat durchaus recht, wenn sie sagt, dass es dort ziemlich derb und vulgär zugehen kann.«

»Was meinen Sie mit ›vulgär‹?«, wollte der Professor wissen. »Immerhin ist mein Kind dort, *n'est-ce pas*?«

»Ach, nur Kontertanz und andere ortsübliche Vergnügungen«, sagte Agatha.

»Alles sehr schicklich«, bestätigte Colonel Wheaton. »Ich war mir nur nicht sicher, ob unsere lieben Ehefrauen darauf erpicht sind, auf einem Brett zu sitzen, das man über zwei Fässer gelegt hat, und einer Menge Leuten dabei zuzusehen, wie sie über die Wiese hopsen.«

»Die reine Schäferidylle«, sagte Mr Tillingham. »Aber in jeder guten Idylle hält man Ausschau nach dem Gewitter am Horizont und dem Wolf im Dickicht.«

»Es gibt dort Wölfe?«, fragte der Professor.

»Eine Redensart, mein Lieber. Gelegentlich spielt dort eine ziemlich gute Zigeunerkapelle. Ich habe einmal einen italienischen Maler mitgenommen, er war sehr beeindruckt.«

»Nun, ich möchte unbedingt hin«, sagte Lady North und klappte entschlossen ihren Fächer zusammen. »Wer den Menschen dienen will, muss zu den Menschen.«

»Vielleicht sollten wir die armen Hopfenzupfer in Ruhe ihren Festtag genießen lassen«, wandte Agatha ein. »Sie haben schwer gearbeitet und können in Anwesenheit so bedeutender Besucher womöglich nicht mehr ausgelassen feiern.«

»Unsinn, das sind doch nur wir.« Lady Emily winkte den Butler zu sich. »Rufen Sie den Farmer an und teilen Sie ihm mit, dass wir nach dem Essen kommen. Sagen Sie, dass es ein ganz zwangloser Besuch wird und alle weitermachen sollen, als wären wir gar nicht da.«

»In Sussex haben die Farmen Telefonanschluss?«, fragte Lord North.

»Meine schon«, antwortete Colonel Wheaton. »Habe in jeder Farmküche einen Apparat installieren lassen, damit alle meine Farmer wissen, dass ich jederzeit anrufen könnte. Unglaublich, wie sie seitdem spuren!«

»Eine schreckliche Sache, das Telefon«, rief Lady Emily. »Ich weigere mich, der Sklave eines solchen Apparats zu sein!«

»Unsere Botschaften sind inzwischen natürlich allesamt angeschlossen«, sagte John. »Aber im Grunde eignet sich das Telefon wegen der vielen Gemeinschaftsleitungen und mithörenden Telefonistinnen nicht sonderlich für die Diplomatie.«

»Daraus ließe sich bestimmt eine witzige Szene in einem Ihrer Stücke machen, Mr Tillingham«, rief der Bürgermeister. »Beim Kaiser ist jemand in der Leitung, und die Russen schreien die ganze Zeit nach Wodka – etwas in der Art.«

»Ich schreibe keine ›witzigen Szenen‹, Mr Fothergill«, entgegnete Tillingham und kniff den Mund so sehr zusammen, dass man ihn fast nicht mehr sah. »Sie müssen mich mit den Music Halls verwechseln.«

»Nur ein bisschen Humor, damit Leben hineinkommt«, sagte der Bürgermeister. »Dann könnte Ihr nächstes Stück so beliebt werden wie die von Gilbert und Sullivan.«

Mr Tillingham sah aus, als träfe ihn jeden Augenblick der Schlag.

»Ich befürchte, dass wir für eine Fahrt aufs Land nicht passend angezogen sind«, gab Bettina zu bedenken und strich ihre goldene Robe glatt.

»Nein, ein so atemberaubendes Kleid darf keinesfalls ruiniert werden«, sagte Lady Emily. »Wir entbinden Sie und Ihren Gatten von allen Verpflichtungen, Bettina. Unser Chauffeur bringt Sie nach Hause, während wir anderen unsere Stiefel holen.«

»Wir wollen keinesfalls, dass sich Ihre Abendgesellschaft unseretwegen auflöst, Lady Emily«, beteuerte der Bürgermeister mit einem Blick auf seine Frau, in deren Gesicht es zuckte.

»Sie tun uns einen Gefallen, lieber Bürgermeister Fothergill«, erwiderte Lady Emily. »Für Sie wäre ohnehin nicht genug Platz in den Automobilen.«

Ihr Lächeln erstickte jede weitere Diskussion. »Gehen wir ins Speisezimmer hinüber?«

Der Himmel war fast dunkel, und im grellen orangeroten Schein eines großen Feuers wurde ausgelassen getanzt, als Agatha und John den Professor und Mr Tillingham über das abgeerntete Hopfenfeld führten. Die Wheatons wurden etwas später erwartet. Lady Emily hatte Agatha noch zugeflüstert, sie hoffe nur, dass auf der Farm alles in Ordnung und ein gebührender Empfang von Lord und Lady North gewährleistet sei.

»Ich weiß nicht, wie Emily darauf kommt, dass sich hier etwas Ungehöriges abspielen könnte«, sagte Agatha zu ihrem Mann, während das Feuer die langen Schatten zum Tanzen brachte. Rings um das Feld saßen die Hopfenpflücker dicht gedrängt an aufgebockten Tischen. Die Londoner und die Einheimischen hatten jeweils ihre eigenen, mischten sich jedoch beim Tanz fröhlich untereinander. Zusätzlich zu den mitgebrachten Speisen gab es heiße, direkt vom Bratrost auf Platten gehäufte Würste, und aus dem Feuer wurden mit langen Zangen gebackene Kartoffeln gefischt.

»Ein durch und durch heidnisches Fest.« John schnupperte genüsslich den vorbeigetragenen Würsten hinterher. »Aber es schadet nicht, Lord North wieder einmal daran zu erinnern, dass dies das alte England ist, für das wir ebenso kämpfen wie für die biedere Kleinstadt und die glitzernde Metropole.«

»Ich bin mir nicht sicher, ob er deine historische Sichtweise teilt«, erwiderte Agatha, während an einem Tisch voller Zecher, die dem vom Farmer hergestellten Cider reichlich zusprachen, ein Mann zu Boden sackte.

Am langen, mit Heuballen und Wimpeln dekorierten Ehrentisch saßen der Farmer und seine Familie und gleich daneben Eleanors Gesellschaft junger Leute.

»Der Versuch, sich unters Volk zu mischen, hat offensichtlich seine Grenzen«, sagte John auf dem Weg zu Eleanors Tisch, der sich durch ein Leinentuch, silberne Kerzenleuchter und einen mit mehreren Weinflaschen etwas abseits wartenden Diener von den anderen abhob.

»Auch wir würden wohl nur ungern auf einem rohen Brett sitzen und mit den Fingern essen«, bemerkte Mr Tillingham. »Mir jedenfalls wäre ein Glas kalter Champagner lieber.«

Agatha sah zu Hugh hinüber und winkte mit ihrem Taschentuch. Hugh schien verwirrt.

»Was machst du hier, Tante?«, fragte er und eilte auf die kleine Gruppe zu.

»Hat man euch nicht gesagt, dass wir kommen? Lady Emily hat ausdrücklich ein Telefonat zur Farm angeordnet.«

»Wahrscheinlich ist niemand mehr im Haus.«

»Kommt meine Mutter auch?«, fragte Eleanor, als sie sich näherten. »Dann hätte ich einen zusätzlichen Tisch aufgestellt.«

»Einen völlig anderen vermutlich«, sagte Mr Tillingham. Agatha folgte der Richtung, in die sein Monokel wies, und stellte entsetzt fest, dass Algernon Frith und Amberleigh de Witte neben Minnie Buttles am Tisch saßen. Tillingham vollführte eine angedeutete Verbeugung, unterließ es jedoch, den Professor vorzustellen. Agatha drückte Johns Arm – ein kleines Alarmsignal.

»Du bist hier, Papa?« Celeste, deren Wangen gerötet waren, lief übermütig lachend los und umarmte ihren Vater. Der Professor zuckte sichtlich zusammen. Das Mädchen war nicht nur vom Tanzen so erhitzt. Agatha verstärkte ihren Griff um den Arm ihres Mannes.

»Tillingham, alter Knabe!«, rief Algernon Frith. »Sie treffen uns in rustikaler und überaus behaglicher Atmosphäre an!«

»Hoffentlich reicht der Champagner«, sagte Daniel. »Der Cider ist herb wie Salzwasser und ganz ohne jede Poesie.«

»Geht es dir gut, mein Kind?« Der Professor hielt seine Tochter ein wenig von sich weg und betrachtete ihre fleckigen Wangen. »Du bist sehr rot im Gesicht.«

»Wie schön, Sie zu sehen, Mr und Mrs Kent!«, sagte Amberleigh de Witte. Sie lächelte, aber in ihren Augen blitzte Angst auf. »Miss Wheaton war so freundlich, uns an ihren Tisch einzuladen.« Auch Minnie erhob sich und begann das Feld besorgt nach Alice Finch abzusuchen.

»Sie sind immer so liebenswürdig, Baronin«, sagte Agatha zu Eleanor. »Aber offenbar hat man Ihnen nicht mitgeteilt, dass Ihre Eltern jeden Augenblick mit Lord North und seiner Frau eintreffen.«

»Soll ich den Diener bitten, noch ein paar Stühle zu bringen?«, fragte Hugh.

»Ich befürchte, wir werden eher weniger brauchen«, erwiderte Agatha. »Alles wäre in Ordnung, wenn nur Lord North nicht käme …« Schweigend lächelte sie Algernon zu und versuchte, nicht auf Ambergleighs verkniffenen Mund zu schauen.

»Es wäre vielleicht besser, wenn meine Frau und ich uns mit einigen Ihrer Gäste an einen anderen Tisch setzen würden, Baronin«, sagte John. Er gab dem Diener ein diskretes Zeichen, und der Mann machte sich auf die Suche nach einer Tischrunde, mit der sich tauschen ließe. Agatha hätte John für diesen Ausweg aus der peinlichen Situation in aller Öffentlichkeit küssen können. Und da Bettina nicht kommen würde, gab es keinen Grund, weshalb sie sich nicht aufopfern und mittanzen sollte, anstatt lächerlicherweise dem Gefolge eines Earls anzugehören.

»Nein, wir möchten die Neuankömmlinge auf keinen Fall auseinanderreißen, Mr Kent«, wandte Algernon ein. »Meine Frau und ich wollten ohnehin aufbrechen.« Er machte eine Armbewegung, die alle Versammelten, aber niemand Bestimmten umfasste. »Bitte entschuldigen Sie uns. Wir sind mit Leuten an anderen Tischen verabredet.«

»Ich komme mit und suche Alice«, sagte Minnie. »Sie wollte, dass ich mich an den Tisch setze, aber ich muss ihr mit der Ausrüstung helfen.« Ein Stück entfernt stellte Alice Finch gerade ihre schwere Kamera ab und wies zwei junge Zigeunertänzerinnen an, vor dem bemalten Rad eines Wohnwagens zu posieren.

»Ich würde mich sehr gern anschließen«, erklärte Mr Tillingham. »Allerdings hat mich Lord North um meine persönliche Meinung zu ein, zwei Themen von nationaler Tragweite gebeten. Darüber hinaus muss ich mich um den Professor kümmern.«

»Ja, ja, man lässt seine Freunde nicht einfach zurück«, sagte Amberleigh, griff nach ihrem Schultertuch und warf Agatha einen kühlen Blick zu. »Das verstehe ich vollkommen.«

»Ich komme mit!« Beatrice stand auf. Ihr verzieh Agatha den wütenden Blick, denn im Gegensatz zu Amberleigh konnte sie nicht wissen, dass Agatha ihnen allen gerade eine Blamage ersparte.

»Nein – in ein paar Minuten führen wir unser Tableau auf. Wir sind gleich nach Harrys und Craigmores Hornpfeife an der Reihe«, wandte Daniel ein.

»Es hat mich gefreut, Sie kennenzulernen, Miss Nash«, sagte Amberleigh. »Sie müssen mich besuchen und mir etwas von sich zu lesen bringen.« Sie fasste ihren Mann am Arm. »Wir Frauen müssen doch zusammenhalten!«

»Daniel hat eine Ode an den Hopfenkönig verfasst«, sagte Hugh, während Agatha den Friths nachsah. »Craigmore ist der König, und Miss Beatrice und Miss Celeste stellen die Mägde der Farmerstochter dar, die ihrerseits den Part der Königin übernommen hat.«

»Ob das eine gute Idee war? Lady Emily ist kein Freund von Laiendarbietungen.«

»Liebe Tante, Dichtung ist kein belangloser Laienkram«, entgegnete Daniel. »Ich habe meine ›Ode an den *David*‹ dem Anlass entsprechend umgeschrieben.« Mit einem Bündel Papier fuchtelnd trieb er Beatrice und Celeste vom Tisch weg. »Aber keine Sorge – wir werden den Abend in neue Höhen heben, was wahrscheinlich längst an der Zeit ist.« Während er noch sprach, begann eine Hornpfeife eine schwungvolle Jig zu spielen, und zwei Männer mit aufgerollten Hosenbeinen eilten, jeweils einen Eimer auf dem Kopf und eine Mistgabel in der Hand, zur Bühne.

»Die Ode des Jungen gefällt mir«, sagte Tillingham. »Sie ist so ungekünstelt und vom Gefühl geleitet.«

»Wie meinen Sie das – ›vom Gefühl geleitet‹?«, fragte Agatha, aber nur halbherzig, da sie in diesem Augenblick sah, dass es sich bei den beiden Männern, die unter großem Gelächter und einem Hagel von Würsten mit der Hornpfeife herumkasperten, um Harry Wheaton und den jungen Craigmore handelte.

Lord und Lady North, Colonel Wheaton und Lady Emily, die sich dem Tisch soeben näherten, schienen wenig begeistert davon, dass sich ihre Söhne zur Belustigung der Bauerntölpel lächerlich machten.

»Ich muss mich setzen«, sagte Agatha. Hugh ergriff ihren Arm und half ihr auf einen Stuhl. »Und ein großes Glas Champagner brauche ich.«

»Was ist daran lustig?«, fragte der Professor, während Craigmore und Harry einen improvisierten Schwertertanz vorführten, indem sie gefährlich dicht beieinander ihre Mistgabeln schwangen und geziert über gekreuzte Harken trippelten.

»Die Leute wissen es zu schätzen, dass sich der Sohn des Colonels für sie zum Narren macht«, erklärte John. »Und in diesem Jahr bringt er sogar noch den Sohn eines Earls mit.«

»Ich fürchte, Lady North findet es nicht zum Lachen«, erwiderte Agatha. Der Besuch des Hopfenfests schien schon jetzt ein schrecklicher Fehler zu sein. Doch es blieb ihr nichts übrig, als weiterzulächeln, während Hugh und der Diener einen ganzen Wald zusätzlicher Stühle wachsen ließen.

Hugh war froh, als die Hornpfeife verklang, denn das Gejohle und die Pfiffe der Zuschauer trugen nicht dazu bei, die ziemlich düsteren Mienen von Lord und Lady North zu erhellen. Doch als der Kontertanz-Rufer den Gedichtvortrag ankündigte, begann Hugh plötzlich hektisch zu atmen.

»Hoffentlich hat Daniel die Erwartungen des Publikums richtig eingeschätzt«, hörte er seine Tante Agatha seinem Onkel John zuflüstern. In ihrer Stimme spiegelte sich seine eigene Angst wider.

»Wir sollten um Kürze beten und mit einem Epos rechnen«, erwiderte Onkel John. Das Publikum klatschte. Hugh raunte dem Diener zu, er solle die Champagnergläser bei jeder sich bietenden Gelegenheit auffüllen.

Zwei Jungen stapften mit brennenden Fackeln nach vorn und postierten sich rechts und links der Bühne. Während die Darsteller im Gänsemarsch hinter dem Podest hervorkamen und auf dem Gras einen Kreis bildeten, spielte ein einzelner Geiger sehr langsam ein altes Menuett. Alle außer Daniel trugen ausladende Hopfenkronen. Die Damen hatten sich lange, doldenbestückte und mit Bändern umschlungene Reben an die Schultern gesteckt, die wie Schleppen über den Boden schleiften. Craigmore bewegte sich majestätisch langsamen Schrittes. Er trug ein altrömisch anmutendes Weidenbündel und führte die Tochter des Farmers an der Hand, deren Wangen nicht weniger rot waren als der Wildblumenstrauß in ihrem Arm. Beatrice stemmte einen mit Äpfeln gefüllten Korb in die Hüfte, während Celeste wie eine Nymphe auf einer griechischen Vase einen Ciderkrug auf der Schulter hielt. Daniel, ein scharlachrotes Tuch flott um den Hals geschlungen und eine große Ledermappe in der Hand, beschloss den Reigen.

»Wenn man sich bewegt, ist es kein Tableau!«, rief Mr Tillingham mit vom Cider belebter Stimme.

»Das stimmt. Aber wie hübsch es aussieht!«, entgegnete Tante Agatha. Hugh musste zugeben, dass die Prozession im schwindenden tiefen Abendlicht, beleuchtet vom Flackern des Feuers und der Fackeln, umgeben von dunkler werdenden Bäumen und der bunten Zuschauerschaft, die von den Tischen aufgestanden und näher gerückt war, eine ganz eigenartige Wirkung erzielte.

Die Musik verstummte. Die Darsteller formierten sich zu einem Quadrat, um den Tanz zu beginnen. In der Menge wurde vereinzelt geklatscht, und kleine Kinder krochen unter den Röcken der Mütter nach vorn, um die Darbietung besser sehen zu können.

»›Die Krönung des Hopfenkönigs‹«, las Daniel von einem Blatt Papier ab, das er aus der Ledermappe gezogen hatte, und ließ es zu Boden flattern.

»Es handelt sich um das für den Anlass bearbeitete Gedicht ›Ode an den *David* in Florenz‹ von Daniel Bookham, umgeschrieben zu einer Huldigung der letzten Erntetage …«

»Oder gar der letzten Ernte?«, fügte er hinzu und ließ, während der Geiger einen Tusch herunterfidelte, das zweite Blatt fallen.

»Hoffentlich reimt es sich«, sagte Lady Emily. »Ein Gedicht ohne fünfhebigen Jambus ist kein Gedicht.«

»Des Marmorschenkels sehnig' Weiß
Lockt meine Hand, den Adern warmes
Leben und Fluss der Säfte einzudrücken –
Den Schäfer aber in den Hof zurückzuführen.«

Während Daniel pausierte und die Geige zusammen mit einer Blechflöte erneut, diesmal jedoch in Moll, das Menuett spielte, legten Beatrice und Celeste der Farmerstochter ihre Gaben zu Füßen und schlangen Arm in Arm zur ersten Tanzfigur.

»König deines eignen Fleisches, Fürst der eignen Augen du,
Höchste Herrschaft nur dem Reinen.
Nur die Riemen deiner Schuhe darf ich priestergleich
berühren,
Will ich Ehr und ew'ge Treue dir entbieten.«

Craigmore und die Farmerstochter begannen zu tanzen. Hugh war sich wegen der Entfernung nicht sicher, glaubte aber zu sehen, dass Beatrices Schultern vor unterdrücktem Lachen bebten. Mit erhobenen Händen schritten die vier Tänzer würdevoll im Kreis herum.

»Knabe, Mann und König, deine Herrschaft
überwältigt mich,
Lässt die Leier wie im Tod verklingen.
Küss die Stirn mir, König du der Hopfenfelder,
Weck mich, Riese, lass die Erd' erblühn.«

Die letzten Blätter entschwebten Daniels Hand. Er sank auf die Knie. Die Tänzer hielten inne. Der Hopfenkönig verbeugte sich vor seiner Königin, die Mägde knicksten mit emporgereckten Armen. Während alles zum Schlusstableau erstarrte, liefen drei kleine Mädchen hinter der Bühne hervor und begannen die Tänzer mit Blumen aus ihren Körben zu bewerfen. Beatrice führte eine große Dahlie an die Wange, blieb ansonsten aber reglos. Nur ihre Augen blinzelten ein wenig. Mit einer langen Schlussnote endete die Musik.

Die Zuschauer brachen in Beifall aus, lachten und unterhielten sich an den einzelnen Tischen lautstark über die Darbietung.

»Bravo, bravo!«, rief Mr Tillingham heftig klatschend von seinem Stuhl aus. »Dichter, Dichter!«

Daniel stand langsam auf, band das rote Halstuch ab und dirigierte damit die schwungvolle Verbeugung der Darsteller. Als er sich mit einem Rückwärtsschritt einreihte, ließ Craigmore die Hand der Farmerstochter los und packte ihn freundschaftlich am Nacken. Daniel grinste und wand sich, versuchte jedoch nicht, sich aus dem Griff zu befreien. Schließlich ließ Craigmore ihn los, klopfte ihm auf den Rücken und nahm seine Hand. Alle hakten sich unter und vollführten weitere Verbeugungen. Während Craigmore die Tochter des Farmers zu ihrem Vater brachte und die anderen zu ihren Tischen zurückgingen, ertönte der Applaus lauter und anhaltender, als Hugh es für gerechtfertigt hielt. Er beugte sich zu seiner Tante hinüber und sagte: »Morgen früh wird Daniel unausstehlich selbstzufrieden sein.«

»Aber es war gut gemacht«, erwiderte seine Tante.

»Sie haben hervorragend gespielt, meine Damen!«, erklärte Lady Emily. »Bettina Fothergill muss Sie unbedingt alle drei für ihren großen Festzugswagen in der Parade engagieren. Sie hat bisher nur schrecklich hausbacken wirkende Mädchen ausgesucht – wahrscheinlich aus Angst, die Mägde könnten Britannia in den Schatten stellen.«

Hugh bemerkte, dass Lord North, der nicht klatschte, sondern die Hände hinter dem Rücken verschränkt hielt, seiner Frau etwas zuflüsterte. Dann schürzte er die Lippen und runzelte die Stirn. Als Colonel Wheaton fragte, ob es ihm gefallen habe, nickte er und sagte: »Ich fand die musikalische Begleitung gut. Habe eine Vorliebe für die Geige.«

»Wie schön, dass Ihr Sohn mitgespielt hat und bei unserer Laiendarbietung eingesprungen ist«, sagte Agatha zu Lady North. »Es ist so viel besser, den Leuten Erbauliches zu bieten statt Tanzmädchen und Music-Hall-Nummern.«

»Allerdings können auch Gedichte über Geister und dergleichen eine gewisse Dekadenz enthalten. Wir müssen vor den schlüpfrigen Reizen falscher Idole auf der Hut sein.«

»Sehr wahr«, rief Lord North.

»Ja, sicherlich«, sagte Agatha, wandte sich zu Hugh und Beatrice um und verdrehte die Augen.

»Ich denke, wir haben genug gesehen«, sagte Lord North zu Colonel Wheaton. »Man erwartet uns morgen früh in Dover, wo ich die Burg in Augenschein nehmen muss, und meine Frau wird schnell müde.«

»Wollen Sie nicht tanzen?«, fragte Agatha. »Die Kapelle spielt stundenlang.«

»Ich bedaure, aber unsere Pflichten haben Vorrang. Es war mir ein Vergnügen, Ihre und die Bekanntschaft Ihres Gatten gemacht zu haben, Mrs Kent.«

»Fährst du auch nach Hause, Tante?«, fragte Hugh leise, als Colonel Wheaton und Lady Emily aufbrachen.

»Aber nein! Gerade ruft man zum Gay Gordons, und falls es so kurz nach dem Essen schon geht, tanze ich auch den Roger de Coverley.« Sie beugte sich dicht zu Hugh und Beatrice vor und flüsterte: »Wenn Mr Tillingham zurückfahren möchte, soll er sich einen Heuwagen besorgen.«

»Sehr gut, Mrs Kent!«, sagte Beatrice, während sich Agatha von ihrem Mann auf die Tanzfläche führen ließ, wo sich die Paare bereits aufstellten.

»Möchten Sie tanzen, Mademoiselle Celeste?«, fragte Daniel und forderte sie auf, nachdem sie genickt hatte. Sie reichte ihm die Hand mit einem zutraulichen Lächeln, das nur Daniel jungen Damen entlocken konnte. Wie ein Stich durchfuhr Hugh heftiger Neid angesichts der unbefangenen, offenen Art seines Cousins, und es fiel ihm schwerer als sonst, seine Miene und seine Gedanken zurechtzurücken, um selbst eine wenn auch etwas unbeholfene Aufforderung auszusprechen.

»Möchten Sie tanzen, Miss Nash? Ich muss Sie allerdings warnen – meine Kenntnisse in Bezug auf den Kontertanz sind größtenteils theoretisch.«

»Sehr gern, Mr Grange«, antwortete Beatrice. »Sie können von Glück sagen, dass ich zu Schulzeiten im Tanzunterricht eines der größten Mädchen war und oft angeführt habe.« Er hätte gern weitergescherzt, sich noch einmal selbst schlecht gemacht, um das stockende Gespräch aufzulockern, doch Beatrices Hand war warm von der Darbietung, und sie schien zu strahlen unter ihrer Hopfenkrone. Im flackernden Feuerschein und umgeben von lauter Musik empfand Hugh sie wie verwandelt und wollte nicht mehr sprechen, sondern sie zum Tanz führen, sie zum Wirbeln und Lachen bringen.

16

Am nächsten Morgen saß Hugh auf einem Lehnstuhl in seinem Studierzimmer und erweckte den Anschein, in ein neues Buch über die Struktur von Affenhirnen vertieft zu sein. Es handelte sich um ein Vorausexemplar, das Sir Alex Ramsey kurz vor der Kriegserklärung von einem führenden deutschen Forscher erhalten hatte. In Wirklichkeit döste er im Sonnenlicht und genoss die angenehmen Nachwirkungen des guten Frühstücks. Hinter ihm lagen schlaflose Wochen, in denen er tagsüber exerziert und nachts gepaukt hatte, um schließlich in einem kalten, förmlich nach Misserfolg riechenden Kasino fröstelnd das Schlussexamen abzulegen. Müßige Gedanken gingen ihm durch den Kopf – ob der deutsche Forscher auch im Krieg seine Affen behielt, ob Affen deutsche Kommandos ebenso schnell lernten wie englische, ob es eine Hierarchie der Sprachen gab und welchen Platz, im Vergleich etwa mit Französisch oder Latein, Englisch darin einnahm.

Dieser Gedanke wiederum führte ganz natürlich zu der Frage, was Miss Beatrice Nash, die mit Celeste und den jungen Wheatons zum Mittagessen eingeladen war, über die Vorstellung rivalisierender Sprachen zu sagen hätte. Während er sinnierte, nahm er den Duft einer spät blühenden Kletterrose wahr, den ein Luftzug durch das Fenster des Stallgebäudes hereintrug. Er überlegte, ob dieser Hauch den Gedanken hervorgerufen haben könnte, und fragte sich, ob die Affen gleich den Menschen Gerüche mit Personen assoziierten, ob Smith noch Smith wäre, wenn er nach Lorbeerspiritus röche statt nach Diesel und Stiefelwichse, und ob Miss Nash, die, wie er fand, nach Rosen und Lindenblüten duftete, vielleicht gerade jetzt ihre Haube aufsetzte und sich auf den Weg machte, um unter freiem Himmel einen Nachmittag auf der Terrasse zu verbringen …

Eiliges Stiefelgetrappel auf der Treppe kündete von der Ankunft seines Cousins Daniel. Erleichtert schlug Hugh den Wälzer zu, der so eng gedruckt war, als hätte der Setzer den viel zu langen Text in eine handhabbare Seitenzahl zu zwängen versucht.

»Craigmore ist abgereist!«, rief Daniel. Er sah verzweifelt aus, und sein Tonfall drohte die übliche gelangweilt-gleichgültige Haltung zu beeinträchtigen.

»Wohin?«, fragte Hugh.

»Eine dringende Familienangelegenheit, hieß es.« Daniel zerrte an seinem Hemdkragen. Sein Hals war so schweißnass, als wäre er den ganzen Weg nach Hause gelaufen. »Der Butler der Wheatons wusste nicht, wohin – nur, dass Craigmore und seine Mutter in den Frühzug gestiegen sind.«

»Was haben Harry und Eleanor dazu gesagt?«

»Ich habe sie nicht gesehen. Eleanor hat mitteilen lassen, dass sie sich nicht wohlfühle, und Harry ist offenbar ausgeritten und wird nicht vor Einbruch der Dämmerung zurückerwartet.« Daniel ließ sich auf den anderen Lehnstuhl fallen und bedeckte das Gesicht mit dem Arm.

»Das ist natürlich ein schwerer Schlag für Tante Agatha und ihre Pläne«, sagte Hugh in beiläufigem Ton, um seinen Cousin zu beruhigen. »Hoffentlich ist in Craigmores Familie nichts Schlimmes vorgefallen.«

»Bist du wirklich so dumm, Hugh? Mit der Familie hat das nicht das Geringste zu tun«, erwiderte Daniel unter seinem Ärmel hervor. »Es geht um Lord North.« Er stöhnte. »Mein Leben ist vorüber.«

»Würdest du bitte versuchen, verständliche Sätze von dir zu geben?«

»Verstehst du es nicht? Craigmore muss seinem Vater von der Zeitschrift erzählt haben, von unseren Plänen, und wurde daraufhin wegbeordert.«

»Siehst du das nicht etwas zu dramatisch? Du weißt es doch gar nicht.« Noch während er es aussprach, wurde Hugh bewusst, wie heuchlerisch es war, Daniel Trost zu spenden, statt ihm die Wahrheit zu sagen. Doch welche Wahrheit sollte er seinem Cousin erzählen? Er dachte an das Geflüster zwischen Lord und Lady North nach Daniels Rezitation und erschrak. Ihm wurde klar, dass sich Craigmores Vater nicht an der Zeitschrift störte.

»Craigmore wäre niemals abgereist, ohne mir eine Nachricht zu hinterlassen«, sagte Daniel. »Ich hatte schon immer den Eindruck, dass sein Vater ihm Knüppel zwischen die Beine wirft.«

»Schade, dass sich unsere Mittagsgesellschaft somit erheblich verkleinert. Wir müssen der Köchin Bescheid geben.«

»Wie kannst du jetzt vom Mittagessen reden?«, ächzte Daniel und senkte den Kopf, bis sich sein Gesicht hinter den herabhängenden Haaren verbarg. »Du ahnst ja nicht, was es bedeutet, eine solche Freundschaft zu verlieren!«

»Reiß dich zusammen, Cousin.« Hugh stand auf und zog seine Jacke mit einem Ruck nach unten, wie um seine Worte zu bekräftigen. »Es muss nicht gleich das ganze Haus deine Aufregung mitbekommen. Craigmore wäre der Wirbel garantiert nicht recht.« In der eintretenden Stille blickte Hugh zum Fenster hinaus, um seinem Cousin Gelegenheit zu geben, die Fassung zurückzugewinnen. Sosehr er Daniel um dessen Leichtigkeit, Unbefangenheit, Leidenschaftlichkeit und nicht zuletzt um sein Talent für enge Freundschaften beneidete, so empfindlich reagierte er auf die gelegentlichen Gefühlsausbrüche seines Cousins.

»Ja, du hast recht«, sagte Daniel nach einer Weile, zog ein großes Seidentaschentuch hervor und schnäuzte sich hingebungsvoll. »Sei froh, dass du aus vernünftigerem Holz geschnitzt bist, Hugh! Du lässt dich nie von deinen Gefühlen mitreißen.«

»Danke«, erwiderte Hugh, obwohl er wusste, dass es kein Kompliment sein sollte. Es war nicht fair, sich von Daniel zu unnachgiebiger Strenge provozieren und gleich darauf genau deswegen beschimpfen lassen zu müssen, doch seine erste Sorge galt nun einmal dem Schutz des Cousins vor dessen Gefühlsüberschwang. »Wir sollten uns einen Plan überlegen. Als Erstes schlage ich vor, das plötzliche Verschwinden von Vater und Sohn nach außen hin zu ignorieren.«

»Ich schreibe Craigmore an die Londoner Adresse seines Vaters.«

»Das würde ich nicht tun. Tante Agatha wird sich heute Vormittag schriftlich bei Lady Emily bedanken. Wir bitten sie einfach, in dem Brief ganz beiläufig Erkundigungen anzustellen.«

»Und wenn Lady Emily nichts weiß? Es bleibt noch genug Zeit für die Mittagspost.«

»Sollte es so sein, wie du befürchtest, könnte dein Brief abgefangen werden. Deshalb werde *ich* an Craigmore schreiben, aber frühestens mit der Spätnachmittagspost.«

»Warum so spät?«

»Craigmore hat sich sehr für unsere Kliniklabore interessiert. Da man mich diesen Dienstag in London erwartet, wird mir – allerdings frühestens am Spätnachmittag – einfallen, dass ich ihn zu einer zwanglosen Besichtigung einladen könnte. Ganz ohne Hintergedanken, verstehst du?«

Daniel stöhnte auf. »Ich kann nicht bis Dienstag warten.«

»Vielleicht gibt seine Antwort ein wenig Aufschluss über die Situation«, fuhr Hugh fort. »In der Zwischenzeit musst du dich wieder fangen, Daniel. Es schadet nur, wenn du dich körperlich und seelisch so zermürbst.«

Unten im Stall ertönten Stimmen. Gleich darauf wurde an die Treppenwand geklopft, und Beatrice Nash rief: »Ist jemand da?«

»Ich kann jetzt niemanden ertragen«, sagte Daniel in flehendem Ton. Er war tatsächlich ziemlich blass, was Hugh jedoch als eine verdiente Nachwirkung von zu viel Champagner und starkem Cider interpretierte.

»Das sind doch nur Beatrice und Celeste«, sagte er. »Miss Celeste und du, ihr gebt ein so schön bleiches, interessantes Paar ab. Allerdings kommt sie aus einem Kriegsgebiet. Vielleicht hilft dir das, die Sache in der richtigen Relation zu sehen.«

»Deinem Sarkasmus fehlt der Schliff, der ihn amüsant machen würde«, erwiderte Daniel. Er berührte Hugh am Ärmel. »Aber ich danke dir trotzdem. Was täte ich nur, wenn du mir nicht immer wieder aus der Klemme helfen würdest!«

»Irgendwann musst du beginnen, auf dich selbst aufzupassen. So, und nun ring dir für unsere Gäste ein Lächeln ab!«

»Manchmal klingst du wie Onkel John«, sagte Daniel. »Guten Tag, die Damen, immer herauf mit Ihnen! Heute erwarten Sie hier zum Glück weder Blut noch Gedärme.«

Beatrice und Celeste kamen die Stufen herauf, und Hugh stellte zu seiner Freude fest, dass er recht gehabt hatte – Beatrice duftete wirklich nach Lindenblüten und Rosen. Celeste roch schwach nach Seife und Talkumpuder, und keiner der Damen war das Feiern in der vergangenen Nacht anzumerken.

»Herzlich willkommen«, sagte er. »Wie haben Sie uns gefunden?«

»Ich habe Jenny gebeten, uns ganz ohne Förmlichkeiten zu Ihnen zu schicken«, antwortete Beatrice. »Wir waren ein bisschen zu früh da, und ich hoffte, Sie hier oben anzutreffen, um Celeste Ihren Schlupfwinkel zeigen zu können.«

»Guten Tag, Miss Celeste. Mein bescheidener Arbeitsraum steht ganz zu Ihrer Verfügung.«

»Es ist eine große Ehre für mich«, erwiderte Celeste. »Ich will die toten Hühner sehen.«

Daniel lachte, und in Hugh kam die Hoffnung auf, die Anwesenheit der Damen würde ihn zur Vernunft kommen lassen. Doch Daniels Schmerz war zu groß, als dass er ihn für sich behalten konnte.

»Craigmore ist abgereist!« Die Worte schossen aus ihm heraus. »Noch vor dem Frühstück ist mein Freund verschwunden!«

»Das ist sehr schade wegen unseres gemeinsamen Mittagessens«, sagte Beatrice. »Es gab doch hoffentlich keinen schlimmen Vorfall in der Familie?«

»Es ist gewiss alles in bester Ordnung«, versicherte Hugh. Er freute sich darüber, dass sie genauso reagiert hatte wie er. »Ich werde meine Tante bitten, Lady Emily nach den Einzelheiten zu fragen, damit wir beruhigt sein können.«

»Aber das ist schrecklich«, sagte Celeste zu Daniel. »Wie konnte Ihr Freund nur abreisen, ohne ein Wort zu sagen?«

»Genau das frage ich mich auch und leide Qualen der Ungewissheit. *L'angoisse du doute.*«

»Es ist nicht recht, in diesen Zeiten ohne Nachricht zu verschwinden. Es könnte alles Mögliche passiert sein, *n'est-ce pas*?«

»Endlich versteht jemand die ganze Tragweite«, erwiderte Daniel und warf Hugh einen Blick zu. Hugh rollte nur mit den Augen, als Daniel und Celeste gemeinsam zu den Lehnstühlen gingen, sich setzten und eine ganze Weile die Umstände von Craigmores Verschwinden in einem gedämpft, aber eindringlich klingenden Gemisch aus Englisch und Französisch ausführlich erörterten.

»Es gibt bestimmt eine ganz einfache Erklärung«, sagte Beatrice zu Hugh. »Aber vielleicht sollten wir uns besser entschuldigen, damit Ihre Tante uns jetzt nicht obendrein bewirten muss.«

»Lassen Sie mich bloß nicht allein mit Daniel zu Mittag essen. Sein verzweifelter Zustand würde mir schwer auf den Magen schlagen.«

Beatrice lachte, und Hugh vernahm ein Echo der nächtlichen Musik und musste an sich halten, um Beatrice nicht wieder im Tanz herumzuwirbeln.

»Mir ist es recht«, sagte sie. »Ich habe meiner Zimmerwirtin mitgeteilt, dass wir nicht da sein werden, und kurz entschlossen lässt sich in der Turber'schen Küche nun einmal nichts zubereiten.«

*

Tante Agatha saß auf ihrer kleinen verglasten Veranda im oberen Stockwerk, wo sie vormittags in bequemem Morgenmantel und Pantoffeln am Schreibtisch Briefe zu verfassen und Zeitschriften zu lesen pflegte. Onkel John saß Pfeife rauchend im Sessel am Fenster und ging die Rennzeitungen der vergangenen Woche durch. Hugh klopfte an die offen stehende Tür und trat ein.

»Bin ich zu spät?«, fragte Tante Agatha. »Ich wollte vor dem Eintreffen der Gäste nur rasch etwas fertig schreiben.«

»Celeste und Beatrice sind bereits da. Aber Celeste unterhält sich angeregt mit Daniel, und Beatrice wollte unbedingt den Gemüsegarten begutachten.«

»Dann kleiden wir uns jetzt wohl besser an«, meinte Onkel John.

»Hast du schon deinen Dankesbrief an Lady Emily geschrieben?«, fragte Hugh so beiläufig wie möglich, erkannte jedoch an dem eindringlichen Blick, den seine Tante ihm zuwarf, dass er es übertrieben hatte.

»Ich bin gerade dabei.« Sie zog eine Braue hoch.

»Die Countess ist nämlich heute Morgen offenbar in aller Eile mit Craigmore nach London gefahren, ohne irgendwem Bescheid zu geben.«

»Etwas unvermittelt, oder nicht?«, sagte Onkel John.

»Das ist schlimm für Daniel«, sagte Agatha. »Er war so glücklich, seinen Freund bei sich zu haben.«

Hugh gab sich größte Mühe, ihrem Blick mit offener Miene zu begegnen. »Nein, so schlimm ist es auch wieder nicht. Wir machen uns nur Sorgen, es könnte etwas in der Familie geschehen sein. Meinst du, Lady Emily würde uns darüber aufklären und beruhigen?«

»Es ist sehr unhöflich, wenn man bedenkt, wie gastlich Lady Emily sie aufgenommen hat – aber ich werde selbstverständlich sehr diskret vorgehen und lediglich unsere Sorge um Lady Norths Familie zum Ausdruck bringen.«

»Auch Harry und Eleanor können nicht zum Mittagessen kommen«, sagte Hugh. »Ich habe bereits mit der Köchin gesprochen.«

Nachdem Hugh gegangen war, ergriff Agatha ihren Füllfederhalter und schrieb nach kurzem Überlegen einige Zeilen, in denen sie ihrer Sorge um die Countess, aber auch ihrem Mitgefühl mit der Gastgeberin Ausdruck verlieh, der die hastige Abreise doch einiges Ungemach bereitet haben müsse.

Während sie den Brief noch einmal durchlas, legte John seine Zeitung zusammen, nahm die Pfeife aus dem Mund und sagte: »War nicht anders zu erwarten.«

»Was denn?«, fragte Agatha.

»Äußerst unwahrscheinlich, dass dem Sohn eines Earls mitten im Krieg erlaubt wird, als Maler zu dilettieren.«

»Das sehe ich auch so. Aber warum muss der Junge deshalb wegbeordert werden?«

»Manche Dinge erstickt man besser im Keim. Auch Daniel sollte besser bald einmal Vernunft annehmen.«

»Mir bereitet Daniels Zukunft genauso viel Sorge wie dir. Aber er ist nun einmal ungewöhnlich talentiert, John. Tillingham sagt das auch.«

»Tillingham ist ein alter Vielfraß mit ganz bestimmten Interessen.«

»John!«, rief Agatha. »Nein, da irrst du dich. Ich musste schon einige Damen trösten, nachdem sich Mr Tillingham sehr unfein über die Talente ihrer Söhne geäußert hatte. Und manche von ihnen waren noch hübscher als Daniel.«

»Ah, du schließt es demnach nicht vollständig aus!«

»Du bist unerträglich heute Morgen. Sei bitte einen Moment lang ernst, John. Bist du nicht der Meinung, dass Daniel sich seiner Kunst widmen sollte? Er könnte der nächste Coleridge werden!«

»Ich glaube, Mr Kipling ist derzeit mehr in Mode. Davon abgesehen lebte Coleridge in Armut und musste von großzügigen Freunden unterstützt werden.«

»Soll er sich etwa bei der Post anstellen lassen wie Trollope?«

»Du vergisst, dass es nicht in unserer Hand liegt«, sagte John sanft und verstaute die Zeitung in einem Korb. Er liebte es, alte Ausgaben immer wieder zu lesen, und ließ sie ein so ausgeklügeltes Rotationsverfahren durchlaufen, dass ihm die Artikel zwar nach und nach alle vertraut wurden, er die jeweiligen Einzelheiten darin jedoch immer wieder vergaß. Agatha befürchtete, er könnte dem Hauspersonal knauserig erscheinen, doch er tat es nicht, um Geld zu sparen, sondern weil die Lektüre von Artikeln über bereits gewonnene Rennen und längst zum Decken verwendete Pferde seinen Worten zufolge eine entspannende Abwechslung von den ständig auftauchenden Krisen darstellte, die sein Arbeitsleben prägten. Da er kaum andere Laster hatte, über die sich eine vernünftige Ehefrau beklagen konnte, sah sie sich gezwungen, diese Gewohnheit liebenswert zu finden. Sie selbst neigte zum Gegenteil und verwendete einen viel zu großen Teil ihres Haushaltsgelds für die wöchentlichen Ausgaben von *Gentlewoman* und *Country Life*; zudem kaufte sie in letzter Zeit auch einige der etwas weniger geistlosen illustrierten Zeitschriften.

»Daniel wird seinen Weg machen – trotz seines Vaters«, sagte sie. »Vielleicht gerade ihm zum Trotz. Und wir könnten dabei eine Vermittlerrolle übernehmen.«

»Du mischst dich da nicht ein, Agatha! Wir haben schon so oft darüber gesprochen und uns vor langer Zeit darauf geeinigt, für Hugh und Daniel ausschließlich die uns angemessene Rolle als Tante respektive Onkel einzunehmen.«

»Ja, aber –«

»Kein ›Aber‹, meine Liebe.« Johns Stimme klang noch so sanft wie zuvor, doch Agatha wusste, dass sie seine Meinung nicht ändern konnte. »Ich habe Daniels Vater mitgeteilt, dass ich helfen kann, indem ich Daniel einen Posten im staatlichen oder diplomatischen Dienst verschaffe. Eine literarische Karriere vermag ich ihm dagegen nicht zu ermöglichen. In diesem Bereich könnte ich ihm selbst dann nicht helfen, wenn ich nicht wüsste, dass es den Plänen seines Vaters zuwiderläuft.«

»Er möchte eine literarische Zeitschrift gründen.«

»Wenn er ein Offizierspatent haben will, könnte ich meine Beziehungen spielen lassen. Nach den zahlreichen Anfragen zu schließen, die ich ständig erhalte, trauen mir das jedenfalls viele Leute zu.«

»Ich will nichts davon hören. Es ist schon schlimm genug, dass Hugh eingerückt ist.«

»Viele unserer besten jungen Adelssprösslinge können es kaum erwarten, sich ins Gefecht zu stürzen. In den nächsten Monaten werden viele Karriere und ein Vermögen machen. Ich halte es für klug, dass Hugh dem Rat seines Chirurgen gefolgt ist.«

»Du darfst Daniel kein Wort davon sagen. Ich würde mir nur noch Sorgen machen.«

»Dann bleibt es unerwähnt. Aber im Gegenzug überlässt du es Vater und Sohn, über die Zukunft zu sprechen.«

»Ich muss Emily Wheaton diesen Brief hier zukommen lassen«, sagte Agatha. »Ich warte nicht erst auf die Post – ich schicke Smith.«

Nach der frischen Seeluft und den grünen Wiesen von Sussex wirkte London, als hätte es der Stadt unter dem Staub des langen Sommers den Atem verschlagen. Nachdem sie ein ziemlich unverständliches Schreiben von Craigmore erhalten hatten, dem nur zu entnehmen war, dass er zwar am Dienstagvormittag zu Hause sein werde, Hughs Lazarett jedoch nicht besichtigen könne, hatten die beiden Cousins beschlossen, sich als eingeladen zu betrachten und ihn zu besuchen. Das imposante Tor und den Hof vor Lord Norths herrschaftlichem Stadtsitz hatten sie nicht zuletzt deshalb passieren können, weil Hugh seine Uniform trug und Uniformen in diesen Tagen Respekt verschafften und Türen öffneten. Man hatte sie in einen kleinen, mit schwerem Eichenholz getäfelten Vorraum geführt, der nur schmale, steife Sitzbänke, einen ungenutzten Kamin mit schmiedeeisernem Sims sowie eine eindrucksvolle Cromwell-Büste aus grünem Malachit enthielt, die zwischen zwei großen Fenstern stand. Der Sockel war mit eingemeißelten Ranken und Blüten so floral gestaltet, dass

Cromwell zweifellos seine Zerstörung angeordnet hätte. Hugh wusste nichts von einer Verbindung zwischen Cromwell und der Familie des Earls. Vielleicht gab es auch keine, und man hatte das hässliche Erbstück gerade deshalb in das Eichenholz-Purgatorium verbannt, wo es unerwünschte Gäste einschüchtern sollte. Daniel schritt den Raum von einer Ecke zur nächsten ab, als wollte er ihn für einen Teppich ausmessen. Mit seinen hinter dem Rücken verschränkten Händen und den hängenden Schultern wirkte er nicht minder griesgrämig als Cromwell und war fast ebenso grün im Gesicht. Hugh hoffte, sein Cousin möge die Würde wahren.

»Deine ängstliche Miene wird dich nicht weiterbringen«, sagte er leise. »Und denk daran – jede Erwähnung der Zeitschrift könnte den Eindruck erwecken, es ginge eher um Geld als um Freundschaft.«

»Ich pfeife auf die Zeitschrift und auf das Geld.«

»Ich weiß. Sei einfach still und lass Craigmore erzählen, was geschehen ist.«

Daniel ging zu Hugh, ergriff dessen Hand und sagte: »Danke, Cousin. Dein ständiges Stirnrunzeln bringt mich immer wieder zur Vernunft.«

»Ich runzle nicht ständig die Stirn«, erwiderte Hugh, warf aber einen Blick in den Wandspiegel über dem Kaminsims und verzog den Mund zu einem leichten Lächeln, wodurch die tiefen Falten zwischen seinen Augen etwas glatter wurden. Dann schob er sich die Mütze ein Stück höher unter den Arm. »Besser gesagt: Wenn du mir weniger Sorgen machen würdest, müsste ich nicht ständig die Stirn runzeln.«

»Ich kann mich selbst um meine Angelegenheiten kümmern«, sagte Daniel wie ein trotziger Schuljunge.

»Heute Morgen bist du ohne einen Penny zum Bahnhof gekommen.«

»Nur gut, dass du mir das Geld für die Fahrkarte ausgelegt hast. Und wenn du nicht in der Armee wärst, hätten wir wahrscheinlich keine Sitzplätze bekommen.«

»Hoffentlich lassen sie dich wieder nach Hause fahren. Armeeangehörige haben derzeit offenbar in allen Zügen Vorrang.«

»Jetzt fällt es mir wieder ein. Ich habe mehrere Scheine als Lesezeichen benutzt, und als ich aus dem Haus ging, steckte mein gesamtes Geld in einem Band Longfellow.« Der Gedanke an seine eigene Schusseligkeit schien Daniels Stimmung enorm zu heben. »Man müsste jedem Dichter einen Hugh zuweisen, der auf ihn aufpasst.«

»Vielen Dank.« Hugh drehte den Kopf in Richtung der Schritte, die aus der Eingangshalle zu hören waren. »Ich wollte immer schon Kammerdiener sein.«

Ein Diener riss die Tür auf, und Craigmore trat ein. Er bewegte sich steif und hoheitsvoll wie ein Botschafter, den man gebeten hatte, eine Abordnung kleinerer Kolonialbeamter zu empfangen. Sein gravitätisches Gebaren – gerecktes Kinn, geschürzte Lippen – wurde noch unterstrichen durch den dicken Wollstoff einer graublauen Uniform, so neu, dass sich nicht einmal an den Ellbogen Falten gebildet hatten. Er trug auf Hochglanz polierte Stiefel, die, seinem langsamen Gang nach zu schließen, an mehreren Stellen drückten, und unter dem Arm eine blaue Mütze mit glänzendem schwarzem Schirm. Obwohl erst zwei Tage vergangen waren, zeigte sich auf seiner Oberlippe der solide Ansatz eines markanten Schnauzers; nur das goldblonde Haar, das sich trotz des kurzen Schnitts beharrlich lockte, passte nicht zu seiner militärischen Erscheinung.

»O mein Gott, spielst du in *H.M.S. Pinafore* mit?«, fragte Daniel lachend. Seit Craigmores Eintritt strahlte er übers ganze Gesicht, seine Anspannung schien wie verflogen. »Was haben sie mit dir gemacht?«

»Gut, dass ihr gekommen seid«, erwiderte Craigmore. »Ich bin allerdings in Eile. Meine Mutter gibt ein Mittagessen.« Er schüttelte erst Hugh, dann Daniel die Hand. Daniel ergriff die seine mit beiden Händen und sagte: »Ich bin über alle Maßen glücklich, dich zu sehen.«

Craigmore entzog ihm sanft seine Hand und legte sie an den Rücken. Seine Wangen röteten sich, und er begann auf den Füßen zu wippen, als müsste er sich seine nächsten Worte genau überlegen. Während er zu sprechen begann, deutete er zu den Sitzbänken hin. Hugh folgte ihm und setzte sich. Daniel blieb stehen.

»Ich möchte mich für unsere überstürzte Abreise aus Sussex entschuldigen«, sagte Craigmore. »Das war auf ganz unverzeihliche Weise unhöflich, aber uns blieb keine Zeit für ein paar Zeilen. Wir hatten am frühen Morgen ein Telegramm erhalten und sind sofort zum Bahnhof geeilt.«

»Zu unserer Erleichterung haben wir von Lady Emily erfahren, dass es nicht etwa zu einem Unglücksfall in der Familie gekommen war«, erwiderte Hugh, halb feststellend, halb fragend.

»Nein, vielmehr zu einer Chance, die wahrgenommen werden musste«, sagte Craigmore bedächtig. »Ein alter Freund meines Vaters hatte angeboten, mir zu einer günstigen Gelegenheit zu verhelfen, hielt sich aber nur kurz in London auf, weshalb wir uns beeilen mussten.«

»Ohne deinen Freunden ein Wort zu sagen?«, fragte Daniel. Er stand hinter Hugh, und Hugh spürte, dass er das Holz der Rückenlehne umklammerte.

»Ich gestehe, dass ich auch bei etwas weniger Eile nichts zu schreiben gewusst hätte.« Craigmore holte tief Luft und sah Daniel offen ins Gesicht. »Der Glücksfall, der sich für mich ergeben hat, bedeutet das Ende unseres großen Traums, mein Freund, und diese Nachricht ließ sich nicht guten Gewissens durch einen Brief übermitteln.«

»Du hast dir ein Offizierspatent beschafft, ja?«, fragte Hugh, um sich an das Offensichtliche heranzutasten und in der Hoffnung, sein Tonfall würde verhindern, dass Daniel, der die Rückenlehne losgelassen hatte und neben ihm auf die Sitzbank geplumpst war, einen Wutanfall bekam. Er vermied es, seinen Cousin anzusehen. Craigmore und er sprachen miteinander, als wäre Daniel gar nicht anwesend.

»Ich wusste, dass du dich dem Medical Corps angeschlossen hast«, sagte Craigmore zu Hugh. »Bist du schon im Einsatz?«

»Die Ausbildung dauert sechs Wochen und betrifft vorwiegend militärische Aspekte. Durch die Abschlussprüfung haben sie uns bereits gehetzt.«

»Royal Flying Corps«, sagte Craigmore. »Die endgültige Ausführung der Uniform ist noch in der Schwebe, wenn du den kleinen Scherz erlaubst. Im täglichen Einsatz haben wir dann natürlich passendere Fliegerkleidung. Leder und so weiter. Ich kaufe mir noch heute bei Burberry einen Mantel. Man bekommt dort auch eine sehr gute Fliegerkappe und eine Fliegerbrille mit hervorragenden handgeschliffenen Linsen.«

»Ich wusste nicht, dass du fliegst«, sagte Hugh.

»Ich habe letztes Jahr ein bisschen damit angefangen und Daniel im Sommer in Florenz einige Male mit hinaufgenommen. Ein Riesenspaß! Es haben sich natürlich sehr viele Jungs um ein Offizierspatent bemüht, und als mein Vater dann ein Treffen mit dem Kommodore vereinbarte ... Für den normalen Kriegsdienst hätte ich mich nie beworben, aber das Flying Corps ist das Allerneueste!« Sein Gesicht rötete sich noch mehr. »Ein Riesenspaß!«, wiederholte er.

»Und was ist mit der Malerei?«, fragte Daniel kläglich leise.

»Ich war nie so gut, wie Daniel immer geglaubt hat«, sagte Craigmore weiterhin an Hugh gewandt. »Aber ich selbst wusste es.« Er erhob sich hastig, ging zum Kamin, stellte einen Fuß auf das Schutzgitter und legte einen Arm auf den Sims. »Ich wäre doch immer nur wegen meines Geldes und meiner Beziehungen geduldet gewesen.«

»Das stimmt nicht«, murmelte Daniel.

»Ja, ich weiß, ich weiß«, erwiderte Craigmore hastig und wagte einen kurzen Blick in Daniels Richtung. »Ich mache dir nur den Vorwurf, blind gewesen zu sein – blind vor Freundschaft.«

»Und was geschieht nun mit dieser Freundschaft? Wirfst du sie weg, weil sie nichts weiter als eine flüchtige Annehmlichkeit war?«

»Mein Vater sagt, unsere Zeit benötige keine sensiblen Jungen, sondern Männer. Die künftigen Ereignisse werden noch viele Freundschaften verändern.«

»Seit wann hören wir auf unsere Väter? Wir teilen doch die abgrundtiefe Abneigung gegen ihre berechnende Heuchelei!«

»Das ist Cafégeschwätz, das sind Schuljungensprüche«, entgegnete Craigmore. »Wir müssen allmählich erwachsen werden, Daniel.«

»Ich bin in diesem Sommer erwachsen geworden, denn ich habe den wahren Kompass meines Lebens gefunden. Aber leider ist er offenbar kaputt, und ich drehe mich im Kreis.«

»Immer eine Metapher oder einen Vergleich auf den Lippen, wenn du einer bitteren Wahrheit ins Auge blicken musst. Keiner von uns hat ein Recht auf den anderen, Daniel. Ich habe keinen Vertrag unterschrieben. Ich breche kein Versprechen, das im Licht der Öffentlichkeit steht!«

»Wir hatten kein Versprechen nötig!«

»Ich habe mich dazu verpflichtet, meinem Land in dieser Zeit der Not zu helfen. Gegen Vaterlandsliebe gibt es nichts einzuwenden.«

»Was für ein Blödsinn!«, erwiderte Daniel verbittert. »Dein Vater hat dir die Möglichkeit gekauft, teure Flugzeuge zu fliegen und im Kasino mit anderen kultivierten Männern guten Wein zu trinken und dich bei Paraden bewundern zu lassen mit deinen Silberlitzen und gewichsten Stiefeln. Das reinste Schmierentheater! Die billigsten illustrierten Zeitschriften werden über dich schreiben.«

»Ich denke, es ist alles gesagt.« Craigmore richtete sich kerzengerade auf, doch Hugh sah, dass er die Zähne zusammenbiss, um das leichte Zittern seines Unterkiefers zu verbergen. »Ich hoffe, dass wir Freunde bleiben. Sobald du dich von deinem derzeitigen inneren Aufruhr erholt hast und wieder ein zivilisiertes Benehmen an den Tag legst, würde es mich freuen, mit dir in Korrespondenz zu treten.«

Hugh erhob sich. »Wo finden wir dich?« Er hielt es für nötig, Daniel vor sich selbst zu schützen und ihn wegzubringen, ehe die Freundschaft vollständig zerstört wurde.

»Sobald ich meine Dienstadresse habe, sende ich sie euch.« In der Eingangshalle erklangen Stimmen und das Lachen einer Frau. »Wenn ihr mich jetzt entschuldigt – unsere Gäste treffen ein.«

Noch ehe er den Raum verlassen hatte, wurde die Tür von demselben Diener geöffnet, und eine junge Frau trat ein. Sie trug ein modisches blaues Kleid mit schmal geschnittenem Rock und einem von schwarzen Litzen und Knebelknöpfen aus Messing gezierten Mieder, sowie einen hauchzarten, sehr großen Hut. Ihr Lächeln zeugte von der entspannten Selbstgewissheit der Privilegierten. Sie war nicht schön, doch ihre Haltung verlieh ihr etwas Strahlendes.

»Der Diener sagte, du habest Freunde zu Besuch, und ich bin so neugierig auf Craigmores Freunde, dass ich einfach hereinplatze, auch wenn es unverschämt ist.« Sie küsste Craigmore auf die Wange und umfasste seinen Arm. »Willst du mich nicht bekannt machen, Liebling?« Craigmore wirkte hilflos wie ein Küchenjunge, den man auf frischer Tat beim Hühnerstehlen erwischt hatte. Hugh musste unwillkürlich lächeln, was Craigmores Unbehagen noch verstärkte und ihn veranlasste, ein wichtiges Gesicht zu ziehen.

»Miss Charter, ich möchte Ihnen Mr Hugh Grange und Mr Daniel Bookham vorstellen. Mr Grange, Mr Bookham …« Erst nach einem tiefen Atemzug fuhr er fort: »Ich darf euch Miss Joy Charter vorstellen, meine Verlobte.«

Schweigend verließen sie das Stadthaus und sprachen erst wieder, als sich ihre Wege vor einem kleinen Pub trennten, in dem Daniel oft mit anderen Schriftstellern zusammentraf. Hugh war nicht wohl bei dem Gedanken, ihn allein zu lassen, doch Daniel versicherte ihm, dass alles in Ordnung sei und ihn das plötzliche Auftauchen einer Verlobten von Craigmore nicht bedrücke.

»Zumindest wenn ich davon absehe, dass sie hässlich wie die Nacht ist.« Seine unverhohlene Bosheit zeigte, wie wütend und traurig er war. Hugh aber konnte nichts weiter tun, als ihn zum Whisky und zu seinen Freunden in den verrauchten Pub zu schicken, denn er selbst drohte sich bereits zu verspäten.

»Wenn ich fertig bin, hole ich dich hier ab«, sagte er. »Versuch dich zu beherrschen.«

»Ich werde mit meiner Verlobten, der Göttin der fernen schottischen Inseln, Zwiesprache halten und mir Mühe geben, aufrecht zu bleiben – zumindest auf meinem Stuhl.«

Die vergoldeten Tapeten in Sir Alex Ramseys Backsteinhaus rochen nach Kleister, die dicken Orientteppiche nach alter Wolle. Alle Fenster waren geschlossen, und der Sauerstoff schien bereits von anderen Menschen weggeatmet worden zu sein. Ein Butler brachte Hugh zum Studierzimmer des Chirurgen im ersten Stock. Das Allerheiligste war vollgestopft mit Bildern und antiken Bronzen und enthielt mehrere bequeme Clubsessel. In der Nachmittagssonne, die durch das Erkerfenster schien, stand ein nach Leder riechender Schreibtisch. »Nur herein, mein Junge«, sagte Sir Alex, der soeben eine Karaffe von einem schwer beladenen Tablett hob. »Ich kann es kaum erwarten, Ihnen die gute Nachricht mitzuteilen.« Ohne Hugh zu fragen, schenkte er auch ihm ein Glas ein. Der intensive, bernsteingelbe Brandyduft gesellte sich zu den anderen Gerüchen im Raum.

»Bitte sagen Sie, dass das Exerzieren gestrichen wurde, weil es für unsere Ausbildung unnötig ist!« Hugh hatte sich auf einen hart gepolsterten Stuhl gesetzt und versuchte, nicht an seiner Uniform zu nesteln. »Kaum vorstellbar, welche Ermutigung für unsere Feinde der Anblick von hundert Ärzten wäre, die sich gegenseitig auf die Füße treten und ihre Holzgewehre ständig falsch schultern.«

»Ja, es ist mir zu Ohren gekommen, dass wir nicht den besten Eindruck machen«, erwiderte Sir Alex. »Da hohe Intelligenz das Erlernen simpler eingeübter Bewegungen zu erschweren scheint, könnte man auf ein Verkümmern der für das Studieren nicht benötigten Hirnareale schließen …«

»Ich sehe eher einen Zusammenhang zwischen mangelnder Sportlichkeit und dem Wunsch, unseren Beruf zu ergreifen. Oder aber wir denken einfach zu viel darüber nach, was ›Links um!‹ bedeuten könnte.«

»Halten Sie durch, mein Junge. In etwa sechs Wochen sind Sie in Frankreich. Es ist mir eine große Ehre, Ihnen mitteilen zu dürfen, dass Sie Ihr Schlussexamen bestanden haben. Herzlichen Glückwunsch – Sie gehen als chirurgischer Facharzt an die Front!« Er hob sein Glas und leerte es in einem Zug.

»Das erstaunt mich. Ich hatte befürchtet, nicht genug getan zu haben.«

»Jahrgangsbester, mein Lieber. Die Benotung fiel zwar diesmal etwas milder aus, da die Prüfung um Monate vorverlegt wurde, aber ich kann Ihnen versichern, dass Sie, wie von mir nicht anders erwartet, in jedem Jahr bestanden hätten.«

»Danke. Das bedeutet mir sehr viel.«

»Wir sollen die Chirurgen bis zur Fertigstellung unseres Lazaretts zunächst entlang der Front aufteilen. Man hat mir aber zugesagt, dass sich Ihre Gruppe die Patienten selbst aussuchen kann – also lassen Sie sich von den Verwaltungsleuten keine normalen Fälle andrehen. Und passen Sie auf die Orthopäden auf – diese Schnösel drängen sich derzeit stark in den Vordergrund!«

»Jawohl, Sir.«

»Suchen Sie die ergiebigsten Patienten aus und behalten Sie von jedem Fallbericht eine Kopie. Nur durch seine Dokumentation kann der jeweilige Einzelfall unserer Wissenschaft künftig von Nutzen sein.«

»Ich verstehe. Minuziöse Berichte.«

»Ein Zweitexemplar ist immer angeraten. Die beim Patienten verbleibende Akte kann unterwegs verloren gehen, vor allem wenn der Patient verstirbt.«

»Ich werde Sie nicht enttäuschen.« Hugh stand auf, um sich zu verabschieden.

Sir Alex sah ihn eindringlich an. Dann räusperte er sich, um erkennen zu lassen, dass er noch etwas zu sagen hatte.

»Es ist eine äußerst schwierige Zeit, mein Junge, insbesondere für die Damen, die wir zurücklassen.« Hugh schoss der grauenhafte Gedanke durch den Kopf, Tante Agatha könnte Sir Ramsey geschrieben haben. »Meine Tochter ist sehr betrübt über die bevorstehende Abreise so vieler junger Freunde.«

»Das wusste ich nicht«, sagte Hugh. Er hatte sie bei der Vorlesung ihres Vaters gesehen, aber sie war viel zu sehr mit Flaggen und Federn beschäftigt gewesen und hatte ihn beim Anblick seiner neuen Uniform nur einen Moment lang strahlend angelächelt.

»Sie verbirgt ihre Gefühle auf bewundernswerte Weise hinter ihrer jugendlichen Quirligkeit.« Sir Alex seufzte. »Darin ähnelt sie so sehr ihrer verstorbenen Mutter.« Er nahm einen schweren Silberrahmen vom Schreibtisch und zeigte Hugh die Fotografie seiner verstorbenen Frau. Sie trug ein schwarzes Kleid und eine Perlenkette, hielt eine Bibel in der Hand und blickte sehr ernst, während an der Steinbalustrade hinter ihr ausgerechnet ein Pfau entlangspazierte. Obwohl die Aufnahme als Ausweis von Quirligkeit in Sir Alex' Familie völlig untauglich war, rührte es Hugh, dass er sie ihm zeigte. Persönliches hatte der Chirurg bisher nur selten preisgegeben.

»Sie ähneln sich in ihrer Schönheit«, sagte Hugh und wurde belohnt, indem er Sir Alex einen Augenblick lang von sentimentalen Gefühlen bestimmt erlebte, die der Chirurg allerdings unverzüglich mit einem Hüsteln wieder zum Verschwinden brachte.

»Wir leben wie gesagt in außergewöhnlichen Zeiten«, fuhr er fort. »Ich wollte nur sagen, dass ich Ihnen nicht im Wege stehen werde, mein Junge. Wir dürfen jetzt nicht wanken, dürfen nicht zögern, in die Bresche zu springen.« Er fiel in hilfloses Schweigen, zupfte an seinem Schnurrbart und wandte das Gesicht zum Fenster, um Hughs Blick zu entgehen. Hugh begann zu verstehen, dass Sir Alex von Lucy sprach und ihm eine Erlaubnis erteilte, die noch gar nicht erbeten worden war. Dass der berühmte Mann ahnte, was ihm durch den Kopf ging, überraschte Hugh nicht; dass er sogar bereit war, ihn zu unterstützen, erschien ihm jedoch zu viel der Ehre, um glaubhaft zu sein.

»Miss Ramseys Glück muss ihren Freunden das größte Anliegen sein«, sagte er.

»Das habe ich ihr auch gesagt. Und ich habe ihr gesagt, dass ich ihre Wahl ohne Ansehen von Rang und Beruf gutheißen werde. Ich muss aber ehrlicherweise zugeben, dass ich gewisse Bedenken habe, Grange.«

»In Bezug auf mich?«

»Nein, nein, Sie genügen in jeder Hinsicht. Aber dieser oder jener von den anderen Burschen … Sagen wir so: Was nützt die Krone, wenn es keinen Kopf gibt, auf die man sie setzen kann?«

»Es entspricht Ihrem Wunsch, dass Miss Ramsey heiratet, wen sie will?« Es klang trockener, als er beabsichtigt hatte – vielleicht weil es ihn ärgerte, in schwierigen Zeiten wie diesen gerade einmal zu »genügen«.

»Ich spreche nicht von einer Carte blanche«, erklärte Sir Ramsey, »empfehle aber jedem interessierten Bewerber, schnell zu handeln. Sie weigert sich, nach Wales zu gehen, bevor nicht die Verlobungsanzeigen verschickt sind. Sie befürchtet, dort auf dem Land isoliert zu sein und sitzen zu bleiben. Ich weiß offen gesagt nicht mehr, wie ich sie aus London herausbekommen soll.«

»In London besteht sicherlich keine unmittelbare Gefahr«, wandte Hugh ein. Plötzlich sah er Lucy im Rüschenkleid in einem abgedunkelten Waliser Wohnzimmer neben einer alten Tante sitzen, eingeschlafen über ihrer Strickarbeit, lebendig begraben mit all ihrer jugendlichen Frische, während der Regen gegen die Fenster prasselte. »Aus London verbannt zu werden wäre schlimm für sie.«

»Es mögen noch keine Zeppeline die Themse herauffliegen, aber in Kriegszeiten ist London ein Ort der Unordnung, der Zügellosigkeit. Meine liebe Frau hat sich nicht einmal auf öffentliche Parkbänke gesetzt. Meine Tochter dagegen ist gestern mit einem Omnibus gefahren und brachte zum Tee drei junge Männer mit, die sie dazu überredet hatte, die Rekrutierungsstelle aufzusuchen.«

»Wenn Sie gestatten, wäre es mir eine Ehre, mit Miss Ramsey zu sprechen. Ich gebe Ihnen mein Wort, dass ich sie, ganz gleich, was sie von mir hält, dazu drängen werde, an ihre Sicherheit zu denken.«

»Danke«, sagte Sir Ramsey. »Lucys Tante wohnt nicht etwa an einer einsamen Felswand auf dem Snowdon, sondern mitten in Cardiff, wo Lucy ein durchaus reges, ihr angemessenes Gesellschaftsleben führen würde, während ich mich unserer Sache guten Gewissens widmen könnte.«

Lucy saß in der kleinen Gartenlaube. Die Quilts auf den Sesseln sollten wohl gegen die herbstliche Kälte schützen, die laut Kalender hätte herrschen müssen. Doch es war heiß, und nur der starke scharfe Geruch der Astern zeugte von der neuen Jahreszeit. Als Hugh auf sie zuging, streckte Lucy ihm die Arme entgegen.

»Sie sehen sehr … schick aus«, sagte er, beugte sich hinunter und küsste beide Hände. Sie trug ein blaues Sergekostüm mit scharlachroten Epauletten und einer rot-weißen Schärpe quer über der Brust. Ihr Haar war unter einer kecken Mütze verborgen, an der eine Nadel mit dem Georgskreuz steckte. Es war eine bezaubernde kleine Uniform.

»Ich freue mich so sehr, dass Sie mich endlich besuchen«, sagte sie. »Jeder Zoll ein Soldat und jetzt obendrein ein richtiger Chirurg!«

»Ihr Vater hat es Ihnen erzählt?«

»Ich habe es ihm entlockt. Man muss in diesen Zeiten lernen hartnäckig zu sein.«

»Das stimmt.«

»Gefällt Ihnen meine Uniform?« Sie stand auf und strich den engen Rock glatt. »Meine Freundinnen und ich haben eine Organisation gegründet, die St. George Recruitment Brigade.«

»Braucht man jetzt Komitees und Satzungen, um Federn zu verteilen?«

»Gestern wurden wir für die Zeitung fotografiert. Das Bild erschien unter der Überschrift ›Die George-Mädchen‹. Sehen Sie nur!« Sie hielt ihm einen Ausschnitt aus einem illustrierten Blatt hin, auf dem eine große Fotografie mit etwa einem Dutzend Mädchen abgebildet war, die sich am Heck eines Omnibusses festhielten und wild in die Kamera winkten.

»Sie werden noch berühmt«, sagte Hugh. Da man für eine solche Aufnahme mehrere Minuten lang stillhalten musste, wirkte das Winken ziemlich gekünstelt. »Das arme Mädchen ganz hinten hat keine Arme.«

»Maisie hat sich bewegt und wirklich gewunken, deshalb sind ihre Arme verschwommen«, erklärte Lucy, das Bild über Hughs Schulter hinweg betrachtend.

»Kann es sein, dass Sie alle geschminkt sind?«

»Seien Sie nicht so spießig, Hugh. Es ist doch allgemein bekannt, dass man für eine professionelle Aufnahme ein bisschen Theaterschminke braucht. Wir wecken die Aufmerksamkeit der Leute und können dadurch einen großen Beitrag zur Kriegshilfe leisten – das ist alles, was zählt.«

»Dennoch kann ich mir nicht vorstellen, dass Ihr Vater allzu glücklich darüber ist.«

»Ich habe ihm die Fotografie nicht gezeigt«, gab Lucy zu, legte die Zeitungsseite zusammen und steckte sie in ihre Uniformtasche. »Nachdem wir ihm bei der Rekrutierung seiner hundert Mediziner geholfen haben, kann er nicht erwarten, dass ich plötzlich aufhöre. Das Land braucht alle verfügbaren Männer, und wir Mädchen sind genau die Richtigen für diese Aufgabe.«

»Wir sollten nicht den Anstand vergessen, nur weil wir uns im Krieg befinden. Ihr Vater ist doch bloß um Ihren guten Ruf besorgt.«

»Warum glaubt ihr Männer immer, ihr könntet den Krieg für euch behalten? Wir Mädchen werden sicherlich nicht zu Hause hocken und stricken, während ihr die großen Abenteuer erlebt.«

»Der Krieg ist wohl kaum ein Abenteuer.«

Sie sah ihn zornig an. »Genau darum geht es! Wenn dem Land Gefahr droht, muss jeder seinen Beitrag leisten.«

»Verzeihen Sie. Aber es ist Ihrem Vater und mir nun einmal wichtig, Sie zu beschützen.«

»Es macht einen jungen Mann nicht eben attraktiv, wenn er wie der eigene Vater klingt.«

»Ich bin ein Tölpel.« Hugh schlug sich in gespielter Verzweiflung mit der Faust an die Stirn, und Lucy lachte. »Erzählen Sie mir von Ihren Abenteuern!«, forderte er sie in der Hoffnung auf, nur von banalsten Unternehmungen zu hören.

Die Mädchen schienen sich hauptsächlich mit Fahrten durch London zu beschäftigen, die in einem dekorierten Mietbus absolviert wurden. Sie waren in der Albert Hall aufgetreten und hatten an einem Rekrutierungsdinner in Westminster teilgenommen, doch Lucys größte Begeisterung galt dem Omnibus.

»Und im nächsten Monat findet eine Gartenparty im Buckingham-Palast statt. Erst bilden wir die Ehrengarde am Eingang, und dann feiern wir mit, und jede hält einen Strauß Teerosen in der Hand.«

»Klingt sehr aufregend«, sagte Hugh. Die Frage, wo sie im Oktober Teerosen auftreiben wollten, verkniff er sich.

»Sie können sich nicht vorstellen, wie viel aufregender es ist, etwas wirklich Wichtiges im Leben zu tun«, sagte sie ernst und unterstrich ihre Worte, indem sie die Hände faltete. »Es macht viel, viel mehr Freude, als immer nur Patientenakten abzuschreiben, Briefe zu beantworten wie ein Büromädchen oder in Vaters Behandlungszimmer Staub zu wischen, nur weil er dem Hausmädchen nicht traut.« Sie blickte so traurig drein, dass Hugh spontan ihre Hände ergriff. Ein Strahl der zwischen den Dächern untergehenden Spätnachmittagssonne verlieh ihrem Haar einen rötlich-goldenen Schimmer, und ihr Atem entströmte vollen, vor Gesundheit und Jugend rosigen Lippen. Ihre Hände zitterten in seinen. Sie holte tief Luft, und ihre Brust hob sich unter dem Jäckchen.

»Ich wusste nicht, dass Sie unglücklich waren«, sagte er.

»Bis zu meiner Hochzeit bin ich meinem Vater Gehorsam schuldig. Aber ich vertraue Ihnen, Hugh, und gestehe deshalb, dass ich allein den Geruch des Behandlungszimmers kaum mehr ertragen kann.«

»Sie haben es verdient, Ihre Abenteuer zu erleben«, sagte Hugh. »Sie haben alles verdient.« Sie senkte ihre dichten Wimpern und errötete. Schweigend saßen sie da – einmütig schweigend, wie Hugh hoffte –, während er nach Worten für einen formellen Antrag suchte.

»Sie wissen, dass ich meinem Vater versprochen habe, bereitwillig zu meiner Tante nach Wales zu ziehen, wenn ich nur erst verlobt bin«, sagte sie leise.

»Es wäre für uns beide eine große Beruhigung, Sie sicher im Schoß der Familie zu wissen.«

»Aber nächsten Monat findet die Gartenparty statt.« Ihr verwirrend hübscher Mund verzog sich zu einer Schnute. »Sie verstehen mein Problem, ja?«

»Als zukünftige Braut müssten Sie sich um ganz andere Dinge kümmern«, sagte Hugh lächelnd. »Ich möchte Sie fragen …«

»Nein, nein, fragen Sie nicht, Hugh!«, rief sie, wand die Hände aus seinem Griff und fuchtelte damit vor ihm herum, als wollte sie ein Hündchen verscheuchen. »Ich möchte nicht Nein sagen, aber wenn ich zu einem Ja verleitet werde, muss ich aus London fort. Lassen Sie uns eine stille Vereinbarung treffen, eine Abmachung ohne Versprechungen.«

»Was für eine Abmachung sollte das sein? Und was soll ich Ihrem Vater sagen?«

»Ich bitte Sie nur um ein paar Monate, Hugh. Dann bekommen Sie, was Sie wollen. Das alles hier könnte eines Tages Ihnen gehören.« Sie machte eine Handbewegung, die das ganze Haus umfasste, das ihr, wie sie Minuten zuvor versichert hatte, zuwider war.

»Ich will nur Sie«, erwiderte er und fragte sich gleichzeitig, ob sie tatsächlich bereit war, mit ihm in eine Wohnung in der Old Brompton Road zu ziehen oder in ein kleines Haus in einer für junge Chirurgen erschwinglichen, weit außerhalb gelegenen Vorstadt.

»Die Rechtschaffenheit zählt zu Ihren liebenswertesten Eigenschaften, Hugh. Nicht alle Männer verfügen darüber.« Sie runzelte so ernst die Stirn, dass er lachen musste.

»Hoffentlich sind Sie nicht in einem Omnibus auf diese Wahrheit gestoßen!«

»Ach, Hugh!« Sie gab ihm einen Klaps. »Genau deshalb bin ich so vernarrt in Sie.«

Erstaunt stellte er fest, dass er keinerlei Enttäuschung über die monatelange Verzögerung empfand, sondern merkwürdig zufrieden, ja sogar erleichtert war, weil alles beim Alten blieb. Wahrscheinlich brachte der Krieg die Menschen dazu, am gewohnten Leben festzuhalten. Einen Moment lang sah er sich selbst lachend und tanzend auf einem Hopfenfeld. Er schob das Bild beiseite und hörte in der nächsten halben Stunde aufmerksam zu, während Lucy von ihrem Londoner Leben erzählte, das sich so sehr verändert hatte.

Nach dem sonnenhellen Tag draußen vor dem kleinen Pub mit den schwarzen Balken wirkten die Düsterkeit und die verbrauchte Luft im Inneren fast undurchdringlich. Es roch nach gebratener Leber und abgestandenem Bier, und der Rauch der vielen Pfeifen und Zigarren kratzte im Hals. Studenten, Rechtsreferendare und Geschäftsleute standen in Viererreihen an der kupferbeschlagenen Theke. Hugh musste sich mühsam zu dem Fasstisch vorkämpfen, an dem sein Cousin und dessen zwei Freunde saßen und mit der Anmut von Hafenarbeitern ihre Pies aßen. Daniel war in Hemdsärmeln; die Krawatte hatte er in die Hosentasche gestopft, und über dem Herzen prangte ein Fleck. Neben seinem Teller standen ein Pint Bier und ein Glas mit purem Whisky. Während sie sich lautstark unterhielten, erhob sich einer der Männer und füllte die Whiskygläser bis zum Rand.

»Auf die Poesie und den Tod!«, rief er, ergriff sein Glas und leerte es, ohne abzusetzen.

»Auf die Poesie, die den Tod überwindet!«, rief der andere, trank sein Glas ex und ließ sich auf seinem Stuhl nach hinten fallen.

»Aber vor allem auf die Poesie!«, rief Daniel und setzte zum Trinken an. Hugh griff ihm in den Arm.

»Ich grüße dich, Cousin«, sagte er.

»Hugh!«, brachte Daniel etwas mühsam hervor. »Du kommst gerade recht, um auf den König anzustoßen. Wir gehen alle zur Armee!«

»Auf den König«, lallte der Freund mit der Flasche, führte sie an den Mund und trank.

»Auf König und Vaterland!«, plärrte der andere, dem es nicht mehr gelungen war aufzustehen.

»Auf den König!« Der ganze Pub brach in Jubel aus. Die Leute begannen »Land of Hope and Glory« zu singen. Da die wenigsten mehr als die ersten vier Verse auswendig wussten, zog es sich gnädigerweise nicht allzu lange hin, doch der Lärm verdammte Hugh zum Schweigen. Als das Gegröle verklang, setzte er sich auf einen niedrigen Hocker und bat eine vorbeigehende Kellnerin um ein Stück Fleischpastete.

»Ein Offizier kriegt alles von mir.« Sie zwinkerte ihm vielsagend zu.

»Nur ein Stück Fleischpastete, ohne Erbsen und Sauce.«

»Du wirst stolz auf mich sein, Hugh«, sagte Daniel. »Mein Vater wird stolz sein, meine Freunde, die wenigen, die mir geblieben sind in dieser grausamen Welt …« Er zog die Krawatte aus der Tasche und wischte sich damit über die Augen. »Alle werden sie stolz auf mich sein. Wir ziehen in den Krieg, Hugh! *Ins Todestal, in voller Zahl, reiten die Fünfhundert.*«

»Sechshundert«, korrigierte der auf seinem Stuhl zusammengesackte Freund.

»Was sagst du, Tubby? Hugh, das ist mein Freund Tubby Archer.«

»Sechshundert – Leichte Brigade … sechshundert«, murmelte Tubby.

»Sechshundert? Scheiße, sind das viele Pferde …«, nuschelte der andere, der die Flasche inzwischen wie ein Kind im Arm wiegte.

»Ja, Longshanks, mein Freund, das sind – das sind …« Daniel konnte vor Lachen nicht weitersprechen. Tränen rollten ihm über das Gesicht.

»Der Wirt hätte es gern etwas leiser«, mahnte die Kellnerin, die sich mit einem dampfenden Stück Pie zu Hugh vorgekämpft hatte.

»Entschuldigen Sie«, sagte Hugh. »Würden Sie uns auch noch eine Kanne Kaffee bringen?«

»Nein, nein, nein«, rief Daniel mit erhobenem Zeigefinger. »Wir rücken nicht nüchtern in die Armee Ihrer Majestät ein!«

»Nein, nein, nein, nüchtern rücken wir nicht ein«, sangen die drei Freunde.

»Entschuldigen Sie«, wiederholte Hugh.

»Nicht schlimm«, sagte die Kellnerin. »Sollen sie ruhig noch mal brüllen, die armen Teufel. Wenn sie aufwachen und der Feldwebel steht vor ihnen, sind sie gleich viel stiller.«

Sie zwinkerte Hugh noch einmal zu und bahnte sich einen Weg fort vom Tisch. Daniel jammerte: »Komm zurück, Peg o' my heart, ich liebe dich!«

Die drei Freunde intonierten eine getragene, mehrstimmige Version von »Peg o'my heart«, die sich nur stellenweise an eine bestimmte Tonart hielt. Nach und nach wurden sie leiser, und Hugh konnte ein paar Happen Pie und einen Schluck Starkbier zu sich nehmen. Mit Ende des Lieds waren alle drei in rührseliger Stimmung und den Tränen nahe, was verglichen mit der lärmigen Bierlaune zuvor immerhin eine kleine Verbesserung darstellte.

»Was hat es mit dem Einrücken auf sich?«, fragte Hugh. »Ich habe dich immer für einen Pazifisten gehalten.«

»Nein, kein Pazifist, nur Dichter«, erwiderte Daniel. »Aber jetzt ist es an der Zeit, Cousin, jetzt muss man ihnen zeigen, dass der wahre Mann, der wahre Mut in den Schützengräben liegt.«

»Es soll also zur Infanterie gehen?« Hugh schmunzelte bei der Vorstellung des anspruchsvollen Daniel in einem schlammigen Graben.

»Mein Freund Longshanks hier – Bill Longshanks vom Dichterzirkel Pimlico –, der hat einen Onkel, der bringt uns ins Regiment der Artist Rifles. Offiziersausbildung. Nur Dichter und Maler und so weiter. Keine reichen Dilettanten, alles richtige Künstler und eine Mission – mit Sonett und Pinsel neue Formen der Tapferkeit, neue Gedankengebäude konstruieren, eine neue Bruderschaft von Künstlersoldaten.« Er warf einen Blick in seinen Bierkrug, sah, dass dieser halb gefüllt war, und erhob ihn wie zu einem Trinkspruch. »Jungs, noch heute Nachmittag geht es los!«

»Du wirst besser erst einmal wieder nüchtern. Mit klarem Kopf sieht alles anders aus.«

»Hinein, hinein ins Todestal mit allen Pferden!«, rief Daniel. »Nur keine Zeit verlieren!«

»Nein, keine Pferde«, wandte Longshanks ein, »nur Gewehre und so fort. Wir fahren mit dem Zug. Um vier von Kings Cross.«

»Man braucht mich, Hugh. Sie brauchen mich als Herausgeber einer Regimentszeitschrift«, sagte Daniel.

»Daniel Bookham – der Mann, der unsere Geschichte in ein Versepos fasst!«, verkündete Longshanks.

»Noch im Trommelfeuer werde ich im Unterstand beim Licht einer Kerze dichten«, erklärte Daniel. »Und wenn die Trompete das Ende des Tages verkündet und man unsere zerschmetterten Leichen vom Schlachtfeld trägt, finden sie mich, die letzte Ausgabe ans Herz gepresst …« Er wischte sich eine Träne aus dem Auge, und seine Freunde senkten die Köpfe, als betrauerten sie schon jetzt die Zerschlagung des Regiments.

»Du spannst den Karren vor das Pferd, auch wenn es gar keine Pferde gibt«, sagte Hugh. »Eine solche Entscheidung trifft man nicht im Vollrausch!«

»Das ist das größte Abenteuer des Jahrhunderts«, sagte Longshanks, der offenbar nicht ganz so betrunken war, wie Hugh zunächst gedacht hatte. »Die grandioseste Leinwand, auf der das Mittelmaß nichts verloren hat!«

»Hört, hört«, murmelten Daniel und Tubby Archer. Hugh musste bangen Herzens einsehen, dass die Anwerber in ihren Einflüsterungen keine List ausließen und Schmeichelei und Beleidigung, Karriereaussichten, Liebe, die Familienehre und das glänzende Gold der günstigen Gelegenheit gleichermaßen einsetzten, um Männer für die Khaki-Uniform zu rekrutieren.

»Ich habe mich selbst gemeldet und bin daher der Letzte, der dich davon abbringen will«, sagte er. »Aber zuvor habe ich meinen Vater um Erlaubnis und meine Mutter um ihren Segen gebeten, und du, Cousin Daniel, wirst das ebenfalls tun – und am besten auch Onkel John und Tante Agatha verständigen.«

»Wir könnten auch erst morgen fahren, mit einem früheren Zug«, schlug Tubby vor. »Dann wäre noch Zeit, sich ein gutes Mittagessen zu gönnen und unsere Angelegenheiten zu ordnen.«

»Ja, morgen ginge es auch«, sagte Longshanks. »Aber ich telegrafiere meinem Onkel noch heute, was wir vorhaben. Du wirst dich doch nicht etwa drücken und mich Lügen strafen?«

»Wenn wir warten, könnte Tubbys Zimmerwirtin etwas herausfinden«, wandte Daniel ein. »Wollte er sich nicht durchs Hinterfenster davonmachen?«

»Ich packe meine Pinsel zusammen und verlasse das Haus durch die Vordertür«, erklärte Tubby. »Der Dame teile ich mein Vorhaben im feierlichsten Ton mit und verspreche ihr ein Pfund von meinem Fleisch aus dem königlichen Sold.«

»Wir bestellen besser ein Hansom Cab vor die Tür. Könnte sein, dass wir schnell verschwinden müssen«, meinte Daniel.

»Ich kann dich zum Haus deines Vaters bringen«, sagte Hugh. »Oder hält er sich vielleicht in seinem Club auf?«

»Nicht nötig. Ein Brief mit der späten Post genügt. Mein Vater wird die Nachricht ganz extra…, ganz exar…, ganz ekstatisch aufnehmen.«

»Dann fahren wir jetzt zu Onkel John ins Ministerium. Wenn du Tante Agatha beibringen willst, dass ihr Lieblingsneffe in den Krieg zieht, wirst du seine Hilfe brauchen.«

»Ich bin nicht ihr Liebling, du bist ihr Liebling«, entgegnete Daniel. Er wandte sich an seine Freunde. »Sie halten ihn nämlich für ungemein schlau mit seiner Wissenschaft und seiner Medizin, und ich bin nur ein schnöder, schäbiger Schreiberling …«

»Jede Wette, dass du nicht dreimal hintereinander ›schnöder, schäbiger Schreiberling‹ herausbringst, ohne alle mit Bier zu bespucken«, sagte Hugh. »Komm jetzt!« Unter den lautstarken Protestrufen der Freunde, die sich gegenseitig noch rasch völlig unsinnige Abmachungen zuriefen, packte Hugh seinen Cousin am Arm und zerrte ihn aus dem Pub. Dann trieb er ihn im Laufschritt zu einem Bus Richtung Westminster.

17

Das Cottage von Algernon Frith und Amberleigh de Witte, ein niedriges Häuschen mit Strohdach, stand zwischen Feldern und war von einem verwilderten Garten umgeben. An den grünen Fensterrahmen blätterte der Lack ab, die Traufen und den Verputz hatte der Schimmel grau gefärbt, und das morsche grüne Gartentor hing lose in den Angeln. Ein achtlos hingeworfenes Fahrrad lag vor dem überdachten Eingang, der von zwei großen, strahlend blau glasierten Töpfen mit Blumen in südlich getöntem Rot, Rosa und Orange gesäumt war. Man hätte seiner Baufälligkeit wegen die Nase über das Haus rümpfen müssen, doch Beatrice fand es seltsam romantisch, als sie mit Celeste auf dem schmalen Grasweg näher kam. In der Tür erschien ein Mädchen und knickste. »Bitte kommen Sie herein, Misses«, sagte es ein wenig atemlos und riss die Augen so weit auf, als wäre es keine Gäste gewohnt. »Die Mistress ist hinten im Garten.«

Aus einer Diele mit unverputzten Steinwänden ging es in einen schattigen Garten, dessen Bäume sich unter dem Gewicht dichter Kletterpflanzen bogen. In einer überwachsenen Pergola am Rand eines Teichs lag Amberleigh de Witte in einem weiten grünen Nachmittagskleid auf einer durchhängenden Chaiselongue aus Korbgeflecht. Ihr nur von einem schmalen Band zusammengehaltenes Haar fiel über die linke Schulter. Sie schrieb in ein großes, ledergebundenes Buch und stand nicht auf, als Beatrice und Celeste sich näherten, sondern hob nur die lange, schmale Hand und winkte.

»Kommen Sie, trinken Sie eine Tasse Tee. Der Champagner ist noch zum Kühlen im Eishaus.« Auf einem kleinen Holztisch neben der Chaiselongue zischte eine Teemaschine über dem kleinen Brenner, daneben standen mehrere ineinandergestapelte alte Tassen aus blau-weißem Porzellan. Die üblichen kleinen Sandwiches sowie die wegen der herrschenden Zuckerknappheit sehr beliebten hart gebackenen Rosinenkekse hatte man auf einer Etagere angeordnet. Daneben aber lag auf einer Steingutplatte eine glänzende Schweinefleischpastete, und auf einem alten Fass thronte eine Schüssel, die allem Anschein nach Entenconfit enthielt, dick mit gelbem Fett überzogen und andächtig bewacht von einem hechelnden Spaniel, der mit seiner Schnauze fast bis an den Schüsselrand kam. Champagnergläser und eine dunkle Flasche mit irgendeinem hochprozentigen Getränk vervollständigten die ebenso üppige wie unkonventionelle Teetafel.

»Vielen Dank für die Einladung«, sagte Beatrice. In ihrem Brief, geschrieben auf hellblauem, nach Iris duftendem Papier, hatte Amberleigh de Witte den Wunsch bekräftigt, Beatrice möge etwas Selbstverfasstes mitbringen. Dieses Angebot einer prominenten Autorin war reiner Balsam für Beatrices erschütterte Hoffnung, und entsprechend viel Mühe hatte sie sich bei der Auswahl aus dem kärglichen Vorrat an eigenen Gedichten und Entwürfen gegeben. Weder ihre heimlichen Bedenken noch die Befürchtung, Agatha Kent könnte es ihr zum Vorwurf machen, eine mittlerweile nicht nur berühmte, sondern auch berüchtigte Frau zu besuchen, hatte der Freude, die eigene Arbeit vorzeigen zu dürfen, etwas anhaben können.

»Ah, Sie haben mir etwas zum Lesen mitgebracht«, sagte Amberleigh, legte Buch und Stift beiseite und deutete auf die Kartonmappe, die Beatrice unter dem Arm trug.

»Ich wage es kaum, Sie darum zu bitten«, gestand Beatrice und errötete bei der Vorstellung, dass Amberleighs Blick aus haselnussbraunen Augen auf den typischen selbstironischen Ergüssen einer beflissenen Schülerin ruhte.

»An einem so schönen Nachmittag lese ich viel lieber Ihre Texte, als meine eigenen zu schreiben«, erwiderte Amberleigh, blickte zum

Teich hin und rief: »Johnny, Minnie, wir haben Besuch!« Erstaunt hielt Beatrice Ausschau nach einem Mann, von dessen Anwesenheit sie nichts gewusst hatte, sah aber am anderen Teichufer nur Miss Finch, die Fotografin, im dichten Schilf kauern. Sie trug eine lange Leinenjacke und eine nur bis zu den Knien reichende Fahrradhose, die sie in die Stiefel gesteckt hatte. Ein großer Filzhut beschattete ihren Kopf und die Kamera.

»Wir kommen!«, rief Miss Finch und winkte. »Eine Aufnahme noch, Minnie. Diesmal im Halbprofil zu mir.« In diesem Augenblick erhob sich das, was Beatrice für einen Algenhaufen gehalten hatte, und darunter tauchte Minnie Buttles, bis zur Hüfte nackt, aus dem Wasser auf. Notdürftig bedeckte sie ihren Oberkörper mit dem Zipfel eines nassen Leintuchs, das ausgebreitet auf der grünen Oberfläche lag. Ihr Haar hing lang und triefend über den Rücken, und die Krone aus Unkrautbüscheln und voll erblühten Rosen rutschte ihr fast in die Augen.

»Das ist jetzt aber wirklich die letzte, Johnny!«, rief Amberleigh zurück. »Sonst bekommt unsere Frühlingsnymphe noch eine Lungenentzündung.«

»Miss Finch und Miss Buttles kennen Sie ja bereits«, sagte sie so beiläufig, als wäre es völlig normal, dass ihre Gäste am helllichten Nachmittag im Teich schwammen. »Schubsen Sie den Kater von dem Stuhl dort und setzen Sie sich.« Sie deutete auf mehrere ziemlich ramponierte Gartenstühle. »Er weiß, dass er Gästen Platz machen muss.«

»Ja, ich – wir sind gemeinsam für die Belgienhilfe tätig«, sagte Beatrice. Während sie den dünnen grauen Kater behutsam aufs Gras stieß, dachte sie verwundert, wie wenig sie doch über die Menschen wusste, mit denen sie im Komitee zusammensaß. Sie konnte kaum glauben, dass die Frau im Teich wirklich die züchtige Minnie Buttles war, wagte es jedoch nicht, sich mit einem zweiten Blick zu vergewissern, sondern starrte auf den Kater, der heftig fauchend seine Krallen aus dem Korbgeflecht befreite und von dannen schlich.

»Mademoiselle Celeste – die belgische Prinzessin, wie es überall heißt«, sagte Amberleigh und gab dem Mädchen die Hand. »Wie schön, Sie wiederzusehen!«

»Danke, *madame*. Ich bin glücklich, hier bei Ihnen zu sein.«

»Sie sind hinreißend. Ich könnte mir vorstellen, dass Miss Finch auch Sie gern fotografieren würde.«

»Nein, nein, das geht nicht. Mein Vater mag das Fotografieren nicht. Er findet, dass es die Kunst zerstört.«

»Und was denken Sie?«

»Ich habe nicht die – wie sagt man? – Meinungen.« Celeste setzte sich in einen hellblauen Stuhl, dessen Armlehne mit einer engen Bandage aus roter Strickwolle repariert worden war.

»Eine Frau braucht eine eigene Meinung«, entgegnete Amberleigh. »Auch wenn sich niemand dafür interessiert – dass wir uns eine bilden, daran kann uns keiner hindern.« Es dauerte einige Sekunden, bis Celeste die Worte übersetzt und ihre Bedeutung verstanden hatte und schließlich in ihrem vorsichtigen Englisch darauf reagierte.

»Es war traurig für mich, dass ich das Bild – *la peinture* – meiner Mutter zurücklassen musste. Wenn ich eine kleine Fotografie gehabt hätte, die hätte ich vielleicht in meinem Herzen mitnehmen können.«

»Gut gesagt, Miss Celeste«, erwiderte Amberleigh. »Sie haben das Zeug zu einer wahren Bohemienne.«

»Ich glaube nicht, dass Celestes Vater das billigen würde«, warf Beatrice ein.

»Haben wir Ihnen schon vor dem Tee einen Schock versetzt, Miss Nash?«, fragte Amberleigh. »Ich hätte Sie warnen sollen, dass Sie hier ein Garten voller Frauen erwartet.«

»Die Gärten von Sussex beherbergen offenbar erstaunlich viele Frauen *en déshabillé*«, sagte Beatrice und dachte bei sich: Ganz zu schweigen von denen, die hin und wieder gern Hosen tragen und sich bei einem Männernamen rufen lassen.

»*C'est en toute innocence, je vous assure*«, sagte Amberleigh lächelnd zu Celeste. »Meine Nachmittagstees sind ein Treffpunkt für Frauen. Hier können sie sich ausruhen, diskutieren, etwas Künstlerisches schaffen – alles ganz ohne gesellschaftliche Moden und Beschränkungen. Wir schleudern die Schuhe von den Füßen, ziehen das Korsett aus und genießen die Freiheit unserer Privatsphäre.«

»Wie die Anhänger der Reformkleidung?«, fragte Beatrice.

»O Gott, nein! Solche langweiligen Sachen würde keine von uns anziehen. Das enge Korsett gegen das unsichtbare Hanfhemdchen einzutauschen hat wohl kaum etwas mit Freiheit zu tun.«

»Ich würde gerne meine Schuhe ausziehen«, sagte Celeste schüchtern. »Wir sind so lange gelaufen, meine Füße tun weh.«

»Das tut mir leid, Celeste«, murmelte Beatrice. Bis zu Amberleighs Cottage waren es gut sechs Kilometer gewesen, und Beatrice war im gewohnten Tempo dahinmarschiert, ohne daran zu denken, dass Celeste, die sich wie üblich nicht beklagt hatte, gespendete, schlecht sitzende Schuhe trug.

»Weg mit den Schuhen und Strümpfen!«, rief Amberleigh. »Der Schlamm im Teich tut müden Füßen wohl wie eine richtige Behandlung. Der Kalk wirkt wie eine Heilpackung.«

»Ich weiß nicht recht …«, sagte Beatrice, doch Celeste hatte ihre Röcke bereits rings um die Schenkel hochgesteckt und sich darangemacht, die dicken dunklen Strümpfe von den bleichen Beinen zu streifen.

»Wir fordern einen kleinen Bereich für uns ein, in dem wir unsere kindliche Unschuld vielleicht wiederfinden«, erklärte Amberleigh. »Und durch die Linse der Unschuld erhaschen wir einen Blick auf die Wahrheit. Erkennen Sie das kreative Potenzial, das darin liegt, Miss Nash?«

»Durchaus …«, erwiderte Beatrice, doch der Zweifel in ihrer Stimme zwang sie zur Ehrlichkeit. »Mein Vater hat mich gelehrt, die Künste als höchste Form menschlichen Strebens zu betrachten, als ein Destillat, das reine Bildung und Gelehrsamkeit weit übersteigt, und nicht als etwas Ursprüngliches wie schlammbeschmierte Zehen oder …« Sie unterbrach sich, um nichts Verletzendes zu sagen.

Amberleigh begann schallend zu lachen und rief: »Oder so etwas wie Alkoholkonsum am Nachmittag!«, denn in diesem Moment erschien das Dienstmädchen mit einem Holzeimer, aus dem mehrere Flaschenhälse und ein großer Eisklumpen ragten. »Liebe Miss Nash, ich versichere Ihnen: Champagner ist die beste Muse überhaupt, sofern man ihm die angemessene Verehrung zollt!«

»Ich hätte gern eine Tasse Tee, bevor ich mir noch den Tod hole«, sagte Minnie, die ihr nasses Königreich verlassen hatte und in einem locker sitzenden Morgenmantel, eine dicke Decke wie eine Toga um die Schulter geschlungen, am Tisch erschien. Sie rauchte eine Zigarette, die in einer kurzen Elfenbeinspitze steckte. »Manchmal denke ich, es würde schneller gehen, wenn Johnny mich malen würde, anstatt auf die Aufnahme warten zu müssen.«

»Ein Schlückchen Champagner?«, fragte Amberleigh.

»Nein, nein. Davon werde ich müde und – seht nur! In dieser Haltung gäbe Miss Celeste ein wunderschönes Motiv für Johnny ab!«

Celeste ging auf Zehenspitzen am Teichufer entlang und ließ Moos und Schlamm zwischen den Zehen hindurchglitschen. Die hochgesteckten Röcke bauschten sich um ihre Knie. Als sie sich bückte, um einen großen Wasserläufer zu betrachten, schien ihr das eigene Spiegelbild entgegenzuschweben.

»Keine Fotografien, bitte!«, rief Beatrice in scharfem Ton. »Ich muss auf Celestes Ehrbarkeit achten.« Kaum hatte sie es gesagt, lief Minnie knallrot an.

»Entschuldigen Sie«, sagte Beatrice, »aber sie ist nun einmal sehr jung und ihr Vater sehr altmodisch.«

»Dasselbe gilt für Minnies Vater, den Pfarrer«, sagte Miss Finch und stellte Kamera und Holzstativ behutsam hinter Amberleighs Chaiselongue ab. »Aber ich habe ihm erklärt, dass Kunst nun einmal gemacht werden muss. Sollen wir sie lieber auf dem Rücken eines armen Mädchens machen, das den guten Ruf für ein bisschen Brot opfert, oder nicht besser unsere eigenen Modelle für die Kunst sein, die wir über unseren Kamin hängen wollen?«

»Sie selbst stellen sich doch gar nicht als Modell zur Verfügung«, wandte Beatrice ein.

»Wir haben es versucht, glauben Sie mir«, sagte Miss Finch. Minnie grinste. »Aber die Kamera liebt mein Gesicht nun einmal nicht. Meine ›Jagdgöttin Diana‹ hätte bestenfalls als Titelbild für den Katalog eines Bauunternehmers getaugt. Deshalb bleibe ich hinter der Linse, wann immer wir Schönheit erschaffen, und Minnie glänzt davor.«

»Wir überlegen uns sehr gut, was wir veröffentlichen«, versicherte Minnie. »Ich bin Pfarrerstochter, kein Gewächs der Demimonde.«

»Ich wollte nicht despektierlich klingen«, sagte Beatrice. »Ich bin eher den Umgang mit Schriftstellern als den mit bildenden Künstlern gewöhnt. Bitte verzeihen Sie.«

»Trinken Sie ein Glas Champagner, und wir verzeihen Ihnen«, sagte Amberleigh.

»Für Celeste und mich bitte nur Tee.«

»Ihr Schriftsteller beutet eure Figuren nicht weniger aus als die bildenden Künstler und dichtet ihnen Dinge an, die ihr selbst nie tun würdet«, sagte Miss Finch. »Und dann verurteilt ihr sie aufs Schärfste und stoßt sie zum Ergötzen eurer ach so ehrbaren Leser in den Orkus.«

»Ich glaube, meine eigene Lage ist fast genauso fatal wie das Schicksal, das ich meinen Figuren auferlege«, widersprach Amberleigh.

»Irgendwann lässt der Sturm nach«, versicherte ihr Minnie. »Und bis dahin freuen sich deine Freunde, dich auf dem Land ganz für sich zu haben.«

»Die Zahl unserer Freunde ist offenbar kleiner als gedacht, liebe Minnie.« Amberleigh zog einen Brief aus der Tasche und überflog ihn. »Agatha Kent hat mir geschrieben und für heute Nachmittag abgesagt. Sie ist so sehr damit beschäftigt, den Belgiern zu helfen, dass sie sich das Vergnügen versagen und obendrein beschämt gestehen muss, in absehbarer Zukunft keine Gegeneinladung aussprechen zu können.«

»Ich hatte sie anders eingeschätzt«, sagte Minnie. Beatrice schwieg, doch nach einem Blick zu Celeste, die barfuß ihren Tee trank, begann sich ihr Glück zu trüben. Sie selbst wäre um jeden Preis gekommen. Celeste dagegen, fand sie nun, hätte sie besser unter einem Vorwand zu Hause gelassen.

»Wir haben es Tillingham und Mrs Kent zu verdanken, dass wir dieses Haus mieten konnten«, sagte Amberleigh. »Ich hatte gehofft, dadurch auch in ihrer kleinen Stadt willkommen zu sein, aber die Tore sind uns offensichtlich verschlossen.«

»Auf die eine oder andere Weise sind wir alle Flüchtlinge«, erwiderte Alice Finch, warf sich seufzend auf einen Stuhl und streckte die Beine in den dicken Stiefeln von sich. »Darauf trinken wir!«

Beatrice wollte bereits etwas erwidern, dachte kurz nach und beschloss zu schweigen. Während sie den heißen Tee durch die Kehle rinnen ließ, fragte sie sich, wo, wenn sie ein Flüchtling sein sollte, die Heimat war, in die sie eines Tages zurückkehren könnte. In der Hoffnung, ihre plötzlich feuchten Augen damit zu erklären, begann sie zu husten.

»Zu Ehren der Künstlerfreundschaften, die wirklich zählen«, sagte Amberleigh, während sie einige Blätter aus Beatrices schmaler Mappe überflog, »bitte ich Miss Nash um Erlaubnis, etwas aus ihren Arbeiten vorlesen zu dürfen.« Beatrice brachte es nicht über sich, geheuchelte Einwände zu erheben, und kam zum ersten Mal in den wundervollen Genuss, die eigenen Worte vor anderen Menschen ausgesprochen zu hören. Sie erhielt Verbesserungsvorschläge, wurde um ihre künstlerische Meinung über einige Fotografien von Alice gefragt, erlebte, wie Alice und Minnie ihren zögerlich geäußerten Gedanken aufmerksam lauschten, und das alles stieg ihr in den Kopf wie den älteren Frauen der Champagner. Amberleigh sagte, sie könne, wann immer sie wolle, zum Schreiben in den Garten kommen.

So verging der Nachmittag im blendend dunstigen Licht über dem Wasser mit schönen Gesprächen unter den Bäumen. Erst als Celeste, die fleißig Gänseblümchenketten für den fauchenden Kater geknüpft hatte, mit dem entschiedenen Wunsch zu ihr kam, barfuß nach Hause zurückzugehen, bemerkte Beatrice, wie spät es war. Erschrocken forderte sie Celeste auf, ihre Schuhe anzuziehen wie ein ehrbares Mädchen, verabschiedete sich hastig und eilte mit der jungen Frau nach Hause zum kalten Abendessen und den nicht wenigen spitzen Bemerkungen der äußerst argwöhnischen Mrs Turber.

18

Mr Fothergill hatte Beatrice einen Brief mit der Bitte geschickt, zu einem ihr genehmen Zeitpunkt seinen jungen Mitarbeiter aufzusuchen. Nun saß sie wieder in dem zur Straße gelegenen Zimmer mit dem dicken Teppich, starrte die Fenster an und fragte sich, ob sie jemals geöffnet wurden. Der Raum schien mehr Staub als Sauerstoff zu enthalten; sie sehnte sich in die Sonne. Nach einigen Minuten erschien Mr Poot aus dem Labyrinth der hinteren Räume und begrüßte sie mit beflissenem Lächeln, als wären sie Freunde. Ein Junge brachte ein Tablett mit Teegeschirr herein. Beatrice, die es als Mädchen immer verabscheut hatte, von einer älteren Person begleitet zu werden, wünschte jetzt, sie hätte jemanden dabei, denn Mr Poot schüttelte ihre behandschuhte Hand lang und genüsslich und zog seinen Stuhl dicht an ihren heran.

»Es geht nur um einige Briefe«, sagte er, nachdem sie erklärt hatte, weder Tee trinken noch von den Zuckermandeln naschen zu wollen, und seine Bemerkungen über das herrliche Wetter von ihr nur sehr knapp kommentiert worden waren.

»Wie darf ich das verstehen?«, fragte sie in eisigem Ton.

»Ihre Treuhänder warten offenbar darauf, dass Sie mehrere ziemlich wertvolle Briefe in den Nachlass zurückgelangen lassen.«

»Meine Treuhänder haben keinen Anspruch auf diese Briefe. Ich habe sowohl dem Verleger meines Vaters als auch der Familie meiner Tante in aller Deutlichkeit gesagt, dass alle Briefe in meinem Besitz meine eigenen Kopien des Schriftverkehrs sind und nicht zum Archiv meines Vaters gehören.«

»Können Sie nicht einfach noch eine Kopie anfertigen?«, fragte Mr Poot. »Das ist doch ein alberner Streit.« Ihm zu erklären, wie beleidigend es war, dass man ihr Manuskript an Mr Tillingham weitergereicht hatte und ihre mühsame Arbeit zwar abgelehnt, zugleich aber von anderen in Besitz genommen worden war, erschien ihr unmöglich. Sie seufzte.

»Es gibt in dieser Sache nichts zu diskutieren«, sagte sie.

»Ihre Treuhänder drohen damit, Ihre Zuteilung und den Rest der zehn Pfund nicht auszuzahlen.« Zwischen seinen Augen bildete sich eine Falte, die ehrlicher Sorge zu entspringen schien. »Es wäre mir sehr arg, Sie ohne Geld zu wissen, Miss Nash.«

»Das eine hat mit dem anderen nicht das Geringste zu tun.«

»Aber wie wollen Sie Ihre Rechnungen bezahlen, wenn der Wechsel nicht kommt? Mein Onkel hat bereits Kenntnis davon, dass Sie erst gestern bei Pike Brothers Stoff nicht nur für ein, sondern gleich für zwei Kleider bestellt haben.«

»Wie hat er davon erfahren?«, fragte Beatrice. Sie spürte, dass sie errötete. Obwohl Mr Poot die anderen Einkäufe – Unterwäsche und Strümpfe – nicht erwähnt hatte, beschlich sie das Gefühl, dass er und Mrs Fothergill jedes Band und jede Borte zählten. »Spionieren Sie mir hinterher?«

Noch während sie es sagte, fiel ihr ein, dass Mr Poot in den Laden gekommen war, als sie ihn gerade verließ. Er hatte den Hut gelüpft und ihr die Tür aufgehalten, aber sein unterwürfiges Lächeln und seine Begrüßungsworte – viel zu vertraulich und laut für die Ohren der anderen Kunden – hatten sie zusammenzucken lassen, und nach einem knappen Nicken war sie rasch weitergegangen. Nun verriet seine Miene zwar keine Rachsucht, aber gerade diese Gelassenheit machte sie wütend.

»Liebe Miss Nash, wie er diese Information erlangt hat, ist völlig unerheblich. Ich selbst wusste nichts davon, das versichere ich Ihnen. Da mein Onkel nun aber von dieser ziemlich umfangreichen Bestellung weiß, die obendrein kurz nach unserer Abmachung erfolgte, in der wir uns auf moderate Ausgaben Ihrerseits geeinigt hatten, hielt er es für erforderlich, dass Sie und ich ein Gespräch unter vier Augen führen, um die Sache mit den Briefen zur Zufriedenheit Ihrer Treuhänder zu regeln …« Seine Stimme war nach und nach leiser geworden. Nun wartete er offenbar auf eine Erklärung und versuchte sie mit neckischem Grinsen zu ermuntern. Beatrice war plötzlich überzeugt, dass sie nur die Lider zu senken und ein wenig zu erröten bräuchte, damit er sich mit jeder Erklärung zufriedengab, und blickte ihm offen in die Augen.

»Mr Poot, wir hatten vereinbart, dass Ihre Kanzlei Kopien meiner monatlichen Rechnungen erhält und Sie selbst darauf verzichten, die einzelnen Ausgaben unbefugterweise zu überprüfen. Ich sehe keinen Grund für einen solchen Eingriff.«

»Genau das habe ich ihm auch gesagt«, erklärte Mr Poot. »Ich habe ihm gesagt, dass ich größtes Vertrauen in Ihre Vernunft setze. Dennoch hält er es für dringend geboten, dass Sie uns zusichern, Ihre Schulden begleichen zu können.«

»Ich kann meine Schulden begleichen.«

»Ich bin Ihr ergebenster Verbündeter, Miss Nash.« Er legte die Hand an die Brust, wie um einen Eid zu schwören. »Aber seien wir offen miteinander. Man könnte eine so große Bestellung durchaus als verschwenderisch betrachten, und da der Rest Ihrer zehn Pfund noch nicht eingetroffen ist, frage ich, woher diese Mittel stammen.«

»Sie wollen mich beleidigen«, erwiderte Beatrice. »Unterstellen Sie mir, ich würde zu Geldverleihern gehen?«

»Einer so unehrenhaften Vorgangsweise würde ich Sie nicht im Traum verdächtigen.« Mr Poot sah an seiner Nase entlang zu ihr hinüber, als wäre er schockiert darüber, dass sie auch nur von der Existenz solcher Leute wusste. »Hat Ihnen vielleicht Mrs Kent Geld geliehen?«

»Nein«, antwortete Beatrice. Er schüttelte langsam und sichtlich enttäuscht den Kopf. Ihr kam der Gedanke, sie könnte ihm den Elfenbeingriff ihres Sonnenschirms über den pomadisierten Kopf ziehen. Sie griff nach dem Schirm und stand auf. »Ich lasse mich nicht ausspionieren, Mr Poot.«

»Ich stehe in dieser Angelegenheit ganz auf Ihrer Seite. Es geht mir nur darum, meinen Onkel davon abzuhalten, dass er Ihre Treuhänder brieflich über eine Sache informiert, die deren Unnachgiebigkeit gewiss noch verstärken würde.«

Beatrice schwieg. Sie wollte das Zimmer, das im selben Maße enger zu werden schien, wie sich die modrige Luft darin verbrauchte, unbedingt verlassen, zugleich aber unbedingt verhindern, dass ihre Treuhänder einen solchen Brief bekamen. Sie setzte sich wieder, behielt jedoch den Sonnenschirm in der Hand.

»Ich habe einige Bücher veräußert, wenn Sie es partout wissen wollen«, sagte sie. »Mr Evans in der Hauptstraße hatte einen Käufer für eine seltene Ausgabe von Boswells *Leben des Samuel Johnson*, und da ich Dr. Johnson wegen seiner privaten Gewohnheiten und seiner Arroganz und Mr Boswell wegen seiner kritiklosen Verehrung noch nie gemocht habe, geschah es den beiden in meinen Augen nur recht, verkauft zu werden, um mir Geld für Damenkleider einzubringen.«

»Ich gestehe, dass mich das nicht wenig schockiert«, sagte Mr Poot.

»Sie finden es nicht damenhaft, eigene Besitztümer für Geld zu verkaufen?«

»Es schockiert mich, dass man für ein einziges Buch zwei Kleider und ein halbes Dutzend Unaussprechliches bekommt!«

Aber du musst es natürlich aussprechen, dachte sie.

»Es handelte sich um eine dreibändige, in Saffianleder gebundene Ausgabe mit Handvergoldung. Mein Vater hatte sie von einer Dame als Geschenk bekommen und sich nie davon trennen können, aber ich fand sowohl das Buch als auch die Dame eher vulgär.«

»Sie haben die Frage nach der Herkunft Ihrer finanziellen Mittel überzeugend beantwortet«, sagte Mr Poot. »Ich möchte Sie jedoch aus eigener bitterer Erfahrung darauf hinweisen, dass sich der private Geldbedarf durch die Veräußerung eigener Habseligkeiten auf lange

Sicht nicht decken lässt.« Er seufzte und putzte seine Brille. Einen Augenblick lang war er ehrlich, und sie empfand wieder Mitgefühl für den in Bedrängnis geratenen jungen Mann. Sie hatte kein Recht, so gehässig über eine billige Hemdbrust zu urteilen.

»Darüber hinaus, äh … befürchte ich, dass weiße Seide für eine Frau in Ihrer Lage nicht die zweckdienlichste Anschaffung ist«, fügte er hinzu und zerstörte damit jeden Funken Wohlwollen.

»Ihre Tante wurde dazu überredet, mich in letzter Minute zu fragen, ob ich auf ihrem Festwagen in Erscheinung treten möchte, hat jedoch für alle, die mit Britannia fahren, weiße Seidenkleider vorgeschrieben«, erklärte Beatrice. »Ich halte es für meine Pflicht, die Belgienhilfe auf eigene Kosten zu unterstützen und dafür zu sorgen, dass Mrs Fothergills Parade ein voller Erfolg wird.« In Wahrheit hatte sie sich in der wöchentlichen Komiteesitzung zutiefst gedemütigt gefühlt, als Mrs Fothergill das Angebot auf Lady Emilys Drängen machte und gleichzeitig durch ihr Lächeln erkennen ließ, wie sehr es ihr widerstrebte. Agatha Kent hatte an der Sitzung nicht teilgenommen und die peinliche Situation nicht abwenden oder ausbügeln können, die entstanden war, als Mrs Fothergill geziert lächelnd betonte, Beatrice dürfe das Angebot jederzeit ablehnen, falls sie nicht in der Lage sei, die Kosten für ein Seidenkleid zu tragen. Beatrice aber hatte sich hastig einverstanden erklärt – nicht nur, um die anderen Komiteemitglieder, die taktvoll den Blick auf ihre Tagesordnungsblätter gerichtet hatten, aus ihrer Verlegenheit zu befreien, sondern auch, um mitzuerleben, wie Mrs Fothergills süffisante Miene ins Verdrießliche abglitt. Sie konnte nur hoffen, dass sich die Verkäuferin nicht geirrt hatte mit ihrer Behauptung, die Seide könne später dunkelblau gefärbt werden.

Mr Poot ließ seine Lippen auf der Suche nach einem eleganten Kompliment heftig arbeiten und sagte schließlich: »Nun gut, das ist dann in Ordnung.«

»Es sind die ersten Einkäufe seit dem Ende meiner Trauerzeit. Mein einziges gutes Kleid ist schwarz, und ich hatte Angst, es könnte ein schlechtes Omen sein, wenn ich es trage.«

»Ihr Feingefühl gereicht Ihnen zur Ehre. Jeder Mann würde sich glücklich schätzen, eine so besonnene Frau zu kennen.« Er schien geneigt, ihr die Hand zu tätscheln. Sie hob sie rasch an die Stirn, um eine unsichtbare Strähne aus den Augen zu streichen.

»Danke, Mr Poot.« Sie stand auf, zupfte die Handschuhe glatt, trat langsam hinter dem niedrigen Tisch hervor und ging zur Tür.

»Und gerade wegen Ihrer Besonnenheit«, fuhr Mr Poot fort, »rate ich Ihnen dringend, dem Wunsch Ihrer Treuhänder nachzukommen.«

»Ich werde ihnen unverzüglich schreiben«, erwiderte Beatrice, obwohl der Inhalt ihres Briefs ganz anders lauten würde, als er dachte. »Ich darf auf Ihre Unterstützung zählen?«

»Selbstverständlich. Ich werde meinen Onkel beruhigen und hoffe, dass wir uns – Sie und ich – im Lauf der Zeit immer besser verstehen. Ich würde mich sehr freuen, wenn Sie mir Ihr Vertrauen schenkten, Miss Nash.«

»Aber natürlich, Mr Poot«, sagte sie, schenkte ihm das koketteste Lächeln, das sie zustande brachte, und zuckte nicht zurück, als er ihre Hand an seinen Mund führte. Auf der Straße ließ sie ihrem Zorn freien Lauf und köpfte mehrere Pusteblumen, die in den Ritzen im Bürgersteig wuchsen. Jede zerfetzte gelbe Blüte, Opfer der Stahlspitze des Sonnenschirms, war ein winziger Kopf von Mr Poot, wahlweise auch eine winzige Tante Marbely, und wurde unter ihren Absätzen diskret zermalmt.

Der Spaziergang zum Haus von Agatha Kent trug wesentlich zur Aufhellung ihrer Stimmung bei. Mrs Kent war in den zurückliegenden Tagen kaum in der Stadt gesehen worden. Es hieß, sie sei unpässlich, was die Leute sehr überraschte und noch mehr interessierte, da sie allgemein als »wahre Rossnatur«, als »unverwüstlich« galt, wie die wohlwollenden, wenn auch nicht vor blühender Weiblichkeit strotzenden Phrasen lauteten. Beatrice hatte sich bereit erklärt, in Agathas Abwesenheit das Protokoll des Komitees für die Belgienhilfe zu führen, und wollte es nun, nachdem sie alles ins Reine geschrieben und zu einem ordentlichen Bericht zusammengefasst hatte, bei Agatha abgeben. Da in der folgenden Woche das neue Schuljahr begann, hoffte sie, Agatha würde sie zum Tee einladen, ihr letzte Ratschläge für den Umgang mit den Fährnissen des Schullebens geben und sie beruhigen.

Jenny öffnete die Tür. Sie wirkte sehr erleichtert, als sie Beatrice sah. Es war nicht der Blick, den sie unangekündigten Besuchern sonst immer zuwarf, und Beatrice fragte: »Ist alles in Ordnung?«

»Gut, dass Sie gekommen sind, Miss«, erwiderte das Dienstmädchen und trat einen Schritt zurück, um Beatrice hereinzulassen. »Mrs Kent war in den letzten Tagen für keinen einzigen Besucher zu Hause. Aber Sie möchte sie schon empfangen.«

»Ich will nicht stören. Ich muss nur etwas abgeben.«

»Nein, nein, bitte kommen Sie herein. Die Köchin und ich, wir wissen gar nicht mehr, wie wir sie aufheitern sollen. Die Köchin soll es Ihnen selbst erzählen.« Sie winkte, und schon kam die Köchin hinter der Küchentür hervor und eilte, sich die Hände an der Schürze abwischend, auf Beatrice zu.

»Wie gut, dass Sie da sind, Miss.«

»Ist Mrs Kent krank?«

»Nicht so, dass man den Arzt rufen muss, glaube ich«, sagte Jenny. »Aber sie geht nicht aus dem Zimmer und zieht sich nicht mehr richtig an.«

»Gestern musste ich ihr alle Mahlzeiten auf einem Tablett bringen, und die Rindfleischpastete hat sie kaum angerührt. Können Sie sich das vorstellen? Mrs Kent rümpft die Nase über meine Rindfleischpastete! Da habe ich sofort gewusst, dass etwas nicht stimmt.«

»Ich habe überlegt, ob wir Mr Kent anrufen sollen«, sagte Jenny. »Aber das wollten wir dann nicht, weil er doch so viel zu tun hat.«

»Wegen dem Krieg und so weiter«, fügte die Köchin hinzu.

»Und die beiden jungen Herren sind nicht da«, sagte Jenny.

»Jenny, du bringst Miss Nash jetzt gleich zum Damenzimmer hinauf. Ich komme mit dem Teetablett nach«, schlug die Köchin vor. »Dann kann sie den Besuch nicht ablehnen.«

»Ich möchte wirklich nicht stören«, wiederholte Beatrice.

»Unsinn, Sie sind ein gern gesehener Gast«, versicherte ihr die Köchin. »Aber Sie müssen sie dazu bringen, ein Sandwich zu essen, oder besser noch zwei, Miss.«

An der Tür zum Damenzimmer ließen Dienstmädchen und Köchin keinen Einwand ihrer Herrschaft gelten. Nachdem sie kurz geklopft hatte, kündigte Jenny den Besuch so fröhlich an, als wäre er erwartet worden, und die Köchin stieß Beatrice mit dem schweren Teetablett förmlich in die an Agathas Schlafzimmer grenzende Glasveranda hinein.

»Ich stelle den Tee hierhin, Madam«, sagte die Köchin – eine Feststellung, keine Frage – und setzte das klappernde Tablett auf einem niedrigen Tisch ab, ohne den darauf liegenden Papieren und Zeitschriften Beachtung zu schenken. »Sie müssen unbedingt die Brombeertörtchen probieren, Miss, die sind ganz frisch aus dem Ofen.« Polternd eilten beide aus dem Raum, und Beatrice musste ihrer unwilligen Gastgeberin allein gegenübertreten.

Agatha ruhte zwischen zahlreichen Kissen auf der Fensterbank der verglasten Veranda. Sie trug den Morgenmantel, den sie Beatrice einmal geliehen hatte. Ihr Haar hatte sie nachlässig zu einem lockeren Zopf geflochten. Ihre Beine waren nackt, die Füße steckten in weichen, bestickten Pantoffeln. Auf der Bank lagen Zeitschriften und Zeitungen; einige waren hinuntergerutscht oder auf den Boden geworfen worden. Ein Paar Strümpfe über einer Stuhllehne und ein Kamm auf dem Tisch zeugten von unerklärlicher Achtlosigkeit. Agatha zog fragend eine Braue hoch, aber ihr Gesicht blieb schlaff. Offenbar fehlte ihr die Kraft zu sprechen.

»Bitte entschuldigen Sie die Störung«, sagte Beatrice. »Ich wollte Ihnen das Protokoll bringen, und Ihre Hausangestellten glaubten, Sie bräuchten ein bisschen Gesellschaft zur Aufmunterung …«

»Für den Melancholischen ist aufmunternde Gesellschaft in etwa so angenehm wie Zitronensaft auf einer Brandwunde. Aber wenn Sie versprechen, dass Sie mich nicht anlächeln und mir nicht die Ohren vollschwatzen, können Sie bleiben und den Tee einschenken. Ich glaube, ich habe im Augenblick nicht einmal genug Kraft, um die Kanne anzuheben.«

»Sind Sie krank?«, fragte Beatrice, während sie die Tassen füllte. Sie schaute sich noch einmal in dem Raum um und fügte hinzu: »Sie scheinen nicht ganz auf der Höhe zu sein.«

»Meinen Aufzug verzeihen Sie mir hoffentlich«, sagte Agatha und versuchte ihr Haar glatt zu streichen. »Ich hatte nicht mit Besuch gerechnet.«

Sie nahm eine Tasse Tee entgegen, lehnte sich zurück, schloss die Augen und atmete den duftenden Dampf ein. »Ich bin ganz und gar nicht auf der Höhe«, sagte sie nach einer Weile. »Aber wer ist das schon in diesen grauenhaften Zeiten.«

»Wir haben Sie beim Treffen des Komitees vermisst. Lady Emily gelingt es nun einmal nicht, ihre Verachtung für Mrs Fothergill in Ihrer Abwesenheit zu zügeln.«

»Ich hatte die vage Hoffnung, das alles würde wie ein böser Traum einfach aufhören, wenn ich mich hier verkrieche.«

»Wollten Sie Mrs Fothergill mit schierer Willenskraft zum Verschwinden bringen? Ich hätte für mein Leben gern gesehen, wie sie sich mitten im Komiteeraum in Rauch auflöst.«

»Ich meine natürlich den Krieg. Der ist doch ein böser Traum, oder nicht? Wir haben uns in die Arbeit gestürzt und spüren die Begeisterung und den Drang, wichtige Dinge zu tun, aber noch kein einziges Mal haben wir innegehalten und darüber nachgedacht, was der Krieg wirklich bedeutet.«

»Celeste und ich haben einen wunderschönen Nachmittag bei Amberleigh de Witte verbracht«, sagte Beatrice in der Hoffnung, Agatha Kent mit Hilfe des Schocks einen Tadel zu entlocken. Agatha war der Kompass, nach dem sie ihren Kurs ausgerichtet hatte, und dieses blasse, lethargische Wesen mit den seltsamen Gedanken hatte ihr offenbar den Verstand geraubt.

»Ich lese gerade meine Zeitschriften«, fuhr Agatha fort, als hätte sie Beatrice gar nicht gehört. Sie stellte die Tasse vorsichtig neben sich auf die Fensterbank und griff nach einer Ausgabe der Wochenzeitschrift *Gentlewoman*. »Ich hatte überhaupt nicht bemerkt, wie tief der Krieg bereits in unser Leben vorgedrungen ist.« Langsam begann sie das Journal auf ihrem Schoß durchzublättern. »Am liebsten mochte ich immer die Gesellschaftsspalte, die Verlobungen und Hochzeiten, die fröhlichen Nachrichten über unsere begabtesten jungen Leute und ihren Sprung ins Leben …«

»Als ich bei meiner Tante wohnte, habe ich immer die Stellenangebote für Gouvernanten und Stubenmädchen gelesen«, sagte Beatrice und hielt Agatha die kleine Platte mit den Sandwiches hin. »Nicht dass ich hätte Stubenmädchen werden wollen, aber es war doch beruhigend zu sehen, dass man in einer Notlage über die Runden kommen würde.«

»Angefangen hat es damit, dass der König im August nicht zur Regattawoche nach Cowes kam«, fuhr Agatha fort und lehnte die Sandwiches ab. »Dann wurde den Namen in den Anzeigen der jeweilige Offiziersrang hinzugesetzt – ›Second Lieutenant Viscount Lindsey vom King's Own Royal Regiment gibt hiermit seine Verlobung …‹ und so weiter.« Sie seufzte und schien dabei langsam in die stützenden Kissen hineinzusinken. »Dann die Absagen – ›Die Trauung des Viscounts und seiner Verlobten hätte in der Pfarrkirche St. George's stattfinden sollen …‹ Erst ein, zwei solcher Mitteilungen unter den Hochzeitsanzeigen, dann gab es plötzlich mehr Absagen als Ankündigungen. Und nun sind die Namen der besten jungen Männer Großbritanniens aufgelistet – statt ihrer Hochzeit wird ihr Tod verlautet, ihr Leben ist zu Ende, ehe es beginnen konnte.«

»Ja, es ist schrecklich. Wahrscheinlich werden auf beiden Seiten des Konflikts auch einige sehr alte Familien ihre Erben verlieren und ganze Stammlinien enden.«

»Wenn nicht einmal die Nachkommen der berühmtesten Familien sicher sind, werden Abertausende von Müttern überall ihre Söhne verlieren.« Agatha wandte den Kopf ab und drückte ihre Nase zwischen den Fingern, wie um die Tränen zurückzuhalten. Beatrice schwieg. Draußen wiegten die Bäume ihre Kronen und pochten mit den Ästen gegen die Scheiben; unten auf dem Rasen tanzte das Sonnenlicht, und in der Ferne glitzerte das Meer. Einen Moment lang schien es, als verhöhnte die Natur mit ihrer Beständigkeit den Menschen in seiner Schwäche.

»Sie machen sich gewiss Sorgen um Ihren Neffen Hugh«, sagte Beatrice, und sofort durchfuhr sie ein kurzer Schmerz, fast als wäre Agathas Angst ansteckend. Sie dachte an Mr Tillinghams düstere Vorahnungen, und ihre Befürchtung, Hugh könnte in ebenso großer Gefahr sein wie alle anderen, wuchs. »Aber die Ärzte sind sicherlich weit hinter den Linien, nicht wahr?« Ihre Stimme klang plötzlich heiser.

»Aufgrund von Hughs Fähigkeiten vermuten wir, dass er sich in einem Lazarett, vielleicht auch in einem Feldlazarett aufhalten wird, keinesfalls aber näher an der Front. Auch dort herrscht große Gefahr, aber er ist ein sehr vernünftiger Mensch, und wir sind ungemein stolz auf ihn.« Sie hatte gefasst geklungen, doch jetzt weinte sie. Die Tränen liefen in den Falten zwischen Nase und Mund hinab und tropften vom Kinn. Sie schien sie nicht zu bemerken.

»Kann ich irgendetwas für Sie tun?« Beatrice sank neben Agatha auf die Knie und umarmte sie. Es verwirrte sie, die Frau, auf die sie angewiesen war, so kraftlos zu sehen. Eigeninteresse und Sorge hielten sich in ihr die Waage, als sie Agatha anflehte: »Bitte sagen Sie mir, was Sie haben!«

Agatha wischte sich die Tränen ab und starrte einen Moment lang ihre Hand an; erst dann fiel ihr offenbar ein, dass in ihrem Morgenmantel ein Taschentuch steckte. Sie zückte es und trocknete sich das Gesicht. Dann holte sie tief Luft, als wollte sie die Wörter aus sich herauspressen.

»Daniel hat sich auch zur Armee gemeldet«, sagte sie mit matter Stimme. »Aber er wird dort nicht als Arzt tätig sein, sondern sich zum Offizier ausbilden lassen, und ich sehe auf allen diesen Seiten nur noch seinen Namen in den Todesanzeigen.« Sie blickte Beatrice offen an, und wieder flossen unbeachtet die Tränen.

Beatrice wusste nichts Tröstliches zu sagen. Auch ihre Augen wurden feucht. Sie blinzelte heftig, um nicht in Agathas höchster Not die Fassung zu verlieren. »Die Ausbildung dauert sicherlich lange, und vielleicht ist der Krieg ja eher vorbei, als wir denken«, stieß sie hervor. Sie glaubte es selbst nicht, denn Agathas eigener Mann hatte das Gegenteil prophezeit. Agatha drückte Beatrices Hand und nickte, doch Beatrice wusste, dass es dumm war, sich gemeinsam mit dieser Lüge zu trösten.

»Ich habe mich sofort in die Arbeit gestürzt und andere zur Mithilfe aufgefordert und mich wichtig gemacht«, sagte Agatha. »Und erst jetzt wird mir bewusst, wie leicht sich das auf dem Rücken der Söhne anderer Frauen austragen lässt.«

»Sie müssen Daniel und Hugh zuliebe stark bleiben. Gerade weil Sie erkannt haben, was auf dem Spiel steht, ist Ihre Arbeit nun umso wichtiger. Sie müssen diese Stadt auch weiterhin anführen, Mrs Kent. Wenn Sie sich zurückziehen, fürchte ich um unsere Arbeit.«

»Genau das hat auch mein Mann gesagt. Aber er hat Daniel vor dessen Eintritt in die Armee wenigstens noch einmal gesehen. Mir hat man es erst gesagt, als er schon fort war. Warum glauben die Männer immer, sie wüssten, was das Beste für uns ist?«

»Ihr Mann ist ein guter Mensch.« Mehr brachte Beatrice nicht heraus. Doch sie dachte an ihren Vater, der ihr Geld Treuhändern übergeben hatte, ohne ihr ein Wort zu sagen, sie in dem Glauben an ihre Unabhängigkeit gelassen, letztlich aber wie eine hilflose Frau behandelt hatte. Vielleicht steckte dieser Drang selbst in den besten Männern.

»Natürlich hat er befürchtet, ich könnte die Contenance verlieren und eine Szene machen.« Agatha seufzte noch einmal, aber in ihre Wangen kehrte ein wenig Farbe zurück, und sie setzte sich auf. »Und nichts anderes habe ich in den letzten Tagen getan, weil ich irrigerweise glaubte, die Welt würde verschwinden, wenn ich mich vor ihr zurückziehe.«

»Mr Kent wäre bestimmt sehr erleichtert zu erfahren, dass Sie wieder auf den Beinen sind. Sie sind unser Mittelpunkt.«

»Ich weiß gar nicht, wo ich anfangen soll. Agatha blickte sich in dem kleinen Raum um und verzog das Gesicht, als sähe sie die Unordnung zum ersten Mal. Beatrice hätte ihr gern geraten, ein Bad zu nehmen und ihr Haar gründlich durchzubürsten, begnügte sich jedoch damit, ihr den Kuchenteller entgegenzustrecken.

»Essen Sie erst einmal ein Brombeertörtchen. Befehl der Köchin.«

»Danke, dass Sie gekommen sind und mich aus meinem tiefen Loch herausgezogen haben. Aber während ich esse, können Sie mir vielleicht erklären, weshalb unsere ehrbare Lateinlehrerin ihren und meinen guten Ruf aufs Spiel setzt und diese de Witte besucht.«

19

Beatrice empfand den ersten Schultag als Erleichterung. Der Ruf des Schulzimmers klang ihr wie die süße Stimme der Zivilisation selbst, die sie in weiße, vom einträchtigen Widerhall der Dichtkunst und der Mathematik, der Malerei und des Gesangs erfüllte Marmorsäle führte, und während sie die Anhöhe hinaufstieg, an Ryes geschäftigem Rangierbahnhof entlangging und sich dem hübschen Schulhaus mit roten Giebeln und fröhlichen Blumenkästen näherte, verspürte sie die Hoffnung, dass ihr an diesem strahlenden Septembertag der Krieg durch die Unschuld der Kinder aus dem Blick geraten und am nächsten Tag ganz vom Angesicht der Erde verschwunden sein würde.

Als sie das Tor durchschritt, traf sie ein großer Erdklumpen am Rock. Einen Augenblick lang sah sie mehrere Jungen, die sich über eine Hecke hinweg mit Brocken und Steinen und sogar einem alten Schuh bewarfen; gleich darauf durchdrang ein schriller Schrei die Luft.

»Nichts wie weg, die Lehrerin!« Ein Knäuel kleiner Gestalten sauste auf das Schulhaus zu. Sie hielten die Gesichter abgewandt und waren, da sie alle die gleichen steifen Strohhüte und braunen Blazer trugen, nicht voneinander zu unterscheiden.

»Haben Sie sich wehgetan, Miss?«, fragte ein Mädchen in einer ähnlichen braunen Jacke mit straff aus dem Gesicht gekämmtem Haar. Es trug einen Stapel Bücher im Arm und einen Hut in der Hand. »Ich kann Ihnen alle Namen sagen, wenn Sie möchten, Miss.«

»Diesmal nicht, aber wenn es noch einmal passiert, muss ich vielleicht tatsächlich danach fragen«, erwiderte Beatrice mit finsterem

Blick, um zu zeigen, dass ihr das Petzen missfiel. Die Antwort schien das Mädchen so zu enttäuschen, dass Beatrice gleich wieder ein freundliches Gesicht machte. Sie klopfte sich mit einem Handschuh die Erde vom Rock und fragte: »Wie heißt du?«

»Jane, Miss«, sagte das Mädchen hocherfreut. »Diese Jungs spielen immer Krieg und werfen mit Sachen. Und wenn sie einen anderen treffen, rufen sie: ›Ich hab den Hunnen erwischt‹, und laufen weg, als ob sie alle wieder auf einer Seite wären. So ein dummes Spiel will doch keiner spielen.« Beatrice war sofort klar, dass sich das Mädchen nichts mehr wünschte, als mitmachen zu dürfen.

Zwei Jungen mit langen Stecken kamen um die Ecke gerannt, zielten aufeinander und ahmten Gewehrschüsse nach. Sie wurden von anderen verfolgt, die mit fuchtelnden Holzschwertern, schaurige Schreie und Flüche ausstoßend, auf imaginären Pferden dahergaloppierten.

Eine Männerstimme ertönte. »He! Vor dem Schulhaus wird nicht gerannt!« Mr Dimbly, der Sportlehrer, eilte an die Tür.

»Entschuldigung, Sir«, rief einer der Jungen. Dann stürmten sie alle mit unvermindertem Tempo in Richtung Tennisplätze.

»Willkommen an der zweiten Westfront, Miss Nash!«, sagte Mr Dimbly und lief mit wehendem Talar aus dem Gebäude, um Beatrice zu begrüßen. »Geh weiter, Jane. Du weißt, dass die Vordertür nicht für die Schüler bestimmt ist.«

»Ja, Sir«, sagte Jane und huschte so geduckt zum Seiteneingang für die Mädchen, als wartete sie schon auf den nächsten Tadel.

»Schwierig, die Mädchen vor und nach dem Unterricht in ihrem eigenen Bereich zu halten«, erklärte Mr Dimbly. »Es wäre schlimm, wenn die Jungs ein Mädchen umstoßen würden, aber in letzter Zeit kann man sie vom Kriegsspiel einfach nicht mehr abbringen. Die ganze Aufregung um sie herum macht sie noch ungestümer als sonst.«

»Das klingt beinahe, als würden Sie es gutheißen, Mr Dimbly.«

»Jungs, die sich für Soldaten halten, strengen sich beim Sport sehr viel mehr an. Dafür fällt es ihnen zwar verflucht schwer, im Lateinunterricht still zu sitzen, aber das ist jetzt nicht mehr mein Problem.« Sein Grinsen erstickte jeden Verdacht von Boshaftigkeit.

»Dann hoffe ich nur, dass der Lateinunterricht vor dem Sport stattfindet.«

»Kommen Sie, ich zeige Ihnen das Lehrerzimmer. Wir haben einen eigenen Ofen und einen Kessel, und manchmal sind die Damen so freundlich und bringen selbst gemachte Plätzchen und hart gebackene Rosinenkekse mit. Ich weiß aber nicht, ob man uns auch in diesem Trimester so gut versorgen wird, schließlich herrscht Krieg.« Sein beharrliches Verlangen nach Gebäck ließ ihn harmlos wie ein Hündchen wirken, und Beatrice konnte ihm nicht böse sein.

»Ich muss gestehen, dass ich überhaupt nicht backen kann, Mr Dimbly«, sagte sie. »Wie um alles in der Welt soll ich mir im Lehrerzimmer Achtung verschaffen?«

»Keine Sorge, es ist durchaus keine Pflicht. Und Miss Devons hart gebackene Kekse nehmen ihren Namen für meinen Geschmack etwas allzu ernst.« Er öffnete die schwere Tür aus Eichenholz und Bleiglas und hielt sie Beatrice auf. Als sie an ihm vorbeiging, sagte er augenzwinkernd: »Sollte der Vorratsschrank einmal leer sein, koche ich Ihnen gern ein Ei über dem Bunsenbrenner, Miss Nash. Wenn Sie Hunger haben, kommen Sie einfach zu mir in den Physik- und Chemiesaal.«

»Ich halte es immer bis zum Abendessen aus«, gab sie zurück und hoffte, streng geklungen zu haben, damit Mr Dimbly alle weitere Lust am Flirten verging.

»Jede Armee marschiert nur so lange, wie die Mägen voll sind«, sagte er. »Das werden Sie bald merken.«

Das Klassenzimmer, in das die Schüler strömten, hörte sich wie ein voll besetztes Theater an, nur klangen die Stimmen höher. Innerhalb kürzester Zeit roch der frisch geweißelte Raum mit den Pulten aus rohem Eichenholz und der blanken Tafel nach Lederstiefeln und feuchter Wolle, stank nach Füßen und Achselhöhlen, die auf Sportplatz und Straße beansprucht worden waren. Beatrice umklammerte die Kante des Lehrerpults so fest, dass ihre Knöchel weiß wurden, und versuchte dem Ansturm standzuhalten. Nach der Erfahrung mit den drei Stipendiaten von Agatha Kent in den Sommerferien hatte sie zwar keinen stillen Raum voller blasser Schüler erwartet, keine flachsblonden Kinder, die sich eifrig in die Schriften des Vergil versenkten, ebenso wenig aber die vielen schwitzenden Pickelgesichter, die nun vor ihr saßen. Manche waren so dünn und klein wie Snout, der sich hinten in sein Pult fläzte und seelenruhig anderen Jungen mit einem Strohhalm Bällchen aus zerkautem Papier in den Nacken schoss. Andere wiederum waren fast schon junge Männer mit seltsam buschiger Gesichtsbehaarung und lauten, heiseren Stimmen. Dass auch Jane, die sie vor dem Eingang kennengelernt hatte, mit einer Klassenkameradin in den Raum geschlüpft war und nun in der hintersten Ecke saß, bemerkte sie erst jetzt.

Sie hatte sich bereits mehrmals geräuspert und mit dem Lineal aufs Lehrerpult geschlagen, um Ruhe einzufordern, doch das Chaos hielt an, bis die Tür noch einmal aufging und die laute Stimme des Direktors alle zum Schweigen brachte.

»So, meine Herren – und Damen. Wer ab jetzt weiterredet, macht Bekanntschaft mit meinem Rohrstock und sitzt eine Stunde nach. Schwatzt noch jemand?« Alle richteten sich auf, strafften die Schultern, reckten das Kinn. Augenblicklich herrschte Ruhe. Beatrice, der noch der Lärm in den Ohren klang, konnte nur dankbar nicken.

»Setzen!«, sagte der Direktor. Schuhnägel schrammten über die Eichendielen. Die Schüler ließen sich auf ihre Stühle plumpsen und senkten die Köpfe. Knurrend musterte der Direktor die Pultreihen, als könnte sein Blick jeden Rest von Aufsässigkeit in den Schädeln erspähen, ging nach vorn und stellte sich zwischen Beatrice und ihre Schüler. »Nun gut. Miss Nash ist eure neue Lateinlehrerin. Ich erwarte einen respektvollen Umgang mit ihr. Sollte ich aus Miss Nashs Klassenzimmer auch nur das leiseste Schwatzen vernehmen, komme ich sofort herein und verteile Strafen. Ist das klar?«

»Ja, Herr Direktor«, antworteten die Schüler im Chor.

»*Nanos gigantium humeris insidentes*«, deklamierte er, die Hand am Herzen. »Vergesst nie, wie sehr ihr den Riesen verpflichtet seid, auf deren Schultern ihr sitzt – Riesen, deren Worte durch die Jahrtausende bis in eure unwürdigen ungewaschenen Köpfe gelangen!«

»Ja, Herr Direktor«, ertönte es dumpf.

»Nun denn, Miss Nash«, fuhr er in normalem, munterem Ton fort. »Herzlich willkommen in der obersten Lateinklasse. Lassen Sie sie tüchtig arbeiten und scheuen Sie sich nicht, hin und wieder ein paar Tatzen auszuteilen. *Oderint, dum metuant*, wie es so schön heißt.« Er rauschte hinaus, schloss die Tür und ließ den Raum in einer Atmosphäre stummer Folgsamkeit zurück. Obwohl Beatrice von ihren Schülern keinesfalls gehasst werden wollte, war sie dankbar für die kleine furchteinflößende Einlage. Die Angst, in die der Direktor die Kinder versetzt hatte, begann schon wieder aus den Gesichtern zu weichen; sie linsten zu Beatrice hoch und rutschten auf ihren Plätzen herum.

»Du, Jack, gehst bitte die Anwesenheitsliste durch«, sagte sie streng, aber froh, einen Schüler ansprechen zu können, den sie kannte. »Danach wiederholen wir kurz, was ihr letztes Jahr gelernt habt.«

Manchmal erschienen ihr die ersten zwei Wochen wie tausend Tage. An den ersten Tag konnte sie sich gar nicht mehr erinnern, und weder der halbe Samstag noch der Sonntag brachten wirklich Ruhe. Es war ein Dämmerzustand der Erschöpfung, ausgelöst durch den Krach heftig gegen Pultbeine tretender Füße, den noch die Wandtünche durchdringenden Geruch der Jungen und die Ansammlung leerer Gesichter, die ihr entgegenstarrten, wann immer sie sich von der Tafel wegdrehte und eine Frage an alle stellte. Sie versuchte ihre Privatschüler nicht mehr als nötig in den Vordergrund zu rücken, erkannte es jedoch an deren versteinerten Mienen, wenn sie ihnen wieder einmal unerwünschte Aufmerksamkeit verschafft hatte. Den fatalsten Fehler beging sie, als sie Snout aufforderte, einen Text von

Vergil vorzutragen, und hinzufügte, es handle sich um die Lieblingspassage des Jungen, in der berichtet werde, wie Aeneas seinen Vater aus dem brennenden Troja trage. Snout hatte ihr mit einem Blick gezeigt, wie sehr er sich verraten fühlte, und in seiner Not die Tinte aus seinem Fässchen über das ganze Buch verschüttet, um von der Demütigung abzulenken. Wieder zur Besinnung gekommen hatte Beatrice ihn zum Direktor geschickt, und Snout war losgezogen, gegen das Gelächter und Gejohle seiner Klassenkameraden anzwinkernd.

Beim Abendessen sprach sie kein Wort, sondern versuchte nur, nicht mit dem Gesicht auf dem Teller einzuschlafen. Abend für Abend entschuldigte sie sich dafür bei Celeste, die flüsternd ihre Besorgnis äußerte. Jeden Tag hoffte sie, erfrischt und für die neue Stelle besser gewappnet aufzuwachen, fühlte sich jedoch immer schwächer unter den Lärmattacken der Kinder, die sich nur beruhigten, wenn Beatrice sie bat, die Schönheit der lateinischen Sprache mit ihr zu teilen.

»Sie sehen fürchterlich aus«, sagte Mr Dimbly am zweiten Samstagvormittag, als sie während der Pause abgekämpft das kleine Lehrerzimmer betrat, und reichte ihr eine Tasse starken Tee.

»Genau das, was Frauen gerne hören, vielen Dank«, zischte sie und stürzte den Tee hinunter, um sich den Mund daran zu verbrennen und vielleicht dadurch endlich wach zu werden.

»Ich habe etwas für Sie.« Mr Dimbly und holte ein noch warmes braunes Ei aus seinem wallenden Talar hervor. »Heute Morgen hart gekocht.«

»Das ist sehr freundlich von Ihnen«, erwiderte sie und wies es mit einer Handbewegung zurück.

»Sie müssen bei Kräften bleiben«, warf Miss Clauvert ein, die mit ihrer Freundin Miss Devon am Ofen saß. Beide hatten ihre Strickarbeiten aus der Hand gelegt und verspeisten hingebungsvoll ihr hart gekochtes Ei. »In meinem ersten Monat hier bin ich regelmäßig ohnmächtig geworden, bis mir Mr Dimbly mit seinem guten Rat zu Hilfe kam.« Sie lächelte ihn geziert an, und Mr Dimbly errötete.

»Reichlich Eier, Äpfel, starken Tee und zweimal in der Woche einen Löffel Lebertran«, brummte er. »Das stärkt und hält die Seuchen und Pestilenzen fern, die man sich in einem Raum voller ungewaschener Bengel holen kann.«

»Danke, Mr Dimbly«, sagte Beatrice. »Dann nehme ich Ihr Angebot auf Miss Clauverts Empfehlung hin an.« Sie ergriff das warme Ei, stieß es gegen eine Stuhllehne und warf die abgezogenen Schalenstücke in die Öffnung des kleinen schwarzen Ofens.

»Ich sage unserem Mr Dimbly immer, was für ein höflicher Gentleman er doch ist«, verkündete Miss Clauvert und lief genauso rot an wie er. Miss Devon vergaß ihr Alter und begann in sich hineinzukichern.

»Ich persönlich schwöre auf starken Kampfer und ein kleines Stück Kreide einmal pro Woche«, erklärte Mr Dobbins, der Mathematiklehrer, dessen uralter Talar eine hässliche graue Färbung angenommen hatte. Beatrice stellte sich vor, wie er an der Tafel stand, gemächlich eine komplizierte Formel hinschrieb und dabei gedankenverloren an einem gesunden Stück Kreide kaute. »Ich kann keine Eier essen. Ich bekomme Blähungen davon.«

»Also wirklich, Mr Dobbins!«, rief Miss Devon.

»Entschuldigung.« Er versank förmlich in seinem Lehnstuhl. Schließlich versteckte er sich hinter einer Zeitung und begann vor sich hin zu murmeln. »Früher konnte man im Lehrerzimmer offen reden. Sollen sie sich doch ein eigenes Zimmer suchen, wenn es ihnen nicht passt.«

»Wie lange werde ich mich wohl noch so unglaublich müde fühlen?«, fragte Beatrice. »Ich habe an Expeditionen teilgenommen, Berge bestiegen …«

»Die Schüler sind sehr mühsam oder mühselig – wie sagt man, Miss Devon?«, sagte Miss Clauvert.

»Sie meinen wahrscheinlich beides«, antwortete Miss Devon. »Die Bengel wollen Sie zermürben, Miss Nash.«

»Sie müssen sie mit Verstand bekämpfen«, erklärte Miss Clauvert. »Stellen Sie unlösbare Aufgaben, dann sind sie ganz schnell still.«

»Schlagen Sie öfter mit dem Lineal zu«, empfahl Mr Dimbly. »Zack, zack – das ist eine gute Leibesübung für Sie und bringt die Schüler auf Vordermann.«

»Ich halte willkürliche körperliche Züchtigung für keine wirksame Unterrichtsmethode«, sagte Beatrice. »Ich möchte die Schüler mit Hilfe der Vernunft erreichen und sie bei ihrem Wissensdurst packen.« Alle Anwesenden in dem behaglichen Lehrerzimmer brachen in schallendes Gelächter aus.

»Der Tag, an dem Sie das nicht mehr sagen – das ist der Tag, an dem Sie nicht mehr so abgekämpft sein werden. Habe ich recht, Mr Dimbly?«, rief Miss Devon. Wieder lachten alle. Beatrice schwieg beschämt und biss in ihr Ei. Am späten Vormittag ergab sich die Gelegenheit, blitzschnell mit dem Lineal auf zwei Pultkanten zu schlagen. Und als Snout mit klarer Absicht einen Wind streichen ließ, während sie erklärte, dass die Klassenarbeit am nächsten Tag über die Teilnahme an der Stipendiumsprüfung entscheiden werde, pfiff ihm das Lineal sofort um die Ohren. Die Schüler setzten sich gerade hin und wirkten plötzlich nicht mehr mundfaul und apathisch, und als Snout ihr kurz und anerkennend zunickte, verschwand der Druck auf ihre Stirn, als hätte sie eine dicke Wollmütze abgelegt.

Eine halbe Stunde bevor die Kinder in den Samstagnachmittag entlassen wurden, steckte der Direktor den Kopf zur Tür herein und bat Beatrice, in die Bibliothek zu kommen, um die Pläne für das bevorstehende Stadtfest zu besprechen. Beatrices älteste Lateinschüler sollten als römische Krieger verkleidet durch die Straßen ziehen und anschließend auf der Bühne mehrere zündende Kriegsreden aus der *Aeneis* sowohl auf Latein als auch in eigener Übersetzung vortragen. Den drei Sommerschülern fiel eine führende Rolle zu, wobei Arty und Jack ständig mit ihrem Wissen prahlten, während Snout weiterhin sein völliges Desinteresse demonstrierte. Immerhin hatte sich die ganze Klasse ungewohnt eifrig mit dem Projekt beschäftigt, was möglicherweise mit den in Aussicht gestellten Kostümen und Schwertern zusammenhing.

Der Direktor erklärte, Snouts Rolle des Aeneas solle von einem anderen Schüler, dem Kapitän der Rugbymannschaft, übernommen werden.

»Sie müssen mir die Freiheit lassen, den lateinischen Vortrag so zu gestalten, dass die Schule optimal repräsentiert wird, Herr Direktor«, entgegnete Beatrice. »Der Junge, dem ich den Part des trojanischen Helden zugedacht habe, besitzt eine besondere Vorliebe für diesen Text und kann flüssig rezitieren. Er ist mein bester Schüler und hat meiner Ansicht nach die größten Chancen, ein Lateinstipendium zu erhalten. Der Junge, den Sie vorschlagen, ist eher auf dem Rugbyfeld zu Hause als im Lateinunterricht und erinnert beim Vortrag an einen Holzpfosten.«

»Bei uns herrscht Kameradschaftsgeist. Sie werden feststellen, dass ich das Ruder kaum berühren muss, damit unser kleines Schiff gut vorankommt.«

»Das ist sehr schön, Herr Direktor.«

»Sie sind noch neu bei uns, Miss Nash. Einzig und allein aus diesem Grund erlaube ich mir, Sie dezent darauf hinzuweisen, wenn etwas von größerem Belang für unsere Schule ist. Ich möchte Ihnen damit nur den Weg zu einem besseren Verständnis und letztlich zum Erfolg weisen.«

»Gibt es etwas, das ich wissen sollte?«

»Besagter junger Mann hat viel von uns bekommen. Er durfte eine umfangreichere Ausbildung genießen, als den meisten Knaben seiner Herkunft zuteil wird, und sollte meiner Meinung nach dankbar für alles sein, was wir für ihn getan haben.«

»Er ist sehr intelligent.«

»Man sollte sich fragen, ob zu viel Bildung einen jungen Menschen ab einem bestimmten Punkt nicht vielleicht mit dem eigenen Leben unzufrieden werden lässt. Es kann sehr verstörend sein zu merken, dass man einerseits nicht weiterkommt, andererseits aber schon zu weit gegangen ist, um sich noch wohlzufühlen in dem Leben, in das man hineingeboren wurde.«

»Die meisten Menschen begrüßen die Möglichkeit, sich fortzuentwickeln«, wandte Beatrice ein. »Ich glaube, dass Master Sidley die große Chance hat, der Schule mit einem Stipendium Ehre zu machen und im späteren Leben viel zu erreichen.«

»Mrs Kent steht der Sinn nach Veränderung, aber wir müssen zu unserem Bedauern dem Faktum ins Auge sehen, dass eine Bewerbung des Jungen ganz ausgeschlossen ist«, sagte der Direktor, bekümmert den Kopf wiegend. »Es ist eine Frage der Führungsstärke, verstehen Sie? Es sind die geborenen Führernaturen unter unseren Schülern, die der Schule die größte Ehre einbringen, und wenn Sie eine gewisse Zeit bei uns gewesen sind, werden Sie feststellen, dass die Schüler selbst diese Führungsstärke anerkennen und bewundern und nicht nur erwarten, sondern geradezu wünschen, von ihr repräsentiert zu werden.«

»Aber es sind doch die Besten und Klügsten, die …«, stieß Beatrice hervor. »Ich muss deutlich widersprechen, Herr Direktor!«

»Ein solcher Junge kann unsere Schule niemals repräsentieren, Miss Nash.« Seine Stimme klang so sanft, dass Beatrice sich beinahe beschwichtigen ließ. »Gut, er plappert ein wenig Latein nach wie ein kleiner Papagei – letztlich kaum mehr als ein alberner Zaubertrick. Aber mit wirklich gebildeten Jungen aus richtigen Familien käme er niemals zurecht. Er fände ihre Gesellschaft geradezu unerträglich und würde sich nur zum Gespött machen.«

»Und der Rugbykapitän ist eine solche Führernatur?«, fragte Beatrice, obwohl sie die Antwort bereits kannte und sich zu ihrer Schande darüber im Klaren war, dass weiterer Widerstand ihrer eigenen Position nur schaden würde.

»Sie sehen es genauso!«, sagte der Direktor. »Ich bin sehr froh, dass Sie Verständnis dafür haben. Ich hätte nur sehr ungern interveniert und Ihre Autorität untergraben.« Er rieb sich zufrieden die Hände. »Stellen Sie sich vor, wie gut unser junger Athlet den Brustharnisch des trojanischen Heerführers ausfüllen, mit welcher Kraft er das Schwert erheben wird!«

»Wenn er wenigstens ein winziges bisschen Gespür für den lateinischen Vortrag hätte ...«, sagte Beatrice resigniert.

»Laut muss er sein, Miss Nash, nur laut!«

Snout war heimlich aus der unerträglich nach Gummimatten und Schweißfüßen stinkenden Turnhalle geflohen. Mr Dimbly hatte zwei von den besten Sportlern bei einem Kraftakt angespornt und den anderen Jungen aufgetragen, ihn, Snout, währenddessen die rauen Seile hinaufzujagen und über die lederbezogenen Pferde zu hetzen. Er lief hinaus in die frische Nachmittagsluft, versteckte sich auf einem nackten Fleckchen Erde hinter einer wuchernden Eibe bei den Bibliotheksfenstern, drehte sich aus seinen letzten Tabakkrümeln eine Zigarette und begann zu rauchen.

Durch das offene Fenster hörte er Miss Nash. Sie sprach offen und mit großem Nachdruck. Auch die Altmännerstimme des Direktors war nicht zu verkennen. Er sprach langsamer, formulierte längere Sätze, schweifte hierhin und dorthin ab. Lauschern würde man die Ohren mit heißer Kohle wegbrennen, hatte seine Urgroßmutter immer behauptet. Er kratzte am juckenden Wollstoff seiner Schuluniform und betrachtete den Rauchkringel, der von der Spitze seiner Zigarette aufstieg. Das Hutband drückte. Er roch die trockene Erde und den grünen, dumpfen Friedhofsduft der Eibe. Sein Hals wurde nass vom Schweiß. Er biss die Zähne zusammen.

Es war schwer, die unablässigen Sticheleien der anderen Jungen zu ertragen. Es war schwer, die Hausaufgaben im Licht einer rußenden Petroleumlampe unter dem schmalen, dunklen Dachvorsprung des elterlichen Häuschens zu machen. Er wünschte sich einen Vater, der die Geometrie der Dreiecke verstand, einen Vater, mit dem man besprechen konnte, welche Vokabel die Hitze antiker Schlachten aus dem trockenen, schlichten Latein ins Englische übertragen könnte. Doch sein Vater hatte mit Blasebälgen und Hämmern zu tun und erledigte die Buchführung im Kopf. Es war eine einsame Arbeit, Referate über Orte zu schreiben, die er sich kaum vorstellen konnte, den Globus zu betrachten, sich mit Bildern einheimischer Herrscher der Länder des Empire oder mit den Schätzen zu beschäftigen, die die Teilnehmer wissenschaftlicher Expeditionen entdeckt und in die Museen Großbritanniens gebracht hatten. Geografie faszinierte ihn ebenso wie Geschichte, er konnte sich das alte Troja oder Rom nicht weniger gut vorstellen als das moderne Bombay und fand die lateinische Sprache lebendiger und aufregender als die lebende Sprache Französisch.

Die schwerste Lektion von allen hatte man ihm eben aus dem Bibliothekszimmer heraus erteilt. Miss Nashs Versprechungen hatten sich als leer erwiesen, niemals würde er sich selbst entfliehen können. Es würde ihm ergehen wie allen anderen jungen Männern im Land. Am Gesicht, am Namen, am Akzent erkannte jeder, wer der andere war, wo seit hundert Jahren seine Wurzeln lagen. Wie ein großes braunes, an die Jacke geheftetes Etikett, auf dem mit Blockbuchstaben die Geschichte seiner Familie geschrieben war. Oder wie eines von Mr Hughs Präparaten, die in einem Glasgefäß mit stinkendem Konservierungsmittel und einem klebrigen Schild auf dem Deckel schwammen. Nicht einmal einen Tag lang würde er je mit einem anderen Jungen tauschen können. Es war unmöglich, ein anderer zu sein.

»Das ist doch nur der junge Sidley – sein Vater ist Zigeuner …«

»Ja, Blut lässt sich nicht verleugnen, heißt es.«

Die Stimme des Direktors hallte in seinen Ohren. »Ein solcher Junge könnte unsere Schule niemals repräsentieren …«

Er hatte zu hoffen gewagt, ihm könnte die Flucht gelingen, indem er im Klassenzimmer geblieben war, obwohl die Regeln dort wie Ketten an ihm scheuerten. Jetzt stand fest, dass er den Kerker seiner selbst nie würde verlassen dürfen. Sie würden lächeln, aber ihre Augen würden »Dreckiger Zigeuner« sagen. Er war dazu verdammt, nah bei der rußgeschwärzten väterlichen Schmiede zu leben und zu sterben, und seine ganze wunderbare Schulbildung würde nur als ein Zeichen dafür gelten, dass er gewiefter als sein Vater war, der niemals Lesen gelernt hatte, und man ihm deshalb umso weniger trauen konnte.

Er zerdrückte die Kippe zwischen den Fingern, spürte den Schmerz. Die kleine Brandwunde war wie ein Opfer, mit dem er sich etwas gelobte. Er würde allen beweisen, dass sie sich in Richard Sidley irrten. Soldat würde er werden und wie die trojanischen Krieger der *Aeneis* auf ihren Irrfahrten sein Glück auf einer großen Abenteuerreise in fremde Länder suchen. Er kroch unter dem Strauch hervor, lief über den Sportplatz zu den Eisenbahngleisen. Wenn es ihm gelang, kurz vor dem Bahnübergang, wo sie langsamer fuhren, auf den nächsten Zug zu springen, wäre er schon am späten Nachmittag in Colonel Wheatons Lager.

TEIL III

Über das Gleis, das Gras,
Und oben, hoch, die goldenen ausgespannten Flügel,
Sie fliegen, fliegen immer oben dort,
Und deine khakibraune Uniform, ich seh sie noch,
Und nach der Wiese warte ich beinah,
Dass du zuerst das Gatter öffnest.

Marian Allen, *The Wind on the Downs*

20

Am Tag des Stadtfests brach ein klarer Morgen an. Die kühle Früh-oktoberluft wich rasch der Milde eines weiteren Nachsommertags. Beatrice öffnete den Fensterflügel und steckte den Kopf aus dem kalten Zimmer in die Morgensonne hinaus. Eine vom Kopfsteinpflaster aufstiebende Schar Vögel kündigte das Nahen einer einsamen Gestalt auf der steilen Straße an. Beatrice erkannte die langsamen Schritte und wich zurück, um nicht von der Frau des Fischhändlers gesehen zu werden, deren Sohn in einer der ersten Schlachten der Expeditionary Force gefallen war. Wie stolz die Eltern auf ihren jungen, bereits seit einigen Jahren dienenden Soldaten gewesen waren, mit welchem Interesse, welcher Begeisterung, welchem Respekt die Stadt ihnen anfangs begegnet war. Wie in einem Bienenstock war es im Fischladen zugegangen, als alle Neues erfahren, sich dem Geschehen nahe fühlen wollten. Nun wirkte die Frau um Jahre gealtert, und weil viele Bewohner der Stadt die trauernden Eltern aus Feigheit mieden, lief das Geschäft nicht mehr gut.

Beatrice hatte es selbst erlebt, damals im Dorf ihrer Tante. Auf jeden, der lächelnd und mitfühlend stehen geblieben war und etwas über ihren Vater gesagt hatte, war einer gekommen, der sich in Ladeneingänge oder auf die andere Straßenseite geflüchtet hatte und mit dem gesenkten Schirm sein Gesicht verdeckt hatte. Später, wenn Gespräche mit ihr unvermeidlich geworden waren, hatten sie scheinbar erstaunt gefragt, warum man sie kaum gesehen habe.

An einem Tag wie diesem erwartete man von Witwen und trauernden Müttern, dass sie mit ihrer schwarzen Kleidung und ihren bleichen Gesichtern hinter den geschlossenen Fensterläden ihrer Häuser blieben. Bei allen großen Umzügen und Festen in der Geschichte und auf den berühmten Gemälden in den Museen war niemals einer von denen zu sehen, die den Mann, den Sohn verloren hatten, dachte Beatrice. Auf keiner Kriegs- und keiner Friedensparade führte man Totenbahren mit. So gern sie sich versteckt hätte, suchte sie nun doch den Blick der Fischhändlerin, lächelte kurz, winkte ihr zu und trat erst dann zurück ins Zimmer.

Hugh musterte sich ein letztes Mal im Spiegel und setzte die steife Mütze ein wenig schiefer auf, um nicht allzu sehr wie ein Busfahrer auszusehen. Die Mütze ließ seine Ohren sehr groß erscheinen, und der Schatten, den der glänzende Schirm ständig warf, verlieh seinen Augen einen missmutigen Ausdruck. Im Chirurgenkittel hätte er sich wohler gefühlt und schneidiger ausgesehen, doch bei öffentlichen Anlässen hatte ein Offizier in Ausgehuniform zu erscheinen, egal, wie steif und unbequem sie war. An Daniel, der auf einem Stuhl gegenüber dem alten Kinderzimmer saß und sich die Stiefel band, wirkte die Uniform lässig bis zur Hemdsärmeligkeit; weder die enge Schulterpartie noch die kratzige neue Wolle an der bloßen Haut schien ihn zu stören. Sein Haar war kurz geschnitten und mit Pomade glatt gekämmt, über der Stirn aber immer noch gelockt. Mit fröhlicher Miene zog er die Senkel durch die Messingösen und paffte dabei eine verbotene Morgenzigarette.

»Deine Jacke wird den ganzen Tag nach Tabak riechen«, sagte Hugh. »Tante Agatha wird dir die Leviten lesen.«

»Alle Soldaten riechen nach Tabak. Der Tommy nach Tabak, Schweiß und Kohl, der Offizier nach Tabak, Schuhwichse und Lorbeerspiritus. Eine seltsame Allgemeingültigkeit.«

»Meine Kameraden riechen nach Jod«, entgegnete Hugh. »Ich habe heute bereits zwei Mal gebadet und mich mit Onkel Johns Eau de Cologne bespritzt, damit mir nicht von mir selbst schlecht wird.«

»Hoffentlich riecht der Hunne anders. Es muss schwer sein, das Bajonett in jemanden zu stoßen, der wie der eigene Stubenkamerad riecht.«

»Den Zeitungen zufolge stinken die Deutschen nach dem Blut Unschuldiger.«

»Die Journalisten bewerfen die Welt mit Worten, als wären es Steine, und riskieren, dass aus der moralischen Verpflichtung zum Eingreifen ein blindwütiger Rachefeldzug wird.«

»Wer ist auf einem blindwütigen Rachefeldzug?«, fragte Onkel John, nachdem er an die Tür geklopft hatte und hereingekommen war.

»Die Presse«, antwortete Daniel. »Der kleine Mann wird von den Zeitungen auf völlig irrsinnige Weise aufgehetzt.«

»Denken so alle bei euch?«

»Es gibt ganz unterschiedliche Meinungen. Im Kasino kommt es immer wieder zu sehr anregenden Diskussionen.«

»Genau aus diesem Grund war es von Anfang an keine gute Idee, alle Schriftsteller und bildenden Künstler in einer Brigade zusammenzuziehen.« Onkel John schüttelte schmunzelnd den Kopf. »Aber vielleicht könntest du deine aufrührerischen Reden jetzt eine halbe Stunde lang unterbrechen. Deine Tante meint nämlich, wir müssten gleich frühstücken, damit wir nicht zu spät kommen.«

»Wenn ihr nichts dagegen habt, gehe ich gleich zur Unterkunft meiner Kameraden hinunter und werfe vor der Parade einen letzten Blick auf ihre Uniformen. Sie haben bestimmt etwas Essbares da«, sagte Hugh.

»Meine Kameraden müssen warten«, sagte Daniel. »Die Köchin hat mir zur Feier des Tages ein schönes Stück Bauchspeck aufgehoben, und ich dulde nicht, dass sich die Pflicht zwischen mich und die frischen Speckscheiben drängt.«

Als Hugh unten vor der Eingangstür stehen blieb, um seine Mütze ein letztes vergebliches Mal zurechtzurücken, stieg ihm der Duft des gebratenen Specks in die Nase. Durch die offen stehende Tür sah er eine Ecke des gedeckten Frühstückstischs, blaue Hortensien auf der Anrichte und die vom leichten Wind bewegten weißen Leinenvorhänge. Aus der Küche drang gedämpftes Töpfeklappern, auf den dunklen Eichendielen flimmerte das Sonnenlicht, und zu den durchdringenden Frühstücksdüften gesellte sich ein Hauch von Möbelpolitur und frisch geputzten Räumen. Plötzlich spürte er, wie wichtig ihm das altgewohnte Frühstücksritual war, wie wertvoll die unscheinbare Diele mit dem Schirmständer und den Glaseinsätzen in der Haustür, durch die das Sonnenlicht hereinfiel. Das Bedürfnis, nun doch mit Daniel und der restlichen Familie zu frühstücken, ließ ihn innehalten, als seine Hand schon auf dem Türknauf lag, doch eine kräftigere Stimme bezichtigte ihn der Sentimentalität, ja der Rührseligkeit. Das Haus würde nicht wie eine morsche Kulisse in sich zusammenfallen, nur weil er ging, und er würde sich von diesem Krieg nicht jede Ankunft, jeden Abschied mit dem Gewicht des Tragischen beladen lassen. Mehr als eine Extraportion Speck für Daniel bedeutete sein Aufbruch nicht. Um den schnell gefassten Entschluss rasch in die Tat umzusetzen, bog er unverzüglich ins Speisezimmer ab und wickelte mehrere Scheiben Speck in eine Serviette, um sie unterwegs zu essen.

Die Blaskapelle auf dem kleinen Podium schmetterte bereits zum dritten Mal »Daisy, Daisy, give me your answer, do«. Die Posaune spielte zu tief, aber alles in allem war Agatha Kent mit dem bisherigen Verlauf der Parade hochzufrieden. Es war ein strahlend sonniger Tag, erfrischend durchweht von einem Wind, in dem die Wimpel flatterten, die Unterröcke sich bauschten und an den Straßenecken hin und wieder eine Hand nach der Hutkrempe griff. Wie ein träger, schäumender Wasserfall, eingezwängt zwischen die dicht stehenden Häuser und das vom Bürgersteig auf die Fahrbahn drängende Zuschauergetümmel, ergoss sich die Parade in die breitere Straße, wo die Tribünen standen – eine prächtige Abfolge von Festwagen, geschmückten Karren, Abordnungen örtlicher Clubs und anderer Institutionen. Agatha hakte die vorüberziehenden Teilnehmer in ihrem großen Notizbuch ab. Mr Tillingham saß im offenen Automobil neben einem Mädchen, das als »Literatur« verkleidet war und ein großes Stück Pergament und einen goldenen Federkiel in den Händen hielt. Miss Buttles und Miss Finch erhielten viel Applaus und ernteten großes Gelächter als Königin Elisabeth I. respektive Sir Walter Raleigh, da Sir Walter ihr neues Motorrad von Triumph steuerte und man die jungfräuliche Königin mit Halskrause und allem, was dazugehörte, wie ein prämiertes Huhn in den Beiwagen gestopft hatte. Der Bürgermeister winkte in Amtstracht aus großer Höhe von einem riesigen Pferdeomnibus herab, umringt von den Allegorien der Handwerke von Rye, darunter ein Fischer mit einer kurzen Rute, an der ein großer toter Dorsch hing. Die heftig bellenden Tiere des Nutzhundevereins trugen mit dem Georgskreuz beziehungsweise mit dem Wappen der Grafschaft gemusterte Mäntelchen. Ein Border Terrier allerdings hatte es sich vom Leib gerissen und hielt die zerfetzten Reste im Maul. Auf der ganzen Länge der Parade zwängten sich junge Mädchen in hübschen Sommerkleidern mit rot-weiß-blauen Schärpen durch die Menge, offerierten Anstecknadeln in Form der britischen Fahne, schwenkten dekorierte Geldeimerchen, flirteten mit den Männern und versuchten die Leute zum Kauf zu bewegen.

Nur mit Mühe hatten sich Colonel Wheaton und Lady Emily, deren Automobil die Parade angeführt hatte, auf der dicht besetzten Tribüne zu ihren Plätzen in der Mitte vorkämpfen können. Colonel Wheaton – in einer selbst entworfenen Paradeuniform mit mehrreihigen Litzen an der rechten Schulter und einem alten indischen Säbel an einem aufwändig verzierten Ledergürtel – salutierte nun seinen erst kurz zuvor für offiziell erklärten Soldaten. Gleich in der ersten Reihe marschierte sein Sohn Harry, stolz die Leutnantssterne präsentierend. Die Männer trotteten in einigem Abstand hinterher; manche humpelten in Stiefeln, die offenbar hastig zusammengesucht worden waren, und alle trugen Holzgewehre, da sie die echten noch nicht erhalten hatten.

»Daddys Männer sehen wundervoll aus«, sagte Eleanor Wheaton. »Wie richtige Soldaten!«

»Die Khaki-Uniform kleidet allerdings nicht so sehr wie eine Paradeuniform«, erwiderte Agatha.

»In der Khaki-Uniform wird man auf dem Schlachtfeld nicht so schnell getroffen«, erklärte ihr Mann. Er war in Blazer und Flanellhose erschienen, was Agatha kurz einen Stich versetzte. Wie attraktiv er in Uniform ausgesehen hätte! Dabei war er kein Jahr älter als Colonel Wheaton, der sich eifrig um die Erlaubnis bemühte, an den Kämpfen teilnehmen zu dürfen. »Litzen und Farben überlässt man besser den Damen«, fuhr John an Eleanor gewandt fort, die eine militärisch geschnittene dunkelblaue Jacke mit auffälliger Brustverschnürung und einem eng geschnallten roten Wollgürtel trug.

»Den Markt für Litzen haben Vater und ich praktisch aufgekauft«, sagte sie, offenbar ohne John die Bemerkung übel zu nehmen. »Vielleicht wollte ich meinen Patriotismus nach dem Vorfall mit den Hunden etwas übertrieben deutlich zum Ausdruck bringen.« John zog fragend eine Braue hoch und brachte Agatha damit in eine leicht peinliche Lage, da sie ihm eine Geschichte, die für Eleanor sehr wichtig, für ihn dagegen kaum von Bedeutung war, nicht erzählt hatte. Aber auf Johns Gefühle konnte sie in solchen Situationen keine Rücksicht nehmen.

»Du erinnerst dich gewiss, mein Lieber«, sagte sie. »Ich habe dir neulich erzählt, dass einige Burschen Lady Emilys Dackel mit Steinen beworfen haben, als Eleanor sie ausführte, und sehr hässliche Bemerkungen machten, da Eleanor und die Hündchen Deutsche seien.«

»Ja, natürlich erinnere ich mich«, erwiderte John und demonstrierte sein diplomatisches Geschick, indem er kaum mit der Wimper zuckte. »Wirklich erschreckend! Kein intelligenter Mensch würde die Vaterlandsliebe dieser englischen Rose jemals in Frage stellen.«

»Danke, Mr Kent«, sagte Eleanor. »Aber Mutter bekümmern eher die Anschuldigungen, die man gegen ihre Hunde erhoben hat.«

»Es ist schockierend, dass es Menschen gibt, die den Patriotismus meiner Dackel anzweifeln«, erklärte Lady Emily. »Einfach empörend!«

»Der Dackelzüchterverband ändert jetzt den Namen von ›Dackel‹ zu ›Freiheitshund‹«, berichtete Eleanor. »Sie schalten sogar Zeitungsannoncen. Hoffentlich hilft das ein wenig.«

»Damit redet man der breiten Masse nach dem Munde, das ist vulgär«, wandte Lady Emily ein. »Wenn dadurch allerdings auch nur ein einziges Hundeleben gerettet wird, muss man es wohl ertragen.«

»Apropos Lebensrettung – da kommt Hughs Ambulanz«, sagte Agatha. »Sieht er nicht gut aus?« Hugh ging mit ernster Miene vor dem Sanitätsfahrzeug her. Die Hecktür des unnatürlich glänzenden Krankenwagens stand offen, und aus dem Inneren winkten zwei von Hughs Männern mit ihren Mützen den Menschen zu. Dahinter kam ein zweiter Wagen, der stolz eine Kiste mit der Aufschrift TRAGBARES RÖNTGENGERÄT transportierte. Es handelte sich um eine Attrappe, da ein echter mobiler Röntgenapparat viel zu groß und zu wertvoll für eine Provinzparade gewesen wäre; das Medical Corps war jedoch so stolz auf seine Neuerwerbung, dass man Hugh aus gegebenem Anlass den Bau eines primitiven Modells erlaubt hatte.

Hinter Hugh marschierte in Zweierreihen Daniels achtköpfige Offiziersgruppe, alle in neuen khakibraunen Uniformen und Mützen, mit Sam-Browne-Ledergürtel und Pistolenholster an der linken Hüfte. Die Stiefel waren gewichst, und, da keiner der Männer hinkte, Agathas Vermutung nach gut eingelaufen.

»Wie schön, dass Daniels Trupp mitmacht«, sagte Eleanor. »Aber ich hatte gehofft, die Artists Rifles würden Leinenhemden und Dolche im Gürtel tragen.«

»Sie sind doch keine Piraten, sondern ein Offiziers-Ausbildungskorps und nehmen die Sache, wie man an ihrer Haltung sieht, überaus ernst«, erwiderte Agatha.

»Ich kann es kaum erwarten, den Musterschützengraben zu besichtigen«, sagte Eleanor. »Beatrice Nash hat mir erzählt, dass er mit Bücherregalen und Korbmöbeln ausgestattet ist und die Männer jeden Abend vor dem Zapfenstreich Gedichte lesen.«

»Der Ablauf der Parade funktioniert geradezu vorbildlich«, sagte John. »Ihr Damen von der Organisation seid quasi selbst Generäle!«

»Man soll den Tag nicht vor dem Abend loben«, erklärte Agatha. Sie hatte bemerkt, dass das eine oder andere Mädchen mit den kleinen Eimern die Männer in der Menge etwas zu aufdringlich um Spenden bat und Snout, mit einer römischen Toga und Sandalen bekleidet, sich von seinen Klassenkameraden entfernt hatte und ebenfalls ein Eimerchen schwang. Eines der Feuerwehrpferde lahmte, und auch die Schulkinder waren nicht alle in der Lage, die Formation zu halten, sondern erinnerten an eine Herde aufgeschreckter Schafe. Die Lehrer hatten während der Parade mehr Zeit damit verbracht, die Kinder zusammenzutreiben, als selbst zu winken. Bisher war der Umzug gut verlaufen, doch von einem Erfolg ließ sich erst sprechen, wenn der letzte Festwagen, das Britannia-Tableau, vor den Tribünen angekommen, die Nationalhymne Belgiens respektive Großbritanniens gespielt und auf dem Exerziergelände begeistert »Land of Hope and Glory« gesungen worden war. Alle Leute, so hoffte man, würden mitsingen und solchermaßen inspiriert ihr Geld für die nachmittäglichen Attraktionen ausgeben. Dann – und erst dann –, dachte Agatha, würde sie aufatmen können.

Beatrice musste zugeben, dass es ihr gefiel. Das neue Kleid schwang in schönen Falten um die goldenen Sandalen; ihr Haar hatte mitgespielt und lag zu weichen Rollen gesteckt unter dem Lorbeerkranz. Das ungewohnte Glück, das sie empfand, entsprang dem Gefühl, jung und hübsch zu sein, oder wenigstens der Erinnerung daran, wie es gewesen war, sich jung und hübsch zu fühlen, ehe ihr Vater gesundheitlich verfallen und das Gefühl sinnlos geworden war. Sie saß auf einer mit einem Teppich bedeckten Kiste rechts von Britannias blumenbestücktem Thron und hielt ein Schild mit dem Georgskreuz in der Hand. Sie winkte den Leuten zu, schenkte ihr freundlichstes Lächeln aber den verzückten Kindern, die mit offenem Mund auf den väterlichen Schultern saßen, Fähnchen und klebrige Lutscher umklammerten und die vorbeiziehende Parade bestaunten. Die Kinder hielten alles für Realität und erkannten nicht einmal Mrs Fothergill, deren geschminktes Gesicht unter der Lorbeerkrone einen geradezu majestätischen Ausdruck angenommen hatte und die so dezent winkte, als wäre sie wirklich eine Monarchin. Celeste saß, Belgien verkörpernd, auf einer niedrigeren Kiste zu Britannias Füßen. Sie trug ihr eigenes weißes Kleid, an dessen Rock man vorn der Länge nach in aller Eile Spitze angenäht hatte, sowie eine schlichte weiße Baumwollhaube mit Schnüren und ein kleines, in den Farben der Belgischen Fahne gestricktes Schultertuch. In ihrem Korb lag ein Strauß Wiesenblumen. Hinter dem Thron standen auf unterschiedlich hohen Kisten, deren grüne Filzbespannung die hügelige Landschaft symbolisieren sollte, die jungen Damen Schottland, Wales und Irland. Vor dem Wagen spielte eine kleine Abordnung einer Militärkapelle aus Kent patriotische Lieder und Hymnen. Die Zuschauer schwangen ihre Hüte und sangen Teile des Textes mit, sobald der Wagen an ihnen vorbeizog, sodass selbst Beatrice Tränen der Rührung in die Augen traten. Der sonnige Tag und der schlichte, mit Inbrunst bekundete Patriotismus der Leute vom Land ließen kein noch so kaltes Herz unberührt.

Als sich der Festwagen den Tribünen näherte, wurde Beatrice nervös – nicht so sehr weil sie gleich Colonel Wheaton, Lady Emily und den anderen Honoratioren unter die Augen treten würde, als vielmehr wegen der Ungewissheit, ob Hugh und Daniel ihr Versprechen halten und zurückkommen würden, um sich ihre und Celestes triumphale Ankunft anzusehen. Als Celeste sich an ein leicht verrutschtes Löckchen griff, erkannte Beatrice, dass nicht einmal das junge Mädchen gegen jede Eitelkeit gefeit war. Sie selbst verkniff es sich, ihr Haar zurechtzuzupfen und Ausschau nach bekannten Gesichtern zu halten, obwohl sie auf einer höheren Kiste saß. Als der Festwagen vor den Tribünen langsam zum Stillstand gekommen war, erhob sich Mrs Fothergill unter dem aufbrausenden Beifall der Zuschauer, senkte zum Dank würdevoll den Kopf und zog das Schwert aus der Scheide, das ungemein dekorativ an ihrem mit Gobelinstickerei verzierten Gürtel hing.

»Britanniens Frauen, rüstet euch zur Verteidigung Belgiens!«, rief sie salbungsvoll.

»Was soll das?«, flüsterte Beatrice. »Es sollte doch ein stummes Tableau sein!«

»Es geht um den Überraschungseffekt«, antwortete Mrs Fothergill. »Machen Sie sich auf etwas gefasst!« In diesem Moment ertönte hinter den beiden Tribünen lautes Gebrüll. Eine Horde Männer in blauen Uniformjacken und mit deutschen Pickelhauben auf dem Kopf stürmte, Säbel, Gewehre und landwirtschaftliche Geräte schwingend, unter Ausstoßung grässlicher Flüche auf den Festwagen zu. Während Mrs Fothergill ihr Schwert über dem Kopf kreisen ließ und in den höchsten Tönen kreischte, intonierte die Kapelle einen schmissigen Marsch. Schottland und Irland ergriffen ihre Speere und begannen die unten stehenden Männer heftig kichernd zurückzustoßen. Wales dagegen duckte sich hinter ihren Schild und rief den Blaujacken immer wieder zu, sie sollten aufhören.

»Noch ein einziger Schritt, und mein Vater lässt dich vor den Friedensrichter bringen, Ernie Phillips!«, rief sie. »Und du, Arthur Day, hör endlich auf, wie ein Verrückter mit dieser Mistgabel herumzufuchteln!«

»Wir verteidigen Belgien bis zum letzten Atemzug!«, schrie Mrs Fothergill, während Beatrice den etwas zu schwungvollen Angriff eines Bajonetts parierte, das aus der Nähe betrachtet als Theaterwaffe mit stumpfem Ende zu erkennen war.

»Sie haben allen Ernstes deutsche Horden auf die Beine gestellt, Mrs Fothergill?«, sagte Beatrice, doch ihre Stimme wurde von einem

Schrei übertönt, den die wie erstarrt auf ihrer Kiste sitzende Celeste ausstieß. Es war ein sich langsam steigernder Schrei, ein Schrei, als hätte sie eine tödliche Wunde erlitten oder auf einer mittelalterlichen Streckbank die Folter zu erdulden. Sie schrie und schrie, bis, eines nach dem anderen, die Instrumente der Kapelle verklangen und die deutsche Horde wie angewurzelt stehenblieb.

»Haben Sie sich wehgetan, Celeste?« Beatrice warf ihren Schild von sich, fiel auf die Knie und nahm das Mädchen in die Arme, das nach ihr trat und schlug, als wäre sie der Feind. Hilfesuchend blickte sie sich um. Plötzlich kam Bewegung in die Menge auf der Straße. Hugh bahnte sich einen Weg durch die Leute und sprang auf den Wagen.

»Sie ist außer sich«, sagte Beatrice. In diesem Moment brach das Wehklagen schlagartig ab, und eine beinahe ebenso ohrenbetäubende Stille trat ein. Celeste hatte Schaum vor dem Mund, und ihre Augen waren nach oben verdreht.

»Sie ist ohnmächtig«, sagte Hugh. »Ein Krampfanfall.«

»Ich bin in Erster Hilfe ausgebildet«, rief Mrs Fothergill. »Soll ich mich um sie kümmern?«

»Sie haben bereits genug angerichtet«, entfuhr es Beatrice. »Schicken Sie die Leute weg, sie kann ja kaum atmen.« Die Zuschauer, die sich neugierig an den Wagen drängten, begannen zurückzuweichen. Beatrice versuchte Celeste mit ihrem Körper vor den Blicken zu schützen, während Hugh das Mädchen aufhob und vom Wagen auf die Straße trug.

»Ich möchte nicht, dass man in diesem Ton mit mir spricht!«, sagte Bettina Fothergill. Nur Agatha Kents Abgeklärtheit hielt Beatrice von einer weiteren unbedachten Bemerkung ab.

»Mrs Fothergill, der Bürgermeister wartet bereits. Sie müssen das Blumenzelt eröffnen. Ich denke, hier ist für alles gesorgt – schließlich ist mein Neffe Arzt.«

»Darf ich Ihnen hinunterhelfen, Mrs Fothergill«, sagte John. »Sehen Sie, da ist die Stufe.«

»Was könnte das arme Kind nur in solche Aufregung versetzt haben?«, rief Mrs Fothergill, und ihre Stimme übertönte den Lärm selbst dann noch, als John sie wegbrachte. »In Bexhill haben sie nur ein ganz kleines Scharmützel aufgeführt und die Spendensumme damit verdoppelt!«

»Galt der Angriff in Bexhill auch einer echten Belgierin?«, fragte John.

»Nein, aber gerade deshalb sollte es bei uns noch besser werden«, hörte man sie sagen, während John mit ihr verschwand.

»Braucht sie Riechsalz?«, fragte Agatha.

»Wir müssen sie nach Hause bringen.« Hugh trug Celeste auf den Armen, während Beatrice ihr das braune Fläschchen unter die Nase hielt. Celeste stöhnte auf, drehte das Gesicht zur Seite und schmiegte es wie ein Kind an Hughs Schulter.

»Ich lasse ihren Vater holen«, erklärte Agatha. »Um Ihre Lateinschüler muss sich der Direktor kümmern.«

Beatrice bedankte sich, raffte die vielen Falten ihres Kleids und lief hinter Hugh die Stufen zur Hauptstraße hinauf. Sie dachte an das Gefühl, als Kind in den Armen des Vaters zu liegen, über dem Boden zu schweben, dachte an die Geborgenheit der starken Arme, an seinen vertrauten Duft, der sich so sehr von den neuen Gerüchen der Straße oder des Walds unterschieden hatte, und musste den plötzlich aufkommenden Wunsch unterdrücken, nicht Celeste, sondern sie selbst wäre in Ohnmacht gefallen. Es war ein dummer, der kritischen Situation völlig unangemessener Gedanke. Außerdem, sagte sie sich tadelnd, hätte man sie sicherlich kurzerhand in eine Schubkarre gelegt, weil sie viel größer und schwerer war als Celeste.

Im Cottage angelangt, trug Hugh die Ohnmächtige zu ihrem kleinen Alkoven hinauf, in dem nun Agathas zweites überzähliges Bett und eine kleine Kommode standen und der durch einen bodenlangen Gobelinvorhang zum Treppenflur abgeschirmt war. Hugh legte sie auf das Bett und maß mit der Taschenuhr in der Hand ihren Puls. Seine Miene war besorgt.

»Der Puls ist regelmäßig. Hat sie gefrühstückt?«

»Nicht viel«, antwortete Beatrice. »Wir waren beide ein wenig aufgeregt wegen der Parade.« Nach einigem Nachdenken musste sie sich eingestehen, dass Celeste wohl nur eine Tasse Tee getrunken, sie selbst dagegen auf eine ihr jetzt unangenehme Weise herzhaft zugegriffen hatte, weil Celestes Toast mit Stachelbeermarmelade nicht verkommen sollte und ihr Hunger wegen der Nervosität größer als sonst gewesen war.

»Dann ist es sicherlich nur ein kleiner Schock und der leere Magen. Es sollte jetzt aber zur Sicherheit jemand bei ihr bleiben. Lauwarmer Tee mit viel Zucker und für den Rest des Tages leichte Kost – ein hart gekochtes Ei oder dergleichen.«

Er ging hinunter, um in der Stube zu warten. Beatrice zog dem Mädchen mühsam Kleid und Korsett aus und deckte es zu. Celeste schien Fieber zu haben und erschauerte bei jeder Berührung. Sie war jetzt wieder der zerzauste, erschöpfte Flüchtling der ersten Nacht.

»Du bist in Sicherheit.« Beatrice strich über das auf dem Kissen ausgebreitete goldblonde Haar. »Alles wird gut.« Celeste wandte den Kopf ab und schloss die Augen. Beatrice blieb auf dem Bett sitzen und betrachtete traurig die kleinen geflügelten Sandalen, die sie achtlos auf den Boden geworfen hatte.

Als sie kurz darauf in die Wohnstube hinunterging, war der Professor eingetroffen. Von einem Fuß auf den anderen tretend stand er am Fenster und spielte mit seiner Uhrkette.

»Wie geht es meiner Tochter?« Sein Gesicht war angespannt. Offenbar rechnete er mit einer schlechten Nachricht.

»Es ist wie gesagt nichts Besorgniserregendes«, versicherte ihm Hugh. »Nur ein kleiner Schock nach einem aufregenden Morgen ohne Frühstück. Es sei denn sie hat eine Erkrankung, von der ich nichts weiß.«

»Es ist alles meine Schuld.« Der Professor schüttelte den Kopf. »Man darf ein Kind nicht solcher Rohheit aussetzen. Ich hätte ihr die Teilnahme verbieten sollen.«

»Ein Tag Ruhe, und es geht ihr wieder gut. Wenn Sie wollen, kann ich Dr. Lawton für morgen herbestellen.«

»Nein, das ist nicht nötig. Ich habe das Fest in größter Eile verlassen. Mr Tillingham hatte mich gebeten, gemeinsam mit ihm die Kürbisse zu bewerten. Ich bin sehr erleichtert, dass meiner Tochter nichts zugestoßen ist.«

»Möchten Sie zu ihr hinaufgehen?«, fragte Beatrice aufmunternd. In Gedanken band sie sich bereits eine Schürze über das neue Kleid, um Celeste eine Tasse Tee und ein leicht pochiertes Ei zuzubereiten.

»Nein, ich will sie nicht stören. Sagen Sie ihr, dass ich da war. Wenn Sie gestatten, komme ich später noch einmal und lasse mir alles erzählen, aber jetzt muss ich zurück zum Fest und meine Aufgaben dort erfüllen.«

»Meinen Sie wirklich, Herr Professor?«, fragte Beatrice, die ihre eigenen Aufgaben sofort nach Celestes Ohnmachtsanfall abgegeben hatte. Sie sah zur Treppe hinüber und dachte an das zitternde junge Mädchen, dem die Berührung der väterlichen Hand so gut getan hätte.

»Ich danke Ihnen durchaus für die liebevolle Pflege meines Kindes«, versicherte der Professor, als hätte Beatrice etwas anderes behauptet. »Der junge Doktor hier meint, dass sie wieder gesund wird, und mehr ist dazu nicht zu sagen.« Er setzte den Hut auf, stieß ihn sich aber gleich darauf beinahe wieder vom Kopf, als er durch die niedrige Tür ging.

»Es ist nicht recht, dass Sie sich um Celeste kümmern sollen, anstatt den Nachmittag auf dem Fest zu verbringen«, sagte Hugh, während sie dem Professor nachblickten, wie er eilig die Straße hinaufging. Von dem Stadtfest unten auf der Marsch drangen schwache Klänge einer Jahrmarktsorgel und einer blechern dagegen anspielenden Blaskapelle herauf.

»Ja, das Schweinerennen verpasse ich äußerst ungern«, erwiderte sie trocken. Hugh lachte. »Es wäre Unsinn, noch jemandem den Tag zu verderben«, fuhr Beatrice fort. »Gehen Sie zum Fest zurück.«

Er zögerte einen Moment, als wollte er bleiben. »Abigail ist sicherlich früh genug wieder da – dann könnten Sie wenigstens zum Ball in den Gasthof kommen.«

»Ich glaube nicht, dass es Celeste bis dahin sehr viel besser geht. Ich bleibe lieber hier.« Auch wenn sie die Notwendigkeit einer Anstandsdame heftig bestritten hätte, war es doch für keine Frau ein Genuss, allein auf einen öffentlichen Ball zu gehen.

»Unsinn. Daniel und ich fordern sehr ungern fremde Frauen auf. Ich hole Sie ab, und Sie reservieren für uns einige Tänze auf Ihrer Karte.«

»Aber Ihre Karte wird voll sein.«

»Ich komme meinen gesellschaftlichen Pflichten bereitwillig an allen Ecken und Enden nach. Sollten Sie jedoch lieber von meiner Tante Agatha abgeholt werden, kann ich das arrangieren«, entgegnete Hugh.

»Das ist nicht nötig. Ich bin kein kleines Kind.«

»Gut, dann gegen sieben Uhr. Sorgen Sie in der Zwischenzeit dafür, dass die Patientin Ruhe bekommt – und wie man ein Ei kocht, werden Sie wissen …«

Das Fest war in vollem Gang. Agatha, die im Schatten vor dem Einlass zum Teezelt stand, legte ihr Notizbuch auf einem Fasstisch ab und sah sich mit dem vorsichtigen Optimismus eines Menschen um, der eine Sache gut vorbereitet hat und nun für seine Mühe belohnt wird, die Zurschaustellung seiner Zufriedenheit und ein Nachlassen der inneren Anspannung jedoch für verfrüht hält.

»Alles klappt ganz wunderbar«, sagte ihr Mann, der in diesem Augenblick mit zwei Gläsern kalter Limonade und einem Teller mit kleinen Sandwiches aus dem Zelt kam. »Du hast es gemeistert, meine Liebe.«

»Ich bin zwar nicht abergläubisch, kann dir aber erst dann recht geben, wenn der Nachmittag vorüber ist, ohne dass Bettina Fothergill für weiteren Ärger gesorgt hat.«

»Wer sich für nicht abergläubisch hält, macht sich etwas vor.« John reichte ihr ein Glas und stellte den Teller ab. »Ich möchte dir einen Glücksbringer darbieten – dieses Käsesandwich hier.«

»Warum sollte es Glück bringen?«

»Weil es keinen Eiersalat enthält. Das verringert die Wahrscheinlichkeit, sich den Magen zu verderben. Immerhin haben die Sandwiches fast den ganzen Tag auf einer unbedeckten Platte in einem heißen Zelt gelegen.«

»Du machst einem wahrlich den Mund wässrig.« Argwöhnisch musterte sie die trockenen Brotränder. »Aber vielen Dank, ich habe einen Bärenhunger.«

»Dieser Snout, der Junge mit dem verdächtigen Spendeneimer, war im Zelt und hat mehrere seiner Kumpane mit glasierten Teilchen versorgt.«

»Und das nach allem, was wir für ihn getan haben. Dafür verpasse ich ihm eine Ohrfeige!«

»Ich habe ihm einen strengen Blick zugeworfen. Daraufhin hat er deine Limonade bezahlt und das Ganze sehr charmant geregelt. Überleg dir, ob du viel Aufhebens darum machen willst – man könnte dich als Komplizin bezeichnen.«

»Du bist unverbesserlich, John. Aber du darfst ihm seine Missetaten nicht durchgehen lassen, nur weil du sie amüsant findest.«

»Ich möchte der Entfaltung seines Gewissens nicht im Wege stehen. Die Schreckensherrschaft der Autorität vermag Furcht zu verbreiten, trägt jedoch nichts zur Charakterbildung bei. Spätestens in den frühen Morgenstunden wird ihn die Schuld beuteln. Ganz von alldem abgesehen habe ich heute einen freien Tag, an dem ich höchst genüsslich Autorität über rein gar nichts ausüben werde.«

»Das hättest du mir sagen müssen. Ich habe dich nämlich als Juror beim Schönheitswettbewerb der Babys um zwei Uhr eingeteilt, und von vier bis fünf sollst du über die Geldkassette wachen«, sagte Agatha. John stöhnte in sein Käsesandwich hinein, verweigerte ihr seine Hilfe jedoch nicht. Andere Ehemänner schmückten sich bedenkenlos mit der Leistung ihrer Frauen und ließen sich für das von ihnen gespendete Geld ehren, hielten sich jedoch auffällig zurück, wenn es galt, wirkliche Arbeit für andere Menschen zu leisten. Die größte der zahlreichen Qualitäten ihres Mannes zeigte sich Agathas Meinung nach darin, dass er stets Schulter an Schulter mit ihr kämpfte beziehungsweise genau tat, was sie ihm sagte.

»Ich möchte erst Daniels Musterschützengraben und Hughs Sanitätsfahrzeug besichtigen«, sagte John und sah auf seine Taschenuhr. »Kommst du mit?«

»Ich muss die Stände abgehen und einen Blick auf das Unterhaltungsprogramm werfen.«

»Willst du nicht dabei sein, wenn deine Neffen von jungen Verehrerinnen belagert werden, die sich leidenschaftlich für Schaufeln und Knochenschienen interessieren?« John schluckte den letzten Bissen hinunter. »Es macht die beiden bestimmt verlegen, im Mittelpunkt der Aufmerksamkeit zu stehen.«

»Nun gut. Aber wenn der ganze Nachmittag in die Binsen geht, bist du schuld, weil du mich abgelenkt hast!«

Nachdem sie die weniger trockene Mitte ihres Sandwiches gegessen und die Limonade getrunken hatte, begleitete Agatha ihren Mann ans andere Ende des Areals, wo man die Gemeindewiese aufgerissen hatte. Der dumpfe Geruch frischer Erde führte sie zu den Mustergräben, die man nur einzeln hintereinander auf frisch gezimmerten Laufrosten begehen konnte. Von ihrem Neffen, der hinter drei schwatzhaften jungen Flaggenverkäuferinnen stand und ihnen die baulichen Fortschritte in seinem Schützengraben erklärte, bekam Agatha nur den ständig errötenden Kopf zu sehen.

»Und wie Sie hier erkennen können, wird die Wand stärker, wenn man die Sandsäcke wie im gotischen Mauerwerksverband schichtet«, sagte Daniel und tätschelte den zweieinhalb Meter hohen Sandsackstapel, der den Graben kühl hielt und die Festgeräusche dämpfte.

Endlich war Agatha an der Reihe und spähte in den gemütlichen

Unterstand hinein, der mit Feldbett und Tisch, einer Petroleumlampe und einem Regal aus Korbgeflecht ausgestattet war, in dem drei Lyrikbände standen. Außerdem hatte man zwei, drei Gedichte an die Wand gepinnt, die wie Nachtfalter flatterten. Der Eingang des Schützengrabens ließ sich mit einer herabhängenden Decke schließen, die jetzt mit einem langen Band aus geflochtenem Stroh hochgebunden war. Inmitten der Sandsackwand steckte ein kleines Fenster mit Rahmen und Sprossen aus entrindeten Erlenästen, vor das jemand eine Steingutvase mit Weizenhalmen und Mohnblumen gestellt hatte. Weiter hinten saß in einer schmalen Nische auf einer schlichten Bank aus Weidengeflecht ein Offizierskamerad von Daniel, rauchte eine große Pfeife und aquarellierte auf einem Malblock, den er in der Hand hielt.

»Hier unten ist es wie in einem süßen kleinen Cottage«, rief eines der Mädchen.

»Ja, wie in einem Cottage für zwei«, sagte ein anderes, und sie verschwanden kichernd.

»Ich weiß nicht, was wir uns dabei gedacht haben, die jungen Mädchen wie Hausierer zum Fähnchenverkauf auszuschicken«, sagte Agatha. »Herausgekommen sind an Aufdringlichkeit nicht zu überbietende Bestien.«

»Sehr gut gebaut, Second Lieutenant«, sagte John zu Daniel.

»Der Graben oder die Mädchen?«, fragte Daniel.

»Daniel!«, rief Agatha.

»Tante Agatha, ich möchte dir meinen Freund Worthington vorstellen. Er stammt aus Norfolk und ist Maler. Letztes Jahr wurde eines seiner Werke in der Kunstakademie ausgestellt.«

»Ein wunderschönes Bild«, sagte Agatha, während sie die Seelandschaft betrachtete, die er rasch und selbstbewusst auf das dicke Papier gepinselt hatte.

»Das Aquarellieren ist eigentlich gar nicht meine Sache, Madam.« Der Offizier erhob sich von der Bank und salutierte etwas linkisch, da er beide Hände voll hatte. »Aber wir wollten hier unten ein wenig künstlerische Atmosphäre schaffen, und Ölfarben sind sehr geruchsintensiv in kleinen Räumen.«

»Das Ganze ist sehr gut gelungen. Lässt sich der Graben sauber halten, wenn darin erst einmal gekämpft wird?«

»Wir haben einen selbst gebundenen Handbesen aus Stroh«, erklärte Daniel. »Allerdings wird der Boden ziemlich schmutzig werden bei zwölf Mann auf so engem Raum.«

»Ach, es wird abwechselnd geschlafen?«

»Der Unterstand ist nur für den befehlshabenden Offizier und vielleicht noch für die Funker gedacht«, antwortete Worthington. »Alle anderen schlafen erst wieder, wenn sie hinter die Front zurückgekehrt sind.«

»Genau deswegen brauchen wir Gedichte, Gesang und Bilder, die wir mit Lehm an die Wände schmieren«, sagte Daniel. »Das stärkt den Kampfgeist.«

»Dann könnte die Vase etwas zu viel des Guten sein«, meinte Agatha. »Ich weiß nicht, ob Blumensträuße den Kampfgeist stärken.«

»Sehr richtig, aber wir stehen in Konkurrenz zu Colonel Wheatons Männern und wollten ein bisschen angeben. Deren Unterstand ist nämlich einfach nur ein großer Graben«, sagte Daniel.

»Dafür schenken sie Bier aus«, warf Worthington ein. »Das ist zwar gegen die Vorschrift, lockt aber mehr Besucher an.«

Agatha nahm ein stetig lauter werdendes mechanisches Geräusch wahr, von dem das draußen herrschende Stimmengewirr nach und nach übertönt wurde, und fragte: »Was um alles in der Welt ist das?«

»Das ist meine große Überraschung für dich, liebste Tante Agatha«, antwortete Daniel und drückte ihr einen dicken Kuss auf die Wange. »Eine große Überraschung für dein Fest, die man ganz allein dir zuschreiben wird.«

»Klingt wie eine defekte Dampfmaschine. Was hast du nur wieder angestellt, Daniel!«

»Sieh selbst.« Daniel packte sie an der Hand und zog sie mit sich. Agatha blickte dem Ganzen ängstlich entgegen, empfand zugleich jedoch ein absurdes Glücksgefühl. Daniel hatte schon als kleiner Junge nicht mehr umarmt oder liebkost werden wollen; dass er auch nur ihre Hand ergriff, war für sie bereits Überraschung genug.

Sie verließen den Graben und stiegen mit den herbeiströmenden Menschen den Deich hinauf, bis sie den offenen Weg erreichten, der sich zwischen dem Marschland vor der Stadt und dem Fluss hinzog. Hugh und zwei seiner Männer winkten ihnen zu und bahnten sich einen Weg durch die Menge. Knatternd und brummend näherte sich von Westen der Motorenlärm, und plötzlich sah man vier Doppeldecker, verstrebt wie Kastendrachen, jeder mit einem vorn angebrachten bauchigen Motor, der an einen Fliegenkopf erinnerte. Hintereinander flogen sie über die Marsch auf die Leute zu.

»Wie ist das nur möglich?«, fragte Agatha.

»Das ist Craigmore mit seinem Trupp auf dem Weg nach Folkestone«, sagte Daniel und gab ihr noch einen Kuss auf die Wange. »Ich habe ihn gebeten, tief über dein Fest hinwegzufliegen.«

»Ich kann es nicht glauben. Sie sind wunderschön.«

»Was machen sie in Folkestone?«, fragte Hugh, beschattete die Augen und sah zu, wie die kleinen Flieger im Näherkommen halbe Rollen vollführten. Auf den Weiden stoben die Schafe auseinander.

»Sie schiffen sich nach Frankreich ein. Craigmore hat mir geschrieben, er wolle sich zuvor unbedingt verabschieden«, antwortete Daniel.

»Das ist allerdings eine Überraschung. Ich freue mich für dich«, sagte Hugh.

»Bettina Fothergill wird vor Neid platzen«, rief Agatha. »Kommt, wir winken!« John Kent hatte die Hand an die Augen gelegt und beobachtete alles mit größter Aufmerksamkeit, während Agatha, Daniel, Hugh und die anderen Zuschauer ebenso ausgelassen klatschten und johlten wie die Kinder in der Menge. Taschentücher wurden geschwenkt, man winkte mit Fächern und Hüten und duckte sich atemlos, als die Flugzeuge dicht über die Köpfe hinwegsausten. Die Kapelle ließ einen fröhlichen Marsch ertönen, während die Piloten ihre Maschinen hochzogen, die Kirchturmspitze überflogen, wendeten und über dem Fluss erneut hinabstießen wie ein Schwarm Gänse. Dann ging es wieder hinauf und noch einmal über das Publikum. Nachdem die Flieger mehrere Schleifen absolviert hatten, stimmte die Kapelle übergangslos zum fünfzehnten Mal »Land of Hope and Glory« an, und die Doppeldecker flogen über der Marsch davon. Da löste sich der letzte Pilot von den kaum mehr sichtbaren anderen und bot sein ganz persönliches Finale dar, einen langen, langsamen Vorbeiflug parallel zu Fluss und Festgemeinde, so tief und nah, dass alle es sahen, als der Mann Kappe und Brille in die Stirn schob und begeistert winkte. Es war der junge Craigmore, mit breitem Grinsen und wehendem blondem Haar. Agatha sah ihn so deutlich, als stünde er am anderen Flussufer.

»Craigmore!«, brüllte Daniel heftig gestikulierend. »Hier bin ich, hier!« Craigmore winkte noch einmal und salutierte kurz, doch Agatha bezweifelte, dass er mit dem Wind in den Augen einen einzelnen Menschen erkannt haben konnte.

»Ein dreifaches Hoch auf das Royal Flying Corps!«, schrie John, und die Menge brach in gellende Hurra-Rufe aus, während Craigmores Maschine davonflog, um die anderen einzuholen. Daniel blickte ihm nach, bis sich die Rauchfahne am blauen Himmel aufgelöst hatte. Sie warteten noch mit ihm, als die Menge bereits auseinanderging, um sich anderen Festvergnügungen zuzuwenden.

»Wie hast du es nur fertiggebracht, das Geheimnis für dich zu behalten?«, fragte Agatha, als Daniel endlich den Kopf senkte und sich zu ihr umdrehte. Seine Glückseligkeit ausnutzend, küsste sie ihn auf beide Wangen und drückte noch einmal seine Hand. »Das war grandios, mein Liebling.«

»Craigmore ist schon auf dem Weg an die Front?«, fragte John. »Das tut mir leid.«

»Er wollte es unbedingt.« Daniel wirkte wehmütig. »Ich hätte gern mit ihm darüber gesprochen, aber er bat mich um ein letztes Treffen vor seiner Abreise, und ich darf unsere zerbrechliche Versöhnung nicht gefährden, indem ich ihn zum Bleiben dränge. Diese Auseinandersetzung muss nun erst einmal sein Vater gewinnen.«

»Deine Tante und ich sind stolz auf dich.« John legte ihm die Hand auf die Schulter. »Du beweist allmählich eine gewisse innere Reife, mein Junge.«

»Der verlorene Jugendfreund wird, hoffe ich, zum besonnenen Altersgefährten«, sagte Daniel. »Ich sollte ein Gedicht über das Thema schreiben.«

»Klingt mehr nach einem Kreuzstichkissen als nach einem Gedicht«, bemerkte Hugh.

»Sagt der Greis meiner Jugend, der Mann der uralten Weisheiten und sauertöpfischen Mienen.«

»Ich für meinen Teil möchte jetzt Karussell fahren«, verkündete Agatha. »Aber zuvor müssen wir unbedingt bei Bettina vorbeischauen, damit sie mir zu meinem grandiosen Triumph gratulieren kann.«

21

Als Hugh Schlag sieben an Mrs Turbers Haustür klopfte, fühlte er sich angespannter als erwartet. Eine Nachbarin zu einem Ball zu begleiten war zwar kaum etwas Furchterregendes, doch Cousin Daniel, der neben ihm stand, hatte ihn aus seiner unbändig guten Laune heraus auf dem ganzen Weg hinunter in die Stadt und hinauf zu Mrs Turbers Haus in einem fort geneckt.

»Du hättest ein Hansom Cab bestellen müssen«, flüsterte er Hugh ins Ohr. »Es ist äußerst ungalant, eine Dame zu Fuß gehen zu lassen.«

»Der Ball findet fünfhundert Meter von hier im Gasthof statt«, erwiderte Hugh. »Die Kutschen werden sich noch stauen, wenn wir längst beim Essen sitzen.«

»Ich sage nur, dass es knauserig wirken könnte.«

»Du bekommst Prügel, wenn du dich nicht benimmst. Ich erweise der armen Miss Nash nur einen Gefallen. Ihr ist bereits der ganze Nachmittag entgangen – da können wir sie wenigstens zum Ball begleiten.«

»Seit wann sollen sich späte Mädchen vergnügen? Ich dachte, die wären nur da, um sich nützlich zu machen.«

Die Tür wurde geöffnet. Das Dienstmädchen Abigail grinste die beiden Männer ungeniert an und sagte: »Wissen Sie eigentlich, dass wir alles, was hier gesprochen wird, durchs offene Fenster hören können?«

»Irgendwann schäme ich mich deinetwegen noch zu Tode, Daniel«, fauchte Hugh und folgte seinem Cousin ins Haus.

In der straßenseitigen Wohnstube stand Beatrice in einem weißen Seidenkleid vor dem Kamin. Hugh hielt es für das Kleid, das sie bei der Parade getragen hatte; allerdings fehlte der griechische Faltenwurf, der Ausschnitt war tiefer, die Taille stärker betont. Ihr dunkles Haar hatte sie hochgesteckt und mit einer rosa Dahlienblüte geschmückt, und an einem dunkelroten Samtband um ihren Hals hing als einziger Schmuck eine alte Kamee. Hugh fand sie schön, obwohl sie das Gesicht in gespielter Strenge verzog.

»Sie sehen wundervoll aus, Miss Nash«, sagte Daniel. »Die Hohepriesterin des Tempels!«

»Ein Synonym für ›spätes Mädchen‹, ja?«, gab Beatrice zurück, während sie sich die Handschuhe überstreifte.

»Bitte entschuldigen Sie meinen Cousin«, sagte Hugh. »Er wollte unbedingt mitkommen, obwohl er offensichtlich nicht bei Sinnen ist.« Er hätte gern ein eigenes Kompliment angefügt, befürchtete jedoch, Daniel könnte sich darüber lustig machen.

»Ich bin ganz aus dem Häuschen, Miss Nash«, sagte Daniel. »Mein lieber Freund Craigmore kommt zum Ball, und wir tanzen alle bis zum Morgengrauen.«

»Das freut mich für Sie. Hoffentlich bringen die jungen Damen von Rye ihre robustesten Tanzschuhe mit.«

»Wie geht es Celeste?«, fragte Hugh.

»Sie hat ein Ei gegessen und lauwarmen Tee getrunken. Ein wenig fiebrig ist sie noch, aber sie liegt ruhig in ihrem Bett. Abigail bleibt bei ihr.«

»Nun denn, auf zum fröhlichen Maskenspiel!«, rief Daniel. »Mir ist so schwindlig, als flösse der Champagner schon in Strömen!«

Hugh öffnete die kleine Haustür, reichte Beatrice die Hand und führte sie auf die Straße hinaus. Daniel folgte ihnen. Hugh betrachtete den sanft gebogenen Hals, roch den Duft der Blüte in ihrem Haar und spürte ihren schlanken Körper, als sie an ihm vorbeiging. Ihr Haar schien wie geschaffen, um gelöst zu werden, und die einzelne Schleife am Rückenteil des dicht mit Bändern durchsetzten

Kleids weckte den verwirrenden Wunsch, daran zu ziehen. Tief atmete er die Abendluft ein und rief sich in Erinnerung, dass er bereits einer anderen Frau versprochen war und sein Leben in Rye sehr kompliziert werden würde, wenn er in seiner Freundschaft mit Beatrice zu weit ginge. Mit einer steifen Verbeugung bot er ihr den Arm.

»Miss Nash?«

»Mr Grange.«

Sie hakte sich bei ihm ein. Auf dem ganzen Weg zum Gasthof trieb ihm der Druck ihrer Hand auf seinem Ärmel die Röte ins Gesicht, und er wagte es nicht, Beatrice anzusehen.

Der Gasthof erstrahlte im Glanz der Lichter und war üppig mit scharf riechenden Dahlien und Chrysanthemen dekoriert. Ein solches gesellschaftliches Ereignis hatte Beatrice seit ihrer Rückkehr nach England nicht mehr erlebt und völlig vergessen, wie schön bereits die Vorfreude darauf sein konnte. Das Orchester spielte auf der kleinen Bühne im Ballsaal, während in drei angrenzenden Salons gespeist und geplaudert wurde. Die Stimmung war heiter, überall wurde gelacht. Gleich hinter dem Eingang winkte Alice Finch die Neuankömmlinge in eine blumengeschmückte Laube, postierte sie rings um einen moosbewachsenen Baumstamm, um den ein Tuch aus Samt drapiert war, hielt das Blitzlicht in die Höhe und fotografierte.

Die Kronleuchter im Ballsaal waren erst seit Kurzem elektrifiziert.

»O Gott, bei diesem hellen Licht sieht man den Frauen ihr Alter an«, bemerkte Daniel.

»Sie sind ein fürchterlicher Mensch«, sagte Beatrice.

»Nehmen Sie sich in Acht! Schulmädchen dürfen sich um diese Uhrzeit gar nicht mehr in der Öffentlichkeit aufhalten.« Beatrice lachte und gab ihm einen Klaps mit ihrer Tanzkarte.

»Darf ich Sie um einen Tanz bitten?«, fragte Hugh. Beatrice wollte ihn aufziehen, weil er dabei so ernst dreinsah. Doch dann beschloss sie, lieber zu tanzen, und reichte ihm das kleine Heft mit dem silbernen Stift.

»Mir müssen Sie auch ein paar Tänze geben!«, rief Daniel. »Mit Ihnen tanzt es sich viel besser als mit einem heiratsfähigen Mädchen, das von der Mutter dazu angetrieben wird.«

»Daniel!«, sagte Hugh.

»Miss Nash weiß, dass ich sie nur necke, wie ich eine Schwester necken würde. Sieh nicht so giftig drein, Hugh!« Hugh bemerkte, dass er die Stirn stark runzelte, während er zu entscheiden versuchte, ob er sich für den Walzer oder die darauf folgende Mazurka eintragen sollte, die sich mit weit weniger sichtbarem Einsatz absolvieren ließ.

»Ich gebe Ihnen einen von den Kontertänzen, Mr Bookham, werde Ihnen aber mit Sicherheit ein Bein stellen!«, erklärte Beatrice seelenruhig. Dass sie es seinem Cousin so prompt heimzahlte, brachte Hugh zum Lachen. Er beschloss, ihrer Forschheit nachzueifern, und trug sich für den Walzer ein.

Agatha Kent tanzte Walzer mit ihrem Mann. Zwar schmerzten ihre Füße nach dem langen Tag, doch sie vertraute sich Johns schützenden Armen an und ließ sich den Ball nicht verleiden. Der Tag war erfolgreich verlaufen, die eingetriebenen Spenden übertrafen alle Erwartungen, und nicht einmal das kleine Fiasko mit den Deutschen hatte das Fest dauerhaft beeinträchtigt.

»Bist du glücklich, meine Liebe?«, fragte John, während er sie souverän und schwungvoll an zwei schwerfällig in einer Ecke dahinwalzenden Paaren vorbeiführte. »Du wirkst ziemlich besorgt, wenn man bedenkt, wie triumphal der Tag für dich war.«

»Ja, ich bin glücklich«, erwiderte sie und schenkte ihm das Lächeln, das er sehen wollte. »Ich tanze mit dir, unsere Neffen sind da, und ich werde den ganzen Abend keinen einzigen Gedanken an irgendwelche Komitees oder gar an den Krieg verschwenden.«

»Hugh scheint den Tanz mit Miss Nash sehr zu genießen«, sagte John. Agatha, die immer einen festen Punkt fixieren musste, damit ihr beim Drehen nicht schwindlig wurde, riskierte einen Blick auf Hugh und kam ins Stolpern.

»Du willst mich nur provozieren«, erwiderte sie und versuchte mit einem Wechselschritt zu John aufzuschließen. »Du weißt genau, dass er mit Lucy Ramsey so gut wie verlobt ist.«

»Nun, sie ist aber nicht da, und er sieht nicht so aus, als würde er sich nach ihr verzehren. Und Miss Nash ist eine ausgesprochen intelligente Frau.«

»Durch die Verbindung von Geldmangel und Intelligenz verhindert sie selbst, dass sie unter die Haube kommt. Ich mag Beatrice sehr, aber sie würde Hughs Zukunftsperspektive nicht eben verbessern, und er ist viel zu vernünftig, um sich wegen einer mittellosen Lehrerin eine chirurgische Praxis entgehen zu lassen.«

»Meine Eltern haben mir immer zu einer Geldheirat geraten. Und wofür habe ich mich entschieden? Für die Liebe einer starken Frau!«

»Und hast dir damit eine Menge Ärger eingehandelt«, sagte Agatha.

Mit Hughs Hand an ihrer Taille konnte sich Beatrice kaum auf die Schritte konzentrieren. Hugh schwieg, aber hin und wieder arbeitete es in seinem Gesicht, als wollte er etwas sagen. Nach dem Tanz führte er sie zu einem freien Stuhl am Tisch seiner Tante und bot ihr an, Limonade zu holen.

»Ja, ich hätte jetzt gern eine Limonade«, erwiderte Beatrice heiter. »Aber unsere Freundschaft erlaubt es hoffentlich, Ihnen zu sagen, dass Sie sich nicht verpflichtet fühlen müssen, in meiner Nähe zu bleiben, anstatt sich unter die Leute zu mischen.«

»Ich versuche das nicht als Abfuhr zu verstehen und hole jetzt die Limonade.«

Vergnügt betrachtete Beatrice die auf dem überfüllten Parkett dahinwirbelnden Paare und bestaunte die ungewohnt aufgeputzten

Bürger von Rye, als sie plötzlich zwei Damen hinter einem großen Farn miteinander flüstern hörte.

»Ich behaupte nicht, dass es sich wirklich so verhält.« Das war die Stimme von Mrs Turber. »Aber haben Sie gesehen, wie sie in Ohnmacht fiel? Irgendetwas stimmt da nicht.«

»Nein, das ist wirklich nicht normal«, erwiderte die andere Frau. »Aber sie sind natürlich alle sehr aufgewühlt.«

Mehr wollte sich Beatrice nicht anhören. Wortlos stand sie auf und eilte mit hochroten Wangen in den Salon, in den Hugh verschwunden war. Fast nur Männer standen dort an der Bar oder holten Getränke, um sie in andere Räume zu bringen. Sie wandte sich eben wieder zum Gehen, als sie eine weitere bekannte Stimme vernahm, diesmal die von Mr Poot. »Es ist selbstredend streng vertraulich, aber so viel kann ich sagen: Was manche dieser jungen Mädchen durchlitten haben, ist einfach grauenvoll.«

»Wenn meine Schwester oder meine Tochter so etwas erlebt hätte, wäre mir ihr Tod lieber«, gestand Mr Poots Gesprächspartner.

»Manche flehen geradezu darum«, fuhr Poot fort. »Ich sage dann immer, dass es nun einmal so zugeht im Krieg und sie es tapfer ertragen müssen.« Mit diesen Worten entfernte er sich, und Beatrice ging langsam zur Tanzfläche zurück. Als sie sich umblickte, glaubte sie überall flüsternde Menschen zu sehen, die die Köpfe zusammensteckten und den Blick durch den Raum schweifen ließen.

»Sie müssen lächeln!«, sagte Eleanor Wheaton, die plötzlich neben ihr stand. »Wenn man glücklich aussieht, bringt sie das zur Weißglut.«

»Wen?«, fragte Beatrice.

»Die Klatschmäuler. Sehen Sie sich die Leute an – ständig tuscheln sie.« Eleanors Miene verdüsterte sich. Sie griff an das kleine diamantbesetzte Goldmedaillon, das sie um den Hals trug.

»Sprechen die Leute über Sie?«, fragte Beatrice.

»Ja, es geht oft um mich, die deutsche Baronin. Und natürlich um Amberleigh de Witte …«

»Ich habe Amberleigh und Mr Frith gar nicht gesehen.«

»Man hat ihnen keine Eintrittskarten verkauft. Viel zu verrucht für die vornehme Welt von Rye.«

»Es ist doch nur ein Wohltätigkeitsball«, wandte Beatrice ein.

»Und natürlich wird auch über Alice Finch getratscht – weil sie aus London kommt und erkennbar sonderlich ist. Die Leute reden selbst in dem Augenblick über sie, in dem Alice sie fotografiert, um das eingenommene Geld hinterher zu spenden.« Eleanor winkte mehreren Menschen zu und reagierte mit sichtlicher Freude, als andere sich zu ihr umdrehten und sie anstarrten.

»Das ist fürchterlich«, sagte Beatrice.

»Der, über den sie wirklich lästern sollten – mein Bruder, der mehr Kritik verdient, als er erfährt –, ist ein hübscher junger Mann und wird selbstverständlich nicht allzu hart angefasst.«

»Was hören Sie sonst noch?«

»Es ist völlig sinnlos, danach zu fragen. Tratsch kann einem nur etwas anhaben, wenn man ihn sich zu Herzen nimmt. Machen Sie es wie ich – lassen Sie ihn an sich abperlen, wie eine Ente das Wasser an sich abperlen lässt.«

»Was haben Sie gehört, Eleanor?«, fragte Beatrice noch einmal.

»Die eine oder andere Bemerkung über Celestes kleinen Ohnmachtsanfall«, antwortete Eleanor widerwillig. »Darüber hinaus kursiert das Gerücht, Sie hätten es auf beide Neffen von Agatha Kent und obendrein auf den von Bettina Fothergill abgesehen.«

»Auf Mr Poot? Sind die verrückt?«

»Vollkommen verrückt, das sage ich doch. Vielleicht weil das Leben hier so öde ist. Man muss es schlicht ignorieren. Ah, sehr gut, da kommt Hugh mit dem Champagner!« Hugh trug zwei Limonadebecher in den Händen.

»Meine Damen, hier die von Eleanor angeforderte Limonade!« Beatrice trank einen großen Schluck und stellte fest, dass es tatsächlich Champagner war.

»Ich habe Hugh abgefangen«, erklärte Eleanor. »Kein Mann von

Verstand kann erwarten, dass eine Dame diese grauenhafte, zuckersüße Limonade trinkt.«

»Du hast einen schlechten Einfluss auf mich, Eleanor«, sagte Hugh.

»Und du, mein lieber Hugh, hast ein wenig schlechten Einfluss bitter nötig. Ich kann nur hoffen, dass Miss Nash dafür sorgen wird!« Sie winkte beiden zu und verschwand Champagner trinkend und Wangen küssend in der dichten Menschenmenge. Hinter ihr steckten die Leute sofort wieder tuschelnd die Köpfe zusammen.

»Sie lebt in ihrer eigenen Welt«, sagte Hugh. »Aber sie ist ein nettes Mädchen.«

»Wir haben uns gerade über Tratsch unterhalten.«

»Wir wollen jetzt nicht reden. Wir wollen unseren Champagner trinken, und danach wird mir hoffentlich die Ehre des gesamten nächsten Durchgangs zuteil!« Es mochte am Champagner liegen, dass Beatrice wie eine Debütantin errötete, während sie ihre Tanzkarte hervorholte. Hugh hatte gerade den kleinen silbernen Stift ergriffen, als ihnen jemand von der anderen Seite des Raums her etwas zurief und eine behandschuhte Hand mit einer Tanzkarte und einem Fächer aus weißen Straußenfedern winkte.

»Überraschung!« Ein höchstens neunzehnjähriges Mädchen, prächtig herausgeputzt mit einem türkisen Ballkleid und silbernen Schuhen, strahlte Hugh an und schien fest davon überzeugt, ihm sei eine freudige Überraschung geglückt.

Hugh geriet sichtlich aus der Fassung. »Miss Nash, darf ich Sie bekannt machen mit Miss Lucy Ramsey, der Tochter von Sir Alex Ramsey, meinem Chirurgen?«

»Guten Abend«, sagte Beatrice, doch das Mädchen war damit beschäftigt, Hughs Arm zu umklammern und zu ihm aufzublicken.

»Ist das nicht eine wundervolle Überraschung, Hugh?«, fragte die junge Frau. »Ich wusste gar nicht, dass das Wochenendhaus der Hartleys so nah bei Rye liegt. Wir waren in Bexhill. Meine Freundin Jemima Hartley und ich haben den ganzen Tag auf der Promenade Anstecknadeln verkauft, und wir mussten sage und schreibe drei unverfrorenen Burschen die weiße Feder geben, weil sie uns Anträge machten, obwohl sie keine Uniform trugen!«

»Du liebe Zeit.« Hugh musterte ihren Fächer, als suchte er ihn nach Löchern ab. »Sie haben doch hoffentlich nicht vor, auch hier welche zu verteilen …«

»Keine Sorge, das sind Straußenfedern, die sind viel zu kostbar. Nun, jedenfalls habe ich dann einen Handzettel mit der Ankündigung des Fests entdeckt und darauf bestanden, heute Abend hierher zu Ihnen zu fahren.«

»Ich bin etwas überrumpelt«, gestand Hugh. »Aber natürlich auch erfreut. Ich muss Sie meiner Tante und meinem Onkel vorstellen.«

»Schade nur, dass wir nicht schon früher kommen konnten«, sagte Lucy. »Sie haben sich doch hoffentlich nicht bereits bei jeder Landpomeranze eingetragen?«

»Mr Grange ist vollkommen frei von allen Verpflichtungen«, sagte Beatrice und lächelte so breit, wie sie konnte, ohne sich die gleichzeitig in ihr aufsteigende Enttäuschung anmerken zu lassen. »Ich wünsche Ihnen beiden einen vergnüglichen Abend, Miss Ramsey.«

Im Weggehen hörte sie Lucy Ramsey sagen: »Sie wollten in meiner Abwesenheit nicht tanzen? Wie romantisch!«

Um das Gefühl des Missmuts abzuwehren, das ihr nicht zustand, strich Beatrice Hughs Namen auf der Karte durch und tanzte lächelnd mit anderen. Als Mr Dimbly sie zur Quadrille führte, ertappte sie sich allerdings dabei, dass sie nach Hugh Ausschau hielt, und nachdem Mr Kent sie um die Polka gebeten hatte, fragte sie den ganzen Tanz hindurch, wie Hugh und Daniel als kleine Jungen gewesen seien, merkte sich aber nur die Erzählungen über Hugh. Es fiel ihr schwer, Konversation zu machen, während sie bei jedem Blick über die Schulter Hugh und Lucy sah, die schwungvoll eine ganze Abfolge von Kontertänzen absolvierten. Das Mädchen war hübsch und kokett und hatte ein glockenhelles Lachen, das selbst die laute Orchestermusik und das dröhnende Stimmengewirr übertönte. Beatrice hätte ihr mangelnde geistige Tiefe anlasten können, sagte sich aber nicht ohne Gehässigkeit, dass offenbar selbst gebildete Männer wie Hugh solche Frauen nun einmal bevorzugten.

Sie verlor sich so sehr in diesen Gedanken, dass ihr keine passende Entschuldigung einfiel, als Mr Poot erschien und um einen schottischen Reel bat. So blieb ihr nichts übrig, als, beide Hände in seinem schwitzigen Griff, mit ihm durch den Saal zu hüpfen.

»Das Tanzen ist eine so wundervolle Ertüchtigung, finden Sie nicht auch?«, sagte er. »Exzesse wie den Tango würde ich zwar niemals gutheißen, aber im Großen und Ganzen bietet es für Männer und Frauen doch einen erfreulichen Vorwand, sich Hand in Hand lebhaft zu bewegen.«

»Mit Ihren Worten klingt es bereits reichlich exzessiv«, erwiderte Beatrice. »Nur gut, dass wir alle Handschuhe tragen.«

»Ihre Zunge ist spitz wie ein Pfeil, Miss Nash«, bemerkte Mr Poot, während sie die anderen lachenden Tänzer unter ihren zum Bogen erhobenen Armen hindurchlaufen ließen. »Mein Herz fühlt sich bereits davon getroffen.«

»Dann sollten Sie sich besser setzen, Mr Poot«, erwiderte Beatrice, bevor sie sich trennten, um an den Außenseiten der Gasse zurückzuhüpfen.

»Ja, retirieren wir uns einen Moment«, sagte er, als sie sich wieder an den Händen fassten, und zog sie rasch an einer Topfpalme vorbei und hinter einen schweren Vorhang, der einen kleinen Erker verschloss. Dass dieser sich über dem stinkenden Stallhof befand und dass Beatrice ihm nicht nur hastig ihre Hand entzog, sondern auch Richtung Ballsaal zurückwich, schien für Mr Poot kein Hindernis darzustellen.

»Ich muss Sie um ein kurzes Gespräch ersuchen«, erklärte er. »Wollen Sie sich nicht setzen?« Er deutete auf einen kleinen schmiedeeisernen Stuhl am Fenster. Beatrice betrachtete das Möbel argwöhnisch.

»Danke, Mr Poot. Aber wirklich nur kurz. Ich habe Mr Kent den nächsten Walzer versprochen.«

»Soweit ich sehe, folgt jetzt eine Einlage mit Geigenmusik«, sagte er, hinter den Vorhang spähend. »Wir sind völlig ungestört.«

»Könnte ich vielleicht einen Becher Limonade bekommen?«, fragte sie in der Hoffnung, ihn wegschicken und fliehen zu können.

»Ich bringe Ihnen gerne eine Limonade oder was auch immer Ihr Herz begehrt, aber erlauben Sie mir erst zu sagen, was ich nicht länger verschweigen kann.« Er fiel auf ein Knie und legte die Hand an sein Herz.

»Um Himmels willen – lassen Sie das bleiben, Mr Poot!«, rief Beatrice entsetzt. »Ich flehe Sie an!«

»Ich bin es, der Sie anflehen muss, Miss Nash. Ich war darauf vorbereitet, mit größter Sachlichkeit für den Zusammenschluss zweier Menschen zum beiderseitigen Vorteil zu plädieren, doch Ihre Schönheit am heutigen Tag – sowohl in der Rolle als das ehrwürdige England wie auch hier auf dem Ball als anmutige Tänzerin – hat mich vollkommen entflammt.«

»Das ist unmöglich, Mr Poot.« Beatrice versuchte aufzustehen, um sich höflich zu entfernen, doch im selben Moment ergriff er mit beiden Händen ihre Hand, und sie ließ sich in den Stuhl zurückfallen. »Ich bin nicht auf einen Antrag aus«, fügte sie hinzu.

»Ich weiß, dass es unerwartet kommt, da Sie Ihre Träume von der Ehe schon vor Langem aufgegeben haben, um ein einsames, lediges Leben zu führen. Aber Sie haben nun einmal meine Aufmerksamkeit geweckt und mein Herz erobert, Miss Nash. Ich bitte Sie, die Meine zu werden und unsere Vermögen zu vereinen.«

»Wessen Vermögen genau?«, fragte sie nicht ohne scharfen Unterton, während sie um Fassung rang.

»Ihr Treuhandvermögen, dessen genauen Umfang ich noch nicht kenne, vermag selbstredend nicht mehr, als unsere gemeinsame Sache erfreulich zu befördern. Meine Unabhängigkeit als Gentleman aber erlaubt mir die Ausübung einer juristischen Tätigkeit, wodurch

Ihnen das angenehme Leben und der – ich darf wohl sagen – beneidenswerte gesellschaftliche Status einer Anwaltsgattin ermöglicht wird …« – er richtete den Blick sinnend zur Decke – »… um irgendwann vielleicht die Frau eines Richters, womöglich eines Bürgermeisters zu sein wie meine Tante …«

»Wie Ihre Tante zu sein – das klingt wirklich verlockend!«

»Nur ein liebevoller Scherz, den Sie da machen, ich weiß. Aber bedenken Sie, dass Sie durch die Heirat mit mir von Ihren Treuhändern befreit werden!«

»Damit Sie dann über meine Mitgift bestimmen.«

»Habe ich mich nicht längst als Ihr Freund und Fürsprecher erwiesen? Habe ich Ihnen etwa nicht das Kleid da genehmigt und Ihnen zwei Pfund aus eigener Tasche ausbezahlt?«

»Sie haben den Vorschuss aus eigenen Mitteln bestritten?«, fragte sie entsetzt. Mr Poot machte eine wegwerfende Handbewegung.

»Ich betrachte ihn nicht als Verbindlichkeit. Ihre Treuhänder haben mir die Auslage zwar noch nicht vergütet, aber ich wollte nicht, dass Sie davon erfahren, das versichere ich Ihnen. Es war mir ein Vergnügen, die Obligation dicht am Herzen zu tragen.« Einige Sekunden lang versuchten beide die Tragweite seines Vorgehens zu ermessen. In Beatrice stieg eine Wut hoch, die sie seit dem Tod ihres Vaters nicht mehr empfunden hatte. Ein so starkes Gefühl drohte Tränen hervorzubringen; sie aber war entschlossen, Mr Poot diese Genugtuung zu verweigern. Mit einem Ruck entzog sie ihm die Hand und erhob sich vom Stuhl, ohne darauf zu achten, wie dicht der junge Mann vor ihr kniete, sodass Mr Poot zurückweichen musste, damit ihre Röcke nicht sein Gesicht in sich begruben.

»Ich lehne Ihr Angebot ab und möchte nicht, dass Sie es jemals wiederholen«, sagte sie und ließ ihn durch ihren barschen Ton etwas von ihrer Wut spüren. »Bitte machen Sie den Weg frei!«

»Sie haben keinen Anlass, so grob zu sein«, erwiderte er, sich mühsam hochrappelnd. Die Enttäuschung verzerrte sein Gesicht zu einer hässlichen Fratze. »Ein seriöseres Angebot als meines werden Sie im Leben nicht erhalten. Vielleicht können Sie mir wenigstens erklären, warum eine Frau wie Sie so schnell mit einer Abfuhr bei der Hand ist!«

»Mr Poot –« Sie wollte ihm darlegen, warum sie ihm keineswegs eine Erklärung schuldete, doch in diesem Moment ertönte im Ballsaal eine Mazurka. Beatrice bekam kurz Lucy Ramsey zu sehen, die neben Hugh hersprang, sich unter seinem Arm drehte und mit dem Straußenfächer einen weiten Kreis beschrieb, und die zurückliegende Enttäuschung wie die gegenwärtige Wut verrauschten in einem langen Seufzer. Wie dumm, dachte sie, sich über Dinge zu ärgern, die entweder unmöglich oder schlicht absurd waren. Als sie sich zu Mr Poot umwandte, lag ein resigniertes Lächeln auf ihren Lippen. »Ich erkläre es Ihnen«, fuhr sie fort, zeichnete etwas auf den Rand ihrer Tanzkarte, riss das Stück ab und gab es ihm. »Und zwar indem ich es Miss Lucy Ramsey gleichtue, Sir Alex Ramseys Tochter. Das Verfahren ist derzeit sehr in Mode.«

»Was ist das?« Er starrte auf das hingekritzelte Bild.

»Verzeihen Sie meine mangelnden Zeichenkünste«, antwortete sie, den Blick demonstrativ auf der Suche nach Bekannten in den Ballsaal gerichtet. »Das ist meine klägliche Wiedergabe einer Feder. Bitte glauben Sie mir, dass ich Sie niemals der Feigheit bezichtigen würde, Sir, doch soweit ich unterrichtet bin, ist die weiße Feder die einzig angemessene Antwort für einen Bewerber ohne Uniform. Wenn Sie mich nun entschuldigen würden – ich glaube, Miss Devon sucht mich.«

»Wie schön, einfach dazusitzen und den jungen Leuten beim Tanzen zuzusehen«, sagte Miss Devon, als Beatrice neben ihr Platz nahm. Die Schwestern Porter, die ihr Strickzeug mitgebracht hatten, nickten zustimmend. »Ich selbst bin zwar zu alt und empfehle mich angesichts der vielen jungen Damen nicht mehr dafür, aber es macht Freude, ein solches Vergnügen mitzuverfolgen und obendrein ein kleines Abendessen zu bekommen, nicht wahr?« Da sie selbst erst kurz zuvor einen Mann abgewiesen hatte und von einem anderen abgewiesen worden war, wusste Beatrice nichts zu erwidern. Plötzlich sah sie sich irgendwann in der Zukunft mit schäbigen Federn auf dem Kopf an der Wand sitzen und im Rhythmus der Musik nicken, während die anderen tanzten, und sie wurde blass. An einer Ehe hatte sie längst kein Interesse mehr; was aber das Leben einer unverheirateten Frau in letzter Konsequenz bedeutete, war ihr vielleicht nie wirklich klar gewesen.

Als ein zusätzlicher Walzer angekündigt wurde und Lucy am Arm eines Captains mit buschigem Schnurrbart auf die Tanzfläche schritt, hielt Beatrice den Blick gesenkt und hoffte jeder Behelligung durch einen Mann zu entgehen, indem sie für die Schwestern Porter ein Wollknäuel wickelte. Doch plötzlich erschienen Hughs Schuhe auf den glänzenden Dielen, und als sie aufsah, bot er ihr lächelnd die Hand.

Es war ein Genuss, durch den Raum zu wirbeln und zu spüren, wie das Kleid gleich einer Glocke um die Beine schwang. Sie wandte Hugh das Gesicht zu, und bald lachten sie gemeinsam über ihre kurze, witzige Wiedergabe von Mr Poots Antrag.

»Daniel wird darauf bestehen, dass wir ihn zum Duell fordern«, sagte Hugh. »Aber ich werde Harry Wheaton bitten, den Schuft stattdessen zu verprügeln. Er wird sich nicht lange zieren.«

»Nein, zu niemandem ein Wort davon! Ich möchte den Mann nicht demütigen – ich dachte nur, ich würde sterben, wenn ich es nicht irgendwem erzähle.«

»Warum nur belasten mich immer alle mit ihren Geheimnissen? Dass mich jeder für verlässlich hält, kommt einer nicht gerechtfertigten Verunglimpfung meines Charakters gleich.«

Das Parkett konnte die zahlreichen tanzenden Paare kaum fassen. Nach und nach wurden Beatrice und Hugh auf einen stillen Säulengang hinausgedrängt. Als sie bemerkten, dass sie plötzlich ganz allein tanzten, schien es geboten, den Rest des Walzers auf einem kleinen Sofa in einem blumengeschmückten Alkoven zu verbringen. Hatte sich Beatrice zuvor in dem Erker von Mr Poot bedrängt gefühlt, so empfand sie es jetzt als schön, schweigend neben Hugh zu sitzen und Trost in ihrer gegenseitigen Freundschaft zu finden. Mehr konnte es nicht sein; dennoch war da etwas zwischen ihnen, und ihr wurde leicht schwindelig.

»Sie sind ein sehr mutiger Mensch«, sagte Hugh. »Einen eigenen Hausstand zu gründen, eine Tätigkeit aufzunehmen und vom Ertrag der eigenen Arbeit zu leben – ich bewundere Ihre Beharrlichkeit, insbesondere angesichts von Hindernissen, wie Mr Poot eines darstellt.«

»Ich mache nur, was sein muss, um mich selbst zu ernähren. Um andere Belange habe ich mich nie sehr gekümmert.«

»Sie haben ein Mädchen in Not aufgenommen.«

»Celestes Schönheit und Jugend haben meine Beliebtheit enorm gesteigert«, entgegnete Beatrice lachend. »Viele Damen würden sie für ihr Leben gern von mir übernehmen.«

»Da Sie kein Lob annehmen wollen, werde ich Sie künftig nur noch insgeheim bewundern.«

Die Welt erschien sehr fern, als sie so saßen. Umso größer war Beatrices Verwirrung, als jemand – sie wusste nicht, wer – Hughs Namen rief und plötzlich Agatha neben ihr stand und ihre Hand ergriff. Dann waren sie seltsamerweise nicht mehr in dem Säulengang, sondern im Vorraum des Gasthofs, und ein junger Mann in der Uniform des Royal Flying Corps redete auf Daniel ein, und Daniel sank auf die Knie, und Hugh packte ihn und stützte ihn mit beiden Armen. Erst Daniels gequälter Aufschrei riss sie aus ihrer Verträumtheit.

»Wir haben Sie und Ihre Kameraden doch erst vor wenigen Stunden gesehen«, sagte John Kent. »Wie ist es passiert?«

»Bei der Landung war es sehr windig, Sir, starke Böen von See her. Er hat beim Anflug einen Baum gestreift, ist ins Trudeln geraten und abgestürzt.«

»Hat er gelitten?«

»Er ist beim Aufprall gestorben, Sir. Das Flugzeug ist explodiert wie eine Bombe. Wir sind alle tief erschüttert.« Der junge Offizier wischte sich über die Augen. John wies einen Kellner an, Brandy zu bringen.

Daniel wiegte sich in Hughs Armen und wimmerte wie ein tödlich verwundetes Tier. Hugh sprach leise auf ihn ein, doch sein Cousin sackte nur immer tiefer, als wollte er sein Gesicht ganz dicht an den Boden bringen und dem rauen Teppich von seinem Leid flüstern. Hugh warf seinem Onkel einen Blick zu, woraufhin John Kent und der junge Offizier ihm halfen, Daniel auf eine Bank zu heben. Der Brandy wurde gebracht, und sie flößten Daniel etwas davon ein. Auch der Offizier ließ sich ein Glas geben, plumpste auf einen Stuhl und blieb, die Kappe auf den Knien, schweigend sitzen.

»Gut, dass Sie gekommen sind«, sagte John. »Sie wären sicherlich lieber bei Ihren Männern geblieben.«

»Er hatte sich so auf den Abend gefreut. Wollte vor der Abreise morgen noch einmal seinen Freund sehen.«

»Fahren Sie morgen dennoch nach Frankreich?«

»Jawohl, Sir, sobald es hell wird.« Er sah zu Daniel hinüber, der den Kopf nicht von den Knien heben konnte. »Ich muss jetzt gehen, Sir. Darf den letzten Zug nicht verpassen.«

»Selbstverständlich.« John warf einen Blick in die Runde und winkte Harry Wheaton zu sich, der mit Eleanor am Eingang zum Ballsaal stand. Von den wogenden Köpfen der Menschen ringsum wurde Beatrice übel. »Wheaton, seien Sie so gut und begleiten Sie Craigmores Freund zum Bahnhof.«

»Jawohl, Sir.« In Wheatons ernstem Gesicht war keine Spur mehr von dem üblichen lakonischen Grinsen zu sehen. »Es ist mir eine Ehre.«

Eleanor kam auf John zu und sagte: »Draußen steht unser Auto. Möchten Sie Daniel nach Hause fahren, Mr Kent?« John nahm das Angebot an. Als er sich nach seiner Frau umsah, wurde Beatrice bewusst, dass Agatha noch immer ihre Hand festhielt. Ein hilfsbereiter Angestellter des Gasthofs eilte mit Agathas Stola herbei, und Eleanor führte Agatha zum Wagen. John und Hugh folgten ihnen. Den taumelnden, gänzlich verstummten Daniel hatten sie in die Mitte genommen.

Als Beatrice ihnen bis zur Eingangstür nachging, spürte sie plötzlich jemanden neben sich. Es war die Tochter des Chirurgen.

»Ein solches Ereignis erinnert daran, wie zerbrechlich das Leben in diesen Zeiten ist«, sagte Lucy Ramsey seufzend. »Kannten Sie ihn?«

»Ja. Er war der Sohn von Lord North und ein enger Freund von Hughs Cousin.«

»Jeder Tag ist so kostbar. Der arme Hugh. Ich hätte ihn nicht vertrösten dürfen, das weiß ich jetzt.«

»Wie bitte?«

»Es war mir recht, unsere Verbindung geheim zu halten, aber nun soll er die Verlobungsanzeige besser sofort aufgeben.« Sie strich sich eine blonde Strähne hinters Ohr und lächelte nur mit den Lippen. »Wie kindisch von mir, die äußere Form der Hochzeit in den Vordergrund zu stellen, anstatt darüber nachzudenken, wie wichtig diese Hochzeit einem Mann sein muss, der bald an die Front geht. Auch wir Frauen müssen unsere Pflicht erfüllen.« Sie ließ den Blick wandern und winkte jemandem im Ballsaal zu.

»Ich hoffe, Sie werden sehr glücklich«, sagte Beatrice, doch sie verspürte Bitterkeit und konnte nur mühsam verhindern, dass ihre Stimme zu zittern begann. Sie schob es auf den Schock nach Craigmores Tod, aber der Schmerz, den sie empfand, war eher egoistischer Natur.

»Dass wir glücklich werden, haben wir schon immer gewusst«, erwiderte Lucy. Sie blickte Beatrice mit kalten Augen an. Bevor sie ging, murmelte sie: »Es hat mich gefreut, Sie kennenzulernen.«

Im heißen, festlich gestimmten Ballsaal spielte das Orchester weiter. Die Schatten tanzender Paare huschten über die Fenster und Wände der gegenüberliegenden Häuser und über die Pfützen, die ein Regenschauer auf der Straße hinterlassen hatte. Mit dem Wein und dem Champagner strömte auch der Tratsch ohne Unterlass. Doch als Beatrice aus dem warmen Gasthof auf die kalte Straße hinaustrat, war die Nacht für sie bereits ein verblasster Traum.

Hugh stand neben dem Automobil und sprach mit seinem Onkel. Beatrice flüchtete sich hastig in den Schatten vor dem Eingang, denn sie wusste nicht, wie sie ihm jetzt begegnen sollte. Während sie die Szene beobachtete, lief plötzlich eine dunkle Gestalt auf Hugh zu und zupfte ihn am Ärmel.

»Mr Grange, Sie müssen kommen!« Es war Abigails Stimme. Beatrice verließ ihr Versteck, und das Dienstmädchen wandte ihr sein verhärmtes Gesicht zu. »Miss Beatrice und Sie müssen kommen – Miss Celeste stirbt, und ich weiß nicht, was ich tun soll.« Hugh zögerte, sah erst Beatrice an, dann das Automobil. Da packte ihn sein Onkel am Arm.

»Keine Sorge, ich kümmere mich um die beiden. Du gehst jetzt zu deiner Patientin!«

*

Beatrice konnte sich kaum bei Bewusstsein halten. Sie musste sich dazu zwingen, langsam zu atmen, aufrecht zu sitzen, eine Hilfe zu sein. Vom schnellen Laufen durch die dunklen Straßen tat ihr die Lunge weh; obendrein hatte sie Seitenstechen und musste die Hand an die Rippen pressen. Doch der eigentliche Grund für die drohende Ohnmacht war der Anblick von Celeste, die sich in Schmerzen wand, und der Anblick ihrer blutverschmierten Laken. Celeste hatte sie kaum bemerkt, als sie den kleinen Raum betraten; unablässig hatte sie die letzten Gebete gemurmelt und *le bon Dieu* angefleht, er möge sie zu sich nehmen.

»Es wird immer schlimmer«, sagte Abigail schluchzend. »Sie stirbt.«

»Hol frische Handtücher, saubere Lumpen, alles, was du finden kannst«, befahl Hugh. »Und eine Schüssel mit heißem Wasser!«

»Wir sind da, Celeste«, sagte Beatrice. Sie kniete sich neben das Bett, ergriff Celestes kleine weiße Hand und bemühte sich, nicht vor dem Schweißgeruch und den blutigen Laken zurückzuschrecken.

»Lass mich allein«, sagte Celeste. »Gott straft mich.« Sie wimmerte und zog vor Schmerz die Knie an den Bauch.

»Ich glaube nicht, dass Sie sterben werden«, sagte Hugh, der das Gesicht leicht von ihr abgewandt hielt. »Es ist zwar nicht mein Fachgebiet, aber ich muss Sie untersuchen.«

»Nein, nein!« Celeste wich zurück und umklammerte Beatrices Hand. »Er soll gehen und mich sterben lassen.«

»Das ist Hugh – ein guter Mensch und der einzige Arzt, den wir im Augenblick haben. Du musst dir von ihm helfen lassen.«

»Nein, ich sterbe wegen der Schande. Bitte, bitte – sag ihm, er soll gehen.«

»Was machen wir?« Beatrice sah Hugh an, den es ziemlich zu erleichtern schien, dass Celeste ihn wegschickte. Abigail kam mit Leintüchern und einem Krug heißem Wasser die Treppe herauf. Hugh schwieg. Er dachte nach.

»Meine Tante kann ich nicht rufen.« Plötzlich hellte sich seine Miene auf. »Hör zu, Abigail! Mrs Stokes war heute den ganzen Tag unten beim Fest und hat den Leuten wahrgesagt. Ist sie noch dort?«

»Ich weiß nicht.« Abigail machte mit ihrer finsteren Miene deutlich, dass sie weder bereit war, zu ihrer Urgroßmutter zu stehen, noch die Verantwortung für deren Verbleib zu übernehmen.

»Wir brauchen sie«, sagte Hugh. »Dr. Lawton wendet sich gelegentlich an sie, wenn er Hilfe benötigt bei … bei manchen Frauen.«

»Schon möglich, dass sie noch da ist.«

»Dann lauf und hol sie, so schnell du kannst! Sie weiß bestimmt, was hier zu tun ist.«

Hugh, der vom Bett so weit entfernt stand, wie es nur ging, hatte Beatrice angewiesen, Celeste in ein sauberes altes Leintuch zu wickeln und ihr mit Seife und warmem Wasser zumindest den Schweiß von der Stirn zu wischen. Als sie Celestes verfilztes Haar zurückstrich, schien die Berührung das Mädchen zu beruhigen. Es begann regelmäßiger zu atmen, obwohl der Schmerz das Gesicht auch weiterhin immer wieder verzerrte.

»Was ist nur mit ihr?«, flüsterte Beatrice und nahm den Krug, um in der Küche frisches Wasser zu holen.

»Ich möchte keine Mutmaßungen anstellen, ehe Mrs Stokes hier ist«, antwortete Hugh. »Ein Irrtum macht es nur noch komplizierter.«

»Wir sollten ihren Vater holen.«

»Warten wir auf Mrs Stokes. Manchmal unternimmt man besser nichts, bis man Gewissheit hat.«

Nach endlos langer Zeit, in der Hugh mehrmals stirnrunzelnd den Puls der Patientin gemessen und Beatrice, Celestes Haar streichelnd, wegen des vom Blut aufsteigenden Eisengeruchs gegen die Ohnmacht angekämpft hatte, kam Mrs Stokes die Treppe herauf und brachte den Duft von Lagerfeuer und Haaröl mit sich. Sie trug ein schweres, über und über besticktes Kleid und eine Schärpe aus Samt, die mit mehreren Reihen Goldmünzen verziert war. Ihr von einem hellroten Kopftuch bedecktes Haar hatte sie zu einem Zopf geflochten und zu einem Dutt hochgesteckt. An ihren Armen klirrten Goldreife. Die legte sie ab, bevor sie an Celestes Bett trat, und verstaute sie in einer großen Schultertasche aus Segeltuch.

»Mrs Stokes ist jetzt da, sie wird dir helfen«, sagte Beatrice. Celeste öffnete die Augen und riss sie beim Anblick der alten Frau weit auf. »Du brauchst keine Angst zu haben.«

»Nein, vor mir musst du dich nicht fürchten«, sagte Mrs Stokes. »Hab sechs eigne Kinder zur Welt gebracht, und die anderen kann ich gar nicht zählen. Hab alles gesehen, was eine Frau nur haben kann, ob's die Gicht ist oder das, was Frauen von ihren Männern kriegen, wenn die sich auf weiß Gott wen einlassen und dann behaupten, sie bilden es sich nur ein.« Sie nahm einen sauberen Lumpen von dem Stapel, den Abigail gebracht hatte, und band ihn sich als Schürze um.

»Ich bin hier«, sagte Beatrice und strich Celeste übers Haar.

»Aber …«

»Das will sie nun gar nicht, dass Sie sehen, was sie plagt«, sagte Mrs Stokes. »Raus hier, damit ich tun kann, für was Sie mich bezahlen!«

»Wir warten unten, Mrs Stokes«, sagte Hugh. »Rufen Sie, wenn Sie mich brauchen.«

»Setzen Sie den Kessel auf. Wir werden alle viel Tee nötig haben.«

Zwanzig Minuten lang saßen Hugh und Beatrice schweigend auf dem Sofa in der Stube, lauschten dem Knarzen der Bodendielen, den Schritten, den halblauten Anweisungen von Mrs Stokes. Einmal schnitt Beatrice den Docht der Petroleumlampe glatt, und Hugh stand mehrmals auf und schürte das Feuer, bis die Funken stoben, oder suchte laut mit der Zange klappernd in der Schütte nach zusätzlichen Kohlen. Zweimal kam Abigail zum Wasserholen herunter; beim zweiten Mal hatte sie eine Handvoll getrockneter Pflanzen dabei und kochte einen übel riechenden Tee für die Patientin. Beatrice zitterte vor Angst um Celeste und bekam nach kurzer Zeit Kopfschmerzen. Eine gewisse Genugtuung empfand sie darüber, dass dieser Notfall Hugh und sie zusammengeführt hatte und sie gemeinsam im trüben Lampenlicht saßen. Doch noch während sie Trost aus seiner beruhigenden Nähe zog, beschlich sie das Gefühl, durch die Nachricht seiner bevorstehenden Verlobung etwas verloren zu haben. Erstaunt stellte sie fest, dass sie Eifersucht verspürte, weil Lucy Ramsey ihr Hugh wegnahm und seine Heirat die zwanglose Freundschaft verändern würde.

Endlich trottete Mrs Stokes mit schweren Schritten Stufe für Stufe die Treppe hinunter. Das Bündel zusammengeknoteter Laken, das sie mitgenommen hatte, legte sie vor der Tür ab.

»Ist schwer für meine alten Knochen, so spät noch bergauf zu gehen und Treppen zu steigen«, sagte sie. »Wenn Sie ein Stück Kuchen hätten oder ein Sandwich mit Fleisch ... Ich wäre dankbar für einen Bissen.«

»Wenn du dich bitte darum kümmern würdest, Abigail«, sagte Beatrice.

»Wie geht es unserer Patientin?«, fragte Hugh. »Ich bin gespannt auf Ihre Diagnose.«

»Die hat sie nicht gern gehört, das dürfen Sie glauben. Ist immer eine Überraschung für die jungen Mädchen, und dann gibt es jedes Mal großes Geschrei.«

»Würden Sie zwei mir bitte sagen, was mit ihr ist?«, sagte Beatrice. »Ich muss es ihrem Vater mitteilen.«

»*Er* ist der Arzt.« Mrs Stokes nickte Hugh zu. »Er weiß es.« Abigail kam mit einer dicken Scheibe Fleisch zwischen zwei dicken Brotscheiben. Mrs Stokes schnüffelte daran, wickelte das Sandwich in ein sauberes Taschentuch und steckte es in ihre Tasche.

»Heftige Krämpfe und starke Blutungen?« Hughs Gesicht war rot angelaufen. »Hat sie es verloren?«

»Nein, ich glaube nicht«, erwiderte die Alte. »Ich habe ihr etwas von meinem Tee aus Viburnumrinde eingeflößt. Sie muss jetzt eine Weile liegen, damit die Krämpfe nicht zurückkommen.« Mrs Stokes sprach so sachlich wie ein medizinischer Fachmann zum anderen. Hugh schwieg, doch sein Gesicht wurde noch röter. Mehrmals öffnete und schloss er den Mund. »Abigail weiß, was zu tun ist«, fügte sie hinzu, während ihr das Dienstmädchen eine Tasse Tee reichte.

»Ja, Urgroßmutter«, sagte Abigail.

»Sie bekommt ein Kind?« Beatrice ließ sich langsam auf dem Sofa nieder und rang nach Luft. »Das ist völlig unmöglich.«

»Ja, sie ist in anderen Umständen, Miss, sie ist schwanger, und zwar von einem Mann – außer der Erzengel Gabriel ist wieder auf der Erde erschienen«, sagte Mrs Stokes.

»Aber wie? Sie ist ein behütetes Mädchen.«

»Ich bin eine alte Frau.« Mrs Stokes seufzte. »Früher habe ich geglaubt, alle Mädchen gehen unwissend und rein ins Ehebett. Inzwischen weiß ich's besser. Tausend Geschichten tischen sie einem auf, und keine will gewusst haben, wie's passiert ist.«

»Ich halte sie für ein Opfer des Krieges. Sie ist nicht selbst schuld daran«, sagte Hugh.

»Eine Notzucht, meinen Sie?« Beatrice wurde übel. Sie schlug die Hände vors Gesicht. »Oh bitte, bitte, nur das nicht!«

»Wenn sie nicht irgendeinen Hirtenjungen seine Flöte in ihrer Wiese hat spielen lassen …« Mrs Stokes begann zu kichern. »Krieg ich das Geld von Ihnen, oder soll ich es von ihrem Vater verlangen?«

»Danke, dass Sie gekommen sind«, sagte Hugh mit ernstem Blick, wühlte in seinen Taschen nach Münzen und hielt sie Mrs Stokes auf der offenen Hand hin. »Bitte nehmen Sie davon, so viel Sie wollen. Dr. Lawton hat mir versichert, dass wir uns auf Ihre Verschwiegenheit verlassen können.«

Mrs Stokes betrachtete mit zusammengekniffenen Augen die Münzen und schob sie sich schließlich allesamt auf die Hand. »Wenn man sie dazu gezwungen hat, brauchen Sie nicht zu glauben, dass die Stadt sie für unschuldig hält.« Sie ergriff das Bündel Laken, und Abigail lief, um ihr die kleine Tür aufzuhalten. »Die Leintücher verbrenne ich kostenlos, damit das Unglück verschwindet.«

Vor der sich öffnenden Tür schrak Mrs Turber verblüfft zurück und stieß einen kurzen Schrei aus.

»Wer ist das?«, fragte Mrs Stokes und ließ ihre Armreife vor dem Gesicht der Zimmerwirtin klirren. »Wer kreischt da auf der Straße und riecht nach Schnaps?«

»Zigeuner!«, schrie Mrs Turber. »Zigeuner in meinem Haus, Zigeuner, die mich bestehlen? Hilfe! Hilfe!«

»Nicht so laut, Mrs Turber«, sagte Beatrice, während sie sich an Abigail vorbeizwängte. »Das ist nur Mrs Stokes. Sie hat uns geholfen. Miss Celeste ist sehr, sehr krank.«

»Sie bestiehlt mich! Ich kenne doch meine eigenen Laken!«, entgegnete Mrs Turber, deutete mit knochigem Finger auf das Bündel und griff danach.

»Die Laken muss man verbrennen, sonst herrscht das Unglück sieben Jahre lang im Haus«, erklärte Mrs Stokes. »Und wer einen Fremden hindert, Unglück abzuwenden, für den gibt's einen ganz besonderen Fluch.«

»Wie können Sie es wagen, eine Zigeunerin in mein Haus zu lassen, Miss Nash?«, fragte Mrs Turber. »Wahrscheinlich steckt mein halbes Silber in dem Bündel.«

»Ich garantiere Ihnen, dass es nicht so ist«, sagte Hugh, der nun hinter Beatrice vortrat und sich zwischen die beiden alten Frauen stellte. »Ich habe Mrs Stokes gebeten, Dr. Lawton zu vertreten, und verbürge mich für ihre Rechtschaffenheit. Sollte ich mich irren, ersetze ich Ihnen Ihr Silber aus eigener Tasche.«

»Eine schmutzige alte Zigeunerin? Die kann nur etwas Schändliches im Schilde führen.«

»Könnte es sein, dass Sie vor dem Fenster standen und alles gehört haben?«, fragte Beatrice, ihre Wut nur mühsam bezähmend. Mrs Turber versuchte ihre Verlegenheit mit Hilfe eines bösen Gesichts zu kaschieren.

»Turber?«, fragte Mrs Stokes mit listigem Blick. »Das ist doch nicht etwa die Witwe vom alten Captain Turber – der mit dem Schoner *Toreador*, mit dem er zweimal im Jahr den Sherry aus Spanien gebracht hat?«

»Sie besudeln den Namen meines Ehegatten, indem Sie ihn aussprechen! Muss sich eine arme Witwe mitten auf der Straße beleidigen lassen?«

»Entschuldigen Sie, Madam«, gab Mrs Stokes zurück. »Niemals im Leben würde ich die Witwe vom verstorbenen Captain Turber beleidigen. Nur Segenswünsche würde sie von mir zu hören kriegen!«

»Er war ein äußerst angesehener Mann!«, erklärte Mrs Turber, von den respektvollen Worten bereits ein wenig besänftigt.

»Mein hohes Alter – und Ihres wohl auch, Mrs Turber – verdankt sich gewissen Fässern, die plötzlich am Strand gelegen haben, ohne dass sie der Steuereintreiber zu Gesicht gekriegt hat«, sagte Mrs Stokes. »Er war ein guter Mann, der verstorbene Captain.«

»Ich weiß ganz und gar nicht, worauf Sie anspielen«, erwiderte Mrs Turber den Tränen nahe und schlug die Hand vor die Augen, als würde ihr schwindlig. Hugh stützte sie am Ellbogen.

»Es war sehr heiß im Ballsaal, und Sie sind erschöpft, Mrs Turber«, sagte er. »Darf ich Sie an Ihre Tür bringen?«

»Danke, Mr Grange. Ja, ich bin wirklich sehr müde.« Die lange Ballnacht forderte ihren Tribut. Mrs Turber schlief schon halb und konnte nur mehr nuscheln. Hugh führte sie die drei Stufen zu der etwas größeren Tür ihres Hausteils hinauf, und Abigail lief in den Durchgang, um sie zu öffnen.

»So, da wären Sie, Mrs Turber, heil und unversehrt«, sagte er.

»Wie schade um das engelsgleiche Wesen«, murmelte sie, während Abigail ihr ins Haus half. Dann hörte man sie laut zu dem Dienstmädchen sagen: »Der Captain ist nie weggefahren, ohne zu befehlen, dass ich auf die Pistole aufpasse, die er mir gegeben hat. Eine Kugel zu meiner Rettung, hat er gesagt, und bis heute liegt sie nachts unter dem Kissen.«

»Geben Sie ihr zweimal am Tag den Tee zu trinken. Wenn Sie mich noch einmal brauchen, finden Sie mich bei der Apfelernte«, sagte Mrs Stokes zu Hugh. Sie streckte Beatrice die Hand hin. Doch als Beatrice sie schütteln wollte, drehte die alte Frau ihr die Hand rasch um und betrachtete sie im Mondlicht. »Ich sehe Kinder in der Zukunft. Aber besser erst heiraten, bevor sie kommen, meine Kleine!« Auf ihrem ganzen Weg die Anhöhe hinunter hörte man sie lachen. Beatrice rieb sich den Handteller, als wollte sie einen Tintenfleck entfernen, und Hugh blickte so verlegen drein wie schon während des ganzen Abends.

»Sie erfindet das alles nur«, sagte er. »Sie versteht viel vom Heilen, aber rein gar nichts vom Wahrsagen.«

»Ich bin nicht abergläubisch«, versicherte ihm Beatrice, legte die Hände an die Seiten und sah ihn an.

»Ich muss nach Hause zu meinem Cousin und meiner armen Tante. Es tut mir leid, Sie hier zurücklassen zu müssen.«

»Ja, natürlich müssen Sie dorthin. Bitte lassen Sie mich wissen, wie es ihnen geht. Ich kümmere mich um Celeste.«

»Es ist ein großes Glück für Celeste, Sie zu haben.« Er ergriff ihre Hand mit beiden Händen. »Sie sind ein außergewöhnlicher Mensch, Beatrice.«

»Aber wie kann ich ihr helfen, Hugh?«, fragte sie, und beide wussten, dass sie nicht nur die akute Krise meinte. »Was soll nun werden?«

»Lassen wir einige Tage verstreichen, dann spreche ich mit meiner Tante darüber.«

Als er sich zum Gehen wandte, hielt Beatrice es nicht mehr aus. »Treffen Sie sich auf dem Weg nach Hause noch mit Miss Ramsey?«

»Miss Ramsey?« Hugh wirkte zunächst verwirrt, dann erschrak er. »Mein Gott, das habe ich völlig vergessen!«

22

Seit dem Ball hatte Beatrice nichts mehr von Hugh gehört, und kein Mitglied der Familie Kent erschien zum Sonntagsgottesdienst. Obwohl sie wusste, wie stark die Trauer einen Menschen beanspruchen konnte, fühlte sie sich sehr allein. Celeste war erst nach dem Mittagessen aufgewacht, blieb im Bett und starrte apathisch und mit leerem Blick aufs Fenster. Ein Gespräch über die Ereignisse des vorangegangenen Abends, die wie eine unsichtbare Wolke über dem Häuschen hingen, schien ganz und gar ausgeschlossen. Es war feige, den kleinen Alkoven über der Treppe zu meiden; dennoch bat sie Abigail, auf den freien Sonntagnachmittag zu verzichten und sich um Celeste zu kümmern. Sie selbst saß den ganzen Tag in ihrer Stube, las und hob bei jedem Geräusch vor dem Fenster den Blick.

Als sie früh am Montagmorgen beim Frühstück saß, klopfte es leise. Sie hoffte, Mrs Turber möge es nicht gehört haben, und eilte an die Tür.

»Ich kann nicht hereinkommen«, sagte Hugh. »Mein Cousin und ich fahren in Kürze mit dem Zug nach London. Er will zu Craigmores Familie.«

»Wie geht es ihm?«

»Er hat sich einen Tag lang ausgeruht und ist jetzt einigermaßen wohlauf.« Hugh errötete, als wüsste er ebenso gut wie sie, dass solche Floskeln nur ein eigentliches – schmerzliches – Gespräch verhinderten. »Und wie geht es Ihrer Patientin?«, fragte er übertrieben heiter.

»Sie liegt die ganze Zeit im Bett«, sagte Beatrice und fügte, um nicht von den Blutungen sprechen zu müssen, hinzu: »Ihre Symptome sind abgeklungen.«

»Man weiß nicht, was man ihr in ihrer Lage wünschen soll.« Hugh trat von einem Bein aufs andere und blickte die Anhöhe hinunter, als könnte er bereits den Dampf des einfahrenden Zugs sehen. »Ich habe einen ausführlichen Bericht für Dr. Lawson geschrieben. Und ich habe meine Tante eingeweiht. Sie bittet darum, brieflich über alles auf dem Laufenden gehalten zu werden.«

Das war eine Enttäuschung für Beatrice. Sie hatte sehr gehofft, Agatha Kent würde in ihrer ganzen Mütterlichkeit mit viel Fleischbrühe herbeieilen und ihr die schwere Pflicht erleichtern.

»Hoffentlich hatte Miss Ramsey keine allzu großen Unannehmlichkeiten aufgrund der Vorkommnisse«, sagte Beatrice, jeden verbitterten Unterton vermeidend.

»Sie war sehr besorgt. Von unserer Patientin habe ich natürlich nichts erzählt.«

»Ja, vor solch schlimmen Dingen muss man sie bewahren.«

»Mit Zartgefühl hat das nichts zu tun.« Hugh geriet ins Stottern. »Es ging darum, Celeste und Sie zu schützen. Miss Ramsey ist ein wundervolles, aber nicht allzu sehr mit Diskretion gesegnetes Mädchen.«

»Ich bitte um Verzeihung. Selbst in düsteren Zeiten wie diesen ließe es sich nicht entschuldigen, falls ich Miss Ramsey oder Sie verärgert haben sollte.«

»Ich wünschte, ich müsste nicht nach London fahren und Sie mit dieser Last allein lassen.« Er drückte ihre Hand. »Wenn ich nicht schnellstens zum Zug müsste, würde ich Ihnen ausführlicher darlegen, warum ich Sie so sehr bewundere, Miss Nash.«

»Wodurch Sie Ihrerseits Miss Ramsey kränken würden.« Sie lächelte, konnte ihn aber nur mit Mühe ansehen, ohne ihre Qualen zu verraten.

»Sie ist ein wundervolles Mädchen«, sagte er ein zweites Mal, und seine Stimme klang so fest, als hoffte er die Wahrheit durch die Wiederholung zu stärken. Vielleicht ließ Beatrice ihr Erstaunen erkennen, denn er errötete und schien etwas hinzufügen zu wollen. Doch da ertönte draußen auf der Marsch der Pfiff, mit dem der Zug seine Ankunft am Bahnübergang verkündete, und der Moment verstrich.

»Ich bin in Gedanken bei Daniel und Ihnen.« Sie war verwirrt und in Aufruhr und empfand enorme Genugtuung darüber, nicht auch Miss Ramsey erwähnt zu haben. Doch kaum war Hugh gegangen, bereute sie ihre Boshaftigkeit. Es war nicht recht, so zu sein, dachte sie und gelobte, in den nächsten Tagen nur noch an die Cousins und den schrecklichen Tod ihres Freundes zu denken.

Kurze Zeit später – sie dachte noch immer an Hugh Grange und versuchte nicht darüber zu spekulieren, was er gesagt hätte, wäre nicht der Zug mit seinem tyrannischen Fahrplan dazwischengekommen – herrschte bei ihrer Ankunft in der Schule reines Chaos. Mr Dimbly hatte sich zur Armee gemeldet. Ohne die Schule zu verständigen war er dem Ruf Colonel Wheatons gefolgt und hatte sich noch während des Fests einschreiben lassen. Nun war er in Uniform erschienen, um dem Direktor mitzuteilen, dass er an diesem Tag nicht unterrichten, sondern den nächsten Zug zu Colonel Wheatons Lager besteigen werde. Miss Clauvert hatte im Lehrerzimmer einen Weinkrampf erlitten, und während Miss Devon sie vergeblich zu beruhigen versuchte, indem sie ihre Schläfen mit Eau de Cologne betupfte, rannten die Schüler wie verrückt durch die Gänge und schrien in den Klassenzimmern. Um die Ordnung wiederherzustellen, brüllte der Direktor in alle Richtungen und stieß mit dem Rohrstock nach jedem Kind, das an der Lehrerzimmertür vorbeilief.

»Nur gut, dass Sie da sind, Miss Nash«, sagte er. »Bitte helfen Sie Mr Dobbins, die Schüler zusammenzurufen. In wenigen Minuten findet eine Versammlung zur Verabschiedung unseres gewesenen Kollegen statt. Eine völlig unnötige Störung des Schulbetriebs!« Er verschwand in Richtung Bibliothek, und Beatrice blickte von der aufgelösten Miss Clauvert zu dem betreten dreinblickenden Mr Dimbly und übernahm das Kommando.

»Mr Dimbly, da Sie noch anwesend sind, sollten wir die Kinder zusammenrufen, damit sie Ihnen richtig Lebewohl sagen können. Wenn Sie sich um Ihre eigene Klasse und die von Miss Devon kümmern, hole ich meine und die von Miss Clauvert.«

»Selbstverständlich, Miss Nash. Eine ausgezeichnete Idee«, erwiderte Mr Dimbly sichtlich erleichtert, seine unangenehme Ankündigung und Miss Clauverts Tränen hinter sich lassen zu können. Er hielt Beatrice die Tür auf, und als sie auf den Gang hinaustraten und einen Moment lang kein einziges schmuddeliges Schulkind zu sehen war, stellte er ihr eine Frage. »Sagen Sie, Miss Nash, wären Sie bereit, mir zu schreiben?«

»Ihnen schreiben, Mr Dimbly?«

»Ja, an die Front. Es wäre mir inmitten der Gefahr ein Trost, Briefe von Ihnen dicht am Herzen tragen zu können.« Er sah sie mit ernstem und offenbar bedeutungsvoll gemeintem Blick an. Seine Ohren waren hochrot, und seine Augen gerieten beinahe ins Schielen.

»Sie sollten sie vielleicht besser in der Kaserne aufbewahren, wo sie sicher sind und trocken bleiben«, antwortete sie. »Es dürfte ziemlich feucht und matschig werden.«

»Oder ich schlage sie in Wachstuch ein.« Er wirkte verwirrt. Das Gespräch verlief offensichtlich anders als von ihm erhofft. »Ich weiß nicht recht, was angeraten wäre.«

»Wenn Sie mir eine Adresse nennen, ist es mir eine Ehre, Ihnen hin und wieder ein paar Zeilen zu schreiben«, sagte Beatrice, der er allmählich leidtat. »Ich könnte Ihnen sicherlich die eine oder andere lustige Geschichte aus unserer kleinen Schule berichten, falls Sie so etwas mögen.«

»Ich danke Ihnen, Miss Nash.« Er ergriff ihre Hand und küsste sie. »Ein Soldat fühlt sich in seinem Entschluss bestärkt, wenn er weiß, dass in der Heimat jemand voller Liebe an ihn denkt.« Noch ehe sie Einwände gegen seine Wortwahl erheben konnte, verschwand er den Gang hinunter. Sie schüttelte den Kopf, wie um die Gedanken an ihn loszuwerden, und ging in ihr Klassenzimmer, um die Herde zusammenzutreiben.

Mr Dimbly wurde mit mehreren lautstark gesungenen Chorälen und einer kurzen Ansprache in den Krieg geschickt. In seiner Rede gelang es dem Direktor, sowohl dem Lehrkörper sein Missfallen zu vermitteln als auch die Schüler zu begeistertem Jubel zu bewegen. Erst als sich die Aufregung gelegt und Beatrice die schnatternden Kinder in der Klasse zum Schweigen gebracht hatte, bemerkte sie, dass noch jemand fehlte.

»Wo ist Snout – ich meine Master Sidley?«, fragte sie die Schüler der obersten Lateinklasse. Zunächst trat verlegenes Schweigen ein. Manche stupsten einander an. Dann erhob sich Jack, spürbar widerwillig.

»Er hat sich gemeldet«, sagte er. »Hat er uns erst im letzten Moment gesagt, Miss.«

»Gemeldet? Fünfzehnjährige können sich nicht melden.« Beatrice klammerte sich so fest an ihr Pult, dass die Knöchel weiß wurden, und versuchte mit fester Stimme zu sprechen.

»Sein Vater hat unterschrieben, dass er es erlaubt«, sagte Jack.

»Jacks Vater hat es nicht erlaubt – weil Jack sich um die Schafe kümmern muss, das ist wichtig für den Krieg!«, rief Arty. Die Schüler lachten und begannen wie Schafe zu blöken. Jack wurde rot.

»Ich hab's zumindest versucht. Andere sind viel zu feig, die probieren es nicht mal«, gab Jack höhnisch zurück.

»Ich soll ein Feigling sein?« Arty sprang von seinem Sitz auf. »Nur damit du's weißt: Ich bin bei den Pfadfindern und geh jede Nacht auf Streife, und du liegst sicher im Bett wie ein Mädchen.«

»Ich soll ein Mädchen sein?« Jack ballte die Fäuste.

»Setzt euch, sonst schlage ich eure Köpfe aneinander!«, rief Beatrice, eilte zu Artys Pult und baute sich vor ihm auf. »Ist das ein Spiel für dich, dieser Krieg?«

»Nein, Miss«, antwortete Arty mürrisch, während er sich wieder setzte.

»Glaubt ihr zwei – glaubt ihr alle, dass es patriotisch ist, wenn ihr andere schikaniert und ärgert, weil sie sich melden oder eben nicht?«

»Nein, Miss.« Die Antwort kam wie aus einem Mund.

»Ist das eure Art, Männer wie Mr Dimbly zu ehren, die demnächst an der Front sind?«

»Nein, Miss«, ertönte es, diesmal leiser und dumpfer. Eines der Mädchen, Jane, begann zu weinen.

»Wenn wir unsere Soldaten unterstützen wollen, müssen wir unsere Arbeit tun und uns gegenseitig helfen, so gut wir können. Hört endlich auf mit eurem kindischen Gehänsel und den albernen Spielchen!« Einige Kinder schnieften. Beatrice trat an eines der hohen Fenster und blickte in den sonnigen Tag hinaus, ohne etwas zu sehen.

»Tut mir leid, Miss«, sagte einer. Es war Arty.

»Mir auch, Miss«, beteuerte Jack. »Wir haben das nicht so gemeint, Arty und ich.«

»Hat sich Snout wirklich zur Armee gemeldet, Jack?«, fragte Beatrice leise.

»Ja, Miss. Auf ins große Abenteuer nach Frankreich und dreimal ordentlich essen am Tag, hat er gesagt.«

»Er war nie weiter weg als bis nach Hastings, Miss, genau wie die meisten von uns«, sagte Arty.

»Der Krieg ist ein schweres Handwerk – wer es ausführt, kann sterben. Hoffentlich merkt ihr es euch, wenn ich sage, dass Krieg nichts mit Abenteuergeschichten für Kinder zu tun hat.« Beatrice ging zur Tafel und schrieb mit quietschender Kreide den Tagesspruch darauf. *Nulla dies umquam memori vos eximet aevo.*

Doch heute erkannte sie nichts Glorreiches in dem berühmten Versprechen, das Vergil den toten Kriegern gegeben hatte – dass die Zeit sich ihrer ewig erinnern werde –, sondern sah nur die beiden jungen Trojaner vor sich, tollkühn und übermütig auf dem Weg in das Gemetzel. Eine Weile blieb sie vor der Tafel stehen und bemühte sich um eine gefasste Miene. Als sie sich im Klassenzimmer umblickte, waren alle Köpfe gesenkt, und keiner schniefte mehr. Die Aufregung des Tages hatte sich endlich gelegt.

»Wer möchte heute mit unserer Vergil-Übersetzung beginnen?«, fragte sie, so sanft sie konnte.

Nach dem Unterricht schlug sie den Weg zum westlichen Stadtrand ein, wo sich Handwerksbetriebe und Arbeiterhäuschen zum Flusskai hin drängten. Die Schmiede befand sich in einem niedrigen baufälligen Gebäude mit einer offen stehenden Stalltür. Drinnen wurde laut gehämmert, und es roch nach Pferden; hinter dem hell leuchtenden Feuer lag alles in tiefem Schatten. Das kleine Wohnhaus der Sidleys stand direkt daneben. Die niedrige Tür hatte man offensichtlich mit Hilfe von Farbresten braun lackiert, das einzige Fenster im schmalen Erdgeschoss war geputzt und mit einem fadenscheinigen Vorhang versehen. In einem Pflanzkasten kämpften ein paar Ringelblumen um ihr Überleben. Während Beatrice den Metallklopfer betätigte, fiel ihr auf, dass die Türstufe frisch gekalkt war.

»Wer ist da?«, fragte jemand mit matter Stimme und näherte sich hustend der Tür.

»Beatrice Nash von der Oberschule.« Erst nach einigen Sekunden wurde der Riegel sehr langsam, wie mit großem Kraftaufwand, zurückgeschoben. Die Tür ging einen Spalt auf, und eine Frau, Snouts Mutter, klammerte sich schwer atmend an die Zarge.

»Entschuldigung, aber ich atme so schwer in letzter Zeit. Kommen Sie herein.« Ohne die Antwort abzuwarten, ging sie ins Haus zurück, und Beatrice folgte ihr in die schmale Wohnstube. Das Häuschen war kleiner als ihr Cottage, nur ein Zimmer tief, an das sich eine enge Spülküche anschloss. In der Stube herrschte dämmriges Licht, und obwohl der Kamin neu gesetzt und schwarz angestrichen und der Flickenteppich auf den Bodendielen sauber war, roch es schwach nach Ruß. Es gab kein Sofa, nur einige Holzstühle an den Wänden und vor dem Kamin eine Chaiselongue aus Korbgeflecht, auf die sich Mrs Sidley sofort wieder legte.

»Ich wollte nach Ihrem Sohn fragen«, sagte Beatrice, während sie sich auf einem Stuhl niederließ. »In der Schule hieß es, er habe sich zur Armee gemeldet, aber dafür ist er doch noch viel zu jung.«

Eine Zeit lang herrschte Stille. Mrs Sidley starrte auf den noch nicht angezündeten Haufen Papier und Kohle, als wäre er ein großes Rätsel.

»Könnten Sie das vielleicht anzünden?«, fragte sie schließlich. »Abigail arbeitet, und wenn mein Mann am Beschlagen ist, vergisst er immer, mir ein Feuer zu machen.«

»Ja, natürlich.« Beatrice zog ein langes Streichholz aus einem Messingbecher auf dem Kaminsims, ging in die Knie und strich es am Schutzblech an.

»Sie vergessen mich nicht mit Absicht, aber ständig an einen kranken Menschen denken ist schwer. Ich will ihren Hoffnungen nicht im Weg stehen.« Sie hustete Blut in ein Spitzentaschentuch. Beatrice wandte den Blick ab, damit sie sich nicht beobachtet fühlte.

»Wo ist Ihr Sohn?«, fragte sie nach einer Weile.

»Ich will auch seinen Hoffnungen nicht im Weg stehen, aber es war schrecklich schwer, ihn ziehen zu lassen. Mir war, als müsste ich sterben, so weh hat mir mein Herz beim Abschied getan.«

»Ist er wirklich zur Armee gegangen?«

»Eine geschlagene Woche hat er seinen Vater angebettelt, dass er unterschreibt. Sonst würde er weglaufen und sich trotzdem melden, hat er gesagt.«

»Aber er muss in die Schule. Er ist ein sehr guter Schüler.«

»Er hat es selbst gehört, dass die Schule nichts mehr mit ihm anfangen kann, hat er gesagt.« Mrs Sidley blickte schläfrig in die züngelnden Flammen. »Dass er die Prüfung für das Lateinstipendium nicht machen darf, weil sie ihm immer noch die Familie von seinem Vater anlasten.« Matt lächelnd blickte sie zu Beatrice hinüber. »Als ich meinen Mann zum ersten Mal gesehen habe, war mir das gar nicht mehr wichtig. Dieser ganze Unsinn – ich hab in seinen Augen nur gesehen, dass er mich verehrt hat, und sonst nichts.«

»Nicht jeder kann ... Dazu ist über die schulischen Leistungen hinaus sehr viel mehr erforderlich«, sagte Beatrice, aber sie errötete dabei, und die Worte blieben ihr im Hals stecken. »Es gibt durchaus Menschen, die nicht wollen, dass Ihr Sohn seine Ausbildung abbricht.«

»Meine Kinder sind sehr praktisch. Abigail hat mir offen gesagt, dass sie, wenn ich tot bin, nicht zu Hause bleibt und ihrem Vater den Haushalt macht, ohne ein eigenes Leben und eigene Kinder.« Wieder führte Mrs Sidley das Taschentuch an den Mund und holte mühsam Luft. »Aber sie kommt trotzdem jeden Abend heim und fängt zu putzen an. Und nie beklagt sie sich. Sie tut es einfach, sie ist ein braves Mädchen.«

»Ich wohne bei Mrs Turber.«

»Ja, ich weiß, wer Sie sind. Mein Dickie hält große Stücke auf Sie, Miss Nash. Sie hätten sich ja gern mehr für ihn eingesetzt, aber mit Ihnen kann die Schule auch nicht viel anfangen, hat er gesagt, deshalb müssen Sie vorsichtig sein.«

»Ihre Kinder sind alte Seelen, Mrs Sidley.« Beatrice verging fast vor Scham, weil der Junge ihre Schwäche auch noch gerechtfertigt hatte.

»Sie haben altes Blut in sich«, sagte die Kranke. »In der Familie von meinem Vater waren alle seit Generationen Hufschmiede hier in der Gegend. Und die Familie von meinem Mann fährt seit über fünfhundert Jahren immer zur selben Zeit im Jahr durch diese Grafschaft.«

»Das ist erstaunlich.« Beatrice stellte beschämt fest, dass sie Maria Stokes' Volk immer für unbeständig gehalten hatte.

»Sie haben alles aufgeschrieben«, fuhr Mrs Sidley fort. »Aber wer nicht zur Familie gehört, dem wird nichts erzählt.« Nach einer kurzen Pause fügte sie hinzu: »Die Großmutter von meinem Mann, Mrs Stokes, hat eine Bibel, die ist einen Meter dick, da sind alle Aufzeichnungen eingetragen.«

»Ich kenne Mrs Stokes«, sagte Beatrice und setzte hastig hinzu: »Mrs Kent hat mich einmal zu ihr mitgenommen.«

»Ein guter Mensch, die Mrs Kent. Kommt oft vorbei und bringt mir Fleischbrühe.«

»Es erstaunt mich, dass Sie Ihren Sohn gehen lassen, obwohl Sie so krank sind. Wird er Ihnen nicht fehlen?« Snouts Mutter brach zwar nicht in Tränen aus, doch sie wurde noch bleicher und rang die trockenen, faltigen Hände, als würde sie weinen. »Ich wollte Sie nicht traurig machen, aber es ist so schade, dass er nicht mehr zur Schule geht.«

»Er ist noch viel zu klein für einen Soldaten«, murmelte Snouts Mutter.

»Aber er hat sich durchgesetzt!« Beatrice schrak zusammen. Aus der Spülküche kam der Hufschmied auf sie zu, ein Mann mit rußgeschwärztem Gesicht und Schultern, die vom lebenslangen Hämmern und Schleppen schwerer Eisenteile breit geworden waren. Er hatte seinen Arm um seinen Sohn gelegt. Snout lief rot an und drehte seine neue Soldatenmütze unablässig in der Hand hin und her. Die Uniform war ihm zu groß und mit dem Gürtel an ihm festgebunden, wie man ein Bündel Wäsche verschnürt. »Wer hat etwas dagegen, dass er geht?«, fragte Mr Sidley.

»Ich bin Beatrice Nash.« Beatrice erhob sich, um zu zeigen, dass sie keine Angst hatte. »Ich unterrichte Ihren Sohn in Latein.«

»Und im Sommer haben Sie ihm auch Stunden gegeben«, sagte Mr Sidley. Er sprach mit wesentlich stärkerem Sussex-Akzent als die meisten Stadtbewohner, was ihn als Mann vom Land auswies. Seine Augenfalten ähnelten denen von Mrs Stokes, und sein spitzes Kinn fand sich bei seinem Sohn wieder. »Er war auch sehr dankbar dafür, stimmt's, mein Sohn? Aber wie ich ihn kenne, hat er Ihnen das nie gesagt.«

»Er hat mir einmal ein Kaninchen geschenkt. Mrs Turber hat zwar geschrien, sich aber den Eintopf durchaus schmecken lassen.«

»Ach, das war gar nichts«, sagte Snout achselzuckend.

»Bist ein guter Junge«, sagte seine Mutter.

»Jedenfalls kennt er sich aus«, warf Mr Sidley ein. »Er hat mir erzählt, wie es in der Schule ist für ihn und dass es viel besser ist, wenn er was von Frankreich sieht und Soldatsein lernt.«

»Er ist klug«, sagte Beatrice, »er gehört in die Schule.«

»Ich arbeite, seit ich elf bin, genau wie mein Vater, und bin keinem Menschen verpflichtet«, erklärte Mr Sidley. »Deshalb hab ich ihm meinen Segen und mein Messer mit dem Beingriff und zwei Gold-Sovereigns gegeben, als er mich gefragt hat, und hab ihm gesagt, dass er den Dreckskerlen zeigen soll, dass die Sidleys ihr Vaterland genauso lieben wie jeder andere Engländer auch und sogar mehr als die meisten.« Er verpasste Snout einen Klaps auf den Rücken, der den Jungen fast umwarf. Snouts Mutter presste ihr zerknittertes Taschentuch an den Mund und wandte das Gesicht ab. »Viele Jungs in seinem Alter arbeiten und sind verheiratet und all so was«, fügte der Hufschmied hinzu.

»Ich dachte, du wärst ohne Erlaubnis davongelaufen, Snout«, sagte Beatrice. »Jetzt weiß ich, dass ich mich geirrt habe, und will dich und deine Eltern nicht weiter stören.«

»Bitte, Miss – ich bin dankbar für alles, was Sie für mich getan haben. Keiner hat mit mir gesprochen wie Sie, als wäre ich ein richtiger Mensch.«

»Willst du es dir nicht noch einmal überlegen? Wenn du zurückkämst, würde ich mich mehr für dich einsetzen, das verspreche ich.«

Snout straffte die Schultern. »Ich vergesse nie, was Sie für mich getan haben, aber jetzt freue ich mich – ich bin jetzt Soldat und kein Schuljunge mehr!«

Es schien alles gesagt zu sein. Beatrice griff in ihre Tasche und zog die Ausgabe der *Aeneis* hervor, die einst ihrem Vater gehört hatte.

»Eine kleine Tröstung auf deiner Irrfahrt«, sagte sie. Snout biss sich auf die Lippe, um keine Schwäche zu zeigen, doch als er das Buch entgegennahm, zitterte seine Stimme.

»*Audentis fortuna iuvat*, Miss.«

»Ja, möge dir das Glück helfen, Snout«, erwiderte Beatrice. »Ich bete darum.« Es war schwer, das berühmte Zitat eines todgeweihten Kriegers aus dem Mund dieses Jungen in der schlecht sitzenden Uniform eines Mannes hören zu müssen.

»Wir gehen jetzt zum Zug, Miss«, sagte der Schmied. »Er soll zum Abendessen im Lager sein.«

Während Snout im Arm des Vaters das Haus verließ, blieb Beatrice am Eingang stehen und stützte seine leise schluchzende Mutter.

»Wenn wir Nein gesagt hätten, wäre er trotzdem gegangen.« Mrs Sidley sackte gegen den Türpfosten, und Beatrice stützte sie. »Unser Herz ist sehr, sehr schwer, Miss, aber wenigstens bekommen seine arme Schwester und ich jetzt hin und wieder eine Postkarte.«

23

Der Tod von Lieutenant Lancelot Chalfont North, Viscount Craigmore, First Battalion, Royal Flying Corps, einzigem Sohn von Earl North, wurde feierlich in allen Zeitungen verkündet. Da es keinen Grund gab, seine adelige Familie aus dem steten Fluss aristokratischer Todesfälle herauszuheben, und sein Tod weder in einer großen Schlacht erfolgt noch eine Heldentat gewesen war, musste Hugh annehmen, dass es den Eltern mehr um die schneidige Fotografie in der Anzeige ging, die den winkenden Craigmore in Fliegeruniform mit weißem Schal in der Pilotenkanzel seines Übungsflugzeugs, einer Farman-Maschine, zeigte.

Der Trauergottesdienst in London sollte im engsten Kreis stattfinden, und unverzüglich setzte der Ansturm auf Einladungen ein. Das traurige Ereignis wurde zur gesellschaftlichen Begehrlichkeit. Als Gerüchte aufkamen, ein Mitglied der königlichen Familie habe sich angekündigt, begannen sich die Londoner Gastgeberinnen hitzige taktische Gefechte zu liefern. Colonel Wheaton und Lady Emily hatten eine Einladung erhalten, und Tante Agatha wusste von einem dreiseitigen Beileidsbrief zu berichten, in dem Mr Tillingham ein Loblied auf den jungen Mann sang, in dessen Gesellschaft er einen ganz wundervollen, zeit seines Lebens unvergesslichen Abend verbracht habe, woraufhin er prompt einen Umschlag mit Trauerrand in Empfang nehmen durfte.

Als Hugh Lucy zum Tee ausführte, fest mit der Notwendigkeit einer weiteren Entschuldigung für sein Verschwinden beim Ball in

Rye rechnend, lag ihr weit mehr daran, herauszufinden, ob er am Begräbnis von Daniels gutem Freund teilnehmen würde und sie ihm mit ihrer Anwesenheit beistehen könnte. Er versuchte die Antwort vage zu halten. Er wäre seinem Cousin auf dessen Bitte hin gern zur Seite gestanden, konnte Lucy jedoch unmöglich erzählen, dass Daniel keine Einladung erhalten hatte.

»Wenn wir dazu offiziell verlobt sein müssten …«, sagte sie mit züchtigem Blick, und Hugh erkannte, wie viel sie für eine Einladung zu geben bereit war.

»Ich glaube nicht, dass man mich einladen wird«, antwortete er knapp und entschuldigte sich – er müsse nach seinem trauernden Cousin sehen und daher vorzeitig aufbrechen.

Daniel hatte Urlaub erhalten und war nach London gekommen. Doch auf den Brief hin, in dem er flehentlich darum gebeten hatte, die Familie solle ihn rufen, damit er ihr – wobei auch immer – helfen könne, war weder im Haus seines Vaters, das er täglich aufsuchte, um die Post durchzusehen, noch in Hughs Unterkunft ein Antwortschreiben eingetroffen. Wenn er nicht in der Redaktion der *Poetry Review* arbeitete, die sich zu Ehren von Lord Norths jungem Sohn zur Veröffentlichung des Gedichts *David* bereit erklärt hatte, lag er stundenlang dumpf trauernd auf dem Klappbett in Hughs Ankleidezimmer und gab der Zimmerwirtin Anlass, viele Tränen für den »armen jungen Mann« und seinen toten Freund zu vergießen.

Als Hugh am Abend vor der Bestattung nach Hause kam, hatte er den ganzen Tag in der feldmedizinischen Ausbildung und beim Exerzieren verbracht. Daniel saß vor der Tür seiner Unterkunft und zählte die Tauben auf dem Dach gegenüber.

»Man hat mich ausgesperrt«, erwiderte er, nachdem Hugh ihn begrüßt hatte.

Hugh seufzte. Nach einem langen Arbeitstag brachte er kaum mehr Geduld für die Mimosenhaftigkeit seines Cousins auf. »Ist die Zimmerwirtin nicht zu Hause? Musst du wie ein Vagabund vor der Tür sitzen?«

»Ich bin zu Craigmores Eltern gegangen, und als ich zurückkam, war das Haus verschlossen.«

»Was haben sie gesagt?«, fragte Hugh, während er sich, sehr auf seine Uniform bedacht, an Daniel vorbeizwängte, indem er die Hose an den Knien hochzog und mit gespreizten Beinen von der unteren Stufe zur Tür hinaufstieg. Es sah nicht eben würdevoll aus, war aber, so hoffte er, eine Geste des Entgegenkommens.

»Der Diener hat mich nicht hineingelassen. Da bin ich vor dem Torhaus stehen geblieben und habe mich auch dann nicht vom Fleck gerührt, als sie mit dem Wachtmeister drohten. Schließlich hat mich Craigmores Schwester von einem Nebeneingang aus zu sich gewunken, trat auf die Straße und sprach mit mir.«

»Wenn ich mich recht erinnere, hast du sie einmal als ›armes, blasses Ding‹ bezeichnet.«

»Immerhin hatte sie den Mut, vor mich hinzutreten und mir mitzuteilen, dass man mich für Craigmores Tod verantwortlich macht.«

»Das ist lächerlich!«

»Sie waren mit dem Flying Corps einverstanden, um ihn meinem schlechten Einfluss zu entziehen. Er hatte sich beharrlich geweigert, in das alte Regiment seines Vaters einzutreten, der Verlockung des Fliegens aber nicht widerstehen können, und sein Vater bot ihm ein Offizierspatent, wenn er mich aufgäbe.«

»Das ist grotesk!«, rief Hugh, obwohl er tief im Inneren spürte, dass es die Wahrheit war. »Und selbst wenn – niemals könnte man dir die Schuld an seinem Tod geben!«

»Der Vater verliert seinen Sohn, die Mutter ist krank vor Kummer, und ich bin der Bock, den man opfert, damit er alle Sünden in die Wüste hinausträgt.«

»Und das Begräbnis?«

»Ich bin unerwünscht. Vierundzwanzig College-Freunde und Professoren werden seinem Sarg in Talar und Barett folgen, aber ich muss mich fernhalten.«

»Das ist grausam.«

»Sie bot mir eine Einlasskarte für einen Platz auf der Empore an. Die Sitze sind für frühere Lehrer und Bedienstete reserviert.« Daniel wirkte weniger gekränkt als erstaunt. »Sie hat es riskiert, den Zorn ihrer Eltern auf sich zu ziehen und ihrem Ruf zu schaden, und sich obendrein dafür entschuldigt, dass sie nicht mehr für mich tun kann.«

»Wenigstens kannst du jetzt dabei sein.«

»Ich habe selbstverständlich abgelehnt.«

»Warum? Du wärst zumindest in der Kirche.«

»Ein Begräbnis ist nichts weiter als Gepränge, rührselige Choräle und Damen, die ihre Hüte vergleichen, während sie sich durch die Gebete fächeln.« Zu Hughs Erleichterung stand er auf und rieb sich die Stirn, als wollte er sich zur Vernunft bringen. »Ich habe meine Grabrede in Form eines Gedichts verfasst. Ich werde mich im Regen auf die Straße stellen und meinen Freund ein letztes Mal an mir vorüberziehen sehen.«

»Wie willst du wissen, dass es regnet?«, fragte Hugh, nahm sich aber vor, in seiner Unterkunft zwei Schirme bereitzuhalten.

»So grausam ist Gott nicht, dass er uns an einem solchen Tag mit Sonnenschein verhöhnt«, gab Daniel zurück. »Die Trauer braucht einen düsteren Himmel.«

Daniels Wunsch erfüllte sich. Es war ein kühler, anhaltender Regen, der die Hutkrempen der Damen nach unten bog und die Wollmäntel durchnässte, sodass die Zuschauer auf der Straße und die Trauergemeinde in der kalten Steinkirche zu frösteln begannen. Am Straßenrand hatte sich eine große Menge versammelt und wartete auf den Leichenzug. Die einen waren gekommen, um dem Toten die letzte Ehre zu erweisen – alte, ordengeschmückte Soldaten und ein paar Veteranen aus dem Chelsea Royal Hospital in ihren scharlachroten Mänteln. Die meisten aber, von den illustrierten Blättern in überspannte Rührseligkeit versetzt, wollten die vorbeiziehenden Honoratioren ausmachen und bestaunen und die Kutschen mit dem Blick nach etwaigen Angehörigen der königlichen Familie absuchen.

Auch in den vorangegangenen Tagen hatte die Sensationspresse ihre Seiten mit zahlreichen Fotografien gefüllt: Craigmore als Kind, Craigmore im dunkelblauen Hemd der Mannschaft von Oxford mit einem Ruder über der Schulter, eine Ansicht des in Nebel gehüllten Familienanwesens. Ein erst kurz zuvor in Auftrag gegebenes Bild zeigte seine Schwester mit ihrem Verlobten in Trauerpose vor einem prächtigen Brunnen, sie in fließendem schwarzem Crêpe de Chine mit herabhängenden Hutfedern und einer Bibel in der Hand, er den Säbel an der Seite. Selbst die *Times* hatte den Ablauf der Bestattung am Morgen veröffentlicht und daneben einen Auszug aus einem Preisgedicht gebracht. Erst nach und nach erfasste Hugh zu seiner größten Verwunderung, dass es sich bei den Zeilen, die ihm seltsam vertraut erschienen, um einen Teil von Daniels »Ode an den *David* in Florenz« handelte, den man der *Poetry Review* entnommen hatte.

Hugh und Daniel postierten sich nahe der Kirche vor einem Hauseingang, wo sie den Leichenzug von einer hohen Stufe aus und ein wenig vor dem Regen geschützt sehen konnten. Daniel, dem keinerlei Freude über den Abdruck seines Gedichts in der *Times* anzumerken war und der seinen Cousin daran gehindert hatte, zusätzliche Exemplare zu kaufen, schlotterte trotz des hochgeschlagenen Kragens in seinem Wollmantel, aus dessen einer Tasche eine Ausgabe der *Poetry Review* hervorragte. Da er darauf bestanden hatte, ohne Hut zu erscheinen, klebten ihm bereits die nassen Haare im Gesicht. In Hughs Augen war die Barhäuptigkeit seines Cousins nichts weiter als dessen übliches Gehabe, diesmal mit der erhöhten Gefahr verbunden, sich eine Bronchitis oder Schlimmeres zu holen.

Dudelsacktöne und Trommelwirbel verkündeten das Herannahen des verglasten Leichenwagens. Die Hufe der vier vorgespannten Rappen steckten in Leinwandsäcken, die das Klappern dämpfen sollten. Die Köpfe der Tiere waren mit üppigen violetten Federbüschen geschmückt, ihre Augen durch große schwarze Scheuklappen vor der tristen Pflicht geschützt, die sie zu erfüllen hatten. Hinten standen zwei Bedienstete, und zu beiden Seiten wurde das Gefährt von je sechs Reitern eskortiert. Auf dem Deckel des Eichensargs mit den zahlreichen Bronzebeschlägen und schweren Bronzegriffen lagen die Fahne mit dem Familienwappen und eine Blütendecke aus roten Rosen.

Als der Sarg vorbeizog, packte Hugh seinen Cousin schweigend am Ellbogen. Erschauernd folgte Daniel dem Gefährt mit dem Blick und streckte, als es vorüberfuhr, die Hand danach aus. Dann schaute er ihm lange nach, als sähe er, wie der Wagen in die zur Kirche führende Straße einbog, sähe die lange Prozession der Geistlichen und Ministranten, das glänzende Messingkruzifix und die schwingenden Weihrauchfässer, sähe, wie Craigmores Sarg mit sanfter Endgültigkeit am Fuße des Altars abgesetzt wurde.

»Wir müssen ins Trockene«, sagte Hugh. Die letzte Kutsche war längst verschwunden, die Straße menschenleer.

»Einen Moment noch«, bat Daniel. Er ließ einen einsamen Omnibus passieren, trat auf die Fahrbahn und hob eine violette Straußenfeder auf, die eines der Pferde verloren hatte. Sie war zerfleddert und mit Schlamm bespritzt, doch er schüttelte sie kurz und schob sie zum Trocknen zwischen Hemd und Jacke. Dann überließ er Hugh seinen Arm, und gemeinsam gingen sie durch den Regen nach Hause.

24

Drei lange Tage vergingen, bis Agatha Kent unübersehbar und weithin hörbar mit diversen Speisen für die Kranke und einem Geschenk für Mrs Turber zur Teestunde im Cottage eintraf.

»Ich weiß, wie anstrengend es ist, einen Grippefall im Haus zu haben, Mrs Turber«, sagte sie noch auf der Türstufe, damit es den Nachbarn nicht entging, und überreichte der Zimmerwirtin eine große, mit einem Band verschlossene Schachtel, die feines Marzipankonfekt enthielt. »Das hat mein Mann eigens für Sie aus London geschickt.« Mrs Turber konnte nur wie ein Karpfen stumm den Mund öffnen, da es die Höflichkeit gebot, bei Annahme der Schachtel auch die dicke Lüge zu schlucken, mit der sie offeriert wurde.

»Dr. Lawton zufolge geht es ihr schon viel besser«, sagte Beatrice, als Agatha in die Stube rauschte. »Nachmittags schläft sie zwar meist, doch ich könnte sie wecken.«

»Lady Emily sagt, dass alle im Lazarett Celestes Klavierspiel vermissen, aber sie muss sich jetzt natürlich auf ihre Genesung konzentrieren«, verkündete Agatha, noch immer um Mrs Turbers vollständige Niederwerfung bemüht. »Bitte stören Sie die Patientin nicht um meinetwillen. Ich muss nur ein, zwei Dinge mit Miss Nash besprechen.«

Nachdem sie die Stubentür vor Mrs Turbers Nase geschlossen hatte, ging sie zum Fenster und zog sehr langsam ihre Autohandschuhe aus. Der breitkrempige Fahrerhut mit dem dichten Schleier landete auf der Fensterbank. Sie wirkte bedrückt.

»Ich habe schon daran gezweifelt, dass Sie noch kommen«, sagte Beatrice. »Entschuldigen Sie, aber die meisten Damen würden mit einer solchen Sache nichts zu tun haben wollen, und ich habe so gar nichts von Ihnen gehört …«

»Ich habe hoffentlich nie vorgegeben, in irgendeiner Weise über den anderen Damen dieser Stadt zu stehen. Das wäre eine maßlose Selbstüberschätzung.« Agatha setzte sich auf die Fensterbank und warf die Handschuhe auf den Hut. »Ich bin wohl leider ebenso kleingeistig wie jede andere Frau. Die Kunst besteht darin, es zu wissen.«

»Auch ich bin entsetzt«, gestand Beatrice. In den zurückliegenden Tagen war es ihr schwergefallen, bei Celeste zu bleiben. Lange Stunden hatte sie in ihrem Zimmer gesessen, ohne große Begeisterung und mit noch weniger Ideen vor sich hin geschrieben und morgens immer so zeitig gefrühstückt und den Weg zur Schule angetreten, dass der Pedell sie durch den Nebeneingang hatte einlassen müssen – alles Vorwände, um nicht Celestes frisch mit Seife gewaschene Haut riechen, ihren gewölbten Bauch unter dem Morgenmantel sehen oder ihr Gesicht im Schein der letzten Kaminglut betrachten zu müssen und Zeuge ihrer Schwermut und Einsamkeit zu werden. Sie war vor Celeste zurückgewichen, als wäre deren Unglück die in ihr Fleisch gebrannte Sünde. Schweigend zupfte Agatha an einem losen Faden, der von einem Handschuh herabhing. »Aber tief im Herzen weiß ich, dass es meine Pflicht als Frau ist, die eigene Schwäche zu bekämpfen und gegen das Unrecht aufzubegehren«, fügte Beatrice hinzu.

»Wir Frauen werden wohl bis in alle Ewigkeit die Schande für Evas Sünde auf uns nehmen müssen. In meiner Jugend war es so und es wird leider noch lange nach unserem Tod so sein.« Agatha starrte eine Weile aus dem Fenster, als könnte sie die vergangenen Jahre sehen. »Der Krieg macht es nur noch schlimmer. Ein Soldat fällt, und ein Mädchen, das sich versprochen glaubte, bleibt mit zerbrochenen Träumen und einem Kind zurück. Der Pfarrer hat mir erzählt, dass er die Vorschriften jetzt bis zum Äußersten dehnt, um die jungen Paare in der Zeit zwischen Marschbefehl und Einschiffung trauen zu können.«

»Was sollen wir tun?«

»Ich komme soeben von Amberleigh de Witte. Ich war bei ihr, um einen Unterschlupf für unseren armen Flüchtling zu erbitten. Wenn sie sich nach ihrer ›Grippe‹ einige Monate erholt hat und das Kind bei einer hilfsbereiten Bauersfrau untergebracht ist … Manchmal lässt sich so etwas vor Ort regeln.«

»Ich wusste, dass Sie uns nicht im Stich lassen würden. Miss de Witte ist die perfekte Lösung. Sie geht nicht in Gesellschaft, und Celeste kennt ihr Cottage bereits. Dass ich nicht selbst darauf gekommen bin …«

»Das alles nützt uns nichts. Amberleigh verweigert ihre Hilfe.«

»Aber warum? Sie weiß doch selbst, wie es ist, eine Ausgestoßene zu sein.«

»Genau. Miss de Witte hat sehr überzeugend erklärt, was sie von meiner Bitte um Hilfe hält, und mir anhand mehrerer beschämender Beispiele verdeutlicht, dass meine Tür für sie verschlossen war.«

»Stimmt das?«

»Miss Nash, ich bin, so hoffe ich, eine vernünftige Frau, aber eine Revolutionärin bin ich nicht. Die Ehe der beiden hält einer genauen Prüfung nicht stand, und dieses Stigma muss Miss de Witte nun einmal tragen. Ich kann sie nicht zum Tee einladen.«

»Ich dachte, Zweisamkeit wäre den beiden ohnehin lieber. Sie haben doch einander.«

»Eine solche Zweisamkeit überstehen die wenigsten Ehen. Die Frau sehnt sich nach Gesellschaft und stößt ihren Mann unweigerlich von sich, wenn alles auf das eigene Zuhause beschränkt ist.«

»Sie haben ihre Arbeit, beide schreiben. Das schweißt sie doch zusammen.«

»Wie viele Schriftsteller kennen Sie, Miss Nash? Ich glaube nicht, dass irgendjemand mehr nach öffentlicher Aufmerksamkeit giert als diese Leute. Wenn man bedenkt, wie häufig Mr Tillingham sich in

Gesellschaft begibt und wie selten er am Schreibtisch sitzt, muss man annehmen, dass er wahrscheinlich nie mehr etwas veröffentlichen wird.«

»Würden Sie es ablehnen, Celeste zum Tee einzuladen?«, fragte Beatrice, während von der Diele her Abigails Schritte und das Klappern des Teetabletts zu hören waren. Agatha antwortete nicht sofort, sondern sah schweigend zu, als das Dienstmädchen das große Tablett abstellte und den Tisch zu decken begann.

»Danke, Abigail, du kannst wieder gehen«, sagte Beatrice. »Ich schenke uns selbst ein.« Das Mädchen verließ das Zimmer, und Beatrice wartete auf die Antwort.

»Sie wissen nicht, wie sehr ich mit Celeste mitfühle«, sagte Agatha schließlich. »Vielleicht lade ich sie weiterhin zum Tee ein, um ihr etwas Gutes zu tun, aber niemals werde ich sie zu einem Abendessen mit anderen Gästen empfangen.« Beatrices Hand zitterte beim Einschenken, und etwas von dem Earl Grey schwappte auf die Untertasse. »Ich teile Ihnen diese für mich so wenig schmeichelhafte Wahrheit mit, weil wir unsere Grenzen kennen sollten, meine Liebe.«

»Und was sollen wir nun tun?«

»Ich habe der Hebamme meiner verstorbenen Schwester nach Gloucestershire geschrieben. Die Frau hat stets Diskretion bewiesen. Sollte auch das missglücken, müssen wir zusehen, dass wir unseren Ruf wahren.«

»Mein Ruf ist mir egal.«

»Auch Unaufrichtigkeit ist eine wenig schmeichelhafte Eigenschaft. Wir sind soziale Wesen. Sie werden kaum Ihr Zuhause oder Ihre Arbeit verlieren wollen.«

Beatrice schüttelte den Kopf. »Allerdings hatte ich Sie für fortschrittlicher gehalten, Mrs Kent«, sagte sie in förmlichem Ton. »Schließlich ist Celeste vollkommen unschuldig an der Sache.«

»Sie halten mich für unaufgeklärt, aber nun sind Sie die Blinde. Es hat seinen Grund, weshalb man von einem Schicksal spricht, das schlimmer ist als der Tod. Sollten irgendwann Gerüchte über die

Angelegenheit kursieren, würde – selbst ohne ein Kind – kein Mann sie als Ehefrau oder auch nur als Geliebte in Betracht ziehen, und keine Frau würde sie je empfangen.« Agatha leerte ihre Tasse und ergriff ihre Handschuhe. »Und meiner festen Überzeugung nach wird dieser spezielle Makel auch dann fortbestehen, wenn Ihre Suffragetten längst alle Träume von der Emanzipation verwirklicht haben, meine Liebe.«

»Das ist schrecklich«, sagte Beatrice, doch die Wahrheit in Agathas Worten trieb ihr die Röte ins Gesicht.

»Hüten Sie sich vor Ansteckung. Celestes Zustand wird bald nicht mehr zu verbergen sein. Dann kann sie nicht bei Ihnen bleiben.«

»Sie ist ganz erschöpft vor Verzweiflung, sie braucht unser Mitgefühl.«

»Bettina Fothergill riecht Mitgefühl drei Meilen gegen den Wind und würde uns alle mit größtem Vergnügen in den gesellschaftlichen Abgrund stoßen. Bitte sehen Sie ein, dass wir Celeste nur helfen können, indem wir ihr ein glaubwürdiges Maß an Gleichgültigkeit entgegenbringen.«

Beatrice versuchte ihren Alltag fortzuführen wie gewohnt, doch dann kamen Gerüchte auf – vielleicht von Mrs Turber herbeigeflüstert – und taten so schleichend und kaum merklich wie die Veränderung des Barometerstands bei einem nahenden Gewitter ihre Wirkung. Mrs Turbers Freundinnen erschienen weiterhin zum Tee, doch nicht mehr wie früher, um begierig einen Blick auf eine Schönheit zu erhaschen, sondern um Celeste schweigend anzustarren, während sie ihre Sandwiches kauten, und hinterher im Durchgang zwischen den beiden Wohnungen mit Mrs Turber zu tuscheln. Die Belgier im Gartenhäuschen beschäftigten sich nun mehr mit ihren Kindern, während Celeste still vor sich hin stickte, und ihr Vater holte sich immer dickere Bücher aus Mr Tillinghams Bibliothek und vertiefte sich am Fenster in ihre Lektüre.

In der Schule verhielten sich Miss Devon und Miss Clauvert spürbar distanziert gegenüber Beatrice. Sobald sie das Lehrerzimmer betrat, um eine Tasse Tee zu trinken, rückten sie die Stühle zusammen und wandten das Gesicht ab. Beatrice führte das allerdings auf den Brief zurück, den sie letzthin vor Unterrichtsbeginn an Mr Dimbly geschrieben hatte, was Miss Clauvert nicht verborgen geblieben war. Nachdem Miss Clauvert in Tränen ausgebrochen und schließlich wegen Kopfschmerzen nach Hause gegangen war, hatte Miss Devon Beatrice in strengem Ton erklärt, Mr Dimbly habe Miss Clauvert gebeten, ihm zu schreiben, was Miss Clauvert als eine Art Versprechen aufgefasst habe, weswegen Beatrices Brief eine schamlose Einmischung darstelle. Da Beatrice für solche Albernheiten nur wenig Verständnis aufbrachte, war sie froh, ihren Vormittagstee allein trinken zu können.

Auch Eleanor Wheaton kam nicht mehr unangekündigt vorbei und schickte auch keine Einladungen. Die Abwesenheit der heiteren jungen Frau und ihrer übermäßigen Großzügigkeit verstärkte zwar die melancholische Stimmung in dem kleinen Cottage, wirkte jedoch nicht alarmierend. Beatrice sah nichts – vielleicht, weil sie nichts sehen wollte.

Es waren schließlich die Damen des Hilfskomitees, die der starken Erregung, die sich unter den engen Dächern von Rye angestaut hatte, Form und Ausdruck verliehen. Bei einer eilig einberufenen Sitzung um die Mittagszeit regte Mrs Fothergill an, man solle Beatrice von den Beratungen ausschließen.

»Ich bitte um Entschuldigung, aber über welches ach so geheime Thema soll denn gesprochen werden?«, fragte Beatrice.

»Über eine heikle Angelegenheit«, antwortete Lady Emily. »Uns ist es dabei nur um Ihr Zartgefühl und Ihre berufliche Stellung zu tun.«

»Ich habe deutlich gesagt, dass ich dies nicht für den geeigneten Ort halte, um über so etwas zu debattieren«, erklärte Agatha Kent, während sie vorgab, nach einem Taschentuch zu suchen.

»Das kannst du gern im Protokoll vermerken, liebe Agatha«, sagte Mrs Fothergill. »Meiner Ansicht nach haben wir jedoch sowohl eine Verantwortung gegenüber denen, die für die Sache spenden, als auch die moralische Verpflichtung, unsere Gäste zu beaufsichtigen.«

»Ich bin gewiss nicht die Empfindsamste im Raum«, versicherte Beatrice. »Es steht nicht zu befürchten, dass ich an irgendetwas Anstoß nehme.«

»Sie als Betreuerin junger Seelen sollten mehr auf Ihren Leumund achten«, erwiderte Mrs Fothergill.

»Die Sache betrifft Miss Nash direkt«, warf Agatha ein, ließ das Kramen bleiben und sah Bettina Fothergill in die Augen. »Wenn du die Sache unbedingt aufs Tapet bringen willst, dann sag dem Mädchen, was es zu erwarten hat.« Trotz des neutralen Tons hörte Beatrice eine gewisse Anspannung in Agathas Stimme. Sie erschrak.

»Ich habe nichts dagegen, dass sie bleibt«, sagte Lady Emily. »Gut möglich, dass wir ihre Mitwirkung brauchen.«

»Ich möchte alle daran erinnern, dass das hier Besprochene streng vertraulich zu behandeln ist«, sagte Agatha und sah Bettina Fothergill eindringlich an. »Dann bringen wir es in Gottes Namen hinter uns, ehe Mr Tillingham kommt.«

Nachdem man Mrs Fothergill das Wort überlassen hatte, schien sie sich plötzlich schwer damit zu tun, es zu ergreifen. Sie hüstelte, und ihre Lippen bewegten sich stumm, als übte sie verschiedene Eröffnungssätze.

»Es ist selbstredend höchst bedauerlich, dass das Mädchen eine Gewalttat erlitten hat«, sagte sie endlich. »Aber Mrs Turber, eine zutiefst christliche und mildtätige Dame, ist angesichts der völlig unerträglichen Situation in Tränen aufgelöst.«

»Mrs Turber hat einen unseligen Hang zum Tratsch und verfügt über das Mitgefühl eines Kohleneimers«, erklärte Agatha Kent. »Ich kann sie mir nur sehr schwer in Tränen aufgelöst vorstellen.«

»Es handelt sich nun gerade nicht um Tratsch, Agatha«, entgegnete Mrs Fothergill. »Mrs Turber hat versichert, dass sie nichts bestätigt hätte, wenn es mir von dieser de Witte nicht bereits zugetragen worden wäre.«

»Worum geht es eigentlich?«, fragte Beatrice Agatha, obwohl sie es längst wusste. Ihr stockte der Atem vor Scham angesichts der Unverblümtheit, mit der Celestes großer Schmerz auseinandergenommen und begutachtet werden sollte, als ginge es nur wieder einmal um falsch addierte Spenden oder den Preis der Seife für das Wohnheim in der Lower Street.

Agatha starrte auf ihre Schuhe. Ihr Hals rötete sich. Der Versuch, sich gleichgültig zu geben, war kläglich gescheitert. Noch nie hatte Beatrice sie um Worte verlegen erlebt.

»Wie inzwischen allgemein bekannt, ist Ihrer Untermieterin eine unaussprechliche Schmach widerfahren«, sagte Alice Finch, und einige am Tisch schnappten hörbar nach Luft. »Nun, meine Damen, wenn wir schon darüber sprechen wollen, sollten wir die Dinge auch beim Namen nennen.«

»Das arme, arme Mädchen«, murmelte Minnie Buttles.

»Äußerst bedauerlich. Ein so liebenswertes Ding«, sagte Mrs Fothergill. »Aber dies ist nun einmal eine anständige Stadt, und wir müssen etwas unternehmen. Mrs Turber hat mir mit größter Diskretion zu verstehen gegeben, dass sie das Mädchen in spätestens einer Woche aus dem Haus haben will.«

»Ich lasse nicht zu, dass man sie auf die Straße setzt«, sagte Beatrice.

»Sie haben keine Wahl, meine Liebe. Den Schulbeiräten behagt es ganz und gar nicht, dass Sie das Mädchen bei sich aufgenommen haben. Schon in der nächsten Konferenz soll über Ihre weitere Beschäftigung gesprochen werden.« Mrs Fothergill fächelte sich mit einem Taschentuch Luft zu. »Was Lady Marbely dazu sagen würde, kann ich mir lebhaft vorstellen.«

»Es war doch nicht ihre Schuld«, wandte Minnie ein.

»Gerade um solche Gräueltaten zu ahnden, sind unsere Soldaten doch nach Belgien gegangen!«, rief Alice Finch.

»Wir werden uns dieser weit größeren Pflicht nicht verweigern«, gab Mrs Fothergill zurück. »Das Mädchen in seinem Zustand weiterhin in unseren Salons zu empfangen ist dagegen völlig undenkbar.«

»Wollen Sie nicht für mich eintreten, Mrs Kent?«, fragte Beatrice mit leiser, rauer Stimme. Ihr Entsetzen über die Taktlosigkeit, mit der das Gespräch geführt wurde, wuchs noch angesichts der beschämenden Angst um ihre Arbeitsstelle.

Alice Finch sprang von ihrem Stuhl auf. »Ich hätte mir bis heute niemals vorstellen können, dass England eines Tages seinen Niedergang erlebt, aber was ist England noch, wenn Sie nicht bereit sind, ein unschuldiges Mädchen von den Wunden zu heilen, die ihm die Tyrannei geschlagen hat!«

»In dieser Stadt hat das abweichende gesellschaftliche Verhalten schon so mancher Leute mehr Schutz erfahren, als diese berechtigterweise erwarten konnten«, erklärte Mrs Fothergill mit triumphal erstrahlender Miene angesichts Agathas wortloser Zustimmung. »Aber vielleicht wollen Sie ja das Mädchen bei sich aufnehmen …«

»Das brächte meinen Vater, den Pfarrer, in eine sehr seltsame Lage«, sagte Minnie, während sich Alice auf ihren Stuhl zurückfallen ließ und wütend vor sich hin starrte. »Wir würden es aber versuchen, falls sich keine andere Unterkunft finden lässt. Wie wäre es mit Ihnen, Mrs Kent?«

Agatha schüttelte den Kopf.

»Wenn sie eine aus unseren geflüchteten Bauernfamilien wäre, könnte man die Sache ignorieren«, sagte Lady Emily. »Aber ihr Vater und sie dinieren in unseren Häusern, und sie hat Umgang mit unseren Töchtern. Ich muss Mrs Fothergill darin beipflichten, dass es keine Lösung ist, das Mädchen in ein anderes Haus zu verbringen.«

»Wo soll sie denn hin?«, fragte Beatrice, und zu dem schrecklichen Gefühl der Scham gesellte sich ein kleiner Funke Wut. »Sie wurde bereits aus ihrer Heimat vertrieben und lebt hier unter Fremden. Soll sie wirklich, nachdem sie so viel erlitten hat, durch unser Tun aufs Neue leiden?«

Nun endlich begann Agatha zu sprechen. »An einem anderen Ort würde niemand ihre Geschichte kennen. Vielleicht wäre ein Neubeginn das Beste – nicht nur für Celeste selbst, sondern auch für ihren Vater.«

»Dieser Ort müsste allerdings entsprechend weit entfernt und abgelegen sein«, gab Lady Emily zu bedenken.

»Und außerhalb der Reichweite bedenkenloser Menschen, die versucht sein könnten, dem Mädchen ihr Gerede hinterherzuschicken!« Alice Finch warf einen bösen Blick zu Bettina Fothergill hinüber, die durch heftiges Nicken Zustimmung bekundete.

»Mr Tillingham pflegt beste Beziehungen ins nationale Flüchtlingskomitee und kann uns bei der Suche nach einer neuen Unterbringung durch ein anderes Komitee sicherlich behilflich sein«, schlug Lady Emily vor.

»Eine wahre Schande für den armen Professor«, sagte Mrs Fothergill. »Ein so gelehrter Mann hat solche Schwierigkeiten nicht verdient.«

»Wer spricht mit Mr Tillingham?«, fragte Minnie. »Ich würde mich zu Tode schämen, wenn ich mit ihm darüber reden müsste.«

»Mrs Kent ist die beste Diplomatin von uns allen«, sagte Alice Finch.

»Möglicherweise besitzt Mrs Kent ja den Anstand, aus unserem kleinen Komitee auszuscheiden«, entgegnete Bettina Fothergill und fügte so beiläufig hinzu, als wäre es ihr völlig einerlei: »Dann könnte sie allerdings nicht mehr für uns sprechen.«

Alles schwieg. Während Lady Emily eingehend ihre behandschuhten Finger betrachtete, begann Mrs Fothergill zu feixen und sah plötzlich aus wie eine Hauskatze, die den Wellensittich der Familie im Maul trägt. Erst nach mehreren Sekunden richtete Agatha das Wort direkt an Lady Emily.

»Morgen erhalten Sie mein Rücktrittsschreiben. Dann kann Mrs Fothergill an meiner Statt sprechen.«

Lady Emily nickte schweigend.

»Es wäre dem Ruf unserer Stadt nicht zuträglich, wenn sich in gewissen Kreisen herumspräche, dass der Bürgermeister und ich bei dieser Verbringung die Hände im Spiel hatten«, sagte Mrs Fothergill verlegen. »Wenn das in Bexhill bekannt werden würde …«

»Ich rede mit Tillingham«, sagte Alice Finch. »Ich erkläre ihm Ihren Vorschlag, werde aber nicht so tun, als wäre ich damit einverstanden.«

»Ich sehe Mr Tillingham bereits im Garten«, verkündete Lady Emily. »Es dürfte das Beste sein, sich zu vertagen und Miss Finch Gelegenheit zu geben, ihre unangenehme Pflicht zu erfüllen.«

»Machen Sie ihm klar, dass es schnell und mit größter Diskretion zu erfolgen hat«, sagte Mrs Fothergill. »In einer Woche müssen die beiden fort sein, ohne dass Aufsehen erregt wird.«

Die Komiteemitglieder gingen auseinander. Agatha eilte wortlos davon. Eine mächtige Kraft war niedergerungen. Beatrice fühlte sich schwach, fast einer Ohnmacht nahe, und hatte einen Augenblick lang das Gefühl, als würde der Fels, auf dem die Stadt errichtet war und der so unverrückbar aus dem sandigen Marschboden ragte, unter ihren Füßen beben und bersten.

Als sie zwei Tage später von der Schule nach Hause kam, war ihre kleine Wohnstube voller Nonnen, und Abigail brachte bereits Nachschub an heißem Wasser für den Tee. Mrs Turber, die im Durchgang herumstand, nahm Beatrice zur Seite und sagte: »Sie haben schon zwei Platten mit Butterbroten leer gegessen und einen ganzen Mohnkuchen verzehrt. So viel zu einem Leben in Gebet und Armut!«

»Was machen sie hier?«, fragte Beatrice. Celeste und sie hatten die drei Nonnen einige Male in deren Unterkunft besucht, um ihre spärlichen Vorräte ein wenig aufzustocken und für die Schwestern Porter, ihre Gastgeberinnen, zu übersetzen, doch sie zum Tee einzuladen war Beatrice nie eingefallen, und sie waren auch nie unangekündigt gekommen. Celeste stand hinter dem Tablett und reichte die Tassen, war aber so blass und niedergeschlagen, dass der Besuch keinerlei geistige Erbauung zu bewirken schien.

»Ihr Vater hat die Nonnen geholt und ist blitzschnell wieder verschwunden«, sagte Mrs Turber. »Er ist ein wunderbarer Mensch. Er tut mir sehr leid.«

»Würde man seine einzige Tochter nicht aus ihrer Unterkunft vertreiben, bräuchte er Ihr Mitleid weit weniger.«

»Ja, es ist eine Schande«, erwiderte Mrs Turber. »Wenn es nur um meinen Ruf ginge, würde ich sie ja hierbehalten ...« Die ungeheuerliche Lüge machte Beatrice eine Zeit lang sprachlos, und sie bestaunte Mrs Turber, wie man den Pinselstrich eines Malers bestaunen kann, obwohl man das Bild selbst grauenhaft findet.

»Ich gehe jetzt hinein«, sagte sie. »Wären Sie so freundlich Abigail zu bitten, mir eine Tasse zu bringen?«

Nach kurzem Gespräch stellte sich heraus, dass die Nonnen wenige Tage später in den Norden reisen wollten, um sich einigen Schwestern ihres Ordens anzuschließen, denen man angeboten hatte, Teile eines großen Klosters zu übernehmen. Wie kleine Schulmädchen freuten sie sich auf ihr gewohntes abgeschiedenes Leben und waren voller Begeisterung darüber, aus den Trümmern ihrer Flucht eine so wundervolle Novizin für ihren Orden hervorgebracht zu haben. Mit der leichten Verzögerung, die auch bei bester Beherrschung einer Fremdsprache nicht ausbleibt, dämmerte es Beatrice, dass von Celeste gesprochen wurde, und sie rang nach Luft.

»Das kann nicht wahr sein, Celeste.«

Im Blick des Mädchens lagen Schmerz und Ergebenheit. »Mein Papa hat beschlossen, dass ich die Gelübde ablegen soll, weil es ihm eine große Freude wäre und ich in Gottes Augen dann wieder unschuldig wie ein Engel bin.«

»Willst du sie denn ablegen?«

»Es ist kein Schweigeorden.« Celeste sprach sehr langsam. »Ich kann dort singen und das Orgelspiel erlernen.« Die älteste Nonne erklärte Beatrice auf Französisch, dass der Entschluss des Vaters feststehe, das Mädchen für die Reise neue Schuhe und einen dicken Wollmantel benötige und die Bürger von Rye dem Orden zwanzig Pfund zugesichert hätten.

»Und was geschieht mit dem – mit dem Kind?« Das Wort, zum ersten Mal vor Celeste ausgesprochen, brachte sie zum Stammeln.

»Der Orden nimmt ledige Mütter auf und sucht Familien für die Kinder.« Celeste legte unwillkürlich die Hand auf den Bauch. »Diese Familien stellen keine Fragen.«

»Du musst das nicht tun, wenn du nicht willst. Wir können eine andere Lösung suchen.«

»Wenn ich es mache, kann mein Vater hierbleiben und weiterhin bei Mr Tillingham wohnen. Wenn nicht, müssen wir beide eine lange Reise antreten, hat man uns gesagt, und seine Gesundheit ist nicht gut.«

»Für ihn ist das die denkbar beste Lösung. Aber wie steht es um deine Wünsche?«

»Hast du deinem Vater nicht auch treu gedient bis zu seinem Tod?«, fragte Celeste. »Ist es nicht die Pflicht der Tochter, dem Vater das Leben zu erleichtern?«

»Mein Vater hat mich nie darum gebeten, den Rest meines Lebens für ihn zu opfern und …« Während sie sprach, entsann sich Beatrice wieder der Worte ihres Vaters, als er ihr in der zweiten Hälfte des letzten Jahres an der kalifornischen Universität mitteilte, sie würden zu seiner Familie ziehen. Sie hatte behutsam versucht, ihn davon abzubringen, doch die Passage war bereits gebucht – was sonst stets sie erledigt hatte – und der Vermieter darüber verständigt, wohin die Möbel zu senden seien. Den Tod vor Augen war er in sein Elternhaus zurückgekehrt, als wäre es ein Talisman. Mit welcher Abmachung er Wiederaufnahme im Schoße der Familie gefunden hatte, wusste sie nicht – nur, dass man ihn überredet hatte, ihr Erbe Treuhändern anzuvertrauen und gewisse Papiere zu unterzeichnen. Am Geld lag ihr nichts, doch dass er ihr nach all den Jahren ihrer treuen Hilfe nicht die Freiheit schenkte, war wie ein Stich ins Herz gewesen. Er hatte ihre Zukunft für ein paar Monate erfüllter Kindheitssehnsucht eingetauscht. Sie betrachtete Celeste inmitten der groben Leinengewänder und gestärkten Nonnenhauben und konnte nicht anders, als ehrlich zu sein. »Ich glaube, dass es die Pflicht des Vaters ist, uns zu beschützen. Wenn es ihm aber misslingt und er uns verrät, dann müssen wir uns diesen Schutz selbst geben.«

Die Nonnen, allesamt der englischen Sprache unkundig, aßen auch noch die letzten Gebäckstücke mit der Befriedigung derer, die vom Leben nur einfache Freuden erwarten. Dann hob lautes Rascheln an, und sie packten ihre wenigen Habseligkeiten zusammen, um sofort aufzubrechen. Celeste senkte beim Abschied den Kopf und ließ sich von jeder Nonne küssen. Beatrice nickte ihnen zu, reichte jedoch nicht die Hand. Jäh aus ihrem kontemplativen Leben gerissen zu werden war für die liebenswerten alten Frauen wohl nicht weniger traumatisch gewesen als für jeden anderen Flüchtling, doch Beatrice konnte in ihnen nichts anderes sehen als ein Gefängnis für Celeste.

»Es gibt gewiss einen anderen Weg. Ich lasse dich nicht im Stich.« Noch während sie es sagte, musste sie sich eingestehen, dass ihr Versprechen nicht zu halten war. Wenn sie ihre Stelle verlor und die Treuhänder ihr kein Geld mehr gaben, blieb ihr nichts übrig, als nach Marbely Hall zurückzukehren.

»Wahrscheinlich sind nicht einmal Klostermauern hoch genug, um meine Scham zu verbergen«, flüsterte Celeste. »Selbst wenn Gott mir vergibt, ich werde es nie vergessen.«

25

Daniels Ode in der *Times* erfüllte Agatha mit großer Genugtuung – bewies der Abdruck doch seine wahre Berufung zum Dichter. Auch in Rye erregte er großes Aufsehen. Die Zeitung ging von Hand zu Hand, was Agatha zumindest ein wenig für die Demütigung entschädigte, dass Bettina Fothergill sie aus dem Komitee hinauskomplimentiert hatte.

In London wurde das Gedicht von anderen Zeitungen als Begleittext für die Begräbnisfotografien zitiert und nachgedruckt, und John berichtete bei seiner Rückkehr aus der Stadt, er habe es als Lied gehört, das unter großem Applaus in einer Music Hall zu einer bekannten Melodie gesungen worden sei. Lord North beliebte es allerdings nicht, Gefallen daran zu finden. In einem förmlich gehaltenen Brief an die *Times* protestierte der einflussreiche Mann gegen die grobe Unflätigkeit, die Berichte über den Tod seines Sohnes mit unerlaubterweise abgedruckten Fotografien und erbärmlichen blumigen Versen zu garnieren. Den weniger seriösen Blättern schrieb er nicht, doch vielleicht taten es seine Anwälte, denn in mehreren Illustrierten erschienen knappe Worte des Bedauerns. Die Beschwerde der Familie erhöhte den Bekanntheitsgrad des Gedichts enorm, und Agatha erhielt weitere Glückwünsche von Nachbarn, deren Interesse an Lyrik vom pikanten Hauch des Skandals erst geweckt worden war. Selbst Emily Wheaton blieb nach dem Gottesdienst stehen und gratulierte. Zwar erschreckte es Agatha, dass sich die öffentliche Aufmerksamkeit sogar noch auf die Reserviertheit des Adels auswirkte, doch zugleich freute sie sich darüber, weil alle Umstehenden die kurze Unterhaltung zu hören bekamen und der düster dreinblickenden Bettina Fothergill klar werden musste, dass Agatha nicht länger in Ungnade war.

Sie hatte Daniel in die Kaserne geschrieben und ihn zur Veröffentlichung des Gedichts beglückwünscht. Da der Erfolg mit dem Tod eines jungen Mannes verbunden war, hatte sie ihre Freude in sehr verhaltene Worte gekleidet. Daniels Antwort erfolgte per Telegramm. Zu Agathas großer Überraschung teilte er ihr mit, er werde aus dem Regiment der Artists Rifles ausscheiden und am kommenden Freitag in Begleitung von Onkel John mit dem Abendzug nach Hause fahren.

Als der Abendzug aus Ashford eintraf, stand Agatha am Bahnsteig. Normalerweise hätte sie nur Smith mit dem Auto geschickt oder Daniel sogar unbegleitet zum Haus hinaufgehen lassen. Doch diesmal hatte sie sofort nach dem Erhalt des Telegramms Jenny und der Köchin hastig diverse Anweisungen gegeben und Smith erklärt, sie komme mit.

Es hatte gut getan, diese Anordnungen zu treffen. Die Laken mussten ausgelüftet, die Kamine in den Schlafzimmern befeuert, Wärmflaschen befüllt werden. Sie trug der Köchin auf, den großen, ursprünglich für Sonntag vorgesehenen Hammelbraten ofenfertig zu machen, und debattierte mit ihr in der Speisekammer über die Frage, ob die Dosen mit dem Lachs oder doch die mit den geräucherten Austern geöffnet werden sollten und ob man nicht zur Feier des Tages eingelegten weißen Spargel servieren könne. Nachdem die Köchin die Ansicht geäußert hatte, dass sich der Hausherr und der junge Mann mit einem Kochpudding besser umsorgt fühlen würden, erklärte sich Agatha bereit, eine kleine Menge vom schwindenden Zuckervorrat und ein Töpfchen Kirschmarmelade zu opfern. Gefüllte Eier und die Blätter des letzten Kopfsalats der Saison sollten das Mahl abrunden. Zudem versprach die Köchin, zum Pudding Vanillesauce zu reichen.

Agatha empfand die haushälterischen Herausforderungen als angenehme Möglichkeit, der Angst und inneren Lähmung zu entfliehen, die sie nach Craigmores Tod überkommen hatten. Wie um die Wahrheit einer abgenutzten Floskel zu bestätigen, war ihr gewissermaßen das Blut in den Adern gefroren, und seither konnte sie in den Händen nichts spüren. Wie sie damals nach Hause gekommen war, wusste sie nicht mehr; nur dass Beatrice Nash sie am Eingang des Gasthofs gestützt und John ihr während der Heimfahrt im Automobil die Hand gedrückt hatte, war ihr in Erinnerung geblieben. Kälte und Angst – überzogene Reaktionen auf den Tod eines Freundes von Daniel, dessen hübsches Gesicht sie nur kurz gesehen hatte, als er lachend in einem Hopfenfeld gestanden hatte – waren Grund genug gewesen, sich nicht eingehender mit dem Ereignis zu beschäftigen. Doch seit ein paar Tagen dachte sie oft an Craigmore, und sein Tod erinnerte sie an die dicke Honigbiene, die eines Frühsommertages mühselig krabbelnd auf dem Boden der Terrasse umhergeirrt war. Agatha hatte den Mut und das Mitleid aufgebracht, sie mit einem großen blauen, stark geäderten Funkienblatt von der Steinplatte zu heben und zum Rasen zu tragen, doch auch im Gras hatte sie weitergezappelt und wie eine wütend gedrückte Türglocke gesummt, bis die winzigen fadenartigen Beinchen schließlich knickten und das Tier starb. Später hatte ihr der Gärtner berichtet, dass das ganze Volk gestorben sei, dass alle Bienen tot in den Waben gesteckt hätten und es in diesem Jahr keinen Honig mehr geben werde.

Der Zug fuhr ein. Sein schlichter Fahrplan, das Fortkommen auf geraden Gleisen, die Regelmäßigkeit, mit der er in gleichförmigen Backstein-Bahnhöfen Passagiere aufnahm oder ausspie, der zischende heiße Dampf und der beißende Geruch der glühenden Kohle hatten etwas Tröstliches. John und Daniel stiegen aus. Daniel war noch in Uniform und trug seinen Tornister. Sie wartete, während der Bahnhofsvorsteher salutierte, John und Daniel ihm die Hand schüttelten und kurz miteinander plauderten. Dann sahen sie Agatha und lockten sie mit ihrem Lächeln aus der Reserve. Wie ein Schulmädchen lief sie ihnen entgegen und versuchte lachend und weinend zugleich, beide in einer einzigen stürmischen Umarmung zu umfangen.

»Nicht so wild!«, rief John, während er sich vorsichtig befreite, um den Hut aufzuheben, der ihm vom Kopf gerutscht war. »Wo ist nur meine Frau mit ihrer berühmten diplomatischen Zurückhaltung geblieben?«

»Das Leben ist zu kostbar, um es an die Etikette zu verschwenden«, erwiderte sie. »Ich werde dich jetzt in aller Öffentlichkeit küssen, John Kent.« Noch während sie es tat, wartete sie auf eine unverschämte Witzelei aus Daniels Mund. Doch er blieb stumm, und als sie sich aus der Umarmung ihres Mannes löste, sah sie, dass auch das Lächeln ihres Neffen nicht verbergen konnte, wie groß seine Erschöpfung war. Sie küsste ihn auf die Wange, hakte sich bei ihm unter, ergriff mit der anderen Hand die von John und sagte: »Fahren wir nach Hause?«

»Bitte setzt mich erst vor Colonel Wheatons Haus ab. Ich muss mich sofort bei ihm melden«, sagte Daniel. »Keine Sorge, zum Abendessen bin ich rechtzeitig zurück.«

»Du musst zu Colonel Wheaton?«, fragte Agatha. Die Männer mieden ihren Blick. Sie blieb stehen und stemmte die Hände in die Hüften. »Was genau hat das zu bedeuten?«

»Ich habe um die sofortige Versetzung in Colonel Wheatons Trupp ersucht«, sagte Daniel. »Du kannst mir gratulieren, Tante Agatha – ich gehe nach Frankreich!«

In einen Mantel gehüllt, weil der Abend im späten Oktober sehr kühl war, saß Agatha nach dem Essen auf der Terrasse und sinnierte darüber, wie schmerzlich für ein bekümmertes Herz der Anblick der letzten Strahlen der untergehenden Sonne war. John saß neben ihr auf einer Bank und trank seinen Brandy, als wäre nichts geschehen. Sie sprach nicht mit ihm. Sie konnte nicht mit ihm sprechen. Er hatte nur getan, was er für nötig hielt, um Daniel zu helfen, doch sie empfand es als eine tiefe, quälende Wunde, als einen Verrat. Am anderen Ende des Rasens stand Daniel, fast wie ein Schatten, eine flache Silhouette vor dem Abendhimmel, rauchte eine Zigarre und machte sich seine eigenen Gedanken.

»Wenn eine bessere Möglichkeit in Sicht gewesen wäre, hätte ich ihn davon abzubringen versucht«, sagte John. Sie spürte, dass er sie ansah – und sicherlich mit demselben ehrlichen, offenen Blick, den er in seiner Diplomatenwelt für solche Zwecke aufzusetzen pflegte. Sie trank schweigend ihren Tee und starrte auf Daniel und den Himmel dahinter. »Glaub mir, es ist besser so.«

»Er geht nach Frankreich.« Der Satz fühlte sich kalt an in ihrem Mund. »Du hast mir versprochen, dass er niemals einen Fuß auf französischen Boden setzen wird.«

»Ich habe dir versprochen, alles zu tun, um ihm einen sicheren Posten zu verschaffen. Aber die Umstände haben sich geändert. Sie wollten ihn aus der Armee entlassen.«

»Es wäre eine ehrenhafte Entlassung gewesen.«

»Ja, natürlich hat man es so hingestellt. Von der Notwendigkeit, sich wegen irgendeines Fehlverhaltens zu rechtfertigen, war nicht die Rede, aber fragwürdig wäre die Sache immer geblieben. Das hat Lord North mit seiner Intervention sehr deutlich gemacht.«

»Er wäre in Sicherheit gewesen.«

»Um welchen Preis? Ein Leben ohne Ehre ist kein Leben. Und die Entlassung, wie ehrenhaft auch immer, hätte als Beweis dafür gegolten, dass die schweren Anschuldigungen von Craigmores Vater nicht gänzlich unbegründet sind.«

»Der Vorwurf, Daniel sei ein schlechter Einfluss, ist lächerlich. Er wird nur deshalb verunglimpft, weil er ein Dichter ist«, sagte Agatha.

»Lord North ist halb wahnsinnig vor Schmerz, und Bohemiens sind ihm sicherlich generell sehr suspekt. Die diskrete Aufnahme in Colonel Wheatons Regiment war die beste Lösung. Obendrein war Wheaton froh, mir einen Gefallen erweisen zu können, weil ich seiner Überzeugung nach die Finger im Spiel hatte, als es darum ging, ihn und seine Landwehr für offiziell zu erklären.«

»Und, hattest du deine Finger im Spiel?«

»Das verrate ich nicht. Du sollst dir deinen Glauben an meinen großen Einfluss bewahren.«

»Du konntest Daniel mit all deinem Einfluss nicht schützen, deshalb glaube ich nicht mehr daran. Ich lasse ihn nicht nach Frankreich gehen, John!«

»Agatha, wir haben bereits mehrmals darüber gesprochen!«

»Ja, ja, die Grenzen, die ich als Tante nicht überschreiten darf. Als Hugh sich meldete, habe ich den Mund gehalten, weil er Arzt ist und sich weit hinter den Linien aufhalten wird. Bei Daniel liegen die Dinge anders. Mein Gott, John – Wheatons Männer sind für den Kampf an vorderster Front vorgesehen!«

»Ein Schritt nach dem anderen. Sie befinden sich alle noch in Ausbildung. Es ist noch kein Einschiffungsbefehl ergangen.«

»Der junge Craigmore ist tot. Der Sohn des Fischhändlers ist tot. In den Gesellschaftsspalten kamen diese Woche auf jede Hochzeit fünf Bestattungen.« Sie hörte ihre Stimme brechen und öffnete den Mund, um zu verbergen, dass ihre Lippe zitterte. Sie wollte nicht die schwache, weinerliche Frau spielen, doch bei der Vorstellung von Daniel, winkend am Fenster eines Truppenzugs, war ihr, als würde die ein Leben lang gesammelte Kraft und Belastbarkeit aus ihr entweichen, bis sie nur noch hohl wie ein trockener Strohhalm war.

»Kopf hoch, meine Liebe! Ich tue mein Möglichstes, aber wir müssen geschickt vorgehen. Daniel ist so patriotisch gesinnt wie jeder andere junge Mann und wäre gekränkt, wenn er herausfände, dass wir dagegen sind.«

»Eher würde ich selbst nach Frankreich gehen.«

»Die Deutschen würden sofort die Flucht ergreifen. Aber leider würden sie dich nicht nehmen.«

»Weil ich eine Frau bin.«

»Weil du stur und rechthaberisch bist. Stell dir mal eine Armee aus lauter Agatha Kents vor, die in einem fort den Befehl verweigern!«

»Du übertreibst«, sagte Agatha, doch obwohl ihr Mann nur ihren Kummer zu verjagen versuchte, fühlte sie sich getröstet. So war es von Anfang an zwischen ihnen gewesen, schon als er sie nach dem Tod ihres Verlobten aus der Trauer herauszog.

Dass die Erinnerungen wiederkamen, lag an den Uniformen. Als das Regiment ihres Verlobten unerwartet nach Suez verlegt werden sollte, hatten sie schnell heiraten müssen. Im Brautkleid hatte sie an jenem stillen Nachmittag im Wohnzimmer gesessen und gewartet, dass ihr Vater sie holen kam. Am Bahnhof gab es eine kleine Explosion, Munition flog in die Luft. Ein Mann in der Uniform eines Captains erschien und sagte es ihnen. Dann die langen Monate in Gloucestershire, wo man sie hingeschickt hatte, damit sie mit der Hilfe ihrer Schwester aus der bedrohlichen Mattigkeit erwachte. Sie roch noch immer den Duft des welkenden Jasmins im Brautstrauß. Und sie hasste Gloucestershire. Nur ein einziges Mal, zum Begräbnis ihrer Schwester, war sie dorthin zurückgekehrt.

John hatte sie geliebt, obwohl sie ihn mit aller Kraft zurückstieß. Er nahm sie mit auf seine Auslandsposten, dort wurde sie zu einer starken Frau. Und als man ihnen sagte, dass sie nie eigene Kinder haben würden, als sie sich die Haare raufte und die Schuld gab, brachte er sie mit seinen kleinen Scherzen und lieben Worten wieder zur Vernunft. Sie konnte mit den Fäusten auf seine Brust hämmern und mit dem Schicksal hadern, so viel sie wollte – er blieb ruhig und bewahrte sie vor dem Verderben. Heute Abend war sie so verdrießlich gewesen, als hätte er sie enttäuscht, und dafür schämte sie sich. Sie seufzte. »Wahrscheinlich sollte ich alles dir überlassen und wie früher einfach nur jeden schönen Tag genießen, an dem Daniel und Hugh bei uns sind.«

»Dadurch hast du im Leben mehr Mutterglück erfahren als eine Mutter mit zehn Kindern. Und ich darf genüsslich Onkel sein, ohne die Kosten begleichen zu müssen, die ein Vater tragen muss. Ich denke, wir können uns glücklich schätzen.«

»Wer von uns beiden übertreibt nun!« Agatha gab stets vor, nie zu bemerken, dass John immer ein wenig zu den Studienkosten der Neffen beitrug und ihnen zum Geburtstag und an Weihnachten Wechsel in beträchtlicher Höhe zusteckte. Auch wenn ihm Sparsamkeit und harte Arbeit sehr am Herzen lagen, hätte er für die beiden jederzeit alles getan. Lächelnd küsste sie seine Hand und verbarg ihre Angst, er könnte sie jetzt, da in Europa die Erde bebte, zum ersten Mal tatsächlich enttäuschen.

In den folgenden Tagen verdichteten sich die Gerüchte über die bevorstehende Einschiffung von Colonel Wheatons Soldaten, und Agatha packte die Angst. Sie vertraute ihrem Mann, hatte jedoch keine Nachricht von ihm erhalten und fürchtete, seine Hilfe käme zu spät. Fest entschlossen, Daniel mittels eines eigenen kleinen Plans vor seiner törichten Verbohrtheit zu retten, traf sie eines Nachmittags mit strahlendem Lächeln und einem großen Korb voller Käsestangen und Wurstpasteten im Haus der Wheatons ein.

»Eine Gabe für die Teetafel der Rekonvaleszenten«, sagte sie zu Major Frank, dem sie in der Eingangshalle begegnete. Kein einziges Gemälde hing dort, und sämtliche Skulpturen waren mit Planen verhüllt. Ob die Kunstwerke vor Beschädigung oder die Soldaten vor der bronzenen und marmornen Nacktheit geschützt werden sollten, war nicht zu erkennen.

An einem Schreibtisch saß ein junger Corporal, und ein großes Schwarzes Brett aus Kork hing am Treppengeländer. Auf dem Marmorboden lag ein dicker Wollläufer.

»Danke, Mrs Kent«, sagte der Major. »Die Männer haben gern Selbstgebackenes zum Tee.«

»Wie stehen denn die Dinge?«

»Ich bringe die vielen Damen kaum unter, die nachmittags Klavier spielen und singen wollen. Die einen können keinen Ton halten, die anderen weinen ständig über die ›lieben armen Männer‹. Und manche sind nur auf der Suche nach einem Leichtverletzten, der sie heiraten könnte. Viele Patienten bitten inzwischen darum, den Tee im Krankenzimmer einnehmen zu dürfen.«

»Und meine liebe Freundin Lady Emily? Kommen Sie miteinander zurecht?«

»Wir haben eine Vereinbarung. Ganz im Vertrauen – meine Männer und ich stimmen ihr immer zu und schicken alles mit der Bitte um Genehmigung ins Hauptquartier. Und weil Genehmigungen ihre Zeit brauchen, gibt es keine Probleme.«

»Sie machen es wie mein Mann. Ganz im Vertrauen – nur weil er eine ähnliche Vereinbarung mit ein, zwei Ministern im Kabinett getroffen hat, funktioniert alles so reibungslos.«

»Möchten Sie sich das Lazarett ansehen? Es ist gleich Zeit für den Tee. Ich könnte Ihnen eine Tasse im Ballsaal servieren lassen, schön stark.«

»Eigentlich möchte ich zu Colonel Wheaton, falls er im Haus ist«, sagte Agatha. »Ich wollte nicht zum Lager hinausfahren und ihn im Dienst stören.«

»Die Familie hat sich in den Ostflügel zurückgezogen, aber zur Teezeit schaut der Colonel üblicherweise vorbei, um die Patienten ein wenig aufzuheitern. Darf ich Sie zu ihm führen?«

Nachdem der Colonel seinen Rundgang durch den Ballsaal absolviert hatte, setzte er sich zu Agatha und dem Major. Der überaus diskrete Major Frank entschuldigte sich sogleich unter einem Vorwand, und Agatha befand, dass das gedämpfte Stimmengewirr und Minnie Buttles' schwerfälliges, aber mit großem Enthusiasmus dargebotenes Klavierspiel genau für die Ungestörtheit sorgten, die es erlaubte, ihre Bitte vorzutragen.

»Nicht eben der edelste Tee der Welt. Offenbar kauft die Armee nur das ein, von dem sie annimmt, dass es die Zungenbeläge der Männer zum Verschwinden bringt«, bemerkte der Colonel nach einem Schluck aus seiner dickwandigen grünen Tasse.

»Es wird den Offizieren schon nicht schaden«, erwiderte Agatha. Ihr wurde schwer ums Herz beim Anblick der zahlreichen Armeeoffiziere, die, scheinbar ohne auf den bandagierten Kopf, die fehlenden Gliedmaße, den quälenden Husten da und dort zu achten, fröhlich ihren Tee tranken und Zeitung lasen. Am Nachbartisch bemühte sich ein junger, äußerlich unverwundeter Captain mit zittrigen Händen, die klappernde, überschwappende Tasse zu heben, bis eine Schwester einen Henkelbecher aus der Küche brachte. Agatha wandte den Blick ab.

»Die Männer sind unglaublich tapfer, nicht wahr?«, sagte sie.

»Die hier hatten Glück. Sie sind am Leben und in England – allerdings wohl kaum noch fronttauglich. Für die meisten hier ist der Krieg vorbei.«

»Wäre er es doch nur für uns alle.«

»Aber erst, wenn ich auch dabei war! Meine Männer warten jetzt täglich auf den Marschbefehl. Auch wir wollen es dem Hunnen zeigen!«

»Ich weiß, Colonel, und ebenso weiß ich, wie wichtig der Kriegsdienst für Sie und Ihren Sohn ist.«

»Für ihn wichtiger als für mich. Ich bin ein alter Haudegen und froh, dass ich noch einmal mitmachen kann, aber Harry – dem steht die Zukunft offen. Durch diesen Krieg werden viele junge Männer Karriere machen. Wenn Harry jetzt Gelegenheit erhält, sich ins Gefecht zu stürzen, kann er es später weit bringen.«

»Mein Neffe Daniel ist kein Berufssoldat, sondern ein sehr guter Dichter. Haben Sie seine Ode in der *Times* gelesen?«

»Wir nehmen es ihm nicht übel. Er tut sich besonders beim Drillen der Männer hervor. Ein vielversprechender Offizier, möchte ich meinen.«

»Er ist ein sehr gefühlvoller Mensch.«

»Da machen Sie sich keine Sorgen!« Der Colonel tätschelte ihr die Hand. »Ich weiß den Charakter der Männer einzuschätzen, und bei dem einen oder anderen habe ich durchaus meine Zweifel, aber

Ihr Neffe gehört nicht dazu. Er kann es kaum erwarten, in die Schlacht zu ziehen. Die Dichterei darf keinen davon abhalten, dem Land zu dienen, und genau das werde ich Brigadier Lord North demnächst schriftlich mitteilen.«

»Lord North?«

»Ja, der alte Trottel hat mir in einem dubiosen Brief nahegelegt, Ihren Daniel aus meinem Trupp zu werfen. Es hat mit diesem Gedicht zu tun. Aber wie ich bereits zu Lady Emily sagte: Nachdem dieser Mann die Ungezogenheit besaß, unser Haus ohne ein einziges Wort des Dankes zu verlassen, erachte ich ihn als nicht ganz richtig im Kopf und werde ihn ignorieren. Für wen hält der sich? Mag er jetzt Brigadier sein, so viel er will – mein Vorgesetzter ist er nicht!« Um seinen Worten Nachdruck zu verleihen, ließ der Colonel die Faust niedersausen, dass die Tassen auf dem Tisch klirrten und Minnie Buttles am Piano aus dem Takt geriet. Alle drehten sich zu ihnen um. Agatha senkte die Stimme.

»Er hat sich demnach um die Entlassung meines Neffen bemüht?«

»Ja. Völlig absurd. Er hält Gedichte offenbar für dekadentes Teufelswerk.«

»Damit macht er sich nur lächerlich. Ich muss jedoch gestehen, dass mir angst und bange wird, wenn ich mir einen jungen Dichter im Gefecht vorstelle. Sie und Ihr Sohn haben das Kriegshandwerk von der Pike auf gelernt, Colonel. Man sieht schon auf den ersten Blick, dass Sie der Kriegerkaste Englands entstammen und nirgends glücklicher sind als mitten im Getümmel …«

»Ich danke für Ihr Vertrauen«, erwiderte der Colonel hocherfreut.

»Allerdings könnte mein Daniel seinem Land sehr viel besser dienen, wenn er, sagen wir, einen Schreibtischposten bekäme. Mein Mann sucht derzeit nach einer entsprechenden Position, die es Daniel erlaubt, seine künstlerische Begabung ebenso wirkungsvoll einzusetzen wie Sie Ihre kriegerische, Colonel.«

»Ich verstehe Ihre Befürchtungen, Mrs Kent, aber Ihr Neffe hat leidenschaftlich darum gebeten, gleich mit dem ersten Kontingent an die Front fahren zu dürfen. Es ist sein unerschütterlicher Wunsch, in den Kampf zu ziehen.«

»Er ist ein Hitzkopf und kann sein eigenes Tun schlecht einschätzen.« Die Angst schloss sich wie ein Eisenband um Agathas Brust, und sie atmete schneller.

»Er würde eine solche Versetzung nicht hinnehmen, glauben Sie mir, Mrs Kent. Sollte es Ihnen und Ihrem Gatten gelingen, ihm etwas anderes einzureden, will ich nicht im Wege stehen. Ich habe größte Achtung vor Mr Kent und würde den Jungen hinschicken, wo immer er ihn haben will, aber ich sage Ihnen: Daniel würde sich widersetzen.«

»Dann müssen Sie ihn entlassen, Colonel Wheaton – nicht auf Befehl von Lord North, sondern mir zuliebe. Ich flehe Sie an!«

»Sie sollten Ihre Worte überdenken, Mrs Kent.« Der Colonel begann sich umzublicken, als hoffte er, seine Frau oder Major Frank käme und würde das Gespräch unterbrechen. »Ihm wurde schon einmal die Entlassung angedroht, und Mr Kent hat mich gebeten, ihm den großen Gefallen zu tun und den Jungen aufzunehmen.«

»Sie sollen ihn ja nicht wirklich entlassen – die Androhung würde bereits genügen. Sagen Sie ihm, Lord North habe Sie in eine ausweglose Situation gebracht.«

»Madam, Lord North hat ein gewisses moralisch dekadentes Verhalten angedeutet«, erwiderte der Colonel. »Es kann unmöglich der Wunsch Ihres Gatten sein, dass ich dem Jungen aufgrund einer so widerwärtigen Mitteilung die Entlassung androhe.«

»Manchmal muss man die jungen Leute zu ihrem Glück zwingen. Ich hoffe, es war Ihrer Tochter eine Hilfe, als ich ihr neulich auf dem Ball riet, sie solle ihr neues Medaillon besser ablegen. Wie leicht hätte es sein können, dass ein Wichtigtuer danach fragt, wie sie an das Schmuckstück gekommen sei, wo es doch das Foto ihres Gatten in seiner neuen Uniform enthält, obwohl es verboten ist, Verbindungen zu Deutschland aufzunehmen …« Lange schwiegen beide. Dann erhob sich Agatha und ergriff Handschuhe und Tasche. Der Schnurrbart des Colonel hatte leicht zu zucken begonnen. »Ich bitte Sie nur darum, meinen Neffen zur Räson zu bringen, das ist alles«, sagte sie im Weggehen. »Wir beide sind schon lange befreundet und können einander vertrauen.«

26

Nachdem er den Einschiffungsbefehl und drei Tage Urlaub zum Ordnen der privaten Dinge erhalten hatte, beschloss Hugh, seinen Krieg als Feigling zu beginnen. Er wollte nämlich die drei Tage auf dem Land verleben, danach zu seinen Kameraden in Folkestone stoßen, schließlich nach Frankreich übersetzen und sich auf diese Weise den Marsch zum Bahnhof ersparen, der mit großem Trara, mit Fähnchen und Blasmusik, erfolgen sollte. Aufwändig und rituell gestaltete Abfahrten dieser Art schienen ihm bestens geeignet für unwiderrufliche Versprechen. Während er aber Sir Alex nach wie vor ergeben war, hatte er hinsichtlich etwaiger Entschlüsse im Zusammenhang mit Lucy Ramsey eine leichte Unlust entwickelt, und genau genommen war es dieser Umstand, den er zu umgehen suchte.

Nach ihrem Erscheinen beim Ball in Rye hatte Lucy unverblümt den Wunsch nach einer offiziellen Verlobung geäußert. Doch je mehr sie sich ihm näherte, umso mehr zog er sich zurück. Mittlerweile fühlte er sich ständig in der Defensive. Im Gespräch wandte er sich gelegentlich von ihr ab oder bat sie unter einem Vorwand, ihn zu entschuldigen, und ließ sie mit ihrem hübschen Gesicht und einer verwunderten, gekränkten Miene allein zurück. Da auch der eingetroffene Marschbefehl seinen Zwiespalt nicht auflösen konnte, hatte er sich nach einem Teenachmittag nur sehr beiläufig verabschiedet, indem er Lucy und ihrem Vater kräftig die Hand schüttelte und die Gelegenheit zu tränenreichen Umarmungen gar nicht erst aufkommen ließ.

Dicht bepackt mit Soldaten fuhr der Zug in London ab. Hugh zwängte sich in die Ecke eines Abteils voller Schotten, die ihren Familien bereits in Aberdeen Lebwohl gesagt hatten und nun lautstark und derb über die auf dem Bahnsteig dargebotenen Abschiedsszenen herzogen.

»Ja, bei der da hat man was in der Hand! Attacke, Kamerad!«

»Seht euch den armen Kerl an, wie seine Frau und die drei Kinder an ihm hängen. Für den wird der Krieg der reinste Urlaub!«

»Die da ist so hässlich, da würde sogar ein Quäker zur Armee gehen. Hätte er die nicht zu Hause küssen können, damit uns der Anblick erspart bleibt?«

»Mehr Respekt vor den Londoner Mädchen, wenn ich bitten darf!«, rief ein anderer. »Jedenfalls sind sie nicht so hässlich wie deine Frau!«

»Er hat keine Frau – das war seine Mutter!«

Die eng aneinandergedrängten, in Schottenröcke gewandeten Hinterteile über den strammen, dick geäderten Waden und die gutmütigen Rempler, mittels derer die Männer ihre breiten Schultern aus dem Fenster zu zwängen versuchten, bereiteten Hugh Unbehagen. Ihm wäre ein weniger rüpelhaftes Benehmen lieber gewesen, doch um nicht der steife, lächerlich wirkende Offizier zu sein, ließ er die Bitte unausgesprochen.

Ein Schaffner steckte den Kopf zur Abteiltür herein. »Second Lieutenant Grange, Hugh Grange?«

»Ich bin Hugh Grange.« Er bemühte sich leise zu sprechen, spürte jedoch, dass seine Kameraden die Augen verdrehten, und hörte sie mit ihrem starken, unverständlichen Akzent vor sich hin murmeln.

»Es will sich jemand von Ihnen verabschieden«, sagte der Schaffner. »Entschuldigen Sie, meine Herren!« Ziemlich rücksichtslos bahnte sich der Mann einen Weg durch das Gedränge, schob den Kopf aus dem Fenster und rief: »Hierher, Miss!«, woraufhin er selbst und die Schotten Hugh in auffälliger Weise Platz machten, damit er zum

Fenster gelangen konnte. Hugh ging nur widerwillig und mit dem schrecklichen Gefühl, aus rollenden Augen beobachtet und von spitzen Bemerkungen begleitet zu sein.

»Hugh! Hugh! Hier bin ich, Hugh!«, rief Lucy Ramsey, die sich mit ihrem Mantel in tristem Grau, den violetten Stiefeln und der schwarzen Federboa wie eine Frau in Trauer präsentierte. Begleitet wurde sie von zwei jungen Damen, die in Erwartung einer anrührenden Szene bereits vorsorglich in ihre Taschentücher schnieften.

»Sie hätten nicht kommen sollen«, sagte Hugh. »Auf dem Bahnsteig herrscht großes Gedränge.«

»Ich konnte Sie nicht ziehen lassen, ohne richtig Abschied zu nehmen«, entgegnete sie.

»Runter mit Ihnen, Sir!«, sagte einer der Schotten, während ein anderer offensichtlich das Türschloss entriegelte, denn die nach außen schwingende Tür riss Hugh beinahe aus dem Abteil. Stolpernd stieg er die Stufen zum Bahnsteig hinunter und landete in Lucys offenen Armen.

»Ich kann Sie nicht gehen lassen. Ich ertrage es nicht!« Sie trat einen Schritt zurück, hob das Gesicht und blickte ihn sehnsüchtig an.

»Würde ich bleiben, bekäme ich eine Feder von Ihnen«, wandte Hugh um Heiterkeit bemüht ein. Er lächelte den anderen jungen Frauen zu und versuchte dem Drang zu widerstehen, sich aus Lucys Umarmung zu befreien. Die Soldaten lehnten sich aus dem Abteilfenster und sahen interessiert zu.

»Natürlich möchte ich, dass Sie gehen. Aber was soll ich tun, wenn Sie fort sind? Jeder Tag wird zur Qual, weil ich nicht weiß, ob Sie noch am Leben sind.« An ihrer hübschen Wange floss eine Träne herab, der sie tapfer freien Lauf ließ. Hugh hätte mit ihr mitfühlen sollen, das spürte er; stattdessen sagte er sich, dass Beatrice Nash ihm nie im Leben eine lächerliche Szene wie diese machen würde.

»Mir stößt mit Sicherheit nichts zu«, beteuerte er, sich vorsichtig aus ihren Armen lösend, und fühlte sich seiner Ungehaltenheit wegen sofort schuldig. Lucy war jung, man durfte ihre Verzweiflung nicht abtun. Er ergriff ihre Hände. »Die Feldlazarette und Krankenhäuser befinden sich weit hinter der Front.«

»Wenn es nur eine Hoffnung gäbe, an die wir uns klammern könnten! Ich weiß, ich war abscheulich und habe Sie warten lassen, Hugh, aber bitte erlauben Sie mir, eine Annonce in die *Times* zu setzen! Das würde unseren dunkelsten Moment der Angst ein wenig erhellen.«

»Sie braucht was, an dem sie sich festhalten kann!«, rief einer der Männer im Zug mit heiserer Stimme. Die anderen kicherten und feixten. Hugh hätte es sich verbeten, wollte das Ganze aber nicht noch dramatischer machen.

»Ich kann Sie in diesen gefährlichen Zeiten unmöglich guten Gewissens an ein Versprechen binden«, sagte er in der Hoffnung, einen freundlichen, aber bestimmten Ton angeschlagen zu haben. »Sie sollen Ihre Jugend und Schönheit nicht an die Trauer verschwenden.«

»Ich wäre doch gewiss eine sehr interessante Witwe«, erwiderte Lucy und strich sich lächelnd ein widerspenstiges Löckchen hinter das Ohr. »Es ist natürlich niemandem zu wünschen, aber mit Hilfe des Respekts, der dem Witwentum gebührt, kann eine Frau, wenn sie klug ist, große Autorität erlangen.«

Hugh wusste nicht, was er erwidern sollte – hatte sie ihm soeben allen Ernstes angeboten, seine Witwe zu werden? Er suchte noch nach einer Antwort, da schrillte die Zugpfeife. Hinter ihm lehnte sich der Schaffner aus dem Wagen und brüllte: »Alles einsteigen!«

»Ich muss gehen«, sagte Hugh. Lucy schluchzte auf und schmiegte das Gesicht in einer Haltung an seine Brust, die der Aufforderung zu einem leidenschaftlichen Kuss gleichkam. Hugh blickte auf ihr Porzellangesicht hinab und zögerte. Schließlich schob er sie sanft von sich, nahm ihre Hand, küsste sie und gleich darauf die Hände von Lucys Freundinnen, die sich sehr zu freuen schienen, Teil des kleinen Dramas geworden zu sein. Während die Lokomotive eine große Dampfwolke ausstieß, sprang Hugh in den Zug und schloss die Tür. Er winkte den drei weinenden Damen noch zu, wurde dann jedoch zu seiner Erleichterung von mehreren Soldaten abgedrängt, die sich aus dem Fenster lehnen wollten, um Kusshände zu werfen und Komplimente oder auch Beleidigungen hinauszugrölen. Zu den Klängen einer Militärkapelle verließ der Zug den Bahnhof.

Beim Abendessen war die Atmosphäre so angespannt, dass jedes Quietschen einer Gabel auf dem Teller wie ein Schuss klang. Das Dienstmädchen Jenny spürte die Nervosität und wurde, gerade weil sie nicht auffallen wollte, zum Tolpatsch. Sie stieß mit dem Wasserkrug gegen die Gläser, verschüttete sogar etwas Erbsensuppe vom Schöpfer auf das Tischtuch. Hugh legte seine Serviette auf den sich ausbreitenden grünen Fleck. Sie warf ihm einen dankbaren Blick zu.

»Wie war die Fahrt?«, fragte Onkel John.

»Äußerst beengt«, antwortete Hugh, und das Schweigen in seinen Ohren begann aufs Neue zu dröhnen.

»Wann musst du wieder fort?«

»Montag früh mit dem ersten Zug.« Die Antwort schien nicht günstig zu sein, denn Tante Agatha schluchzte einmal leise in ihre Serviette hinein, schob ihren Stuhl so heftig zurück, dass leicht ein Bein hätte abbrechen können, und floh aus dem Zimmer.

»Ich wollte sie nicht aufregen«, sagte Hugh. »Mir stößt schon nichts zu.«

»Es geht um Daniel.«

»Selbstverständlich.« Auf der Stelle bereute er den unvermeidlichen leicht ärgerlichen Unterton in seiner Stimme. Selbst seine Abreise an die Front war von seinem Cousin überschattet. »Ich weiß, dass er mitten in die Kampfgebiete muss, aber hat er bereits den Marschbefehl erhalten?«

»Lord Norths Hetzkampagne hat ihr hässliches Haupt leider erneut erhoben.«

»Damit begeht er ein schweres Unrecht.«

»Colonel Wheaton wollte Lord Norths leeres Geschwätz nicht ernst nehmen, doch dann hat ihn jemand überredet, Daniel unter Druck zu setzen, damit er seinen Abschied nimmt.«

»Wer hat ihn dazu gezwungen? Wer tut so etwas?« Hugh konnte sich nicht vorstellen, wer den Sinneswandel des Colonels hervorgerufen haben mochte, nachdem dieser beschlossen hatte, den mächtigen Lord North zu ignorieren.

»Eben da liegt der Hase im Pfeffer! Dem Colonel ist im Gespräch mit Daniel herausgerutscht, dass ihn deine Tante in Zugzwang gebracht hat.«

»Tante Agatha? Das kann nicht sein!«

»Sie wusste selbstverständlich nicht, was sie da tat, und hatte keine Ahnung, wie gefährlich Lord Norths Anschuldigungen sein könnten. Sie besitzt nur eine sehr verschwommene Vorstellung von dem Bereich moralischer Verfehlungen, die er in seiner Eingabe andeutet, und ich gestehe, dass mir der Mut fehlt, ihr ein genaueres Bild dessen zu geben, wessen man ihren Neffen beschuldigt.«

»Das Ganze ist ohnehin reiner Unsinn«, sagte Hugh errötend. »Ich kenne meinen Cousin. Er würde niemals ... Es ist unfassbar.«

»Sie glaubt immer alles besser zu wissen, aber diesmal ist sie zu weit gegangen. Daniel ist fort, wir haben nicht die geringste Ahnung, wohin. Wir wissen nur, dass er keinen Kontakt mit uns wünscht.«

»Was wird er jetzt tun?«

»Deine Tante hatte die Hoffnung, er würde Colonel Wheatons Trupp verlassen und einen Posten im Kriegspropagandabüro annehmen. Aber Daniel will sich wehren und hat eine Anhörung gefordert.«

»Recht so!«

»Ein grauenhafter Gedanke. Etwas bleibt immer hängen, ganz gleich, wie das Ergebnis aussieht, und am Ende wird er womöglich doch entlassen.« Onkel John seufzte. Zum ersten Mal sah Hugh das Gesicht eines alten Mannes vor sich. Sein schwungvoller Onkel, der stets Geschmeidigkeit und diplomatisches Geschick ausgestrahlt hatte, wirkte müde.

»Manchmal wird man leichter mit einem Krieg fertig als mit einer Frau«, fuhr John fort. »Weil sie weiß, dass sie einen großen Fehler begangen hat, beharrt sie nun umso vehementer darauf, im Recht gewesen zu sein. Sie ist untröstlich.«

»Das geht vorüber«, sagte Hugh, doch der unvorstellbare Gedanke, durch die Familie könnte ein Riss gehen, drehte ihm den Magen um.

Tante Agatha war wie ein Fixpunkt im Universum, um den sich alle immer wieder einfanden. Undenkbar, dass Daniel nicht mehr mit den Füßen auf dem Wohnzimmersofa herumsaß oder die Köchin mit seiner Bitte um Kuchen zum Frühstück aufscheuchte.

»Es sind sehr schlimme Worte gefallen«, sagte John.

»Daniel bereut es sicherlich bereits. Lass mich zu ihm gehen und mit ihm reden, falls du weißt, wo er sich aufhält.«

»Zum Reden ist es leider zu spät. Die Anhörung findet am Sonntag statt.«

Daniel saß, den Kopf in die Hände gestützt, vor dem Kamin in Mr Tillinghams Arbeitszimmer. Hugh war eben heraufgeführt worden, nachdem er mehrere Minuten angespannt unten in der Diele gewartet und dabei den Professor beobachtet hatte, der bei Portwein und würzigem Käse allein im Speisezimmer saß.

»Nur herein, mein Junge!«, sagte Mr Tillingham. Hughs Kommen schien ihn zu erleichtern. »Meine dürftigen Fähigkeiten als Ratgeber sind so gut wie erschöpft – wir brauchen Verstärkung.«

»Ich will Hugh nicht mit meinen schäbigen Problemen belasten, Mr Tillingham«, sagte Daniel. »Er geht bald an die Front und soll nicht von den belanglosen Demütigungen abgelenkt werden, die ich zu erleiden habe.«

»Hör auf, den sprichwörtlichen Schierlingsbecher zu leeren, Daniel! Dramatische Gesten sind jetzt nicht angebracht«, ermahnte ihn Hugh.

»Welche Gesten wären denn geeignet, dem Verrat meiner Tante zu begegnen? Hat sie inzwischen all mein Blut abgewaschen, das an ihren Händen klebt?«

»Sie wollte verhindern, dass du an die Front kommst. Auch wenn es schändlich ist, einen geliebten Menschen an die Heimat fesseln zu wollen, während andere gehen müssen, so hat sie es doch aus Liebe getan, nicht aus Böswilligkeit.«

»Damit hat sie sich einmal zu viel eingemischt. Sie weiß ja nicht, was mir bevorsteht!«

»Es ist nicht zu spät – du kannst immer noch deinen Abschied nehmen. Onkel John könnte dich im Kriegspropagandabüro unterbringen.«

Daniel stand auf, trat, die Hände in den Taschen, vor den Kamin, stellte ein Bein auf das Gitter, wandte das Gesicht in den Schein der Flammen und schwieg eine Weile.

»Craigmore war es sehr wichtig, nach Frankreich zu gehen«, sagte er schließlich. »Ich habe ihm nicht zugehört, als er vom Dienst an seinem Land sprach, ich war zu sehr damit beschäftigt, selbst zu reden.« Er drehte sich um und verzog den Mund zu einem schmalen Lächeln. »Ich gehe Craigmore zu Ehren an die Front. Ich will beenden, was er begonnen hat, und tun, was er so gern getan hätte – dienen.«

»Craigmore ist tot, und das wird sich nicht ändern, was immer du im Krieg auch tust. Du kannst Vergeltung üben, so viel du willst, es bringt ihn nicht zurück.«

»Es geht nicht um Vergeltung, es geht um Pflicht. Craigmore glaubte seine Pflicht erfüllen zu müssen, und ich werde mich der meinen nicht entziehen, indem ich in einem Londoner Büro Rekrutierungsplakate entwerfe.«

»Wenn die Anhörung schlecht ausgeht, könntest du mit Schimpf und Schande davongejagt werden. Du scheinst nicht zu wissen, in welchen Schwierigkeiten du steckst, Daniel.«

»Ich fürchte, Ihr Cousin hat recht, junger Freund«, warf Mr Tillingham ein. »Ich entsinne mich eines jungen Mannes – etwa zwanzig Jahre ist es her –, der sich ebenso zur Wehr zu setzen versuchte. Seine Sturheit führte zum größten Skandal der damaligen Zeit.«

»Sie können Daniel unmöglich mit diesem Bühnenautor vergleichen!«, entgegnete Hugh erschrocken. Sein Entsetzen wuchs noch, als ihm nach und nach bewusst wurde, was Mr Tillingham mit seinem Vergleich hatte andeuten wollen. Er konnte Daniel nicht mehr in die Augen sehen. »Der Mann war ein – ein völlig degenerierter Mensch.«

Daniel starrte auf seine Schuhe, während Mr Tillingham den silbernen Griff seines Spazierstocks in Augenschein nahm und an einer angelaufenen Stelle herumrieb.

»Hybris oder Edelmut – was immer sein Beweggrund gewesen sein mag, der Narr hat es verdient, ins Zuchthaus gesperrt zu werden und verarmt zu sterben«, erklärte Tillingham in leicht vorwurfsvollem Ton, wobei es für Hugh unklar blieb, ob dieser dem Dramatiker oder ihm selbst galt. Tillinghams Augen wirkten noch müder, die Lider noch schwerer als sonst, während er ins Feuer blickte. »Die Angst vor dem Skandal hat schon so manchen Maler und Dichter auf den Kontinent oder aufs Land getrieben.«

»Ich will nicht sagen, dass er kein guter Schriftsteller war«, erklärte Hugh, um seine anmaßende Verurteilung abzuschwächen und vor dem düster schweigenden Daniel nicht den Moralapostel hervorzukehren. »Aber das war vor meiner Zeit.«

»Craigmores Vater setzt alle Hebel in Bewegung, um unsere Freundschaft mit Schande zu besudeln. Gerade deshalb kann ich mich nicht einfach davonschleichen und seine Unterstellungen unwidersprochen lassen«, sagte Daniel langsam. »Und es ist nicht das Gleiche. Sie haben nichts gegen mich in der Hand.«

»Ein paar Briefe, der eine oder andere Vers – nichts weiter als die schwärmerischen Übertreibungen des Dichters in seinem jugendlichen Überschwang«, sagte Mr Tillingham. »Ich habe zu meiner Zeit weitaus exaltiertere und ungeheuerlichere Briefe verfasst, die allesamt nichts zu bedeuten haben.«

»Würden Sie das bei meiner Anhörung aussagen?«, fragte Daniel.

»Für Sie, mein lieber Junge, würde ich alles tun, das wissen Sie«, antwortete Mr Tillingham. Hugh sah ein Erschrecken über seine Züge huschen, das er rasch unterdrückte. »Würde ich mich allerdings zu einem solchen Thema öffentlich äußern, brächte ich meine auf nationaler Ebene bedeutsame Arbeit für den Krieg in Gefahr.« Als von Daniel keine sofortige Erwiderung kam, sprach er unverzüglich weiter, wie um gleich einem Rechtsgelehrten entschuldigende Gründe aufzuhäufen. »Ich bin ja selbst ein alter Bohemien«, erklärte er anbiedernd. »Die Achtbarkeit, die ich erlangt habe, ist nur ein dünnes und raues Gewand, mit dem ich meine Blöße vor den Demütigungen und dem Hohn der Öffentlichkeit schütze.«

»Ich verstehe«, sagte Daniel. »Ich würde Sie niemals in eine so heikle Lage bringen.«

»Darüber hinaus habe ich in einigen meiner Briefe durchaus ernst Gemeintes geschrieben und kann nicht vollständig ausschließen, dass die Empfänger sie vorzeigen, sollte mein Name im Zusammenhang mit einem derartigen Skandal fallen«, fügte Tillingham beinahe verängstigt hinzu.

»Daniel, ich flehe dich an – nimm deinen Abschied, anstatt deinen Ruf aufs Spiel zu setzen«, sagte Hugh. »Wenn du dein Vorhaben jedoch unbedingt ausführen willst, stehe ich dir als Leumundszeuge zur Verfügung.« Er ergriff Daniels Hand. »Ich kenne dich seit unserer Kindheit, Cousin, und bin bereit, auf die Bibel zu schwören, dass sowohl deine Lebensführung als auch deine Moral untadelig sind.«

»Das ist sehr schön von dir, Hugh.«

»Wenn er es wirklich glaubt, ist es kein Meineid«, erklärte Mr Tillingham.

»Mr Tillingham!«, stieß Hugh schnaubend hervor, doch Daniel und der Schriftsteller sahen sich lächelnd an wie Menschen, die mehr wissen, als sie sagen.

Es klopfte an der Tür. Die Haushälterin trat ein und meldete, Miss Nash sei unten beim Professor, es handle sich um einen Notfall. Als Hugh ins Speisezimmer kam, wirkte Beatrice Nash sehr aufgebracht und der Professor so besorgt, wie man nur sein konnte nach einer üppigen Mahlzeit, bestehend aus Fleischpudding, Käse und einer halben Flasche Jahrgangs-Portwein.

Hugh hätte Beatrice viel zu sagen gehabt und sie gern angelächelt, doch ihr Gebaren zwang ihn, eine ebenso ernste Miene aufzusetzen wie während des Gesprächs im Arbeitszimmer.

»Celeste ist fort«, sagte Beatrice. »Sie wollte ihren Vater besuchen, und als sie nicht zurückkam, bin ich sie suchen gegangen, aber der Professor meinte, sie sei gar nicht hier gewesen.«

»Nein, sie war nicht hier«, bestätigte der Professor. »Mr Tillingham und ich haben den ganzen Abend zu Hause verbracht und gemeinsam gegessen.«

»Da sie morgen abreist, kam es mir nicht seltsam vor, dass sie noch einmal zu Ihnen wollte«, sagte Beatrice in scharfem Ton.

Der Professor wandte den Blick ab und putzte seine Brille. »Ich hielt es für das Beste, zu schweigen. Es genügt wohl, sich morgen früh zu verabschieden.«

»Vielleicht genügt es eben nicht. Sie ist sehr unglücklich. Jetzt ist sie fortgelaufen oder hat womöglich sogar Schlimmeres getan.«

»Hat sie etwas mitgenommen?«, fragte Hugh.

»Das weiß ich nicht«, antwortete Beatrice. »Ich gehe zurück und sehe nach.«

»Ich komme mit«, erklärte Hugh. »In der Zwischenzeit könnten Sie, Mr Tillingham, meinen Onkel anrufen und ihn bitten, mit dem Auto die Straßen abzufahren und zu suchen.«

»Würden Sie das Telefon für mich bedienen, Daniel?«, rief Mr Tillingham. »Ich habe erbärmliche Angst vor der Frau von der Vermittlung.«

»Bitte achten Sie auf Ihre Worte«, mahnte Beatrice.

»Ja, wir brauchen keine zusätzlichen Skandale«, erklärte Hugh. »Hoffen wir, dass ausnahmsweise einmal nicht die ganze Nachbarschaft an der Gemeinschaftsleitung sitzt und lauscht.«

Beatrice stieg die Treppe im Cottage hinauf, ging Celestes Kleider durch und sah unter dem Bett nach.

»Man muss den Fluss absuchen«, rief Mrs Turber vom Fuß der Treppe her, wo sie mit vor der Brust verschränkten Armen stand.

»Es fehlt nur ihr weißes Spitzenkleid«, vermeldete Beatrice bei ihrer Rückkehr in die Wohnstube. »Ich glaube nicht, dass sie es getragen hat, aber ich bin mir nicht sicher.«

»Fehlt sonst noch etwas?«, fragte Hugh. »Es ist mir unangenehm, aber war Geld im Haus, das sie genommen haben könnte?«

»Gütiger Gott, meine Sparbüchse!«, schrie Mrs Turber und eilte davon. Kurz darauf ertönte ein spitzer Schrei, und wenig später lief Abigail in die Stube.

»Bitte, Miss – das Geld ist da, aber die kleine Pistole von Mrs Turber ist verschwunden. Die Pistole, die ihr der Captain gegeben hat.«

»Oh nein!« Beatrice fühlte sich schwach und hilflos. Wie hatte sie es übersehen können? Was für eine Freundin war das, die zuließ, dass Celeste sich mit einer Pistole in ihrem Bündel aus dem Haus schlich? Hatte sie beim Abschied kein Zittern in der Stimme des Mädchens bemerkt? Hatte sie ihm keine Angst, keine Anspannung angesehen?

»Hören Sie zu, Beatrice!«, sagte Hugh. Er schüttelte sie am Arm, und sie kehrte wieder in die Gegenwart zurück. »Wir dürfen jetzt keine Vermutungen anstellen, sondern müssen die Suche logisch angehen!«

»Im Fluss wird man sie finden!«, wiederholte Mrs Turber.

»Wenn es wirklich so ist, soll es Ihnen ewig auf dem Gewissen liegen, Mrs Turber.« Am liebsten hätte Beatrice ihr das selbstgefällige Gesicht zerkratzt.

»Unerhört!«, fauchte die Zimmerwirtin.

»Sie bleiben hier«, sagte Hugh. »Daniel und ich suchen am Flussufer, Mr Tillingham und der Professor sehen in der Oberstadt nach. Mein Onkel John fährt mit seinem Chauffeur alle großen Straßen im Umkreis von fünfzehn Kilometern ab.«

»Ich komme mit Ihnen«, erklärte Beatrice. »Ich kann hier nicht untätig warten.«

»Die Reservisten und die Pfadfinder patrouillieren nachts am Kanal«, sagte Abigail. »Soll ich zum Pfadfinderführer hinunterlaufen und bitten, dass sie Ausschau nach Celeste halten?«

»Das wird nicht gehen«, erwiderte Beatrice, hin- und hergerissen zwischen der Möglichkeit, mehr Leute auf die Suche nach Celeste zu schicken, und dem Wissen, dass ein weiterer Skandal vielleicht nicht zu überstehen war. Sie warf Hugh einen Blick zu und sah, dass er sofort verstanden hatte.

»Es ist auch gar nicht nötig«, sagte er. »Wir sollten nicht mehr Leute alarmieren, als wir brauchen. Wir werden sie bald selbst gefunden haben.«

»Sie werden alle erschossen, wenn Sie nachts übers Marschland gehen, das lassen Sie sich gesagt sein!«, rief Mrs Turber.

Hugh, Daniel und Beatrice liefen zum Hafen und begannen die im Halbdunkel liegenden Fischerboote und Frachtsegler abzusuchen. Ein Nachtwächter beteuerte, er habe keine Frau vorbeigehen sehen, doch ein Schiffsjunge glaubte am anderen Flussufer eine Gestalt bemerkt zu haben. Nachdem sie ihm ein paar Münzen gegeben hatten, kletterte er einen hohen Mast hinauf, sah in die dunkle Marsch hinaus und meldete, weit flussabwärts auf dem Deich leuchte immer wieder etwas Weißes auf, ein Frauenkleid möglicherweise.

»Vielleicht nur ein altes Segel, das zum Trocknen über dem Zaun hängt«, meinte der Nachtwächter. »Jeder sieht das, wofür er bezahlt wird.«

Ohne ihn zu beachten, liefen sie über die Brücke und bogen auf den Weg Richtung Meer ein. Hier standen keine Häuser, nur verkrüppelte Bäume, und schließlich lagen nur noch die tiefen, gerade einmal zum Weiden von Schafen und Ziegen tauglichen Salzwiesen mit ihren spärlichen Grasbüscheln vor ihnen.

»Warum sollte sie zum Fluss gehen, wenn sie eine Pistole hat?«, fragte Hugh in seiner praktischen Art.

»Gerade weil sie eine Pistole hat, ist der Fluss wahrscheinlicher als der Zug«, erwiderte Daniel. »Für den Zug braucht man keine Pistole, aber es wird unschön.«

»Du scheinst dir ziemlich sicher zu sein.«

»Jeder Dichter denkt über den Tod nach. Der Fluss ist die romantische Entscheidung. Die Pistole hat sie wohl nur zur Sicherheit mitgenommen.«

»Wer eine irrationale Handlung logisch erklären will, ist selbst verrückt«, sagte Beatrice. »Beeilen Sie sich lieber, anstatt zu debattieren!«

Hinter einem Weiler – nicht mehr als ein paar Fischerhäuschen – lag die letzte Biegung des Flusses. Danach führte er schnurgerade zum Meer. Da der Boden nur noch mit Kies und Gestrüpp bedeckt war, ging es jetzt langsamer voran. Das Ufer verlief an dieser Stelle höher über dem Wasser und war mit dicken Wänden aus Brettern und Holzpfählen befestigt. Eine einzelne, pechschwarze Hütte mit einem Dach aus altem Blech duckte sich dort ins Dunkel. Aus ihrem Schatten löste sich eine einsame Gestalt – eine Frau –, ging zum Uferrand und warf ein weißes Bündel ins Wasser.

»Celeste!«, schrie Beatrice. Das Rufen fiel schwer, weil sie vom Laufen atemlos war und ihr das Herz in der Brust pochte. In dem Moment, als Celeste sich umdrehte und das Mondlicht die kleine Pistole in ihrer Hand aufglänzen ließ, stolperte Beatrice über ein Büschel Unkraut zwischen den Kieseln, stürzte und schrammte bei dem Versuch, sich abzustützen, mit Händen und Knien über die Steinchen. Sie biss sich in die Lippe und schmeckte Blut.

»Ich habe sie. Lauf weiter, Daniel!«, hörte sie Hugh sagen. Dann spürte sie seine Arme um sich, und er half ihr auf die Knie.

»Ich muss zu ihr«, sagte Beatrice und versuchte auf die Füße zu kommen. »Helfen Sie mir hoch, Hugh, ich bitte Sie!«

»Nicht so hastig. Wir müssen erst nachsehen, ob Sie verletzt sind. Es ist ohnehin besser, wenn wir nicht alle gleichzeitig zu ihr laufen.« Beatrice konnte kaum stehen. Ihre Knie brannten, und sie bekam nur schwer Luft. Der Blutgeschmack im Mund war eklig, brachte sie zum Würgen.

»Es geht schon.« Behutsam legte sie die schmerzenden Hände an die Brust.

»Lassen Sie mich Ihnen helfen. Wenn Sie erlauben?« Er legte ihr den Arm um die Schulter, und Beatrice begann mit seiner Hilfe steifbeinig auf Daniel zuzugehen, der ein Stück abseits mit Celeste sprach.

»Schneller«, sagte sie. »Ich muss sie retten.«

»Daniel macht seine Sache offenbar recht gut«, erwiderte Hugh. Celeste trat vom Uferrand zurück und setzte sich auf einen der niedrigen Pflöcke, an denen man die größeren Schiffe vertäute, die in der Flussmündung anlegten. Daniel suchte sich in gebührendem Abstand eine ähnliche Sitzgelegenheit.

»Und wenn es ihm misslingt?«, sagte Beatrice. »Ich muss zu ihr!«

»Meine Tante«, erwiderte Hugh, »ist heute in große Schwierigkeiten geraten, weil sie die Geschicke der Welt ganz allein glaubte lenken zu können. Was meinen Sie – bringen Sie es fertig, sich dann und wann einmal von anderen helfen zu lassen?« Er blickte freundlich zu ihr herab. Beatrice atmete tiefer, lehnte sich an ihn und hätte gern den Kopf an seine Schulter gelegt und sich ausgeruht. Lange standen sie zusammen und sahen zu, wie Daniel auf Celeste einsprach und Celeste zaghaft antwortete, ohne dass sie die Worte verstanden.

Plötzlich begann Celeste zu lachen. Sie hörten es, und für Beatrice klang es so süß wie der Gesang der Lerchen, die im Sommer über dem Marschland flogen. Wer lacht, erschießt sich nicht mit einer Pistole und stürzt sich nicht in den kalten Fluss, dachte sie. Wer lachte, war gerettet.

»Wenn sie jetzt noch ins Wasser geht, wird mein Cousin einiges erklären müssen«, meinte Hugh. »Sollen wir einschreiten, bevor er sie noch länger mit seinem Humor traktiert?«

Sie suchten Schutz in der winzigen Hütte. Schweigend feuerte Hugh den Kanonenofen an, den der Fischer mit Kleinholz und Kohle gefüllt zurückgelassen hatte. Minuten später wurde es Beatrice warm. Sie hielt Celeste umschlungen, bis auch sie nicht mehr zitterte und die Ofenhitze ihr Gesicht rosig färbte. Die Erkundung der nach Pech stinkenden Hütte hatte eine Flasche Rum zu Tage gefördert, die mit einem versiegelten Korken verschlossen war. Daniel zögerte nicht, das Lacksiegel zu brechen, und empfahl Celeste einen Schluck gegen die Kälte. Alle tranken, und als der Rum sie heiß zu durchströmen begann, hätte Beatrice am liebsten ewig in der ärmlichen, aber warmen Hütte gesessen. Hugh befeuchtete ein Taschentuch mit Rum und wischte sanft das Blut und kleine Steinchen von ihren Händen. Müde – nicht nur der späten Stunde wegen, sondern auch vor Erleichterung – lehnte sie sich an seine Schulter, schloss die Augen und fiel in einen angenehmen Halbschlaf.

»Wir sollten uns auf den Weg nach Hause machen«, sagte Hugh. »Draußen im Dunkeln sind viele Leute auf der Suche nach – nach uns.«

»Ich bin bereit«, erklärte Celeste. »Ich muss meinem Vater sagen, wie leid es mir tut.«

»Wir haben uns solche Sorgen gemacht«, sagte Beatrice. »Bitte lass dir von uns helfen, Celeste. Ich könnte es nicht ertragen, wenn du noch einmal versuchen solltest, deinem Leben ein Ende zu setzen.«

Celeste errötete wie ein reumütiges Kind und erwiderte sehr leise: »Es tut mir sehr leid, so viel Kummer bereitet zu haben, doch ich könnte mir niemals das Leben nehmen. Das ist eine Sünde.«

»Aber der Fluss!«, rief Beatrice. »Und die Pistole!«

»Unsere Miss Celeste hatte einen höllisch raffinierten Plan«, sagte Daniel.

»Ich wollte mein Kleid in den Fluss werfen. Dann hätte man eine Zeit lang geglaubt, ich wäre tot. Dann wollte ich in eine andere Stadt und von dort mit dem Zug nach London. In der großen Stadt kann ich vielleicht ein anderer Flüchtling sein …«

»Und die Pistole?«, fragte Beatrice.

Schmerz und Beschämung vertieften die Röte in Celestes Gesicht.

»Mrs Turber sagt, es sei keine Sünde, wenn man sich erschießt, um sich vor Männern zu schützen. Das ertrage ich nicht noch einmal.«

»Ach, Celeste, wie bist du nur auf diesen Plan gekommen?« Beatrice schloss die junge Frau fest in die Arme. »Wenn du fortmusst, gehe ich mit dir. Ich lasse dich nie wieder im Stich.«

»Ein Umzug ist nicht nötig, Miss Nash«, sagte Daniel und küsste Celestes Hand. »Celeste und ich sind Freunde, beide gleichermaßen beschwert von Kummer und Skandal. Wir haben genug von alldem und sind fest entschlossen, unsere Feinde mit einem einzigen Geniestreich fortzujagen, der, wie ich zugeben muss, allein auf meinem Mist gewachsen ist.«

»Wie soll ich das verstehen?«, fragte Hugh. »Die Lage ist ernst und Leichtsinn nicht angebracht.«

»Hugh, Beatrice – ihr dürft uns gratulieren. Celeste hat eingewilligt, meine Frau zu werden.«

»Deine Frau?«, rief Hugh. »Bist du von Sinnen?«

»Im Gegenteil – wir sind bei klarstem Verstand. Nichts macht den Kopf so frei wie die Betrachtung von Tod und Exil als brauchbare Möglichkeiten.«

»Ist das Celestes Rettung?« Beatrice begann erst allmählich zu verstehen, verspürte jedoch die Hoffnung, dass eine mit Daniel Bookham verheiratete Celeste kein Mensch mehr wäre, den man mied, sondern eine zu beglückwünschende Frau.

»Sie rettet mich«, erklärte Daniel. »Ich gehe als frisch verheirateter Mann mit einer schönen jungen Frau in die Anhörung. Die altehrwürdige Institution der Ehe wird alle Unterstellung und Verleumdung besiegen.«

»Aber ihr bleibt euer Leben lang aneinander gefesselt«, gab Hugh zu bedenken. »Und sie bekommt ein Kind.«

»Ja, so Gott will, haben wir nächstes Jahr ein Kind. Etwas früh vielleicht, aber sehr willkommen«, sagte Daniel.

»Ich dachte, ich wäre es, die gegen die Ehe eingestellt ist«, sagte Beatrice. »Mein Gott, Hugh – das löst alle Probleme!«

»Ich will, dass Daniel glücklich ist«, erwiderte Hugh.

»Ich will, dass Celeste glücklich ist«, sagte Beatrice.

»Vielleicht hat Glück in diesen dunklen Zeiten eine neue und praktischere Bedeutung«, erklärte Daniel. »Ich habe offen gesprochen und ihr alle irdischen Vorteile einer Ehe sowie meinen brüderlichen Schutz in Aussicht gestellt. Ich werde ihr nichts zuleide tun, und wir können leben, ohne dass uns alle Blicke folgen.«

»Ein ziemlich unkonventionelles Arrangement«, meinte Hugh, doch der Ausdruck zaghafter Erleichterung begann seine Miene zu erhellen.

»Wir bauen aus den Trümmern, unter denen uns die Kleingeister begraben haben, ein angenehmes Leben auf!«

»Willst du das wirklich, Celeste?«, fragte Beatrice. Der beseligte Blick, mit dem Celeste Daniel ansah, ließ nicht erkennen, ob die junge Frau den Vorschlag vollständig verstanden hatte. Beatrice war sich selbst nicht völlig sicher, fand jedoch nicht die rechten Worte, um nachzufragen.

»Ich bin sehr glücklich«, sagte Celeste.

»Sei versichert, liebe Celeste, dass ich alles tun will, was meine Frau von mir erbittet, und sie durch nichts jemals beschämen werde. Ehre und Umsicht sollen uns in unseren Lebensabend führen.«

»Dann wird sie also heiraten«, sagte Beatrice zu Hugh, brach – ob des Rums oder ihrer Fassungslosigkeit wegen – in Tränen aus und vergrub das Gesicht in seinem Mantel.

27

Keiner wäre überrascht gewesen, hätten die von Rathaus und Kirche bevorzugten bürokratischen Wirren alles schwierig werden lassen, doch als Daniel und Hugh am nächsten Vormittag in der Wohnstube des Cottages eintrafen, wo Beatrice und Celeste auf sie gewartet hatten, winkten sie mit sämtlichen benötigten Papieren.

»Das haben wir dem Krieg zu verdanken«, erklärte Hugh. »Der Pfarrer sagte, besser eine Hochzeit ohne Aufgebot als ein Haufen alleingelassener lediger Mädchen.«

»Weil Celeste mit Ihnen und Mrs Turber regelmäßig den Gottesdienst besucht, betrachtet er uns beide als Gemeindemitglieder und hat mich ins Rathaus geschickt, um die Heiratserlaubnis zu besorgen. Wenn wir zwei Zeugen beibringen und der Kirche eine Spende zukommen lassen, traut er uns um drei.«

»Zum Tee sind wir wieder zu Hause«, fügte Hugh an.

»Nun muss ich nur noch um den väterlichen Segen bitten«, sagte Daniel.

»Was machen wir, wenn er es nicht erlaubt?«, fragte Celeste. »Um zwölf Uhr holen mich die Nonnen.« Ängstlich griff sie nach Beatrices Hand. »Was, wenn ich ihn zu sehr beschämt habe?«

»Sei vernünftig, liebe Freundin. Du machst eine hervorragende Partie. Er wird sich freuen.«

»Komm mit«, bat Celeste. »Bitte komm mit!«

»Wir gehen alle zu Mr Tillingham«, erklärte Daniel. »Sobald ich den Segen deines Vaters erhalten und unser Glück verkündet habe, können wir uns am Anblick von Mr Tillinghams Gesicht weiden, wenn ihm klar wird, dass er seinen besten Champagner hervorholen muss, damit wir auf den freudigen Anlass trinken können.«

»Wenn ich ein Spieler wäre, würde ich gegen dich wetten«, sagte Hugh grinsend.

Vier glückliche Menschen gingen ins Nachbarhaus hinüber, drei warteten gespannt in der vorderen Stube, während Daniel in Mr Tillinghams Speisezimmer mit dem Professor sprach. Durch die dicken Wände drang nur stetes Gemurmel. Beatrice versuchte nicht zu lauschen, sondern lenkte Celeste stattdessen mit einem Dankesbrief ab, den Mr Tillingham für seine Unterstützung der Flüchtlinge vom König erhalten und in schweres Ebenholz gerahmt zwischen einer Lampe und einem kleinen Globus auf einen Nebentisch gestellt hatte.

»Ach, dorthin hat die Haushälterin das alte Ding verfrachtet!«, rief Mr Tillingham, während er in den Raum schlenderte. »Sie hatte Anweisung, es zu verstauen, wo man es nicht sieht.« Hugh erklärte in kurzen Worten den Grund des Besuchs und machte Mr Tillingham tatsächlich einen Augenblick lang um Worte verlegen. Dann entschuldigte sich der Schriftsteller und ging, um bei der Haushälterin kalten Champagner anzufordern.

»Sie verlieren Ihre Wette«, sagte Beatrice zu Hugh.

»Ich sollte wissen, dass es sinnlos ist, gegen meinen Cousin zu wetten.«

Endlich wurde die Speisezimmertür geöffnet, Schritte näherten sich der Wohnstube. Daniel erschien mit wutverzerrtem Gesicht.

»Er weigert sich. Er behauptet, Celeste sei der katholischen Kirche versprochen, und obwohl seine Tochter und er in St. Mary's gute Aufnahme gefunden haben, werde er niemals eine Hochzeit außerhalb des katholischen Glaubens befürworten.«

»Alles ist verloren«, sagte Celeste leise.

»Augenblick! Es muss doch möglich sein, einen Kompromiss zu schließen!«, warf Hugh ein.

Wieder näherten sich von der Diele her Schritte, und der Professor betrat den Raum. Nach einer knappen Verbeugung sagte er zu seiner Tochter: »Die Schwestern kommen bald – nimm dich zusammen! Ich hoffe, du kennst deine Pflicht und bist bereit, zu tun, worum ich dich gebeten habe.«

»Das ist ein äußerst rücksichtsloses Vorgehen, Herr Professor«, rief Hugh. »Mein Cousin hat Besseres verdient, nachdem man Ihnen hier so freundlich begegnet ist!«

»Unsere Dankbarkeit kennt keine Grenzen«, erwiderte der Professor, »aber meine Tochter ist bereits versprochen.«

»Durch diese Heirat wäre ihr Ruf wiederhergestellt«, entgegnete Beatrice. »Niemand könnte mehr etwas gegen sie sagen, und sie könnte hier bei Ihnen bleiben.«

»Meine liebe Dame, ich kann Ihnen die Bedeutung und die Mysterien unseres katholischen Glaubens nicht verständlich machen, aber Sie dürfen sicher sein, dass ein Vater weiß, was für seine Tochter am besten ist.« Plötzlich schien das Sonnenlicht aus dem Raum zu strömen. Ob es an einer vorbeiziehenden Wolke lag oder an der Verzweiflung, die alle erfasste, konnte Beatrice nicht sagen.

»Vielleicht würde das Gerede nach meiner Hochzeit aufhören, aber er würde die Wahrheit weiterhin kennen«, murmelte Celeste. »Er schickt mich fort, weil er meinen Anblick nicht erträgt.«

»Das stimmt nicht«, widersprach der Professor, doch seine Miene sagte etwas anderes.

»Deshalb bin ich zum Fluss gegangen, Vater, damit du mich nicht mehr anschauen und sehen musst, wie meine Schande von Tag zu Tag größer wird.«

»Es ist alles gesagt. Ich habe meine Entscheidung getroffen.«

»Wenn ich ins Kloster gehen soll, will ich zuvor mein Geständnis ablegen. Ich werde Beatrice bitten, Mr Poot zu holen, damit ich vor ihm aussagen kann.«

»Das wirst du nicht tun!« Das Gesicht des Professors lief rot an. »Du schweigst!«

»Ich werde ihm erzählen, wie es war, als die Deutschen kamen. Dass du mich gezwungen hast, mein schönstes Kleid anzuziehen, das mit der vielen Spitze, und der Dienstmagd befohlen hast, mein Haar hochzustecken. Und dass du mir in die Wangen gekniffen hast, damit sie rot wurden, und ich mir das goldene Kruzifix meiner Mutter an die Brust hängen sollte.«

»Du hörst sofort auf damit!«, rief der Professor. »Bitte gehen Sie jetzt alle!«

»Sie werden mir sicherlich das Recht zugestehen, meine Gäste selbst fortzuschicken«, sagte Mr Tillingham, der unbemerkt hinter den jungen Leuten aufgetaucht war. »Ich muss zugeben, dass mich die Erzählung der jungen Dame fesselt.«

»Duftende weiße Rosen hast du aus dem Garten geholt, und die Dienstmagd hat mir eine hinter das Ohr gesteckt«, fuhr Celeste fort. »Und eine schob sie vorn in den Spitzenstoff an meinem Mieder …« Sie erhob sich von ihrem Stuhl und sah ihrem Vater offen in die Augen. Der hielt ihrem Blick nicht stand, sondern senkte die Lider und trat von einem Bein aufs andere.

»Du hast das beste Porzellan bringen lassen und eine Flasche Champagner, die du für eine Feier aufbewahrt hattest. War das der Champagner für meine Hochzeit, Vater? Zum Tee hast du Champagner und Weinbrand aufgetischt, während ich in der Stube wartete und die Dienstmagd mich zur Flucht drängte. Alle Bediensteten flohen, doch du bist an die Haustür gegangen und hast den Offizier zum Tee geladen.«

»Ich hatte eine Verpflichtung gegenüber der Bibliothek«, erwiderte der Professor und sah sich hilfesuchend um. »Wir hatten von den Deutschen nichts zu befürchten. Sie sind zivilisierte Menschen, und wir waren keine ängstlichen Bauern. Wir sind geblieben, um die Bücher zu retten.«

»So tranken wir Tee, und er machte mir Komplimente, und du hast mich nicht aus dem Zimmer geschickt, sondern hast ihm zugestimmt und mit ihm über die Schönheit meiner Mutter gesprochen und gesagt, mein behütetes Leben habe mich so einfältig und unverdorben gemacht.«

»Er hatte Schwestern in der Heimat. Er hat verstanden, warum ich so wachsam mit dir umging.«

»Ich werde aussagen, dass du von Wachsamkeit gesprochen hast. Aber warum warst du an jenem Tag nicht wachsam, Papa? Als wir den Rauch rochen, weil die Bibliothek brannte, da hast du gesagt, ich solle bleiben, und hast mich allein gelassen.«

»Doch nur, um die Bücher zu retten!«, wiederholte ihr Vater. »Der Offizier hat eigens Männer abgestellt, um sie in Sicherheit zu bringen.« Nach einer kurzen Pause fügte er hinzu: »Wir hatten eine Gutenberg-Bibel und ein Stundenbuch, das Eleonore von Aquitanien gehört haben soll. Wir hatten viele seltene Manuskripte, und viele konnte ich damals retten. Wir trugen sie zur Kapelle und verstauten sie in einer trockenen Gruft.«

»Er überließ dir Männer zur Rettung deiner Bücher, doch als ich aufstand, um mit dir zu gehen, bat er mich um mehr Tee, und du hast gesagt, ich solle bleiben und ihn unterhalten. Er hat mein Ohr mit seinen Lippen berührt, Vater, und so abscheuliche Dinge geflüstert, dass mir der Atem stockte.«

Ihre Stimme wurde träumerisch, als würde sie sich fortbewegen von dem, was sie im Geiste sah. »*Il m'a enfoncé sur le canapé, et arraché mes jupons et mon corsage. Il m'a fait si mal …*« Sie blickte ihren Vater an, schien sich zu sammeln und sprach auf Englisch weiter. »Ich habe dich gerufen, aber du bist nicht gekommen, Vater. Ich sah den Zeigern der Porzellanuhr zu, wie sie so langsam um das Ziffernblatt krochen, und *maman* sah mich aus ihrem bemalten Rahmen an, und ihr Gesicht war so traurig, aber du bist nicht gekommen.«

»Das wusste ich nicht. Ich hätte mir niemals vorstellen können …«

»Wie will man seine Tochter schützen, wenn man die Ungeheuer nicht erahnt, vor denen man sie bewahren will?«, sagte Beatrice.

»Ich denke, er hat es sehr wohl gewusst«, warf Mr Tillingham ein. »Vom rein literarischen Standpunkt aus würde ich so und nicht anders darüber schreiben.«

»Das ist die größere Tragödie, der größere Verrat: Buchschätze gegen Ehre. Der Wert einer Tochter – gewogen und für zu leicht befunden!«, sagte Daniel.

»Was reden Sie da?«, rief der Professor. »Das ist kein Thema für Ihre endlosen literarischen Tischgespräche!«

»Oh doch, lieber Herr Professor«, entgegnete Mr Tillingham. »Sobald Ihre Tochter in klösterlicher Abgeschiedenheit lebt, können wir dieses Motiv für unsere Arbeit erkunden, ohne sie weiterer Beschämung auszusetzen.«

»Man müsste natürlich andere Namen wählen«, sagte Beatrice. »Ich zumindest würde die Namen ändern.«

»Ein solcher Schleier des Geheimnisvollen heizt nur die Spekulationen an«, widersprach Mr Tillingham. »Die Gier des Publikums nach Schlüpfrigkeiten lässt sich nicht zähmen.«

»Sie werden es nicht wagen, etwas so Verleumderisches zu verfassen.« Der Professor schlurfte zu einem Stuhl und ließ sich kraftlos darauf fallen. »Keinem anständigen Menschen kann daran liegen, den Namen eines anderen Menschen oder einer großen Universität so zu kompromittieren.«

»Ich würde niemals den guten Namen meines Schwiegervaters in den Schmutz ziehen, sondern den Ruf der Familie und den meiner Erben um jeden Preis schützen«, erklärte Daniel, den Blick auf Mr Tillingham gerichtet, und Mr Tillingham runzelte die Stirn. Er schien nur äußerst ungern auf die Geschichte zu verzichten.

»Nun, meinethalben«, sagte Tillingham. »Aber weh tut es doch, wenn man auf eine reiche Ader stößt und sie nicht ausbeuten darf. Das schlägt mir auf den Magen.«

»Sie sollten vielleicht einen Schluck Champagner trinken«, riet ihm Hugh.

»Geben Sie mir Ihre Tochter?«, fragte Daniel den Professor. »Ich gelobe, dass ihr nie durch meine Hand ein Leid geschehen wird. Das

Kind nehme ich an, als wäre es mein eigenes, und unsere Tür steht Ihnen immer offen.«

»Also gut«, sagte der Professor, hob mühsam den Blick und sah seiner Tochter ins Gesicht. »Ich ziehe meinen Widerspruch gegen die Heirat zurück und bin bereit, sie um der Schicklichkeit willen zum Altar zu führen, wenn sie das will.« Seine Miene war noch immer streng, doch sein Bart zitterte, während er sprach.

»Es würde mich sehr glücklich machen«, sagte Celeste. Sie streckte ihrem Vater die Arme entgegen, besann sich aber gleich darauf, schlug die Hand vor den Mund, drehte sich um und blickte zum Fenster hinaus.

»Zeit für den Champagner!«, rief Mr Tillingham und überspielte die peinliche Pause, indem er der Haushälterin die Flasche aus der Hand nahm und sie mitsamt der zweiten diskret aus dem Raum scheuchte. »Ich denke, eine Flasche ist mehr als genug.«

Nachdem er die Gläser verteilt hatte, ergriff er Beatrices Arm und zog sie in eine Ecke.

»Danke, Mr Tillingham«, sagte sie. »Sie waren heute das Zünglein an der Waage und haben das Leben mehrerer Menschen zum Besseren gewendet.«

»Aber nein, keineswegs. Ich bin viel zu egoistisch, um meine Zeit an andere Leute zu verschwenden. Lassen Sie es sich eine Warnung sein, meine Liebe – die Selbstsucht zählt zu den Gefahren des Junggesellenlebens!«

»Ich werde mich vor dieser Heimsuchung hüten.«

»Eine Heimsuchung ist sie nur, wenn man grausam wird«, fuhr Mr Tillingham zum Professor hinüberspähend fort, und in seinen Augen blitzte etwas von der schneidenden Kritik auf, die sein literarisches Werk durchzog. »Bettina Fothergill hielt es für angebracht, mich in Bezug auf Ihre Stellung in unserem Komitee und, ganz im Vertrauen, auch hinsichtlich Ihrer Stellung in der Schule anzusprechen.«

Es mochte an der Erschöpfung nach der schlaflosen Nacht liegen oder an den zurückliegenden Tage voller Angst und Aufregung, jedenfalls erlosch Beatrices Kampfgeist mit einem Schlag. Langsam sank sie auf den harten Stuhl und stellte ihr Glas auf dem Tischchen daneben ab.

»Ich glaube, man wird mich am Ende des Trimesters bitten, die Schule zu verlassen«, sagte sie. Weil sie es nicht über sich brachte, Mr Tillingham anzusehen, fixierte sie eine weiße Marmorbüste, die auf dem Tischchen stand, erkannte, dass diese den Schriftsteller selbst darstellte, und reagierte mit dem letzten Rest Belustigung, den sie noch aufzubringen vermochte.

»Nein, nein, das ist ganz ausgeschlossen«, versicherte ihr Mr Tillingham. »Ich muss die liebe Bettina noch heute besuchen und ihr verdeutlichen, wie ungelegen es mir käme, wenn Sie die Stadt verlassen müssten, da wir beide ja gemeinsam an dem Buch über Ihren Vater arbeiten.«

»Ich verstehe nicht.«

»Es ist sehr simpel. Wie ich festgestellt habe, bin ich viel zu bequem, um mich dem Projekt so ganz allein erneut zu widmen. Viel effizienter ist es, Ihre ausgezeichnete Einleitung als Grundlage für eine eigene zu benutzen. Sie steuern ein kleines Nachwort bei – strikt persönliche Gedanken einer liebevollen Tochter, nichts Akademisches –, und danach stecken wir die Köpfe zusammen und besprechen ein, zwei Änderungen der Briefe, die wir aufnehmen.«

»Das ist nicht Ihr Ernst, Mr Tillingham«, sagte Beatrice und musterte ihn, um herauszufinden, ob ihm möglicherweise nicht wohl war oder er zu viel von seinem eigenen Champagner getrunken hatte. Seine strengen Züge verrieten zwar nichts, doch die erzwungene Lockerheit hatte sein Gesicht leicht gerötet.

»Und ob das mein Ernst ist! Es wird mir nicht unerhebliches Vergnügen bereiten, die blasierte Miene dieser Frau in sich zusammenfallen zu sehen wie ein zerknülltes Stück Papier, mit dem man im Kamin ein Feuer macht. Obendrein entschädigt es dafür, dass man seine Zeit opfern muss – und ein, sagen wir, Fünftel des Honorars?«

Beatrice lächelte und musste sich zurückhalten, um ihm nicht die Hand zu küssen. »Die Welt sollte erfahren, welch großherzige Seele in Ihnen steckt.«

»Nur eine kurze Anwandlung ganz sicherlich«, erwiderte Mr Tillingham erschrocken. »Bitte erzählen Sie keinem davon – es hätte nur weitere Forderungen an meine Zeit und meinen Geldbeutel zur Folge!«

»Wenn das so ist, können wir uns vielleicht auf fünfundzwanzig Prozent des Honorars als angemessene Gegenleistung für meine umfassende Mitarbeit und mein Schweigen einigen«, sagte Beatrice lachend.

Um drei Uhr nachmittags wurden Daniel und Celeste in aller Stille in St. Mary's getraut. Celestes Vater führte seine Tochter zum Altar, Beatrice und Hugh waren die Trauzeugen. Mr Tillinghams Rolle als einziger Gast bestand darin, dem Professor von Zeit zu Zeit einen ernsten Blick zuzuwerfen. Hugh hatte auf die Anwesenheit von Tante und Onkel gedrängt, Daniel aber darauf bestanden, ihnen nichts zu sagen. Beatrice sah, wie tief Hugh das traf, und sein Kummer tat ihr im Herzen weh. Daniel telegrafierte seinem Vater, rechnete mit Streit, erhielt jedoch zu seiner Überraschung ein kurzes Glückwunschschreiben sowie einen Bankwechsel über eine nicht unbeträchtliche Summe. Beim Einzug in die Kirche hörte Beatrice, wie Mr Tillingham Hugh zuflüsterte, in Daniels Vater habe offenbar die Erleichterung über alle Bedenken gegen die unverhoffte Heirat gesiegt.

In der hohen, mit glänzendem Messing prunkenden alten Kirche, die vom Duft der späten Chrysanthemen in den großen Vasen erfüllt war, erfassten Beatrice ein selten friedvolles Gefühl und die Empfindung, dass manchmal alles gut wird auf der Welt. Sie betrachtete Hugh, der ernst und kerzengerade dastand und aufmerksam lauschte, um sich auch keine Sekunde zu verspäten, sobald man ihn zum Unterzeichnen des Traudokuments rief. Sie fand ihn ihrem Vater ähnlich, gestand sich dann jedoch ein, dass ihr Vater weniger verlässlich gewesen war, weniger aufrichtig. Dass er mit seiner impulsiven Art oft Schaden angerichtet hatte. Immer im ungünstigsten Augenblick hatte er Posten aufgegeben, Wohnungen gewechselt, Diener davongejagt, und auch seine letzte Heimreise war nicht besser durchdacht gewesen als viele der früheren Pläne.

Hugh Grange, sagte sie sich, würde niemals aus dem Augenblick heraus Pläne entwickeln, und gerade dies erschien ihr als eine wunderbare Eigenschaft bei einem Mann. Während das Brautpaar im Kirchhof mit ein paar Handvoll Reis beworfen wurde, überlegte sie, ob sie ihn vor seiner Abreise noch einmal sehen würde. Sie hatte in den Zeitungen bisher keine Verlobungsanzeige entdeckt und fühlte sich davon seltsam getröstet. Es war ein warmes Gefühl, das sie vor langer Zeit aus sich verbannt hatte. Dennoch blieb sie entschlossen, jede Sehnsucht zu dämpfen, von der Gefahr für ihr selbst geschaffenes Leben ausging, erlaubte sich jedoch, die letzten Reiskörner werfend, immerhin die Hoffnung, er würde sie um einen Spaziergang bitten.

»Ich hoffe, dass Daniels Anhörung morgen gut verläuft«, sagte sie, als das Brautpaar in einem Hansom Cab die Fahrt zum Zug nach Hastings antrat, wo Daniel eine Hotelsuite gebucht hatte. Die Braut und die Hotelrechnung wollte er am nächsten Tag zur Anhörung mitbringen.

»Ich auch«, erwiderte Hugh. »Wenn alles geklärt ist, fahren wir am Montagvormittag nach Frankreich.«

»Nach Frankreich?« Beatrice zog es das Herz zusammen.

»Wir müssen beide an die Front«, sagte Hugh, und ihr wurde schwindelig. Die Front war nicht mehr das große Abenteuer. Die feindlichen Armeen hatten Flandern mit Schützengräben durchzogen und fügten der British Expediationary Force bei Ypern starke Verluste zu. Der Kriegsausgang war längst nicht mehr so sicher, wie die Zeitungen einst verkündet hatten.

»Gute Reise!«, sagte sie, und angesichts der Bedeutsamkeit seiner Abfahrt schwand die eben erst aufgekeimte Hoffnung in Sekundenschnelle.

Die Anhörung in der Holzhütte, die dem Colonel als Hauptquartier diente, war zu Ende, bevor sie beginnen konnte. Celeste in ihrem schlichten Kleid und den neuen weißen Handschuhen von Beatrice verwirrte den Colonel und die kleine Gruppe anwesender Offiziere mit ihrer Schönheit. Daniel bat den Colonel um dessen Segen für seine Eheschließung, und Wheaton wirkte so erleichtert, als wäre er begnadigt worden. Hätte der Colonel die Anhörung durchführen müssen, wäre es ein eher komisches Erlebnis geworden, dachte Hugh, da der Mann in Anbetracht des Themas kaum die entsprechenden Vokabeln herausgebracht hätte.

Das junge Paar verabschiedete sich auf dem Exerzierplatz. So mancher der Soldaten, die aus den Zelten spähten oder in Formation vorbeimarschierten, wischte sich über die Augen beim Anblick der zwei jungen Liebenden, die wegen der bevorstehenden Einschiffung allzu früh voneinander getrennt wurden. Hugh sollte Celeste nach Hause begleiten. Daniel bat ihn, Tante und Onkel die Nachricht von seiner Heirat zu überbringen.

»Sag ihnen, sie sollen nicht zum Bahnhof kommen. Ich möchte ihnen nicht an einem so öffentlichen Ort mit Unhöflichkeit begegnen müssen.«

»Und was ist mit mir?«, fragte Hugh. »Ich fahre mit demselben Zug. Soll mir niemand zum Abschied winken?«

»Du kannst es machen, wie du willst. Ich möchte dir die Freude nicht nehmen. Wenn es sein muss, bitte ich den Sergeant Major, mich unter einem Sitz zu verstecken.«

»Ich verabschiede mich zu Hause«, erklärte Hugh, den die Vorstellung einer Szene im Bahnhof erschreckte. »Was hast du für deine Frau geplant?«

»Gar nichts. Ihr steht wohl eine gewisse Summe zu. Ich dachte, dass sie bleibt, wo sie ist. Beatrice wird sich um sie kümmern.«

»Das wird nicht gehen. Sie muss zu ihrem Vater ziehen.«

»O Gott, nur das nicht! Dann besser das Kloster. Was soll ich tun, Hugh?«

»Ich spreche mit Onkel John. Vielleicht nehmen Tante Agatha und er Celeste bei sich auf.« Er versuchte, einen neutralen Ton beizubehalten, wollte jedoch unbedingt die Zustimmung seines Cousins. Das vorgeschlagene Arrangement konnte der Schlüssel zu Daniels baldiger Rückkehr in die Familie sein.

»Ich bleibe dabei«, sagte Daniel. »Aber ich wäre dir dankbar, wenn du heute Abend mit ihnen sprechen könntest.« Grinsend gab er Hugh die Hand. »Wir sehen uns morgen im Zug. Auf in den wahren Krieg!«

Der Colonel ermöglichte Hugh und Celeste die Rückfahrt nach Rye auf einem schweren Fuhrwagen, der Nachschub zum Bahnhof bringen sollte. Celeste wurde von Hugh zu Fuß zum Cottage zurückbegleitet und von Mrs Turber, auf die die Hochzeit genau die erwünschte Wirkung ausübte, mit überschwänglichen Ausrufen und Glückwünschen begrüßt. Es blieb zu hoffen, dass sie die gute Nachricht nicht minder erfolgreich weitertrug, als sie die schlechte verbreitet hatte.

»Ich muss nach Hause und versuchen, den Riss zu kitten, der zwischen Daniel, unserer Tante und dem Onkel entstanden ist«, sagte Hugh vor der Haustür zu Beatrice. Er wirkte besorgt. Beatrice hätte ihm gern geholfen.

»Werden sie verärgert sein wegen der Hochzeit?«, fragte sie. Die gemeinsam begangene Ungeheuerlichkeit, Agathas Neffen ohne deren Wissen für den Rest seines Lebens mit Celeste verbunden zu haben, lastete schwer auf ihr.

»Es sind schlimme Zeiten, und was geschehen ist, ist geschehen.« Hugh schwieg. »Daniel und ich fahren morgen früh ab. Ich wollte Sie fragen – würden Sie mir schreiben?«

»Mein Einverständnis, Mr Dimbly Briefe zu schreiben, hat mich in eine heikle Lage gebracht«, erwiderte Beatrice. »Ich hatte nicht geahnt, dass gemeinsame Korrespondenz eine gewisse Verbundenheit nahelegt.« Sie spürte, wie züchtig es klang, wie unbeholfen es ihr von der Zunge ging. Nach kurzem Zögern fügte sie hinzu: »Ich möchte Miss Ramsey nicht verärgern.«

»Eine solche Korrespondenz beinhaltet weder Verpflichtung noch Verbundenheit.« Auch er zögerte. »Es ist schön, fern der Heimat Briefe zu erhalten.«

»Dann schreibe ich Ihnen gerne.«

Nach einigen Sekunden, in denen er mit sich zu ringen schien, fasste er nach ihrer Hand und drückte sie. »Ich kann, wenn ich ehrlich bin, nicht behaupten, Miss Ramsey gegenüber ohne jede Verpflichtung zu sein, und muss beschämt gestehen, dass mein Verhalten nicht vollkommen eindeutig war.« Er stockte. »Ich kann Ihnen allerdings sagen, dass zwischen Miss Ramsey und mir keine gegenseitigen formalen Ansprüche bestehen.«

Beatrices Herz tat einen Sprung. Hugh sah sie eindringlich an, und einen Moment lang glaubte sie, er würde sie umarmen. »Hugh?«, sagte sie. Sein Name ließ eine neue Vertrautheit entstehen.

»Es gibt wohl nie den passenden Zeitpunkt. Ich fahre nach Frankreich und würde niemals etwas von Ihnen erbitten, solange ich nicht frei bin.«

»Dann muss mir Ihre Freundschaft genügen, und wir werden uns als Freunde schreiben.« Ihr Blick verschwamm, doch sie war entschlossen, ihm den Abschied nicht durch Tränen zu verderben.

»Sie sind die beste aller Frauen, Beatrice Nash«, sagte er, führte ihre Hand an seinen Mund und küsste sie.

»Soll ich morgen zum Abschied kommen?«, fragte Beatrice, obwohl sie nicht wusste, wie sie es überstehen sollte. Sie spürte das gleiche tiefe Verlustgefühl wie beim Tod ihres Vaters. Sie verscheuchte das Bild des kalten Flusses, des düsteren Fährmanns. Und anders als beim Tod des Vaters betete sie, Hugh möge wiederkommen.

»Nein, bitte nicht. Ich möchte Ihnen etwas so Banales wie eine Abfahrt mit dem Zug nicht zumuten.«

»Ich werde viel an Sie denken.« Sie hielt die Tränen zurück.

»Wenn das Gespräch mit meiner Tante und meinem Onkel gut verläuft, werden sie Celeste wohl zu sich holen. Kommen Sie allein zurecht, Beatrice?«

»Ich bin es gewohnt, unabhängig zu sein«, sagte sie, doch auf dem Weg die steile Kopfsteinpflasterstraße hinunter schlang sie die Arme fest um sich, damit sie ihn nicht zurückrief. Nie zuvor war ihr der Preis der Unabhängigkeit so klar gewesen. Nie zuvor hatte sie sich so allein gefühlt.

TEIL IV

Gott sei gedankt, Er hat uns Seiner Zeit nun gleichgemacht,
Hat unsere Jugend eingefangen und uns aus dem Schlaf erweckt,
Mit eigner Hand ein sichres, klares Auge und geschärfte Kraft verliehen,
Um wie die Schwimmer in die reine Flut zu springen,
Heraus aus einer alt und kalt und müd gewordnen Welt,
Sich von den kranken Herzen, ungerührt von Ehre, lösend,
von halben Männern, ihren schmutzigen und tristen Liedern
Und von den kleinen, leeren Liebesdingen!

Rupert Brooke, *War Sonnets I: Peace*

28

Gegen das Zittern in den Händen richtete die Zigarette nichts aus, doch Hugh presste den beißenden Rauch hartnäckig in die Lunge, um zumindest den Gestank von Jod und getrocknetem Blut aus der Nase, der Kehle, aus jeder Pore zu bekommen. Er hätte sich waschen und zum Abendessen ins Offizierskasino gehen sollen, aber die Erschöpfung machte es so angenehm, im Schutz des sonnenwarmen Lazaretteingangs zu sitzen und die Zigarette zu rauchen, die ihm ein Blessiertenträger kurz vor dem nächsten Gang zur Front zugesteckt hatte.

Das Lazarett, dem er seit seiner Ankunft in Nordfrankreich im vergangenen Herbst zugeteilt war, befand sich in einem kleinen, wenige Kilometer von der Küste entfernten Dorf, untergebracht in einem alten Weingut, ehemals ein mittelalterliches Kloster. Je tiefer es in den Winter hineinging, umso mehr Kälte nahm das ehrwürdige Gemäuer in sich auf und gab sie wieder ab, und die wenigen Fenster ließen nur spärliches Licht herein. Wenigstens dämpften die dicken Wände das Donnern der schweren Geschütze, das von Osten her schwach zu hören war. Er hatte schon bald gespürt, wie wenig es ihm lag, den Chirurgen zu spielen, die Morgenvisite durch die Reihen der Verwundeten zu machen und mit einer einzigen Fingerbewegung anzuzeigen, welche Fälle er an diesem Tag übernahm. Nach einigen Wochen hatte er die Krankenschwestern angewiesen, pro Tag nur drei Kopftrauma-Patienten auszuwählen und ihm für die restliche Zeit seiner Schicht beliebige dringende Fälle zu schicken.

Er verlor oft das Zeitgefühl, wenn er auf dem blutig-glitschigen Ziegelboden stand und sich durch den endlosen Strom der Krankentragen arbeitete, die man auf seinen Operationstisch hievte. Er rieb sich langsam die Hände. Das heiße Wasser, die Karbolseife und die Bürste, mit der er sich nach jedem Patienten reinigte, hatten die Finger wund und trocken gemacht. Er versäumte es nie, sie gründlich zu säubern, selbst wenn die Schwestern währenddessen zerfetzte Arterien zusammenhalten mussten oder das Blut den Atem eines Patienten zum Rasseln brachte. Er ging bedachtsam vor, gab Anweisungen in gemäßigtem Ton, bewahrte die Ruhe auch angesichts der grässlichsten Verwundungen und hatte seine Vorgesetzten damit auf sich aufmerksam gemacht. Sosehr er diese Beachtung während des Studiums erstrebt hatte, so wenig interessierte ihn das Lob jetzt noch. Das tägliche Gemetzel hatte den Traum vom ruhmreichen, wohlhabenden Chirurgen mit florierender Praxis und einem Stadthaus in der Harley Street unwichtig und hohl werden lassen. Seine Ruhe war nur Abgestumpftheit, die ihn davor bewahrte, den Verstand zu verlieren.

Er zog ein letztes Mal an der Zigarette, spürte die Glut an den Fingerspitzen und widerstand dem Drang, sich daran zu verbrennen. Er warf den Stummel auf den Boden, trat ihn mit dem Stiefel aus, der voller Blut, Schlamm und violetten Jodspritzern war. Dann stand er auf und streckte sich, zuckte mit den Schultern, um die zwölf Stunden abzuwerfen, in denen er sich im dürftigen Licht einer Lampe über zerfetztes Fleisch gebeugt hatte. Es war kalt an diesem frühen Abend Ende Februar, aber wenigstens regnete es nicht. Es kam ihm vor, als fiele in Frankreich ständig Regen, als wäre der Regen eine besonders boshafte Gabe der Vorsehung – nie heftig genug, um die Kämpfe zu unterbrechen, aber ausreichend feucht, um jeden Tag zur Qual zu machen.

»Gute Nacht, Dr. Grange.« Zwei Schwestern in langen Wollmänteln und festen Stiefeln traten an ihm vorbei aus dem Eingang. Weil sein Hals für eine Antwort zu trocken war, winkte er ihnen nur zu und blickte den gestärkten Leinenhäubchen nach, die wie zwei weiße, ganz und gar nicht in die trostlose Morastlandschaft passende Tauben die Straße hinuntertrippelten. Die Schwestern hatten ihn mit ihrer stillen Ausdauer sehr überrascht, denn für die Frauen war es härter. Nicht weil sie schwächer waren, sondern wegen der Patienten, die oft, sobald sie ein weibliches Gesicht oder den Glorienschein des Rüschenhäubchens erblickten, die Hand der Schwester ergriffen und um tröstende Worte flehten – eine Bitte um Mitleid, die sie an ihn, den Arzt, nie richteten. Die Arbeit selbst war schwer genug, umhüllt von Gefühllosigkeit, abgehakt auf jedem Krankenblatt. Um wie vieles schwerer musste es sein, wenn mehrmals täglich ein Sterbender mit dem geflüsterten Gruß an die Mutter die Eisschicht der Professionalität durchstieß.

»Mr Grange – ich meine, Lieutenant, Sir?« Die Stimme klang vertraut. »Sind Sie es, Mr Grange, Sir?« Der magere Gefreite, dem der viel zu weite Kragen eines Gabardine-Trenchcoats um den Hals schlotterte, war mit einem klapprigen zivilen Karren gekommen, den ein grauer, einohriger Wolfshund zog. Der kleine Karren war überladen, die Last unter der Segeltuchplane mit Stricken befestigt. Auch mit einem Zirkuszelt obenauf hätte das Gespann einem ordentlichen Militärfahrzeug nicht weniger geglichen. Als der Junge die Mütze in die Stirn schob, erkannte Hugh mit müdem Kopf allmählich seine Züge und die wachen Augen.

»Snout – bist du es wirklich?«, rief er. »Was machst du hier?«

»Ich bin im Krieg, genau wie Sie, Sir«, antwortete Snout grinsend.

»Was du *hier* machst, will ich wissen.« Hugh trat auf die Fahrbahn und schüttelte dem Jungen die Hand. »Ich dachte, Colonel Wheatons Männer wären im Norden.«

»Wir wurden als Ersatz nach Süden beordert, ungefähr dreißig Kilometer östlich von hier. Es war einiges los bei uns, Sir.«

»Ist mein Cousin bei euch?«, fragte Hugh, so beiläufig er konnte, doch voller Angst vor einer schlimmen Antwort.

»Jawohl, Sir, es geht ihm gut. Er wird ausgelacht, weil er Gedichte schreibt, während alle darauf warten, dass sie aus dem Graben stürmen müssen, aber wenn das Signal dann kommt, ist er immer der Erste.«

»Und Harry Wheaton?«

»Der hat einen Granatsplitter im Arm und wurde zum Captain befördert. Er muss im Lager bleiben, aber er gibt immer noch Befehle, und ich bin sein Bursche und fahre mit seiner Erlaubnis durch die Gegend.«

»Was ist auf dem Karren?«

»Colonel Wheaton gibt ein Regimentsessen, und Captain Wheaton hat mich ausgeschickt, damit ich die feinen Sachen auftreibe, Schinken und Champagner und Konserven mit ›Foa grass‹.«

»Foie gras? Du hast nicht allen Ernstes Foie gras auf diesem jämmerlichen Karren!«

»Ich weiß nicht, Sir, ich kann die fremde Beschriftung nicht lesen. Aber der Mann, von dem ich die Konserven habe, hat geschworen, dass es das ist, und Captain Wheaton muss sich damit zufriedengeben. Immerhin ist Krieg.«

»Möchtest du in meine Unterkunft mitkommen und eine Tasse Tee trinken, Snout?«, fragte Hugh und fügte, da der Junge zögerte, hinzu: »Ich weiß, dass es gegen die Vorschriften ist, aber ich freue mich so sehr, ein bekanntes Gesicht zu sehen. Genau für eine solche ganz besondere Gelegenheit habe ich ein paar Kekse aufgehoben.«

»Komm, Wolfie, es gibt Kekse!«, rief Snout und zog am Geschirr des Hundes. Während Hugh neben dem ziemlich übel riechenden Wolfie dahinschritt, wandte Snout ihm plötzlich das Gesicht zu, und sein strahlendes Lächeln offenbarte, dass er im Grunde noch immer ein kleiner Junge war. »Alle denken, einen Zigeuner wie mich bringt man ganz leicht dazu, dass er gegen die Vorschriften verstößt, aber zum Tee hat uns noch keiner eingeladen, stimmt's, Wolfie, alter Junge?«

Hugh erwiderte sein Lächeln. Er schämte sich. Er hatte kurz mit dem Gedanken gespielt, Snout zu fragen, ob er Daniel eine Nachricht zukommen lassen würde, was ebenfalls gegen die Vorschriften war, und Snout somit nicht anders als die anderen eingeschätzt.

»Ein paar Fleischkonserven müssten auch noch da sein«, sagte er. »Falls der Hund nichts gegen Rebhuhn hat.«

Hugh hatte vorgehabt, seinen zweitägigen Urlaub an der Küste zu verbringen, wo man als Offizier mühelos frische Austern, einen guten Braten und eine Flasche Rotwein aus dem Privatkeller der Hoteliers bekam, solange man bereit war, jeden geforderten Preis zu bezahlen. Wie es den Hotels mitten im Krieg gelang, solche Köstlichkeiten aufzutreiben, war Hugh ein Rätsel, aber in seinem letzten Urlaub hatte man ihm Schokoladentrüffel serviert und damit fast die Tränen in die Augen getrieben.

Nach der Begegnung mit Snout hatte er jedoch beschlossen, nicht an die Küste zu fahren, sondern einen Passierschein für die vorgeschobenen Verbandsplätze zu beantragen, um den Verwundetentransport zwischen Front und Lazarett zu inspizieren. Eine Woche später ließ er sich, den Passierschein in der Tasche, von einer Ambulanz Richtung Osten mitnehmen in der Hoffnung, dass sich Snouts sehr eigenwillige Wegbeschreibung als richtig erweisen und er vor Anbruch der Dunkelheit die Unterkunft seines Cousins erreicht haben würde.

»Wenn Sie bei Ihrer Inspektion feststellen, dass wir Fehler machen, müssen wir dann nach Hause?«, fragte der Fahrer, ein feister Corporal in einer fleckigen Jacke, der sich gleich hinter dem Kontrollpunkt des Lazaretts eine nicht angezündete Zigarette zwischen die Lippen gesteckt hatte. Er beugte sich vor und wischte mit der Hand über die beschlagene Windschutzscheibe. Draußen tauchte der Nieselregen die triste Szenerie aus Morast, toten Bäumen und scheinbar endlosen, langsam dahinziehenden Konvois aus Lastwagen, Pferden und Soldaten in noch tiefere Trostlosigkeit.

»Es ist keine richtige Inspektion«, sagte Hugh, für den der Krieg viel zu sehr aus solchen endlosen Defilees von Soldaten und Fahrzeugen bestand, die unaufhörlich immer woandershin zogen. »Ich will mich nur ein wenig umsehen, damit ich aus dem Operationsraum herauskomme und besser verstehe, wie alles funktioniert.«

»Nur mal umsehen will er sich, Archie«, wiederholte der Fahrer im breitesten Cockney. »Kleiner Ausflug, ja?«

»Wir könnten Ihnen eine Rundfahrt anbieten«, sagte Archie. »Und auf dem Heimweg machen wir einen Abstecher in den Andenkenladen, stimmt's, Bill?« Sie lachten. Hugh hörte den aufsässigen Unterton, aber er wusste, wie sie sich fühlten. Auch sein Feldlazarett wurde gelegentlich von wichtigen Leuten besucht – von hohen Armeeoffizieren, aber auch von der ein oder anderen Kriegsreporterin –, die nichts dabei fanden, dass man ihnen befohlen hatte, sich dort umzusehen und mit ihren albernen Fragen und Anliegen sogar in den Operationsraum zu platzen, nur weil sie Einsicht in Berichte und Protokolle brauchten.

»Mein einziger Cousin, ein Lieutenant, hält sich irgendwo dort hinter dem Höhenzug auf«, berichtete er und reckte den Kopf zu der fernen grauen Hügelkette hin. »Wir haben eine ganze Weile nichts von ihm gehört, und ich hoffe ihn zu finden.« Es entstand eine kleine Pause, bis Bill, der Fahrer, in weniger scherzhaftem Ton sagte: »Ist heiß hergegangen da oben. Ein paarmal mussten sie uns zu Hilfe rufen, da haben wir sie nur so reingestapelt, stimmt's, Archie?« Archie blickte schweigend aus dem Fenster. Bill kramte in seiner Tasche, holte ein Streichholz heraus, strich es am Armaturenbrett an und steckte die Zigarette in Brand.

»Das ist sehr bedauerlich«, sagte Hugh.

»Zwei von unseren Männern haben wir verloren, und die anderen von da oben noch viel mehr«, sagte Archie.

»Letzte Woche ist ein Träger aus dem Graben gestiegen, über und über voll Blut«, erzählte Bill. »Eine Granate. Hat seinen Sanitätskameraden zerfetzt und die Hälfte von dem armen Schwein auf der Trage, und er war so aus der Fassung, dass er's nicht mal gemerkt hat.« Er lachte auf und zog heftig an der Zigarette.

»Geht es ihm jetzt wieder gut?«

»Wir haben ihm Brandy gegeben und eine Tasse Tee und ihn wieder losgeschickt, in die richtige Richtung«, antwortete Archie. »Solang einer noch beide Beine und beide Arme hat, kann er Tragen schleppen.«

»Seither ist es ein bisschen ruhiger geworden«, erzählte Bill. »Ihr Cousin hat sich wahrscheinlich in einem hübschen trockenen Keller versteckt, spielt Karten und isst Mulligatawny, Sir.«

»Das bezweifle ich«, sagte Hugh.

»Die Quartiermeister haben was durcheinandergebracht und zwanzigtausend Konserven Mulligatawny in diesen Abschnitt geschickt. Es kommt uns schon zu den Ohren raus, Sir«, erklärte Archie.

»Wir geben Ihnen zwei Dosen für eine Rolle Kautabak«, sagte Bill. »Will aber nicht heißen, dass wir Tauschgeschäfte mit Militärvorräten machen.«

»Nein, natürlich nicht.«

»Die Einheimischen haben sie auch gründlich satt«, sagte Archie. »Kaum fragt man einen: ›Hast du ein pandy burr?‹, schon fuchteln sie mit den Händen und rufen: ›Non, non, pas di mully-tawnaay!‹« Archies Aussprache des französischen *pain de beurre* brachte Hugh zum Schmunzeln. Die britischen Tommies hatten die französische Sprache ihren eigenen Zwecken erstaunlich schnell angepasst, auch wenn sich ihr Wortschatz auf die Bereiche Essen, Saufen und Fluchen beschränkte.

»Hab von einem geschäftstüchtigen Burschen gehört, der hat Hühnersuppen-Etiketten auf seine Mully-Dosen geklebt und die Konserven bei den Farmern in der Gegend gegen Kaninchen eingetauscht«, sagte Bill.

»Und mir hat einer erzählt, dass die Einheimischen Etiketten von Pâté bis Rosinenpudding draufkleben und sie uns gleich wieder zurückverkaufen«, meinte Archie. »Wenn du mich fragst, gibt es irgendwann Tote wegen der Sache.«

»Und Sie – Sie flicken die Verwundeten zusammen, was?«, sagte Bill. »Wir liefern die armen Kerle immer nur ab und erfahren nie, ob sie überleben oder nicht.«

»Wir verfügen inzwischen über ein gutes System mit dem Feldlazarett als Ausgangsstation«, erklärte Hugh. »Manche kommen natürlich nie mehr aus dem Lazarett heraus. Wer nicht transportfähig ist, bekommt Morphium und kann seiner Familie eine Nachricht schicken.«

»Wir haben da unser eigenes System«, sagte Bill. »Wenn noch mindestens drei Viertel an einem dran sind, bringen wir ihn ins Lazarett. Wenn es weniger ist, geben wir ihm eine Zigarette und sparen das Morphium für eine andere arme Sau. Komisch – wenn einer schon ziemlich hinüber ist, spürt er die Schmerzen kaum mehr.«

»Ja, ist schon komisch«, sagte Archie. »Zigarette, Sir?«

Die Sanitäter setzten ihn vor den Ruinen eines Dorfs ab, kaum mehr als eine halbe Kirche und ein paar dicht gedrängte Häuschen mit abgebrannten Strohdächern. Hinter dem Dorf erstreckte sich ein baumbestandenes, mit Granattrichtern übersätes Gebiet bis zu den Hügeln. Ein Feldlager aus britischen Armeezelten rings um eine kleine Scheune am Ufer eines Flusses bildete gewissermaßen das neue Dorf.

Als Hugh die Scheune betrat, blickte Harry Wheaton von einem langen aufgebockten Tisch auf und rief: »O Gott, tut das gut, dich zu sehen, Grange! Hast du Nachrichten aus der Heimat?«

»Gestern habe ich Briefe erhalten. Meine Tante und mein Onkel sind wohlauf, aber Miss Nash berichtete unter anderem, dass es das Kindermädchen deiner Schwester ziemlich eilig hat, das Land zu verlassen.«

»Briefe von Miss Nash?« Wheaton zog eine Augenbraue hoch. »Du hast es faustdick hinter den Ohren! Und, was schreibt Miss Nash über das Fräulein?«

Hugh ignorierte die Anspielung. »Es wird von verdächtigen Aktivitäten und Briefen aus Deutschland gemunkelt. Beweise gibt es offenbar nicht, aber immerhin war der Wirbel so groß, dass deine Familie ihr eine Anstellung in Amerika gesucht und die Passage bezahlt hat.«

»Armes Fräulein. Ich habe Eleanor gesagt, dass sie die gute Frau in Schwierigkeiten bringen wird.«

»Was hat Eleanor mit Spionage zu tun?«

»Nichts, gar nichts. Höchstens ein paar Liebesbriefe, alles völlig harmlos. Aber dass sie das deutsche Kindermädchen nicht mit hineinziehen soll, habe ich ihr immer wieder gesagt.«

»Ich verstehe.«

»Eleanor tut nun einmal, was sie will, als gäbe es keine Regeln für sie«, erklärte Wheaton lässig. »Gut, dass sie in Sicherheit ist, und das Fräulein wird von Amerika ganz begeistert sein.«

»Hast du Post bekommen?«

»Das war etwas schwierig in letzter Zeit.« Wheaton deutete auf seinen Arm, der in einer großen Schlinge aus Segeltuch lag. »Die Post war das Erste, was nach dem Granatbeschuss nicht mehr funktioniert hat. Wir warten immer noch, dass die Zustellung wiederaufgenommen wird.«

»Hat sich das schon einmal ein Arzt angesehen?«

»Fleischwunde, reicht nicht für Urlaub. Mein alter Herr hat mich mit einem kompletten Regimentsessen beauftragt, als wäre ich ein Faktotum in Clardige's, aber ich sollte für die kleine Pause vom Schützengraben eher dankbar sein.« Sein Gesicht wurde starr und grau, und Hugh erkannte, dass jetzt nicht einmal mehr Harry Wheaton die Front als ein Abenteuer für Gentlemen hinstellen konnte.

»Wie geht es dem Colonel?«, fragte er sanft.

»Unter uns gesagt ist er etwas zu alt für diese Art von Krieg. Die Graberei dauert ihm viel zu lange. Er wäre gern am nächsten Dienstag in Berlin.«

»Niemand hat erwartet, dass sich die Lage so festfahren würde«, sagte Hugh. Die Frontlinie, die sich noch im Herbst häufig verändert hatte, zog sich nun erstarrt durch ganz Flandern und Nordfrankreich. Den Winter über hatten die Soldaten immer stärker verzweigte Schützengräben angelegt. Es war ein langsamer, zermürbender Kampf. In Hughs Lazarett trafen laufend Verwundete mit Verletzungen ein, die nicht von großen Offensiven stammten, sondern durch die Scharfschützen und den Granatbeschuss beigebracht worden waren, die jeden Tag in einen Kreis der Hölle verwandelten.

»Jedenfalls haben wir es mit einer völlig neuen Art der Kriegsführung zu tun«, meinte Wheaton. »Ich musste dem Colonel erklären, dass der Einsatz von Maschinengewehren und Stacheldraht nichts Unsportliches hat.« Er grinste und strich sich fahrig über das kurz geschorene Haar. »Seltsam, dass ich mich um meinen Vater sorge, während so viele andere Angst um ihre Männer und Söhne haben …«

»Ein richtiges Hauptquartier ist das hier.« Hugh sah sich in der dunklen Scheune um, die mit ihrem Lehmboden und den Dachsparren ein wenig einer Höhle glich. Im hinteren Teil war ein Bereich mit Segeltuchplanen abgeteilt. An einer Wand stapelten sich Tische und Klappstühle, daneben warteten wirr durcheinanderliegende Fähnchengirlanden auf ihren Einsatz beim Regimentsessen. In einer Ecke bedienten zwei Soldaten einen Feldfernsprecher, der in einem großen Holzgehäuse steckte, und durch eine Nebentür drangen aus einem Kochzelt Essensgerüche herein. »Wo wird das Silberbesteck des Regiments aufbewahrt?«

»Das Silber und das gesamte Tafelservice werden heute von der Küste hergebracht«, erklärte Wheaton, während er einen der großen Pläne studierte, die ausgebreitet auf dem Tisch lagen. »Im Keller hängt echtes Fleisch. Die Suppe kommt aus Konserven, das Dessert bereiten die Köche aus überschüssigen Weihnachtspuddings zu, und im Eishaus liegt Champagner.«

»Sehr viel Planung. Wenn nur unsere Offensiven ebenso gründlich ausgearbeitet wären.«

»Eine Armee marschiert nur, solange die Mägen gefüllt sind, und die hohen Offiziere essen gern. Wenn alles gut über die Bühne geht, wird womöglich die nächste Beförderung fällig.«

»Wie ich gehört habe, geht dir der kleine Snout – Dickie Sidley – zur Hand. Gut, dass du den Jungen von der Front fernhältst.«

»Quirliges Bürschchen mit Talent zum Auftreiben von Lebensmitteln. Leider hat es ihn letzte Woche bei einem Granatangriff schwer erwischt.«

»Hat er überlebt?«, fragte Hugh erschrocken und sah den mageren Jungen blutverschmiert und leblos vor sich.

»Ja, aber sein verfluchter Hund ist nach der Explosion weggelaufen, und jetzt sucht er ihn überall. Ich habe ihn schon mehrmals unter einem Vorwand entschuldigt, aber wenn er nicht aufhört, wird er noch als Deserteur erschossen.«

»Darf ich einen Blick auf ihn werfen? Wir bekommen in letzter Zeit viele desorientierte Opfer von Granatangriffen zu sehen. Ich dokumentiere die Symptome.«

»Ich habe ihn zu deinem Cousin in die Gräben hinaufgeschickt.«

»Aber er ist doch noch ein Junge«, sagte Hugh entsetzt.

»Eben. Das mit dem Desertieren war ernst gemeint. Bei Daniel ist der Kleine besser aufgehoben. Aus einem engen Graben kann man nicht so leicht entwischen.«

»Ich würde ihn gern sehen. Lässt sich das einrichten?«

»Morgen sind sie wieder hier. Vielleicht hast du noch nicht davon gehört – Lord North ist der neue Brigadier dieses Befehlsbereichs.«

»Das kann nicht sein! Craigmores Vater? Der Mann ist ein ausgemachter Esel!«

»Er kommt morgen zum Regimentsdinner. Vor dem Essen wird in Galauniform exerziert und paradiert. Falls du hierbleibst, bist du eingeladen.«

»Danke, sehr freundlich. Aber ich möchte wirklich an die Front und mir ein Bild von der Lage machen. Ich befinde mich gewissermaßen auf Inspektionstour.«

»Ziemlich ungewöhnliche Bitte. Die meisten wollen in die andere Richtung. Aber wenn du meinst … Gleich nach dem Abendbombardement lasse ich dich hinaufführen.«

»Bombardement?«

»Wir können die Uhr danach stellen – immer frühmorgens und nach der Teestunde. Ein, zwei Stunden lang schlagen wir uns die Köpfe ein, den Rest des Tages waschen wir unsere Socken und spielen Dame.«

Der Weg hinauf zur Front war düster und gefährlich. Es roch nach Rauch und Schießpulver. In einigen Kratern entlang des niedrigen Höhenrückens, auf dem die mit Sandsäcken verstärkten vordersten Schützengräben den deutschen Linien unten im Tal gegenüberlagen, brannten Feuer. Lange dunkle Einschnitte in der Erde markierten die Laufgräben, die in Zickzacklinien zum Bereich hinter der Front führten, in dem sich die diensttuenden Männer im Rotationsverfahren ein paar Stunden Schlaf holen konnten. Noch weiter hinten biwakierten weitere Mannschaften als Reserve, wo immer sich ein Unterschlupf fand. Vor Hugh und seinem Führer trotteten Männer in kleinen Gruppen mit Wasserfässern und Nahrung bergauf, während Sanitäter die Toten und Verwundeten des Abendgefechts auf Tragen nach unten brachten.

Hugh fand Daniel in einer halb in den Fels hineingebauten Steinhütte, die guten Schutz vor verirrten Granaten bot. Seine Männer kampierten draußen auf der Wiese an einer Steinmauer und hatten sich Verstecke aus Segeltuch und abgesprengten Ästen gebaut. Auf kleinen Feuern kochte das Wasser für den Tee, und vor dem Eingang zur Hütte angekommen verspürte Hugh inmitten der Höllenlandschaft eine sonderbare Heimeligkeit. Der Eingang war mit einem alten Laken verhängt. Nachdem Hugh laut gehüstelt hatte, wurde er hineingerufen.

Daniel lag auf einem Feldbett und las bei Kerzenlicht ein Buch. In einem Steinofen brannte ein kleines Feuer, in einem Topf köchelte

Suppe. Etwas abseits, auf einem Strohhaufen, lag Snout unter einer groben Wolldecke und schlief. Das zweite Feldbett war leer. An der Wand hingen mehrere kleine Aquarellzeichnungen, und eine Rolle Bettzeug ließ vermuten, dass ein weiterer Offizier in der beengten Unterkunft hauste.

»Ich träume wohl!«, rief Daniel. »Mein Cousin Hugh auf Wanderausflug durch Frankreich?«

»Ich kam rein zufällig vorbei und roch die Suppe.«

»Mulligatawny.«

»Ich weiß.« Im nächsten Moment sprang Daniel auf, und sie fielen sich in die Arme. Hugh kam der Gedanke, dass sie sich in all den Jahren gegenseitiger Zuneigung kein einziges Mal umarmt oder auch nur auf die Schulter geklopft hatten, und er fand es traurig und seltsam, dass ein Krieg nötig war, um die kühlen Förmlichkeiten des Lebens beiseitelassen zu können.

»Der Krieg verringert unsere Bedürfnisse«, sagte Daniel. »Im normalen Leben war mir gar nicht bewusst, wie schön es ist, dich zu sehen.«

»Zu freundlich, Daniel! Hast du etwas von zu Hause gehört?«

»Tante Agatha hat mir viele Briefe geschickt. Ich versuche genug Versöhnlichkeit aufzubringen, um ihr antworten zu können, habe bisher aber nur Unmengen von Entwürfen verbrannt.«

»Ich habe meine Briefe mitgebracht.« Hugh zog ein kleines Wachstuchpäckchen aus dem Mantel. Die Sturheit seines Cousins enttäuschte ihn, doch für einen Streit war der Abend zu kostbar. »Ist das Feldbett da heute Nacht frei?«

»Ja«, sagte Daniel und fügte nach kurzem Stocken hinzu: »Mein alter Freund Worthington von den Rifles – Kopfschuss durch einen Scharfschützen, vorgestern. Ich muss seiner Frau die Zeichnungen schicken.« Hugh wusste nichts zu erwidern. Daniel schob ein qualmendes Holzscheit tiefer ins Feuer hinein.

»Wie geht es dem Jungen?« Hugh richtete den Blick auf den schlafenden Snout.

»Es war alles ein bisschen viel für ihn. Erst zerstört die Granate seinen Karren, dann läuft obendrein der Hund davon. Keine sichtbaren Verletzungen, aber er ist eindeutig nicht mehr richtig im Kopf. Ich tue alles, damit er nach Hause geschickt wird, was gar nicht so einfach ist, obwohl jeder Idiot sieht, dass er noch keine neunzehn ist.«

»Schläft er zu ungewöhnlichen Zeiten ein? Wir haben viele derartige Fälle von Neurasthenie.«

»Man bekommt ihn auch nur schwer wieder wach. Wenn ein halbwüchsiger Junge weiterschläft, obwohl es im Raum nach Speck und Eiern riecht, stimmt etwas nicht.«

Sie aßen Suppe. Ein Offiziersbursche brachte ein großes Stück rassigen Käse und ein frisches Baguette. Hugh konnte sich nicht vorstellen, wo in dieser Gegend noch eine Bäckerei geöffnet hatte, doch es schmeckte wie in Friedenszeiten.

»Frisches Brot, hier, in dieser Umgebung – man würde am liebsten losheulen, nicht wahr?«, sagte Daniel und reichte Hugh eine Taschenflasche. Hugh trank einen Schluck von dem starken Rum. »Ich habe es in einem Gedicht zu erklären versucht, bin aber weit davon entfernt, es in Worte fassen zu können. Es geht um sonnenhelle Plätze und um Mädchen, die in anderen Sprachen kichern, um Freunde, die mit dem Rucksack sorglos durch Sommerlandschaften wandern, bla, bla, bla …«

»Das Brot im Lazarett ist viel zu weich und schmeckt nach den Konservendosen, in denen es transportiert wird«, sagte Hugh. »Die britische Armee versorgt ihre Männer gut, nur eben nicht allzu delikat.«

Nach dem einfachen Mahl zog Daniel eine Pfeife aus Worthingtons Bettzeug und gab sie Hugh. Rauchend saßen die Cousins beisammen und hüteten das kleine Feuer.

»Was meinst du – haben wir jetzt weniger Bedürfnisse oder bringen uns Angst und Entbehrung dazu, die einfachen Dinge mehr zu schätzen?«, fragte Hugh.

»Wahrscheinlich wird unsere Fähigkeit zum Glücklichsein im Lauf der Jahre davon überdeckt, dass wir uns immer mit Kleinigkeiten herumschlagen, immer vorankommen müssen. Der Krieg ätzt die Jahre dieser inneren Schwächung weg. Ich stelle es mir vor wie bei einem alten Penny, den man in Essig legt.« Gemächlich stopfte Daniel seine Pfeife und entzündete den Tabak mit einem Holzstab, den er kurz ins Feuer gehalten hatte. »Hier gibt es für uns nichts als unsere Pflicht. Und wenn die Pflicht die verirrte Kugel des Scharfschützen nicht abzuwenden vermag, gibt man den überheblichen Gedanken auf, der Mensch hätte sein Schicksal in der Hand.«

»Der Krieg lehrt Demut.« Hugh dachte an seine anfänglichen Versuche, die Kopfverletzten zu retten. Immer hastiger waren seine Protokolle geworden und immer blutiger, bis er schließlich aufhörte, weil kein Protokoll der Welt an der Wahrheit rütteln konnte, dass die meisten mit einem Loch im Kopf starben und er mehr Soldaten retten konnte, wenn er sie an so gut wie allem anderen operierte als am Gehirn.

»Und er bedeutet Freiheit«, sagte Daniel. »Ich bin zwar nicht frei von Todesangst, aber frei von dem Glauben, ich hätte Macht über den Tod.«

»Da spricht der Dichter im Krieger. Ich sehe bereits viel *Blut* sich auf *Mut* reimen.«

»Du lachst, aber vielleicht könnte ich erst jetzt wirklich über den *David* schreiben«, erwiderte Daniel ernst. »Nur wäre er kein schöner Hirtenknabe mehr, sondern ein ängstlicher junger Soldat, der seine Pflicht kannte.«

»David sah sich von Gott beschützt.«

»Darin gleicht er jedem Soldaten, der aus dem Graben stürmt. Zu Gott beten und geduckt laufen.«

»Darauf trinke ich!« Hugh gönnte sich einen zweiten Schluck von Daniels Rum-Ration. »Gütiger Gott, mit dem Zeug könnte man einen Lastwagen betanken.«

»Guter alter Hugh, holst mich immer wieder auf den Boden der

Tatsachen zurück«, sagte Daniel lachend. »Über Lyrik kann man mit dir nicht reden, aber die zwei, drei Limericks, die ich bei den Männern eingesammelt habe, dürften dir gefallen.«

29

Obwohl sie nur wenige Kilometer von den deutschen Linien entfernt waren, hatte Colonel Wheaton darauf bestanden, das Exerzieren und die Parade unter musikalischer Begleitung einer großen Blaskapelle durchzuführen. Da das Regiment Lord North sowie hohe Offiziere mehrerer anderer Regimenter zu Gast haben werde, dürfe die Veranstaltung durch keine noch so große Bedrohung seitens der Deutschen irgendwelche Beeinträchtigungen erfahren. Der Brigadier erschien mit einer kleinen Armee von Adjutanten und führte eine Gruppe Gefangener mit sich, die gefesselt auf einem Wagen saßen. Die Männer waren für diverse Kapitalverbrechen von einem Kriegsgericht verurteilt, aber noch nicht erschossen worden. Ihre Hinrichtung verzögerte sich aufgrund eines bürokratischen Problems – man hatte keinen Geistlichen für den erforderlichen seelsorgerischen Beistand auftreiben können. Unglücklicherweise war den Gästen zu Ohren gekommen, dass der Colonel für das Gebet zu Beginn des Regimentsessens einen Pfarrer angefordert hatte, und so sollte im Morgengrauen, gleich nach dem Ende der Festlichkeiten, ein Erschießungskommando in Aktion treten. Der Colonel zeigte sich darüber ebenso wenig glücklich wie der Pfarrer, der nur wegen der Aussicht auf ein gutes Essen gekommen war und nun die Nacht mit den Todgeweihten verbringen musste.

Um den Gästen einen guten Blick auf die Parade zu bieten, hatte man auf Fässern eine Brettertribüne errichtet. Die Pferde waren gestriegelt und mit Bändern geschmückt, die Uniformen ausgebürstet, die schlammverkrusteten Stiefel geputzt und gewichst und die Männer von den Sergeant Majors so lange schikaniert und beschimpft worden, bis sie mitsamt ihrer Ausrüstung eine einigermaßen präsentierbare Formation zustande brachten. Diejenigen, die eben erst mit verdreckten Uniformen und vor Müdigkeit torkelnd aus den Gräben zurückgekehrt waren, mussten sich am Rand aufstellen, wo sie, wie man hoffte, weniger auffielen. In Anbetracht der bestehenden Animositäten hatte Harry Wheaton Daniels Männer ganz hinten platziert, wo sie dem Brigadier aus dem Blick gerückt waren. In den vorderen Reihen standen die höheren Offiziere in Paradeuniform, den Säbel am Gürtel. Nicht nur das Regimentssilber war auf Befehl des Colonels hergeholt worden, sondern auch der offizielle Regimentsbock, dem man eine rote Zierdecke mit Goldlitzen über den Rücken gelegt und goldene Hülsen auf die Spitzen seiner eingedrehten Hörner gesteckt hatte. Die verächtliche Grimasse, die er unerschütterlich beibehielt, war eines Generals würdig, und wann immer er ein Büschel Gras erspähte, warf er den Kopf zurück und zog an seiner schweren Messingkette.

Hugh als inoffizieller Gast und rangniedriger Offizier verfolgte die stampfenden und marschierenden Soldaten diskret von einer im Schatten der Tribüne liegenden Stelle aus. Während die Soldaten vorbeimarschierten, erinnerte ihn das Ganze plötzlich auf so absurde Weise an die festlichen Paraden zu Hause, dass es ihn nicht überrascht hätte, unter den Zuschauern Damen mit Sonnenschirmen und Fähnchen schwingende Kinder zu sehen. Nur das gelegentliche Dröhnen der nicht sichtbaren Geschütze erinnerte daran, dass er sich auf einem Kriegsschauplatz befand.

Nach der Parade erfolgte die Truppenbesichtigung. Langsam schritten der Brigadier und sein Gefolge die Reihen der Soldaten ab, an deren Spitze Colonel Wheaton stand, während Captain Wheaton das Ende bildete. Die Kapelle hatte eine Pause eingelegt, und in der Stille hörte Hugh den klatschenden Flügelschlag einer Krähe, die über das Tal flog. Da er in letzter Zeit kaum einen Vogel gesehen hatte – sie schienen die von den Menschen zerstörte Landschaft zu meiden –, vertiefte er sich in den Anblick der Krähe, als plötzlich in der Küche neben der Scheune Unruhe aufkam.

Eine graue Gestalt lief aus dem Zelt heraus, ein riesiger Hund, der ein enorm großes, von Fett triefendes Stück Rinderbraten zwischen den Zähnen hielt. Der köstliche Duft des heißen Fleischs veranlasste viele der in Habachtstellung erstarrten Männer, zumindest den Blick dorthin zu wenden. Nachdem aus den Reihen der Soldaten ein schriller Pfiff ertönt war, blieb der Hund stehen, machte kehrt, trottete gehorsam ziemlich weit nach hinten und ließ seine Beute vor die Füße des Gefreiten Dickie »Snout« Sidley fallen.

»Böser Wolfie! Wo warst du die ganze Zeit?« Die Stimme des Jungen hallte über den offenen Platz, während er den Hund am Nacken packte.

»Was hat dieser räudige Köter auf einem Exerzierplatz der britischen Armee zu suchen?«, knurrte der Brigadier und ging raschen Schrittes auf Snout zu.

»Entschuldigung, Sir, bitte um Verzeihung, Sir, ich bringe ihn weg, Sir«, sagte Snout zu Daniel wie ein Kind, das sich an den einzigen Erwachsenen wendet, den es kennt. Dann bückte er sich und hob den Braten mit beiden Händen auf.

»Gesprochen wird nur nach Aufforderung, Gefreiter!«, rief Colonel Wheaton. »Und schafft das Fleisch da fort!« Einer der Köche, die aus dem Zelt gelaufen waren, trat mit einer Schüssel vor und legte den Braten hinein.

»Den kann man nicht mehr essen, Sir«, sagte er. »Der ist zu nichts mehr zu gebrauchen.«

»Darf ich ihn für Wolfie haben?«, fragte Snout. »Er frisst für sein Leben gern Rindfleisch.«

»Ist der Bursche wahnsinnig geworden? Rekrutieren wir jetzt bereits Schwachsinnige?«, schrie der Brigadier. Der Koch gab Snout eine Ohrfeige und ging zurück.

»Captain Wheaton?«, rief Colonel Wheaton.

»Lieutenant Bookham?«, rief Captain Wheaton.

»Mit Verlaub, Sir, der Junge war unter Granatbeschuss, und der Hund galt als verschollen. Beide sind noch nicht völlig genesen«, sagte Daniel.

»Er wurde durch den Granatbeschuss in Mitleidenschaft gezogen, Sir«, sagte Harry Wheaton.

»Ich bin nicht taub, ich habe die Erklärung des Lieutenants gehört!«, brüllte der Brigadier.

»Entschuldigung, Sir«, sagten beide Wheatons gleichzeitig.

»Lieutenant, ist dieses Tier ein offiziell registrierter Militärhund?«, fragte der Brigadier.

Daniel zog eine Braue hoch und warf Harry einen Blick zu. Der antwortete: »Nein, Sir.«

»Stammt das, was er im Maul getragen hat, aus Armeebeständen, Captain?«

»Es handelte sich offenbar um einen Teil des heutigen Regimentsessens, Sir«, antwortete Harry. »Ich muss fairerweise erwähnen, dass der Hund mit dem von ihm gezogenen Karren maßgeblich zur Erfüllung der Aufgabe des Gefreiten Snout beigetragen hat, einen Großteil besagten Essens heranzuschaffen.«

»Der widerliche Mischling wird getötet!«, befahl der Brigadier. »Das Vieh gereicht dem ganzen Regiment zur Schande.«

»Jawohl, Sir«, sagte Colonel Wheaton. Harry wirkte bestürzt, schwieg jedoch.

»Bitte etwas sagen zu dürfen, Sir«, bat Daniel.

»Lieutnant Bookham – Daniel Bookham –, wenn ich nicht irre?«

»Der Hund wurde gewissermaßen in Dienst genommen, nachdem der Gefreite Snout ihn herrenlos aufgegriffen hatte, Sir. Er zieht einen schweren Karren und hat sich als sehr nützlich erwiesen.«

»Warum überrascht es mich nicht, dass Sie sich angesichts einer derart unerhörten Verfehlung zum Fürsprecher machen, Lieutenant? Der Hund ist ein Dieb. Wer ihn ernährt, missbraucht unsere Ressourcen. Ohne Einhaltung der Vorschriften werden wir diesen Krieg nicht gewinnen!«

»Er ist kein Dieb«, widersprach Snout und lief knallrot an. Hugh sah, dass die Beleidigung den Jungen tief getroffen hatte. »Er war tagelang verschollen und hatte Hunger. Normalerweise frisst er nur Abfälle.«

»Sofort töten!«, befahl der Brigadier mit einer Kopfbewegung zu Harry Wheaton hin. Er hatte sich bereits zum Gehen gewandt, da fiel Snout auf die Knie und schlang die Arme um den Hals des Hundes.

»Sie dürfen ihn nicht töten, das dürfen Sie nicht!«, schrie er. Der Hund leckte mit seiner monströsen Zunge über das tränennasse Gesicht des Jungen. »Er hat doch nichts getan, er ist doch nur ein Hund!«

»Captain«, sagte der Brigadier, »Sie töten jetzt den Hund und machen den Gefreiten für sein ungebührliches Verhalten verantwortlich! Sorgen Sie dafür, dass er ordentlich versohlt wird!«

»Er ist noch ein Junge und wurde von einer Granate getroffen, Sir«, wandte Daniel ein.

Der Brigadier ging betont langsam zurück und verzog den Mund zu einem gänzlich humorlosen Lächeln. »Offenbar hat es auch Ihr Lieutenant auf eine Anklage abgesehen, Colonel. Ich würde ihm den Gefallen sehr gerne tun, werde jedoch noch einmal über seine Aufsässigkeit hinwegsehen, um die festliche Stimmung nicht zu verderben.«

»Bitte um Erlaubnis, den Gefreiten abzuführen«, sagte Daniel zu Colonel Wheaton.

»Ja, ja, aber möglichst ohne Aufsehen«, erwiderte der Colonel.

»Nein, Sie dürfen ihn nicht töten!«, kreischte Snout, nachdem Daniel zwei Corporals angewiesen hatte, den Jungen fortzubringen.

»Tu, was ich sage, es ist das Beste für dich.« Daniel beugte sich tief zu Snout hinunter und legte die Hand auf den knurrenden Hund. Es war Hugh nicht klar, ob sein Cousin einen Plan zur Rettung des Tieres hatte oder nicht. Er lief noch am Rand des Exerzierplatzes entlang, um unauffällig zu Snout und Daniel zu gelangen, als Snout einen Arm aus dem Griff wand und Daniel einen Faustschlag an den Unterkiefer versetzte. Daniel landete rücklings auf dem Boden.

Der Brigadier winkte einen Mann aus seiner Entourage zu sich. »Nehmen Sie den Gefreiten in Gewahrsam und stecken Sie ihn zu den anderen Gefangenen! Einen Offizier zu schlagen ist ein Kapitalverbrechen. Egal, ob Junge oder Mann – im Morgengrauen wird er sich dafür verantworten!« Der Soldat eilte den Corporals zu Hilfe. Nur zu dritt konnten sie den brüllenden, um sich tretenden Jungen abführen.

»Mir ist nichts geschehen«, erklärte Daniel, während ihm einige seiner Männer auf die Beine halfen.

»Wie bedauerlich.« Der Brigadier trat vor Daniel hin, beugte sich zu ihm und sagte mit leiser Stimme: »Nun haben Sie bereits zum zweiten Mal das Lebensende eines jungen Mannes herbeigeführt.« Er lachte auf, drehte sich um und gab dem Colonel ein Zeichen.

»Harry?« Colonel Wheaton nickte seinem Sohn zu. Der zog die Dienstpistole und trat an den Hund heran.

»Ganz ruhig, mein Junge.« Er kraulte den Hund am Ohr, und Hugh sah erstaunt, dass Wolfie vollkommen reglos blieb, als wüsste er, was nun folgte. Harry schoss ihm in den Kopf. Als der graue Körper zu Boden sackte, stieß Snout, den sie gerade hinter die Scheune zerrten, einen wahrhaft tierischen Schrei aus, der von solchem Schmerz kündete, dass noch der Hartherzigste davon berührt sein musste.

»Gut«, rief der Brigadier. »Lassen Sie die Soldaten wegtreten, und dann wird gegessen!«

Daniel wollte noch etwas sagen, doch Hugh war rechtzeitig bei ihm und packte ihn fest am Arm. Harry Wheaton steckte seine Pistole ins Holster. Er war ein wenig blass, wirkte davon abgesehen jedoch unbeeindruckt.

»Wenn du um Gnade bitten willst, tu's erst nach dem Dinner«, sagte er. »Sobald der Portwein in den Gläsern ist, kannst du ihm dein Anliegen vortragen.«

»Wir sind für die Männer verantwortlich, Wheaton«, erwiderte Daniel.

»In die Bresche springen ist schön und gut, aber sieh zu, dass du nicht wegen Aufsässigkeit unehrenhaft entlassen wirst, Bookham. Ich weiß, es gab Streitigkeiten zwischen dir und Lord North, aber wenn wir uns an der Festtafel gut gelaunt geben, kann ich den Brigadier vielleicht gnädig stimmen.«

»Mir ist der Appetit vergangen«, sagte Hugh. »Du beschwatzt den Brigadier, ich sehe nach dem Jungen.«

Fünf Gefangene kauerten in dem halb verfallenen Schafpferch, alle so schmutzig und räudig, dass sich kaum erkennen ließ, wie alt sie waren, welchen Dienstgrad sie hatten und dass es sich überhaupt um Briten handelte. Die einen hatten die Knie ans Kinn gezogen, andere lagen zusammengerollt da. Da sie wie die meisten Tommys Läuse hatten, war immer einer gerade dabei, sich zu kratzen. Zwar trugen sie keine Fesseln, doch die Teilnahmslosigkeit in ihren Mienen verhieß keinerlei Gefahr für die beiden Gefreiten, die sie bewachten. Der eine hatte Hugh um eine Zigarette gebeten und damit einmal mehr bewiesen, wie sehr dieser simple Gegenstand zur letzten kleinen Flamme der Menschlichkeit geworden war.

»Ärztliche Untersuchung«, sagte Hugh, zeigte die große Doktortasche vor und hoffte, sein Rang und die Abzeichen des Royal Army Medical Corps würden die Tatsache kaschieren, dass er sich den Gefangenen ohne offizielle Erlaubnis näherte.

»Jawohl, Sir.« Die Wachen brachten sich verdrossen in Habachtstellung. Den Anforderungen des Brigadiers hätten ihre Ehrenbezeigungen nie und nimmer genügt; Hugh fragte sich, ob sie wussten, welch schmaler Grat zwischen ihnen und ihren Gefangenen lag.

»Stehen Sie bequem! Wer sind diese Gefangenen?«

»Verbrecher, Simulanten und Deserteure, Sir«, antwortete der Kleinere, ein Pickelgesicht mit schief verzogenem Mund. »Alle standgerichtlich verurteilt und werden morgen früh erschossen.«

»Der Brigadier lässt meist an Ort und Stelle erschießen, aber die da wollte er hier vorzeigen, weil das die Moral hebt oder so ähnlich, Sir«, fügte der zweite Wächter hinzu.

»Hat man ihnen Wasser und etwas zu essen gegeben?«

Der eine sah ihn ausdruckslos an, der andere zuckte mit den Achseln. »Wir haben nur die Wache übernommen, Sir. Wir beaufsichtigen sie, mehr nicht«, erwiderte der Größere.

»Diese Männer mögen Verbrecher und Deserteure sein, aber sie sind doch auch britische Soldaten wie wir. Sie haben sicherlich gehört, dass unser Brigadier auf Einhaltung der Vorschriften besteht.«

»Jawohl, Sir«, sagte der Größere, und sein erschrockenes Gesicht ließ vermuten, dass ihm der legendäre Zorn des Brigadiers nicht unbekannt war.

Hugh hielt ihn für den Gefügigeren der beiden und setzte eine finstere Miene auf, bevor er ihn ansprach. »Sie sind mir für den Zustand dieser Gefangenen verantwortlich, Gefreiter. Sie gehen unverzüglich in die Küche und holen ein paar Butterbrote und einen Feldkessel Tee!«

»Jawohl, Sir!«, rief der Gefreite, salutierte schneidig und machte sich auf den Weg.

»Ich werde die Gefangenen jetzt auf Verwundungen und ansteckende Krankheiten untersuchen«, teilte Hugh dem verbliebenen Wächter mit. »Müssen Sie mich dabei begleiten?«

»Ich kann von hier aus alles sehen, Sir.« Der verächtliche Zug um den Mund verschwand; mit einem Mal blickte der Mann recht ängstlich drein. »Ansteckende Krankheiten, Sir? Seien Sie vorsichtig!«

Hugh blieb vor zwei Gefangenen stehen und musterte sie flüchtig. Der eine hatte eine böse, an den Rändern eiternde Schnittwunde über dem Auge. Hugh gab ihm ein Fläschchen Jod und eine Handvoll Verbandsmull mit der Anweisung, die Wunde selbst zu versorgen. Der Soldat mit der Zigarette war ein Fall von Schützengrabenfuß, wie Hugh noch keinen gesehen hatte. An den Knöcheln löste sich die schrumpelige weiße Haut, die Zehen bluteten und waren mit rissigem schwarzem Grind überkrustet. Der Gestank ließ auf beginnenden Wundbrand schließen. Er reichte dem Mann eine kleine Schachtel Morphium gegen die Schmerzen und ein Paar saubere Wollsocken, damit er seine Füße vor den Blicken der anderen schützen konnte. Wäre der Gefangene nicht ohnehin in den Morgenstunden erschossen worden, hätte man ihn in ein Lazarett bringen müssen, um die Füße zu retten.

Die anderen beiden, verdreckt, aber unverwundet, dösten ruhig vor sich hin, sodass Hugh sich zu seinem eigentlichen Ziel vorwagen konnte – der Ecke, in der Snout auf einem mit Unkraut bewachsenen Fleckchen bewusstlos in sich zusammengesunken war. Er hatte ein blaues Auge, die Lippe war aufgeplatzt, und aus der Nase troff noch immer Blut. Als Hugh ihn am Rücken berührte, stöhnte er auf und begann sich schwach zu regen.

»Bleib still, Snout! Ich bin es, Hugh Grange. Ich werde deine Wunden säubern.« Der Junge nickte kraftlos. Er hielt die Augen geschlossen, doch unter seinen Lidern quollen Tränen hervor und flossen die blutverschmierten Wangen hinab. Hugh tastete ihn nach Knochenbrüchen und inneren Verletzungen ab. Er hatte ein oder zwei Schläge in den Magen erhalten, aber die Haut war nicht blutunterlaufen. Die Soldaten, von denen der Junge fortgezerrt worden war, hatten ihn mit harten Schlägen für seine Gegenwehr büßen lassen.

Hugh wischte das Gesicht des Kleinen mit Gaze und etwas Wasser aus seiner Feldflasche ab, gab Jod auf die geplatzte Lippe und reichte ihm einen wassergetränkten Tupfer, den er an das lädierte Auge halten sollte. Dann half er ihm, sich aufzusetzen und den knochigen Rücken an die Steinmauer des Pferchs zu lehnen.

»Sie haben Wolfie erschossen, Sir.« Snouts Unterlippe bebte. »Ist er tot, Sir?«

»Ja, er ist gestorben. Ganz friedlich, wie ein braver Hund. Du hast ihn gut erzogen, darauf kannst du stolz sein.«

»Er hat alles allein gemacht, Sir. Ich musste ihn nur vor den Karren spannen.«

»Es tut mir sehr leid.«

»Er hat mir das Gefühl gegeben, dass ich mutig bin, Sir. Der Krieg ist ganz anders, als alle gesagt haben.«

»Ich weiß, was du meinst. Nicht ganz das glorreiche klassische Epos des Vergil, nicht wahr? Du musst dich deiner Angst nicht schämen, Snout.«

»Miss Nash hat mir ihren Vergil geschenkt.« Hugh schloss kurz die Augen und versuchte die flüchtige, durch Snout in einem zerfallenen Schafpferch heraufbeschworene Vorstellung von Beatrices Gesicht festzuhalten. »Aber er ist in die Luft geflogen.«

»Du steckst in großen Schwierigkeiten, Snout«, sagte Hugh, öffnete die Augen und versuchte den Jungen und sich selbst, so gut er konnte, in die Gegenwart zurückzuversetzen. »Erinnerst du dich, dass du Lieutenant Bookham geschlagen hast?«

»Wirklich?« Snout sah ihn verwundert an. »Der Lieutenant ist ein guter Mensch. Er gibt Wolfie immer die Rinde von seinen Sandwiches.« Die Augen fielen ihm wieder zu. Hugh rüttelte ihn sanft am Arm.

»Du musst verstehen, was hier vor sich geht«, sagte er. »Morgen früh stellen sie dich vor ein Standgericht.«

Verträumt lächelnd öffnete Snout die Augen. »Danke, dass wir zum Tee kommen durften, Sir. Es hat Wolfie sehr gut gefallen«, sagte er noch, schlief sofort darauf fest ein und ließ sich auch durch nochmaliges Schütteln nicht wecken. Hugh legte ihn vorsichtig auf den Boden und holte eine kleine Decke, ein in Papier verpacktes Brötchen und eine mit Wasser gefüllte Feldflasche aus seiner Tasche. Er hüllte den schlafenden Jungen in die Decke und schob die Vorräte darunter, damit die anderen Gefangenen sie nicht sahen. Snout atmete ruhig, sein Puls ging regelmäßig und war kräftig. Da Hugh vorerst nichts mehr tun konnte, verließ er Snout, wenn auch widerwillig.

»Der Junge dort drüben ist unmündig und verletzt«, erklärte er der Wache am Gatter, als der zweite Mann eben mit einem großen

Kessel Tee und einer Schachtel Sandwiches zurückkehrte. Er sah die beiden Soldaten streng an. »Obendrein ist er noch gar nicht vor Gericht gestellt worden. Wenn ihm etwas zustößt, mache ich Sie beide dafür verantwortlich. Dann wird der Brigadier Sie zur Rechenschaft ziehen, verstanden?« Im Weggehen hörte er die Gefreiten leise murren. Sie wirkten eingeschüchtert – ob durch seine eigene Autorität oder durch die bloße Erwähnung des Brigadiers, vermochte er nicht zu sagen.

Er lag in Daniels Zelt, streifte sich der bitteren Kälte wegen Socken über die Handschuhe und versuchte gleichzeitig zu verhindern, dass sein Mantel von der Wolldecke rutschte, als Daniel betrunken hereinkam und einen Freudenschrei ausstieß.

»Die Todesurteile sind umgewandelt! Das Regiment hat offen darum gebeten, aus Anlass des Festessens Gnade walten zu lassen, und der Brigadier hat eine salomonische Rede gehalten und stehenden Applaus bekommen.«

»Das erleichtert mich sehr«, sagte Hugh. »Ist der Junge frei?«

»Es soll zwar morgen früh eine Verhandlung geben, aber nach den Ereignissen der Nacht glaubt Harry felsenfest, dass wir ihn zurückbekommen und man ihm nur den Sold für ein paar Wochen abzieht, weil er so unverfroren war.«

»Wer hat ihn um Gnade gebeten. Nicht du?«

»Ich bin dem Brigadier wohlweislich aus dem Weg gegangen. Es war Harry Wheaton – mit ein paar verlogenen lateinischen Zitaten und Metaphern aus dem Bereich der Fuchsjagd. Gott sei ihm gnädig, falls irgendeiner mitgeschrieben hat – keiner, der nicht vom Champagner besoffen und vom guten Rinderbraten satt war, würde auch nur ein Wort verstehen. Aber es hat funktioniert.«

Bedrohlich rot dämmerte der Morgen am dunkel bewölkten Himmel herauf. Es war so kalt, dass der Morast auf den zerfurchten Fahrwegen gefror und das Wasser in den Waschkrügen zu Eis wurde.

Kein Vogelgesang begrüßte die Sonne, nur das Donnern der schweren Artillerie. Das Feldlager war erfüllt vom Geschrei hektischer Männer, von Pferdegetrappel und dröhnenden Motoren. Als der Lärm der explodierenden Granaten und der Rauch immer näher an das unten liegende Dorf heranrückten, fragte sich Hugh auf dem Weg zu der als Hauptquartier dienenden Scheune, ob die Parade und insbesondere die Blaskapelle eine gute Idee gewesen waren. Die Deutschen hatten Reichweite und Schießrichtung ihrer Artillerie verändert; eine Granate war bereits im Fluss eingeschlagen, eine zweite flog soeben pfeifend durch die Luft und explodierte schließlich in der bereits zertrümmerten Kirche.

Im Hauptquartier trug der Brigadier eine düstere Miene zur Schau, die nur von gewaltigen Kopfschmerzen herrühren konnte. Als man ihm riet, sich unverzüglich an einen weniger gefährlichen Ort zu begeben, zeigte er sich nicht gewillt, seine Pläne zu ändern.

»Wir gewinnen diesen Krieg nicht, indem wir vor jedem neuen Bombardement die Köpfe einziehen! Sie sollen wissen, dass wir sie verschlingen werden wie die Flut, dass sie mit allem, was sie unternehmen, nicht mehr bewirken als kleine Jungen, wenn sie Steine in die Wellen werfen!«

»Ich würde meine Pflicht vernachlässigen, wenn ich nicht auf geeigneten Maßnahmen zum Schutz eines so wichtigen Teils unseres Kommandos bestünde«, entgegnete der Colonel. »Sie und Ihre Adjutanten müssen den Befehl von sicherer Stelle aus führen.«

Der Brigadier war Schmeicheleien durchaus zugänglich. »Gut, dann ziehen wir uns in den Keller zurück, aber rasch!« In aller Eile wurden Tische und Lampen in den angrenzenden Keller gebracht, ein kleines, halb in den Boden hineingebautes Nebengebäude mit dicken Steinwänden und einem Grasdach. Hugh schlich sich zu Daniel und Wheaton hinüber, um zu fragen, was geschehen sei.

»Leider bereut es der Brigadier inzwischen, dass er den Gefangenen Gnade gewährt hat. Er glaubt, er hätte damit den Eindruck von Schwäche erweckt«, sagte Harry Wheaton. »Und da er sein Wort nicht zurücknehmen kann, weil er es dem Regiment nun einmal gegeben hat, will er ein Exempel an dem einzigen Gefangenen statuieren, der noch nicht verurteilt war und deshalb auch nicht begnadigt wurde.«

»Er will Snout vor ein Standgericht stellen«, fügte Daniel kreidebleich hinzu.

»Da nur wenig Platz ist, wird die Zahl der Anwesenden begrenzt!«, verkündete der Brigadier. »Im Grunde braucht es nur Sie und mich, um das Gericht zu bilden, Colonel. Sie haben doch keine Skrupel, Zucht auszuüben und der Gerechtigkeit Genüge zu tun?«

»Nein, Sir. Aber vielleicht wäre auch Captain Wheatons Anwesenheit wünschenswert. Soweit ich weiß, sollen es drei Offiziere sein, sofern ein dritter verfügbar ist.«

»Von mir aus«, sagte der Brigadier, obwohl ihm der Einwand sichtlich missfiel. »Und Sie, Herr Mediziner!« Er deutete auf Hugh. »Wir brauchen jemanden, der den Gefangenen untersucht und nach der Exekution seinen Tod feststellt.«

»Ich möchte den Gefangenen verteidigen, Sir«, erwiderte Hugh. »Er hat ein Recht darauf.«

»Wenn Sie das unbedingt tun wollen, fungieren Sie aber zusätzlich als Sanitätsoffizier, sonst ist nicht genug Platz für Sie.«

»Gut.«

»Der Offizier, der geschlagen wurde, muss ebenfalls in den Keller kommen.« Mit ausgesucht süffisanter Miene gab der Brigadier vor, sich nicht an Daniel zu erinnern. »Der Pfarrer kann sich sein Geld verdienen, und mein Adjutant hier wird alles protokollieren und die Formulare ausfüllen. Ich denke, wir können beginnen.«

Snout wirkte noch jünger als im Frühsommer des zurückliegenden Jahres, zu einer Zeit, in der lateinische Deklinationen und Geld für Süßigkeiten und Zigaretten seine größte Sorge gewesen waren. Im harten Winter hatte er Gewicht verloren, und auf seinem zerschlagenen Gesicht lag der Ausdruck eines eben aus dem Schlaf erwachten Kindes. Seine Hände waren mit einem Strick zusammengebunden. Hugh wunderte sich, dass es auch nur ein Mensch für nötig hielt, das erschöpfte, schmächtige Kerlchen zu fesseln.

Der Adjutant des Brigadiers setzte den Jungen auf einen Stuhl und nahm ihm die Mütze vom Kopf. Dann band er ihm mit einem zweiten Strick die Beine an den Stuhl.

»Muss das sein, Sir? Er stellt doch keine Gefahr dar«, sagte Harry Wheaton.

»Falls das Urteil auf den Tod lautet, wird es unverzüglich vollstreckt«, erwiderte der Brigadier. »Unter diesem Bombardement stelle ich kein Erschießungskommando auf.« Dem Pfarrer stockte der Atem; er überspielte es mit einem Räuspern. Daniel sog hörbar die Luft ein, und Colonel Wheaton erklärte hastig: »Die Entscheidung fällt selbstverständlich erst nach der Beweiserhebung.«

»Eine reine Vorsichtsmaßnahme«, erklärte der Brigadier. »Gefangene soll man fesseln, solange sie fügsam sind.«

Die Schilderung des Tathergangs erfolgte in drastischer Kürze. Die Äußerungen des Brigadiers hinsichtlich einer Strafmilderung fielen nicht minder knapp aus.

»Es tut nichts zur Sache, dass Sie dabei unverletzt geblieben sind, Lieutenant Bookham, und auch dass Sie wie jede Führungsperson natürlicherweise dazu neigen, Ihren Mann in Schutz zu nehmen, spielt keine Rolle. Er wurde gesehen, als er Sie schlug. Wenn wir gegen einen Offizier gerichtete Schläge ignorierten, hätte das fatale Auswirkungen auf die Disziplin und möglicherweise die Kriegsniederlage zur Folge.«

»Ich gebe zu bedenken, dass er unmündig ist und gar nicht in die Armee hätte eintreten dürfen«, sagte Daniel.

»Auch das entschuldigt nichts. Sie stimmen mir doch zu, Colonel?«

»Der Junge hat sich mit ausdrücklicher Erlaubnis seiner Eltern freiwillig gemeldet. Andernfalls hätte ich ihn nicht genommen. Gäbe es ein elterliches Gesuch um seine Rückkehr, würde ich eine solche in Erwägung ziehen, aber …«

»Es gibt aber keines und daher auch keinen Grund, ihn von den üblichen militärischen Vorschriften auszunehmen«, sagte der Brigadier.

»Als Sanitätsoffizier konstatiere ich die Verhandlungsunfähigkeit des Jungen, Sir«, erklärte Hugh. »Meiner Meinung nach leidet er an einer Nervenschwäche infolge einer Granatexplosion.«

»Würden wir das Verhalten eines jeden Soldaten entschuldigen, dem bei einer Granatexplosion die Ohren geklungen haben, hätten wir keine Armee mehr. Aufgrund dieser Unruhe ist der Junge doch obendrein mehrmals verschwunden, oder nicht?«

»Das ist richtig, Sir«, sagte Harry Wheaton. »Aber er ist ein braver Kerl und wäre bei klarem Verstand niemals weggegangen. Wir alle hier können seinen guten Charakter bezeugen.«

»Er ist demnach nicht nur ein Meuterer, sondern auch ein Deserteur. Es tut mir leid, die Beweise liegen klar auf der Hand: Der Junge simuliert und ist schuldig, vor aller Augen einen Offizier geschlagen zu haben. Man muss hier ein Exempel statuieren. Colonel Wheaton?«

»Da der Junge in aller Öffentlichkeit zugeschlagen hat, lässt sich seine Tat bedauerlicherweise nicht ignorieren. Auch ich halte ihn für schuldig, rate jedoch zur Nachsicht.«

»Ich ebenfalls«, erklärte Harry Wheaton. »Die gestrigen Maßnahmen des Brigadiers gereichen dem Regiment zur Ehre und haben die Moral der Soldaten gehoben. Ich vertraue darauf, dass der Brigadier an diesem düsteren Morgen nicht weniger klug und gerecht vorgehen wird.«

»Somit wären wir uns einig«, sagte der Brigadier. »Leider kann meine gestern Nacht gezeigte Milde für den heutigen Tag nicht gelten – man würde sie mir als Schwäche auslegen. Ich trage die Verantwortung für die Disziplin in meinem Befehlsbereich und verurteile den Jungen hiermit zum Tode.«

»Nein«, sagte Hugh. »Das ist ungeheuerlich.«

»Wegen Gefahr im Verzug wird das Urteil sofort vollstreckt.«

Der Brigadier warf seinem protokollierenden Adjutanten einen Blick zu. Der Adjutant hielt inne, als wüsste er nicht recht, in welche Worte er das Urteil fassen sollte. »Sofort«, wiederholte der Brigadier. »Geben Sie dem Jungen einen Schluck Rum zu trinken und lassen Sie den Pfarrer mit ihm reden.«

Snout hatte während der Verhandlung ruhig auf seinem Stuhl gesessen und sich hin und wieder benommen umgesehen. Der Adjutant brachte eine Taschenflasche Rum und ließ ihn daraus trinken. Snout verzog zwar das Gesicht, stürzte den Schnaps jedoch mit der Gier eines Soldaten hinunter, der aus Erfahrung wusste, wie gut die tägliche Ration Rum die Kälte zumindest für kurze Zeit vertrieb. Der Pfarrer zog einen Stuhl heran und begann mit gedämpfter Stimme einen Psalm zu rezitieren.

»Sie haben das gestern sehr gut gemacht, Captain«, sagte der Brigadier leise zu Harry Wheaton. »Wollen Sie sich nicht freiwillig melden? Wenn es unbedingt sein muss, stelle ich ein Erschießungskommando auf, aber bei einem solchen Bombardement zwölf Männerleben zu riskieren, erscheint mir äußerst unklug.«

»Das war ein Hund, den er gestern erschossen hat«, sagte Daniel wütend, ohne den Brigadier mit »Sir« anzusprechen, und trat entschlossen vor ihn hin.

Hugh brachte ihn mit dem ausgestreckten Arm zum Stehen.

»Ich bitte Sie, das Strafmaß zu überdenken. Aus medizinischer Sicht ist die Sache eindeutig, und allein das Alter des Jungen macht eine Strafminderung erforderlich.«

»Zwischen einem Hund und einem Verräter besteht kein großer Unterschied«, erwiderte der Brigadier mit eisiger Kälte. »Deserteure, Simulanten – tollwütige Köter, alle miteinander. Man muss sie einschläfern, ehe sie den Rest der Meute anstecken.«

»Haben Sie keinen Funken Mitgefühl im Leib?«, fragte Daniel mit der gepressten Stimme eines Menschen, der eine heftige Gemütsbewegung zu verbergen sucht. »Müssen Sie den Jungen schlagen, obwohl Sie mich meinen?«

Hugh trat Daniel in den Weg, legte ihm die Hände auf die Schultern und stieß ihn zur Seite. »Sei still!«, zischte er ihm wütend zu. »*Den* Gefallen tust du ihm nicht!«

»Ich führe einen Krieg und habe nicht den ganzen Tag Zeit, deshalb sehe ich über die Beleidigungen Ihres Lieutenants hinweg«, sagte der Brigadier mit schneidender Stimme zu Colonel Wheaton. »Kann der Captain nun das Urteil vollstrecken oder müssen wir ein Erschießungskommando aufstellen und das Leben von zwölf Männern in Gefahr bringen?«

»Der Junge fragt nach Mr Hugh«, rief der Pfarrer. »Ist einer von Ihnen Mr Hugh?«

Nachdem er seinen Cousin wie zur Warnung kurz geschüttelt hatte, ging Hugh zu Snout. Der Junge weinte. Still liefen ihm die Tränen den Hals hinab. Hugh kniete sich vor ihn hin und wischte ihm mit einem Taschentuch übers Gesicht.

»Ich will meine Mama«, sagte Snout. »Ich möchte meine Mama und meine Schwester Abigail sehen, Mr Hugh.«

»Ich weiß, Snout, ich weiß.«

»Ich will nur noch nach Hause, Mr Hugh.«

»Du kommst nach Hause, Dickie.« Hugh ergriff seiner Hände. »Nur ein kurzer Moment, und schon bist du auf dem Weg nach Rye, und deine Eltern warten vor der Tür auf dich.«

»Glauben Sie, dass Wolfie auch da ist?«

»Der Hund wird alles tun, um dich zu finden. Ich bin bei dir, Dickie. Lieutenant Daniel auch und Captain Wheaton auch.« Hugh hob den Blick. Daniel wischte sich die Tränen aus den Augen. Harry hatte sich abgewandt, um seine Bestürzung zu verbergen.

»Das reicht«, befahl der Brigadier. Selbst er war blass, sei es, weil ihn sein Gewissen, sei es, weil ihn sein gereizter Magen plagte. »Vielleicht ist das Kommando doch zweckmäßiger. Ich sehe, wie mitgenommen der Captain ist.«

»Ich mache es«, sagte Hugh. Snouts Tod war unausweichlich, das Warten auf das Erschießungskommando hätte Höllenqualen bedeutet. Sein Herz zersprang fast in der Brust, aber er hatte jeden Tag Patienten sterben sehen. Er wusste, was es hieß, das Leiden zu verlängern, hatte gelernt, wann es besser war, einem Menschen nur die Hand zu halten und ihn gehen zu lassen. »Ich bin Arzt. Es wird schnell und schmerzlos sein.«

»Um Himmels willen – nein, Hugh!« Daniel trat zwischen Hugh und Snout und stieß seinen Cousin mit Wucht in einen Haufen Kartoffelsäcke, der dort lag.

»O Gott, wie ich diese Kumpel-Bataillone hasse! Jeder kennt jeden, und keiner will den Gärtner seines Nachbarn erschießen«, sagte der Brigadier. »Treten Sie zur Seite, Gentlemen, ich erledige es selbst.«

Während er die Pistole aus dem Holster zog, warf sich Daniel vor Snout. Der Adjutant des Brigadiers lief hin, um ihn wegzuzerren, und sie begannen auf engstem Raum wüst miteinander zu ringen. Snout wurde mitsamt dem Stuhl, an den er noch immer gefesselt war, zu Boden gestoßen. Der Brigadier fuchtelte, mehr in Daniels Richtung als in die von Snout, mit der Pistole herum, und Hugh schrie auf, um zu verhindern, dass er, unabsichtlich oder gewollt, auf Daniel schoss. Vater und Sohn Wheaton standen so reglos da, als sähen sie bereits die Auswirkungen dieses Tages auf ihre weitere Karriere in allen Einzelheiten vor sich. Endlich trat Colonel Wheaton zu Hughs Erleichterung vor den Brigadier hin.

Den Einschlag der Granate nahm Hugh als grellweiße Erschütterung und gewaltigen Knall wahr, den seine Ohnmacht jäh zum Verstummen brachte.

Er wollte nicht wach werden. Es lag sich angenehm unter der Decke, und jede Bewegung schmerzte – wie viel schöner, sich in noch tieferen Schlaf fallen zu lassen. Er regte sich noch einmal und glaubte, die Decke würde ihn ersticken. Sein Mund und seine Nase waren voller Schmutz. Er hustete, spuckte, gierte nach Luft. Es roch nach Gras und feuchter Erde und nach Lagerfeuern. Jetzt fiel ihm das Weiterschlafen schwerer, aber ebenso schwer war es, aufzuwachen und den Schmerz und das Pfeifen im Ohr zu ertragen.

Von fern rief ihn jemand. Hände tasteten nach seiner Brust. Er durchstieß die Oberfläche und sah einen dunklen Himmel. Dicke Regentropfen klatschten auf sein Gesicht. Ihm fiel ein, dass der Keller von einer Granate getroffen worden war. Er begann zu schreien, doch es war nichts zu hören. Er konnte nur den Mund öffnen und den Regen auf der Zunge spüren. Dann hob ihn jemand an den Schultern an. Schmerz durchfuhr seinen Körper, und während ihn viele Hände aus der schmatzenden Erde zogen, glitt Hugh Grange in die Bewusstlosigkeit.

30

Im Feldlazarett herrschte Chaos. Die Tragen lagen völlig ungeordnet im Regen auf dem Boden. Die Patienten starben, ehe man auch nur einen Blick auf sie geworfen hatte. Es war ein gewaltiges Bombardement gewesen, beinahe eine Offensive, und die Verwundeten bedeckten ein ganzes Weizenfeld. Hugh war in einem ihm bekannten Sanitätswagen zu sich gekommen – in dem von Bill und Archie – und hatte erfahren, dass er nur leicht verletzt war. Archie hatte munter über Urlaubsreisen an die Küste gescherzt, während er Hughs Brustkorb der gebrochenen Rippen wegen mit einer Bandage versah und die schlimme Schnittwunde am Kopf verarztete. Gegen das infernalische Pfeifen im Ohr war nichts zu machen. Seine Stiefel trug Hugh noch, seine Hose hatte er, wie auch immer, bei der Explosion verloren und war halb nackt auf die Trage gelegt worden. Archie hatte eine Decke über ihn gebreitet und einige derbe Bemerkungen gemacht. Nun saß Hugh vor dem Lazarett auf einer Kiste und versuchte einen klaren Kopf zu bekommen, um entweder mithelfen oder die Tragen auf dem Feld nach seinem Cousin und den anderen absuchen zu können.

»Hier haben Sie eine Hose und eine Tasse Tee«, sagte Archie. »Wir müssen weitermachen. Eine Fuhre zum Bahnhof.«

»Haben Sie meinen Cousin gesehen? Hat man noch andere außer mir aus dem Trichter gezogen?« Hugh trank und ließ sich den brühheißen Tee durch die Kehle rinnen.

»Weiß nicht genau.«

»Ich hätte nie gedacht, dass es so hässliche Engel gibt, aber für mich waren Sie ein wundervoller Anblick«, sagte Hugh. »Vielen Dank.«

»Hässlich? Sie hat's offenbar auch am Auge erwischt«, erwiderte Archie.

Die Hand an den schmerzenden Rippen schritt Hugh, so schnell er konnte, die Tragen ab und ließ den Blick über die verwundeten Männer schweifen, die in Grüppchen auf dem Feld saßen. Ihm blieb nur wenig Zeit für seine Suche. Bald würde man ihn aufhalten oder aber er würde die Verpflichtung verspüren, einzugreifen und den Verwundeten zu helfen. Es war egoistisch, seinen Cousin zu suchen, während so viele andere Cousins, Brüder und Söhne schrien und bluteten, doch in seinem Kopf dröhnte es von dem Drang, Daniel zu finden. Das grauenvolle Gefühl, sich ohne Daniel niemals wieder nach Hause wagen zu dürfen, trieb ihn weiter.

Ein locker gewordener Druckverband brachte ihn schließlich von der Suche ab. Ein Soldat hatte für seinen Nebenmann nach Hilfe gerufen. Als Hugh das Blut aus der Arterie schießen sah, lief er hin, zog den Ledergürtel fester um den Oberschenkel und befestigte den Wundverband mit Streifen, die er von seinem Taschentuch gerissen hatte.

»Danke, Sir. Er wäre sonst gestorben«, sagte der Soldat, der gerufen hatte. Als Hugh sich zu ihm umdrehte, war der Mann bereits tot. Mit leeren Augen lag er da, während das Blut noch aus dem Loch im Unterleib floss. Hugh schloss ihm die Augen und kreuzte seine Arme über der Brust. Er hätte auch gern das Gesicht bedeckt, musste sich aber damit begnügen, dem Soldaten die Mütze auf die Hände zu legen. Statt zu beten, beschloss er, Daniel zu helfen, indem er seine Pflicht gegenüber den Verwundeten erfüllte.

»Wo sind die Operationszelte?«, fragte er einen vorbeikommenden Sanitäter. »Ich bin Chirurg.«

Er arbeitete zehn, zwölf Stunden an einem behelfsmäßig aufgebauten Operationstisch. Fast mechanisch stillte er Blutungen und verschloss jede Wunde, die man ihm vorlegte. Der Schmerz in den Rippen wurde so stark, dass er Pausen einlegen musste, bis die Übelkeit vorbeiging, die ihn hin und wieder überkam. Er weigerte sich, Morphium einzunehmen, weil es ihn bei der Arbeit beeinträchtigt hätte. Der Patientenstrom riss nicht ab, die Schwestern kamen mit dem Sterilisieren der Instrumente kaum nach. Hugh stopfte ein Stück Darm in das Loch zurück, das ein Schrapnell dem vor ihm liegenden Soldaten in den Bauch gerissen hatte, hob den Blick und sah erstaunt, dass eine andere Schwester als zuvor neben ihm stand. Er hatte den Schichtwechsel nicht bemerkt, nur nach den Instrumenten gegriffen und sie, sobald er fertig war, in die wartenden Hände zurückgelegt.

Erst spät in der Nacht ebbte der Strom der Verwundeten allmählich ab. Hugh schüttelte den Kopf, um wieder klar zu sehen. Er konnte nicht richtig denken. Der Schmerz in den Rippen trieb ihm die Tränen in die Augen. Sein Kopf dröhnte, seine Finger waren taub vom stundenlangen Stochern und Nähen. Er sprach mit der Schwester und verließ das Zelt, wusch Gesicht und Hände mit starker Karbolseife und eiskaltem Wasser. Bei einer Frau, die aus einem Lieferwagen heraus Essen verkaufte, holte er sich ein dickes Schinkensandwich und eine Tasse Tee. Er bekam frische Socken und begann fast zu weinen, als er sie anzog, so wundervoll fühlte sich die warme, trockene Wolle an den Füßen an. Er besorgte sich eine Decke und machte sich mit einer Petroleumlampe auf den Weg, obwohl er vor Müdigkeit fast zusammenbrach. Gebeugt wie ein alter Mann schlurfte er durch die dichten Reihen der Verwundeten in den Zelten und auf dem Feld, wo die weißen Verbände im eisigen Mondlicht leuchteten. Er blickte in die schmutzigen, zerstörten Gesichter und hielt sie alle für seine Brüder und Cousins. Er bat Gott, über Daniel zu wachen, doch im Grunde war es genug, hier bei Daniels Kameraden zu sein und ihnen mit aller Kraft geholfen zu haben.

Auf einem Feld mit Hunderten schlafender oder leise stöhnender Verwundeter entdeckte Hugh seine Leute, als er Harry Wheaton einer Schwester zurufen hörte, sie solle ihm eine Flasche Burgunder und ein Dutzend Austern bringen.

»Die Bedienung in diesem Etablissement ist miserabel«, klagte Wheaton, als die Schwester weitereilte. »Mein Freund nimmt den Hummer.« Die Ochsenschwanzsuppe und das Stück Brot, das sie ihm dagelassen hatte, rührte er nicht an. Er lag, den Arm in der Schlinge, auf einem Feldbett. Über seine Beine war eine Gummiplane gebreitet.

»Harry! Ich habe dich überall gesucht!«, rief Hugh.

»Hier sind wir – oder was von uns übrig ist. Wach auf, Bookham, dein Cousin ist da!« Daniel lag mit dick verbundenem Kopf und kaum bei Bewusstsein auf dem Nachbarbett. »Ich soll ihn wachhalten, aber er war ja schon immer ein unverbesserlicher Faulpelz, stimmt's, Bookham? Immer auf ein Nickerchen aus.«

»Daniel, hörst du mich?« Hugh ging neben dem Feldbett in die Hocke und fühlte seinem Cousin den Puls. Er war schwach, aber regelmäßig.

Daniels Lider flatterten. Er leckte sich über die Lippen. »Bist du das, Hugh? Ich dachte, du wärst tot.«

»Wie geht es dir? Kannst du dich bewegen?«

»Hör zu, Hugh.« Daniel hob die Hand, und Hugh ergriff sie. »Du musst den Jungen nach Hause bringen. Bitte versprich mir, dass du den Jungen nach Hause bringst.«

»Er meint den kleinen Sidley«, erklärte Harry mit einer Kopfbewegung zur anderen Seite des Gangs hin. Hugh folgte seinem Blick und sah Snout. Die Brust des Jungen war einbandagiert, er rang nach Luft. »Schrapnell in der Lunge, heißt es.«

»Snout, kannst du mich hören?«, fragte Hugh. Der Junge schlug die Lider auf und sah Hugh lange an. Dann schloss er matt lächelnd wieder die Augen. Hugh ging zu Daniel zurück.

»Ich habe die Ärzte miteinander sprechen hören«, flüsterte Harry. »Alle Transportfähigen kommen auf eine Liste für die Lazarettzüge, die zur Küste fahren. Wer zu schwach ist, muss bleiben.«

»Man hat dieses neue System geschaffen, damit möglichst viele überleben und den Schwerverwundeten Schmerzen erspart werden, die sie nur weiter schwächen würden«, erklärte Hugh.

»Daniel und Snout stehen nicht auf der Liste. Wenn du hier etwas ausrichten kannst, musst du es bald tun.«

»Wo sind die anderen? Dein Vater und Lord North?«

»Tot.« Harry drehte sich auf die Seite, um seine Gefühle zu verbergen. »Mein Vater ist nicht mehr, Hugh.«

»Mein tief empfundenes Beileid.«

»Nur wir haben überlebt. Und ich habe allen gesagt, wie schrecklich es ist – das Standgericht hatte den Jungen doch eben erst freigesprochen, wir wollten den Keller gerade verlassen …«

»Danke.« Hugh klopfte Harry auf den Arm.

»Dein Cousin musste natürlich hinzufügen, dass der Brigadier sich auf den kleinen Kerl geworfen hat, als die Granate einschlug. Der ewige Geschichtenerfinder. Jetzt wird Lord North ein Nationalheld.«

Der leitende Arzt im Feldlazarett bot seine Hilfe an.

»Sie haben heute Grandioses geleistet, Lieutenant. Ich setze Ihren Cousin auf die Transportliste und stelle Ihnen einen Passierschein aus, dann können Sie ihn an die Küste begleiten.«

»Und der Bursche meines Cousins?«

»Es tut mir leid. Ein zusätzlicher Offizier auf der Liste ist eine Gefälligkeit – wenn auch andere Dienstgrade vorgezogen werden, sieht es nach Missachtung der Vorschriften aus. Wir verbringen ohnehin bereits viel zu viel Zeit damit, verzweifelte Bittgesuche abzulehnen.«

»Ich danke Ihnen für Ihre Hilfe, Sir.« Es war sinnlos zu streiten. Hugh hätte an der Stelle des Arztes nicht anders entschieden und möglicherweise nicht einmal Daniel als dringlich eingestuft. Die generelle Anwendung von Regeln war etwas völlig anderes als der Umgang mit eigenen Angehörigen. Er dachte an seine zweckmäßige

Vorgehensweise beim Operieren – zu flicken, was zu flicken war, und sich um die, die dabei starben, möglichst nicht zu kümmern. Es warteten stets so viele andere – wie hätte er da seine Zeit mit Trauern verschwenden dürfen.

Während der neue Tag anbrach, wartete er mit Harry und Daniel auf die Ambulanzen, die den nächsten Schub Patienten abholen sollten. Als er Bill und Archie heranfahren sah, winkte er sie erfreut zu sich. »Können Sie meine Patienten mitnehmen?«

»Aber gern!«, erwiderte Archie. »Wen wir in den Wagen laden, ist egal – nur die Fahrkarte muss stimmen.« Jeder transportberechtigte Patient trug ein grünes Schild an der Jacke.

»Nehmen Sie an meiner statt den Jungen mit«, sagte Daniel und zerrte an dem Schild an seiner Brust. »Wir sagen, es sei ein Irrtum gewesen, und ich suche mir einen Platz im nächsten Konvoi.«

»Du fährst jetzt!«, befahl Hugh. »Keine Widerrede!«

Bill zog fragend die Augenbrauen hoch. Hugh stieg mit ihm in den Wagen. »Geht es ihm schlecht?«, fragte Bill.

»Ja, er hat ein Loch im Schädel. Solche Verwundungen können im Feldlazarett nicht gründlich gesäubert und behandelt werden. Er hat nur eine Chance, wenn ich ihn nach Hause bringe oder zumindest in das große Lazarett an der Küste.«

»Und der Junge?«

»Der ist auch schlimm dran. Die Lunge könnte sich entzünden. Er muss ins Warme und braucht gute Pflege, darf aber nicht verlegt werden.«

Harry Wheaton versuchte sich mit der freien Hand das Schild von der Jacke zu reißen. »Es geht nur so: Sie nehmen beide mit, und ich komme mit dem nächsten Konvoi.«

»Hier spielt heute jeder den Helden, Archie«, meinte Bill. »Und die feinen Herren wetteifern miteinander, wer am romantischsten ist.«

»Mir kommen die Tränen«, erwiderte Archie. »Fast so gut wie ein Stück in der Music Hall.«

»Frechling!«, rief Harry Wheaton.

»Wenn der Arm nicht entzündet ist, wäre es tatsächlich kein Schaden, Captain Wheaton doch noch auszuladen«, sagte Hugh.

»Außer er hat noch eine Verwundung.« Bill zog blitzschnell die über Harry gebreitete Plane weg. Harrys linkes Bein endete unterhalb des Knies. Der blutige Stumpf war dick einbandagiert.

»O Gott, Harry, warum hast du nichts gesagt?«, rief Hugh. »Eine Amputation ist eine schwere Verwundung.«

»Ich wollte dein Mitleid nicht. Ich bringe schon selbst genug für mich auf.«

»Du musst dringend ins Lazarett. Wenn du hierbleibst, könnte es zu Wundbrand kommen.«

»Archie, was meinst du – sollen wir noch mal schludrig sein und einen oder zwei zusätzliche Passagiere mit vertauschten Schildern mitnehmen? Wäre ja nicht das erste Mal«, sagte Bill.

»Diesmal kürzen sie uns bestimmt den Sold«, erwiderte Archie. »Aber weiter als bis zu den Zügen kommen die Männer trotzdem nicht.«

»Dann könnten wir uns vielleicht verfahren und sie alle an die Küste bringen«, schlug Bill vor.

»Auch das wäre nicht das erste Mal«, sagte Archie. »Aber schnell jetzt, bevor der Sergeant Major etwas bemerkt!«

Am Hafen mischte sich der Krankenwagen wieder unter die Ambulanzen, die vom Bahnhof gekommen waren, und lud Hughs kleine Gesellschaft sowie vier weitere Männer in dem nahe gelegenen großen Lazarett ab. Archie und Bill trug das Ganze einen schweren Rüffel ein, weil sie sechs Patienten mit nur fünf offiziell ausgestellten Papieren brachten. Dass sie sehr versiert die Betretenen mimten und mit den Füßen scharrten, konnte die mit einem Augenrollen vorgebrachten sarkastischen Bemerkungen des Sergeant Major am Verladeplatz nicht verhindern. Hätte man ihre Dienste nicht dringend benötigt, wären sie womöglich in einem Verlies gelandet, das dem Sergeant Major seinen eigenen Worten zufolge zur Verfügung stand; so aber zog er ihnen den Sold für zwei Wochen ab und schickte sie ohne Zeit zum Abendessen auf die nächste Fahrt.

Hugh versuchte ihnen beim Abschied Geld zuzustecken, was sie spöttisch ablehnten.

»Behalten Sie's«, sagte Bill. »Hier im Hafen sind Zigarren und Champagner teuer.«

»Geben Sie's für eine Frau aus«, riet ihm Archie. »Und bringen Sie Ihre Trauermiene ruhig mal zum Lächeln!« Unter weiteren rüden Bemerkungen über sein Aussehen und seine steife Art fuhren sie los, und Hugh kam der Gedanke, dass solche bodenständigen Rüpel für England ebenso unverzichtbar waren wie die Jungs auf den Sportplätzen von Eton.

Da das Lazarett auch als Sammelstelle für Patienten auf dem Weg nach England diente, hatte man die Krankensäle um zwei Lagerhallen im Hafen erweitert. Dort wurden die Verwundeten bis zur Ankunft des Lazarettschiffs gepflegt und betreut. In den Hallen ging es formloser zu als im Hauptgebäude, und Hugh konnte einige Pfleger dazu überreden, den Offiziersburschen Snout bei seinem Vorgesetzten, Captain Wheaton, zu belassen. Als alle vier zusammen waren, bat er Harry, auf Daniel und den Jungen aufzupassen, während er sich um die Passierscheine für die nächste Überfahrt nach England kümmerte.

»Ich kann wohl kaum mehr tun, als ihnen beim Sabbern zuzusehen«, meinte Harry, der sich große Mühe gab, auf die hübsche Krankenschwester mit der gestärkten weißen Schürze, die mit einer Teekanne von Bett zu Bett ging, möglichst tapfer und interessant zu wirken.

»Dann sorg dafür, dass sie weitersabbern und nicht sterben, während ich fort bin«, erwiderte Hugh.

In einem großen offenen Büro im Hafen stieß er auf Colonel Sir Alex Ramsey. Der Chirurg saß zwischen zwei Aktenschränken in einer Ecke hinter den Tischen der Schreiber und Krankenschwestern.

Die großen, grün lackierten Metalllampen an der Decke tauchten alles in ein ungesundes, fahles Licht.

»Es ist, wie Sie sehen, anders gekommen als geplant«, sagte Sir Alex. »Ich muss die Hälfte der Lazarette leiten und verbringe meine Tage nicht mit dem Skalpell, sondern mit dem Papiermesser in der Hand.« Diese Entwicklung der Dinge schien ihm jedoch nicht unangenehm zu sein.

»Es gab für mich eine Menge zu tun«, erwiderte Hugh. »Sie hatten recht – ich habe viele Erfahrungen gesammelt. Möglicherweise allerdings auf Kosten einiger armer Seelen, die an mich gerieten statt an einen versierten Chirurgen.«

»Die Einrichtung eines speziellen Lazaretts für Kopfverletzungen steht im nächsten Jahr zu erwarten.«

»Was wohl heißt, dass der Krieg noch eine Weile andauern wird, Sir?«

»Wir haben den Plan jedenfalls noch nicht aufgegeben. Was kann ich für Sie tun, meine Junge?« Hugh erzählte in aller Kürze, was geschehen war, und bat ihn, seiner kleinen Gruppe drei Passierscheine für das nächste Schiff nach England auszustellen. Auch der Chirurg zögerte, als es um den Gefreiten ging.

»Er ist unmündig, Sir«, sagte Hugh.

»Nun, es gilt jetzt wohl zu zeigen, dass wir uns allen Soldaten verpflichtet fühlen und die Offiziere nicht bevorzugen. Sie möchten die drei begleiten, nicht wahr?«

»Ich habe noch einige Tage Urlaub.«

»Und werden Sie einen Teil des Urlaubs darauf verwenden, meine Tochter zu besuchen?« Hugh stockte einen Moment lang das Herz. Sein Ehrgefühl rang mit dem Wunsch, Daniel in Sicherheit zu wissen. Er versuchte Lucys Gesicht in sich heraufzubeschwören, doch er sah nur Beatrice Nash. Sie saß auf der Terrasse seiner Tante, sie lachte, und der Wind, der plötzlich aufkam, löste ihr hochgestecktes Haar. Er öffnete den Mund, um etwas zu sagen. Sir Alex kam ihm zuvor.

»Das ist ein Nein, ich verstehe. Schade, aber nicht zu ändern. Sie ist jetzt viel mit Carruthers zusammen, müssen Sie wissen. Er ist inzwischen bei den Coldstream Guards.«

»Das freut mich sehr für Lucy.«

»Sie sind der bessere Chirurg, aber in meine Praxis muss ich nun ihn aufnehmen. Da lässt sich nichts machen.«

»Ich habe vollstes Verständnis, Sir.« Hugh war erfreut, das rote Backsteinhaus mit dem vornehmen Behandlungszimmer aus seiner Zukunft verschwinden zu sehen, glücklich, den Traum vom berühmten Londoner Chirurgen zu begraben. Ruhm und soziale Stellung empfand er nur noch als etwas Oberflächliches. Dafür trat ihm das Städtchen Rye vor Augen – die dicht gedrängten Häuser unterhalb der Kirche, die weite grüne Marsch im Abendlicht, im Hintergrund die dunkel ansteigenden Kreidehügel, und ein kleines Cottage in einer steilen Kopfsteinpflasterstraße.

»Der Passierschein gilt für zehn Tage«, sagte der Chirug. »Alles Gute, mein Junge!«

Während sie auf das Lazarettschiff warteten, beriet sich Hugh mit den anderen Ärzten, wechselte Verbände und beschwatzte die Schwestern, zusätzliche Rinderbrühe, Butter und Decken zu bringen. Dank seiner Legitimation als Arzt durfte er den ganzen Tag über bleiben und schlief nachts in eine Decke gehüllt neben Daniels Feldbett auf dem Boden. Wenn es mit Fürsorge und Liebe gelingen konnte, seinen Cousin und die anderen sicher nach Hause zu bringen, so war er entschlossen, beides zu geben.

Doch während die anderen zu Kräften kamen, wurde Daniel schwächer. Immer wieder bekam er hohes Fieber, zitterte dann am ganzen Körper und war in Schweiß gebadet. Zwar handelte es sich nicht um einen offenen Schädelbruch – was den sicheren Tod bedeutet hätte –, doch die Kopfwunde verheilte weniger schnell, als Hugh gehofft hatte; zudem schien das Gehirn seines Cousins anzuschwellen. Daniel war oft verwirrt und sprach eine Schwester mehrmals mit »Tante« an.

Als eines Morgens das Lazarettschiff auf dem Ärmelkanal erschien, wirkte Daniel ruhig und seltsam klar, nachdem ihn nachts zuvor wieder das Fieber geschüttelt hatte.

»Ich fahre nicht fort von hier, Hugh«, sagte er. »Ich habe die ganze Nacht von Tante Agathas Garten geträumt. Du und ich, wir saßen auf der Terrasse und haben Zigarren geraucht, und ich wusste, dass es das letzte Mal war.«

»Hör auf damit. Das Schiff läuft ein, Daniel.«

»Ich habe keine Angst. Ich glaube, Craigmore wartet auf mich. Ich bin nur traurig, weil ich euch alle verlassen muss. Aber ich will nicht, dass ihr traurig seid.«

»Das Schiff hat angelegt.«

»Du musst dich um den Jungen kümmern. Du musst ihn zu seiner Mutter bringen.«

»Wir bringen ihn gemeinsam nach Hause.«

»Ist Wheaton wach?«

»Wenn ihr da drüben nicht wie die Fischweiber schwatzen würdet, könnte ich schlafen«, knurrte Harry, um seine Rührung zu verbergen.

»Es tut mir leid um deinen Vater, Harry«, sagte Daniel.

»Falls du ihn dort oben siehst, rauch eine Zigarre mit ihm«, erwiderte Harry. »Und sag ihm, dass er nicht kommen und die Schubladen zum Klappern bringen soll, wenn ich mir seine Jagdgewehre ausleihe.«

»Wie sentimental du doch bist! Und ich hielt dich immer für einen Grobian, Harry.« Das muntere Gespräch schien Daniel aufzuheitern, doch sein Atem ging flach.

»Du fährst mit mir nach Hause, ich bestehe darauf!«, rief Hugh.

»Ich muss dir meine Gedichte geben.« Daniel zog mit einiger Mühe sein kleines schwarzes Notizbuch unter dem Kissen hervor. »Leg sie, wenn es sein muss, in die Schublade. Du könntest aber auch Beatrice Nash bitten, sie zu überarbeiten.«

»Nicht deinen Freund Tillingham?«

»Nein, er würde sie nach seinen eigenen Vorstellungen zu Tode redigieren. Deine Beatrice hat ein leichteres Händchen. Wenn du die Gedichte veröffentlichen willst, gib sie ihr.«

»Sie ist nicht meine Beatrice«, wandte Hugh ein.

»Dann mach sie dazu. Sie ist die Einzige, die es mit dir aushalten würde.«

»Du musst jetzt stark sein, Daniel«, sagte Hugh, obwohl ihm selbst eine Träne über die Wange lief. Sein strahlender junger Cousin lag so gebrechlich vor ihm. Auf Daniels Haut erschien bereits die seltsam durchscheinende Wächsernheit des Todes.

»Schreibst du einen letzten Brief für mich, wie man ihn für alle Soldaten schreibt, die uns verlassen müssen?«, fragte Daniel.

»Natürlich.« Hugh kramte nach einem Stift und fand ganz hinten in Daniels Notizbuch eine leere Seite.

»Meinem Vater schreib, dass sein Sohn ihm Achtung entgegenbringt und hofft, seine Pflicht erfüllt zu haben. Meinen Onkel John versichere ich aller Liebe, die ein Neffe für einen fürsorglichen Onkel empfinden kann.« Er rang kurz nach Luft, dann sprach er weiter. »Celeste soll wissen, dass sie mich mit der Bereitschaft, meine Frau zu werden, zum glücklichsten Mann gemacht, meinen Ruf wiederhergestellt und mir frischen Mut gegeben hat und dass ich mir für sie und das Kind ein glückliches Leben erhoffe.«

»Und was willst du Tante Agatha sagen?«, fragte Hugh. Daniel schwieg. Er schien wegzudämmern. »Du musst ihr vergeben, Daniel, du darfst sie nicht im Zorn verlassen. Tu es mir zuliebe, wenn es anders nicht geht.«

»Sag ihr, ich habe es immer gewusst«, murmelte Daniel.

»Dass sie dich geliebt hat?«

»Sag ihr, dass ich mich in ihrer großen Liebe stets geborgen fühlte. Jetzt bin ich am Rand des Ortes, den sie so sehr gefürchtet hat.« Er starrte wortlos vor sich hin, als sähe er eine ganz neue Landschaft. »Sag ihr, dass ich jetzt besser verstehe, warum sie mich unbedingt retten wollte. Durch mich ist ihre Angst wahr geworden.«

»Es ist nicht deine Schuld. Du hast deine Pflicht getan.«

»Sie wird so unglücklich sein, Hugh. Sag ihr, dass ich mit ihrem Namen auf den Lippen sterbe.«

»Du bist mein halbes Leben, Cousin.« Hugh konnte kaum noch schreiben, so durchweicht war das Papier von seinen Tränen, so zerflossen die Tinte. »Du kannst mich nicht allein nach Sussex zurückkehren lassen. Bitte geh nicht!«

»Du bist auch mein halbes Leben. Du musst für uns beide leben, Hugh, und für uns beide lieben. Und versuch um Himmels willen, ein bisschen weniger langweilig zu sein.«

»Soll ich das auch aufschreiben?«, fragte Hugh weinend und lächelnd zugleich.

»Ja, lieber Hugh. Ein Gedicht ist nur dann gut, wenn es etwas Unerwartetes enthält. Du, Hugh, bist der Überraschungseffekt.«

31

Jeden Tag nahm sie sich zwischen zehn und elf Uhr vormittags eine Stunde Zeit, um Daniel zu schreiben. Sie saß in ihrem Zimmer und starrte auf die kahlen Äste und das bereifte Gras unter den Hecken, während sie sorgsam die Sätze formulierte. Es war ein harter Winter und die verglaste Veranda nicht geheizt. Jenny brachte wie immer einen heißen Ziegelstein für ihre Füße, sie trug Handschuhe ohne Fingerteile, und die feinen Atemwölkchen verliehen dem Ganzen das Gepräge eines Bußrituals.

Sie bat ihn nicht darum, sie wieder zu lieben oder ihr zu verzeihen, was sie in einem Nebel aus Sorge und Angst getan hatte. Sie wollte ihn nicht mit ihrem Flehen belasten. Stattdessen erzählte sie fröhlich von den kleinen Begebenheiten, die zusammengenommen den Alltag ausmachten. Sie schrieb, dass Smith und der Gärtner die letzten gefrorenen Kohlköpfe aus dem Boden holten, dass sie ein ernstes Wort mit der Köchin reden müsse, die ihre Stiefel weggeworfen habe und ihrer schmerzenden Füße wegen in der Küche nur noch Männersocken trage. Sie berichtete ausführlich, wie zufrieden Celeste sei und dass sie trotz ihres wachsenden Leibesumfangs weiterhin nähe und kranke Menschen besuche. Dass sie Spitze für Kindermützchen geklöppelt und der Kirche viel davon für andere Mütter gespendet habe und einmal pro Woche im Krankenhaus und in den Altenhäusern Klavier spiele.

Sie hielten jetzt Hühner hinter dem Stall und planten, den Rasen in Agathas privatem Garten aufzureißen, um dort im Frühling Gemüse anzupflanzen. Übervorsichtig, wie sie war, schrieb sie nicht, wann sich John daheim aufhielt, wann nicht. Sie sprach nur von »einem Onkel von dir« und berichtete so interessante Vorkommnisse wie diese: Dass er sich schrecklich vor dem Dentisten gefürchtet habe, weil ein Zahn zu ziehen gewesen war, dass er sich neuerdings für Ziegen interessiere und mehrere gekauft habe, da sie Milch und Fleisch gäben und sich wegen ihrer Größe für ein Haus in der Stadt besser eigneten als eine Kuh. Jenny und die Köchin hätten sich gegen das Ziegenfleisch gesträubt, als wäre es Krokodil oder Klapperschlange, und »ein Onkel von dir« habe, als es an der Zeit gewesen sei, schwierige Verhandlungen mit einer Farm führen müssen, bis die Ziegen endlich hätten dort hingebracht und gegen eine kleinere Menge bereits geschlachtetes Lamm eingetauscht werden können.

Sie erbat sich keine Erwiderung, keine Briefe, keine Gedichte. Sie schrieb nichts, was nach der Hoffnung klang, von ihm zu hören, nichts, was auf ihre Sehnsucht hinwies, sein Gesicht zu sehen. Schickte ihm nur diese sorgsam formulierten Miniaturen von daheim, um ihn aufzumuntern, und schwieg von ihrer heimlichen Hoffnung, er möge nicht zusammenzucken, wenn er auch sie durch die beschriebenen Szenen streifen sah.

Sie sah in keine Zeitung mehr, in keine Illustrierte und in keine der Frauenzeitschriften mit ihren ständigen Seitenblicken auf den Krieg. Jedes Rezept für fleischlose Pie oder kostengünstigen Karottenpudding, jede Anleitung zum Sockenstricken, jeder Aufruf, Verbände zu spenden, versetzte ihr einen Stich ins Herz, der schmerzhafter war als die täglichen Meldungen. Sie legte die Postillen beiseite und hörte auf, ihre Ängste zu schüren, zu nähren und darin herumzustochern. Ihr neues Ritual, ihr Stundenbuch, war die stete, geduldige Erfüllung ihrer Pflichten – den morgendlichen Brief an Daniel schreiben, Besuche machen, sich für das Dinner umziehen, auch wenn es kein Fleisch zu essen gab und Celeste und sie dabei an einem Klapptisch im Wohnzimmer saßen, um im Speisezimmer kein Feuer machen zu müssen. Die Uhren aufziehen, das Winterfutter für das Pferd bestellen, sich weiterhin um die Flüchtlinge kümmern, die Stiefel zusammensuchen, die zum Schuster gebracht werden mussten. Alles tat sie mit großer Sorgfalt, damit in ihrem Kopf kein Platz für den Luxus des Schmerzes blieb.

An Weihnachten war es etwas wärmer gewesen. Beatrice Nash und Mr Tillingham waren zum Essen gekommen. Agatha schenkte dem Schriftsteller ein Büchlein mit alten lateinischen Gedichten, das sie in einem von Johns Lieblingsantiquariaten in der Gegend um die Charing Cross Road gefunden hatte. Von Beatrice bekam er ein Lesezeichen aus Elfenbein, das noch von ihrem Vater stammte, von Celeste ein Stück feinster Spitze für seine Brille. Mr Tillingham seinerseits überreichte jeder der drei Frauen mit überschwänglicher Geste die gleiche Handschuhschachtel aus Lederimitat, die auch seine Sekretärin erhalten hatte. Seine Sparsamkeit konnte nicht überraschen, doch dass er zwischen den Damen in keiner Weise unterschieden hatte, empfand Beatrice als kränkend, und Agatha hoffte, ihr Geschenk – eine alte, in Kalbsleder gebundene Chaucer-Ausgabe mit farbigen Illustrationen – würde sie ein wenig entschädigen. John und sie hatten einen Brief von Hugh erhalten, verfasst in dem steifen Stil, der dem Jungen eigen war, und voller positiver Berichte über seine Unterkunft und die Qualität des Lazaretts. Er klagte nicht über die Zustände oder über das Grauen, das er gesehen haben mochte, und Agatha war ihm sehr dankbar dafür. Sie las den Brief nach dem Weihnachtsessen vor. Daraufhin zeigte Celeste ihnen eine Postkarte mit aufgestickten Blumen und einem gedruckten Spruch, die kurze Weihnachtsgrüße von Daniel an alle enthielt, und ließ sie herumgehen. Agatha griff gierig danach und strich mit dem Finger über die Unterschrift, als könnte sie Daniel damit herbeirufen.

Die Karte stand auf dem Kaminsims in Celestes grünem Zimmer. Manchmal schlich sich Agatha hinein, nahm sie in die Hand und betrachtete die verschnörkelte Schrift. Wenn Jenny oder Celeste unerwartet eintraten, fuhr sie mit dem Finger am Sims entlang, blies den nicht vorhandenen Staub ab und ordnete erneutes Putzen an oder zupfte am Vorhang und überlegte laut, ob man ihn nicht vielleicht doch einmal kürzen sollte.

Heute schrieb sie, dass sich die Märzstürme gelegt hätten und, da die Tage nun heller würden und die winterliche Herrschaft der Nächte schwinde, die Schneeglöckchen und die ersten Narzissen dem Frost trotzten und in den Südbeeten zu blühen begännen. Sie zog aus diesen Tatsachen weder Schlüsse noch Hoffnungen, brachte nur die Blumen durch die Schleifen, die ihr Federhalter zog, auf dem dünnen Papier zum Blühen. Obwohl die kahle Ulme an den Fensterscheiben kratzte und die Kälte durch das Glas ins Zimmer drang, erahnte sie im klaren blauen Himmel und in den Spatzen mit dem aufgeplusterten Gefieder, die ihre Schnäbel an den Ästen wetzten, fast schon den Frühling.

Tief im Inneren des Hauses klingelte das Telefon. Sie achtete nicht darauf. Da sie in dieser einen Stunde niemand stören durfte, würde Jenny dem Anrufer sagen, dass Mrs Kent noch nicht im Haus sei. Doch diesmal funktionierte der ausgeklügelte Plan nicht. Es klopfte an der Tür, und auf dem Briefpapier erschien ein großer Tintenfleck.

»Entschuldigen Sie, Ma'am, aber Mr Kent ist am Telefon und möchte Sie dringend sprechen«, sagte Jenny.

Der jähe Schreck, der hastige Atemzug, das unterdrückte Zittern. Agatha erhob sich, drückte das Löschpapier auf den Brief und schraubte die Kappe auf den Füllfederhalter.

»Sag Mr Kent, dass ich gleich komme.« Während das Dienstmädchen zum Telefon zurücklief, zog sie die Handschuhe aus, legte die Wolldecke und das Schultertuch beiseite und ging mit würdevollen Schritten zur Treppe und die gebohnerten Stufen hinunter. Weshalb sich beeilen und vielleicht stolpern und sich den Knöchel verstauchen? Weshalb vermuten, ihr Mann rufe sie wegen eines Notfalls aus London an? Viel besser, die sorgsam in ihr Leben gebrachte Geduld zu wahren …

»Ich habe ein verschlüsseltes Telegramm von Hughs Chirurgen erhalten«, sagte John. »Grange, Wheaton, Bookham, Sidley STOP Rückkehr England STOP HS Folkestone 18:00 STOP.«

»O mein Gott, sie sind verwundet!«

»Ich habe mit Major Frank im Lazarett telefoniert. Er schickt eine Ambulanz. Sie kommen nach Hause, Agatha!«

»Ich muss nach Folkestone.«

»Ich steige in einer Stunde in den Zug«, erklärte ihr Mann. »Lass mich das erledigen. Wir wissen nicht, was uns erwartet.«

»Ich komme mit. Keine Macht der Welt wird mich von diesem Hafen fernhalten!« Sie hängte ein und schrie nach Celeste, nach Jenny, Smith und der Köchin. Das ganze Haus eilte herbei.

Beatrice hatte soeben die Schule verlassen, um zum Mittagessen heimzugehen, als plötzlich Agatha Kent sie grußlos mitten auf der Straße überholte.

»Mrs Kent? Agatha?«

»Ich muss weiter«, erklärte Agatha. »Ich muss nach Folkestone, und natürlich ist das Auto schon seit Wochen nicht mehr da, und mit dem Zug ist es heutzutage völlig sinnlos. Ich muss irgendwen finden, der noch ein Automobil oder einen Lastwagen besitzt.« Die meisten Privatfahrzeuge hatte die Armee requiriert, und die Züge waren langsam und voller Soldaten. Das Reisen war schwierig geworden.

»Mit zwei Pferden wären Sie in wenigen Stunden dort«, erwiderte Beatrice. Folkestone lag zwar fast fünfzig Kilometer entfernt, doch mit einem Pferd war die Strecke im Trott nach vier, fünf Stunden zurückgelegt.

»Die wären dann lahm und erschöpft, und ich käme nicht wieder nach Hause.« Agatha blieb nun doch stehen und holte tief Luft. »Die Jungs sind mit Harry Wheaton und dem kleinen Sidley auf einem Lazarettschiff, möglicherweise alle schwer verwundet. Genaues wissen wir nicht«, sagte sie niedergeschlagen.

»Alice Finch. Wir müssen zu Alice Finch«, murmelte Beatrice. Man hatte Alice das Motorrad widerwillig gelassen, da sie es im Rahmen ihrer Tätigkeit für das geliebte Fahr- und Motorrad-Kuriercorps benötigte. Das Corps bestand aus gewissen strammen Damen, mehreren Pfadfindern und diversen Amateurradfahrern, die für den Kriegsdienst zu alt oder zu jung waren und es spannend fanden, Botendienste zwischen den Wachposten an der Küste zu versehen.

»Ein Motorrad?«, sagte Agatha. »Nun, ich weiß nicht …«

»Unsinn! Ich hoffe nur, sie bringt uns beide unter – ich komme nämlich mit.« An den Nachmittagsunterricht verschwendete sie keinen Gedanken. Sie sah Hugh bleich und blutend auf einer Trage liegen, während sie zu dem kleinen Häuschen hinaufliefen und Alice und Minnie Buttles vom Mittagstisch aufscheuchten. Alice erklärte sich sofort einverstanden, und Minnie lief los, um eine Brille und eine Motorradhose für Beatrice zu holen, die im Herrensitz mitfahren musste. Dann zogen sie das Vehikel aus dem Schuppen. Agatha zwängte sich in den Beiwagen, in dessen Fußraum ein Ersatzkanister Benzin lag. Beatrice stopfte den Bund der ungewohnten Hose fest unter ihren Gürtel und setzte sich hinter Alice. Minnie schob an, der Motor heulte auf. Alice gab Gas. Mit wehendem Haar und flatternden Hutbändern preschten die drei Damen durch die Lower Street und auf die Marsch hinaus, trieben die Ladenbesitzer an die Türen und brachten die Hunde zum Bellen.

Für das ungeübte Auge herrschte Chaos im Hafen von Folkestone. Lastwagen und Ambulanzen fuhren kreuz und quer über die Kaianlagen, scheinbar ohne auf die Soldaten, Blessiertenträger und gehfähigen Verwundeten zu achten, die wie Ameisen zwischen den Lagerhallen umhereilten. Inmitten des Durcheinanders legte ein großes Dampfschiff mit schlechtem Anstrich an, das nur durch das rote Kreuz am Schornstein vor den im Ärmelkanal patrouillierenden U-Booten geschützt war. Männer brachten Tragen von Deck und aus einer tiefer liegenden Ladetür; wer mobil war, humpelte so gut es ging die Gangway herunter. Viele waren an Krücken, manche saßen im Rollstuhl. Einige Männer wurden auf normalen Metallstühlen von Sanitätern geschleppt.

Auf der steilen Anhöhe über dem Hafen sagte Alice, während der Motor im Leerlauf lief: »Der Hafen wird weiträumig bewacht. Ich versuche Sie mit meinem Berechtigungsnachweis so nahe wie möglich hinzubringen.« Da ihr Berechtigungsnachweis aus einer Bescheinigung bestand, die Minnie und sie in ihrem Atelier gedruckt und an alle Mitglieder des Kuriercorps ausgegeben hatten, war Beatrice wenig zuversichtlich, in die Nähe des Schiffs zu gelangen.

Zum Glück zeigte sich der frischgebackene Gefreite am kleinsten Kontrollpunkt bereits damit überfordert, sein Gewehr und sein Klemmbrett nicht fallen zu lassen, während er den schweren Schlagbaum bediente.

»Motorrad-Brigade, Krankenschwestertransport«, rief Alice im Näherkommen. »Wenn ich anhalte, säuft mir der Motor ab.« Die Maschine mit den Füßen langsam vorwärtsschiebend, zog sie ihre Bescheinigung aus dem Mantel und reichte sie dem Gefreiten. »Hoch damit, und zwar flott, Bürschchen!«, bellte sie den Jungen an. »Oder wollen Sie zwei Oberschwestern mit dem Schlagbaum köpfen?«

»Nein, Ma'am.« Der Gefreite riss zwar bei dem seltsamen Anblick der mit Hosen und ölverschmierten Fahrerbrillen ausgestatteten Frauen die Augen auf, beeilte sich jedoch, den Schlagbaum zu öffnen und sie durchzuwinken, wobei ihm das Gewehr von der Schulter glitt und gefährlich schief in der Ellenbeuge hängen blieb. Alice fuhr bis zur Gangway durch und stellte das Motorrad zwischen den wartenden Sanitätsfahrzeugen ab.

Nach und nach wirkten die Menschen im Hafen auf Beatrice weniger ziellos. Sie begann im Transport der Verwundeten Muster zu erkennen. Manche wurden zu Krankenwagen gebracht, andere in ein Behelfslazarett. Männer mit Klemmbrettern und Listen teilten die vom Schiff kommenden Tragen jeweils zu, Krankenschwestern gingen die Reihen ab und besahen sich die Verwundungen.

»Wir müssen uns an die Männer mit den Klemmbrettern halten«, sagte Beatrice. »Die haben die Listen.«

»Nein, dann würden sie uns aus dem Hafen abführen«, erwiderte Agatha. »Sehen Sie, die Angehörigen müssen dort hinter dem Zaun warten.« Zur Hauptstraße hin standen winkend und rufend mehrere Leute, viel zu weit entfernt, um etwas zu hören oder sich bemerkbar machen zu können. »Wir sollten eine Schwester fragen.«

Sie trat hinter den Ambulanzen hervor und sprach eine Krankenschwester an, die eine streng geschnittene dunkelblaue Uniform, einen leicht schmuddeligen Herrenmantel und auf dem Kopf ein Rüschenhäubchen trug. Die Schwester sah sich um, nickte, ging zu einem Mann mit Klemmbrett und fragte ihn etwas. Während er in seinen Unterlagen nachsah, suchte Beatrice die zahllosen Gesichter nach Hugh ab und stellte erschrocken fest, dass man viele der Männer auf den ersten Blick für ihn hätte halten können – ähnliche Kopfbewegungen, ähnliches Kinn, ähnliche graue Augen unter dicken Bandagen oder auch nur eine ähnliche Hand, ausgestreckt von einem Mann, dessen Gesicht bis zur Unkenntlichkeit verbrannt war. Einen Moment lang packte sie die Angst, nicht mehr zu wissen, wie Hugh aussah. Vielleicht war er in ihrer Erinnerung ebenso verblasst wie das Antlitz ihres Vaters in diesem Winter – so sehr verblasst, dass sie innehalten, sich setzen und sich jeden seiner Züge, jedes Zucken der Braue ins Bewusstsein rufen musste, um sein Gesicht wieder vor sich zu haben.

Sie war die Erste, die John Kent sah. Er trat hinter der letzten Ambulanz in der Reihe hervor und sprach mit dem Fahrer. Dann sah ihn auch Agatha und lief zu ihm. Beatrice wollte ihr folgen, da stand plötzlich Hugh vor ihr. Mit stockendem Herzen musterte sie ihn von Kopf bis Fuß, um zu sehen, ob er verletzt war. Sie tat es völlig ungeniert; es waren zu viele verwundet, als dass die Etikette noch zählte.

»Beatrice«, sagte er, und sie lief in seine Arme. Er drückte sie an sich, ließ den Kopf auf ihre Schulter sinken. Seine eigenen Schultern begannen zu beben, so mühsam war es für ihn, nicht zusammenzubrechen.

»Sind die anderen auch da?«, fragte sie, das Gesicht in sein Haar gedrückt. »Daniel?«

»Daniel ist tot.« Seine Stimme klang heiser. »Ich konnte ihn nicht nach Hause bringen.«

»Tut mir sehr leid.« Während sie ihn tröstete, sah sie, dass Agatha einen Blick in die Ambulanz zu werfen versuchte. Ihr Mann zog sie fort und sprach ihr etwas ins Ohr. Dann hielt er sie, und die Beine gaben unter ihr nach. Sie warf den Kopf zurück und stieß einen leisen Schrei aus, der aus dem tiefsten Schmerz hervorzubrechen schien.

»Wir müssen zu Ihrer Tante gehen«, sagte Beatrice. Hugh zögerte kurz, als wollte er sie nicht loslassen, doch dann reckte er das Kinn, als könnte er trotz der ungeweinten Tränen in seinen Augen alles klar sehen, und sie eilten John und der verzweifelten Agatha zu Hilfe.

Es war bitter und süß zugleich, hinter der Ambulanz nach Rye zu fahren, zu sehen, wie sie vor dem Haus der Wheatons stehen blieb, wie Lady Emily und Eleanor Harry Wheaton unter Freudentränen umarmten. Agatha stieg vom Beifahrersitz, als wäre sie auf der kurzen Fahrt hundert Jahre alt geworden. Sie konnte nichts sagen, nur Lady Emily ansehen und langsam den Kopf schütteln. Und Lady Emily konnte sie nur auf die Wange küssen, als wären die beiden Frauen im Angesicht des Todes sprachlos. Hugh half die Männer auf den Tragen auszuladen, während Major Frank die Schilder der Patienten überprüfte und ihnen die Krankenzimmer zuwies.

»Der da gehört nicht hierher, das ist ein Gefreiter«, sagte er plötzlich. »Wir haben hier ein Offizierslazarett.«

»Er stammt aus Rye und war sowohl Harrys als auch Daniels Bursche«, erklärte Hugh. »Es war der letzte Wunsch meines Cousins, ihn nach Hause zu bringen.«

»Völlig verständlich, aber undurchführbar. Gemischte Stationen gibt es nicht. Sie müssen ihn per Zug nach Brighton schicken.«

»Das können Sie nicht machen, er würde die Fahrt nicht überleben. Außerdem hat die Familie kein Geld, um nach Brighton zu kommen und sich um ihn zu kümmern.«

»Mir sind die Hände gebunden. In seinem Zustand hätte man ihn gar nicht erst über den Kanal bringen dürfen.«

»Verlegen Sie ihn in den Privattrakt des Hauses!«, murmelte Harry Wheaton mit einer Stimme, die vor Erschöpfung und Schmerzen verzerrt klang. Aus dem Verband um seinen Beinstumpf sickerte Wundflüssigkeit. Seine Qualen waren offensichtlich größer, als er sich anmerken ließ. »Stellen Sie ein Feldbett in das Arbeitszimmer meines Vaters. Es liegt günstig für die Krankenschwestern, und seine Angehörigen können das Haus durch das Gartentor betreten.«

»Du wirst den Sohn des Hufschmieds gewiss nicht im Arbeitszimmer deines Vaters unterbringen, Harry!«, rief Lady Emily. »Wie kannst du deinen toten Vater derart beleidigen?«

»Es ist nicht mehr sein Arbeitszimmer.«

»Wie bitte?«

»Es tut mir leid, Mutter, aber mein Vater, der Colonel, hat sich um seine Männer gekümmert, und ich tue es auch.« Er machte eine Handbewegung zu den Sanitätern hin, die mit der Trage dastanden und warteten. Snout war bewusstlos, seine Wangen glühten, sein Atem ging pfeifend. »Hopp, hopp – ins Arbeitszimmer, wenn ich bitten darf!« Während die Trage hineingebracht wurde, sagte er leise: »Hätte ich mich doch schon früher für das magere kleine Kerlchen eingesetzt …«

»Ich verständige seine Eltern und bringe Miss Nash nach Hause«, sagte Alice.

Als Beatrice vor der verblüfften Lady Emily noch einmal ihre ausgebeulten Hosenbeine hochzog, um in den Beiwagen zu steigen, fasste Hugh nach ihrer Hand.

»Schon wieder werden wir von der Pflicht getrennt. Ich muss sicherstellen, dass Snout gut untergebracht ist, und dann zu meiner Tante und meinem Onkel gehen.«

»Machen Sie sich um mich keine Sorgen.« Sie drückte seine Hand. »Ich bin so froh, dass Sie hier sind und den beiden helfen können. Daniels Tod bedeutet einen unerträglichen Verlust.«

»Darf ich Sie danach besuchen?«

»Sehr gern. Ich warte auf Sie.«

»Ich darf Sie nie mehr verlassen.« Er drückte ihr fest die Hand. »Jetzt weiß ich, dass ich zu Hause bin.«

»Ich lasse Sie nie mehr gehen.« Kein Bedenken rötete ihre Wangen, sie sah ihm offen in die Augen. Nachdem er gegangen war, startete Alice den Motor und schob die Maschine mit den Füßen an, bis die Kupplung griff.

»Ich schicke Minnie zu einem nächtlichen Schwätzchen mit ihrem Vater«, verkündete sie. »Ich kenne zwei, die brauchen morgen früh den Pfarrer.«

Zu Hause machte Beatrice Feuer im Kamin und unter dem Kessel in ihrer kleinen Küche und bereitete sich aus dem kärglichen Mahl, das unter einem feuchten Tuch aufbewahrt worden war, ein einigermaßen schmackhaftes kaltes Abendessen zu. Dann stöberte sie die Flasche Sherry auf, die ihr einst ein verwöhnter junger Mann geschenkt hatte, dem jetzt ein Bein fehlte. Als der Kessel pfiff, trug sie ihn zur Waschschüssel und schrubbte sich den Schmutz und den Tag vom Körper. Sie zog ein bequemes Kleid an, bürstete das offene Haar, sperrte die Tür zu den Räumen ihrer Wirtin ab und wartete, nervös, aber nicht ängstlich, im matten Feuerschein auf Hugh. Wie der Krieg doch alles durcheinanderbrachte, dachte sie. Dass die einen trauernd in einem Wohnzimmer saßen oder einem sterbenden Jungen über die Stirn strichen, während in einem Cottage in einer Kopfsteinpflasterstraße ein junges Paar der grauenhaften Last des Todes und Verlusts nur seine Leidenschaft und Liebe entgegensetzen konnte.

Am nächsten Tag wurden Hugh und Beatrice getraut. Sie gingen gemeinsam in die Kirche an diesem Morgen, der mit seiner überraschenden Milde den Frühlingsanfang zu feiern schien, das Gleichgewicht der Welt zwischen Licht und Dunkel und den Beginn neuen Lebens. Der Krieg hatte die alten Regeln des Trauerns und Heiratens hinweggefegt und nutzlos gemacht. In aller Frühe rief Hugh seinen Onkel an und überließ ihm die Entscheidung, zu kommen oder zu Hause zu bleiben. Und sie kamen, die Kents und Celeste; und obwohl sie vor Trauer halb ohnmächtig waren, erhoben sie keine Vorwürfe, sondern zeigten sich liebevoll und zufrieden. Alice Finch und Minnie Buttles erschienen ebenfalls und bezeugten die Trauung mit ihrer Unterschrift. Der Pfarrer hielt die uralte Zeremonie schlicht und kurz, ohne überflüssige Choräle und Gebete.

Der kleine Snout schwebte eine Woche lang zwischen Leben und Tod. Seine Lunge hatte sich entzündet – Begleiterscheinung einer Erkrankung am Schützengrabenfieber, die in keinem Zusammenhang mit der späteren Verwundung stand. Viele Stunden verbrachte Hugh mit Dr. Lawton am Bett des Jungen und beriet sich auch mit den Ärzten im Lazarett. Snouts Angehörige waren täglich im Haus der Wheatons, das sie still und leise durch den Garten betraten und verließen. Die kranke Mutter wurde jeden Vormittag hineingetragen; der Kampf um das Leben ihres Sohnes schien sie zu stärken. Seine Urgroßmutter brachte Kräuter und Tees, übel riechende Gebräue, die ihm das Atmen erleichterten, gegen die Entzündung jedoch nichts auszurichten vermochten. Sie rieb seine Brust mit Salben ein und sprach Gebete und Beschwörungen, die den gelegentlich hereinhuschenden Krankenschwestern wie Hexenzauber klangen.

In einem langen Krieg häuft sich allmählich so viel Kummer an, dass eines Tages die Zahl der Totenfeiern die der Trauungen übersteigt und die Gemeindemitglieder ihre ausgebürsteten schwarzen Mäntel ganz vorn in die Schränke hängen. Das am Dienstag persönlich zugestellte kirchliche Mitteilungsblatt vermeldete, dass während des Abendmahlsgottesdiensts am folgenden Sonntag zweier weiterer im Ausland gefallener und begrabener Offiziere gedacht werden würde, nämlich des Colonel Archibald Preston Danforth Wheaton, befehlshabender Offizier, Second Battalion, Fifth Division, Royal East Sussex, Wheaton Hall, Rye, sowie des Lieutenant Daniel Sidney Bookham, ebenfalls Second Battalion, Fifth Division, Royal East Sussex, Rye sowie Lansdowne Terrace, London. Die Worte IM EINSATZ GEFALLEN waren hervorgehoben – eine Art Werbung, nicht unähnlich den Schildern, auf denen der Gemüsehändler seine Ware als »Frisch aus Devon« oder »Heute geerntet« anpries. Doch zuvor musste ein Junge beerdigt werden.

Der Trauergottesdienst für Richard Sidley fand am Samstag statt. Beatrice hatte ein schlechtes Gewissen, weil sie der düsteren Zeremonie mit dem freudigen Herzen und den geröteten Wangen einer frisch vermählten Frau entgegensah. Hugh und sie hatten sich an jenem Morgen bis zur letzten Sekunde in den Armen gelegen, mit dem Blick auf dem Uhrzeiger immer neue Vorwände gefunden und sich in aller Eile angezogen, nur um der Welt noch ein paar Augenblicke länger fernbleiben zu können.

Nun standen sie auf dem Kopfsteinpflaster vor der Kirche und warteten auf die Ankunft des Leichenzugs. Agatha, die sich zur Teilnahme in der Lage gesehen hatte, stand zwischen ihrem Mann und Celeste. Bleich und alt sah sie aus in dem schwarzen Mantel. Auch Celeste wirkte älter, als sie war, hielt aber Agathas Arm mit stiller Kraft. Beatrice schien es, als hätte sie in den vergangenen Tagen bereits die innere Stärke einer Mutter erlangt.

Ein Großteil der Stadtbewohner hatte sich auf dem schmalen Gehsteig aufgereiht; selbst der Bürgermeister und seine Frau waren erschienen. Mr Fothergill war in gedeckten Farben gekleidet und trug die Amtskette unter dem dunklen Mantel. Viele von Snouts Schulkameraden standen da und wetzten ihre Stiefel am Bordstein. Der eine oder andere wirkte so kleinlaut, als würde er von jedem Spottruf, jedem Stoß heimgesucht, mit dem er einst den armen Jungen bedacht hatte. Langsam kam der Sarg auf dem besten Wagen des Bestatters die Straße herauf, bedeckt vom Union Jack und der Stadtfahne mit den aufgerichteten Löwen. Dahinter fuhr Snouts Mutter im Ponykarren; sein Vater führte das kräftige Tier an der Leine. Neben ihm ging Abigail, Snouts Schwester. Sie trug einen großen Strauß Lilien und hatte sich seltsamerweise ein Glas voller Münzen unter den Arm geklemmt.

Plötzlich kam Bewegung in die Menge, denn Snouts Urgroßmutter bog auf ihrem Pferdewohnwagen in die Straße ein. Sie trug einen roten Mantel mit goldenen Sovereigns anstelle von Knöpfen und einen schweren, von zahlreichen rot-schwarzen Unterröcken gebauschten schwarzen Rock. Das graue Haar lag geflochten um den Kopf. Obenauf saß ein Zylinderhut, von dem ein langer schwarzer Spitzenschleier herabhing. Der Wagen mit den gold-roten Rädern prangte in frischen bunten Farben. Die wallenden Mähnen und Köten der vorgespannten Pferde waren seidig gestriegelt und wehten im leichten Wind. Am Geschirr klingelten Glöckchen, das Leder glänzte vom Wachs.

Dem Wohnwagen folgte eine Prozession von Zigeunern aus allen Ecken der Grafschaft. Ein Junge führte ein reiterloses Pferd an der Leine, an dessen Rücken man ein Paar Stiefel befestigt hatte. Dann kamen die grimmig blickenden Männer in schwarzen, mit roten Tüchern, Blüten und Goldknöpfen geschmückten Mänteln. Hinter ihnen fuhren die Karren mit den Blumengaben, Wagen voller Kinder und älterer Frauen und zum Schluss junge Zigeunermädchen mit ihren Müttern, alle in den schönsten Kleidern, das Haar geflochten und mit dunklen Tüchern oder Mantillen bedeckt. Die Männer blieben vor der Kirche stehen wie eine stille, düstere Armee. Nur das gelegentliche Wiehern eines ungeduldigen Pferdes, das den geschirrten Kopf zurückwarf, durchbrach die Stille in der Straße. Zu stolz, um die Kirche mit den Roma zu teilen, schlichen sich einige der guten Bürger von Rye still und heimlich davon, während die anderen hineinströmten. Beatrice betrachtete sie in aller Ruhe, um zu erkennen, wer gekommen war, um zu trauern, wer vor allem gesehen werden wollte und wer es kaum erwarten konnte, den Gottesdienst hinter sich zu bringen, um die Geschichte vom Trauerzug der Zigeuner so schnell wie möglich allen seinen Freunden zu erzählen.

Die altvertraute Liturgie hüllte Richard Sidley in den tröstlichen Mantel der anglikanischen Kirche. Im Friedhof auf dem Hügel wurde er mit der üblichen Feierlichkeit und dem Respekt, der einem gefallenen Soldaten und Sohn der Stadt Rye gebührte, zur letzten Ruhe gebettet. Aufrecht und reglos wie die steinernen Engel auf den benachbarten Grabmalen standen Mrs Stokes und Snouts Vater, ihr Enkel, gemeinsam an der Grube. Ihre Leute blieben etwas abseits und waren still wie der Friedhof selbst. Beatrice versuchte, ebenso tapfer zu sein, doch als der Pfarrer Johannes 14:2 rezitierte – »In meines Vaters Hause sind viele Wohnungen« –, lehnte sie sich an Hughs starken Arm und weinte in den Ärmel hinein um einen Jungen, der sein Leben für ein Land und eine Stadt gegeben hatte, die seinen Wert nicht immer erkannt hatten.

Als die Trauergemeinde den Friedhof verließ, sah Beatrice, wie Mrs Stokes Agatha umarmte. Sie sprachen leise miteinander; dann küsste Agatha die Zigeunerin noch einmal auf die Wange.

»Immer müssen wir alten Frauen unsere Kinder begraben«, sagte Mrs Stokes. »Warum nimmt der liebe Gott nicht besser uns zu sich?«

»Das ist wohl wahr«, erwiderte Agatha. »Wir sind ja nicht so stark, wie Er glaubt.«

»Wenn ich Ihn eines Tages sehe, gebe ich Ihm gehörig Bescheid«, verkündete Mrs Stokes. »Er soll meine Meinung hören – und wenn ich dafür in die Hölle muss!«

In schrägen Strahlen fiel das Abendlicht auf die flache Marsch. Die kühle Dämmerung gemahnte an die Ferne des nächsten Sommers. Kaum ein Jahr war vergangen, seit Hugh Grange zum Bahnhof gefahren war, um Beatrice abzuholen. Während er nun den Ponywagen aufs Marschland hinauslenkte, betrachtete er die Rundung ihrer Wange, die auf dem Schoss gefalteten Hände und konnte nicht glauben, dass sie seine Frau war. Der Preis für ihr Glück war hoch gewesen, wenn auch nicht hoch genug, um ihnen alle Hoffnungen zu nehmen. In wenigen Tagen musste er an die Front zurück, und wer konnte sagen, ob nicht auch sein Name eines Tages auf den Listen der Gefallenen stehen würde? Aber heute und morgen war er verheiratet und verliebt und wollte jeden Augenblick so leben, als wäre es ein Jahr.

»Hörst du die Lerche?«, fragte Beatrice. Trillernder Gesang tönte über den Wiesen, verklang und wurde aufs Neue angestimmt. Hugh hätte ihn wegen des Hufenklapperns wohl überhört. »Wenn der Sommer näher rückt, fliegen sie wieder zu Hunderten durch die Luft.«

»Ich komme zurück. Dann legen wir uns in ein Feld und zählen die Vögel.«

»Ich glaube nicht, dass es ihnen gerecht wird, sie nur zu zählen«, erwiderte sie, und trotz ihres Lächelns bebte ihr Kinn, weil der Tag auch traurig war.

An der Küste gingen sie Hand in Hand über die Dünen, bis sie unten am Strand die Freunde und Verwandten von Mrs Stokes entdeckten. Tante Agatha, Onkel John und Celeste standen mit Abigail am Rand der Gruppe. Hughs Onkel trug ein kleines Bündel im Arm. Hugh hatte ihm am Nachmittag geholfen, die Sachen zusammenzupacken: ein Buch von Longfellow mit vielen Randnotizen, befleckt vom Wein und den nächtlichen Mahlzeiten eines College-Studenten, den geliebten samtenen Hausrock mit den Ärmelflicken und den ausgefransten Säumen, die Armeemütze, von Hugh nach Hause gebracht. Daniels Gedichte waren nicht dabei – sie würden, so die Hoffnung, eines Tages die Welt bereichern –, doch Tante Agatha hatte eine wertvolle Kartonmappe mit den kindlichen Schreibversuchen des kleinen Daniel geopfert. Sie waren gekommen, um sich persönlich, abseits der neugierigen Blicke in der Stadt, von Richard Sidley zu verabschieden, und Mrs Stokes hatte Hughs Tante und seinem Onkel die Ehre erwiesen, sie in das Ritual miteinzubeziehen.

Onkel John stieg die Holzstufen von Maria Stokes' Wohnwagen hinauf und legte das Bündel hinter die geöffnete Tür neben den kleinen Haufen mit Snouts Kleidern und Habseligkeiten. Abigail eilte herbei und gab das wertvolle Glas mit den Münzen dazu. Schließlich nahm ihr Vater seiner Frau einen Korb voller duftender Kräuter und Wildblumen vom Arm und stellte ihn ebenfalls hinein.

»Er war mein Sohn«, sagte Snouts Vater. »Er war ein Schüler und ein Soldat und seiner Mutter ein guter Sohn.« Er zog ein Stück Holz aus dem Feuer und hielt es in die Höhe. »Und im Herzen war er einer von uns, ein stolzer Rom.« Mit diesen Worten warf er das brennende Holz hinein, und der frisch bemalte Wagen loderte auf wie eine Fackel und war bald in Rauch und Flammen gehüllt. Dem Krieg zum Trotz stiegen die Schwaden hoch zum Himmel auf, und der Wagen brannte wie ein Leuchtfeuer. Ein Geigenspieler und ein Mann mit Akkordeon begannen ein leises Klagelied zu spielen. So standen sie, während der Himmel hinter Rye verblasste. Im Osten begann die Mondsichel zu leuchten, und unter der strengen Hand der Schwerkraft brandeten die Wellen immerzu heran und zogen sich wieder zurück, ohne auf das kleine Menschenritual zu achten.

EPILOG

»Komm mit«, sagte er,
»ich zeige dir, wo dein Sohn liegt.«

Rudyard Kipling, *Der Gärtner*

Im Hochsommer des Jahres 1920 begleiteten Beatrice und Hugh Tante Agatha auf einer Reise zum Festland. Neues Gras und frisches Heu bedeckte die Wiesen Nordfrankreichs und Flanderns und verhüllte die nackten, verstümmelten Schlachtfelder. In den weniger zerstörten Gebieten hatte man wieder Getreide gepflanzt, und in den Weizenfeldern wiegten sich wieder die roten Mohnblüten. Alle Hotels und Pensionen waren belegt und schön mit flatternden Wimpeln und bunten Markisen geschmückt, und unter den Markisen dinierten die Damen in duftigen, locker sitzenden Kleidern, wie um die neue, freiere Zeit zu feiern.

Es war schwer in Mode, die Toten zu besuchen, die übers ganze Land verteilt auf Dorffriedhöfen und in kleinen Wäldern, oft auch auf den Feldern vor den früheren Lazaretten lagen. Die Heimholung der Toten war nicht geplant, dafür aber die Errichtung würdiger neuer Friedhöfe. In London wie in Rye sprach man über die neuesten Reisebücher und über die Frage, wie die für eine Besichtigung der Schlachtfelder perfekte kleine *pension* zu finden sei.

»Vieux Jacques und seine Frau haben uns in der *Pension Michel* ganz wunderbar bewirtet«, hatte Bettina Fothergill in der Stadt herumerzählt. Charles Poot, ihr einziger Neffe, hatte sich zwar einen Posten im Staatsdienst verschafft und den Krieg bequem aussitzen können, doch immerhin war sie zum Grab eines Neffen des Cousins zweiten oder dritten Grades ihres Mannes gereist und hatte den Mangel an opferreicher verwandtschaftlicher Nähe durch ihre angeblichen Kenntnisse bezüglich der logistischen Aspekte solcher Reisen wettzumachen versucht. Beatrice fiel auf, dass die Menschen, die größere Verluste erlitten hatten, weniger über ihre Pilgerfahrt sprachen. Sie reisten ohne Ankündigung ab und kehrten mit einer Aufnahme der Grabstätte zurück, die ein geschäftstüchtiger Fotograf vor Ort gemacht hatte. Seit sie selbst in Frankreich war, zeigte sie mehr Verständnis für die opportunistischen Einheimischen, die überall ihre fotografischen Dienste anboten, Granatsplitter als Andenken verkauften und ihre Bauernhöfe zu *pensions* umbauten, denn in den zerstörten Gebieten war es noch immer schwer, ein Auskommen zu finden und eine Familie durch den Winter zu bringen.

Hugh ließ seine Patienten in der Obhut seines Vertreters, des pensionierten Dr. Lawson, dessen Praxis er übernommen hatte. Seine Abreise war in Rye mit leisem Murren registriert worden. Zwar bewunderten sie den jungen, dekorierten Chirurgen, der seine Londoner Ambitionen aufgegeben hatte, um das beschauliche Leben eines Landarztes zu führen, doch sie waren eben auch Egoisten, die es störte, dass er mit seiner jungen Frau einen lange hinausgeschobenen Juli-Urlaub antrat. Wegen der fehlenden Lehrer hatte man Beatrice bis Kriegsende im Schuldienst belassen; sofort nach dem Waffenstillstand aber war sie, als verheiratete Frau, sanft nach Hause geschickt worden, wo sie nun den größten Teil ihrer Zeit mit Schreiben verbrachte. Ihre kleine Ausgabe der Gedichte von Daniel Bookham mit einer einfühlsamen Einführung, in der sie die Leidenschaft des Verfassers für die platonischen Ideale und seine beiden großen Lieben pries – seinen Freund und seine Frau –, war wohlwollend aufgenommen worden und hatte ihren Platz unter den zahlreichen Lyrikbänden von Dichtern gefunden, die nun in Europas Erde lagen. Zudem hatte sie einen Roman zu schreiben begonnen, nachdem ihr vom Verleger ihres Vaters ein kleiner Vorschuss für die Arbeit an Tillinghams Buch gewährt worden war. Onkel John war nicht nach Frankreich mitgekommen, sondern, vom Ischias-Schmerz geplagt, mit Celeste zu Hause geblieben, die Agatha und ihm so sehr zur Tochter geworden war – und ihr kleiner Sohn zum Enkelkind –, dass sie die junge Frau nicht nach Belgien hatten ziehen lassen, als ihr Vater nach dem Ende des Kriegs England eilig verlassen hatte.

Auch an diesem Morgen stand Beatrice früh auf und setzte sich ans Fenster des Pensionszimmers, um ein paar Zeilen zu schreiben, fühlte sich jedoch bald hin- und hergerissen zwischen dem prachtvollen Morgenlicht über den Feldern und ihrem prachtvollen jungen Ehemann in dem zerwühlten Bett. Nie hatte sie sich vorstellen können, dass die Ehe alle anderen Freuden des Lebens so sehr vergrößern und vervollkommnen würde. Es erfüllte sie zutiefst, gemeinsam mit Hugh zu lesen, über die Arbeit zu sprechen, Briefe auszutauschen und das eigene Leben in den Augen des anderen gespiegelt zu sehen. Doch unter der Glückseligkeit lauerte ein Kummer, den auch Millionen anderer im Lauf der Jahre verspürten. Er hielt sie von nichts ab, störte ihren Alltag nicht, durchzog aber das Volk wie die Kupferdrähte des Telefonsystems das Land, verband sie alle miteinander und mit der Tragödie, die die Menschen nicht weniger aufgewühlt hatte als die Felder vor Beatrices Fenster.

Dank Onkel Johns und Mr Tillinghams Beziehungen war Daniel unter den Ersten gewesen, die man aus den Behelfsgräbern der Kriegszeit in die noch nicht fertiggestellten neuen Friedhöfe umgebettet hatte. Mr Tillingham hatte Vorkehrungen für eine private Besichtigung getroffen und wollte zum Frühstück in die Pension kommen. Er hatte Kapital aus seiner Flüchtlingsarbeit geschlagen und Anspruch auf einen Posten in der Königlichen Kriegsgräber-Kommission erhoben. Nun gehörte er mit einigen anderen Literaten zu einer Gruppe von Friedhofsgestaltern, die Großbritanniens beste Architekten, Landschaftsplaner und Ingenieure umfasste, und erhoffte sich für diese Tätigkeit zumindest die Ritterwürde. Er verbrachte den größten Teil des Sommers in der Gegend, schlurfte zwischen den Gräbern umher, beaufsichtigte täglich die Arbeiten und mischte sich in alles ein, was ihn nichts anging.

Als Hugh und Beatrice in den Frühstücksraum traten, saß Agatha bereits am Tisch. Vor ihr stand ein unberührter Teller mit pochierten Eiern und ein wenig Obst. Sie hielt eine Tasse Tee reglos mit beiden Händen vor den Mund, als wäre sie in das Gezwitscher der Spatzen vertieft, die im Blumenkasten vor dem Fenster hockten.

»Guten Morgen, Tante«, sagte Hugh und gab ihr einen Kuss auf die Wange. Sie schloss die Augen, als er sie berührte. Beatrice schien es, als empfände sie Hughs Anwesenheit als große Freude und zugleich als großen Schmerz, und manchmal fürchtete sie, dass seine Tante ihn nie wieder würde ansehen können, ohne hinter seiner Schulter den Geist des Cousins zu erblicken.

»Guten Morgen, alle zusammen«, rief Mr Tillingham und betrat den Raum schwungvoll wie ein zum Thron eilender Monarch. Der alte Mann, der beim Frühstück servierte, verbeugte sich vor ihm, und schon erschien das Dienstmädchen mit den dicken Toastscheiben und dem weich gekochten Ei für Mr Tillingham. Da er Stammgast war und ihnen viele Gäste vermittelte, lasen sie ihm jeden Wunsch von den Augen ab. »Der Tag ist bestens geeignet«, fuhr er fort. »Wir halten das Tor zwar geschlossen, bis Sie hier fertig sind, Mrs Kent, dennoch ist ein zeitiger Aufbruch angeraten.«

Mit diesen Worten setzte er sich an den Tisch und widmete sich in aller Ruhe und mit größter Gründlichkeit seinem Frühstück.

Unter blauem Himmel, umgeben vom Gesang der Vögel in den Pappeln, deren Laub ein leichter Wind zum Glänzen brachte, lag der Friedhof fast schmerzlich schön vor ihnen. Er befand sich innerhalb einer schlichten rechteckigen Gartenmauer, niedrig genug, um die Pracht der umliegenden Landschaft erkennen zu lassen. Die Grabsteine aus englischem Portland-Stein, von Dorset herübergebracht, standen in langen, durch schnurgerade Graswege voneinander getrennten Reihen. Ein Kreuz am Eingangstor und ein Steinblock am anderen Ende verliehen der Anlage Gewicht und Spiritualität. Die eigentliche Schönheit aber fand Beatrice in den aufgehäuften rosa blühenden Rosenbüschen, die ein Gärtner einen nach dem anderen geduldig zwischen die Grabsteine pflanzte, damit die Toten wie in einem hübschen, gepflegten englischen Garten ruhten.

Nachdem sie aus der Kutsche gestiegen waren, sprach Mr Tillingham am Eingangstor mit einem Wächter. Hugh führte seine Tante zu den Stufen des monumentalen Steins der Erinnerung. Dort warteten sie, während der Wächter den Gärtner nach dem gesuchten Grabstein fragte.

»Die Inschrift hat Kipling ausgewählt. Ein wenig plump vielleicht.« Tillingham deutete auf das wuchtig in den Block gemeißelte Zitat aus dem Alten Testament: IHR NAME LEBT EWIGLICH. »Und nun erkläre ich Ihnen kurz die Bedeutung des Opferkreuzes und seines Bronzeornaments …«

Doch da ging Agatha Kent bereits dem Wächter und dem Gärtner entgegen, die sich der Gruppe näherten. Sie sagten etwas auf Französisch zu ihr und deuteten in etwa auf die Mitte der still daliegenden Reihen.

»Wenn du uns einen Moment entschuldigen würdest«, sagte Hugh. »Ich glaube, meine Tante möchte allein weitergehen.« Er bat Beatrice mit einem Blick um Erlaubnis, und sie nickte lächelnd. Verglichen mit ihrem Mann und seiner Tante war sie dem Schmerz kaum je näher gekommen als ein Tourist. Sie würde bei Mr Tillingham bleiben und geduldig warten, und Mr Tillingham würde, mit seiner Uhrkette rasselnd, aus der Ferne zusehen, und beiden würde nichts übrig bleiben, als ihre unbedeutende Rolle in der Geschichte hinzunehmen, die sich in dem kleinen Garten gleich zutragen würde.

Von Hugh gestützt bog Agatha nach links in eine Reihe ein und ging langsam, sehr langsam weiter. Beatrice sah, dass sie jeden Namen las, sei es, um den schrecklichen Moment hinauszuzögern, sei es in der Hoffnung, Daniels Namen mit dieser Beschwörung von dem hellen Kalkstein zu tilgen. Doch dann war der Stein gefunden, und ihr schluchzender Schrei hallte durch die Reihen bis zu den Wartenden.

»Es sind immer die Mütter«, murmelte der Gärtner.

Beatrice wollte ihn korrigieren, doch plötzlich stand ihr so klar wie der blaue Himmel vor Augen, dass er natürlich die Wahrheit sprach.

Nach einigen Sekunden wagte sie einen Blick zu Mr Tillingham hinüber. Aus seiner Miene sprach die Gier des Schlemmers vor dem Mahl, und sie erkannte, dass er sich durch den Kopf gehen ließ, wie Agathas stille Tragödie zu nutzen wäre, dass er von einer grandiosen Geschichte träumte, mit der er seinen Ruf erhöhen und sich die neue Aura erlesenen Mitgefühls verleihen könnte. Es war ihr rätselhaft, wie er noch jetzt den Menschen, die er kannte, die Seelen rauben und sie wie ein furioser Maler auf der Palette durcheinandermischen konnte. Denn jetzt erschien es ihr, als wären alle seine Romane voll von Leuten, die er gekannt und verraten hatte. Er spürte wohl, dass sie ihn ansah, denn er begann zu hüsteln und von einem Bein aufs andere zu treten, richtete schließlich die schwachen grauen Augen auf ihr Gesicht und sagte in halbherzig entschuldigendem Ton: »Man achtet selbstverständlich stets darauf, die Namen zu ändern. Das ist eine Frage der Höflichkeit.«

Sie ließ ihn stehen, um für sich zu trauern. Kein Autor würde diese Szene jemals gut genug beschreiben, um Menschen davon abzuhalten, Krieg zu führen. Agatha, halb kniend auf dem Gras, Hugh, in stiller Grazie über sie gebeugt, um sie zu trösten, die blendend weißen Steine und die rosaroten Rosen, klar abgehoben vor dem frisch gemähten Gras. Darüber jubilierte eine Lerche ihren Lobpreis hinauf in die blaue Himmelskuppel.

DANKSAGUNG

Als der Erste Weltkrieg am 11. November 1918 um 11 Uhr vormittags endete, waren viele junge Dichter, unter ihnen Rupert Brooke und Wilfred Owen, für ihr Land gestorben. Die Werke dieser Dichter sind ebenso bleibende Erinnerung an den Krieg wie die roten Mohnblüten.

Schriftsteller und Dichter stehen im Mittelpunkt meines Romans, und es ist wohl kein Zufall, dass die berühmtesten mit Sussex und Kent verbundenen Autorinnen und Autoren – die, als ich jung war, in der Buchhandlung von Rye ein eigenes Regal hatten – alle zu jener Zeit lebten: Henry James, E.F. Benson, Radclyffe Hall, Vita Sackville-West, Rudyard Kipling und Virginia Woolf. Auch Edith Wharton stand in dem Regal, da sie regelmäßig nach Rye kam, um ihren Freund Henry James auf eine Spritztour in ihrem großen Auto mitzunehmen. Die Buchhandlung gibt es leider nicht mehr, und auch die Antiquariate sind verschwunden, in denen ich das mit Samstagsjobs verdiente Geld für verstaubte Hardcover-Ausgaben dieser Autorinnen und Autoren ausgab, aber ihre Werke und ihr Leben inspirieren mich bis heute.

Ein Roman mit historischem Hintergrund ist eine echte Herausforderung. Einige der vielen Bücher, Websites und anderen Quellen, die ich las, bevor ich *Der letzte Sommer* zu schreiben begann, möchte ich nennen, weil sie sich von den übrigen abhoben. *Meine gute alte Zeit. Die Autobiographie einer Lady* von Agatha Christie und

Testament of Youth von Vera Brittain stellten mir zwei junge Frauen vor, die in jener turbulenten Phase erwachsen wurden, in der die Wirren des Kriegs die Strenge hinwegfegten, mit der man sie erzogen hatte. In dem von Margot Oxford herausgegebenen Buch *Myself When Young* erinnern sich berühmte Britinnen und sehr detailreich an ihre Kindheit in der Epoche Edwards VII. *Henry James at Work*, verfasst von seiner langjährigen Sekretärin Theodora Bosanquet (herausgegeben von Lyall Powers), zeichnet nicht nur ein intimes Porträt des Cher Maître, wie er sich gern nennen ließ, sondern vermittelt auch – was für mich noch wichtiger war – Einblicke in Theodoras Leben als unabhängige ledige Frau, die nach James' Tod ihre eigene literarische Karriere begann.

Militärgeschichte kann eine trockene Materie sein, aber das Buch *Europas letzter Sommer: Die scheinbar friedlichen Wochen vor dem Ersten Weltkrieg* von David Fromkin versorgte mich mit einer klaren Übersicht über die Tagesereignisse bis zur Kriegserklärung, sodass ich über Onkel Johns Tätigkeit stets im Bilde war. Durch die Lektüre von *Boy Soldiers of the Great War* von Richard van Emden erfuhr ich zu meinem Entsetzen, dass sich wahrscheinlich mehr als 250.000 minderjährige Richard Sidleys freiwillig zum Dienst in der britischen Armee gemeldet haben. Im Bryce Report, einem Bericht der britischen Regierung ähnlich dem von 1915, für dessen Erstellung Mr Poot tätig ist, wurden Gräueltaten in Belgien beschrieben. Manche seien darin jedoch nicht aufgenommen worden, da sie, wie sehr trocken und fast schon komisch vermerkt wird, schlicht zu grauenhaft seien. Alles andere als komisch war dagegen der Befund, dass zwar von zahlreichen Vergewaltigungen berichtet wurde, Notzucht jedoch auf den höchsten Ebenen offenbar nicht offiziell verboten war und deshalb auch nicht als offizielles Kriegsverbrechen eingestuft wurde. Kriegstagebücher, Fotos und Berichte fanden sich auf vielen Internetseiten, unter anderem auf 1914–1918.net und auf firstworldwar.com. Dort sammeln engagierte Menschen mit großer Begeisterung Informationen, um sie für die Nachwelt zu erhalten. Nebenbei sei Google für das Wunder gedankt, Fragen schon beantworten zu können, ehe man sie vollständig eingegeben hat.

Für meine Darstellung des Lebens in Rye während des Edwardischen Zeitalters konnte ich auf eine Schriftenreihe mit dem Titel *Rye Memories* zurückgreifen, die aus einem Oral-History-Projekt von Schülern meiner ehemaligen Schule, dem Thomas Peacocke Community College (im Jahr 1914 Rye Grammar School, jetzt Rye College), und älteren Bürgern der Stadt hervorging. Mein Dank gilt Mrs Jo Kirkham, MBE, der früheren Bürgermeisterin und Stadthistorikerin von Rye, die dieses Projekt ins Leben gerufen und mir zahlreiche zusätzliche Informationen über die Geschichte der Stadt gegeben hat. Das Mitteilungsblatt *Bexhill Quarterly* von 1914 war eine traumhafte Entdeckung in der Bibliothek von Rye und sicherte Bexhill einen Kurzauftritt im Buch.

Je mehr ich über die britischen Roma recherchierte, umso größer wurde die Scham über meine Unwissenheit hinsichtlich der großen Not, in der sich das Volk der Roma überall auf der Welt befindet. Diese von den Vereinten Nationen anerkannte ethnische Minderheit hat seit mehr als tausend Jahren permanent unter Rassismus und Vorurteilen zu leiden. Ich danke Frau Professor Ethel Brookes von der Rutgers University, einer international renommierten Expertin im Bereich Romani Studies, die mich auf Ian Hancocks Buch *We Are the Romani People* aufmerksam gemacht und in den Gesprächen über meine Recherchen mit großer Offenheit beraten hat.

Alle Recherchefehler habe ich selbst zu verantworten. Die fachkundigen Hinweise in Sachen Vergil und Latein gehen jedoch auf die Autorin Madeline Miller zurück. Meine Gedichte haben wahrscheinlich mehr mit der »Ode an den Frosch im letzten Hauch« in Dickens' Roman *Die Pickwickier* zu tun als mit dem unauslöschlichen Erbe der britischen Kriegsdichter, aber die Prosodie meiner Lyrik wurde immerhin von der mit dem Whiting Award ausgezeichneten Dichterin und Professorin Julie Sheehan von der Stony Brook University, Southampton, New York, sachverständig unter die Lupe genommen (einen schönen Gruß an alle in Southampton!). Auch die Institutionen, die das Recherchieren und Schreiben erst möglich machen, möchte ich erwähnen, nämlich die Bibliotheken. Die New York Public Library in der 42nd Street stellt für mich mit ihren Büchern gewissermaßen die Marmorhallen der Zivilisation dar. Die Zeitungsbibliothek der British Library in Colindale bot mir Zugang zu großen ledergebundenen Bänden mit originalen Ausgaben von Zeitungen und Zeitschriften aus dem Jahr 1914, in denen ich an einem riesigen Eichenholzschreibtisch mit geneigter Platte stundenlang schmökerte. Die Abteilung in Colindale wurde mittlerweile geschlossen; die Originale werden nur noch aufbewahrt und können nicht mehr eingesehen werden. Leider lesen sich Mikrofilm und durchsuchbare Datenbestände mit weit weniger Spannung und Möglichkeit zu Zufallsentdeckungen als das vollständige Zeitungsexemplar, das meine Figuren in Händen gehalten haben könnten. In der Zweigbibliothek in Rye mit ihren heimatkundlichen Büchern habe ich ebenso gern gearbeitet wie in der Rogers Library in Southampton, New York, in die ich mich zurückzog, um den Roman in vielen »Dienststunden« zu Ende zu schreiben.

Das Verfassen des zweiten Romans ist nicht etwa leichter, sondern schwieriger, als einen ersten zu schreiben, und ich bin vielen Menschen, die mich in meinem kreativen Bemühen unterstützt haben, zu großem Dank verpflichtet. Zunächst meiner Agentin Julie Barer von The Book Group und allen ihren Kolleginnen und Kollegen, darunter Anna Geller und Meg Ross – mit einem dankbaren Gruß an Barers Zöglinge William, Leah, Gemma und Anna W. Schon beim ersten Treffen mit Julie wurde mir nach und nach bewusst, dass mich diese außergewöhnliche Agentin in ihre großartige Autorengemeinde aufnehmen und mir dort ein Plätzchen sichern wollte. Als ich von ihrem Büro auf eine belebte New Yorker Straße trat, war mir, als stünde ich mit Agatha Kent auf einem Hügel in Sussex und blickte auf die Landschaft meines zweiten Romans. Ich wäre zwar beinahe in ein Taxi gelaufen, aber in jenem

Augenblick entstand aus dem Hochgefühl der Freude heraus dieser Roman.

Susan Kamil, meiner Lektorin bei Random House, bin ich zu großem Dank verpflichtet, weil sie den Mut hatte, dem Erstlingsroman einer Unbekannten eine Chance zu geben, und mich beim Schreiben des zweiten von Anfang bis Ende unterstützt hat. Sie trifft mit ihren Redaktionen stets den Nagel auf den Kopf, und ihr Lachen ist furchtbar ansteckend. Wie überhaupt das gesamte Team von Random House grandios ist und bedankt sei: Gina Centrello, Avideh Bashirrad, Sally Marvin, Andrea DeWerd, Robbin Schiff, Benjamin Dreyer, Evan Camfield, Jennifer Garza, Leigh Marchant und Molly Turpin. Auch Caitlin McCaskey und Lisa Barnes von der Redneragentur der Verlagsgruppe Penguin Random House sage ich ein herzliches Dankeschön.

Meinem wundervollen britischen Verlag Bloomsbury verdanke ich wertvolle redaktionelle Unterstützung. Mein Dank gilt meiner Lektorin Alexandra Pringle sowie dem Verlagsgründer Nigel Newton, der Sussex ebenso sehr liebt wie ich. bei Antonia Till, Alexa von Hirschberg und Angelique Tran Van Sang möchte ich mich bedanken. Herzliche Grüße an Caspian Dennis, meinen britischen Agenten bei Abner Stein, der mich mit lieben Worten aufmunterte, wenn es einmal nicht recht weiterging. Patrick Gallagher und Annette Barlow (Australien), Maggie Doyle und Katel le Fur (Frankreich), Annette Weber (Deutschland) und allen meinen anderen wunderbaren Lektorinnen, Lektoren und Verlagen rund um die Welt sei Dank gesagt.

Das Schriftstellerleben kann frustrierend und einsam sein. Meine Freunde und die Familie geben mir Kraft, verdrehen aber gelegentlich auch völlig zu Recht die Augen und treten mir, wenn es sein muss, in den Hintern. Ich danke meinen Autorenfreundinnen Mary Kay Zuravleff, Susan Coll, Michelle Brafman und Cindy Krezel. Lisa Genova und Tim Hallinan soll für ihre Ratschläge aus der Ferne Dank gesagt sein, ebenso meinen Brooklyn-Freundinnen –

vor allem Susan Leitner, Sarah Tobin und Leslie Alexander –, die ich schon kannte, bevor ich zu schreiben begann. Dasselbe gilt für Joe Garafolo sowie für Helena Huncar und ihre Familie.

Als Letztes genannt, aber immer an erster Stelle: die eigene Familie. Für ihre bedingungslose Liebe danke ich meinen Eltern Alan und Margaret Phillips, die aus Sussex weggezogen sind, um nun ein aufregendes neues Leben im Südwesten Frankreichs zu führen, und die stets betonten, dass es ihrer Meinung nach völlig überflüssig sei, meinen Roman zu redigieren. Auch meinem Schwiegervater, dem Zeitungsjournalisten David Simonson, zolle ich Dank. Er hat meine elegante und kultivierte Schwiegermutter Lois Simonson aufopferungsvoll gepflegt, als ihre Gesundheit schwand, und uns allen damit eine Lektion in Sachen Liebe und Zusammenhalt erteilt. Meiner Schwester Lorraine Pearce und ihrer Familie gilt mein Dank dafür, dass wir durch sie mit Sussex verbunden blieben, und für die Einladungen zu Familientreffen.

Ein besonderes Dankeschön gebührt meinem ältesten Sohn und Computertechniker Ian Simonson für seine Hilfe in Sachen Webdesign. Außerdem hat er die Chronologie meiner Geschichte an einer entscheidenden Anschlussstelle gerettet. Jamie Simonson, mein jüngerer Sohn, ging zum Studieren ins Ausland, als der Roman gerade redigiert wurde – vielleicht weil er befürchtete, dass ich ihn seiner beträchtlichen schriftstellerischen Fähigkeiten wegen einspannen würde! Es ist uns die größte Freude, die Welt durch die Augen unserer Söhne zu sehen, während sie zu wunderbaren jungen Männern heranwachsen. Sie sind stets eine Inspiration für mich – selbst dann, wenn sie mich wegen meiner Schreiberei gnadenlos necken.

Und John – mein Liebster, mein bester Freund und Ehemann seit etwa dreißig Jahren. Dass die Zeit so schnell verstrichen ist, heißt, dass wir glücklich waren. Gehen wir gemeinsam die Zukunft an!